Igor Bergler est un écrivain et producteur roumain. *La Bible perdue*, thriller ésotérique narrant les aventures du professeur Charles Baker, a connu un succès phénoménal avec plus de 150 000 exemplaires vendus et est devenu un best-seller traduit dans plusieurs pays, publié en 2020 chez Fleuve Éditions.

LA BIBLE PERDUE

IGOR BERGLER

LA BIBLE PERDUE

*Traduit du roumain
par Laure Hinckel*

Titre original :
BIBLIA PIERDUTĂ

L'éditeur de cet ouvrage s'engage dans une démarche de certification FSC® qui contribue à la préservation des forêts pour les générations futures.

Pour en savoir plus :
www.editis.com/engagement-rse/

Le Code de la propriété intellectuelle n'autorisant, aux termes de l'article L. 122-5, 2° et 3° a, d'une part, que les « copies ou reproductions strictement réservées à l'usage privé du copiste et non destinées à une utilisation collective » et, d'autre part, que les analyses et les courtes citations dans un but d'exemple et d'illustration, « toute représentation ou reproduction intégrale ou partielle faite sans le consentement de l'auteur ou de ses ayants droit ou ayants cause est illicite » (art. L. 122-4). Cette représentation ou reproduction, par quelque procédé que ce soit, constituerait donc une contrefaçon, sanctionnée par les articles L. 335-2 et suivants du Code de la propriété intellectuelle.

© Editura RAO, 2015
© 2020 Fleuve Éditions, département d'Univers Poche,
pour la traduction française
Publié avec l'accord de Editio Dialog Literary Agency
et Il Caduceo de Marinella Magrì Agenzia Letteraria
ISBN : 978-2-266-32476-2
Dépôt légal : mars 2022

Avertissement

*Ceci pourrait très bien être une histoire vraie.
Elle l'est en très grande partie, c'est certain.
Si elle l'avait été entièrement, certains noms
auraient été modifiés afin de protéger la vie
et de garantir la sécurité des protagonistes
et de leurs familles.*

PREMIÈRE PARTIE

« La Russie est un rébus enveloppé de mystère au sein d'une énigme. »

Winston Churchill.

« La raison est la plus grande des prostituées du diable ; par sa nature et ses procédés, elle est une prostituée nuisible ; la prostituée désignée par le diable ; une prostituée rongée par la gale et la lèpre ; on devrait la fouler aux pieds et la détruire, elle et sa sagesse... Elle mériterait d'être jetée à l'endroit le plus sale de la maison, les latrines. »

Martin Luther, janvier 1546.

« Wer war der Thor, wer Weiser, wer Bettler oder Kaiser ? Ob Arm, ob Reich, im Tode gleich ?[1] *»*

Inscription sur la tombe 322.

---

1. « Fou, sage, mendiant ou empereur ? Pauvres ou riches, à la même mort sont-ils promis ? »

Prologue

Il voulut ouvrir les yeux, en vain. Il essaya encore. Ses paupières semblaient bouger. Mais il ne se passait rien. Avec effort, il leva le bras. Une atroce douleur parcourut son épaule. Il réussit pourtant à atteindre ses yeux. Ouverts. Il cligna. Alors, pourquoi ne voyait-il rien ?

Il s'efforça de se concentrer.

Rêvait-il ?

La douleur dans l'épaule remonta dans son cou et se fixa au sommet de son crâne. Il déplaça sa main sur sa nuque, là où une longue et fine aiguille semblait lui entrer droit dans le cerveau. Que pouvait-il bien se passer ?

La douleur atteignait son paroxysme. Il se sentit partir. Il écarta la main et la douleur parut céder. Elle se fit plus diffuse.

Sous ses doigts, il sentit quelque chose d'humide et de collant. Du sang ?

Ses yeux commençaient à s'accommoder. Petit à petit. Quelles ténèbres ! Il n'avait jamais fait l'expérience d'une obscurité si profonde. Il tourna la tête et chercha du regard une source de lumière provenant d'une fenêtre, d'une porte, d'une fissure. Rien.

Il était couché sur le dos. Il rassembla ses forces pour mettre de l'ordre dans ses pensées. Il ne se souvenait de rien.

Il tâtonna autour de lui.

De la terre.

Il inspira profondément et une odeur fétide lui emplit les narines.

L'humidité.

Pas d'air frais, il ne devait donc pas être à l'extérieur. *Je suis enterré vivant*, songea-t-il. Il leva les bras pour atteindre le couvercle du cercueil. Rien. Ses mains s'agitaient dans le vide.

Au moins pouvait-il respirer, même si ses côtes le faisaient souffrir. Il n'était pas enseveli. Pour s'en convaincre, il se souleva sur un coude, se retourna et se mit à quatre pattes. Il ne tenta rien de plus. Sans aucun repère spatial, il était totalement désorienté. Il ne savait pas où se trouvaient les murs et craignait de se cogner. On aurait dit le sous-sol d'une maison ancienne. En attendant de s'adapter à l'obscurité, il se dit qu'il devait recourir à ses autres sens. Il inspira de nouveau. La même odeur pénétrante de terre fraîche mêlée à celle du renfermé. De l'humidité.

Il y avait autre chose, qu'il ne parvenait pas à identifier, quelque chose d'effrayant. Son odorat ne lui était d'aucun secours. Alors il tendit l'oreille. Ses bras et ses jambes tremblaient. Ses mains et ses genoux étaient douloureux. Il se blessait sur des graviers, comme si tout son corps pesait sur des coquilles de noix écrasées. Il se recoucha sur le dos et écouta encore. Rien.

Comme l'obscurité, le silence était total. Aucune rumeur ne lui parvenait de la rue, si rue il y avait.

Où était-il ? Et comment était-il arrivé là ? La dernière chose dont il se rappelait, c'était quoi ? Il était à la maison. Il allait se coucher. Le lit était fait, prêt pour la nuit. Le côté de sa femme était vide, intact. Elle l'avait quitté depuis bien longtemps, mais il avait encore le réflexe de la chercher avant d'aller dormir. La lumière de la salle de bains était allumée et la porte légèrement entrouverte. Une vieille habitude datant de l'époque où il avait encore très peur du noir. Il l'allumait tous les soirs avant même que le jour ne tombe. Il quittait son petit atelier de menuiserie pour monter allumer, puis il retournait à ses meubles. L'obscurité lui pesait. Surtout là-bas, dans sa ville. Surtout depuis qu'il était de nouveau seul. Il fit des efforts pour se souvenir, mais rien ne lui revenait à l'esprit. S'était-il endormi tout de suite ? Peut-être rêvait-il. Sa douleur au crâne paraissait pourtant bien réelle. Il tenta de se raccrocher à quelque chose. Un autre souvenir.

Il lui semblait avoir rêvé. Il avait eu froid. Il frissonnait sous la couette. Et une ombre avait glissé sur les murs de la chambre. Une ombre allongée, difforme. Une ombre qui s'approchait de son lit.

Et puis cette odeur. Une main sur son visage. Sa tête comme dans un étau. Quelque chose lui écorchait les joues. En plusieurs endroits. Il avait saigné. Un linge lui avait couvert la bouche et le nez. Il respirait de plus en plus mal.

Il porta sa main à son visage pour vérifier. Il tressaillit. Les sillons sur sa joue droite le brûlaient. Du sang séché.

Tout était donc vrai.

Il se concentra. Si les blessures de son visage formaient une croûte, cela voulait dire que du temps avait passé. Depuis quand pouvait-il bien être là ? Combien de temps avait-il dormi ? Depuis quand était-il inconscient ?

Un bruit interrompit le fil de ses pensées. Cela semblait proche et pourtant en dehors de la pièce où il se trouvait. Un grincement. Des pas, peut-être ? C'était un bruit étrange. On aurait dit qu'on traînait les pieds, mais d'une manière bizarre. Comme une claudication hésitante.

Une lueur apparut. Il discerna une ouverture, des barres de fer. Des barreaux. La lumière venait de l'extérieur, d'un couloir. Et elle gagnait en intensité.

Ce qu'il vit alors lui glaça le sang. Juste à côté de lui, presque effleurant ses tempes, se trouvaient des pieds. Il recula instinctivement. Le mouvement brusque provoqua une douleur insupportable. Il se souleva de nouveau sur un coude. Les pieds se prolongeaient par un corps nu. Un cadavre. L'odeur se faisait insoutenable. Elle s'amplifiait. Son cerveau analysa enfin ce qu'il voyait, ce qu'il sentait : l'odeur d'un corps en décomposition. En dépit de la douleur, il se traîna vers l'arrière. Il se heurta à quelque chose de mou. Ce n'était pas le mur, parce que cela bougeait quand il le toucha. Il passa la main dans son dos. Une autre main. Quelqu'un venait de lui saisir la main. Il poussa un cri, mais n'entendit rien. Il essaya de crier de nouveau. Sa voix s'était totalement évanouie. Il secoua le bras et la main qui l'avait saisi tomba, inerte. Encore un mort.

La lumière poursuivait son chemin vers lui. Et le bruit. Tous deux se rapprochaient. La pièce s'éclaira un peu plus. À présent il voyait mieux. Devant lui gisait un cadavre. Dévêtu et jaune. Peut-être à cause de la lumière. La lumière qui palpitait. Lueur de chandelle. Derrière, un autre cadavre. Alors il vit l'ombre qui passait sur les corps, perçut son étrange claudication. Elle tomba sur un cadavre, puis sur un autre. Celui-ci était pâle, aux yeux grands ouverts. Il en eut la chair de poule. Son cœur battait à tout rompre. Ce n'étaient pas des yeux. C'étaient des trous. Le cadavre n'avait plus d'yeux. Seulement des creux d'une noirceur infinie. L'ombre poursuivait son chemin. Se projetait sur les murs, hideuse.

Il se leva. Pour se défendre. Pourtant il mourait de peur, pourtant ses mains et ses pieds tremblaient, pourtant il avait une pierre sur le cœur, une dalle pesant une tonne. Coûte que coûte, il devait lutter.

Il entendit des gonds grincer. Une porte en fer derrière lui. Il tenta une volte-face, mais la peur le paralysait. L'adrénaline effaçait la douleur. La terreur l'anesthésiait. Au point qu'il ne sentit rien quand une main d'acier le saisit par-derrière. Une main qui lui prit la nuque et immobilisa son bras. Il sentit encore une légère piqûre dans le cou. Puis il eut froid. De plus en plus froid. C'était tout ce qu'il sentait. Des liens de glace se resserraient autour de lui.

Puis il cessa de sentir.

Chapitre 1

Le discours de Charles Baker fut interrompu au moment précis où le clocher de l'église de la colline sonnait les douze coups de midi. Dans la petite mais coquette salle de conférences de l'hôtel Central Park, le micro était presque superflu. Tout le monde se connaissait et chacun se montrait attentif aux présentations de ses collègues. Les soixante-huit invités tournèrent la tête à l'unisson quand les portes de la salle s'ouvrirent violemment sur un groupe d'hommes en uniforme et veste en cuir. Les intellectuels ne sont pas très habitués au comportement grossier des policiers, surtout dans des pays où leur récente démilitarisation ne leur a pas encore laissé le temps d'apprendre à se tenir. Au pupitre, Charles Baker tenta une plaisanterie au sujet d'une invasion ostrogothe. Tandis que les autres restaient sur le seuil, l'un de ces *invités* non invités s'approcha et chuchota quelque chose à l'oreille du professeur Baker qui, par réflexe, avait couvert le micro avec sa main. Après l'avoir écouté attentivement, le professeur demanda :

— Il y en a pour longtemps ?

Le policier haussa les épaules. Son anglais était plus qu'approximatif.

— *I hope no. My chief tell you*[1].

Charles se demanda ce qu'il avait à voir avec les événements de cette minuscule ville au cœur de la Transylvanie.

Il avait écrit des livres vaguement en lien avec cette région, et il était précisément là pour un colloque d'histoire médiévale. Les policiers se tenaient toujours figés à la porte, plantés avec autorité dans l'épaisse moquette. On distinguait parmi eux une femme aux cheveux très courts qui promenait son regard à travers la salle et s'était arrêtée pour lire l'affiche annonçant : *Conférence extraordinaire d'histoire médiévale, avec la participation du célèbre professeur de Princeton, Charles S. Baker.* Ce dernier supposa que sa renommée l'avait devancé, et que l'on sollicitait son aide pour résoudre une enquête. Un tel déploiement de force lui parut cependant exagéré.

— Les autorités locales ont besoin de moi pendant quelques heures. Je propose que nous fassions une pause avant de reprendre à 16 heures, comme prévu. Je voudrais moi aussi entendre les exposés de mes collègues Johansson et Briot, des universités d'Uppsala et de la Sorbonne. Je vous prie de m'excuser. Mon second métier m'appelle.

Il avait accentué ces derniers mots avec ironie. Depuis ses deux coups de maître – il avait découvert et révélé au monde entier le secret le mieux conservé sur Abraham Lincoln et le mystère de « la bosse perdue »,

---

1. « J'espère non. Mon chef dire à vous. »

comme il disait, de Richard III –, il était devenu une sorte de Sherlock Holmes culturel.

Comme il avait l'habitude de répondre à tous ceux qui l'abordaient et parce qu'il était une personnalité éminente, les autorités locales avaient insisté pour le mettre sous protection. Il détestait être chaperonné comme un dignitaire ou comme un mafieux d'un pays de l'Est. L'insistance du maire avait cependant été si forte qu'il s'était résolu à supporter un policier pendant les quarante-huit heures de son séjour en Transylvanie, sous réserve que le garde du corps improvisé se retire sans commentaire s'il avait besoin de rester seul.

La veille, lors du dîner de bienvenue au bar-restaurant de l'hôtel, un type avait tenté de l'approcher pour lui remettre quelque chose. Il tenait à la main un dossier marron qui semblait rempli de documents. Son garde du corps l'avait écarté. Ce matin encore, devant l'appétissant buffet du petit déjeuner, une femme entre deux âges s'était faufilée jusqu'à sa table pour lui glisser une note manuscrite. Elle était repartie aussitôt, sans que Baker ait eu le temps de réagir. Il n'avait pas jugé nécessaire d'appeler le policier obèse censé le protéger, et par ailleurs trop occupé à se goinfrer des douceurs exposées sur six tables au rez-de-chaussée du restaurant. Charles avait fourré le billet dans sa poche et l'avait aussitôt oublié.

Pour lui, le petit déjeuner était le repas le plus important de la journée. Dans sa jeunesse, il sautait souvent cette étape, mais avec le temps, il avait commencé à grossir. Alors il avait changé de rythme : ne sachant jamais où ses activités le conduiraient, il avait appris à caler son estomac dès le matin. Le soir, en revanche, il se couchait presque sans manger. Cette habitude compensait les petits excès. Comme ces derniers jours, avec l'avalanche de plats traditionnels préparés selon des recettes médiévales.

Charles Baker n'était pas prétentieux, il n'était pas difficile non plus, sauf que, ces derniers temps, des personnes de tout genre l'accostaient pour un rien, sur des sujets concrets ou parfaitement farfelus. Il aurait choisi de devenir une rock star, s'il avait vraiment voulu devenir célèbre !

Flanqué de la petite escorte armée, il descendit donc l'escalier en direction des voitures. On l'invita à entrer dans la plus luxueuse. La seule Volkswagen détenue par les services de police de ce bourg. La femme aux cheveux courts monta à côté de lui. Elle lui tendit la main de manière très rigide et se présenta tout aussi sèchement :

— Christa Wolf.

— Charles Baker, répondit le professeur. Vous m'informerez peut-être en chemin ? On gagnera du temps en arrivant au commissariat. Et peut-être même résoudrai-je l'énigme pendant le trajet !

À sa grande surprise, la femme lui répondit dans un anglais parfait, assorti d'un fort accent britannique :

— Nous n'allons pas au commissariat, et il n'y a pas d'énigme à résoudre.

Le message fut transmis sans chichis et sans arrogance. Baker détailla la femme plus attentivement. Il décida qu'elle lui plaisait. C'était toujours comme ça avec les femmes. La première impression était souvent définitive. En toutes choses, il avait pourtant l'esprit ouvert. Si son interlocuteur était persuasif, il était toujours prêt à accepter une opinion contraire à la sienne, mais, en ce qui concernait les femmes, la première impression faisait tout. Chez Christa Wolf, les grands yeux, le teint olivâtre, la coupe à la Gavroche l'intéressaient, et il était intrigué par la cicatrice qui descendait de derrière son oreille et se prolongeait sous le col strict de la chemise boutonnée jusqu'en haut.

— Mais alors, que fais-je ici ?

— Je ne peux pas vous le dire maintenant, mais vous le saurez dans quelques minutes, c'est certain.

La femme semblait avoir mis un point final à la conversation. Charles constata alors que la voiture entrait dans la ville médiévale de Sighişoara. C'était son quatrième séjour ici, et il était toujours sous le charme des maisons de guingois qui semblaient s'épauler comme des personnes âgées obligées de s'entraider. La première fois, il était venu pour le livre qui l'avait fait connaître du grand public. La reconnaissance des milieux académiques, il l'avait conquise bien avant, et à de multiples occasions. Tout comme celle du monde politique, en qualité de chef de campagne pour six sénateurs et un président des États-Unis. Des campagnes toutes couronnées de succès. Au cours des dix dernières années, son livre sur la propagande et la manipulation au fil des siècles était devenu la deuxième source la plus citée au monde, dans les publications et les thèses de doctorat portant sur les sciences de la communication.

La voiture passa sous le porche menant à la place centrale de la ville, prit un virage serré à droite, dans la côte aux pavés irréguliers, et s'arrêta non loin d'un grand escalier. Plusieurs voitures de police étaient stationnées au bas des marches, gyrophare allumé, et un cordon de police tentait de retenir la foule des curieux. C'était le début de l'été, et en cette saison Sighişoara était pleine de touristes. Surtout des étrangers voulant visiter un bourg médiéval du bout du monde, parfaitement conservé, et voir la maison où, selon la rumeur, serait né le prince des ténèbres, Vlad III l'Empaleur, dit Dracula.

Chapitre 2

À sa descente de voiture, Charles fut accueilli par le commissaire de police Gunther Krauter.

Il ne se laisserait pas faire. On l'avait soustrait de façon bien peu délicate à son colloque, sans même lui expliquer pourquoi.

Il détestait les interventions en force des autorités. En fait, il avait renoncé à une carrière de consultant politique justement à cause du côté collet monté de ce milieu. Il ne supportait pas le costard-cravate. Ça lui donnait l'air d'un pingouin, disait-il, à cause de son cou épais et court, qui contrastait avec le reste de son corps – taille et poids moyens, le physique ordinaire de quelqu'un qui s'entretient. C'est pourquoi il faisait confectionner ses chemises sur mesure. Il pouvait se le permettre. Les conférences qu'il donnait, ses honoraires de spécialiste en communication politique, les droits d'auteur de ses livres à succès lui assuraient de confortables revenus, et à tout cela s'ajoutaient les gratifications que les gouvernements des États-Unis et de la Grande-Bretagne, plus quelques investisseurs privés, lui avaient accordées. Tout cela avait fait de lui un homme presque fortuné. Ses marques préférées étaient Charvet, Brioni et Kiton. Les mauvais jours et pour varier, il portait du Breuer, de l'Eton ou du Turnbull & Asser. Il fallait en convenir, sa garde-robe était si foisonnante et son dressing si vaste que l'une de ses amantes avait fondu en larmes, un beau matin, quand elle y était entrée par mégarde en cherchant la salle de bains. Ce qui comptait pour lui, c'étaient les marques, mais surtout les matières et la qualité des coutures. Il ne portait jamais ce qui de près ou de loin pouvait ressembler à un pull-over ou à toute autre matière rêche – les couvertures dans certains hôtels pouvaient le rendre fou. Sa chemise devait être une caresse, et lui procurer une sensation de bien-être tout au long de la journée. Il préférait le coton. Le coton Pima, d'Égypte ou Sea Island, pourvu qu'il entre dans la catégorie « coton à fibres très longues ». Il appréciait aussi le twill italien ou la batiste et la marceline. De temps à autre, il s'offrait des chemises en popeline. Ces marques avaient leur propre designer et certaines ne fournissaient qu'une poignée de clients. Charvet était sa préférée, la Rolls Royce de la chemise sur mesure. Rien que dans les blancs et les bleus, on comptait deux cents nuances. Alors, à chacun de ses passages à Paris, la maison Charvet, place Vendôme, était pour Charles une destination obligatoire.

— Où vous fournissez-vous en chemises ? demanda le commissaire avec curiosité.

Charles s'étonna du sens de l'observation du policier. Il n'était pas donné à tout le monde de reconnaître une Brioni, la chemise rose pâle qu'il portait ce jour-là. Ainsi, le flic avait du goût. *Où se l'est-il formé ?* se demanda Baker. Il était certain que personne à trois cents kilomètres à la ronde n'avait jamais vu une telle qualité. Mais par précaution, et parce qu'il détestait mettre les gens mal à l'aise à part quand c'était absolument nécessaire, il répondit :

— C'est ma femme qui me les achète. Je n'y connais rien.

Il n'était pas marié et, puisqu'il n'était pas bon menteur non plus, il venait de dire ce qui lui était passé par la tête.

— Pourquoi suis-je ici ? poursuivit-il.

Le policier le regarda, l'air hésitant. Devait-il le lui dire sur place, l'inviter à le suivre et lui montrer, ou l'envoyer au poste et l'interroger ? Christa Wolf avait insisté pour que Baker soit convoqué sur la scène de crime. Alors il se limita à obéir.

— Suivez-moi.

Ils prirent la côte en direction de l'escalier.

Chapitre 3

La route serpentait à travers les collines de la région de Saschiz. Une Porsche Panamera noire qui semblait contaminée par la nervosité de la femme assise sur la banquette arrière rugit et fit un appel de phares. Le conducteur de la Citroën qui arrivait en face s'écarta en râlant, s'insurgeant contre ces grossiers nouveaux riches. Il n'était pas arrivé au terme de ses imprécations que les occupants de la Porsche étaient déjà loin. Et s'ils l'avaient entendu, ils s'en seraient probablement moqué. La femme portait un tailleur orange dont la jupe dissimulait avec peine ses jambes aux muscles saillants. La veste était poétiquement fermée par une écharpe Hermès camouflant les rides de son décolleté. Deux ordinateurs portables ouverts se trouvaient à portée de sa main et le téléphone qu'elle tenait à l'oreille semblait l'avoir interrompue au beau milieu d'une activité importante. La voix de l'interlocuteur qui aboyait des ordres portait jusqu'aux oreilles du chauffeur et du passager avant, un type taillé comme une armoire à glace. Au bout de deux bonnes minutes pendant lesquelles la femme avait en vain tenté d'articuler quelques mots, elle dit :

— Cette fois-ci, il ne nous échappera plus. Je vous le promets !

Puis elle raccrocha et s'adressa aux deux hommes :

— Vous êtes bien certains d'avoir fait tout ce que je vous avais demandé ?

Le chauffeur marmonna qu'il s'était personnellement assuré que tout avait été fait selon les ordres et que ses hommes sur le terrain le tenaient informé du moindre mouvement. Tous leurs messages s'affichaient d'ailleurs sur l'écran de l'ordinateur de bord. La femme les avait lus, elle aussi. Elle pouvait en avoir le cœur net.

— Tu es sûr d'avoir choisi des gens de confiance, cette fois-ci ? Je ne veux pas qu'on se retrouve avec un nouveau Marseille. Ou pire, un nouveau Cologne. Et qu'ils nous filent encore entre les doigts comme si nous étions des débutants.

Le chauffeur en était sûr, et l'armoire à glace confirma d'un signe de tête.

Pour une femme comme Bella, les filatures représentaient une perte de temps. Un ennui sans bornes et un effroyable gaspillage de ressources. C'était une femme d'action. Si bien que la mission qu'on lui avait confiée l'insupportait au plus haut point. Mais les ordres sont les ordres, et elle était habituée à les exécuter sans faire de commentaire.

Chapitre 4

Cet escalier vers lequel ils s'avançaient était une curiosité. Construit en 1642, il faisait le lien entre la ville basse et l'école au sommet de la colline. Il était entièrement couvert et fermé par une galerie dont les poutres rappelaient vaguement les ogives des cathédrales gothiques. La peinture noire à l'extérieur lui conférait un air sinistre. L'école avait été construite près de l'église dite elle aussi « de la colline », datant de 1525. Derrière elle se trouvait la tour des Cordiers, une des neuf tours des métiers qui avaient largement contribué à l'inscription de la ville au patrimoine mondial de l'Unesco. L'escalier, connu sous le nom d'escalier des Écoliers, comptait initialement 300 marches. Pour aller au lycée, les élèves devaient gravir et descendre chaque jour ces marches.

Déjà fatigué par tout ce remue-ménage matinal, Charles regretta que personne n'ait eu l'idée géniale d'installer un ascenseur, ne serait-ce qu'un simple monte-charge tracté par une crémaillère. Il se souvint qu'en 1849 le nombre de marches avait été réduit à 175. *Bravo à celui qui a pris cette initiative*, se dit-il.

Aujourd'hui, je lui décernerais une médaille. Il songea à Hitchcock et ses *39 Marches* et se demanda quelles surprises l'attendaient encore.

Au pied de l'escalier, dans l'espace délimité par une corde, s'activaient des hommes en uniforme et de nombreux civils autorisés. Des policiers aux aguets formaient une muraille humaine, comme pour contenir une manif interdite devant le G8. On aurait cru que toute la police de la ville était rassemblée là, y compris les portiers, les chauffeurs et les secrétaires. Il était évident que Sighişoara n'avait pas connu d'événement de cette importance depuis très longtemps.

L'entrée de l'escalier était abritée des regards par de grands sacs suspendus. Avant d'écarter le plastique, le commissaire tint à prévenir Charles :

— Ce n'est pas un joli spectacle. Mais vous avez l'air d'un homme qui sait garder son sang-froid.

Après cet avertissement qui avait attisé le suspense et fait baisser la garde à son interlocuteur, le commissaire lui adressa une question qui semblait avoir été préparée depuis un petit moment :

— Pourquoi le diable figure-t-il sur vos cartes de visite ?

Baker le regarda sans comprendre. Le policier avait-il commis un contresens, dans son anglais approximatif ? Charles devait faire des efforts pour le comprendre, et l'accent allemand n'arrangeait pas les choses. Il se contenta alors de prononcer un très britannique « Plaît-il ? », comme s'il mimait l'accent de la femme qui l'avait amené ici et qui semblait s'être évaporée.

— Je vous demandais si vous vénérez le diable ou s'il s'agit d'une de ces blagues que nous, pauvres mortels, ne pouvons comprendre. Une *private joke* ?

— Si je vénère le diable ?

Charles n'ignorait pas le primitivisme des habitants des petites villes, surtout dans ce genre d'endroit où, en dépit de toute l'éducation qu'on peut recevoir, il est difficile de se défaire des superstitions instillées depuis la plus tendre enfance. Dans ses livres, il traitait des croyances populaires, et ses théories sur la persuasion se basaient justement sur ces convictions inébranlables, ces préjugés conservés depuis la nuit des temps qu'aucun argument rationnel ne peut effacer ni entamer.

Pendant que Charles réfléchissait à ce qu'avait bien pu vouloir dire le commissaire, ce dernier avait écarté le rideau improvisé et le tenait soulevé pour lui. Il grimpa. Devant lui, à mi-hauteur de l'escalier, c'était de nouveau la foule. On prenait des photos, des mesures, et Christa Wolf discutait vivement avec un civil, probablement un collègue. Il y avait peu de lumière, les planches filtraient les rayons du soleil, si bien que les zones surexposées alternaient avec l'obscurité ; comme dans une scène de film en noir et blanc qui dissimule le mystère plus qu'elle ne le dévoile. Il s'approcha. Le photographe qui lui bouchait la vue continuait son ballet ridicule, puis s'écarta. Alors il vit. Et resta bouche bée.

Chapitre 5

Le gigantesque écran de la salle de contrôle clignota pendant quelques secondes. Un curseur se déplaça, s'arrêta, puis se mit à virevolter follement sur l'écran, ouvrant en vrac des images, des équations mathématiques, des textes de tous les temps, des hiéroglyphes et des runes, et, au bout de trente secondes d'orgie visuelle, sur *L'Ode à la joie* de Beethoven déversée par la sono surdimensionnée même pour le hangar de cinq mille mètres carrés, il s'immobilisa et remplit l'écran du message « *Problem solved* ». D'abord en anglais, puis en allemand, français, espagnol et russe et dans toutes les langues du monde, vivantes ou mortes et enterrées depuis des éternités, et que seul le colossal ordinateur de l'Institut de recherche et d'expérimentation sur le comportement humain (IRECH) était capable de connaître. Puis une figure animée dansa à un rythme dantesque. Les employés s'arrêtèrent pour regarder l'écran, sans rien dire, puis, au signal donné par Werner Fischer, ils se mirent à hurler, à crier et à s'embrasser, à jeter en l'air ce qui leur tombait sous la main, du gobelet en plastique aux feuilles de papier, agrafes de bureau et tout objet non contondant qu'ils pouvaient trouver. L'écran n'était pas visible dans tout le hangar, mais quelques enceintes permettaient de faire parvenir un message à tous les employés. Chaque fois qu'ils obtenaient des résultats aussi prometteurs que ce soir, le chef rondelet et roux programmait la publication du fameux message sur l'écran, accompagné de la musique qui résonnait dans tout le hangar.

Werner Fischer était avant tout un génie des mathématiques et de la physique, mais la liste des disciplines qu'il maîtrisait semblait sans fin. Dès la fac – il avait été découvert à la Humboldt Universität zu Berlin et presque traîné de force aux États-Unis –, on disait que c'était un génie. Les plus grandes universités du monde s'étaient livré un combat fratricide pour lui mettre la main dessus. Finalement, le Massachusetts Institute of Technology (MIT) l'emporta. À vingt-six ans, Fischer avait déjà quatre doctorats, coordonnés par autant de prix Nobel. Il était encore sur les bancs de l'école quand les plus grandes entreprises, les services secrets et surtout ceux de l'Institut avaient jeté leur dévolu sur lui. Le directeur de l'Institut en personne l'avait courtisé sans relâche pendant presque cinq ans, jusqu'au jour où il avait enfin vaincu sa résistance. Utilisant des techniques de filature et de recherche complexes, au fil d'un travail de plusieurs années parfois désespérément stérile, de leur point de vue, ceux du MIT avaient finalement trouvé son talon d'Achille, et lui avaient offert ce qu'il désirait le plus, ou pour le dire mieux, la seule chose qu'il désirait réellement et qu'il n'aurait pas obtenue autrement. Peu de choses parvenaient à influencer ce génie, responsable de tous les projets importants incubés à l'IRECH. Il mangeait n'importe quoi, surtout de la *junk food* et des tonnes de sucreries, il dormait n'importe où – même debout ou la tête sur le bureau s'il le fallait –, et de l'argent, il pouvait en gagner à tout moment, et autant qu'il en voulait.

Pendant que les autres criaient encore leur joie, Fischer, enchanté de leur succès, saisit un dossier sur le bureau et fila jusqu'à la porte. Il monta sur son gyropode et partit comme l'éclair vers l'endroit le plus surveillé du bâtiment auquel seuls les privilégiés avaient accès. Il passa les portiques de sécurité, les détecteurs de métal et de liquides, puis une porte, introduisit une carte, composa un numéro, encore une carte, encore un code personnel, puis d'autres portes, empreintes digitales, de la main et, finalement, de la rétine. Enfin, il entra.

Chapitre 6

Ce qu'il apercevait à mi-hauteur de l'escalier, c'était un amoncellement de cadavres. Heureusement, l'agitation ambiante s'interposait entre les morts et lui, lui bouchant la vue. Mais c'était assez pour que la bile lui remonte dans la gorge. Il porta la main à son front et parvint à contenir son envie de vomir. Il fit demi-tour vers la sortie, songeant à redescendre dans la rue. Christa vint rapidement vers lui et le prit par l'épaule.

— Pas de problème, si vous ne pouvez pas supporter. On peut se parler plus tard.

— Pourquoi m'avez-vous amené ici ? parvint à articuler Charles. C'était plutôt de la théorie, quand je jouais au gendarme et aux voleurs. Je n'ai pas le cœur assez accroché pour les morgues et tous ces endroits sinistres.

— Je vous prie de m'excuser. J'avais demandé au policier qui vous a accompagné de vous prévenir que le spectacle n'était pas joli joli.

Christa mentait. Elle comptait sur l'anglais plus qu'approximatif du policier. Son intention avait été d'amener

Charles là sans rien lui dire. Elle voulait observer sa première réaction. Malheureusement, le commissaire n'avait pas suivi ses instructions, sans doute parce qu'il était contrarié qu'une femme beaucoup plus jeune que lui, lui donne des ordres. Chez lui, même s'il y avait cinq femmes sous le même toit, seul le coq donnait de la voix. Alors il n'en avait fait qu'à sa tête et n'avait pas pris le temps de dégager la scène de crime, ce qui aurait permis que le choc soit moins violent, même à une certaine distance.

— Si vous pensez que vous pouvez résister. Les cadavres sont mutilés... Vous nous seriez d'un grand secours.

Charles inspira profondément et se retourna. Entretemps, Christa était déjà remontée et discutait avec des hommes qui avaient recouvert les cadavres d'un drap. Elle adressa un signe d'encouragement à Charles. Le professeur Baker avait déjà vu des corps sans vie, mais il l'évitait autant que possible, s'en tenant au précepte hébraïque disant que les hommes en vie ne doivent jamais voir un mort qui ne soit couvert. Quand cela arrivait malgré tout, ses pensées déviaient sur le thème de l'inutilité de la vie et autres idées toxiques avec lesquelles son tempérament éminemment positif ne faisait pas bon ménage.

Christa avait renvoyé tous ceux qui s'activaient là, à part le commissaire et le collègue en civil avec lequel elle s'était disputée plus tôt.

Ce dernier souleva le drap dévoilant une jambe. Sa pâleur était plus que cadavérique, elle dépassait même l'idée de blancheur. Comme si elle avait été conservée dans le plâtre ou dans du talc. L'homme attendit l'acquiescement de Charles. Ce dernier fit un signe du menton et le policier souleva un peu plus le drap. Le cadavre avait la jambe enroulée autour d'un pieu aiguisé. Le drap révéla le corps tout entier. L'horreur. Le mort avait les yeux arrachés. Le professeur eut un nouveau haut-le-cœur. Il se détourna et se pencha, tout en tendant le bras pour signaler que tout allait bien. Il se sentait ridicule à se comporter comme une demoiselle et, dans un sursaut de volonté, se redressa. Le policier découvrit alors les deux autres corps, l'un positionné plus haut et l'autre couché dessus à la perpendiculaire. Charles s'approcha et observa qu'à celui du dessus il manquait les oreilles. *Les yeux, puis les oreilles. Je parie que l'autre n'a plus de langue*, se dit-il. Le cadavre portait autour du cou un collier d'ail. Pour se distancier de cette atrocité, Charles s'efforça d'imaginer que cela ressemblait à une guirlande de fleurs, de celles dont on affuble les touristes sur les îles exotiques.

Le policier, qui ne le lâchait pas des yeux, lui fit signe de regarder vers le plafond. Entre les ogives était fixé un miroir dans lequel toute la scène se reflétait. Charles remarqua que les trois enquêteurs le regardaient curieusement, comme s'ils attendaient une réaction particulière de sa part. L'émotion était palpable et Charles n'était pas cynique, mais il ne put s'abstenir de noter la dimension théâtrale de ce spectacle et, en même temps, une sorte de maladresse dans la mise en scène. Comme si l'auteur des faits avait dû se dépêcher. Les trois corps formaient une croix. Ceux placés dans le prolongement l'un de l'autre formaient la partie verticale, et celui couché en travers, l'horizontale. Le dispositif lui parut un peu grossier. Cela ressemblait à une scène de mystère médiéval. Il y avait tout : la croix, le pieu, le miroir, l'ail. *Qui ne voit rien. Qui n'entend rien. Qui ne dit rien.* Le criminel voulait transmettre un message : ne vois rien, n'entends rien, ne dis rien. Ça ne lui était certainement pas destiné, mais il commençait à saisir pourquoi il se trouvait là. Le policier en civil interrompit le fil de ses pensées.

— À l'autre, il manque la langue.

Charles resta impassible. Mécontent de cette absence de réaction, l'homme sortit une paire de gants chirurgicaux et s'approcha du premier cadavre. Il s'accroupit et posa une main sous la tête comme pour la soutenir. De l'autre, il écarta les cheveux.

— Chacun d'eux porte deux trous au niveau de la carotide. L'autopsie sera faite plus tard, mais, lors de son premier examen, notre légiste a établi que l'exsanguination semble être la cause du décès.

— Mais c'est horrible ! Écoutez, je ne comprends pas bien pourquoi je me trouve ici.

Et, alors qu'il avait fait des efforts pour s'abstenir, il ne put retenir un trait d'ironie :

— Vous ne croyez tout de même pas que c'est un vampire qui a fait ça ? Allons, messieurs, soyons sérieux.

Charles Baker ne comprenait pas comment ils pouvaient envisager une telle hypothèse. Certes, les superstitions et les légendes avaient encore prise sur l'imaginaire collectif, les gens ayant besoin de croire au surnaturel : cela entretenait l'espoir d'une vie meilleure ou plus trépidante, d'un miracle. Mais que les autorités puissent en tenir compte, c'était absurde. On revenait plusieurs centaines d'années en arrière !

Personne ne sembla pourtant apprécier l'intervention du professeur et il eut la sensation d'être regardé de travers.

— N'est-ce pas vous, l'expert numéro 1 des vampires ? demanda le policier.

Ainsi ils avaient besoin de son expertise. Quelle coïncidence tout de même qu'il se trouvât ici à ce moment précis !

— Je me suis contenté d'écrire un livre sur un sujet qui me semblait intéressant. Mon point de vue est celui d'un scientifique, j'ai seulement étudié la façon dont naît une légende et le fonctionnement de sa propagation.

— Vous avez donné des conférences sur ce thème dans le monde entier.

De toute évidence, la conversation virait à l'absurde entre Charles et l'homme dont il ne savait même pas qui il était. Il leva les yeux vers Christa qui s'empressa de faire les présentations.

— Je vous prie de m'excuser, dit-elle, monsieur appartient au SRI, le Service roumain d'information.

— Notre FBI à nous, compléta l'individu en tendant la main. Ion Pop. John, si vous préférez.

Charles effleura à peine la main gantée qu'il lui tendait.

— Ma thèse principale, dans les conférences que vous évoquez, mais également dans mes travaux, est justement que les vampires n'existent pas, et que le prétendu vampirisme de Vlad Țepeș a été inventé bien avant la publication du roman de Bram Stoker. Nous sommes devant un exemple classique de guerre de réputation, où l'on commence par détruire toute la crédibilité de quelqu'un, puis par le transformer de personnage dangereux en créature démoniaque. J'ai écrit cela dans le contexte des campagnes électorales et de l'histoire de la persuasion. J'ai démontré que le vampirisme est une impossibilité d'ordre théorique. Mais je crois que ce n'est ni le lieu ni le moment pour donner un cours, même si l'atmosphère est on ne peut plus gothique.

L'agent restait dubitatif. Il lui fit signe de se pencher sur les cadavres et il lui demanda :

— Alors comment vous expliquez ça ?

À l'arrière du cou, le cadavre portait un tatouage large comme quatre doigts de la main. C'était un diable avec deux langues sortant des coins de la bouche, la tête couverte d'une sorte de chapeau de gland d'où sortaient deux cornes rouges, vêtu d'une culotte à pois de la même couleur, avec quatre ongles rouges, longs et crochus, à chaque main et à chaque pied, de petites dents très pointues, des yeux ronds et méchants, le teint vert ; un démon au visage partiellement humain, qui semblait exécuter une danse apocalyptique rappelant la danse de joie de Shiva sur la dépouille d'un monde détruit. Le tatouage était exécuté avec un soin maniaque des détails. Une lueur passa dans les yeux de Charles, ce que ses interlocuteurs ne manquèrent pas de remarquer.

Quand le policier ôta sa main du cadavre, Charles observa que ses doigts étaient tachés. Ainsi, ce n'était pas un tatouage permanent. Plutôt un tampon.

— Il est identique sur les trois, dit le commissaire.
— Suis-je censé savoir ce que cela signifie ?
— C'est à vous de nous le dire.
— Moi ? riposta Charles, énervé. Vous croyez que j'ai un lien avec ces crimes ?
— Pas directement. Nous ne vous soupçonnons pas d'en être l'auteur, dit l'agent. Ils ont été tués longtemps avant que vous n'atterrissiez en Roumanie. J'ai vérifié. Il y a quelque chose d'autre, ajouta l'homme. Avez-vous une carte de visite sur vous ?
— Mes cartes de visite portent mon numéro de téléphone et mon e-mail personnels, je ne les distribue pas à n'importe qui, et je les prends rarement avec moi. Seulement quand j'en ai besoin. Je les ai laissées à l'hôtel. Sinon, qui veut me joindre sait comment faire.
— Est-ce qu'elles ressemblent à ça ? demanda l'agent en ouvrant la main du cadavre pour en sortir une carte de visite légèrement froissée.
Comment diable… ? se demanda Charles, abasourdi. Le policier se leva, lui mit la carte de visite sous le nez et la retourna subitement.
— Et ça, c'est quoi ?
S'il est possible d'ajouter la perplexité à la stupeur, c'est ce qui arriva à Charles. Sur la carte de visite s'étalait, imprimé cette fois, le diable danseur.
— Voilà ce qu'on croit, nous. Soit vous avez un lien avec ce qu'il se passe ici, vous *savez* quelque chose, à défaut de l'avoir *fait*, quoique…
Charles l'interrompit vivement :

— Vous croyez que je laisse ma carte de visite sur mes victimes ? Sur les cadavres que je découpe ? Ou bien que j'ai justement fait ça pour me disculper ? Un alibi inversé ? Oui. Ma carte de visite ressemble en effet à ça. Sans le diable. Et elle est simple, sans filigrane. Quiconque a vu un jour ma carte de visite peut la reproduire.

Sans tenir compte de ses protestations, Ion Pop poursuivit son raisonnement :

— Soit quelqu'un qui savait précisément que vous seriez là ces jours-ci, pour assister au colloque, vous transmet un message, soit vous êtes victime d'une mise en scène. Je sais que vous êtes une personne importante et qu'il vous suffira d'un coup de fil pour que, non seulement on vous laisse partir, mais qu'on vous reconduise jusqu'à l'aéroport. D'autant que vous n'êtes suspecté de rien. Pourtant, dans le cas où ces crimes auraient un lien quelconque avec vous, s'ils transmettent un message, s'il s'agit de la plaisanterie macabre d'un désaxé, vous devrez nous aider. Nous vous serions donc reconnaissants de bien vouloir accorder quelques heures à la police. Nous vous reconduirons ensuite à l'hôtel.

Charles consulta sa montre et au bout de quelques instants répondit :

— La deuxième partie de la conférence va commencer. Je vous accompagne à condition que vous transmettiez à mes collègues les excuses de rigueur, en les priant de poursuivre sans moi. Il faudra aussi que j'arrive au moins deux heures avant le cocktail de 21 heures. Vous savez qui sont les victimes ? demanda encore Charles.

— Monsieur le commissaire a reconnu l'un des trois. C'est, ou plutôt c'était, le propriétaire d'une boucherie des nouveaux quartiers.

— Le meilleur boucher que j'aie jamais connu, fit Gunther avec regret et dépit.

Chapitre 7

Charles Baker quitta le siège de la police à 17 heures. Les agents n'avaient pas trouvé de raison de le retenir, d'autant que le professeur était capable de causer d'énormes problèmes à qui se rendrait coupable d'abus à son encontre. Il était la patate chaude dont personne n'avait envie de se charger. De plus, il avait un alibi en béton. Au moment où les crimes avaient dû se produire, Charles Baker présentait une série de conférences à Oxford, sur le thème de la guerre des Deux-Roses et de la célèbre « bosse perdue » de Richard III, sa précédente enquête.

En deux heures, c'était plié. Il ne savait pas grand-chose, il ne se connaissait pas d'ennemis capables d'une chose pareille. Un professeur concurrent ou un étudiant qui le haïssait ? Aucun d'eux n'aurait commis ces crimes atroces, et surtout pas dans ce coin perdu. S'il avait des ennemis, il se les était plutôt faits en politique, à l'époque où il menait des campagnes électorales pour le compte de ses clients. Il était féroce. Rien ne lui échappait. Surtout pas les faiblesses de l'adversaire. Il frappait toujours là où ça faisait le plus mal.

Des années de pratique de l'escrime lui avaient enseigné le contrôle de soi.

Dans l'escalier couvert, il n'avait pas été tout à fait sincère au sujet de la mise en scène. Il avait affirmé qu'il ne voyait pas de quoi il s'agissait, puis avait rapidement changé de sujet.

Christa s'était proposée pour le reconduire. L'hôtel étant à deux pas, il avait décliné, expliquant qu'une balade lui ferait du bien. Avant de refermer la portière de sa voiture, elle lui avait demandé :

« Mais vous avez bien reconnu quelque chose, n'est-ce pas ?

— Je vous le dirai si vous m'accompagnez au cocktail ce soir », lui avait-il dit avec un sourire énigmatique.

Sur le moniteur de l'écran de l'Institut de recherche et d'expérimentation sur le comportement humain, le personnage animé, le diable vert avec quatre griffes crochues au bout de ses quatre membres, cessa de danser et resta bloqué dans un coin de l'écran.

Chapitre 8

Au numéro 25 de la rue Herman-Oberth se trouvait le plus bel hôtel, et le plus récent, de la ville natale du plus célèbre vampire de tous les temps. L'établissement n'existant pas encore lors des précédentes visites de Charles, ce dernier fut agréablement surpris lorsqu'il descendit de la voiture de l'ambassade des États-Unis qui l'y avait conduit directement de l'aéroport de Cluj-Napoca. Charles adorait les hôtels de luxe. Comme il était toujours entre deux départs, il s'écoulait souvent des mois sans qu'il rentre chez lui. Certes, il aimait explorer des endroits anciens, des sites médiévaux, mais il souhaitait surtout, au terme d'une fatigante journée, pouvoir se détendre dans un lieu luxueux et décoré avec goût.

Il admirait tout, dans un hôtel – les chambres joliment décorées aux immenses lits garnis de nombreux oreillers ; les tenues des caméristes et les uniformes des majordomes ; la politesse des réceptionnistes ; les salles de bains plaquées de marbre ; les bonbons et panières de fruits qu'il trouvait sur le lit à son arrivée. Il appréciait par-dessus tout la sonnette à la réception, dans les rares lieux où son usage subsistait encore.

Il lui arrivait de passer des heures dans le hall, avec son ordinateur portable, à observer l'affluence chamarrée des clients de l'hôtel. Quelques-uns de ses livres avaient ainsi vu le jour dans ces vastes espaces, sous toutes les latitudes. Le ballet des gens élégants qui traînaient des bagages, les destins qui se croisaient pour un bref instant avant de se séparer pour toujours, cela le fascinait. Parfois il tentait de deviner le métier de toutes ces personnes, il étudiait leur physionomie, leurs vêtements, leur comportement. Il engageait facilement la conversation avec tout le monde, dans les nombreuses langues qu'il maîtrisait. C'était un homme doté de beaucoup d'esprit, et sa culture encyclopédique, forgée dès son enfance passée dans la labyrinthique bibliothèque de la maison de son grand-père et de son père, ajoutait à son charme.

Il en savait presque toujours plus que quiconque sur presque tout, mais, bien entendu, avec l'air de ne pas y toucher. Il pouvait discuter aussi naturellement avec un médecin qu'avec un chauffeur de taxi. Il avait envoûté toutes les serveuses de restaurants où il avait dîné, et il pouvait naviguer de l'histoire du cinéma au sexe des anges avec autant de talent. C'est également dans les hôtels qu'il avait rencontré presque toutes ses amantes – autant de souvenirs extrêmement agréables. À un moment donné, il lui était même passé par la tête d'emménager à l'hôtel.

L'hôtel Central Park lui plut immédiatement, parce que l'entrée ressemblait à celle d'un théâtre parisien baigné d'une lumière chaude et de couleurs – affiches criardes et ampoules colorées en moins. Il appréciait le bois et le fer forgé sur fond de tapis rouges imprimés du lys impérial, de tableaux d'artistes locaux ou de peintres de passage. Pour sûr, l'ensemble était un peu kitsch, mais à quoi la vie aurait-elle ressemblé sans excès de décoration, sans une petite dose de mauvais goût ? Il adorait le bar-restaurant aux faux airs de cottage anglais, avec ses lambris foncés et ses étagères garnies de livres reliés de cuir et de bouteilles de vin qui lui rappelaient la maison où il avait grandi. Ce n'était ni le Ritz ni un Four Seasons, mais celui qui avait construit ça dans une ville où les meilleurs hôtels avaient tout au plus l'air rustique méritait d'être félicité.

Charles traversa le bosquet d'arbres agrémenté de quelques bancs, entra dans l'hôtel, se dirigea vers la réception et demanda si la conférence était terminée. Le réceptionniste confirma et lui tendit la clé. Comme à son habitude, en attendant, Charles avait parcouru le hall d'un regard circulaire. Une femme assise dans un fauteuil – bois doré et coussins de velours rouge – l'observait depuis son arrivée. Leurs regards s'étaient brièvement croisés, celui de Charles ayant tout de suite été happé par ses mollets impressionnants. Perchés sur des talons de quinze centimètres, ils étaient musclés comme ceux d'une championne du monde de culturisme. Sa jupe tendue à craquer laissait deviner des cuisses à la même musculature exagérée. Un autre géant doté de deltoïdes qui auraient fait honte à Arnold Schwarzenegger apparut sur le seuil du bar. Charles se demanda à quoi ressemblerait la progéniture de ce couple étrange. Il prit sa clé et monta au premier étage, chambre 104. On lui avait proposé un appartement calme, avec vue sur la cour intérieure, le meilleur de l'hôtel, mais il avait préféré une chambre avec balcon au-dessus de l'entrée et vue sur le petit jardin pour y prendre son café matinal, accompagné du Cohiba dont il se gratifiait une fois par jour, quand il était de bonne humeur.

Chapitre 9

Charles se réveilla en sursaut et regarda autour de lui sans reconnaître les lieux. Il eut besoin de quelques instants pour reprendre ses esprits. Le soleil qui entrait par la porte-fenêtre ouverte sur le balcon tombait directement sur lui et il était en nage. Un peu d'air gonflait le voilage, comme poussé par un fantôme. Il consulta sa montre. Il était 18 h 30. Il n'avait pas dormi plus d'une demi-heure.

À son retour dans la chambre, il était sorti sur le balcon, avait longuement observé la rue. À l'horizon s'élevait la tour de l'Horloge, la plus haute des neuf qui avaient traversé les siècles depuis le Moyen Âge. Haute de soixante-quatre mètres, elle avait été construite vers l'an 1300 pour protéger l'entrée principale de la ville.

On l'appelait la tour de l'Horloge parce que en 1650 environ un immense mécanisme flanqué de statues en bois représentant les dieux latins des jours de la semaine y avait été placé. *Mars*, *Mercurius*, *Jovis*, *Veneris*, *Saturnis* et *Sol*, c'est-à-dire Mars, Mercure, Jupiter, Vénus, Saturne et le jour de Sol, le Soleil. Seul le lundi, au lieu d'être *Lunae dies*, c'est-à-dire le jour de la Lune, était représenté par Diane, la déesse de la chasse.

La ville comptait initialement quatorze tours où siégeaient les corporations artisanales du Moyen Âge. En plus de celle de l'Horloge qui n'appartenait, elle, à aucune corporation, la tour des Forgerons, des Cordonniers, celle des Tailleurs, des Fourreurs, des Bouchers, des Étameurs, des Cordiers, des Tanneurs avaient traversé les siècles. Les tours des Pêcheurs, des Tisserands, des Joailliers, des Doreurs et celles des Serruriers et des Tonneliers avaient été détruites.

Durant le Moyen Âge et dans toute l'Europe, les corporations avaient été à l'origine de la plupart des évolutions de la société, en dépit des résistances de la noblesse et de l'Église. Organisées sur des principes d'exclusivité, selon des règles très strictes, elles se comportaient souvent comme des mafias syndicales, ou même des trusts, fixant le prix des produits et des services selon leur bon vouloir et en vertu de leurs monopoles. Elles ont cependant forcé et accéléré l'avènement de la modernité. Au sein de la corporation des artisans et des commerçants a germé la petite bourgeoisie, parmi les banquiers et les notaires a émergé la grande bourgeoisie. De la corporation des maçons s'est élevée la franc-maçonnerie, qui a donné la Révolution française, qui a fondé l'Amérique, qui a engendré les révolutions de la première moitié du xixe siècle et qui a formé le monde que nous connaissons aujourd'hui. Les membres des corporations détenaient un savoir-faire spécifique, à une époque où c'était extrêmement rare. Sans eux, pas de villes, pas de grandes cathédrales, pas d'économie. Surtout, c'étaient des hommes libres, bien informés et actifs. Ces corporations ont été les précurseurs du capitalisme moderne, et leurs membres, ceux de la classe moyenne.

Charles avait publié un essai sur l'importance et le rôle des corporations au cours de l'histoire et les relations complexes qu'elles entretenaient avec les autorités de leur temps. Il les avait étudiées sur tout le Vieux Continent, de l'Italie à la France, de l'Angleterre à la Pologne, des États allemands à la Valachie.

Il avait terminé son cigare et s'était assis sur le lit pour réfléchir à ce qu'il venait de voir. Il s'était remémoré chaque détail de la mise en scène, supposant qu'un message lui était adressé. Quel message et pour quelle raison, ça en revanche, il l'ignorait. Le sommeil avait interrompu ses réflexions.

Alors qu'il se demandait ce qu'il pourrait faire en attendant le cocktail, son portable se mit à vibrer sur le bureau. Un numéro français inconnu apparut sur l'écran. Charles prit l'appel.

— Je dois vous voir immédiatement, dit la voix.

Impossible de ne pas reconnaître l'accent britannique de Christa Wolf.

— Le cocktail, c'est dans deux heures. Ou alors vous avez renoncé à venir ? demanda-t-il.

— Non, j'ai promis, coupa-t-elle. Mais là-bas il y aura beaucoup de monde, de mondanités et de sourires à échanger, et j'ai besoin de vous parler en privé.

Charles cherchait un endroit où il pourrait lui donner rendez-vous quand Christa reprit de manière aussi péremptoire :

— Je suis au bar du rez-de-chaussée. Je vous attends.

Elle raccrocha, laissant Charles bouche bée. Il sourit cependant. L'impétuosité de cette femme l'amusait. Il descendit.

Chapitre 10

Le bureau de Martin Eastwood était terriblement intimidant. Personne dans l'Institut n'avait jamais vu sourire sa secrétaire à tête de bouledogue. Werner Fischer se présenta à la porte et la questionna du regard. En le regardant par-dessus la monture de ses lunettes, elle lui signifia de la tête que le grand chef l'attendait. Il entra. Au moins quinze mètres séparaient le seuil du bureau du chef. Les deux Chesterfield et le canapé assorti se trouvaient à la même distance, et ils étaient bien plus bas que le bureau. Quiconque s'asseyait là semblait rejouer la célèbre scène du *Dictateur* de Chaplin. Eastwood aimait montrer qui était le patron. Tout au plus pouviez-vous obtenir, et seulement si vous étiez le directeur de la CIA ou de la NSA, ou le vice-président, qu'il s'assoie face à vous, dans l'un des fauteuils. Aucun des employés n'avait jamais eu ce privilège. À part Werner, à l'époque où Martin le courtisait assidûment et où il lui avait promis monts et merveilles pour le faire venir.

L'Institut de recherche et d'expérimentation sur le comportement humain était une institution secrète connue de quelques personnes seulement dans le monde. Il avait été fondé pour étudier le comportement humain dans des situations extrêmes et pour trouver de nouvelles et complexes méthodes destinées à enfermer la population dans une dépendance totale vis-à-vis de l'État. C'était ainsi que les entités à l'origine de sa fondation se considéraient : comme l'État. Il en sortait les idées les plus folles, pour occuper l'esprit des individus réduits au statut de consommateurs perpétuels, dont les obsessions leur étaient servies sur un plateau. On y inventait les plus cruelles dépendances et on y élaborait les stratégies de fragmentation de la société. En bref, l'Institut avait pour but de développer à la chaîne de nouvelles formes de lavage de cerveau et de briser toute velléité de pensée indépendante. Dans les rares cas d'échec, on passait au plan B, à savoir l'isolement des sujets. Et par tous les moyens. De la décrédibilisation totale à l'assassinat, en dernier ressort. D'ordinaire, les gens qui pensaient par eux-mêmes, de plus en plus rares, réagissaient au premier seuil de persuasion, à savoir le dessous-de-table. En emplois fictifs ou en cash.

— Vous m'avez promis quelque chose ! aboya Eastwood en direction de l'homme qui se tenait modestement devant lui.

— Je peux m'approcher ? s'enquit Werner.

Le chef le lui permit. Avec un grand sourire, Werner bondit jusqu'au bureau et tendit le dossier à son patron. Ce dernier le saisit avec un air dubitatif, l'ouvrit et le feuilleta.

— Vous en êtes certain ? lui demanda-t-il.

Oui, il en était sûr. Plus sûr qu'il ne l'avait jamais été.

— Vous avez appelé Bella ? reprit Eastwood.

— Je n'attendais que votre aval.

— Et vous ne voulez pas me dire où vous avez disparu pendant deux jours ?

Werner sourit.

— Un professionnel ne dévoile jamais ses méthodes, pas plus qu'un journaliste ne révèle ses sources. Il se contente d'apporter des résultats. Et c'est ce que vous souhaitez. Des résultats.

Eastwood le congédia d'un geste, et tourna les talons. Arrivé sur le seuil, la main sur la poignée, il entendit le chef tonner.

— Vous parlez de résultats. Alors, produisez-les ! Vous êtes tout près d'obtenir ce que vous avez toujours désiré. Ou tout près de disparaître. Trouvez la liste !

À l'hôtel Central Park, après avoir graissé la patte pour obtenir la dernière chambre réservée pour le propriétaire, en ce jour où l'hôtel était complet, envahi de participants à la conférence, Bella Cotton se tenait sur ses jambes tout en muscles, les pieds dans l'eau chaude. Elle avait demandé une bassine à la réception, et, vu la somme qu'elle avait fourrée dans la poche du réceptionniste pour la chambre – environ dix fois le prix de la nuit –, elle l'avait obtenue en trois minutes. Bella avait ses méthodes pour persuader son monde et à toute situation elle trouvait une issue créative. Un jour, dans un hôtel où le pot-de-vin s'était révélé inefficace, elle avait balancé l'un des clients par la fenêtre et attendu que la police termine son travail pour s'installer dans la chambre du malheureux. Elle avait envoyé Milton et Julius Henry, le chauffeur et l'armoire à glace, dormir dans un hôtel où ils devaient s'arranger pour prendre chacun leur tour de veille, afin que l'un d'eux reste toujours à sa disposition. Elle leur avait conseillé de dormir quelques heures, tant qu'il ne se passait rien, car la nuit promettait d'être longue.

Son portable sonna et un diable apparut sur l'écran. Le signal que c'était Fischer.

Chapitre 11

Charles entra dans le bar, fermé à cette heure-là. On y faisait les derniers préparatifs pour le cocktail, et les participants à la conférence s'étaient retirés dans leurs chambres ou se promenaient dans la vieille ville. Quelques-uns, peu nombreux, buvaient une bière en terrasse, à l'arrière. Le chef de salle avait protesté en voyant Christa entrer, mais son badge et son air autoritaire l'avaient fait reculer. Elle s'était assise à une table près des fenêtres entrouvertes donnant sur la rue. Charles lui sourit en s'asseyant en face d'elle et commanda un *single malt* douze ans d'âge, avant d'attaquer :

— Où avez-vous obtenu mon numéro de téléphone personnel ? La police roumaine sait se débrouiller, soit, mais mon numéro est difficile à obtenir, même aux États-Unis.

— Peut-être, mais Interpol a de la ressource.

Ainsi, elle était d'Interpol. Impossible en effet qu'elle appartienne à la police locale.

— Monsieur Baker, pourriez-vous avoir l'amabilité de me dire ce que vous avez reconnu sur la scène de crime ?

— Il me semblait qu'on se tutoyait, sourit Charles.

Voyant combien Christa était sérieuse, il poursuivit en la vouvoyant :

— Cela n'a aucun intérêt que je vous dise quoi que ce soit, car vous avez vu la même chose. Ou, au pire, vous l'avez appris sur Google ou Wikipédia.

Pour la première fois, Christa eut un sourire.

— Je n'ai pas besoin de Google. J'ai des sources bien plus sérieuses. Quant à Wikipédia, vous savez que les correctifs sont parfois plus longs que les articles eux-mêmes.

— Tout à fait d'accord. Les connaissances précises ne peuvent être démocratisées. Leur accès, oui. C'est aberrant, une encyclopédie dans laquelle n'importe qui peut écrire tout ce qui lui passe par la tête !

— Oui, mais la consulter ne coûte rien.

C'était l'argument que lui opposaient souvent ses étudiants. Christa le regardait avec insistance.

— Alors ?

— Vous savez ce qu'on va faire ? fit-il pour tenter une nouvelle fois de briser la glace. On va jouer à un jeu. Je répondrai avec sincérité à vos questions, vous répondrez sincèrement aux miennes. Chacun son tour. Jusqu'à l'heure du cocktail. Est-ce que cela vous convient ?

— Vous voulez jouer à action ou vérité ? Vous vous croyez dans une des soirées de vos étudiants de fac ?

— Non, d'ailleurs nous avons un bar pour nous tout seuls, c'est bien mieux. Le soir tombe. Dehors il fait beau, il y a de la verdure. L'ambiance est chaleureuse, amicale. Je dirais même, si j'osais, romantique. Alors je vous propose plutôt de jouer à vérité ou vérité. Mais seulement tant que vous n'aurez pas l'idée de me défier pour me placer dans des situations ridicules.

Christa s'apprêtait à répondre quand le serveur vint poser les verres sur la table. Elle remercia et observa Charles tout en buvant son Coca-Cola glacé à la bouteille. Elle décida de lui faire cette concession, nécessaire si elle voulait en tirer quelque chose.

— OK. Vous avez vu quoi ?

— De l'ail, un pieu, un miroir et une croix. C'est-à-dire tout ce qui repousse les vampires. Pour que ce soit complet, il aurait fallu y ajouter la lumière du jour. Mais c'est difficile à matérialiser en un objet.

Il semblait avoir fini, mais Christa fronça les sourcils pour montrer qu'elle ne lâchait pas le morceau. Il poursuivit :

— Si c'était l'œuvre d'un vampire – en supposant que les vampires existent, ce qui est absurde –, alors il n'aurait pas pu être le tueur, puisque ces objets sont censés le détruire. On a là une contradiction de base. Sauf si le vampire est bien celui qui a mordu les victimes, et que c'est sa créature dévouée, non transformée en vampire, qui a traîné les cadavres jusque-là. Ça ne colle pas au manuel du parfait vampire : il est rare qu'il vide complètement sa victime de son sang. D'ordinaire, il boit juste de quoi calmer sa soif et infecter sa victime, pour qu'elle se transforme à son tour en vampire. Et ainsi de suite. Jusqu'à la colonisation. Pourquoi n'aurait-il pas procédé de cette façon, je l'ignore. Peut-être qu'il ne tenait pas à ce que, deux jours après leur enterrement, les morts se relèvent et fassent mourir de peur vos collègues du commissariat... C'est à mon tour, maintenant. Vous cherchez quoi, ici ?

— Ici, à cette table ?

Christa tentait de gagner du temps. Elle réfléchissait au moyen de contourner la question.

— Ce n'est pas du jeu. La première règle est la sincérité, protesta Charles, amusé.

— Vous. Je vous attendais.

— Bien essayé. Ma question portait sur ce pays, cette ville, pas ce bar.

— Moi aussi, c'était facile, rétorqua Christa. Le reste ?

— Les yeux arrachés, la langue et les oreilles coupées renvoient à trois statuettes japonaises, trois sympathiques petits singes du nom de Mizaru, Kikazaru et Iwazaru. Le premier se couvre les yeux, parce qu'il n'a rien vu, le deuxième les oreilles parce qu'il n'a rien entendu, et le troisième la bouche parce qu'il ne dira rien. Leur trio est connu sous plusieurs noms – les Trois Sages, parce qu'ils sont discrets, ou les Singes mystiques ou…

— Ou alors l'omerta, coupa Christa.

— Oui. Il y a d'autres variantes encore. Vous ne les voulez pas ?

— La loi du silence de la mafia sicilienne.

— Oui, mais pas seulement. Les mafias calabraise et corse ne sont pas étrangères non plus à ce type de menaces. Tout comme la mafia new-yorkaise, autant que je sache.

— Donc, vous ne devez rien dire de ce que vous savez, d'aucune façon. C'est une menace directe.

— En supposant qu'elle me soit adressée.

— Le message était là pour vous.

— Pour moi ? Admettons que ma présence ici n'était un secret pour personne, mais comment l'auteur aurait-il pu deviner que vous me convoqueriez et que j'accepterais l'invitation ?

— Mais si, il le savait fort bien. Tout comme moi.

— Ah, vous croyez me connaître ! Vous ne savez rien de moi, hormis quelques éléments qui sont de notoriété publique.

— Je savais que vous accepteriez l'invitation. Par ailleurs, ceux qui m'accompagnaient étaient prêts à vous embarquer.

— Et à risquer un scandale diplomatique ? J'en doute. Mais passons. Nous avons enfreint les règles et ce n'est pas bien. C'est à mon tour de vous questionner. Je veux que vous me disiez tout ce que vous savez de moi.

Christa voulut protester, mais elle pensa qu'il serait plus commode de répondre pour l'interroger ensuite sur l'aspect le plus intéressant de son enquête. Le diable. Elle savait d'où il provenait, mais elle n'avait pas la moindre idée de la signification qu'il pouvait avoir dans ce contexte. Cela ne pouvait pas être un simple diable. Il y avait quelque chose de plus, quelque chose qui lui échappait.

— Bien. Pour faire bref. Vous appartenez pour ainsi dire à une lignée de diplômés de Princeton. Votre grand-père était une sommité dans le domaine de la logique formelle, un mathématicien d'envergure internationale, qui a largement contribué au développement de la sémiologie. Votre père a marché dans ses pas, également en tant que professeur de mathématiques, également à Princeton. Tout en étant moins brillant.

Peut-être est-ce la raison pour laquelle vous êtes moins proche de votre père ? Peut-être est-ce la raison pour laquelle vous n'êtes pas retourné depuis vingt ans dans le château où vous avez grandi ? Votre père était obligé de se déplacer pour vous rencontrer chez vous ou en ville. Vous avez été élevé par votre grand-père, c'est lui qui vous a guidé vers les mystères des sciences exactes. Quand vous étiez petit, il stimulait votre intelligence par toutes sortes d'énigmes, mais il vous préparait aussi pour le combat au corps à corps. Il a fait germer en vous la passion des armes, mais il a été très déçu que vous préfériez les armes à feu à l'épée. Vous détenez une impressionnante bibliothèque – qui est moins de votre fait que de celui de votre grand-père – et deux collections d'épées et de revolvers de toutes les époques. En fait, vous ne supportez pas les pistolets. Trop facile à utiliser. Votre choix se porte toujours sur le revolver. Barillet de six. À l'armement plus raide. Vous avez sauté trois classes au lycée et êtes sorti de l'université à vingt ans – Princeton, bien évidemment.

» À vingt-six ans vous aviez déjà obtenu trois doctorats. Vous auriez pu en obtenir cinq autres, mais vous vous êtes ennuyé. On vous a proposé une chaire, à Princeton, que vous avez refusée. Pour vous, les mathématiques n'étaient pas devenues une obsession comme pour votre père. Et là, vous tenez de votre grand-père. Vous avez recherché l'aventure pour gagner votre vie. Vous avez opté pour les sciences humaines – la philosophie, et surtout l'histoire. Un prolongement de la passion du grand-père. Vous avez à votre actif quelques milliers d'articles sur les thèmes les plus divers. Vous êtes l'auteur de quatorze livres, tous surprenants, tous innovants, sur des thèmes différents. Vous êtes passionné par la politique. Vous avez écrit un livre sensationnel sur la communication, l'intox et la propagande, et appliqué avec cynisme ces principes au cours de six campagnes pour le Sénat et d'une pour la Maison Blanche. Vous avez tout gagné. Ensuite les hommes politiques vous ont énervé. Ils ne vous laissaient aucun répit. On vous appelle professeur, mais vous n'avez jamais voulu vous attacher à une université. Terrible manière de trahir sa famille. Alors vous êtes « professeur invité ». Toujours sous d'autres latitudes, toujours sur un autre sujet. Votre coup de maître a été de découvrir ce que la presse a qualifié de « secret le mieux gardé d'Abraham Lincoln ». Et il y a eu l'histoire de Richard III. Vous avez acquis une réputation de grand détective de la culture. Vous ne tenez pas longtemps en place. C'est votre grande faiblesse. Avec votre passion de collectionneur. Vous avez un rapport particulier aux objets. Quiconque vous verrait en train de les caresser ou de leur parler vous prendrait pour un fou. Vous l'êtes peut-être. Vous avez pour les femmes un amour presque pathologique. La plupart du temps vous les abordez dans les hôtels. Comme celui-ci. Maintenant, on passe au diable !

Elle était presque essoufflée après ce déluge de phrases, prononcé à toute vitesse pour parvenir à ce qui l'intéressait. Charles la regardait avec un intérêt accru. Elle l'attirait encore plus. Non parce qu'elle avait bien parlé de lui ou parce qu'elle l'avait étudié avec tant de minutie, mais parce qu'elle parlait avec passion. Une sorte de feu que rien dans son attitude dure et décidée du matin ne laissait transparaître. Il voulut tester sa réaction en tirant un peu sur la corde.

— Tout cela est de notoriété publique ou peu s'en faut. À part l'histoire des objets. Racontez-moi quelque chose d'original, qu'on ne trouve écrit nulle part. Quelque chose que personne n'a jamais dit à mon sujet.

Elle répondit du tac au tac :

— Je sais que vous n'êtes pas là pour la conférence.
— Ah bon ? Pour quoi, alors ?
— Le diable, pardi.
— Et oui. Le diable.

Chapitre 12

Interpol n'est pas une organisation de police classique. Il s'agit plus d'une énorme base de données, dotée d'analystes, d'enquêteurs et d'un escadron d'intervention qui fournit un appui logistique. L'organisme favorise la coopération entre les forces de police internationales. Interpol ne procède pas à des arrestations, n'intervient pas sur le terrain, mais rassemble, centralise et interprète des données provenant des autorités de maintien de l'ordre du monde entier. Ses agents peuvent être très efficaces là où les polices locales sont limitées par des barrières juridictionnelles et linguistiques quand il s'agit d'obtenir des informations rapides et fiables pour résoudre des affaires complexes.

L'histoire d'Interpol est chaotique. Créé en 1923 à Vienne lors du Congrès de la police criminelle, l'organisme se voit, vingt ans plus tard, pris en main par l'Allemagne nazie et transféré à Berlin. Après la Seconde Guerre mondiale, il est déplacé en France, à Saint-Cloud, et, en 1989, à Lyon. Voilà pourquoi le numéro de Christa affichait le préfixe 33, celui de la France. Dotée d'un ridicule budget annuel de quelque

70 millions d'euros, l'institution avait besoin de redorer son blason après une série de scandales de corruption au sommet. Son logo est un globe terrestre transpercé d'un glaive et entouré de rameaux d'olivier et des deux plateaux d'une balance. Le symbole est clair : une organisation internationale de police criminelle qui lutte pour la paix et la justice.

Christa, encore sur les bancs de la faculté, avait été recrutée pour sa rapidité d'analyse et sa capacité hors du commun à relier les informations. Elle avait à son actif quelques-uns des hauts faits de l'organisation, ayant permis de stopper pas moins de huit attaques terroristes de grande ampleur aux États-Unis et en Grande-Bretagne, et également de démanteler au Mexique l'une des plus vastes filières de trafic d'héroïne au monde. Cette dernière affaire avait failli lui coûter la vie et l'avait tant secouée – physiquement et mentalement – que Christa avait eu besoin de presque deux années pour s'en remettre. Son intelligence et les sacrifices qu'elle avait consentis sans jamais rien demander en contrepartie avaient valu à Christa Wolf, de son vrai nom Katherine Shoemaker, dite aussi Kate, de bénéficier d'une liberté presque absolue au sein d'Interpol. Elle pouvait choisir les affaires sur lesquelles travailler, disposait d'un budget considérablement plus élevé que celui de tout autre agent et rendait rarement des comptes.

Sa première mission depuis l'affaire mexicaine avait pour nom de code « Le vampire des Carpates ». L'élément central du dossier était un homme du nom de Charles Baker, un célèbre professeur américain. Après un an à le suivre à la trace, elle savait presque tout de lui. À présent, assise face à lui, elle brûlait d'impatience d'entendre son interprétation des événements.

Charles se mordillait la lèvre supérieure, se demandant par quoi commencer. Finalement, il reprit :

— Je suppose que vous savez ce que représentent les tatouages et le dessin sur ma prétendue carte de visite. Mais, puisque j'apprécie les raisonnements bien construits, je vais vous raconter toute l'histoire. On a beau avoir déchiffré tous les signes, il est évident que nous ne comprenons pas le message.

— Pas encore, rectifia Christa.

— Pas encore. Notre situation est celle de quelqu'un qui connaîtrait les lettres de l'alphabet, mais pas la façon de les combiner. Imaginons que nous sommes norvégiens et que nous tombons sur un texte en espagnol, sans connaître un traître mot d'espagnol ni d'une autre langue de la même famille, nous ne pouvons même pas deviner de quoi parle le texte. Donc, comme vous le savez, ce diable en culotte, comme je l'appelle, est aujourd'hui un personnage ridicule, aux airs de personnage de dessin animé, pourtant il effraie le monde depuis plus de six cents ans. C'est un dessin qui apparaît à la page 290 d'un livre longtemps considéré comme le plus gros qui ait jamais existé. Baptisé pour cette raison *Codex Gigas*, il pèse près de quatre-vingt-deux kilos, mesure presque un mètre de long, cinquante centimètres de large, et il est épais d'environ vingt centimètres. Il a longtemps été classé parmi les merveilles de ce monde. On dit que la peau de cent soixante mulets fut nécessaire pour produire le parchemin dont il est composé. La légende raconte qu'il a été écrit en l'espace d'une seule nuit, en l'an 1229, par le moine Herman, dans un monastère bénédictin de Bohême, la République tchèque d'aujourd'hui. Le monastère était celui de Podlazice, dans le village de Chrudim. Le frère Herman aurait enfreint une règle – il y a toute une controverse à ce sujet. Je pense que, vu la peine qui lui a été infligée, il s'agissait du vœu de chasteté. Ainsi, les frères l'ont condamné à être emmuré vivant.

— Mais ce livre, il s'agit d'une bible, n'est-ce pas ?
— Oui, c'est aussi une bible. J'y arrive. Ce moine a imploré la pitié de ses frères et, pour échapper à sa condamnation, a affirmé pouvoir faire en une nuit quelque chose d'encore jamais vu. Étant donné que le temps importait peu aux bénédictins, ils lui ont accordé ce délai. Le lendemain matin, le livre était achevé. Qu'est-ce qu'un moine copiste aurait pu copier, sinon une bible ? Sauf que ce n'était pas une bible comme les autres. J'ai fait de nombreuses recherches pour apprendre comment les frères ont réagi quand ils l'ont ouverte. Je n'ai jamais rien trouvé à ce sujet. On n'en trouve plus mention nulle part jusqu'à son transport dans un monastère cistercien de Sedlec puis dans un monastère bénédictin à Brumov, où elle serait arrivée en 1477.

— Vous disiez que ce n'était pas véritablement une bible…

Charles tenta de discerner dans son expression où elle voulait en venir et ce qu'elle désirait réellement savoir. Toutes ces informations étaient faciles à trouver.

— Laissez-moi poursuivre. Je sais que vous voulez me ramener au diable, mais si nous voulons déchiffrer le message, le texte dans notre langue imaginaire, il faut être méthodique. On ne sait jamais quelle combinaison des informations donnera l'étincelle capable de résoudre le mystère. Croyez-moi. J'ai un peu d'expérience en la matière.

— OK, fit-elle en souriant. Je ne dis plus rien. Mais j'ai très soif.

Elle suivit du regard le garçon qui finissait de préparer la salle et, parce qu'il ne regardait pas dans sa direction, le héla.

— Il y a un truc avec les serveurs, dans le monde entier – je ne sais pas si vous l'avez remarqué – ils marchent toujours en regardant par terre. Comme si on leur avait conseillé de le faire. J'ai souvent l'impression qu'ils le font exprès.

Le serveur s'approcha. Christa commanda de nouveau un Coca-Cola et Charles demanda s'il pouvait fumer. Le serveur répondit que, les fenêtres étant ouvertes, c'était un peu comme s'il fumait à l'extérieur. Charles attendit qu'il revienne apporter les consommations pour ne plus être interrompu. Entre-temps, il alluma le cigare qui s'était tordu dans sa poche et tira avidement sur les deux premières bouffées.

— Où en étais-je ? Ah, oui. En 1594 l'empereur Rodolphe II, qui avait d'évidents problèmes psychiques et collectionnait toutes sortes de choses bizarres, a dû trouver ce livre amusant et l'a fait entrer dans sa collection de curiosités. En 1648, l'armée suédoise – celle-là même qui a mis Prague à feu et à sang au début de la guerre de Trente Ans – l'a confisqué. Il est aujourd'hui exposé à la Bibliothèque royale de Stockholm, où tout le monde peut le voir. C'est pourquoi je ne comprends pas pourquoi on en fait un si grand mystère. C'est aussi pour ça que je ne vais pas insister sur les griffons ni sur les ferrures de la couverture. Je crois que cela n'a pas d'importance maintenant. Vous vouliez savoir ce que cette bible contient. L'Ancien et le Nouveau Testament. Je dois préciser que l'Ancien Testament est dans la version de la Vulgate, c'est-à-dire qu'il y manque deux livres. De plus, et c'est intéressant au plus haut degré – j'ai ma théorie à ce sujet –, deux autres textes y avaient été copiés : *Les Antiquités juives* et *La Guerre des Juifs*, de Flavius Josèphe. On y trouvait aussi l'un des plus fascinants projets de l'Antiquité – l'encyclopédie intitulée *Étymologies*, d'Isidore de Séville. Ce dernier avait eu l'ambition de rassembler dans un seul et même livre une sorte de bibliothèque d'Alexandrie des étymologies, un ouvrage où entrerait toute la connaissance du monde jusqu'au VIIe siècle. Il contenait également des chroniques praguoises, une liste des moines du monastère et un calendrier avec son nécrologe, c'est-à-dire le registre des morts avec leur date de décès.

— Pourquoi parlez-vous au passé ?

Charles parut interloqué.

— Oui, vous n'arrêtez pas de dire « se trouvait » au lieu de « se trouve », « contenait » au lieu de « contient ».

— Se trouvait, se trouve. C'est ma manière de m'exprimer, rien de plus.

— Non. Rien de ce que vous dites n'est jamais gratuit. Et vous veillez toujours à votre manière de vous exprimer. Alors ? Pourquoi en parlez-vous au passé ?

Rien ne lui échappe, pensa Charles. *Ce sera dur de lui cacher quoi que ce soit.*

— Parce qu'il lui manque des pages. Celles dont j'ai parlé s'y trouvent, mais personne ne sait rien des pages manquantes. Et, pour être exhaustif, on y trouve aussi les textes médicaux d'Hippocrate et des autres auteurs moins connus du corpus hippocratique, comme Theophilus. J'en viens à la partie la plus intéressante. Le livre est parsemé, pêle-mêle, d'exorcismes, de formules magiques, de toutes sortes de trucs mystiques, d'incitations à la violence dans la pratique de l'exorcisme du mal, et même de remèdes pour presque tout, de l'épilepsie aux fièvres en passant par mille autres maux. Eh bien, ce livre phénoménal ne comprend que deux illustrations. Sa calligraphie, ses enluminures rouge, bleu et or, l'ornement des lettrines et en particulier le style, parfaitement unifié dans toute cette œuvre monumentale, sont de sérieux arguments pour affirmer qu'il a été rédigé par un seul individu. Mais ce qui ne tient pas debout, c'est qu'il ne lui a fallu qu'une seule nuit.

Le serveur s'approcha de leur table, et, un peu gêné, les avertit qu'il devait fermer la salle pour se préparer lui aussi en vue du cocktail. Charles lui tendit un billet de 100 dollars et demanda quelques minutes supplémentaires. Le garçon accepta avec joie. Il se souviendrait toute sa vie de ce pourboire.

— Le livre ne contient que deux illustrations, « La ville du paradis » et le fameux diable. La légende dit encore que Herman aurait conclu un pacte avec le diable pour l'écrire en une seule nuit et échapper ainsi à sa condamnation.

— D'où le nom de Bible du diable.

— Tout à fait. On a spéculé : serait-elle maudite ? Tous les lieux où elle a été conservée durant le Moyen Âge ont été détruits, en général par un incendie qui a tout ravagé. Le mystère est aussi entretenu par cette légende. Sauf que…

Il s'interrompit. Cette fois-ci, Christa n'interpréta pas correctement l'interruption et pensa lui venir en aide en poursuivant :

— Nous ignorons pourquoi quelqu'un voudrait vous faire passer ce message : « Vous n'avez rien vu, rien entendu et, si vous ne tenez pas votre langue, vous finirez comme les trois pauvres bougres dans l'escalier. »

Il n'avait pas échappé à Charles qu'en dépit de sa façon un peu grossière de s'exprimer, elle était plus chaleureuse et que l'atmosphère était devenue plus intime.

— Ou bien nous savons ? reprit Christa.

— Non, aucune idée de ce que je suis censé savoir et ne pas divulguer. Et que vient faire la Bible du diable au milieu de tout ça ? Sauf si…

Il semblait avoir saisi quelque chose. Christa était suspendue à ses lèvres.

— Je suis justement en train d'écrire un livre sur ce thème. Au sujet du *Codex Gigas* et de Vlad Ţepeş, le prétendu premier vampire. Mais personne n'est au courant. Même pas mon éditeur. Il n'existe qu'un seul fichier, dans mon ordinateur.

— Vous avez peut-être levé un lièvre, et quelqu'un veut vous empêcher de dévoiler ce que vous avez découvert. Je crois que vous devriez dérouler le fil logique des choses.

— Quelqu'un aurait-il pu accéder à mon ordinateur ? Qui ? Et quand ? J'ai pourtant un pare-feu plutôt sophistiqué, développé spécialement pour moi par un ami. Il m'a dit que j'étais mieux protégé que la CIA.

— Où se trouve votre ordinateur à présent ?

— Là-haut, dans ma chambre.

— Vos données auraient pu être volées à tout moment : pendant un instant d'inattention, en copiant les infos sur une clé ou un CD, ou même en pénétrant dans votre système pendant que vous étiez connecté à Internet, sans que vous vous en rendiez compte. On a aussi pu installer à votre domicile ou dans un des hôtels où vous séjournerez un dispositif de décodage et de transmission de vos données.

Charles la regardait, l'air inquiet. Il avait d'abord pensé que le triple meurtre découvert ce matin-là était l'œuvre d'un fou qui avait trouvé une manière de s'amuser avec lui et en même temps d'envoyer la police sur une fausse piste. Il pouvait les avoir tués pour n'importe quelle raison sans lien avec lui. Or, il n'en était plus aussi sûr. Christa, qui avait compris son trouble, prit les devants.

— Donc, qu'est-ce qu'on a ? Quelqu'un qui a farfouillé dans votre ordinateur. Qui a donc des moyens. Qui a ensuite tué trois personnes de manière très élaborée et qui a réussi à vous faire comprendre que vous ne deviez rien publier de ce que vous avez découvert, au risque de finir comme eux. Si vous dites que vos recherches sont liées au *Codex Gigas* et à Vlad Țepeș *alias* Dracula, cela me semble la seule explication plausible. Vous devez relire ce que vous avez écrit, envisager les choses sous un autre angle. Essayez de comprendre ce qui, dans ce que vous avez découvert, pourrait mettre la vie de quelqu'un en danger.

Charles opina, le regard dans le vide. Soudain, il se leva.

— Sauf si… (Il s'interrompit un instant, puis continua :) Il faut que je monte vérifier quelque chose. Ensuite je vais me changer, prendre une douche. Je dois assister au cocktail. Tous ces gens sont venus pour moi et n'ont pas eu l'occasion de beaucoup me voir. J'espère que vous viendrez, lança-t-il encore par-dessus son épaule, impatient de se précipiter sur son ordinateur.

Christa comprit qu'il voulait rester seul. Elle répondit qu'elle viendrait, mais qu'elle devait elle aussi se préparer.

Chapitre 13

Un spectateur avisé aurait pu remarquer la présence d'un homme, sur un banc du parc, la soixantaine bien tassée, vêtu d'un pardessus démodé depuis plus d'un quart de siècle, qui les observait attentivement de sa place, pendant que Christa et Charles conjecturaient sur les événements du jour. L'homme avait un dossier marron sur les genoux, comme un écolier qui attend de passer au tableau. La patience ne faisait pas défaut à cet individu mystérieux qui avait déjà tenté d'aborder le professeur la veille au soir. Il devait à tout prix réussir à lui parler et, pour cela, le trouver seul et disposé à l'écouter. Jusqu'à présent, cela avait été impossible, et il savait que Charles devait repartir le lendemain après-midi, cela ne lui laissait plus qu'une seule chance. Pendant qu'il les suivait du regard, il s'efforçait de trouver une solution pour retourner dans l'hôtel sans se faire remarquer. S'il avait été attentif à autre chose, l'homme aurait pu observer que Julius Henry traînait un sac très inhabituel, plus long que large et plutôt étroit, dans l'immeuble en face de l'hôtel. Il aurait vu également que la lumière s'était allumée au premier étage au bout d'à peine deux minutes. Mais il aurait pu voir également qu'un autre individu se tenait juste derrière lui et ne le quittait pas des yeux. Bella avait placé ses hommes sur le terrain, y compris le flic obèse qui comptait parmi ses sbires, pour qu'ils rapportent précisément la présence de quiconque ne faisait pas partie des membres de la conférence et des autorités et qui tentait d'entrer en contact avec Charles. Après la tentative de la veille de l'homme au pardessus, elle l'avait fait filer par l'un de ses hommes. Qui devait pour l'instant se contenter d'observer et de rendre compte.

Le dernier coup de fil reçu par Bella était plus bienveillant que le précédent. Werner jugeait qu'elle s'était acquittée avec brio de son devoir. Mais pour ne pas perdre de son autorité il avait ajouté que l'opération n'était pas terminée et que tout pouvait encore capoter. Il lui avait répété que Baker ne devait surtout pas échapper à leur surveillance, qu'il ne fallait pas le lâcher et que si sa vie était mise en danger, ils devraient se jeter sur le trajet des balles si besoin. On ne devait pas toucher à un cheveu du professeur. Pour l'instant. De même, tout étranger suspect s'approchant de lui devait être minutieusement interrogé et, au besoin, éliminé. Il comptait sur Bella et son intelligence du terrain.

Bella ne comptait même plus le nombre de fois où ils avaient répété la mission. Elle connaissait le plan par cœur et elle avait pris toutes les précautions. Elle savait qu'en dépit des services rendus à l'Institut au fil des ans, un échec dans cette opération lui coûterait la vie, ainsi qu'à toute personne impliquée. Elle n'avait pas d'endroit où fuir. Ils l'auraient retrouvée au bout de la terre. Alors l'échec n'était pas une option. Elle le savait parfaitement. L'Institut ne rigolait pas quand les enjeux étaient gigantesques.

Bella n'était pas du genre à se laisser intimider et elle détestait Werner. Elle préférait infiniment son chef précédent et avait beaucoup regretté d'avoir à le couler vivant dans le béton des fondations d'une autoroute, dans le sud de l'Espagne.

Après avoir raccroché, Bella revêtit une tenue bien plus légère et se dirigea vers la maison en face de l'hôtel. Là-bas, Julius Henry était en pleine activité de montage de ce qu'il avait sorti du mystérieux bagage.

Chapitre 14

Après avoir cherché pendant quelques minutes le fichier consacré à son nouveau livre sur le disque dur de son ordinateur portable et n'avoir rien trouvé, Charles abandonna. Il se dit qu'il était trop fatigué et que la soirée à venir serait l'occasion de se détendre un peu. Il retrouverait le fil de ses pensées le lendemain matin. La nuit lui avait toujours porté conseil. Il sortit de sa valise les vêtements prévus pour cette soirée – *casual chic*, comme d'habitude, pantalon foncé et veston – et il les suspendit devant le miroir de l'entrée. Il se déshabillait quand, au moment d'enlever son pantalon, un morceau de papier tomba sur le tapis. Il reconnut le billet qui lui avait été remis à table le matin même. Plus ennuyé que curieux, il le déplia. Y figurait le croquis de ce qui ressemblait à une tour faite de quelques lignes parallèles, certaines d'entre elles se terminant par une sorte d'antenne. La tour portait à son sommet une pendule sous un V à l'envers. Charles reconnut le sommet de la tour de l'Horloge de la vieille ville. En dessous était écrit en capitales : « LE GLAIVE SE TROUVE ICI ».

Charles n'était pas seulement venu à Sighișoara pour la conférence, comme Christa l'avait deviné. Le professeur avait même insisté pour qu'elle se tienne là, même si son thème avait très peu de rapport avec la Transylvanie. Sa présence sans raison apparente à Sighișoara aurait attiré l'attention. Et il ne voulait pas risquer de perdre ce qu'il cherchait avec tant d'ardeur. Il avait convaincu ses collègues de l'Association mondiale des historiens d'organiser ce petit colloque dans cette ville en usant, dans un style bien à lui, d'arguments fins et amusants. Son petit stratagème avait fonctionné.

Quelque temps auparavant, Charles avait été contacté par un individu mystérieux prétendant détenir ce que sa famille recherchait depuis longtemps et lui assurant qu'il pourrait entrer en possession de l'objet pour une somme qui n'était pas exorbitante. Il ne pouvait pas en dire plus au téléphone, mais avait proposé une rencontre. La façon de parler de cet individu, les détails qu'il connaissait sur sa famille et le fait qu'il avait d'abord appelé sur le fixe et laissé un message avant de le joindre sur son mobile, les deux numéros étant suffisamment protégés pour n'être pas à la disposition du premier venu, l'avaient convaincu d'accepter. Il avait tout de même demandé que le rendez-vous se tienne dans un lieu public et ils étaient convenus que ce serait au campus de Princeton, où il donnait justement un cours. Il avait proposé Nassau Hall, devant les tigres.

L'individu s'était présenté à ce rendez-vous et lui avait donné une photographie du sabre qu'il croyait définitivement perdu. La collection de sabres et d'épées de son grand-père, pour laquelle son père n'avait jamais montré le moindre intérêt, avait été complétée par Charles, mais un objet y manquait et c'était devenu une obsession pour le vieil homme : il s'agissait d'un des sabres de Vlad Țepeș. Le sultan Mourad II lui en avait personnellement fait cadeau le jour où il l'avait envoyé régner sur la Valachie. Le grand-père avait transmis son obsession à Charles, insistant pour qu'il le retrouve. Charles se souvenait très bien de leur dernière conversation. Il se trouvait en stage avec l'équipe d'escrime, avant le départ de la sélection aux Jeux olympiques. Ce coup de fil l'avait tellement alarmé qu'il était monté dans le premier avion pour rentrer chez lui. Trop tard : l'homme avait disparu sans laisser de traces, et pour toujours. Lui et son père l'avaient cherché, avaient tenté de comprendre ce qui lui était arrivé. Les recherches avaient duré une dizaine d'années. Pas un aspect de sa vie, pas un lieu n'avait été oublié, pas une institution n'avait été épargnée, soumise à leurs pressions, à leur insistance. Mais en vain.

Il s'était remémoré cette ultime conversation des milliers de fois. Son ton était si grave qu'il se dit qu'il ne reverrait jamais son grand-père en vie. Ce dernier, tantôt ferme et sec, tantôt tendre et pathétique, avait exigé que Charles consacre sa vie à la recherche de l'épée qui faisait partie de son destin. Qui traçait son destin, avait-il ajouté.

Le sabre sur la photo fournie par l'individu était un objet étrange, et en même temps spectaculaire. Charles ne l'avait jamais vu, mais son grand-père le lui avait décrit exactement comme il le voyait à cet instant-là. Chaque détail correspondait à la description. Son grand-père avait déployé ses efforts pendant plus de cinquante ans pour le trouver, il avait investi pour cela des monceaux d'argent, il s'était créé un réseau de spécialistes à travers le monde entier, il avait graissé la patte de directeurs de musées, engagé des détectives privés et des chercheurs de trésors, mais le résultat était chaque fois le même – aucune trace du sabre. Parfois son grand-père se déplaçait même en personne jusque dans les recoins les plus dangereux du monde, dans l'espoir de le débusquer. Charles était devenu au fil du temps un des plus grands connaisseurs du sujet. De grands musées ou les commissaires-priseurs de Sotheby's ou Christie's, Bonhams ou même China Guardian et Dorotheum en Autriche sollicitaient ses conseils dès qu'il était question d'armes blanches – des poignards aux glaives, des lances aux machettes et des masses d'armes aux hallebardes. Il n'avait jamais refusé une invitation de ce genre, dans l'espoir secret qu'un jour le sabre tant recherché referait surface. Il avait souvent acheté, pour lui, par le biais d'intermédiaires, des armes mises aux enchères, mais le sabre de Vlad Țepeș restait introuvable. Depuis quelques années, il avait renoncé à le chercher. Il s'était même convaincu qu'il ne s'agissait que d'une légende ou que le sabre avait été détruit.

Il se trouvait à Sighişoara parce que l'individu lui avait dit qu'il y était caché, et que son propriétaire souhaitait le vendre, mais qu'il ne le ferait qu'en personne. De plus, Charles devrait assumer la responsabilité de le faire sortir du pays, ce qui était à la limite de la légalité. Cet homme était venu chez eux quand il était petit et il était une sorte de cousin de son père. L'histoire lui avait semblé tirée par les cheveux, mais la ressemblance entre l'image et les descriptions détaillées de son grand-père était telle qu'il s'était dit que cela valait le coup d'essayer. Le visiteur n'avait rien dit sur l'identité de la personne qu'il devait rencontrer ni sur le lieu où ils se verraient. Il ne lui avait remis qu'une carte de visite avec un numéro de téléphone, sans nom, sans adresse ni quoi que ce soit d'autre, avec la consigne d'envoyer un SMS avec la date de son arrivée dans le pays. Il avait ajouté que le numéro de téléphone serait ensuite immédiatement déconnecté et qu'il devrait attendre d'être contacté pendant son séjour. À la question du professeur concernant le prix d'achat, l'individu avait haussé les épaules, tourné les talons, et était parti.

Si bien que, plus de vingt-quatre heures après son arrivée, il gardait son téléphone à portée de main, attendant un appel qui n'était pas venu. Charles était de plus en plus convaincu que tout cela était un coup monté et ce qu'il souhaitait le plus, c'était de se retrouver au lendemain, afin de pouvoir filer au plus vite. Il regarda de nouveau cet étrange billet et il hésita entre se rendre à la tour en pleine nuit ou remettre cela au lendemain. Il décida que la journée lui avait déjà réservé suffisamment de surprises et que, après une si longue attente, une nuit de plus ne changerait rien. Il replia le billet, et remarqua que quelque chose figurait au verso. Une main pressée, d'une écriture différente, avait inscrit : « Fais entrer ton cousin. »

Il se souvint que l'homme rencontré à Princeton avait mentionné un cousin éloigné de son père. C'était beaucoup trop d'informations pour une seule journée. Sans vraiment savoir pourquoi, il replia le billet et le rangea dans son portefeuille posé sur le bureau.

Il entra dans la douche.

Chapitre 15

Au poste de police, l'agent Ion Pop remplissait les formalités pour remettre les cadavres des trois victimes trouvées dans l'escalier des Écoliers.

— Tu es sûr que c'est ce qu'on doit faire ? On ne va pas s'attirer des ennuis ? demanda le commissaire en se grattant la tête.

Il avait tenté de convaincre son confrère d'attendre le lendemain matin, mais sans succès.

— Si on tarde encore, les corps vont carrément se décomposer. Ils doivent être envoyés à Bucarest, à l'Institut médico-légal. Et de toute façon, vous n'aurez pas de problème puisque c'est le SRI qui a repris la main.

— Je ne comprends pas pourquoi ils n'ont pas envoyé un hélico. Faire toute cette route, seul, en pleine nuit. Et avec ce chargement.

L'agent continuait sa paperasse et dit en souriant :

— Ben quoi, vous ne croyez tout de même pas qu'ils pourraient se réveiller, ces trois-là ?

Le commissaire se grattait la tête avec insistance, du bout de son Bic, et l'expression de son visage laissait penser que cette idée l'avait effleuré. L'agent eut un rire sonore, se leva et donna une tape amicale sur l'épaule du commissaire. Christa entra alors, vêtue d'une robe de soirée rouge, cintrée à la taille et généreusement fendue. Elle portait des talons hauts qui mettaient en valeur la ligne parfaite de ses jambes. La robe avait un col montant et le dos était totalement couvert, comme pour cacher quelque chose. Elle tenait à la main une pochette qui ne contenait que le pistolet dont elle ne se séparait jamais.

— La fente est censée compenser l'absence de décolleté ? demanda l'agent.

Christa ne s'offusqua pas et le prit à part.

— Vous croyez que vous pourriez m'attendre un moment ? J'ai l'impression que la situation pourrait se compliquer.

Les deux discutèrent encore un instant puis Christa remit à l'agent un sac à dos et se dirigea vers l'hôtel.

Chapitre 16

L'homme dans le parc attendit un peu que le bar s'anime, après que Christa et Charles eurent quitté les lieux. Les éminents invités entraient avec bonne humeur, parlant et riant fort. La fête s'annonçait mémorable. Le barman mit de la musique, plutôt fort, si bien que les convives devaient hausser la voix ou s'éloigner dans le hall de l'hôtel, à la réception ou sur la terrasse à l'arrière. Presque tout le monde était descendu, l'homme décida alors que c'était le moment d'agir.

Il se leva de son banc et se dirigea d'un bon pas vers l'hôtel, mais il aperçut du coin de l'œil un homme qui venait de surgir de derrière un arbre. Il eut un mauvais pressentiment. Se faisait-il des idées ? Il voulut vérifier. Il s'arrêta et l'homme derrière lui fit de même. Au lieu de se diriger vers l'hôtel, il tourna à gauche, s'arrêta au feu et vérifia une fois encore s'il avait vu juste. Celui qui le filait s'arrêta également. Alors il traversa au rouge et tourna brusquement au coin du premier bâtiment. La rue était déserte et sombre. Une faible ampoule jetait une lumière sale. Il avisa quelques bennes à ordures en métal et se cacha derrière. À peine une minute plus tard, celui qui le surveillait apparut à son tour, l'air pressé. Il s'immobilisa devant les bennes, paniqué d'avoir perdu sa trace. Il tourna sur lui-même, avança, revint sur ses pas. Jusqu'au moment où il eut l'idée de regarder derrière les bennes. Entre-temps, l'homme au dossier marron avait cherché de quoi se défendre, en saisissant une brique tombée du bâtiment vétuste. Il choisit le moment où son poursuivant se glissait entre les poubelles pour jaillir dans son dos et le frapper à la tête. Le poursuivant s'affaissa sur le bitume, l'homme lâcha la brique et se pressa de rejoindre l'entrée de service de l'hôtel, à l'arrière, près de la terrasse.

Il fut soulagé de voir toute cette foule sur la terrasse. Il savait que c'était sa chance pour passer inaperçu. Il se fraya un chemin jusqu'à la réception. L'employé, occupé, ne le remarqua pas, alors il grimpa l'escalier. Entre-temps, l'homme qui le poursuivait était revenu à lui. Il avait appelé Bella qui à son tour avait téléphoné au flic montant la garde devant la chambre de Charles. Ce dernier se tenait en haut de l'escalier. Il venait à peine de raccrocher quand l'homme au pardessus apparut près de lui. Pris de panique, l'obèse porta la main à son arme. L'homme réagit comme l'éclair et se jeta sur lui.

Chapitre 17

S'il avait coupé l'eau deux minutes plus tôt, Charles aurait pu entendre les deux coups de feu derrière la porte de sa chambre. Comme les autres clients de l'hôtel les auraient entendus si la musique et les discussions animées n'avaient couvert tous les autres bruits. Quelqu'un serait alors probablement monté et aurait découvert le vigile gisant inconscient dans une mare de sang.

Au moment où l'homme au pardessus s'était précipité sur le vigile, ce dernier avait tiré. Par réflexe, l'homme lui avait tordu la main et un deuxième coup était parti, cette fois-ci vers son propriétaire. Tout était allé si vite qu'il n'avait pas eu le temps de comprendre ce qu'il se passait. Il avait juste senti une douleur à droite de l'estomac et vu le flic tomber. Il s'était relevé et, encore assommé, les oreilles sifflantes, il s'était jeté sur la porte de la chambre 104 et avait frappé de toutes ses forces.

Charles s'apprêtait à se raser. Il crut qu'on venait le chercher pour la fête ou bien que Christa était arrivée. Il enfila un peignoir et entrouvrit la porte. L'homme se précipita à l'intérieur, projetant Charles contre le mur. Puis l'homme s'affala dans le fauteuil. Pris par surprise, Charles se redressa et chercha quelque chose pour se défendre.

— N'aie pas peur. Je ne te ferai aucun mal, dit l'homme en se calant dans le fauteuil tout en grimaçant de douleur.

Charles avait refermé la porte et il évalua rapidement la situation. Voyant la chemise de l'homme s'imbiber de sang, il supposa qu'il pouvait s'approcher sans danger. Il prit le téléphone. L'homme tendit la main pour l'arrêter.

— Non, s'il te plaît. Nous n'avons pas le temps, dit-il en cherchant une position pour calmer la douleur.

— Il faut appeler les secours. Vous saignez.

L'homme regarda enfin son flanc droit. Il posa la main sous son veston et dit :

— Ils n'arriveront pas à temps, de toute façon. (Puis, il ajouta avec effort :) Ce que j'ai à te dire est plus important que ma vie.

Il considéra quelques instants sa main ensanglantée. Charles ne savait pas quoi faire.

— Assieds-toi là, sur le lit, et écoute-moi. Ou...

— Il faut faire quelque chose. Vous ne pouvez pas rester comme ça, l'interrompit Charles.

— Tu as de la vodka ? demanda l'homme en montrant le minibar.

Charles acquiesça et sortit du frigo une mignonnette qu'il tendit à l'individu. Celui-ci lui fit signe de l'ouvrir pour lui. L'homme la but d'un trait en grimaçant et dit :

— Tu vas devoir partir d'ici au plus vite. Ta vie est en danger. Je veux que tu regardes ce qu'il y a dans ce dossier, mais, avant, écoute-moi avec attention. Je ne sais pas combien de temps je vais tenir.

Charles se rebiffa. Il mit la main sur le combiné et composa le 9 pour avoir la réception. Mais le blessé insistait et ajouta à voix basse :

— Accorde-moi cinq minutes et après tu appelleras qui tu voudras.

Comme le numéro de la réception sonnait dans le vide, Baker saisit son portable et envoya un SMS au numéro de Christa. « *Help !* » Il était sur le point de sortir de la chambre, en peignoir, pour appeler à l'aide, quand il entendit dans son dos :

— *Panis vita est !*

Charles se figea. Il se souvenait très bien de ces mots. Dans la cave à vins de la maison où il avait vécu jusqu'à son départ au lycée, sur le mur exposé à l'est, se trouvait le dessin d'un globe terrestre avec un glaive planté dedans. Dessous étaient inscrits ces mots, en majuscules : « LE PAIN EST LA VIE ». Il avait toujours cru que cela faisait partie de la panoplie des dictons qu'affectionnait son grand-père. C'était une phrase banale, mais il se souvenait que son grand-père lui avait répété ces mots avant sa disparition, quand il lui avait arraché la promesse de chercher sans relâche le sabre. À présent ils le stoppèrent net et Charles revint sur ses pas. L'homme tendit sa main rougie vers le lit. Charles s'assit. Il voulut lui demander ce qui était arrivé, mais il pensa que cela ne ferait qu'aggraver inutilement ses souffrances. Il se décida à écouter. Christa devait être sur le point d'arriver.

— Nous avons peu de temps. Alors je vais te dire tout ce que je sais avant de perdre connaissance. Je compte sur toi pour combler les lacunes, étant donné l'étendue de ton savoir, de tes recherches, ta passion pour Țepeș et le Moyen Âge. Ce qui est important, très important, c'est que tu prennes très au sérieux ce qu'il se passe ces jours-ci.

Charles songea que ce type ne savait vraiment pas synthétiser et cherchait peut-être à gagner du temps. Mais jamais il n'avait vu quelqu'un se sacrifier avec tant de sérénité. Quel terrible secret pouvait pousser un homme à se comporter ainsi ? Il n'écoutait que d'une oreille pendant que son esprit cherchait comment aider le pauvre homme affalé dans le fauteuil.

— Sais-tu ce qu'il s'est passé le 3 mars 2004 ?

Avant même que Charles ait eu le temps de réfléchir, l'homme poursuivit :

— Une des plus grandes institutions culturelles en Europe s'est écroulée – une catastrophe sans précédent. Les dommages ont été estimés à 900 millions d'euros. La plus importante collection d'archives municipales d'Allemagne a disparu dans les décombres.

— Oui, à Cologne.

Charles savait. Ses recherches sur le Moyen Âge l'avaient conduit à plusieurs reprises aux archives de la Severinstrasse. L'édifice s'était écroulé sous son propre poids. Le sous-sol avait été creusé par une entreprise de travaux publics qui, semblait-il, démarrait les travaux d'une nouvelle ligne de métro. Charles, horrifié, avait vu à la télévision l'immense cratère rempli de gravats, comme si une météorite était tombée sur l'immeuble. Plus de 65 000 documents historiques de la ville, plus de 100 000 cartes, les travaux de prix Nobel, plus de 500 000 photographies avaient été engloutis dans la catastrophe. Tout n'avait pas pu être sauvé.

— On a incriminé les constructeurs incompétents qui travaillaient sur la ligne de métro, les fonctionnaires corrompus de la mairie, mais personne n'a dit toute la vérité. Parce que peu de gens la connaissent.

Il s'arrêta, à bout de souffle. Il pria Charles de l'aider à enlever son veston et il demanda un verre d'eau. La tache de sang recouvrait maintenant toute la chemise. Charles sursauta, portant le verre à ses lèvres.

— Je sais que cela va te paraître incroyable, mais l'édifice a été détruit volontairement ; ceux qui ont fait ça pensaient qu'il renfermait un document d'une extrême importance pour l'humanité. Un document que tu dois retrouver.

Dix ans plus tôt, Charles, positiviste, chercheur en sciences exactes, ne croyant à aucune théorie du complot, aurait non seulement engueulé le type, mais l'aurait jeté dehors, convaincu qu'il délirait. Mais cet homme se trouvait dans un état lamentable. Et toutes les aventures qu'il avait vécues au fil du temps, y compris ce jour-là, l'avaient rendu plus prudent.

— De deux choses l'une. Ou bien le livre a été détruit, ou bien ils l'ont trouvé sous les décombres. L'équipe qui a travaillé à la recherche et au tri des gravats était noyautée par des hommes de l'Organisation.

— C'est absurde. Je suis allé à plusieurs reprises aux Archives municipales de Cologne. Cela n'avait rien d'une forteresse. Ceux qui selon vous ont été capables de détruire ce bâtiment auraient tout aussi bien pu entrer et prendre ce qui les intéressait, non ?

— Ils ont essayé. Ils étaient certains que l'objet avait été caché à l'insu des archivistes par un homme qu'ils avaient pris en filature quelques jours plus tôt.

Ils cherchent ce document depuis des siècles et, même s'ils ont été plusieurs fois sur le point de le récupérer, ils ont toujours échoué. Ignorant où il était dissimulé, il leur aurait fallu des années pour le retrouver dans ces quelque trente kilomètres de rayonnages remplis de boîtes d'archives. Le risque que quelqu'un y parvienne avant eux les a poussés à agir ainsi. Je suppose que c'était un cas de force majeure, dit encore l'homme avec un sourire triste.

— Je ne saisis pas. Le document dont vous parlez se trouvait caché là-bas, ou pas ?

— Non, mais tout avait été fait pour qu'ils le pensent. La dernière personne à avoir sauvé le livre était ton arrière-grand-père. Le frère de mon grand-père. Cela s'est passé à Londres en 1888. C'est à ton tour maintenant. À présent, ta vie ne sera plus jamais la même.

Charles essayait de se représenter leur degré de parenté. Si son arrière-grand-père était le frère du grand-père de cet homme, cela signifiait que son grand-père avait été le neveu du grand-père du blessé, c'est-à-dire un cousin de son père. Il s'emmêlait les pinceaux. Son tout nouveau parent reprit son discours de manière plus appuyée. Il faisait manifestement de gros efforts pour parler. Charles pensa à Christa. Pourquoi n'arrivait-elle pas ?

— On dirait que je divague. Je sais. Mais les implications de ce que tu vas découvrir dépassent l'imagination. Le destin du monde est en jeu. Ceux qui veulent ce livre ne reculeront devant rien. Et ils sont très puissants. Tu dois fuir tant que c'est encore possible. Et assure-toi d'avoir toujours des yeux dans le dos. Ce que tu apprends, garde-le pour toi. Même si tu as une confiance totale en quelqu'un. Ensuite protège le livre. Même au prix de ta vie. Comme l'a fait ton grand-père.

« Le destin du monde » ? Des conspirations mondiales ? pensa Charles qui ne croyait pas du tout aux théories du complot et avait plutôt tendance à en rire. Il en avait même révélé deux, mais ses découvertes avaient été accueillies avec scepticisme. Profondément déçu, il veillait depuis lors à ne pas tirer de conclusions trop hâtives. Il savait combien il était pénible d'avoir découvert une vérité capitale alors que le reste du monde se paye votre tête. Il s'était promis que, dans un cas comme celui-ci, il prendrait au moins le temps d'écouter jusqu'au bout. Mais son grand-père, son grand-père adoré, la bonté incarnée, au centre d'une conspiration planétaire, c'était vraiment trop. L'inconnu semblait lire dans ses pensées. Il reprit :

— Il n'a pas eu le temps de te dire quoi que ce soit. Parce qu'il n'était pas convaincu que tu étais prêt pour ça. Il savait que tu lui ressemblais beaucoup et que, comme lui dans sa jeunesse, tu devais gagner en maturité, comprendre que le monde est plus qu'une suite logique d'explications exactes. Il n'a pas eu le temps de t'initier.

— *M'initier ?* demanda Charles, espérant que l'homme n'allait pas glisser des théories du complot aux sociétés secrètes.

Il ne voulait plus entendre parler des francs-maçons ni des templiers. Ces histoires de gosses... et pas les plus malins ! Interrompant le fil de ses pensées, l'homme ajouta :

— Tu as beaucoup travaillé sur Vlad Țepeș. Que sais-tu de la période de son prétendu exil ? Entre son premier règne et sa seconde accession au trône ?

— Ce que j'ai appris dans les archives. Pas grand-chose. De très longues années, et très peu de sources documentaires. Vous disiez que l'objet dont il s'agit est un livre ?

— Une bible.

De nouveau une bible. Il ne s'en sortait pas.

— La Bible du diable ?

L'homme eut un gémissement de douleur et répéta, perplexe :

— Du diable ?

Charles dit à l'homme qu'il devait appeler les secours. Le regard que ce dernier lui retourna était si catégorique qu'il renonça à cette idée, mais il renvoya le SMS à Christa. Puis il attrapa dans le bar un flacon de whisky et un de vodka qu'il tendit à l'homme.

— Je ne comprends pas de quoi tu parles. Pas du diable. De Gutenberg. La première bible. Le premier livre imprimé au monde. Financé par Vlad Țepeș.

Il tendit la main vers le dossier marron.

Chapitre 18

Dans l'immeuble d'en face, les trois acolytes se trouvaient dans le noir, dans la chambre où ils avaient vissé sur un trépied une sorte de fusil à lunette dont le canon aurait été remplacé par une boîte noire à fentes. L'objet était surmonté d'une minuscule antenne parabolique translucide. Milton portait de gros écouteurs et des lunettes qui semblaient totalement opaques. Dans la pièce d'à côté, Bella suivait sur les écrans de deux ordinateurs portables le périmètre décrit par l'appareil scientifico-fantastique de Milton. On ne voyait rien depuis l'extérieur, pourtant le bijou de technologie avait quadrillé la rue de rayons violets comme ceux d'un laser. Sur un des écrans, des lignes de données analysées défilaient à toute vitesse. Bella était en train d'établir une liaison satellite et le visage souriant de Werner apparut sur l'autre moniteur.

— On est dedans ? demanda Werner.
— Oui, répondit-elle.
— Bien, établissez la liaison.

Pendant que dans la pièce où se trouvait Bella résonnait clairement la voix de Charles parlant avec l'homme blessé, les mêmes données apparaissaient sur l'écran gigantesque du bureau de Werner. Le quadrillage de la rue était analysé par plusieurs programmes simultanément. Les visages des invités, que l'on apercevait par les portes ouvertes du bar, étaient balayés par le programme de reconnaissance faciale et classés dans un coin de l'écran à mesure qu'ils étaient identifiés. Tout véhicule circulant dans la rue était enregistré et sa plaque passée au filtre des bases de données les plus complètes au monde. Milton manœuvrait le boîtier et procédait sans cesse à des réglages. Werner écoutait attentivement la conversation dans la chambre de Charles. À un moment donné, dans son mouvement panoramique, le boîtier s'arrêta sur le visage de Christa. Elle conversait avec un professeur danois faisant des efforts désespérés pour se montrer charmeur. L'appareil était une des inventions les plus réussies de Werner. Il était la propriété exclusive et secrète de l'Institut, mais Werner savait que sa valeur au marché noir dépassait plusieurs millions de dollars.

Christa était arrivée depuis une dizaine de minutes et elle s'était directement rendue au bar. Elle ne voyait pas Charles et pensa attendre encore un peu. Le professeur danois l'avait alors abordée, lui faisant une cour charmante et innocente. Christa se demandait de plus en plus pourquoi Charles ne se montrait pas quand elle vit une voiture de police au gyrophare allumé s'arrêter devant l'hôtel. Elle se dirigea spontanément vers la réception. Elle consulta son téléphone et vit les deux messages de Charles. Le commissaire et son adjudant se frayaient un chemin dans le hall, tandis que Christa montait les marches en composant le numéro de Ion Pop. La foule se pressait dans l'escalier et à l'étage le réceptionniste, téléphone en main, regardait, interdit, le cadavre du policier. Christa passa près d'eux en montrant sa carte et en parlant au téléphone. Alors qu'elle se dirigeait vers la chambre de Charles, elle vit les gouttes de sang sur la moquette. Jusqu'à la porte de la chambre 104. Elle tira son pistolet de sa pochette et frappa à la porte.

Charles ouvrit. Il semblait choqué et très troublé. À un moment donné, dans le feu de la conversation, son prétendu cousin éloigné avait perdu connaissance. Charles n'avait pas paniqué, mais il n'en était pas loin, et il avait commencé à s'habiller. Toujours en robe de chambre, il avait seulement chaussé ses mocassins quand Christa était arrivée. Elle jeta un regard à Charles. Il dit, l'air un peu absent :

— Ils se sont gourés de bible.

Christa ne suivait pas. Il insista.

— Les auteurs de la mise en scène et du message. Ils se sont trompés de bible. Il n'est pas question de la Bible du diable.

Christa crut qu'il était en état de choc. Elle lui ordonna :

— Nous devons partir. Maintenant.

Charles entreprit de s'habiller, mais Christa empoigna les vêtements accrochés au portemanteau, saisit le portefeuille sur la table et poussa le professeur vers le balcon. Elle jeta un œil derrière le rideau. Charles tenta de protester.

— La police est en bas et un policier a été tué. Dans un instant ils seront ici. Vous devez me faire confiance.

Charles acquiesça, se retourna et eut le temps d'attraper son téléphone et le dossier marron. On entendit des pneus crisser dans la rue. Christa enjamba le garde-corps et prit Charles par le bras. Sous le balcon, à moins d'un mètre, un camion frigorifique était monté sur le trottoir.

Ainsi Werner put-il voir sur son écran géant le célèbre professeur Charles Baker, de la vénérable université de Princeton, sauter du balcon en peignoir et en compagnie d'une femme en tenue de vamp sur le toit d'un camion qui démarra en trombe, heurta le véhicule de police et disparut au bout de la rue.

Werner ne put réprimer un sourire. Il aurait bien voulu pouvoir mettre les images sur le Web, les envoyer à CNN, ou, encore mieux, projeter la séquence à Princeton.

Avant d'éteindre, Werner vit encore une sorte de chewing-gum se coller sur le camion, balise que venait de cracher le boîtier étrange. Il était satisfait.

Chapitre 19

Le camion tourna à droite puis à gauche. Sur le toit, Charles s'était couché en diagonale et se tenait aux barres à bagage. Christa avait procédé de la même manière. Quelques centaines de mètres plus loin, après s'être assuré que personne ne les suivait, Ion Pop s'était garé en prenant soin de ne pas freiner trop brusquement. Il descendit et les aida. Charles voulait dire quelque chose, mais l'agent reprit le volant et l'interrompit :

— Montez. On aura le temps de parler en route.

Charles et Christa montèrent à côté du chauffeur. Le véhicule disposait de deux places et demie à l'avant, la banquette de droite étant plus large qu'un siège ordinaire.

— C'est quoi, cette voiture ? demanda Christa.

— C'est tout ce que j'ai trouvé à cette heure. C'est un camion pour transporter la glace, ou quelque chose dans le genre. Depuis qu'elle l'a confisqué, la police l'utilise constamment. Et je n'avais pas le choix pour transporter les cadavres.

Charles reprenait ses esprits. Il ne savait plus tout à fait où il en était, mais cette aventure ne lui déplaisait pas.

Chaque fois qu'il avait vécu des péripéties de ce genre, dignes de films d'action, il s'en était sorti indemne et en avait tiré de fabuleux enseignements. Il était convaincu qu'il en serait de même cette fois-ci. Il avait fourré le dossier marron sous son peignoir et l'avait protégé à chaque instant. Christa avait réussi à embarquer ses vêtements. Celle-ci demanda où se trouvait son sac à dos. L'agent lui répondit qu'il était à l'arrière, il lui faudrait patienter un peu pour le récupérer.

— On risque de se retrouver avec des barrages sur le chemin.

— Vous n'avez pas ces cartes d'agents secrets qui ouvrent toutes les portes ? demanda Charles.

Si, ils avaient ça. Christa se demanda si quelqu'un les avait vus sauter sur le camion. Il n'y avait personne dans la rue et, à l'intérieur de l'hôtel, tout le monde était trop occupé pour se soucier de ce qu'il se passait dehors. Au pire, ils auraient pu voir un camion s'arrêter et repartir en trombe moins d'une minute plus tard. Et rien d'autre. Il était fort probable que personne n'ait rien remarqué.

À l'hôtel, le commissaire suivit les gouttes de sang jusqu'à la chambre de Charles. Il frappa, mais, n'obtenant pas de réponse, il demanda le passe à la réception. Ils trouvèrent dans un fauteuil un homme plus mort que vif, qui avait perdu beaucoup de sang. Ils appelèrent les secours. Malheureusement il était trop tard. L'homme mourut dans l'ambulance avant de parvenir à l'hôpital.

Le policier ne savait pas quoi faire. Depuis qu'il était commissaire, il n'avait pas traité d'affaire plus spectaculaire que la poursuite de malfaiteurs après une tentative de braquage de banque. L'établissement n'avait pas beaucoup de liquidités et les braqueurs – armés de simples couteaux et masques de ski sur la figure – n'avaient pas pu s'approcher du coffre. Ils avaient perdu leur sang-froid et s'étaient enfuis par la fenêtre des toilettes dès qu'ils avaient aperçu la première voiture de police. Ils avaient été rattrapés rapidement et le commissaire, décoré, avait eu l'occasion de se pavaner. Mais là, la situation le dépassait complètement. Cinq morts le même jour, des rituels sataniques, des vampires, des diables verts, des professeurs américains. C'en était trop. Ion Pop était parti, Christa semblait s'être évaporée et le professeur restait introuvable.

Il téléphona à Bucarest, à son parrain, secrétaire d'État au ministère de l'Intérieur. Qui ne répondit pas. Il décida que le professeur était probablement celui qui les avait tous tués. Et que son alibi était suspect. Comme la situation était trop compliquée pour être résolue en une nuit, il s'assura que les scènes de crime étaient sous scellés et rentra chez lui retrouver ses trois filles, sa femme et sa belle-mère.

Chapitre 20

Ils roulèrent pendant une trentaine de kilomètres après la sortie de Sighişoara, le temps d'être sûrs qu'ils n'étaient pas suivis et qu'aucun barrage routier n'avait encore été installé. Personne ne disait rien. Chacun ruminait ses propres pensées. Ion Pop arrêta le camion sur une aire déserte et ils descendirent. Lorsqu'il ouvrit la portière arrière, une puanteur atroce s'échappa des trois sacs mortuaires qui contenaient les corps des victimes.

— Je croyais que c'était un camion frigorifique, dit Charles, horrifié.

— C'était. Il ne refroidit plus, dit l'agent en montant à l'arrière.

Il tendit le sac à dos à Christa qui disparut derrière le camion. À Charles, il désigna un sac mortuaire vide, posé à côté des autres.

— S'il arrive quelque chose, vous devrez rapidement monter là-dedans et vous glisser dans ce sac, même s'il vous en coûte. Et si on ouvre pour un contrôle, vous faites le mort, pas bouger. Si on me demande d'ouvrir un sac, je commencerai par celui qui a les yeux arrachés. Je suis certain qu'ils ne voudront pas en voir plus.

Christa revint, vêtue d'un pantalon noir multipoches comme ceux des commandos, et d'un tee-shirt d'une couleur incertaine.

— Le professeur doit rester près de la portière, ajouta encore l'agent.

Il s'alluma une cigarette et laissa la fumée brûlante lui envahir les poumons avec un plaisir non dissimulé, pendant que le professeur s'habillait. Puis il reprit place au volant.

— Où allons-nous, maintenant ? s'enquit Charles.

— Je dois les amener à Bucarest, répondit Pop. On a deux cent cinquante kilomètres devant nous. Moins de trois heures si tout se passe bien.

— De mon côté, je vous prierais de me déposer à l'ambassade américaine.

Le camion démarra et Christa demanda :

— Il s'est passé quoi, là-haut, dans la chambre ?

Charles ne répondit pas. Il venait de penser qu'il n'était pas allé jusqu'à la tour de l'Horloge. Et qu'il avait de nouveau perdu la trace du sabre.

— On doit faire demi-tour. Il faut absolument que je retourne en ville.

— Hors de question. Peu importe ce pour quoi vous êtes venu ici, oubliez cet endroit, pour le moment. Vous devrez trouver une autre solution. C'est trop dangereux.

— Tout le monde n'arrête pas de me dire que je suis en danger de mort. C'est vrai, il y a eu ces crimes atroces et cette mise en scène d'un goût douteux avec ma carte de visite, plus l'individu, dans ma chambre, qui disait avoir un lien de parenté avec moi, mais j'ai plutôt l'impression que les choses se déroulent *autour* de moi, pas avec moi. Je peux savoir comment j'en suis arrivé à sauter du balcon comme Errol Flynn dans un film d'aventures ? En peignoir, en plus ? Et j'ai tout laissé à l'hôtel.

Christa réfléchit à ce qu'elle pouvait lui répondre. Elle décida de rester évasive.

— À l'heure qu'il est, la police vous suspecte d'avoir tué l'homme dans votre chambre et le policier en charge de votre protection dans le couloir. Vous ne tenez sans doute pas à rester là pour expliquer que vous n'y êtes pour rien.

— Le policier qui me surveillait est mort ?

— Oui, par balle, comme l'homme de la chambre. Peut-être qu'ils voulaient s'en prendre à vous et que l'homme les a surpris et vous a sauvé la vie. Quant à la police, je ne crois pas que vous teniez à courir ce risque.

Il se creusait la tête pour comprendre qui pouvait bien en vouloir à sa vie. Ici. Mais il se résolut à remettre cette question à plus tard, quand il serait à l'ambassade.

— J'ai oublié mon passeport à l'hôtel. Je ne sais pas comment je vais pouvoir prouver mon identité.

— Vous êtes une personnalité célèbre. Tout le monde vous connaît là-bas. Vous êtes un ami de l'ambassadeur. Il vous délivrera des papiers provisoires.

Ami, c'était beaucoup dire. L'ambassadeur l'avait reçu à deux reprises quand il était venu en Roumanie pour le lancement de ses livres et quand on l'avait fait docteur *honoris causa* de l'université de Bucarest. Il avait passé une nuit dans sa résidence personnelle.

Charles ouvrit le dossier marron. C'était une sorte de classeur dont les anneaux de métal retenaient des pochettes en plastique dans lesquelles avaient été glissées des papiers, photocopies et photos notamment. Il regarda attentivement les quelques copies de l'exemplaire supposé de la bible de Gutenberg. Si c'était bien cela, il avait entre les mains des reproductions des premières pages imprimées de l'histoire de l'humanité. Il feuilleta les documents en essayant de se concentrer, mais il avait du mal. Il demanda à Ion son accord avant d'allumer le plafonnier.

Charles savait très bien à quoi ressemblait une bible de Gutenberg. Sous ses yeux se trouvaient des textes aux colonnes parfaitement alignées et aux lettres d'égale largeur, différents des manuscrits antérieurs. Il en avait étudié à de multiples occasions. Celle qu'il connaissait le mieux était l'exemplaire de la Bibliothèque du Congrès de Washington, un des deux sur le territoire américain, imprimé sur vélin – peau de velot tannée. C'est pourquoi une photocopie ne pouvait en aucun cas l'impressionner. Il parcourut quelques pages. Christa regardait elle aussi et demanda :

— C'est la Bible du diable ?

— Non, celle de Gutenberg, répondit Charles presque par réflexe.

Il leva les yeux vers Christa et la fixa. Bien qu'elle meure d'envie d'apprendre ce qu'il s'était passé, elle n'insista pas. Il apprécia sa délicatesse et résolut de soulever un pan du voile. Mais il ne se pressa pas, et, comme à son habitude, il prit le même ton docte qu'il avait en chaire.

— La bible de Gutenberg est, comme vous le savez, le premier livre jamais imprimé. Elle est l'œuvre d'un fondeur allemand qui a inventé l'imprimerie dans un bourg baptisé Mayence, au milieu du XVe siècle. Beaucoup de gens estiment que c'est la plus importante invention de l'humanité. Avant l'ordinateur.

— Mais vous n'êtes pas d'accord ! intervint le chauffeur, complètement à côté de la plaque.

Il avait tenté une plaisanterie. Ou il avait peut-être voulu se rendre sympathique auprès de Charles qui fit comme s'il n'avait rien entendu et poursuivit :

— Avant ça, Gutenberg avait déjà fait quelques tentatives sur des ouvrages de petite envergure, mais ce livre est le premier incunable de l'histoire.

Comme aucun ne semblait avoir compris ce mot, Charles se hâta de préciser :

— « Incunable » est le terme pour désigner tout ouvrage imprimé en Europe avant 1500. Gutenberg aurait imprimé en tout cent quatre-vingts bibles. Quarante-huit exemplaires ont traversé les siècles, dont seulement vingt et un sont complets. On appelle aussi cette bible la B42 parce qu'elle compte quarante-deux lignes par page. Ce qui n'est pas rigoureusement exact, certaines pages en ayant quarante ou quarante et une. Comme vous le savez, elle est entièrement rédigée en latin, comme la Bible du diable, dit-il en souriant à Christa.

— C'est tout ? Ce ne sont que des pages de la Bible ?

Charles ne lui répondit pas et continua :

— Les copies que nous avons sous les yeux proviennent d'un original imprimé sur vélin. On ne connaît que douze bibles imprimées sur parchemin en cuir de veau. Ces clichés, plutôt anciens, sont ceux de l'une d'elles. Cela se voit à la texture du parchemin. Je ne saurais dire où elles se trouvent dans le monde, mais c'est vérifiable. L'homme qui m'a apporté ça, celui de la chambre, a insisté sur le fait que c'est, selon lui, un exemplaire différent. J'étais donc en train d'essayer de distinguer quelque chose qui irait en ce sens.

Dans la voiture qui cahotait, Charles tentait de se concentrer.

L'agent, qui avait jeté un regard rapide, lança encore sur le ton de la plaisanterie :

— Il y a des gens pour lire des choses pareilles ? Ces lettres ressemblent aux traces laissées par une araignée qui aurait trempé ses pattes dans l'encrier !

Charles rit. *Voici une réplique célèbre. Ce flic est autre chose que ce qu'il paraît.*

— Cette typographie s'appelle Textualis, ou Schwabacher qui en est une variante. Une sorte de style Blackletter. Cette combinaison de lignes qui se croisent donne en effet l'impression de pattes d'araignée. Nous n'avons plus l'habitude de ce genre de caractères qui se rapprochent de l'écriture gothique. Elle est connue aussi sous le nom de Textura Gothica, alors que les caractères sont latins. À cette époque-là, pour les personnes instruites, c'était aussi lisible que le Times New Roman. L'alignement est parfait, sans alinéa et plein d'enluminures.

Il fit une pause.

— Les enluminures sont ces ornements en tête des paragraphes, qui dans cette bible correspondent aux chapitres. C'était fait à la main. Surtout dans les monastères. À l'époque où l'imprimerie n'existait pas encore, aucun livre ne ressemblait à un autre. Les moines copistes les reproduisaient, mais dans chaque exemplaire figurait leur contribution artistique, en plus du texte. Paradoxalement, chaque copie était un original. Tiens, je viens d'inventer un nouveau slogan pour une entreprise de photocopieuses ! Je pourrais peut-être le vendre à Xerox ou Canon.

Il sourit de sa propre blague, tourna une page et son sourire s'évanouit.

— Attends un peu, se dit-il à haute voix. Ça, je ne l'ai encore jamais vu.

Un frisson lui parcourut l'échine. Les deux autres dressèrent l'oreille. Christa fit signe à Ion de se concentrer sur la route.

— Aucune des bibles de Gutenberg n'a de pages numérotées.

Il approcha le document de la lumière et lut :
— 24.

Il tourna la page. Puis une autre.

— 12, et de nouveau 24. Ça, c'est vraiment étrange.

Il revint en arrière. Les quelques pages provenaient de différents chapitres, comme si elles avaient été choisies à titre d'exemples. Certaines portaient des chiffres, d'autres des lettres qui semblaient ne rien vouloir dire. La plus grande partie provenait de l'Apocalypse. Les pages avaient été photocopiées deux par deux – c'est-à-dire livre ouvert, non chaque page individuellement. Juste en face du début de l'Apocalypse, sur la page de gauche, figurait un texte incomplet, de seulement quelques lignes. Comme si un parchemin avait été déchiré en deux dans le sens de la hauteur. Les lettres étaient les mêmes que dans le reste de la bible, mais il manquait la partie gauche du texte. Même la forme du texte montrait que la déchirure avait été arbitraire. C'était comme un collage sur une page vierge.

Sous la faible lumière dans la voiture, le texte parut incompréhensible à Charles. Il était plus flou et plus court que les autres. On aurait dit que la mise au point n'avait pas été faite. Charles avait l'impression de connaître ce texte, mais il ne voyait pas d'où il pouvait provenir et il n'insista pas.

— Quelqu'un s'est bien amusé à barbouiller ces pages. On dirait que c'est imprimé sur la même presse, mais, en l'absence de l'original, on a du mal à se rendre compte.

— Ou alors c'est un exemplaire inédit, dit Christa.

Charles envisagea cette possibilité. Il feuilleta encore un peu le dossier et, en levant le bras pour éteindre le plafonnier, il tourna les pages avec sa manche, si bien que son regard retomba sur la dernière. À gauche il y avait le final de l'Apocalypse. Mais à droite… Il examina attentivement cette page. Un autre texte cohérent qui lui sembla pourtant étrange. Il lut. Ses connaissances en latin étaient bonnes. Son sujet d'étude étant le Moyen Âge, époque où la langue officielle des textes était le latin, il avait souvent eu besoin de lire dans le texte. Charles pensait en outre que tout intellectuel digne de ce nom se devait de comprendre le latin, le grec ancien et l'allemand.

Il n'en croyait pas ses yeux. Non seulement il comprenait intégralement ce texte, mais il le reconnaissait. Il se mit à rire aux éclats.

Chapitre 21

À la fin de ce spectacle nocturne et rocambolesque, Werner dit à Bella de suivre le camion dans lequel Baker venait de s'enfuir, mais de garder ses distances et de n'intervenir qu'avec son accord explicite. Le dispositif de pistage était très performant. Après avoir raccroché avec Bella, Werner appela Eastwood.

— Il bouge.

— J'ai vu ça, dit le chef, avant d'ajouter avec malice : il n'est peut-être pas aussi malin que tu le disais. Il croit qu'on s'est gouré de bibles. Il n'a pas saisi le message.

— Laissez-lui un peu de temps.

Il fit une pause pour peser chaque mot qu'il allait prononcer et ajouta :

— Ce décalage horaire est une vraie prise de tête. Quand il est 19 heures en Roumanie, il est 11 heures ici. Je suis fatigué, mais, à présent qu'il est en fuite, Bella le surveille. Je vais rentrer chez moi. Je serai de toute façon tenu au courant à chaque instant.

Quelques minutes plus tard, un hélicoptère s'élevait du toit du bâtiment principal. Son hélice souleva la poussière du désert de Mojave et il se dirigea comme un insecte gigantesque et diabolique vers la ville de Lancaster, au cœur de l'Antelope Valley, territoire historique des Indiens Paiute.

Bella et compagnie remballèrent en vitesse et grimpèrent dans une Porsche Panamera qui, cette fois-ci, ne se pressait vers nulle part. Bella se nicha contre le confortable appuie-tête et s'endormit aussitôt.

Chapitre 22

Le professeur était secoué de rire. Les deux autres le regardaient d'un air contrarié. Ils essayaient de comprendre ce qui avait déclenché cette hilarité. Ils mirent ça sur le compte de la tension nerveuse accumulée au cours de cette journée pour le moins inhabituelle. Entre deux hoquets, Charles tenta de parler :

— Nous sommes victimes d'une farce monumentale. Un foutage de gueule sans nom ! Mais très élaboré, ça, c'est sûr !

Christa ne savait comment réagir et Ion Pop était consterné. Il ne regardait presque plus la route. Brusquement, Charles cessa de rire et hurla à son intention :

— Arrêtez ! Arrêtez cette satanée bagnole ! Vous m'entendez ?

Surpris, l'agent freina subitement en plein milieu de la chaussée. Charles hurlait en descendant du camion :

— Il n'y a aucun mort nulle part. Ils se sont foutus de moi. Vous vous êtes tous foutus de moi. Et toute cette histoire de sabre. Et cette espèce d'oncle ou de cousin éloigné. Qu'est-ce que j'ai pu être crétin de vous suivre ! Je parie qu'après mon départ le type s'est relevé, mort, mais de rire. Tout comme ses complices. Vous aussi, vous êtes ses complices. Le FBI, Interpol. Comment j'ai pu être aussi con ? Seul quelqu'un qui sait sur quoi je travaille a pu mettre au point un canular aussi sophistiqué.

Tout en criant, il était arrivé à l'arrière du camion et tirait sur la portière pour l'ouvrir. Pop était descendu pour le rejoindre et Christa se prenait la tête entre les mains. Charles poursuivit son monologue :

— Des vampires et des macchabées, des croix et des démons. Quelle blague ! s'exclamait-il, puis il hurla à l'agent : Ouvrez la porte !

— Pour quoi faire ? demanda calmement Ion Pop.

— Parce que vous n'avez aucun cadavre là-dedans. Tout est lié à cette macabre plaisanterie ! Le plan, c'est quoi ? Vous m'emmenez dans un bunker et, une fois que nous sommes arrivés là-bas, la lumière s'allume et une bande de crétins surgit en criant « Surpriiiise ! » ?

— Les cadavres sont tout ce qu'il y a de plus réel. Je vous assure. Vous êtes encore sous le choc et ce n'est que maintenant que vous réalisez. Je vous en prie, essayez de vous calmer.

— Je suis calme, articula Charles d'une voix grave. Ouvrez la portière !

L'agent s'exécuta. Charles continuait de râler tout en grimpant et, se penchant sur un cadavre :

— Oh ! Vous êtes des maîtres de la mise en scène ! Jusqu'à l'odeur !

Il ouvrit le sac.

— Vous méritez un Oscar !

Il prit le cadavre sous les aisselles et le tira à l'extérieur.

— Allez, on va voir de quoi est faite cette grande poupée.

Puis il se tut. Le mort était rigide et il avait commencé à se liquéfier. Charles se sentit mal. Il bondit à terre et vomit.

Le téléphone palpitait par intermittence. Dans la pénombre du bar, l'homme observait la foule, dans l'expectative. Il tendit la main vers son appareil et le porta à l'oreille. Il eut un hochement de tête approbateur, dit quelque chose au sujet d'un lion et affirma qu'il avait compris. Il glissa le téléphone dans la poche de son blouson en cuir clouté, saisit son casque de moto et sortit.

Chapitre 23

Il s'était rassis dans l'habitacle, mort de honte. Aussi loin qu'il s'en souvienne, jamais il ne s'était senti aussi ridicule. Cela ne lui ressemblait pas, de perdre ainsi son sang-froid. Il ne savait même pas comment présenter des excuses. S'il doutait encore de toute l'histoire, les morts étaient en revanche bien réels. Il ouvrit la bouche pour parler :

— Je...

Christa l'interrompit :

— Ne vous en faites pas. Nous aurions réagi de la même façon.

— Merci...

— Ça va aller ?

Il la rassura d'un signe de tête.

— J'ai déjà été confronté à des situations difficiles et je suis habitué à me débrouiller, dit Baker, surpris lui-même par son ton contrit. Mais ce coup-là, ajouta-t-il en montrant le dossier marron, ça dépasse tout.

— Vous nous expliquez, ce qui dépasse tout ?

Charles soupira et tendit le dossier ouvert à la dernière page de la prétendue photocopie de la bible.

— Lisez !

Christa essaya de lire, mais elle ne saisissait rien.

— C'est en latin !

— Bon, je vais tenter de vous le traduire directement. « Devant la loi se tient un gardien. Devant ce gardien se présente un homme de la campagne qui demande à entrer dans la loi. Mais le gardien lui dit qu'il ne peut pas lui permettre d'entrer. L'homme réfléchit et demande s'il aura le droit d'entrer plus tard. "Fort probablement, répond le gardien, mais pas maintenant." Étant donné que la porte de la loi est ouverte, comme toujours, et que le gardien se tient sur le côté, l'homme se penche pour regarder à l'intérieur. Quand le gardien s'en rend compte, il rit et dit : "Si cela te tente tellement, essaie d'entrer, en dépit de mon interdiction. Mais sois attentif : j'ai du pouvoir. Et pourtant je ne suis que le gardien le plus modeste. Il y a derrière moi onze autres portes. À l'entrée de chacune d'elles se tient un autre gardien, et chacun est plus puissant que le précédent. Moi-même je ne puis poser les yeux sur le troisième…" L'homme de la campagne ne s'attendait pas à de telles difficultés ; la loi devait tout de même être toujours à la portée de tout le monde. » Et ainsi de suite.

Charles s'interrompit.

— Une parabole ? reprit Christa.

— Ce texte ne vous évoque rien ?

— On dirait, pourtant, souffla Pop.

— C'est un passage d'un récit de Kafka. Cela s'appelle *Devant la loi*.

— Ah, exact, acquiesça Pop. Mais ça figure aussi dans *Le Procès*, non ?

— Justement, Kafka l'a repris plus tard dans *Le Procès*. Comment un texte du XXe siècle peut-il apparaître à la fin d'une bible du XVe ?

— Pas possible, répliqua Pop. Sauf si elle est copiée !

— Kafka aurait copié sur Gutenberg ? Dans une bible qui n'existe qu'en un seul exemplaire ?

— Peut-être l'a-t-il fait intentionnellement. Peut-être voulait-il aussi démontrer quelque chose.

— Vous pensez que Franz Kafka aurait vu lui aussi ce que nous voyons là ? Et que de plus il aurait vu l'original ?

Christa ne disait pas un mot.

— Il y a un principe classique, énoncé par un moine franciscain du XIIIe siècle, qu'on appelle le « rasoir d'Ockham ». Il dit que, lorsqu'on doit choisir entre deux hypothèses, la plus simple tend à être la bonne. Qu'est-ce qui est le plus probable ? Que Franz Kafka, qui est mon écrivain favori, mon hyper-ultra-préféré, au point que je le connais par cœur, ait plagié un texte de Gutenberg dont tout le monde ignorait l'existence, ou bien que quelqu'un ait organisé cette plaisanterie à deux sous ? J'ai peut-être exagéré tout à l'heure, et ces crimes odieux changent totalement la donne, mais il y a quelque chose de pas sain. On est face à une machination.

— Est-ce que ce n'était pas évident dès la découverte de la carte de visite ? intervint Christa. Et si quelqu'un vous délivrait un par un les éléments du puzzle ?

— Donc j'ai raison ? Il s'agit bien d'une vaste mise en scène qui m'est entièrement adressée ?

— Je pensais que nous étions d'accord là-dessus.

— Oui, marmonna Charles. Je suppose qu'il m'est difficile de l'accepter, ça m'énerve de ne pas en saisir les tenants et les aboutissants.

— Ce Kafka, il était autrichien ? demanda Pop.

— En quelque sorte. C'était sous l'Empire. Mais il est mort, en effet, à Vienne. Il est né dans une famille juive à… attendez un peu, dit Charles.

Il réfléchit un instant. Il sembla se rendre compte de quelque chose.

— Où est le peignoir ?

Christa plongea la main derrière la banquette et le lui tendit. Charles fouilla fébrilement dans les poches et en tira le portefeuille.

— Heureusement que… Autrement je l'aurais oublié ici. Et je me serais retrouvé non seulement sans papiers, mais en plus, sans argent ! Ça aurait été le pompon !

Il en sortit un papier et le déplia. Il examina longuement le dessin.

— Nous allons à Prague ! s'exclama-t-il enfin à l'intention de Christa, stupéfaite. Pouvez-vous nous déposer à l'aéroport ?

— Vous ne pourrez pas monter dans l'avion sans passeport. Je peux demander au commissaire de me l'envoyer dans la matinée. Je dirai que j'en ai besoin pour contrôler votre identité. Il a un faible pour moi.

— Celui-là, il a un faible pour tout le monde. Ne va pas t'imaginer quoi que ce soit ! rigola Pop.

Après quelques secondes de réflexion, Charles insista :

— Il n'y aurait pas des trains pour Prague à partir d'ici ? Ce n'est pas si loin.

— Si, marmonna Christa.

— Et je n'ai pas besoin de passeport, à l'intérieur de l'Union européenne, n'est-ce pas ?

— Seulement à la frontière avec la Hongrie. Mais, comme vous le disiez plus tôt, ma carte pourrait nous tirer d'affaire.

Le camion se rapprochait de Bucarest. Il y avait plus de lumière et de circulation. Il était presque 3 heures du matin et, même si le trafic n'était pas très dense, cela donnait une impression de retour au monde civilisé, après ce trajet dans des régions désertes.

Chapitre 24

Bella s'était réveillée. L'armoire à glace était au volant et Milton, bien calé dans le siège passager, laissait échapper des petits ronflements réguliers. Sur l'écran de l'ordinateur de bord clignotait encore la lumière verte du signal transmis depuis le camion frigorifique.
— Est-ce qu'ils sont loin ? demanda Bella.
— À environ trois kilomètres.
— Accélère.

À l'entrée de Bucarest, un motard vit s'arrêter au feu rouge un camion frigorifique. Le motard mit les gaz et arriva au niveau du chauffeur. Il tourna la tête vers lui et le dévisagea. Pop le regarda lui aussi, mais ne put voir son visage derrière le casque reflétant le feu tricolore. Au moment où ce dernier passait au vert, le motard fit vrombir sa bécane, leva un pistolet à bout de bras et tira. Puis il relâcha l'embrayage et disparut.

Pop s'écroula sur le volant et sa tête enclencha le klaxon.

Dans sa gigantesque villa de Lancaster, Werner se préparait à regarder un match de foot enregistré de son équipe préférée depuis la période où il était étudiant, les New England Patriots. C'était devenu une grande équipe ces dernières années, mais Werner la soutenait bien avant qu'elle soit connue. Il ignorait le score car, ce qu'il détestait par-dessus tout, c'était connaître le résultat du match avant de le regarder. Il n'avait donc pas lu la presse, pas allumé non plus la radio ni la télé depuis qu'il était rentré. Pendant la présentation des équipes, il se prépara un énorme cheeseburger à trois niveaux. Il y mit de la mayonnaise, du ketchup sucré et du pimenté, force cornichons et une énorme feuille de salade. Le téléphone sur la table émit un sifflement rauque de locomotive. Il se lécha le bout des doigts et toucha l'écran. Un court message s'afficha : « *C'est fait.* »

Il laissa le téléphone sur la table et s'installa devant le match.

Chapitre 25

Le signal vert sur la carte restait fixe depuis quelques minutes. Bella fixait l'écran d'un air inquiet.
— On y sera quand ?
Julius Henry appuya sur l'accélérateur. On voyait des gens rassemblés au prochain feu. Quelques voitures étaient arrêtées sur le côté avec les warnings. La Porsche s'approcha autant que possible, mais le ciel commençait à se colorer de gyrophares de police qui la dépassaient. Un autre véhicule de police apparut en sens inverse. Bella dit au chauffeur de continuer. Il dépassa par la droite, lentement. Quelques curieux commentaient l'incident. La portière droite du camion frigorifique était grande ouverte. À gauche, la vitre était brisée, le chauffeur reposait tête sur le volant. Bella savait qu'ils ne pouvaient pas s'arrêter. L'inquiétude la saisit. Julius Henry entra dans l'ordinateur de bord et activa le numéro de Charles. Aucune diode ne s'alluma. Le mobile de Charles, déchargé, gisait au fond du sac à dos de Christa.

Christa et Charles étaient sortis précipitamment et couraient à toutes jambes vers le centre de la ville.

Ils vérifiaient par moments qu'on ne les suivait pas. Personne. Devant un immeuble, un homme sortait promener son chien. Ils s'arrêtèrent à l'angle d'une rue, patientèrent quelques minutes, le temps de retrouver leur souffle et de s'assurer que le tireur ne surgissait pas. Quelques mètres plus loin, à une station de taxis, quatre voitures jaunes attendaient leurs clients matinaux. Les chauffeurs étaient en grande conversation autour d'un café. Christa et Charles se dirigèrent vers eux.

Bella ne savait plus quoi faire et elle composa le numéro de Werner. Il ne répondait pas. Alors elle abattit sa dernière carte et appela le numéro enregistré au nom de Martin, tandis que la Porsche roulait lentement, ses trois passagers fouillant les rues des yeux. C'est alors qu'ils virent Charles et Christa montant à bord d'un taxi.

Chapitre 26

Le taxi s'arrêta devant la gare du Nord, la principale gare de la capitale. Charles sortit son portefeuille, mais il n'avait que quelques livres sterling et des euros. Il ne pouvait pas payer par carte, alors Christa s'en chargea. Dans la gare, ils se rendirent au bureau d'informations. Le seul train pour Prague partait à 6 heures. Ils avaient plus de deux heures devant eux.

Werner sortit de la douche. La musique, très fort, inondait toutes les pièces de la maison. Il venait d'acheter l'album de Pink Floyd, *The Endless River*. Le même son que le précédent sorti dix ans plus tôt, *The Division Bell*. Les spécialistes ès Floyd avaient beau dire que Gilmore était le pilier du groupe, Werner préférait les albums créés par Roger Waters. Il connaissait par cœur *The Wall* et surtout *The Final Cut*, en dépit de sa tonalité hippie explicitement antiguerre, antifinance, antimondialisation. Il aimait l'orchestration baroque et l'inventivité sonore qui enjolivaient une mélodie très simple et très chantante.

Il aimait se moquer des artistes qui attaquaient le système bancaire, l'argent, la finance internationale et qui gagnaient des sommes astronomiques avec ça. Le dernier spectacle *The Wall* de Waters lui avait beaucoup plu par sa capacité à manipuler le public. Les gens qui aimaient cette musique pour elle-même en revenaient convaincus par la rhétorique anticonflit de tout le show. Un chef-d'œuvre de manipulation – montrer à l'écran combien les dollars, les livres, les yens et toutes les autres devises sont du poison et recevoir en échange des tonnes de dollars, d'euros, de livres sterling du monde entier. L'hypocrisie de la chose lui semblait très similaire à celle de ces philosophes qui attaquaient les États-Unis confortablement installés dans les universités américaines et qui crachaient sur le système leur permettant de vivre comme au paradis. S'ils avaient vécu dans les pays qu'ils admiraient, ils seraient morts de faim ou auraient fini dans un camp de travail. Il se souvenait d'un metteur en scène auteur d'une hagiographie de Castro, à l'abri de ses millions de dollars et de sa super villa avec piscine d'où il faisait le procès du capitalisme. S'il s'était frotté un jour à ce qu'il admirait, il se serait réveillé et cela ne lui aurait pas vraiment plu. Mais contempler l'orage depuis le balcon, tout le monde peut faire ça. *C'est la grandeur de l'Amérique*, songea-t-il, *tout prédicateur trouve son troupeau.* Et c'était bien comme ça tant qu'il pouvait, avec son Institut, choisir et contrôler les prédicateurs.

Sur ces considérations, il s'habilla légèrement et prit l'ascenseur pour se rendre au sous-sol. Il avait décidé de ne pas retourner à l'Institut avant le matin, ayant des choses plus importantes à faire. Il fit demi-tour pour aller chercher son téléphone qu'il avait oublié et vit l'appel de Bella. Quand il la rappela et apprit qu'elle avait téléphoné à Martin, il en devint presque fou. Il lui hurla de ne plus lâcher le professeur d'une semelle. Il raccrocha, et envoya l'appareil valser contre le mur. Des morceaux se répandirent dans toute la pièce. Il resta là plusieurs secondes puis saisit l'autre téléphone sur la table de la cuisine.

Chapitre 27

Les gares ne sont pas l'endroit rêvé pour passer la nuit. Les trognes des drogués, des ivrognes et des mendiants qui les peuplent vous donnent le frisson. Pas forcément parce que l'on se sent en danger, mais surtout, dans le cas de Charles, parce que cela force à méditer sur une facette du monde dont on est d'ordinaire protégé. Le monde des déshérités. La gare du Nord de Bucarest n'en était pas privée, de cette facette, bien au contraire.

Charles retira de l'argent au distributeur. Christa était d'avis que c'était le meilleur moyen pour se faire repérer. Charles répliqua que ceux qui s'intéressaient tant à eux savaient déjà où ils allaient. Puis il acheta les billets, chercha des cigares et, n'en trouvant pas, il prit un paquet de cigarettes et un briquet. Ils s'installèrent à la terrasse du McDonald's, le seul restaurant de la gare qui avait l'air potable. En dépit de sa répulsion pour les fast-foods, Charles avala presque sans mâcher un menu entier puis observa les alentours en attendant que Christa termine de manger.

— Pourquoi allons-nous à Prague ? demanda-t-elle.

Charles trouva ce « nous » très étrange. Il devait y aller et cette fille lui collait aux basques. Mais pour l'instant il avait besoin d'elle, de l'autorité qu'elle représentait, mais aussi probablement de ses qualités de femme d'action. Il savait que sans elle il n'arriverait pas à passer la frontière.

Charles sortit du portefeuille le billet qu'il avait reçu à l'hôtel.

— C'est la tour de l'Horloge de Sighişoara, dit Christa.

— Je l'ai cru moi aussi, mais après l'histoire avec Kafka je me suis rendu compte que l'horloge ici est au centre et qu'elle est surmontée d'une ogive. Or, la tour de l'Horloge n'a pas d'arc en ogive et le cadran est positionné vers la droite, quand on le regarde. Là, c'est autre chose, c'est la tour de la cathédrale Saint-Guy de Prague. Je commence à croire que l'extrait de Kafka avait pour seul objectif de m'apporter un indice supplémentaire. Je n'ai rien contre les jeux de piste, mais, sur le billet, on aurait pu écrire « Le sabre est à Prague », au lieu de « Le sabre est ici » ! Quelqu'un veut absolument qu'on aille à Prague !

Il tenait le papier en main et ne cessait de l'observer. Puis il se mit à le palper, à le frotter entre ses doigts comme s'il cherchait quelque chose.

— De quel sabre s'agit-il ? demanda Christa.

Charles approcha le papier de ses yeux et répondit :

— Il y a quelque chose qui cloche avec ce papier.

Il fouilla sa poche, alluma son briquet et l'approcha de la feuille. Comme par miracle un texte apparut à la lumière. Le briquet s'éteignit. Charles tenta de le rallumer une fois, deux fois, mais sans succès. Il tourna au maximum la molette qui règle la hauteur de flamme et il essaya une nouvelle fois. La flamme jaillit et entama le papier. Charles le lâcha et l'éteignit sous sa semelle. Il venait de perdre plus d'un quart du petit carré de papier, mais le reste du texte demeurait lisible. Charles adressa à Christa un regard satisfait.

— De l'encre sympathique, dit-elle.

— Pas forcément. Pour ça, il faut des substances spéciales de traitement du papier. Un mélange d'alcool, de tétrachlorure de calcium ou de teinture de capsicum. Il existe des solutions plus simples. Un jeu d'enfant. À l'époque des Égyptiens, on utilisait déjà ce genre de trucs sur du papyrus. Les premiers spécialistes dans l'art de cacher des messages secrets étaient les agents d'Ivan le Terrible, qui écrivaient avec du jus d'oignon. Mais on peut aussi se servir de jus de citron avec un peu de bicarbonate de potassium…

Charles rapprocha encore le papier de son nez. C'était écrit très petit.

— C'est du papier thermique, dit-il. Je ne m'en suis pas tout de suite rendu compte parce qu'il n'est pas d'une qualité formidable. Au fil de mes recherches, je suis tombé sur quantité de documents de ce genre. Mais, contrairement à celui-ci, ils ne m'étaient pas adressés.

Il s'interrompit et lut attentivement. Il y avait les premiers mots : Άγιος Γεώργιος.

Et dessous, en français :

Ci-gît un roi, par grand merveille,
qui mourut, comme Dieu
permet, d'un coup de serpe et d'une vieille,
comme il chiait dans une met.

Dans le coin qui avait brûlé, on ne pouvait plus lire que :

rn – seuls ces deux sabres peuvent entrer dans le même fourreau.

En face des caractères grecs figurait un *10.00*. Et à côté, fait de trois lignes seulement, un oiseau.

Charles éclata de rire. Cette fois ce n'était plus un rire hystérique, mais le rire franc d'un homme de bonne humeur. Il s'était détendu et il était redevenu lui-même. Malgré tous ces événements, il se sentait de nouveau prêt à affronter le dragon. Les crimes étaient odieux, mais il devait reconnaître que son adversaire, quel qu'il soit, était intelligent et avait un grand sens de l'humour.

Arrivée à la gare, Bella envoya le chauffeur s'informer sur la destination des deux fugitifs. Charles avait aperçu Henry auparavant, et l'avait vue, elle ; elle ne pouvait prendre le risque d'être reconnue. Milton n'emporta que la boîte rectangulaire sans les accessoires. Arrivé au guichet, il essaya de se faire comprendre de l'employée dans une langue qui, pour elle, était du chinois, et il plaqua la boîte contre la vitre du guichet. Il ne fut pas difficile pour Bella de découvrir la destination, car trois billets seulement avaient été vendus durant les dernières heures. Dont deux pour Prague. Elle était entrée dans le système grâce au dispositif espion et avait choisi quatre places dans un wagon de queue pour ne pas avoir à passer devant les autres passagers en montant à bord. Elle avait envoyé l'information sur les trois places et la destination par SMS à Milton. Ce dernier avait montré l'écran de son téléphone affichant les numéros des places et la destination à l'employée stressée. La guichetière, soulagée, lui avait vendu ce qu'il demandait.

Chapitre 28

Christa attendait que Baker dise ce qu'il pensait du message. Il posa le morceau de papier sur la table entre eux.

— Ce mot en caractères grecs est *Agios Georgios*, c'est-à-dire saint Georges. Le dix en face peut être tout et n'importe quoi, mais la première chose à laquelle je pense c'est que cela indique l'heure. Donc 10 heures pile. Nous ne savons pas s'il s'agit du matin ou du soir. Je suppose qu'il est question de la statue de saint Georges, vainqueur du dragon, dans une des cours de la cathédrale Saint-Guy, je ne sais plus laquelle parce que jusqu'au début des années 1990 ils n'ont cessé de la déplacer. Mais nous la trouverons sans difficulté. Ce qui est intéressant avec cette statue, c'est qu'elle est attribuée à des Roumains de Transylvanie. L'un d'eux s'appelait d'ailleurs Gheorghe, si je me souviens bien, l'autre je ne sais plus. Ces artisans avaient été engagés par l'empereur Charles IV vers la fin du XIVe siècle pour élever ce qui est surtout connu – sauf erreur de ma part – comme la première statue équestre en bronze d'Europe, hors propriété privée, c'est-à-dire sur le domaine public. Quant à cet oiseau, je ne sais pas de quoi il s'agit. Peut-être la signature de l'auteur.

En entendant le mot « artisans », Christa sourit. Charles lui demanda d'un regard à quoi elle pensait et elle secoua la tête en signe de dénégation. Pour la première fois, elle venait de saisir quelque chose avant lui.

— Ce passage est extrait d'un poème attribué à Agrippa d'Aubigné, un poète très intéressant dont on pourra parler plus tard. Je ne vois pas le lien et cela me gêne de vous traduire le passage parce qu'il est plutôt licencieux. Ma foi, pas tant que ça.

Christa tira le billet à elle et lut dans un français aussi bon que l'anglais dans lequel elle s'exprimait.

Ci-gît un roi, par grand merveille,
qui mourut, comme Dieu
permet, d'un coup de serpe et d'une vieille,
comme il chiait dans une met.

Elle pouffa de rire et Charles fut gagné par ce rire communicatif qui rebondissait entre eux, comme entre deux bons amis qui se connaissent de toute éternité.

— Je crois que le moment est venu de dire ce que vous avez à voir dans toute cette histoire, professeur. Si l'on doit partager un compartiment en train-couchettes, je dois être sûre que vous n'allez pas descendre pour me faire je ne sais quoi.

— Ça veut dire que je prends celle du haut ?

— Toujours la même chose, vous évitez de répondre. Je vais vous dire ce qu'il en est, reprit-elle de sa voix redevenue autoritaire comme lors de leur première conversation, en voiture.

Charles ne savait pas ce qui allait suivre. Et il réalisa à quelle vitesse Christa pouvait passer d'un état à un autre. Elle ne semblait pas avoir envie de céder.

— Je crois qu'il est temps de mettre cartes sur table.

— Mais de quelles cartes vous parlez ?

— Vous ne trouvez pas qu'une chose invraisemblable s'est glissée au milieu de tout ça ?

Charles ne comprenait pas à quoi Christa faisait référence.

— Vous êtes qui vous êtes. Des relations et de l'argent. OK. Vous avez laissé votre passeport à l'hôtel. Mais vous vous apprêtez à monter dans un train pour un voyage qui dure une nuit et une journée pour aller au bout du monde et sans papiers ? Vous auriez pu vous rendre à l'ambassade. Vous y auriez été protégé au cas où la police lancerait un mandat d'arrêt à votre encontre. Vu que toutes les victimes du jour ont un lien avec vous. Le premier réflexe de tout homme normal serait de se mettre à l'abri. Et je ne crois pas qu'il existe d'endroit plus sûr que l'ambassade américaine. Pourquoi prenez-vous de tels risques ? OK, vous étiez sous le choc, comme moi, quand le motard nous a attaqués. Mais vous semblez aller mieux. Vous ne croyez pas qu'il y a quelque chose qui cloche là-dedans ?

Charles la regarda et pesa sa réaction. Il ne s'attendait pas à ça.

— Vous devez maintenant m'expliquer ce que l'homme vous a dit dans votre chambre d'hôtel et pourquoi vous vous comportez de manière totalement irrationnelle. Surtout vous, qui êtes la raison incarnée.

Charles n'avait toujours pas pipé mot.

— Si vous ne me répondez pas… Non, plutôt si vous ne réussissez pas à me convaincre, à l'aide d'arguments sérieux, du pourquoi vous faites ça, je me lève et je m'en vais, et vous monterez seul à bord de ce train. Ne me forcez pas à penser que vous êtes fou. Sans moi, vous n'avez vraiment aucune chance d'arriver à Prague.

— Et mince ! dit Charles. Je suppose que le moment n'est pas moins bien choisi qu'un autre. Je suis venu récupérer un objet qui obsède ma famille depuis longtemps, bien avant ma naissance.

— Le sabre du dessin ?

Charles acquiesça d'un hochement de tête.

— J'ai la sensation que mon grand-père ne m'a préparé depuis toujours que pour trouver ce sabre. Je ne sais pas du tout pourquoi je dois le trouver, mais je suppose que, au moment où je l'aurai, je comprendrai.

— Et ce sabre se trouve à Prague ?

— Vous avez vu le dessin, n'est-ce pas ?

— Ce n'est qu'un dessin sur un bout de papier. Si ça se trouve, on vous mène en bateau.

— Oui. Sauf que j'ai vu les photos à Princeton. Un objet identique à celui décrit par mon grand-père dans les moindres détails et à de si nombreuses reprises. La coïncidence est trop grande. Et puis, pour couronner le tout, il y a la façon codée de me convaincre de venir ici. J'aime cette adrénaline que procure l'aventure. Ces derniers temps je suis passé par toutes sortes de péripéties. Et ça, c'est comme une drogue. Cette vie banale dans laquelle je ne serais qu'un type studieux ne me suffit pas. Je ne suis pas un homme de science parce que je ne tiens pas en place.

— Vous voulez me faire croire que vous prenez tous ces risques par pur esprit d'aventure ?

Charles haussa les épaules.

— Même en sécurité à l'ambassade, j'aurais dû m'expliquer. Même si j'avais téléphoné aux États-Unis. Même si j'avais parlé au Président en personne, la loi doit être respectée, on n'échappe pas à la paperasse. Je serais parti avec un transport diplomatique. Et tout ça aurait duré au moins trois jours. Or je n'ai pas, je veux dire *nous n'avons pas*, trois jours.

— Le type dans la chambre vous a dit quoi ?

— Que ce livre existe, la bible de Gutenberg. Que c'est le premier, le tout premier livre jamais imprimé dans l'histoire de l'humanité et qu'il faut absolument le trouver. Je ne voulais pas le croire et j'ai encore des doutes. Mais il m'a dit quelque chose qu'il n'était pas censé savoir. Quelque chose qui appartient à mon passé.

Il prit le dossier marron et l'ouvrit à la page de gauche au début du chapitre de l'Apocalypse.

— Vous voyez ce texte ? Je me souviens maintenant où je l'ai vu. Il ressemble beaucoup à des caractères inscrits sur le mur de la cave à vins de mon grand-père. Vous voyez, on dirait une transcription incomplète. Comme un parchemin déchiré. Sur le mur dont je vous parle, on a, si ma mémoire ne me fait pas défaut, car je n'y suis pas retourné depuis plus de vingt ans, l'autre moitié du parchemin. Quand j'étais petit et que je jouais dans la cave, j'essayais de comprendre ce que ça disait. Mais sans faire trop d'efforts non plus. Je m'étais dit que c'était une innovation de décorateur. On voit très bien ici, mais on le distingue encore mieux sur le mur de la cave : on peut reconnaître des mots entiers, sauf que le texte n'a plus aucun sens. Comme le globe terrestre et le sabre dessinés sur le même pan de mur. Les mots que l'homme a prononcés proviennent de ce même mur. Je vous les confierai peut-être. Mais pas maintenant.

Christa écoutait attentivement. Elle était maintenant certaine qu'elle l'accompagnerait, mais peut-être l'aurait-elle accompagné de toute façon. Elle insista :

— C'est tout ?

— Non, je résume, et je détaillerai les choses dans le train, parce que c'est plus compliqué que ça. Cette bible a été commandée par Vlad Țepeș et elle contiendrait des secrets sur le plus terrible complot de l'histoire. Un complot sur le point de prendre forme et que, paraît-il, j'aurais le pouvoir d'arrêter, à condition que je retrouve la bible. Je sais que, dit comme ça, cela paraît exagéré, mais c'était le cas aussi de l'histoire avec Lincoln quand j'en ai entendu parler la première fois[1]. L'homme délirait et parlait d'une liste. Puis il a fini par être très confus. Il m'a expliqué brièvement comment Dracula en est arrivé à commander cette bible à Gutenberg. Les dernières choses qu'il a eu le temps de dire c'est que, si je trouve le sabre, je trouve aussi le livre. Et que ceux qui sont derrière tout ça, ceux qui me poursuivent, ne me feront aucun mal tant que je n'aurai pas trouvé la liste parce que c'est ce qu'ils cherchent eux aussi. Depuis des centaines d'années, elle leur a toujours échappé et il y a maintenant urgence.

Il marqua une pause. Puis il ajouta, un peu gêné :

---

1. Charles Baker évoque une de ses autres célèbres enquêtes, *Le Testament d'Abraham* (inédit en français).

— Et puis moi, eh bien, je serais l'élu. Là, je crois que la fièvre parlait déjà en son nom. Je vais essayer de déchiffrer le message quand on sera dans le train, mais je dois me concentrer pour me souvenir du fameux texte sur le mur de la cave de mon grand-père. J'ai essayé, sur la route, et ça ne me revenait pas. J'ai regardé attentivement cette autre moitié. S'il y a un code de lecture, il est peut-être impossible à déchiffrer tant que nous n'aurons pas le texte entier sous les yeux.

Christa demanda d'un regard si elle pouvait essayer de lire le texte. Charles approuva, mais la lumière était diffuse, le texte presque illisible, très petit, partiellement effacé et pas clair. Et puis ce maudit alphabet gothique, ou « textualis », ou Dieu sait comment il s'appelle. Elle parvint toutefois à déchiffrer « *ers, to have, old proph, now, t the, a after*[1] ».

— On peut au moins se dire que c'est en anglais ! conclut Christa, déçue. Et j'ai l'impression que, même si on arrive à reconstituer le texte, cela ne nous mènera pas très loin.

---

1. « ers, avoir, vieux proph, maintenant, s le, un après ».

Chapitre 29

Au cœur des grandes solitudes du désert de Mojave – au-delà des monts Tehachapi, vers la vallée de la Mort –, se trouve l'IRECH. « L'Institut », comme l'appellent les rares personnes qui connaissent son existence, occupe une immense surface dont une partie sous terre. La partie avant, le hangar, héberge cent cinquante employés de tous domaines. De l'informatique à la communication à la mécanique quantique, presque toutes les disciplines créées par l'homme y sont représentées. Chaque salarié signe une clause de confidentialité, et il serait vain de se cacher au fin fond de l'univers si l'on avait la mauvaise idée de l'enfreindre. Si bien que, depuis sa création cent cinquante ans plus tôt, personne n'a jamais soufflé le moindre mot de son existence.

Le recrutement du personnel est strict, et long. Pas un recoin de leur vie qui ne soit scruté, pas un cadavre qui ne soit sorti de son placard. Pour certains, cela dure des années, car, lorsque l'Institut jette son dévolu sur quelqu'un, il trouve toujours la patience et la méthode pour le convaincre.

Chaque salarié connaît son travail, mais seuls les chefs de département sont en mesure de coordonner les projets en cours. Dans ce cercle de supérieurs, chacun ignore tout du projet des autres. À un échelon supérieur encore, trois personnes gèrent les projets interdisciplinaires et décident à qui ils doivent s'adresser et pour dire quoi. Un seul homme connaît l'activité complète de l'Institut et la supervise. Pourtant lui-même ignore tout de l'existence du Temple souterrain.

La partie souterraine du hangar est dédiée aux expériences spéciales. Au centre se trouve la « console » à laquelle ont accès, par roulement, les projets prioritaires ou en période de test. Ce hangar est relié par un réseau de corridors au bâtiment des bureaux. Rien sur terre n'est mieux surveillé, par l'homme comme par la technologie. Les trois étages de bureaux sont occupés – de bas en haut – par les chefs de département, les trois coordonnateurs et le grand patron, Werner Fischer. Au-dessus d'eux, seul chef à bord – après Dieu, quoiqu'il ne semble pas toujours en avoir conscience –, se trouve Martin Eastwood. L'IRECH compte en outre une multitude d'employés administratifs et d'agents d'entretien et de sécurité.

Entièrement souterrain, et accolé à l'immeuble de bureaux, se trouve le Temple. Seul le président, Martin Eastwood, sait ce qu'il s'y passe en réalité. Bien que son nom soit d'inspiration religieuse, le Temple ne contient rien de sacré. Des équipes différentes ayant œuvré à sa construction et à sa sécurisation, personne en dehors du grand chef ne connaît l'intégralité des plans, ni de l'accès ou du système de sécurité. Une société, engagée par Martin Eastwood lui-même, s'occupe des urgences selon un protocole très strict.

Une route privée conduit directement à la plus proche localité où vivent, comme sur une base militaire, les employés de l'Institut. Là encore, l'accès est très sécurisé. Il est également possible de se rendre à l'Institut en avion ainsi qu'en hélicoptère. Au départ, les salariés vivaient dans des baraquements, puis quarante logements parfaitement équipés ont été construits pour assurer leur confort.

Ce soir-là devait avoir lieu une assemblée extraordinaire au Temple. Les mesures de sécurité avaient été renforcées et les sorties aussi bien que les entrées des employés ou des fournisseurs suivaient un planning très précis. Personne ne pouvait entrer ni sortir d'aucun des bâtiments si ce mouvement n'avait pas été prévu. Les assemblées extraordinaires avaient en général lieu une fois par an, mais n'importe qui pouvait demander à en convoquer une en cas de sujet important, ou en situation de crise.

C'était un jour de crise.

Chapitre 30

Christa et Charles partageaient un compartiment dans un wagon-lit flambant neuf. Christa avait choisi la première en entrant dans le wagon. Il s'agissait d'une simple mesure de précaution au cas où ils devraient sortir en catastrophe. Les chemins de fer roumains envisageaient depuis longtemps de fermer cette ligne, car les trains étaient presque vides. Le billet d'avion coûtait moins cher que le billet de train, si bien que seuls des égarés nostalgiques ou des voyageurs ayant peur de prendre l'avion acceptaient d'aller jusqu'à Prague en vingt-quatre heures au lieu de deux. Christa prit la couchette du bas, ça lui semblait plus sûr.

Après s'être assurée qu'ils étaient bien montés à bord, Bella et ses deux compagnons prirent place en queue de train. Ils avaient deux compartiments, un pour Bella, et un pour Milton et Julius Henry.

À peine le train eut-il démarré – le chef de bord était encore sur le marchepied –, qu'un homme d'une trentaine d'années, lunettes de soleil et blouson en cuir clouté, bondit en bousculant l'employé des chemins de fer.

Christa et Charles étaient dans le couloir, à la fenêtre, et regardaient en silence les quais défiler, remplacés par des paysages à mesure que le train prenait de la vitesse. Les maisons délabrées des faubourgs de Bucarest se raréfièrent jusqu'à disparaître totalement. Après la vérification des billets par le contrôleur, Charles annonça à Christa que c'était à son tour de lui dire ce qu'elle faisait là avec lui. Il attendait la vérité, cette fois. Christa lanterna, mais, Charles menaçant de ne plus rien dire tant qu'il ne connaîtrait pas la raison réelle de sa présence à ses côtés, elle céda. Ils entrèrent dans le compartiment et tandis que Charles s'asseyait sur la couchette du bas, Christa resta debout, contre le lavabo fermé par un abattant en bois.

— Si je vous confiais tout ce que je sais, vous seriez effrayé. Mais il vaut peut-être mieux. Ainsi vous serez peut-être plus prudent. Il y a presque six mois de ça, on nous a signalé trois morts vidés de leur sang dans les eaux du Vieux-Port de Marseille. J'ai demandé les enregistrements de toutes les caméras de surveillance. La plupart ne montraient rien, et plusieurs ne fonctionnaient même pas. Le seul enregistrement valable indiquait les restaurants. On vous voit entrer dans l'un d'eux, accompagné de trois hommes et d'une femme, et vous en ressortez deux heures plus tard, seul.

Pour être plus convaincante, Christa lui montra deux photos sur son téléphone, mais retira aussitôt l'appareil.

— Je ne suis pas censé voir le reste ?
— Je vais tout vous montrer, un peu de patience.

Elle ménage son suspense, songea Charles, amusé.

— Oui, je suis allé dîner avec des amis et je suis parti avant eux. Je me souviens que j'avais un avion à prendre tôt le matin.

— Oui, sauf que, regardez l'heure affichée sur la photo suivante : trois quarts d'heure plus tard, il y a eu un vent fort qui a poussé cette barque dans le coin droit du cadre de la caméra de surveillance.

Elle lui montra la photo. Dans la barque, même si l'image manquait de clarté, on aurait dit trois corps disposés en croix.

— J'ai étudié l'image de plus près, nos spécialistes l'ont traitée pour l'améliorer et voici ce qui est ressorti.

L'image était un peu plus nette, mais tout ce qu'on observait de plus était que l'un des cadavres avait un pieu entre les jambes.

— D'après vos travaux sur les vampires, le mode d'exécution préféré de Vlad Țepeș était l'empalement, non ? On aurait ici un pal en miniature ?

— C'est une question intéressante, fit Charles, qui attendait fébrilement la suite. Vous n'avez pas lu mes livres ?

Christa fit un signe de tête ambigu.

— Vous ne pouvez pas prétendre connaître quelqu'un dont l'occupation principale est l'écriture si vous ne lisez pas ses livres.

Puisqu'elle était lancée, Christa poursuivit sans se démonter :

— Le choc a coulé la barque. Et les cadavres n'ont été repêchés que deux jours plus tard. Celui ou ceux qui sont à l'origine de cette mise en scène ont donc raté leur coup. Je n'ai trouvé aucun autre objet. La mer les aura sans doute emportés, mais…

— Les corps avaient les yeux arrachés, les oreilles... intervint Charles.

— Exactement.

— Donc, celui qui commet ces actes a déjà essayé d'attirer l'attention sur moi.

— Trois fois.

— Trois fois ? fit Charles, l'air contrarié. Vous parlez sérieusement ?

L'air sévère de Christa ne laissait aucun doute.

— Oui, il y a deux mois à Alma-Ata, mais les autorités ont étouffé l'affaire. Au prix de grandes difficultés, j'ai finalement réussi à m'entendre avec leur ministre de l'Intérieur pour voir ce qu'ils avaient. J'ai vu les clichés, mais je n'ai eu aucune copie. Une chose est sûre : c'est arrivé dans une petite rue près de l'hôtel Intercontinental où vous aviez une chambre.

— Et la troisième fois ?

— La semaine dernière à Londres, à Covent Garden où vous avez assisté à *Rigoletto*. Les cadavres ont été retrouvés dans les toilettes par le veilleur de nuit et la police est arrivée à temps pour bloquer l'accès à la presse.

Elle passa le bout de son doigt sur l'écran et tendit l'appareil à Charles. Sur les images, il y avait lui, qui entrait à l'opéra, et ensuite les cadavres disposés de manière identique, avec tous les détails. Les mêmes qu'à Sighişoara et à Marseille.

— Et ma carte de visite ?

Christa ne répondit pas.

— Entre Marseille et Alma-Ata, vous vous êtes rendu aussi à Dublin, puis retour chez vous à New York et à Chicago, où nous n'avons pas connaissance de faits semblables. On n'a rien trouvé jusqu'à présent. Entre les deux premiers, il s'était écoulé presque quatre mois et, entre les deux derniers, seulement sept semaines. Comme l'Angleterre était votre première apparition publique après le Kazakhstan, j'ai pensé que les crimes allaient se multiplier et j'ai pris les devants pour l'événement suivant figurant à votre agenda.

Frappé de stupeur, Charles fixait Christa. Il ne savait pas quoi dire. Qui faisait ça ? Dans quel but ? Qui le poussait vers Prague ? Et pourquoi ? Si quelqu'un avait voulu le tuer, cela aurait été très facile. Voulait-on faire croire qu'il avait lui-même commis tous ces crimes ? Croyait-on qu'il en était l'auteur ? Était-ce la raison pour laquelle Christa ne le quittait pas d'une semelle ? Espérait-elle qu'il se trahisse ?

— À présent vous comprenez pourquoi il est important que vous me disiez absolument tout ce que vous savez, la moindre intuition qui vous passe par la tête, la moindre piste à laquelle vous pensez. Tout ce dont vous avez parlé avec l'homme qui vous a remis le dossier.

Charles acquiesça.

Chapitre 31

À l'Institut, le ballet continuait. Huit avions et deux hélicoptères avaient déjà atterri. Il n'en manquait plus qu'un. L'escalier qui s'approchait de chaque jet privé arrêté en bout de piste était couvert. Un tunnel absolument opaque, faiblement éclairé. Le bas de l'escalier se raccordait à une gigantesque Lincoln Continental aux vitres teintées afin que le passager ne puisse être ni aperçu ni filmé. Ensuite, la portière se refermait et le véhicule prenait la rampe d'entrée dans les profondeurs du Temple. À l'intérieur, la limousine se garait dans un immense hall sur lequel s'ouvraient douze portes, comme dans un stade. La lumière bleue était minimale, là aussi. Il ne sortait de la voiture que pour passer aussitôt la porte qui se refermait derrière lui, en tout anonymat.

L'invité entrait donc dans une loge assez vaste, faiblement éclairée. Une vitre à double face occupait tout le mur du fond. La vitre était traitée pour ne pas faire miroir et ainsi de ne pas déranger l'œil ni renvoyer à l'infini l'image des douze loges. De l'intérieur, on voyait au-dehors, mais de l'extérieur on ne distinguait qu'une silhouette, et encore seulement si l'invité s'asseyait dans le grand fauteuil mis à sa disposition. Devant le fauteuil se trouvait un pupitre portant un micro. Le dispositif permettait à l'invité d'allumer et d'éteindre son micro, mais aussi de rendre la vitre plus ou moins opaque. Le pupitre permettait à chaque participant de pouvoir changer de timbre de voix. La traduction simultanée, avec ou sans conservation de la piste originale, était une autre option. Chaque loge portait un numéro, de 1 à 12.

Les invités disposaient dans leur loge d'un bar pourvu d'une large gamme de boissons et de nourriture, du champagne au caviar en passant par les petits-fours. L'immense plateau de fruits tenait la vedette.

Au centre trônait une immense table-écran ronde, d'un diamètre de douze mètres. Elle était plate, mais chaque invité voyait parfaitement ce qui était diffusé. Pour le moment, la table-écran était barrée du logo de l'Institut.

Un système de communication avec l'extérieur était totalement contrôlé par l'Institut : une sorte de pupitre concave permettait de téléphoner, d'envoyer et de recevoir des e-mails ou tout autres messages. En dehors de cela, tout signal était brouillé, aucun téléphone ne fonctionnait. Il n'y avait pas non plus de caméra de surveillance. Chaque jour, alors même que les réunions étaient rares, une équipe de sécurité passait le Temple au peigne fin, à la recherche de la moindre trace de mouchards.

Les loges se remplissaient l'une après l'autre. Le logo de la table-écran se transforma en horloge. Les secondes défilèrent jusqu'à 59, puis il fut 21:00:00.

La vitre de la 12ᵉ loge s'éclaircit totalement et le visage de Martin Eastwood apparut.

— Soyez les bienvenus, messieurs. Je déclare ouverte la séance spéciale du Conseil. Malheureusement, la loge 4 n'est pas encore arrivée. Espérons qu'il ne s'agit que d'un léger contretemps.

Un signal lumineux s'alluma à la loge 6 et une voix puissante et nerveuse, à l'accent japonais, se mit à tonner :

— Personne n'est en retard. Nous savons tous ce qu'il s'est passé. Vous avez promis de cesser les exécutions. Nous ne nous connaissons pas entre nous et, pourtant, quelqu'un sait qui nous sommes. Nous avons déjà perdu deux membres cette année. Je ne dis pas cela contre ceux qui les ont remplacés, nous nous réjouissons de les compter parmi nous, mais ce n'est pas possible. D'ordinaire une place se libère tous les trente ans et à présent c'est deux, peut-être trois en une seule année.

Trois autres voix retentirent et les membres du Conseil se mirent à vociférer les uns sur les autres.

— On n'a jamais vu ça. Cela devient risqué, et on le sait tous.

— Vous aviez promis de trouver la liste et de la détruire.

— Si vous n'êtes pas capable de la trouver, vous savez ce qu'il vous reste à faire !

Toutes les loges d'où l'on parlait étaient restées dans l'obscurité.

Chapitre 32

Pendant que Charles réfléchissait à la manière de relater ce que lui avait dit l'homme au dossier, Christa se demandait si elle avait eu raison d'interrompre le cours de ses révélations. Était-ce suffisant ? Elle craignait la réaction de Charles quand elle lui montrerait la dernière photo. Cela risquait de tout compromettre. Connaissant son degré de scepticisme, elle redoutait qu'il ne recule. Ce dernier indice pouvait aussi fonctionner, dans le cerveau de Charles, comme un catalyseur. Charles n'avait pas raté une miette du combat intérieur de Christa.

— Maintenant, dites-moi tout. Que pourrait-il y avoir de pire que ce que je viens d'entendre ?

Christa hésitait encore.

— C'est donc si énorme que vous craignez ma réaction ? C'est quelque chose d'invraisemblable ? C'est pour ça que vous hésitez ?

Christa semblait approuver, il la sentit sur le point de flancher. Il savait comment amener un adversaire à baisser la garde. Il avait entraîné un grand nombre d'hommes politiques aux débats des campagnes électorales : il savait doser la pression, tout comme il savait que, s'il mettait le pied dans la porte, elle finirait tôt ou tard par s'ouvrir. Ce moment était arrivé.

— Récapitulons. Il y a d'abord eu les cadavres dans l'escalier. Atroce. Mais la mise en scène, ridicule. Plus l'homme au pardessus, gravement blessé. Après, toute l'histoire de la seconde bible. Et le texte de Kafka. On est devant un modèle narratif. Vous l'avez remarqué ? Un modèle sinusoïdal. Comme si quelqu'un, un maître du suspense, s'était attelé à un scénario de film. Après quelque chose de grave et de sérieux, arrive quelque chose d'inattendu, de comique. L'action a toujours tendance à s'accélérer vers la fin, mais si elle accélère trop, le public s'en va, déçu. Alors il faut introduire des éléments qui retardent la résolution du problème : les éléments perturbateurs. Il faut toujours qu'il y ait un conflit entre la tendance de l'histoire à foncer tête baissée comme un bélier, et les éléments qui justement empêchent la poursuite du récit de ladite histoire. Cela rend le récit efficace. Bien entendu, l'histoire triomphera, arrivera au bout, mais non sans laisser sur le champ de bataille un tas de morts de sa propre armée. Dans notre cas nous avons la tour de Prague, mais tout de suite après le passage comique d'Agrippa d'Aubigné. Cela correspond parfaitement aux règles. Pour entretenir le suspense, vous devez laisser le spectateur souffler un peu. Si vous allez de tension en tension, il finit par perdre tout intérêt pour ce que vous racontez. Il ne peut pas supporter une tension continuelle. Il a besoin de se détendre un peu, mais dès qu'il est de nouveau confortablement installé dans son fauteuil, quand il s'y attend le moins, paf, vous pouvez lui filer un coup de poing dans l'estomac. C'est ce qu'il se passe ici. Celui qui a arrangé tout ça a drôlement bien digéré Aristote, Hegel et Chklovski, et les autres théoriciens des structures narratives.

Christa n'en croyait pas ses oreilles. Elle commençait à comprendre que Charles se distanciait des atrocités en rationalisant les événements. Charles observa de son côté qu'il était sur le point de la convaincre.

— Ce qui me conduit à penser que vous allez me montrer quelque chose qui est pratiquement incroyable.

Tout en tendant son téléphone à Charles, Christa décrivit la photo :

— Elle a été prise par une serveuse, le fameux soir à Londres. Elle avait pris du retard pour débarrasser les tables et elle est partie plus tard que d'habitude. Le restaurant, The Globe, est sur Bow Street, près de Covent Garden. Quand elle a vu ce que vous voyez vous aussi maintenant, elle a eu le réflexe de prendre une photo avec son téléphone. C'est le bâtiment qui se trouve en face du restaurant où elle travaille.

Charles considérait le cliché. Sur le fond blanc d'un bâtiment à grandes fenêtres se profilait une ombre hideuse, maigre et voûtée. Une tête allongée, des oreilles pointues. Les bras repliés avec les coudes près du corps se terminaient par des mains dont on entrevoyait les longs ongles d'acier. Les dents, elles aussi d'acier trempé, semblaient celles d'une bête sauvage enragée. Des gouttes s'en détachaient. La bête salivait.

— Si vous regardez avec attention le reste de l'image, la rue, donc, vous observerez que l'ombre dépend de la seule source de lumière qui existe à cet endroit, ce lampadaire qui projette sur la façade l'ombre de la personne ou de l'animal – allez savoir ce que c'est. Le seul problème, c'est qu'entre le lampadaire et le mur, il n'y a rien.

Fin de la première partie

Intermezzo

    Un écran était allumé dans ce qui semblait être le sous-sol d'un bâtiment. Il n'y avait aucune fenêtre, et les murs étaient capitonnés pour isoler la pièce du reste du monde. Une table chargée d'installations très sophistiquées et toutes sortes de serveurs. Sur la table où se trouvaient l'ordinateur et les trois écrans montés en série, un chat léchait des miettes dans une assiette maculée de ketchup et de restes de frites. Des enceintes encastrées dans les murs s'élevaient des voix qui semblaient se disputer. Le premier et le troisième écran étaient partagés en six zones égales. On distinguait dans chacune d'elles une vitre vaguement éclairée, et, derrière, des silhouettes tout aussi vagues. Chaque vitre portait un numéro, de 1 à 12. Sur l'écran central s'étalait la gigantesque table du Temple. De toute évidence, la sécurité du Temple était plus que compromise.

    Quelqu'un écoutait et suivait tout ce qu'il se passait durant cette réunion spéciale.

DEUXIÈME PARTIE

> « ... On en vint dans tout le pays à un tel excès de détresse que les chrétiens n'eurent pas horreur non seulement de manger les Turcs ou les Sarrasins morts, mais encore de dévorer les chiens qu'ils pouvaient saisir, après les avoir fait rôtir... »
>
> Albert d'Aix-la-Chapelle[1], vers l'an 1100

O quam misericors est Deus, pius et justus[2].

---

1. Chroniqueur de la première croisade.
2. « Oh ! comme Dieu est miséricordieux, fidèle et juste. » Inscription figurant sur le médaillon de l'ordre du Dragon.

Chapitre 33

Arrivée à sa place, Bella s'allongea sur la banquette du bas et suréleva ses jambes en plaçant l'oreiller et les couvertures de la banquette du haut sous ses chevilles. Elle souffrait terriblement des pieds, surtout depuis qu'elle portait des talons hauts. Auparavant, elle avait fait partie de troupes spéciales chargées de missions impossibles sur tous les continents. Sur la base d'un renseignement erroné, le commando avait kidnappé et torturé un personnage officiel d'un pays musulman soupçonné d'actions terroristes. On ne savait pas si l'information provenait d'une source malveillante ou simplement incompétente. Il était certain en revanche que le scandale, énorme, avait laissé dans son sillage de nombreuses victimes collatérales, même si, finalement, un accord avait été trouvé pour l'étouffer. Tous les participants à l'opération avaient été retirés du terrain et les huit soldats des troupes spéciales avaient été jugés en secret et destitués. Bella avait été récupérée par l'ancien directeur de l'Institut et était devenue son agent de confiance. Malheureusement, une autorité plus haut placée lui avait demandé de s'occuper du directeur.

En dépit de la reconnaissance et de la sympathie qu'elle avait pour lui, Bella n'avait pas eu le choix. L'autorité en question s'appelait Martin Eastwood.

Bella se demandait qui avait eu intérêt à tuer son agent numéro un en Roumanie, Ion Pop. Werner, son supérieur direct, était très avare en détails sur la mission en cours et la laissait sciemment dans le flou. Elle ne savait pas quels camps s'affrontaient, qui représentait qui et qui jouait double jeu. Depuis que Werner avait pris des responsabilités, elle devait se débrouiller avec le minimum d'informations, distillées au compte-gouttes et juste avant le passage à l'action. Elle n'avait pas été habituée à travailler comme ça. Bella avait besoin d'une vision d'ensemble pour pouvoir prendre les décisions stratégiques. Avec Werner, impossible. L'Institut semblait l'avoir réduite au rôle d'exécutante. Et c'était pour elle une atroce frustration. Alors elle s'était réjouie quand Werner n'avait pas répondu, car elle avait une bonne excuse pour téléphoner directement à Martin.

Chapitre 34

Charles examinait encore la photo sur le téléphone de Christa. Il ne savait pas quoi en dire. Toute cette histoire lui aurait semblé follement comique si de pauvres gens n'avaient pas été tués. Il se demandait à quel genre de taré il avait affaire.

— Cette photo est un faux. C'est évident, cette ombre n'en est pas une. Il y a trop de détails. Regardez ce que c'est, une ombre, avec n'importe quelle ombre, vous n'atteignez jamais ce degré de précision. Ce reflet métallique sur les dents et sur les griffes, c'est impossible.

— Je sais que ça vous paraît étrange, mais je vous assure que cette photo n'est pas truquée. On l'a archivérifiée. Nous, et la police londonienne, aussi. Elle a été récupérée directement du téléphone de la serveuse. En même temps que le téléphone, d'ailleurs. La pauvre femme est encore en état de choc. Elle a été entendue pendant des jours. Elle n'est absolument pas impliquée. Tout ce qu'elle a dit est vrai.

— Alors il y a autre chose, répliqua Charles. Un projecteur, caché quelque part.

Il s'efforçait de trouver une explication rationnelle. Il devait bien y en avoir une. Charles était convaincu que tout phénomène, aussi surnaturel qu'il paraisse, pouvait être expliqué par la raison. Ce qui bloquait, c'était l'incapacité des hommes à trouver cette explication. Tôt ou tard elle apparaîtrait. Il en était convaincu. Il n'y a pas si longtemps, les gens croyaient que le tonnerre, les éclairs ou les éclipses de Soleil existaient pour punir leurs péchés.

— Vous allez me ressortir l'histoire du rasoir d'Ockham ? fit Christa, un peu énervée. Je crois qu'il serait plus utile d'essayer de comprendre de quoi il s'agit. Pour ma part j'ai la conviction que tout est lié. Allez, essayons de démêler ça, tous les deux. Vous voulez entrer dans le détail de l'histoire de la deuxième bible ?

Charles était d'accord. Mais l'exiguïté du compartiment n'était pas adaptée pour une si longue histoire. Les couchettes du wagon-lit n'étaient pas rabattables, et hormis celle du bas il n'y avait pas d'autre endroit pour s'asseoir. Tout au plus pouvait-on s'appuyer contre l'abattant du lavabo, comme le faisait Christa. Il proposa de sortir dans le couloir ou d'aller au wagon-restaurant.

Quelques minutes plus tard, Christa et Charles luttaient dans le balancement des wagons. Après s'être traîné pendant des dizaines de kilomètres, le train semblait être entré sur une portion de voie ferrée plus rapide et en profitait. *Qu'est-ce que ça tangue !* se disait Charles en ouvrant le chemin. Les couloirs étaient très étroits, ils avaient onze wagons à traverser, et il était difficile de se croiser ou de passer lorsque des voyageurs restaient accrochés aux vitres baissées pour fumer. À mi-chemin ils croisèrent une dame si corpulente qu'il leur fut impossible de se glisser sur le côté. Ils reculèrent pour trouver un compartiment vide où entrer le temps que la dame libère le couloir. Christa sourit largement et soupira d'une façon que Charles trouva très mignonne.

Juste au moment où ils battaient en retraite devant la dame, Charles aperçut l'homme à la musculature impressionnante croisé dans le hall de l'hôtel la veille. Il sortait des toilettes en refermant son pantalon puis passa près d'eux. Charles ne put se rendre compte s'il les avait vus, eux.

Ils arrivèrent au wagon-restaurant. Les huit tables étaient désertes. Seule une table était occupée par un individu légèrement ivre qui commençait sa journée par un petit verre de rhum accompagné d'une grande bière. Charles demanda s'ils pouvaient s'asseoir. Le serveur consulta sa montre et s'apprêtait à dire qu'il n'ouvrait qu'une demi-heure plus tard, mais, entendant l'accent étranger de ses premiers clients, il songea qu'un petit plus d'amabilité pourrait se concrétiser en pourboire. Alors il les invita, d'un geste ample, à s'installer où ils voudraient.

Ils choisirent une table de quatre qui était le plus à l'écart, au bout du wagon. Après s'être assis et avoir commandé deux cafés, Charles demanda au garçon s'il pouvait fumer. Ce dernier lui fit signe de patienter et se dirigea vers le milieu du wagon où il indiqua deux pages imprimées en noir et blanc collées sur la paroi. Une feuille portait une cigarette allumée, et, sur l'autre, la même cigarette était barrée. Une limite imaginaire partageait le wagon en deux, fumeurs d'un côté, non-fumeurs de l'autre. On ne comprenait pas le but de la manœuvre, les deux parties du wagon étant strictement identiques. Il n'y avait aucune aération à l'exception d'une vitre entrouverte, et la fumée passait de toute façon d'un côté à l'autre. Ils s'étaient assis du côté non-fumeurs et, au moment où Charles se demandait s'il allait leur falloir s'abstenir ou changer de place, il fit l'expérience de l'hospitalité roumaine. Dans un mouvement de danseur qui faillit le plaquer à terre à cause des secousses du train, le serveur attrapa les deux feuilles et, tel un prestidigitateur, les inversa. Puis il adressa un sourire complice à Charles. Après quoi, pour que les règles soient respectées en dépit de ces menues modifications, il fit déplacer le client au regard trouble en zone non-fumeurs.

— Nous sommes suivis, dit Charles tout en faisant un geste de remerciement en direction du serveur. L'homme qu'on a croisé un peu plus tôt, il était aussi à l'hôtel. Accompagné d'une femme du même gabarit. Elle se trouve probablement dans le train.

Chapitre 35

Après avoir refermé les installations au sous-sol, Werner remonta chez lui et ouvrit une armoire contenant des dizaines de boîtes identiques. Il en prit une qu'il ouvrit avec les dents, en tira un téléphone, y introduisit la carte SIM qu'il avait sortie de l'appareil fracassé contre le mur. Au moment où il s'apprêtait à le brancher pour le charger, l'appareil sonna et vibra dans sa main. C'était Eastwood hurlant comme un fou. Le problème devait être résolu au plus vite, disait-il, il ne tolérait plus de retard et perdait patience.

Non seulement Werner n'était pas impressionné par la crise de son chef, mais il semblait même enchanté. Il lui répondit que s'il donnait un coup d'accélérateur à l'opération, il risquait de nouveau de perdre la piste de la fameuse liste et que les événements devaient aller à leur rythme naturel. Martin Eastwood continuait sur un ton impérieux. Il fallait mettre Bella au courant de toute l'histoire au lieu de la maintenir dans le flou et de lui tenir la main comme à une enfant.

Werner rétorqua qu'ils en avaient discuté et que dans cette mission peu ordinaire Bella ne devait savoir que ce dont elle avait strictement besoin. Martin était d'accord au début, mais à présent la pression était trop forte. Alors il ordonna à Werner de tout laisser en plan, de se rendre à Prague en personne et de ne pas revenir sans la liste. Il ajouta que l'hélico était déjà en route pour l'emmener à l'aéroport où l'avion de l'Institut l'attendait, tous réacteurs allumés. Et qu'il ferait bien d'être prêt à partir dans dix minutes. S'il devait rentrer sans ce qu'il fallait, il serait aussi bien avisé de ne pas rentrer du tout.

Werner avait l'air très satisfait. Martin réagissait exactement selon ses attentes. Il prit l'autre mobile sur la table. Il envoya un court SMS et empoigna sa valise qui l'attendait près de la porte.

Une heure plus tard, il était dans l'avion.

Chapitre 36

Tandis que Christa réfléchissait au moyen de se débarrasser de leurs poursuivants, Charles ne semblait pas gêné par leur présence.

— J'ai le sentiment que les deux qui nous suivent n'ont pas l'intention de nous atteindre. Si c'était leur projet, ils auraient eu largement le temps. Je crois plutôt qu'ils veulent savoir où nous nous rendons. Ils sont peut-être même ici pour nous protéger. De toute façon, le type ressemble plus à un tas de muscles sans cervelle qu'à autre chose. J'ai toujours imaginé les tueurs à gages autrement. Avec un peu plus d'éclat dans le regard.

— Je n'en suis pas si sûre. On ignore s'ils n'ont pas tué le policier qui montait la garde devant votre chambre, et l'homme au dossier. Et s'ils n'ont pas été dérangés avant de parvenir jusqu'à vous. On ne sait pas non plus si celui qui a tiré sur Ion Pop a un rapport avec eux. Et nous, pourquoi il nous a laissé la vie sauve ?

— Puisqu'ils sont à bord et qu'ils vont dans la même direction que nous, ils savent où nous allons, et ce que l'on fait. Comme vous le voyez, ils gardent leurs distances. Et je crois que s'ils avaient résolu leur problème en Roumanie, ils n'auraient pas pris de risques en montant dans un train international. J'ai l'étrange impression qu'on est coincés dans un conflit entre deux bandes. Mais chacune nous laisse tranquilles. Pour l'instant.

— Parce que vous êtes l'élu ? ironisa Christa.

Sa question trahissait sa méfiance. Elle avait par instinct porté la main à son arme tapie dans une des nombreuses poches de son pantalon, comme pour s'assurer qu'elle s'y trouvait encore.

— Vous le connaissiez bien, l'agent ? s'enquit Charles.

— Pas du tout. J'ai fait sa connaissance la semaine dernière. On s'est parlé à plusieurs reprises.

— Ça ne l'a pas empêché de vous aider à m'enlever comme vous l'avez fait.

Christa se sentit prise en défaut. Le fait qu'il soit venu à l'hôtel pour l'aider, sans poser la moindre question, ne cadrait pas avec le profil d'un agent des services secrets. Elle avait mis tout ça sur le compte de l'attraction évidente qu'elle exerçait sur lui.

— Il faudra bien dormir, à un moment donné, dit Charles en changeant de sujet. Pour ma part j'ai fait une petite sieste hier après-midi, mais vous, vous n'avez pas fermé l'œil depuis plus de vingt-quatre heures.

— Je suis entraînée, affirma Christa. On aura bien le temps de dormir. Et de toute façon ce sera par quarts.

Elle dit ces derniers mots tout en prenant une gorgée de café fumant et grimaça. Charles sourit.

— Un café aussi long que celui des *diners* new-yorkais. Un café de train.

Même modernisés, les wagons-restaurants des anciens pays communistes semblaient coincés dans le passé. Ils ressemblaient à ceux que l'on voyait vingt-cinq ans plus tôt, avant la chute du Mur de Berlin : la disposition des tables était identique, tout comme les nappes et la vaisselle. Même la plupart des serveurs étaient restés en place. Si les plus âgés avaient pris leur retraite, leurs apprentis étaient devenus avec le temps les seniors de l'alimentation sur rails. Rien ni personne ne pouvait les ébranler. Les mêmes comportements, les mêmes habitudes, la même habileté pour alourdir l'addition. Les jeunes serveurs, comme l'était celui qui venait de leur apporter le café, apprenaient sur le tas la marche du monde.

— Il faut que l'on comprenne si au moins c'est possible, cette affaire de bible. Pour cela, une incursion dans l'histoire est nécessaire afin d'assembler les pièces du puzzle. Mais vous devez avoir la patience de m'écouter.

— Je serai sage, sourit Christa. Dites-vous que je suis l'étudiante un peu dure à la comprenette au fond de la classe.

Christa apprenait vite. Elle avait bien compris la déformation professionnelle de Charles, qui voulait que chacun de ses exposés soit parfait. Tous les détails lui semblaient importants. Dans ses cours ou ses conférences, il partait du principe que son auditoire ne savait rien ou presque et avait besoin d'une vue d'ensemble. Son discours était circulaire, présentant le savoir en cercles concentriques : revenir plusieurs fois et de différentes façons aux informations clés de son exposé permettait d'en faire comprendre parfaitement le sens.

Étant un professionnel de la communication, il savait doser les informations et les présenter de la manière la plus attractive. Comment créer du suspense dans un exposé, où placer les plaisanteries, les paradoxes, les observations surprenantes ou les renversements de situation. Ce dernier point, connu en narratologie sous le nom de *plot point*, était sa spécialité. Il l'appliquait toujours scrupuleusement et n'allait pas déroger à la règle.

— Comme vous le savez, Sighişoara est l'endroit supposé de la naissance de celui que l'imagination gothique de Bram Stoker a transformé en un phénomène mondial sans précédent. Jamais un personnage de fiction n'était devenu aussi célèbre. Et depuis lors sa notoriété a augmenté de façon exponentielle. On a écrit des milliers de pages, peut-être même des millions dans le monde entier sur ce thème. Sans parler des films, des documentaires, des émissions de télévision, des rencontres entre spécialistes, des fan-clubs. Laissant la fiction à part, on a quand même des kilomètres d'ouvrages sur le sujet, certains sérieux et bien documentés, d'autres non.

— Le plus documenté de tous, vous en êtes l'auteur, intervint Christa, qui mourait déjà d'envie de lui crier d'en venir au fait, mais, pour l'instant du moins, elle décida de s'abstenir.

— Peut-être bien, répliqua Charles sans fausse modestie. Ce Vlad Țepeș, qui n'a reçu son surnom que bien plus tard, était le fils d'un autre Vlad, surnommé Dracul.

Charles fit une pause pour rassembler ses pensées. Ce qu'il avait à dire était très compliqué.

— C'est dingue comme il est difficile de synthétiser tout ça. Je vais essayer. Premièrement il faut être un peu au courant du contexte géopolitique. Nous sommes dans la première moitié du XVe siècle. L'Europe s'enfièvre, depuis plusieurs siècles, de rivalités en guerres. La disparition d'un ennemi commun et la fin des croisades laissent le temps aux États, petits et grands, de mener les uns contre les autres des guerres interminables pour le pouvoir et la suprématie. Les alliances se font et se défont à toute vitesse. Les amis à la vie à la mort un jour deviennent les pires ennemis le lendemain. Le Vatican fourre son nez partout. On voit même apparaître des antipapes et, pendant soixante-dix ans, le cœur de l'Église se déplace à Avignon, avant de revenir à Rome. Je n'irai pas plus loin dans les détails.

Dieu merci, pensa Christa, mais son visage ne trahit pas sa pensée.

— Un terrible ennemi se profile au Levant. Le grand problème de l'Europe occidentale, c'est à présent les Turcs. Ils menacent dangereusement l'équilibre des puissances en Europe, mais surtout dans ce qu'on appelle aujourd'hui l'Europe centrale. Les Turcs ont une idée fixe. Arriver jusqu'à Rome. Mais avant d'y parvenir, le premier objectif sérieux est Vienne. L'Italie est quand même loin, alors le Saint Empire romain germanique devient le porte-étendard de la lutte contre les Ottomans. Les Balkans se trouvent plus ou moins sous la coupe ottomane. Certaines régions sont déjà des pachaliks, d'autres sont des territoires qui versent un tribut, mais restent libres. D'autres encore sont sérieusement menacées. Après la bataille du champ des Merles, Kosovo Polje, les Ottomans ont appris comment appliquer leur politique différemment avec leurs sujets et leurs vassaux.

» La rumeur court qu'un deuxième front serait en préparation, à savoir la conquête de Constantinople et la destruction de l'Empire byzantin. Dans ces conditions il est important de créer un cordon sanitaire, un *antemurale christianitatis* – c'est-à-dire un front de la chrétienté. Ce cordon est constitué de la Serbie et de la Valachie. L'Europe civilisée commençait à cette époque à Buda, qui sera plus tard unifiée à Pest. Ceux qui vivent plus à l'est ne sont pas des catholiques, ce sont des chrétiens également, mais ils sont orthodoxes. Je suppose que vous connaissez la différence entre les deux, alors je n'insiste pas.

Christa opina du chef.

— Il est certain que les orthodoxes sont considérés par les catholiques comme les parents pauvres de la chrétienté. Quand ils ont besoin d'eux, ils insistent sur le fait qu'ils sont aussi des chrétiens et, quand ils les oppriment ou les conquièrent, ils pointent leurs dissemblances. Les Pays roumains – à l'époque la Valachie et la Moldavie – représentent une sorte de territoire de « choc des civilisations », comme dirait aujourd'hui Samuel Huntington. La Transylvanie, qui fait aujourd'hui partie de la Roumanie, était alors sous suzeraineté magyare, donc autrichienne. Dans ces conditions, ceux qui régnaient en Valachie, le pays de Vlad Dracul, devaient suivre une voie très étroite. Sur la gauche, les Ottomans, sur la droite, la Couronne. Il fallait savoir à tout moment avec qui s'allier, à qui jurer allégeance, à qui payer tribut, qui, et à quel moment, était plus dangereux. Le prix à payer pour conserver un semblant d'indépendance était énorme. Les seigneurs de ce pays étaient portés au trône et soutenus tour à tour par les Ottomans et par les Hongrois. Quant aux boyards, c'est-à-dire les nobles, ils constituaient un autre facteur d'insécurité. Il n'était pas rare qu'ils dictent l'agenda et que de leur soutien dépende le fait de rester sur le trône ou de rejoindre directement la tombe.

Christa l'écoutait avec patience et attention. Charles la considéra longuement tout en allumant une nouvelle cigarette, comme pour lire dans ses pensées. Puis il reprit :

— Dans ce contexte, Vlad Dracul devient une sorte de favori du roi Sigismond de Hongrie, futur roi de Bohême et de Germanie, et empereur du Saint Empire. Il fonde en 1408 un ordre chevalier dont le but précis est de lancer une croisade contre les Ottomans. Comme tout ordre de ce genre, son ambition cachée est encore plus grande – dominer le reste du monde. À l'époque, le monde se limitait à l'Europe, l'Amérique n'ayant pas été découverte, l'Afrique étant inintéressante et l'Asie pratiquement méconnue. Bref, Vlad Dracul est reçu au sein de l'ordre au cours de l'hiver 1431 à Nuremberg. Sigismond l'envoie à Sighișoara pour servir les intérêts de l'empereur. Il a son autorisation pour battre monnaie et pour réglementer le commerce. Sur sa monnaie, on observe un aigle sur une face et un dragon ailé à queue de serpent sur l'autre. Ce dragon que Vlad portait au cou lui a valu le nom de Dracul. En roumain, le mot « dragon » n'existait pas à cette époque-là. Le latin *draco* est traduit par « *drac* ». Mais à cause d'une homonymie il y a confusion : *drac* signifie à la fois « dragon » et « diable ». Ici commence l'histoire de

Dracula. L'imagination populaire ne fait pas la différence et quand elle entend que le nouveau seigneur de la Valachie est *drac*, elle l'associe avec le malin, avec Belzébuth.

» Vlad devient officiellement prince régnant de Valachie. Sigismond meurt en 1437 et son héritier sur le trône, Albert II, nomme Iancu de Hunedoara gouverneur et vice-roi de la Transylvanie. Iancu et Vlad Dracul se sont déjà croisés, mais le nouveau gouverneur n'a jamais apprécié ce dernier. Albert avait attribué à Iancu la mission de lancer une nouvelle croisade contre les Ottomans. Lorsque Albert meurt à son tour de dysenterie, une lutte acerbe, pleine d'intrigues et de crimes, commence pour le trône de Hongrie. Iancu de Hunedoara profite de la situation et pousse Ladislav de Pologne sur le trône. Celui-ci meurt également, dans la bataille de Varna en 1444, où Vlad Dracul, qui vient en renfort avec une armée de sept mille hommes, interprète la mort de Ladislav comme une défaite et se retire. Iancu de Hunedoara ne lui pardonnera jamais cette trahison. Ce qui est important c'est que, trois ans avant, en 1441, Iancu de Hunedoara s'est déplacé à Târgoviste pour obtenir de Vlad Dracul qu'il respecte sa promesse de participer à sa croisade, au nom de son appartenance à l'ordre du Dragon. Peu de gens savent que son statut de membre de l'ordre lui avait été retiré en 1436, parce que, un an à peine après son anoblissement au rang de chevalier, Vlad avait personnellement conduit les Ottomans lors du siège de la cité de Severin et ensuite ordonné l'ouverture des portes de la cité de Caransebeş. Vlad obéissait, comme presque tous les princes roumains à cette époque, à une double vassalité, comme je vous le disais plus tôt.

Charles s'interrompit un instant. Christa le regardait sans rien dire. Il ne savait pas s'il fallait chercher dans son regard de l'admiration ou de l'exaspération. L'air vaguement coupable, elle semblait songer qu'il fallait bien écouter jusqu'au bout si elle voulait comprendre.

Il reprit :

— Iancu essuie un refus de la part de Vlad. Le pape le délie de sa promesse, mais demande à l'aîné du voïévode, Mircea, de participer à la croisade. Les Ottomans envahissent le Pays roumain en mars 1442 et Vlad conserve sa neutralité, permettant aux Ottomans de marcher vers la Transylvanie. Les Ottomans sont battus à plate couture. Vlad est convoqué à Gallipoli par le sultan et aussitôt arrêté. Il sera libéré, à condition de laisser deux de ses fils en gage. C'est ainsi que Vlad III, le futur Vlad Țepeș, autrement appelé Dracula, et son frère, Radu le Beau, deviennent les prisonniers du sultan.

Charles s'arrêta pour reprendre son souffle et commander un autre café, en utilisant les quelques mots de roumain qu'il baragouinait pour demander qu'il soit plus serré. Christa dit qu'elle avait de nouveau faim et ils choisirent deux omelettes paysannes. Charles prit Christa à contre-pied :

— S'il y a quelque chose que vous n'avez pas saisi jusqu'à présent, vous pouvez me demander de répéter ou de développer.

Christa, joueuse, lui montra son poing levé.

— On en arrive à ce qui nous intéresse, reprit Baker. Vlad et son frère sont prisonniers chez les Ottomans.

D'abord à Egrigoz et ensuite à Andrinople. Ils sont prisonniers avec d'autres, mais sont traités comme des princes et bénéficient d'une bonne éducation. Des hommes célèbres sont leurs précepteurs. Les deux frères étudient le Coran, la logique, les mathématiques théoriques et appliquées, Aristote, et ils sont initiés à la tradition byzantine par de grands lettrés de la cour ottomane, le mollah Hamiddudin, l'efendi Ilyas et le grand philosophe et müfti Ahmed Gürani. Notez que le fils du sultan, Mehmed II, le futur grand sultan, qui sera plus tard l'ennemi de Vlad Țepeș et le célèbre conquérant de Constantinople, reçoit en même temps qu'eux et dans les mêmes conditions cette éducation raffinée. Mais rigide. Les élèves sont battus et fouettés s'ils n'apprennent pas ou ne se comportent pas selon les attentes des précepteurs. Mais ces derniers ne font aucune différence entre les princes roumains et le fils du sultan. Entre-temps, leur père s'allie de nouveau à Iancu de Hunedoara et attaque Turtucaia et Giurgiu tout en sachant qu'il risque la vie de ses enfants. Le sultan Murad II, contrairement à ce qu'on aurait attendu de lui, ne tue pas les deux jeunes garçons.

» La manipulation de l'information, en ce qui concerne Dracula, qui finit par le transformer en vampire, commence à ce moment-là. D'abord il est question de son père. Iancu de Hunedoara n'a jamais oublié combien Vlad l'a humilié. Comme il souhaite en secret s'adjuger les Pays roumains, dans le contexte des luttes pour la couronne de Hongrie, il soutient Vladislav, de la branche rivale des Dan, pour le trône de Valachie. Non sans entamer contre le prince un matraquage de mensonges éhontés. On l'accusait notamment d'être du côté des Ottomans. Au bout du compte, le complot de Iancu de Hunedoara et de Vladislav conduit à l'exécution de Vlad Dracul et de son fils Mircea. Mircea est enterré vivant à Târgoviște et Vlad est tué par les boyards le lendemain. Ainsi, en 1447, Vlad III est informé par le sultan des circonstances de la mort de son père. Mais, à présent, soyez très attentive !

— Je le suis, Charles. Ça ne se voit pas ?

Le professeur était trop concentré sur son discours pour se laisser interrompre.

— Une légende circule, disant qu'avant de mourir Vlad a confié à son homme de confiance, un boyard nommé Cazan, le sabre de Tolède que lui avait offert Sigismond de Luxembourg lors de son entrée dans l'ordre du Dragon, ainsi que son collier gravé d'un dragon. Les deux objets arrivent entre les mains du sultan. Un an plus tard, Iancu de Hunedoara essaie de lever une nouvelle armée pour une croisade contre les Ottomans. Mourad, qui appréciait l'intelligence, l'opiniâtreté et le courage de Vlad fils, décide de donner sa chance au jeune homme de seulement dix-sept ans en l'aidant à monter sur le trône de son pays, la Valachie. Selon la légende, il lui aurait confié deux sabres – celui de son père et un sabre spécial en acier de Damas. Avant de les lui remettre, il lui demande quel est le don le plus précieux qu'Allah ait donné aux hommes. Vlad répond que c'est la vie, le sultan éclate de rire et lui dit qu'il est encore bien jeune et qu'il a le temps d'apprendre que le don le plus précieux que le Tout-Puissant ait accordé est le pouvoir. Puis Vlad est libéré.

— Deux sabres ? fit Christa, interloquée.

Charles ouvrit de grands yeux.

— Vous avez dit que Țepeș a reçu deux sabres, un de Tolède, de son père, et un en acier.

— En acier de Damas, oui. Des mains du sultan.

— Vous cherchez lequel ?

Charles comprit où elle voulait en venir. Il sortit le billet de sa poche.

— « Seuls ces deux sabres peuvent entrer dans le même fourreau. » Donc vous croyez que cela se réfère à ces deux sabres. Moi je cherche celui du sultan. Du moins c'est ce que je suppose. J'ai vu des photos. Et il ressemble vraiment à la description faite par mon grand-père. Lui ne m'a jamais parlé d'un second sabre.

— On est peut-être devant une nouvelle devinette, comme celle du texte en vers. Vous avez peut-être quelque chose à décrypter.

— Malheureusement on ne peut plus savoir ce qui était écrit au début. Si seulement j'avais rassemblé les petits bouts de papier brûlé et si je les avais portés à un labo ! Peut-être chez vous, à Interpol… Comme j'ai été négligent ! J'aurais dû essayer de voir ce qu'il y a avant ce « rn ».

— Le message « deux sabres n'entrent pas dans le même fourreau », poursuivit Christa, paraphrase une expression très répandue dans les Balkans. Initialement elle se référait aux prétentions de plusieurs princes pour un même trône. La traduction exacte est qu'un pays ne peut supporter qu'un seul roi à la fois. Les autres doivent soit se soumettre soit être éliminés. C'est peut-être dans ce sens-là qu'on doit le comprendre.

Charles soupira.

— Dans tout ce que vous venez de raconter, il y a quelque chose qui provient des révélations de l'homme au dossier ?

— J'y viens, répondit Charles, qui comprenait l'impatience de Christa. Iancu de Hunedoara se ridiculise, il perd deux batailles, il est arrêté et emmené à Smederevo par le prince serbe George Brankovic. Il n'est libéré que contre la promesse de marier son fils, le futur grand roi Matthias Corvin, à une parente du despote serbe. Dans le contexte de l'affaiblissement du pouvoir hongrois, Vlad osa attaquer le trône usurpé par Vladislav Dan à son père. Le coup d'État soutenu par les Ottomans, en particulier par Hassan Pacha, est une réussite. Mais au bout de deux mois seulement le nouveau prince régnant est trahi par les boyards qui préfèrent le retour de Vladislav Dan sur le trône. Ici se termine le premier règne de Vlad en Valachie. Vlad qui n'est pas encore Țepeș et encore moins Dracula. Il connaîtra encore deux autres périodes de règne. La deuxième sera la plus longue, entre 1456 et 1462, et lui apportera la renommée qu'on lui connaît.

— Et la bible, dans toute cette histoire ?

Chapitre 37

Charles s'apprêtait à répondre, quand le train qui ralentissait déjà depuis un moment s'arrêta dans une gare. Christa se leva et un sourire illumina son visage. Devant le regard interrogateur de Charles, elle déclara joyeusement :

— Je sais comment vous allez passer la frontière sans problème.

Elle sortit quelques minutes du wagon-restaurant. À son retour, elle irradiait.

— Je n'ai pas arrêté de penser à ce qu'on ferait en arrivant à la frontière. On a deux contrôles à passer : celui des Roumains et celui des Hongrois. J'avais élaboré des tas de plans. Leur montrer ma carte d'Interpol et leur raconter que vous étiez mon prisonnier. Peut-être que cela aurait marché en Roumanie, mais en Hongrie, je n'en suis pas sûre. Pas sans preuves. Pas sans que vous figuriez dans la base de données internationale des personnes recherchées par la police. Ensuite j'avais pensé téléphoner à Lyon pour qu'ils envoient un fax à la police des frontières avec votre photo en demandant qu'on vous laisse passer. Je ne suis pas certaine non plus que ça aurait fonctionné. La police hongroise a tendance à bien coopérer. Nos agents à Budapest ont de bonnes relations avec le centre. Mais ils réagissent si lentement que je ne sais pas si l'ordre serait parvenu à temps. Après, étant donné qu'on est en pleine nuit, j'ai pensé faire semblant de dormir et, quand ils auraient frappé à la porte, j'aurais juste passé ma tête d'endormie dans l'entrebâillement pour leur montrer mes papiers... Peut-être qu'ils ne seraient pas entrés de force chez une jeune femme. Ça non plus ce n'était pas très sûr.

Charles s'amusait de l'air de gamine qu'avait Christa, cette femme dure, en racontant tout ça. Elle parvenait vraiment bien à masquer cette sensibilité, et sa féminité, quand elle le voulait. Charles se sentit heureux d'avoir débusqué un visage sous le masque officiel. Il s'enquit alors :

— Et vous avez trouvé une solution ?
— Nous sommes à Braşov. Je viens seulement de réaliser que le train passe aussi par Sighişoara. Alors j'ai téléphoné au commissaire qui était content de m'entendre. Il craignait que vous m'ayez fait du mal. Il paraît qu'ils ont voulu lancer un mandat d'arrêt contre vous. Mais avant de le faire il a eu la bonne idée de faire appel à son parrain, un ponte au ministère. Il s'est fait hurler dessus pendant vingt minutes et on lui a conseillé d'oublier que vous aviez mis les pieds là-bas. On dirait bien que quelqu'un tient à effacer toute trace de votre passage.
— Ce quelqu'un qui nous envoie à Prague. Et probablement celui qui a mis l'armoire à glace à bord du train. Je vous avais dit qu'on était protégés. Ensuite ?

— Je lui ai dit que je serai de retour dans une semaine et que j'accepterai son invitation à sortir. Il était au septième ciel. Je lui ai demandé d'aller chercher votre passeport à l'hôtel. Et de l'apporter à la gare.

— Croyez-vous que ce serait trop demander de le prier de prendre aussi ma valise, et surtout mon ordinateur portable ?

Christa se leva de table et elle revint très vite en déclarant que c'était fait. Puis elle se pressa d'ajouter :

— Mais il ne s'est pas contenté d'une promesse comme pour le premier coup de main. Il a voulu quelque chose de concret : un baiser sur le quai. On est tombés d'accord pour un petit bisou sur la joue.

Christa s'attendait à ce que Charles réagisse à son plaisant récit. Mais il était renfrogné et cherchait manifestement à se rappeler de quelque chose. Soudain il lui demanda où était son téléphone. Elle lui répondit qu'il se trouvait dans le sac à dos.

— Vous pouvez m'appeler, s'il vous plaît ?

Christa composa son numéro.

— Il ne sonne pas.

— Cette maudite batterie m'a encore lâché. Il faut trouver un chargeur.

Il pensa au serveur qui semblait plein de ressources. Celui-ci reparut dix minutes plus tard avec un chargeur.

Tout heureux, Charles demanda combien il lui devait. Le serveur répondit qu'il avait le même appareil. *Comment un employé des chemins de fer roumains peut-il se payer un portable aussi cher ?* s'interrogea Charles. Il se sentit tout de même redevable et lui tendit un billet de cent euros en précisant qu'il lui rapporterait le chargeur au dîner. Ils se levèrent de table et repartirent vers leur compartiment au moment où le train s'ébranlait de nouveau.

Chapitre 38

Le chef de la police aux frontières de Lökösháza, Fekete László, se réveilla légèrement inquiet, ce matin-là. Tout le monde avait de la température, chez lui. Les jumeaux âgés de onze mois éternuaient et le front de son épouse brûlait de fièvre sous sa main. Ils étaient la prunelle de ses yeux. Ils avaient eu leurs enfants à quarante-huit ans, après plusieurs vaines tentatives et de longs traitements, et il était devenu ultraprotecteur. Il venait de prendre son service et y resterait pour deux tours de garde afin d'avoir ensuite deux jours pour emmener sa famille chez un meilleur médecin, à Békéscsaba. Avant de sortir de la maison, il s'était assuré que les trois malades avaient tout ce qu'il leur fallait et il avait prié une voisine, une ancienne infirmière, de veiller sur eux. Fekete László était très apprécié dans ce village proche de la frontière avec la Roumanie. D'une grande délicatesse et d'une rare générosité, il était toujours prêt à rendre service, en particulier à ses voisins. Il partageait même les bakchichs qu'il encaissait à la douane avec les personnes de son entourage qui étaient dans le besoin. Il demandait rarement quoi que ce soit en échange, si bien que les autres le lui rendaient bien dès qu'il en avait besoin. L'infirmière, qui avait une tête de *gauleiter*, lui avait assuré qu'elle s'occuperait de tout, qu'il n'avait aucun souci à se faire.

À peine avait-il sorti ses affaires de sa serviette que son téléphone portable se mit à sonner. Un numéro inconnu. Une voix gutturale avec un fort accent étranger lui ordonna d'allumer son ordinateur, de se connecter à Internet et de saisir une suite de chiffres dans le moteur de recherche. László crut d'abord à une plaisanterie et il prévint la personne au bout du fil qu'il était de la police et avait les moyens de l'identifier. Alors il valait mieux ne pas rappeler. Il raccrocha. Deux secondes plus tard, il reçut un MMS. C'était une photo de ses jumeaux endormis, prise de dessus. Il les avait habillés juste avant de partir et il se rendit bien compte que la photo datait du matin même. Il se sentit mal. Le téléphone retentit de nouveau. Il répondit, le souffle court.

— J'espère que j'ai enfin toute votre attention. À présent, faites exactement ce que je vous dis. Pas de conneries.

La personne raccrocha. Sur l'écran apparut une suite de chiffres. Il les saisit dans le moteur de recherche. Un écran s'ouvrit. Il appuya sur « *play* ». Une vidéo démarra. C'étaient des images de chez lui, du couloir. La caméra erra un temps au rez-de-chaussée, fit le tour de la cuisine, s'arrêta sur deux biberons, poursuivit dans le hall et monta les marches jusqu'au premier. La maison était faiblement éclairée. Il faisait gris dehors et tous les rideaux étaient tirés. On n'y voyait pas bien. Sur le palier, une lumière allumée améliorait l'image. László sentit le désespoir l'envahir. Par la porte entrouverte de sa chambre à coucher, la caméra filma de loin son épouse endormie avec des compresses sur le front. Puis elle en sortit rapidement et, par le couloir, entra dans la chambre des enfants. László était au bord de la crise cardiaque. La caméra tourna un peu dans la pièce et s'arrêta au-dessus du petit lit des jumeaux endormis. Un énorme couteau de chasse entra dans le champ et s'approcha du visage des bébés. Sa lame effleura la joue de l'un des deux puis se retira. Fin de la vidéo. La sonnerie du téléphone retentit de nouveau.

Chapitre 39

Charles se pressait vers leur compartiment et Christa peinait à le suivre. Quand enfin ils arrivèrent, ce fut pour trouver la porte ouverte qui battait au rythme du train. Christa tira son pistolet et regarda à l'intérieur. Personne dans le compartiment. Elle suivit le couloir. Personne dans les toilettes non plus. Elle voulut ouvrir la porte au bout du wagon, mais derrière il n'y avait plus que la locomotive de réserve. Pendant ce temps Charles se précipitait sur son sac à dos, pour en sortir son téléphone et le brancher, cherchant une prise qu'il ne trouvait pas. Finalement, Christa ouvrit l'armoire de toilette au-dessus du lavabo : à droite du miroir et d'une étagère portant un petit savon et deux gobelets se trouvait une prise à rasoir. Christa avait rengainé son arme.

— Est-il possible que nous n'ayons pas bien verrouillé ?

Charles se concentrait sur son téléphone.

— Les variations de tension sont très importantes, dans le train, vous risquez de cramer votre appareil, ajouta-t-elle.

Charles s'en moquait. Il le brancha et tenta de l'allumer.

— Il faut attendre quelques minutes, lui dit Christa. Vous voulez faire quoi ? Vous pouvez utiliser mon téléphone.

Charles la dévisagea, réfléchit un peu et expliqua :

— J'ai un programme qui me permet d'accéder à mes fichiers, chez moi, à distance. Il y a là-bas des informations que je voudrais consulter. Un ami a installé ce programme et un pare-feu, qui étaient encore en version bêta à l'époque. Le dernier cri.

— On dirait que ça n'a pas empêché ceux qui s'intéressent à vous d'y accéder.

— C'est vrai. Je devrais demander à Ross une mise à jour. Sans doute que les programmes ont vieilli. Cinq ans, dans ce domaine, c'est une éternité.

Son téléphone finit par s'allumer. Charles l'utilisa avec une dextérité qui étonna Christa. Elle l'avait imaginé en professeur à l'ancienne, contraint d'utiliser les nouvelles technologies, mais pas comme l'expert qu'il était, manifestement.

— C'est exactement ce que je pensais. Enfin, j'ai compris. Ça paraît bête, mais je ne vois pas d'autre explication. Quelqu'un, tout en m'envoyant les messages, me fait des clins d'œil. J'ai une impression de déjà-vu. Ça ressemble aux jeux quand on était étudiants, Ross et moi.

— Cet ami à vous, il fait quoi ?

— Je ne sais pas. C'est un peu mystérieux. Nous étions de bons amis, mais cela fait quinze ans qu'on ne s'est pas revus. Nous nous sommes seulement parlé à quelques reprises, au téléphone. Et toujours quand j'avais besoin de son aide. La dernière fois qu'on s'est croisés, c'était à un congrès de mathématiques à Rio. Je me souviens qu'à notre descente d'avion, pendant qu'on attendait nos bagages, il m'a confié que c'était la dernière fois qu'on le voyait dans la communauté scientifique. Et qu'il avait décidé de s'engager. Je lui ai demandé où et il m'a répondu comme James Bond : s'il me disait où, il serait obligé de m'éliminer. À l'époque j'ai cru que c'était une de ses blagues. Après tant de temps passé ensemble, on se connaissait si bien qu'on pensait pratiquement de la même manière. S'il commençait une phrase, j'étais capable de la terminer. Et inversement. Au fil des années, je me suis demandé si j'avais fait quelque chose pour qu'il s'éloigne ainsi. Un jour je lui ai posé la question. Il a ri. J'ai supposé que cela avait commencé à lui déplaire d'avoir toujours à côté de lui quelqu'un qui le connaissait si bien. Y compris son côté vulnérable. Depuis un moment ça semblait l'ennuyer que je lui dise les choses en face. Surtout en public. Mais il faisait la même chose avec moi. Ma foi, je n'ai pas insisté non plus. Puis il a complètement disparu des radars. Plus aucun article publié, comme s'il s'était évaporé. Je pense qu'il est entré dans un service secret. Sa contribution a été capitale dans les affaires qui m'ont rendu célèbre. Ross est l'homme le plus intelligent que je connaisse et le seul en lequel j'avais totalement confiance.

— « Avais » ?

— Oui. J'avais confiance. J'ai. Je ne sais plus si je le connais encore.

— Et vous croyez qu'il a un lien avec toute cette histoire ?

— Ah ! En aucun cas. Il est cynique, il a un humour un peu à part, mais il ne ferait pas de mal à une mouche. Mais il se pourrait que j'aie, que nous ayons, de nouveau besoin de lui.

— Pourquoi ?

— À cause de toutes ces énigmes et messages chiffrés. C'est un expert dans l'élaboration et le craquage des codes. On jouait souvent à ça.

Charles fit une pause pour évaluer une fois de plus, en pensée, l'hypothèse qui germait dans sa tête et poursuivit :

— Je me suis trompé quand j'ai dit que l'auteur de tout ça a confondu les bibles. Je pense que ce sont, jusqu'à un certain point, deux histoires différentes. Dans le premier cas il est question de la Bible du diable, dans le second de celle de Gutenberg. Les deux vont peut-être se croiser, à un moment donné. Mais jusqu'à présent, elles sont distinctes.

— Vous avez compris le sens du message ?

— Le message, on l'a compris sur-le-champ. Je ne sais toujours pas à quoi il renvoie. Il ne s'y ajoute qu'un élément. Qui semble avoir du sens. Autant que possible dans le chaos de ces dernières heures.

Christa le regardait avec grand intérêt. Charles prit son paquet de cigarettes et lui fit signe qu'il sortait dans le couloir. Il baissa la vitre en face de leurs couchettes et se mit à fumer.

— De cette manière on vérifie si quelqu'un nous tourne vraiment autour. Nous avons décidé ensemble que le message me conseillait de tenir ma langue.

— Oui. Sinon, c'est règlement de compte style mafia.

— Comme dans *Le Parrain*. Vous allez recevoir mon gilet enroulé autour d'un poisson crevé.

Ils pouffèrent de rire.

— Alors je serai censée piger que Charles S. Baker dort chez les poissons.

— Tout à fait ! Mais ce n'est pas ma vie qui est menacée, c'est ma crédibilité. Vous voyez, je développe, dans mon livre, une théorie au sujet du *Codex Gigas* et, d'après ce que je sais, je suis le premier à le dire : la démonisation de Vlad Țepeș commence avec la Bible du diable. J'ai trouvé des documents rapportant que Matthias Corvin en a eu connaissance juste après avoir arrêté Vlad Țepeș et l'avoir conduit à Vișegrád. Il a vu le *Codex*, c'est certain. Un moine qui lui avait rendu visite l'a consigné. Il était au courant de cette homonymie populaire entre « *drac* » et « diable », au courant aussi de la cruauté dont était capable le seigneur roumain, mais l'idée de le diaboliser à ce point-là lui est venue en voyant le fameux dessin du diable aux dents pointues et en culotte.

— À propos, vous ne m'avez pas dit encore pourquoi il porte un truc qui ressemble à une couche ? Ça n'existait pas à cette époque-là...

— Non. Ce qu'on voit sur le dessin sont des signes héraldiques, des mouchetures noires sur fond blanc, de l'hermine, fourrure utilisée pour doubler les manteaux des rois ou de la haute noblesse. Les formes étaient diverses. La plupart ressemblaient au trèfle des cartes de jeu, mais avec une base plus large qui s'ouvre sur trois pointes ou comme les ailes stylisées d'un aigle. Ou d'une chauve-souris, puisqu'on parle de Dracula.

— L'hermine, ce n'est pas une sorte de castor ?

— Plutôt une sorte de furet, parce que c'est très doux. C'est une fourrure particulièrement délicate et qui change de couleur. L'été elle est marron clair, et l'hiver, blanche. Au Moyen Âge c'était l'animal de compagnie de luxe. Surtout dans les rangs des prélats de l'Église catholique. Les cardinaux et souvent les papes avaient une hermine au lieu d'un petit chien. Si vous avez la curiosité d'aller regarder le tableau de Léonard de Vinci, *La Dame à l'hermine*, vous verrez à quoi cela ressemble. L'hermine est un animal à part. Quand elle était chassée, au Moyen Âge, elle préférait se laisser prendre plutôt que de salir sa fourrure dans une flaque de boue.

— Intéressant, le narcissisme conduisant au sacrifice suprême. Au bout du bout.

— Tout à fait. C'est pour cela qu'elle était tellement appréciée. Elle avait quelque chose de l'orgueil des têtes couronnées. C'est la raison pour laquelle sa fourrure est devenue un emblème héraldique.

— Et notre diable, pourquoi il porte une culotte d'hermine ?

— On dirait bien que ce n'est pas un diable ordinaire, mais Satan lui-même, l'empereur. Le suprême.

— Et pourquoi il est vert ?

— Ça, c'est plus compliqué. L'explication la plus courante ne me satisfait pas. Cela a probablement un rapport avec la mythologie celte ou teutonne. Il y a chez eux un personnage nommé l'Homme Vert, régissant la fertilité. D'ailleurs, bien plus tard, le diable a été nommé dans certains écrits Veredelet ou Verdelot.

— Et le message ?

— Pardon ?

Charles était parti trop loin dans ses explications et Christa le déroutait en voulant le ramener au cœur du sujet.

— Le message. Quel est le message ?

— Une chose est sûre. Ils sont entrés dans mon ordi et ils ont lu le livre que je suis en train d'écrire. J'ai voulu vérifier si j'avais eu le temps de développer cette théorie ou pas.

— Et alors, vous y êtes arrivé ?

— Oui. Le message avec les singes – rien vu, rien entendu, rien dit – est une menace, mais l'utilisation du diable tel qu'il apparaît dans le contexte de mon livre me dit que la peine ne sera pas la mort ou, du moins, pas tout de suite, mais la ruine de ma réputation. Si vous voulez tuer quelqu'un dans le milieu académique ou politique, une personne publique, inutile de recourir à la violence, tuer sa crédibilité suffit.

— C'est pour ça qu'ils ont utilisé votre carte de visite ? Ils savaient qu'on verrait aussitôt que ces crimes ont un lien avec vous et qu'on vous ferait venir !

— Oui, probablement. Les autres tentatives ont échoué, les autorités n'ont pas fait le rapprochement. Vous ne m'avez pas dit si ma carte de visite avait été trouvée sur les trois autres scènes de crime. Et s'il y avait aussi les tatouages à Londres ou ailleurs.

— À Marseille, on n'a rien trouvé. À Alma-Ata on n'a pas réussi à savoir et à Londres j'ai réussi à récupérer votre carte de visite, mais sans l'ébruiter. Et oui, les tatouages étaient sur toutes les scènes de crime.

— En conclusion, je dois me taire au sujet de quelque chose. Si je parle, je finirai comme Vlad Țepeș. Je serai transformé en monstre. Cloué au pilori.

Les gens s'écarteront sur mon passage comme devant un pestiféré. Pas besoin de m'éliminer physiquement. Détruire ce que je suis, c'est pire que la mort.

— À propos de Vlad Țepeș, vous me racontez la suite ?

— Vraiment ? Ça vous dérange si je m'allonge pour vous raconter le reste ?

— Vous n'avez pas peur du tout ? demanda Christa.

Charles fit un vague signe de tête. Christa ne savait comment l'interpréter.

— Peur de ces histoires de portes ouvertes et de couloirs déserts ? Pas vraiment. Mais je me sentirais mieux si j'avais une arme.

Chapitre 40

Le premier réflexe du chef de la police fut de hurler sur son interlocuteur et de le menacer. Ce dernier l'interrompit. Il lui dit qu'il n'avait aucun intérêt à faire du mal à sa femme ou à ses enfants. Et que, s'il faisait ce qu'on lui demandait, c'est-à-dire trois fois rien, les quatre hommes masqués qui se trouvaient chez lui disparaîtraient comme ils étaient apparus. Il ajouta que sa femme avait avalé un léger somnifère, qu'elle dormirait le temps que le problème soit résolu et que l'infirmière avait eu un peu peur, mais que c'était une femme forte, elle surmonterait cette épreuve et prendrait soin des petits.

La voix attira son attention sur le fait que le bâtiment de la douane était entièrement surveillé, comme tous les moyens de communication à sa disposition. Pour s'assurer qu'il ne jouerait pas au héros, une jeune femme sympathique allait arriver et le suivrait comme son ombre le temps que tout soit terminé. À cet instant précis, il entendit des coups à la porte.

Allongée sur sa couchette, Bella feuilletait le passeport de Charles. Elle savait que Charles en aurait besoin, et qu'il lui serait impossible de retourner le chercher. Si bien que, après le départ précipité de Charles et Christa, elle s'était rendue à l'hôtel où le réceptionniste, déjà grassement payé pour la chambre, avait été heureux de recevoir une nouvelle gratification. Les papiers, ça va, ça vient, ça se perd si facilement…

Bella avait averti Martin qu'elle l'avait récupéré, et il lui avait dit de le conserver ; si Charles en avait absolument besoin, alors elle trouverait un moyen pour le lui transmettre. Elle n'avait rien raconté à Werner, espérant que Martin finirait par lui demander de se débarrasser de ce dernier. Elle devait s'armer de patience. Ce serait un ordre agréable à exécuter, cette fois-ci. Elle connaissait ce proverbe des Peaux-Rouges disant que si l'on reste suffisamment longtemps au bord de la rivière, tôt ou tard, on voit passer le cadavre de son ennemi.

Chapitre 41

Charles se déchaussa et monta dans sa couchette. Il avait presque oublié combien il est bon de s'allonger. Il commençait à se détendre.

Christa avait tiré les rideaux et resta assise sur la couchette du bas, de peur de s'endormir et de rater la gare de Sighişoara. En position du lotus, elle entreprit de se masser les pieds.

Charles reprit le cours de son récit.

— Personne ne sait précisément ce que Vlad a fait durant ce qu'on appellera son interrègne. Huit années, tout de même. Et entre dix-sept et vingt-cinq ans, en plus ! Au Moyen Âge les gens étaient adultes beaucoup plus tôt.

— Et ils vivaient beaucoup moins longtemps.

— Ce n'est pas rigoureusement exact. Oui, ils vivaient moins longtemps qu'aujourd'hui, mais comme disait un ami à moi, un professeur de mathématiques : au Moyen Âge, qui dépassait trente ans entrait dans l'histoire. Les statistiques, enfin le peu qu'on a, fixent l'espérance de vie à trente ans. Mais c'est comme le revenu moyen dans un petit village. Si trois milliardaires s'y installent pour échapper aux impôts et que les cent autres vivent sous le seuil de pauvreté, quand vous faites la moyenne, vous ne trouvez que des super-riches. Cette espérance de vie si basse est due au fait que la mortalité infantile était très élevée. Les spécialistes un tant soit peu sérieux considèrent que, si vous dépassiez les vingt et un ans, vous aviez de grandes chances de vivre trente-cinq ans de plus.

— Dracula a vécu combien de temps ?

— D'après certains, il vivrait aujourd'hui encore. Ce serait un mort-vivant. Le vrai a été tué à quarante-cinq ans. Je disais qu'il est très difficile de savoir ce qu'il a fait durant tout ce temps. On sait qu'il est allé un peu en Moldavie jusqu'à l'assassinat de son oncle Bogdan II par son autre oncle et qu'il a passé du temps en compagnie du plus important des princes roumains de tous les temps, Ştefan Cel Mare, Étienne le Grand comme disent les Français. Il vient d'ailleurs d'être sanctifié par l'Église orthodoxe roumaine, alors qu'il passait par le fil de l'épée quiconque lui déplaisait – et ça arrivait souvent –, qu'il aimait lever le coude et qu'il était plutôt coureur. Il a été, c'est vrai, un grand héros du peuple moldave, puisque, à l'époque, pour faire court, l'idée de nation n'existant pas, on ne pouvait pas parler de nationalité roumaine comme une certaine propagande historique tente de le faire croire. D'ailleurs, alors que les Moldaves et les Valaques parlaient la même langue et qu'ils appartiennent aujourd'hui au même pays, à l'époque, ils se haïssaient à mort. À choisir une alliance entre eux ou avec les Ottomans, ils choisissaient souvent les Ottomans.

— C'est fascinant, cette façon que vous avez de digresser.

Charles se pencha par-dessus le bord de sa couchette avec un grand sourire.

— Vous faites du yoga ? Moi, je n'ai jamais réussi à rester dans cette position. Même quand j'étais un grand escrimeur.

— Sérieusement. Pour obtenir une réponse de vous, mieux vaut ne pas être pressé. Mais impossible de se fâcher contre vous, vous faites patienter d'une manière absolument charmante.

Charles se réinstalla sur sa couchette. Sa bonne humeur dissipait de plus en plus la tension.

— Vlad et son cousin Ştefan, que le pape de Rome lui-même a gratifié du titre d'*Athleta Christi*, ont fui en Transylvanie. La présence de Vlad est attestée à Braşov, à Sighişoara, à la diète de Györ aux côtés de Iancu de Hunedoara (que les Français appellent Jean Hunyade) et à Sibiu où il est resté jusqu'à sa deuxième accession au trône. Il s'est donc bien promené. Notre ami de la chambre d'hôtel – qui ne m'a pas dit son nom, mais a répété plusieurs fois qu'il était une sorte d'oncle éloigné – a émis une théorie au sujet de ce qu'a fait Vlad durant cette période. Son retour au pays, dont il gardait peu de souvenirs, après des années chez les Ottomans où il avait reçu une très bonne éducation, avait été un choc. Non seulement son règne a été extrêmement court, mais il ne s'est pas bien passé. Il avait été élevé pour combattre et il a combattu. Il avait aussi été préparé pour la vie civilisée de la cour du sultan et avait intégré la soumission aveugle des Ottomans à leur chef suprême. À Târgovişte, tout ce qu'il a trouvé, c'était la misère, la crasse et les poux. Il n'existait aucun établissement de bains, alors que tout le monde connaît les célèbres bains turcs.

» Le christianisme a un problème avec le corps. Nietzsche écrivait que la première mesure prise par l'Église après la Reconquista, c'est-à-dire après avoir bouté les Maures hors d'Espagne, a été justement de fermer les établissements de bains, alors qu'il y en avait deux cent soixante, rien qu'à Cordoue ! Un de mes collègues de l'université de Bologne a publié une étude fondamentale sur la puanteur qui régnait dans les villes au Moyen Âge. Vous savez, ces ruelles très étroites aux maisons si rapprochées que les voisins pouvaient se serrer la main par-dessus la rue ? Eh bien, si vous les empruntiez, vous aviez toutes les chances de vous couvrir de honte au sens propre, si j'ose dire, vu que les pots de chambre étaient vidés par la fenêtre directement dans la rue. À votre avis, pourquoi florissaient toutes ces maladies qui fauchaient la moitié de la population en un temps record ?

Christa n'en croyait pas ses oreilles. Charles déraillait-il complètement à cause de la fatigue ?

— Je sais, vous pensez que je débloque, mais je vous assure que tout ce que je vous raconte est vrai. Par exemple deux siècles plus tard en France, à la cour du Roi-Soleil, personne ne se lavait. Le roi et les membres de la haute noblesse se contentaient d'une serviette humide pour s'essuyer les yeux au réveil, et c'est tout. Vous voyez, les perruques très hautes et poudrées ? Eh bien, l'étiquette recommandait d'utiliser une sorte de griffe au bout d'un long bâton pour se gratter les poux par-dessous. Et vous savez d'où vient l'expression « aller sur le trône » pour signifier « aller aux toilettes » ? Ça vient du fait que le roi avait un trône équipé d'un trou, et dessous, d'un tiroir. Il y faisait ses besoins sous les yeux de la cour et, quand il se relevait, les serviteurs lui essuyaient le derrière devant tout le monde. Après, le tiroir était sorti et promené tout fumant sous les nobles nez des comtes, des marquis et des dames qui les accompagnaient.

— Vous parlez sérieusement ? demanda Christa qui pour un peu se serait gondolée de rire.

— Oui. Vous croyiez que c'était comment ?

— Je ne sais pas. Je ne me suis jamais posé la question.

— Voilà. Et Vlad, qui a grandi dans la propreté étincelante et les marbres d'Adrianopol, en a presque fait une jaunisse quand il est arrivé à Târgovişte. Et puis il y avait les boyards. Mal élevés, irrespectueux, avides et hypocrites. Ils complotaient du matin au soir. La seule chose qui les intéressait était comment voler sans se faire prendre. Ils considéraient que le seigneur était là pour les servir et pas le contraire. Dans les Pays roumains et bien d'autres, les ressources étant limitées, devenait prince celui qui obtenait le soutien du clan boyard le plus influent. L'avantage, c'est que personne ne pouvait devenir dictateur. Celui qui s'y essayait était rapidement exécuté. Tout ce que voulaient les boyards, c'était la paix. Ils étaient d'accord pour verser un tribut aux Ottomans, aux chrétiens, à quiconque leur garantirait la paix.

» Après avoir été renversé, Vlad a vécu la même expérience en Moldavie puis en Transylvanie. Et même à la cour de Hongrie et d'Autriche. Ces lieux sombres, froids et toujours humides supportaient difficilement la comparaison avec les palais lumineux des Ottomans. Mais lui-même était chrétien. Et il avait hérité de son père la médaille de l'ordre du Dragon, cette distinction se transmettant de père en fils. Comme il n'est pas du tout certain que le nom de son père ait été effacé de la charte de l'ordre, même après le carnage à Severin, Vlad héritait effectivement de cet honneur, il était un personnage important.

» Il avait beaucoup appris auprès des Ottomans, mais il avait été leur prisonnier et en gardait rancune. Certes il était capable de voir leurs bons côtés, mais comme tout jeune homme vigoureux qui entre dans la vie, qui plus est chevalier d'un ordre important et de sang royal, il avait en tête des idées révolutionnaires. Il voulait changer le monde. Bien que partout où il soit allé, il avait été reçu décemment, il avait ressenti une certaine froideur et n'aimait pas du tout cette sensation de vassalité, d'infériorité qu'il avait alors éprouvée. Il savait qu'il devait s'allier aux puissants pour survivre et pour accéder au pouvoir. Mais – et je parle très sérieusement – Vlad Dracula était un prince de la Renaissance. Il avait l'éducation et l'ouverture d'esprit qui en faisaient l'égal de ses contemporains vénitiens ou florentins. Par ailleurs, il cherchait à rassembler de l'argent pour former une armée et acheter la bienveillance des grands de ce monde. Il respectait beaucoup les corporations de métiers pour leur savoir-faire, alors qu'il méprisait les nobles pour leur inutilité et, souvent, leur sottise orgueilleuse.

— Maintenant vous suggérez qu'il était socialiste ?

— Non. Loin de là. Je veux dire que peu à peu, même si deux siècles allaient encore passer jusqu'à la révolution anglaise et un siècle et demi de plus jusqu'à la Révolution française, la petite bourgeoisie commençait à se former dans les rangs des gens qui produisaient de la richesse. Et qui désiraient plus de pouvoir, plus de liberté et plus d'argent. Il semble que Vlad ait vu en eux l'opportunité d'accéder au pouvoir et d'y rester.

— Tout ça, c'est de vous, ou c'est la théorie de l'homme au dossier ? demanda Christa qui songeait qu'une chatte n'y retrouverait pas ses petits.

— Moitié-moitié. C'est sa thèse, je me contente de la replacer dans son contexte. Pour ce qui suit, c'est entièrement de lui. Vlad a l'idée de transmettre un message. Quel message et à qui, ce n'est pas très clair. Comme je vous l'expliquais à la gare, il est question d'un complot séculaire que Țepeș y révélerait. Vlad aurait donc appris l'existence d'un inventeur de Mayence qui avait mis au point une méthode pour reproduire, de façon pérenne, rapide et efficace, les textes. À l'époque, tout était encore copié à la main. Alors Țepeș, qui comprend l'aubaine que ça représente en termes de communication – et ce n'est pas rien d'être un homme de marketing *avant la lettre*[1] –, décide de faire imprimer des tracts pour transmettre son message au plus grand nombre. Nous ne savons pas exactement ce que disait ce message ni à qui il le destinait. Ce qui est certain, c'est qu'il se rend à Mayence – lui ou l'un de ses hommes – et qu'il y rencontre Gutenberg.

— Vous êtes sûr de ce que vous avancez ?

---

1. En français dans le texte.

— Je répète ce que m'a dit l'homme à l'hôtel. Gutenberg est sur le point d'inventer la première presse mobile du monde. Mais il rencontre des difficultés financières. Son atelier de Humbrechthof à Mayence, une propriété appartenant à un parent éloigné, a coûté une fortune. Avis à ceux qui aujourd'hui encore croient que les bonnes choses sont gratuites. Toute révolution technique, scientifique et même culturelle coûte très cher. En attendant les grandes sociétés et les financements publics, ce sont les rois et les grands propriétaires, les investisseurs, et dans le domaine des arts, les mécènes, qui les financent. Je fais une dernière petite parenthèse.

Soupir de Christa.

— Toute petite, précisa Charles. Vous connaissez l'affirmation selon laquelle notre monde s'est plus développé en un siècle que durant les cinq mille ans qui ont précédé ? C'est la bourgeoisie qui, en forçant l'ancien régime à changer, a rendu cela possible. Dans le sang et les larmes, comme on le sait. Tous ces parasites n'aspiraient qu'à se goinfrer jusqu'à la fin des temps. Ils auraient bien voulu vivre plus confortablement, mais ils n'étaient pas prêts à investir un sou pour ça. Le seul progrès qui les intéressait était celui des armes parce qu'ils avaient besoin de se défendre et de mener des guerres de conquête. Le pillage et l'exploitation étaient les seuls moyens d'enrichissement qu'ils connaissaient. C'est bien pour cela que la plus importante invention en plus de mille ans de Moyen Âge a été le canon, l'ultime argument des rois.

— On croirait entendre Marx.

— Marx ne s'est trompé que sur la nécessité et le déterminisme. Pour le reste, ses diagnostics sont en partie corrects. Les solutions proposées sont catastrophiques, mais enfin... Le fait est que Dracula saisit l'opportunité et finance Gutenberg. À partir de là, on est en pleine fantasmagorie. La version officielle dit que Gutenberg, ayant besoin de fonds, fait appel à un certain Fust qui lui prête 800 goldeni avec un taux d'intérêt de 6 %. Comme cet argent ne suffit pas, trois ans plus tard, le même Fust lui avance de nouveau 800 goldeni tout en devenant, cette fois-ci, son associé. Il fait aussi entrer dans l'affaire son gendre, Peter Schoffer. À titre de comparaison, le bâtiment central de la mairie d'une ville comme Mayence coûtait presque 200 goldeni. Ainsi, Gutenberg aurait pu acheter huit maisons de belle taille avec la somme qu'il a empruntée. À cause de l'argent, un conflit éclate entre eux, Gutenberg est traîné en justice et il perd tout ce qu'il a. Il a eu le temps, avant, d'imprimer 180 bibles.

— Et l'homme au dossier, quelle est sa version ?

— Il semblait convaincu que ce n'était qu'une version officielle et que, en réalité, ceux dont le message de Vlad allait révéler les noms ont bloqué sa publication parce qu'ils ont été prévenus à temps. Ils ont commencé à surveiller étroitement ce que Gutenberg imprimait. Fust aurait été un agent secret.

— À la solde de qui ?

— Je ne sais pas. Mon invité affirmait que Vlad voyait les bibles comme l'endroit idéal où dissimuler un message. Il avait aussi un plan B, dans le cas où cette première possibilité échouerait : insérer dans les bibles des informations codées qui permettraient de remonter vers son message, puisque les bibles pouvaient être multipliées en grand nombre. Quant à ses tracts qu'il ne réussirait pas à imprimer, il les conserverait précieusement pour les diffuser quand le moment serait venu.

— D'où Țepeș tenait-il tant d'argent ?

— Bravo. C'est ce que je me suis demandé, moi aussi, et l'homme a eu le temps de me répondre. En même temps que lui était retenu prisonnier chez les Ottomans un vieil homme, un Albanais de Krujë, Georges Castriota. Les Ottomans le nommaient Skanderbeg, c'est-à-dire Bey Alexandre, parce qu'ils le comparaient à Alexandre le Grand. Il s'est converti à l'islam pendant sa détention et a été renvoyé par les Ottomans en Albanie pour administrer la région, avec le titre de sous-pacha. Une fois rentré chez lui, Skanderbeg s'est mis à tuer de l'Ottoman. C'est aujourd'hui un héros national en Albanie. Cela vous évoque peut-être quelque chose, un tableau où il a une barbe blanche et un casque à tête de chèvre. Il avait gardé le Coran, mais bouté l'Ottoman, fit Charles, enchanté du bout rimé qu'il venait de faire.

» Donc Țepeș est allé le voir, lui a parlé de Gutenberg et l'a convaincu de lui prêter de l'argent. Il a ensuite envoyé cet argent à Gutenberg qui, étant surveillé de près a été contraint de recourir au plan B. Le message n'a été inséré que dans un seul exemplaire de la bible. Après quoi l'homme a ajouté que, sur le chemin de Mayence ou de la Transylvanie, Țepeș se serait arrêté à Florence.

— Et vous parliez d'une liste ?

— Oui. Le message contiendrait une liste extrêmement dangereuse et, pour entrer en sa possession, certains ne reculent devant rien.

— Comment pouvaient-ils avoir connaissance, il y a cinq cents ans, d'une liste de noms relatifs à notre époque ?

— Ce n'est peut-être pas une liste de noms. Je n'en sais rien. Ça semble absurde, mais toutes les énigmes auxquelles j'ai été confronté l'étaient, au début.

Le train ralentit à l'approche de la gare de Sighişoara. Christa tendit le pistolet à Charles.

— Vous en avez plus besoin que moi, pour l'instant. Je descends retrouver le commissaire. Il vaudrait mieux que vous restiez dans le compartiment. Je vais fermer derrière moi.

Chapitre 42

Pendant que Christa cherchait des yeux le commissaire, elle se demandait si elle ne s'était pas enfuie trop vite avec Charles. Si elle avait attendu, peut-être l'agent roumain aurait-il été encore en vie et Charles aurait-il découvert, de toute façon, qu'il fallait se rendre à Prague. Il aurait pu récupérer son passeport et prendre à Cluj un avion pour la République tchèque. Sa réflexion fut interrompue par le visage souriant du commissaire qui apparut sur le quai avec une valise à roulettes à ses pieds et l'ordinateur de Charles serré contre lui. Christa jeta un coup d'œil circulaire et ne vit rien de suspect. Le commissaire semblait avoir tenu sa parole et il était venu seul. Pour parer à toute éventualité, elle porta la main à la poche où elle gardait son pistolet. Alors elle se souvint qu'elle l'avait laissé à Charles.

Sur sa couchette, Bella, toujours allongée, jouait avec le passeport du professeur. Et elle se demandait comment le lui faire parvenir avant la frontière avec la Hongrie.

Werner était le seul passager dans l'avion de l'Institut. Le vol jusqu'à Prague durerait presque douze heures. Il alluma l'équipement électronique de bord et entreprit de planifier sa journée du lendemain. Parti de nuit, il arriverait de nuit. Plus précisément, à la même heure qu'à son embarquement aux États-Unis, heure de l'Europe centrale. Dans la succession des fuseaux horaires qu'il laissait derrière lui disparaissait une journée. Douze heures qui n'existaient pas. Une journée disparue sans laisser d'indice. Cela lui plaisait, c'était comme si un monstre avait avalé le temps. Et qu'il le retenait prisonnier, avant de le recracher à son retour.

Ayant allumé l'ordinateur, il tira de sa poche un petit boîtier qui ressemblait, en miniature, à celui que Bella avait utilisé pour scanner la rue devant l'hôtel Central Park. Sur l'écran apparurent quelques symboles en désordre. Il tapa un code de neuf caractères et les symboles formèrent une sorte de blason médiéval au centre de l'écran. Un petit tiroir sortit du cœur du boîtier qui ressemblait à un disque externe plus sophistiqué. Lorsque Werner apposa ses deux pouces sur le tiroir, le blason se brisa pour laisser apparaître une épée en 3D qui flottait à la manière d'une navette spatiale jetée quelque part dans l'univers. Dans cet espace sans gravité, l'épée évoluait lentement, permettant la lecture, sur un côté du fourreau doublé de velours rouge, de lettres d'or : « IO SOI CALIBURN FUE FECHA EN EL ERA DE MIL E QUATTROCENTO[1] ».

---

1. « Je suis Caliburn, forgé en l'an 1400 ».

Chapitre 43

La fille qui entra dans le bureau du chef de la police aux frontières était jeune, en effet, mais loin d'être mignonne. Du moins selon les critères de László. Très petite, trapue, elle portait des anneaux dans tous les endroits imaginables. Un grand dans une narine, un à chaque sourcil, et il aurait fallu une éternité pour compter ceux de ses oreilles. Elle avait des mèches de cheveux teints et un maquillage outrancier. Les ongles de ses mains étaient vert fluo. László se demanda sérieusement s'il ne fallait pas avoir peur de cette fille, et ce qu'entendait la voix quand elle avait dit qu'elle ne le lâcherait pas d'une semelle. La simple idée de perdre sa famille éloigna toutes ces pensées et il songea qu'il devait tenir jusqu'à ce que tout soit terminé et qu'il ferait tout ce qu'on lui demanderait. Il pria pour ne pas avoir à tuer quelqu'un.

La fille lui adressa un rictus – sans doute ce qui chez elle se rapprochait le plus d'un sourire –, tira une chaise à côté de celle du policier, balança son sac de la même couleur que ses ongles sur le bureau et s'assit. Puis elle fouilla dans son fatras et en sortit du vernis, des ciseaux à ongles, des limes et des coupe-cuticules. Plus un pistolet équipé d'un silencieux qu'elle agita en l'air tout en laissant crever une énorme bulle de chewing-gum rose. Cela fit tressaillir László et une expression de satisfaction apparut sur le visage de la fille. Alors elle fourra le pistolet dans son sac, se déchaussa, leva une jambe qui évoqua une patte d'hippopotame à László et posa son pied nu sur le bord de la table. Elle se pencha sur ses ongles et entreprit de faire sa pédicure.

— Vous allez rester ici combien de temps ? demanda timidement László, pour ne surtout pas la fâcher.

La fille le regarda comme s'il était fou et, au bout d'un temps qui lui sembla une éternité, elle leva les yeux au ciel, histoire de donner l'impression qu'elle se concentrait, puis elle se colla sous son nez avec ses yeux exorbités pour lui répondre :

— Le temps qu'il faudra. Autre chose ?

Des dizaines de questions lui brûlaient les lèvres. Que lui voulaient-ils ? Que voulaient-ils à sa famille ? Que devait-il faire ? Mais il n'osa rien dire de tout cela. La seule question qu'il parvint à formuler fut :

— Je fais quoi si j'ai besoin d'aller aux toilettes ?

La réponse fusa :

— Si vous avez besoin de pisser, vous allez pisser. À moins que vous ayez besoin d'aide ?

De la tête, László fit signe que non. Sur la suite des événements, la fille l'éclaira aussitôt :

— À part ça, faites comme si c'était une journée normale, les trucs que vous avez l'habitude de faire. À part ce qui se fait dehors. Ou alors, si vous devez sortir, vous m'emmenez avec vous. Je préférerais quand même que mes ongles aient le temps de sécher.

Christa remonta à bord au moment où le chef de train se hissait lui-même sur les marches. Elle frappa à la porte du compartiment. Personne ne répondit. Elle ouvrit la porte qui n'était pas verrouillée et entra. Charles s'était endormi. Christa souleva doucement la main qui reposait sur le pistolet qu'il serrait contre lui. Elle referma la porte et s'installa sur sa couchette, le dos contre l'oreiller et les pieds reposant sur un des barreaux de l'échelle accrochée au lit du haut. Elle s'endormit à son tour.

Chapitre 44

Charles se réveilla brusquement et consulta sa montre. Dehors le jour déclinait. Il était plus de 17 h 30. Il tenta de retrouver ses esprits après le rêve qu'il venait de faire. Il regarda ses mains et les passa l'une sur l'autre. Il avait rêvé qu'il avait des ongles très longs, métalliques, qui lui transperçaient la peau. Mais pas à la place de ses ongles, cela lui sortait d'entre les phalanges. La douleur lui avait paru réelle. Ses dents semblaient elles aussi plus pointues, et il avait comme un goût de sang dans la bouche. Il sauta de sa couchette, ouvrit l'armoire de toilette et se regarda dans la glace. Ses dents étaient normales. Il souffla. La photo que Christa lui avait montrée semblait l'avoir plus ébranlé qu'il n'avait voulu l'admettre.

Christa s'éveilla, elle aussi, quand elle l'entendit bondir au bas de la couchette. Elle constata qu'ils avaient fait une sieste de presque six heures. Normal après leur nuit blanche et la traversée mouvementée d'une partie de la Roumanie. Charles se réjouit de voir sa valise. Il en sortit dentifrice et brosse à dents. Il ouvrit les rideaux et se lava longuement les dents, comme s'il avait voulu effacer le sang du rêve, puis il se rasa. Christa prit un peu de dentifrice sur le bout de son doigt.

— J'ai une mauvaise nouvelle, lui annonça-t-elle. Le passeport n'était plus à l'hôtel. Je crois qu'il faudra finalement recourir à l'un de mes plans B époustouflants.

Il restait une heure et demie jusqu'à la frontière. Christa sortit son téléphone de sa poche et alla dans le couloir. Charles la rejoignit et remarqua qu'elle mettait précipitamment fin à sa conversation. Il s'alluma une cigarette. Elle se sentit obligée de s'expliquer :

— J'essaie de trouver une solution avec Interpol, qu'ils m'envoient sur le téléphone un document officiel attestant que je vous accompagne en République tchèque et que pour des raisons secret défense vous n'avez pas vos papiers.

— Il y aura quoi écrit dessus ? « C'est par mon ordre et pour le bien de l'État que le porteur du présent a fait ce qu'il a fait » ?

— Quelque chose dans le genre, mais je ne sais pas si on trouvera Richelieu à temps pour le signer.

Christa avait reconnu la phrase des *Trois Mousquetaires*.

— Et vous n'avez pas grand-chose de Milady. Je veux dire, j'espère que vous ne cachez pas un poignard empoisonné dans une de vos innombrables poches. À propos, êtes-vous consciente que vous sortez de la pièce où je me trouve dès que vous voulez téléphoner ?

— Oui, déformation professionnelle. Je vous ai dit chaque fois à qui je parlais. Et ce dont j'ai parlé.

— Mais vous ne m'avez pas raconté grand-chose sur vous. Il semble que vous sachiez tout sur moi. Je suis pour vous comme un livre ouvert. Vous ne croyez pas qu'on pourrait imaginer que vous le soyez pour moi ?

Christa coupa court :

— Il n'y a rien à dire sur moi, ce qui serait intéressant est classé et les autres détails sont d'un ennui total.

Bella convoqua ses deux compagnons dans son compartiment. Ils décidèrent que Milton irait jusqu'au wagon de Charles et Christa, quelques minutes avant l'entrée en gare de Curtici. Il attendrait que la police aux frontières monte à bord, puis il frapperait à la porte pour leur glisser le passeport. Ils ne le prendraient pas en chasse sous les yeux de la police. Bella savait que Baker avait reconnu Henry et qu'il la reconnaîtrait aussi s'il la voyait. D'ici là, elle allait réfléchir à l'attitude à avoir s'ils étaient amenés à se rencontrer.

Chapitre 45

Plus d'une demi-heure s'était écoulée, et toujours pas de réponse. Le téléphone de Christa bipa. Après avoir lu le message, elle leva vers Charles un visage où se lisait une profonde déception. Alors, Charles alla chercher son téléphone dans le compartiment.

— Vous appelez qui ? s'alarma-t-elle.

— *Ultimo ratio*, répondit Charles. Ross. Je crois qu'il est notre seule solution.

— Laissez-moi au moins quelques minutes, que je voie qui c'est. S'il a un lien quelconque avec tout ça. Vous-même avez dit qu'il aimait ce genre de petit jeu.

— N'importe quoi, comment… ?

Christa ne le laissa pas finir et demanda avec autorité :

— Nom de famille ?

À contrecœur, Charles lui répondit :

— Fetuna.

Puis il épela.

Christa ouvrit une appli et entra le nom. En attendant le résultat elle demanda :

— Ce nom vient de quel pays ?

— C'est le nom d'une ville en Polynésie française, dans le Pacifique Sud. Les gens de là-bas prennent couramment le nom de leur village.

— Ross est polynésien ?

— Sa mère. Son père est un Allemand tombé amoureux d'une autochtone pendant ses vacances. Il a ramené sa femme avec lui. Ross est né à Berlin. Il a choisi le nom de sa mère. Je crois que celui de son père lui semblait trop banal. Peut-être trop allemand. C'est tout Ross.

Christa contrôla son téléphone, appuya sur quelques touches et dit :

— Je n'ai rien à ce nom.

— C'est bien, non ? Ça signifie qu'il n'est pas fiché.

— Oui. Si vous me laissez quelques minutes, je voudrais aussi vérifier dans les bases de données de la population.

— On n'a plus le temps, dit Charles en composant le numéro.

À son tour il s'éloigna de quelques mètres. Sa conversation dura plusieurs minutes, ponctuée de quelques éclats de rire. Puis il revint devant la porte et alluma une nouvelle cigarette.

— Vous avez donc l'intention de devenir un grand fumeur ? Je croyais que les cigares, c'était de temps en temps, juste un à la fin d'une longue journée. Un caprice. Mais ces clopes !

— Je suis inquiet. Ross m'a dit qu'il ferait tout son possible, mais qu'il est un peu tard.

— Qu'est-ce qu'il peut faire ? On arrive dans peu de temps.

— Il a de la ressource. Et quand il a appris qu'on allait à Prague, il m'a dit qu'il était détaché à Vienne. Il prendra quelques jours pour qu'on se voie.

Christa voulut répondre, mais son téléphone bipa de nouveau.

— Il n'y a personne de ce nom dans la liste de tous les citoyens des États-Unis. Il n'est pas citoyen américain ?

— Si. Mais il est agent secret. Je vous l'ai dit. Ils ont dû trafiquer son identité. Comme pour Jason Bourne.

Chapitre 46

Milton entra dans le wagon juste au moment où le train ralentissait le long du quai de la gare de Curtici, le dernier arrêt en Roumanie. Christa avait cantonné Charles dans le compartiment et elle se tenait dans le couloir, le passeport à la main, en espérant que les policiers n'allaient pas ouvrir. Elle était convaincue que toute cette histoire avec Ross relevait dans le meilleur des cas de la naïveté et qu'il ne pouvait pas réussir là où Interpol avait échoué. Milton, quant à lui, se tenait à l'extrémité du wagon, attendant les autorités, prêt à accomplir le plan de Bella.

Le train s'arrêta. Personne ne descendit ni ne monta dans leur wagon. Christa passa la tête par la fenêtre. Quelques personnes sur le quai. Pas l'ombre d'un douanier ni d'un policier. Christa se dit qu'ils allaient attendre une éternité que les autorités roumaines consentent à faire leur devoir. Elle était habituée à l'arrogance lasse des douaniers d'Europe de l'Est, tout comme elle était rompue à l'autoritarisme de ceux de l'Ouest. Soudain, le train se remit en marche. Le chef de train fut pris par surprise et Milton resta bouche bée.

Dix minutes plus tard, à Lokoshaza, les douaniers hongrois montèrent à bord et menèrent leur inspection à toute vitesse. Ils demandèrent à Christa d'ouvrir la porte, ils firent sortir Charles dans le couloir. Mais ce soir-là personne ne vérifia l'identité du moindre passager. Milton fut le seul à devoir expliquer pourquoi il campait près des toilettes. Il dut retourner à sa place, avec le passeport de Charles dans la poche.

Charles adressa un sourire triomphant à Christa qui se posait de sérieuses questions sur ce Ross qui avait le pouvoir d'annuler les contrôles de la douane des deux côtés de la frontière. Cette coïncidence dépassait les bornes, mais en l'absence d'explication plausible, elle dut se résoudre à accorder sa confiance à son compagnon de voyage.

En retrait de la voie ferrée, dans le *no man's land* entre les bâtiments des douanes des deux pays, les douaniers roumains et hongrois s'étaient lancés dans un match de foot international, à l'initiative du chef de la police aux frontières hongrois qui avait mis en jeu le montant d'une année de bakchich. Dans les rangs des supporters roumains, la fièvre montait : le piètre jeu de pieds des Hongrois révélait qu'ils auraient été plus à l'aise avec un ballon à la main, sur un terrain de handball... Au beau milieu du jeu, ses jambes épaisses bien plantées dans la boue, la jeune femme aux cheveux teints, sifflet aux lèvres, tenait le rôle d'arbitre et n'avait qu'une atroce idée en tête : elle allait devoir se refaire les ongles des orteils pour la huitième fois de la semaine. Satisfaite de la solution trouvée par Fekete László, dès qu'elle vit le train quitter la gare elle abandonna les deux équipes autour d'une insoluble faute dans la surface de réparation, tourna les talons et disparut. Le chef de la police des frontières fit de même, enfourchant sa moto et mettant les gaz pour retrouver sa famille.

Chapitre 47

— Il ne nous reste plus de douane à passer, c'est déjà ça, observa Charles tandis qu'ils se dirigeaient, soulagés, vers le wagon-restaurant.

En deux heures ils seraient à Budapest. L'appétit leur était vraiment revenu, ils avaient un souci de moins et s'étaient reposés. Charles avait décidé qu'il serait pas mal de travailler un peu à leurs énigmes, maintenant qu'il avait son ordinateur.

Le serveur, dont le visage s'illumina en les voyant entrer dans le wagon-restaurant à présent archiplein, expédia des gens qui venaient de finir leur repas. Les trois individus auraient bien repris une petite *palinca,* mais le garçon leur dit que c'était un nouveau règlement européen, pas d'ivrognes dans les trains, et que le maximum d'alcool permis par personne était de trois cents millilitres. Quand ils désignèrent des types plus éméchés qu'eux, à une autre table, le patron leur répondit qu'ils n'avaient pas dépassé la limite, même si manifestement ils tenaient moins bien l'alcool. Christa et Charles retrouvèrent les places qu'ils avaient occupées dans la matinée.

Après avoir commandé l'un des deux plats à la carte – une escalope viennoise avec des frites et des cornichons –, Charles relut les pages photocopiées de la bible.

— Vous croyez que ce serveur qui a tout aurait aussi une loupe ? Je n'arrive pas à déchiffrer ce qui est écrit ici.

Christa tira le dossier vers elle. Elle s'échina à discerner quelques mots puis elle s'avoua vaincue. Charles ouvrit son ordinateur.

— C'est vrai qu'il nous faudrait de quoi agrandir ce texte, admit Christa. Mais il sera peut-être quand même très difficile à déchiffrer. Les copies sont de très mauvaise qualité. Et la partie manquante est surexposée.

— J'ai un logiciel de décryptage très intéressant. Il peut déchiffrer à peu près n'importe quoi. Des codes de substitution, de transposition, le code Atbash, les codes maçonniques, les chiffres homophoniques, polyalphabétiques. Le code de César, le carré de Vigenère, le code Playfair, les solutions de Kerckhoffs, l'inventeur de la cryptographie militaire, le langage codé des Navajos, le cryptage à clé publique, PKE ou DES, à clé secrète et d'autres codes bien plus récents. C'est un super programme.

— Laissez-moi deviner. Et vous le tenez de votre ami qui a le don d'ubiquité ? On dirait qu'il voyage avec nous. Je vais avoir envie de faire sa connaissance…

Charles se demanda si le ton ironique de Christa n'était pas empreint de jalousie. Et si elle ne voulait pas le garder, lui, rien que pour elle. Au sens où elle voudrait s'attribuer tout le mérite de la résolution de cette affaire.

— Vous savez, reprit Christa, j'ai assisté à un séminaire en collaboration avec la NSA. On nous a dit que, si on connectait tous les ordinateurs du monde – à l'époque il y en avait dans les trois cents millions, aujourd'hui sans doute plus –, en supposant que ce soit possible, il faudrait l'équivalent de dix millions de fois l'âge de l'univers pour déchiffrer un seul message crypté PGP. Alors ce programme est inutile.

— Oui, mais dans le cas présent ce code n'est pas un PGP. Ces photos, à en juger par leur aspect et leur jaunissement, et la façon dont elles se détériorent, datent d'avant la Première Guerre mondiale, et les dessins au mur du sous-sol chez mon grand-père sont aussi anciens. Ensuite, vu la manière dont est peinte la cave, j'ai l'impression qu'elle n'a pas été rénovée depuis sa construction par mon arrière-grand-père. Et c'était vers 1890. Sauf si quelqu'un a ajouté le dessin entre-temps, mais je ne crois pas. Je vais tout de même demander à mon père. De toute façon, il date d'au moins cinquante ans. Donc ça pourrait être déchiffrable. Ça pourrait même ne pas être codé du tout. Si seulement on avait l'autre moitié… Si…

Il fit une pause, comme s'il prenait conscience qu'il avait quelque chose sous les yeux depuis le départ.

— Il est quelle heure aux États-Unis ? Ici il est 22 heures et quelques. Moins huit. Il est 2 heures de l'après-midi. Je peux appeler mon père pour lui demander de prendre une photo du mur et par la même occasion je lui demanderai s'il se souvient depuis quand tout ça se trouve là-bas.

Il prit son mobile et appela. Le téléphone sonna, mais personne ne répondit. Il essaya sur le téléphone fixe. Le répondeur se déclencha et Charles laissa un message à son père, lui demandant de photographier le mur nord de la cave, celui avec le globe terrestre et l'épée, et de lui envoyer ça aussi vite que possible.

— Attention, votre montre est en avance d'une heure. On est repassés à l'heure de l'Europe centrale. Et si, disons, il s'agit d'un code à clé ? à plusieurs clés ?

— Alors il faut la trouver. Sinon ça ne sert à rien.

Charles feuilleta de nouveau les pages du dossier. Son regard s'arrêta sur les fameux chiffres apposés au bas de certaines pages. Seules quelques-unes semblaient numérotées. Il y avait deux fois les chiffres 12 et 24 et, sur la dernière, on distinguait clairement le numéro 180. Dans l'obscurité du camion, il ne l'avait pas remarqué.

— Ce ne sont pas forcément des folios. On sait que les pages des bibles de Gutenberg n'étaient pas numérotées. Et ça ne colle pas. Ces passages ne peuvent pas être aussi près du début, en tout cas pas aux pages 12 et 24, d'autant que le chiffre 12 apparaît sur deux pages différentes, et celle-ci, probablement la fin de l'Apocalypse, ne peut absolument pas être la page 180. Cela doit représenter autre chose.

— Numérologie magique ? fit Christa naïvement.

— J'espère que non. Je vous ai raconté que Gutenberg avait réussi à imprimer 180 bibles, et pas une de plus. Ce serait une trop grande coïncidence que ce numéro se trouve justement là, à la fin. Il doit y avoir un lien. Cela pourrait signifier qu'on est devant la cent quatre-vingtième bible, mais, alors, ce n'est plus la première bible imprimée, mais la dernière. Or, si le message a été conçu avant le passage en force de Fust, ce dernier était bel et bien le propriétaire de l'imprimerie au moment de l'impression de la dernière bible. Il y aurait une autre possibilité. Que Gutenberg ait su dès le début qu'il imprimerait 180 exemplaires. Mais même ça, ce n'est pas très convaincant.

— Ou alors c'est un renvoi à l'exemplaire 180. On sait lequel c'est ?

Charles hocha la tête d'un air de doute.

— Ou c'est tout à fait autre chose, reprit-elle.

Le professeur retourna à la page au texte tronqué et le regarda de nouveau de très près.

— Peut-être que le plastique empêche de bien voir. Ça reflète la lumière… fit-il, tout en sortant la photo de la pochette, et il laissa sa phrase en suspens parce qu'il se rendit compte qu'une autre était collée derrière. Il tira un coin pour les décoller.

— Vous allez tout déchirer, intervint Christa qui venait de comprendre.

Elle prit délicatement les documents des mains de Charles, puis son briquet posé sur la table. Elle leva le papier afin que la flamme ne l'atteigne pas et balaya la feuille. Le premier réflexe de Charles fut de lui arracher le document, mais le regard de Christa l'arrêta tout net. Elle semblait savoir ce qu'elle faisait. Charles retint son souffle jusqu'à ce que Christa repose le briquet. Elle prit les deux documents par le même coin et tira dessus très délicatement. Les pages se décollèrent aussi facilement qu'un autocollant de son support. Charles eut un regard admiratif pour Christa. Mais bien vite, ses yeux furent attirés par ce que révélait la page qu'elle posa sur la table. Ils la contemplèrent, comme foudroyés par la surprise.

— Un nouveau message ? demanda Christa.

Le regard de Charles passait des documents à Christa, et vice versa. Il s'agissait de la photo d'un dessin très étrange. Au premier plan, on distinguait une sorte de champ, au dernier également, et au centre de l'image s'élevait ce qui ressemblait à une ville formée d'innombrables gratte-ciel. En fond, on devinait le ciel, avec des collines ou des nuages. Le cliché noir et blanc était très pâle et les tours qui ressemblaient à celles du centre d'une métropole moderne se diluaient dans un vaste éventail de gris décolorés par le temps.

— New York ? tenta Christa. Ou une ville du futur ? Metropolis ?

Charles ne savait pas quoi répondre. L'étonnement lui avait coupé le souffle.

— Ce papier s'est peut-être collé tout seul sur la table du photographe…

Après avoir vérifié l'épaisseur des autres pages du dossier, il ajouta :

— On dirait que c'est la seule qui cachait quelque chose. Ça a dû se coller là par hasard.

— C'est la photo d'un dessin, c'est évident. Ce n'est pas un lieu qui existe vraiment, fit Christa.

— Ou alors c'est la photo d'une maquette. Mais il est clair que ça ne pouvait pas figurer dans les pages de la bible de Gutenberg.

— Pas plus que le texte de Kafka écrit cinq cents ans après l'impression de la bible.

Christa fit une pause. Elle prit sur la table la page avec la moitié de parchemin, sortit son téléphone et ouvrit une application de scanner. Elle photographia le texte et sauvegarda le résultat.

> ERS PERMITTED TO HAVE A NAME ?
> RIED AND A OLD PROPHECY ERECTED
> NOW AND HAVE FAITH, STEEL
> HIS KEY, NOT THE DOOR, THE STONE
> OF YEARS.
> A AFTER ?

Elle fit signe au garçon et lui demanda un morceau de papier et de quoi écrire. Il arracha deux pages à son carnet et les lui tendit. Christa agrandit le texte, le rapetissa, le promena d'un côté à l'autre de l'écran du téléphone et répéta l'opération plusieurs fois. Dès qu'elle distinguait quelque chose, elle le notait. Quand elle eut terminé, elle posa le papier entre eux.

— J'espère que j'ai bien interprété les fameux caractères de Gutenberg. Regardez, en très grand, les lettres sont très claires, dit-elle en zoomant.

Le texte retranscrit ressemblait à ceci :

ERS PERMITTED TO HAVE A NAME ?
RIED AND A OLD PROPHECY ERECTED

NOW AND HAVE FAITH, STEEL

HIS KEY, NOT THE DOOR, THE STONE
OF YEARS.
A AFTER ?

« ERS PERMIS D'AVOIR UN NOM ?
ET UNE VIEILLE PROPHÉTIE LEVÉE

MAINTENANT ET CROYEZ, ACIER

SA CLÉ, PAS LA PORTE, LA ROCHE
DES ANS.
UN APRÈS ? »

Chapitre 48

L'avion de l'Institut atterrit dans la zone privée de l'aéroport Ruzyně, rebaptisé Václav-Havel, de République tchèque. Une limousine noire attendait Werner sur le tarmac. Le chauffeur le détailla de la tête aux pieds tout en lui tenant la portière. Il n'en revenait pas qu'un hôte d'une telle importance porte un costume si chiffonné et des Adidas.

Il songea à lui proposer de faire venir une camériste pour s'occuper de ses vêtements, mais l'ordre avait été donné que personne à part lui ne s'approche de la villa avec piscine sur un terrain de trois mille mètres carrés située dans le quartier de Troja, septième district de Prague, sur les bords de la Vltava.

Depuis l'arrière de la voiture, Werner demanda au chauffeur si tout était prêt. Le chauffeur acquiesça. La voiture qu'il avait requise, un petit modèle automatique, équipé d'un GPS performant programmable en anglais, était à sa disposition.

Werner avait aussi souhaité disposer dès le lendemain matin des deux meilleurs agents, un homme et une femme, que comptait l'Institut en Europe de l'Est.

Il vérifia que les systèmes de surveillance avaient effectivement été installés. Il sortit son téléphone portable, le non officiel, et composa un numéro.

L'homme habillé en motard, allongé sur sa couchette, santiags contre la paroi du compartiment, jouait avec une balle de tennis. Il jetait la balle qui frappait le sol puis les parois, rebondissant sur la vitre au-dessus du lavabo, sur la fenêtre, avant de revenir dans sa main. Il lançait et rattrapait avec habileté. Même quand le train tremblant sur les rails donnait l'impression de se démembrer. Il répondit à Werner, marmonna plusieurs oui et poursuivit son jeu au même rythme.

Chapitre 49

Tous deux examinaient la transcription de Christa. Elle avait fait du bon travail. Il comprenait les mots, mais il en manquait trop pour que le texte soit intelligible. À l'évidence, il avait besoin de l'autre moitié. Alors il abandonna la transcription, ferma l'ordinateur et reprit le dessin avec les gratte-ciel.

Il l'observa, se creusant la tête. C'était trop. Il reposa le papier, dos à dos avec la photo dont Christa l'avait détaché, referma le dossier et le repoussa d'un geste ostentatoire.

Il décida de laisser tomber pour l'instant cette impasse. Tout en réfléchissant à autre chose, il avisa un dépliant touristique vantant les voyages en train à travers la Hongrie. Au verso, un schéma représentait le trajet jusqu'à Prague avec tous les arrêts. Il n'avait pas remarqué le document plus tôt. Puisqu'il était rédigé en hongrois, il avait dû être déposé là après le passage de la frontière. Il consulta le trajet du train et vit que, parmi les villes traversées, après Budapest figurait Vişegrád.

— Regardez, on n'arrête pas les coïncidences. On va passer par la ville où Țepeș a été retenu prisonnier pendant plus de dix ans.

— D'ailleurs, si on poursuivait notre jeu en essayant d'imaginer ce qu'il se serait passé si l'histoire avait été vraie ?

Christa avait observé comment l'esprit de Charles se mettait en marche. Une petite impulsion suffisait. Elle continua pour l'aiguillonner :

— Vous avez dit qu'après la visite en Albanie il se rend à Florence, à Mayence puis rentre chez lui. C'est à ce moment-là qu'il est arrêté ?

— Non. Pas du tout. Il se prépare alors tout juste à remonter sur le trône pour son règne le plus long. Un règne d'à peine plus de six années.

— Mais si le message est si dangereux et que Gutenberg, espionné, se fait confisquer son imprimerie, pourquoi Vlad n'est-il pas inquiété ?

— Encore une bonne question. Si seulement nous connaissions la nature du message et où il voulait distribuer les bibles, en supposant que tout cela est vrai, alors on y verrait plus clair. Là, nous sommes sur les sables mouvants des suppositions et ça, ce n'est jamais bon, pour un historien.

— C'est vrai, mais il arrive souvent qu'une hypothèse fantaisiste conduise à découvrir la réalité.

Charles était impressionné par la finesse de cette fille aux cheveux courts, avec de grandes mains aux ongles rongés jusqu'à la chair et des cicatrices dans le cou.

— On peut dire ça. Il est possible que le danger évoqué dans le message n'ait concerné que les États allemands ou les Autrichiens. La maison de Habsbourg louchait continuellement sur le trône de Hongrie. Toute cette histoire aurait pu arranger Matthias Corvin. Il a peut-être même pensé que ça l'aiderait à mettre plus vite la main sur la couronne. En tout cas, c'est une raison liée à cette affaire de message qui le poussera à arrêter Vlad, six ans plus tard, pour l'enfermer à Vişegrád, expliqua Charles en tapotant de l'index le nom de la ville sur le dépliant.

— Mais vous avez dit qu'il a mené une guerre de communication qui fera de Vlad un Dracula. Pour détruire sa crédibilité.

— Il en fait un monstre. La version du vampire, c'est Bram Stoker qui s'en chargera quatre cents ans plus tard.

— Et le message que voulait faire passer Vlad ne pourrait pas être un moyen de contrer cette entreprise de discrédit ?

— Je suppose que oui, dans le monde infini des hypothèses. Je n'en ai trouvé confirmation nulle part. Et pourtant j'ai retourné le moindre document de l'époque.

— Et quelle est votre version ?

— La mienne ? Ce n'est pas obligatoirement la mienne. C'est celle de l'historiographie officielle. Il n'y a aucune certitude, mais c'est la plus probable.

Christa attendait la suite. Charles aimait défier des interlocuteurs intelligents qui parvenaient à lui répondre. Il avouait faire cours non pour enseigner, mais pour apprendre des étudiants. Selon lui, l'essentiel était dans ses livres, et quand une conférence lui avait permis de faire des rencontres marquantes, il lui était arrivé de restituer purement et simplement sa rétribution aux organisateurs. Le public des cours ou des conférences avait en général lu ses ouvrages et venait pour le spectacle qu'il offrait. Souvent, les étudiants pariaient sur la façon dont il aborderait tel ou tel sujet en cours. Ou bien ils le mettaient au défi d'identifier un document trouvé dans d'obscures archives, espérant l'embarrasser. Il n'était pas rare que ses anciens étudiants reviennent assister à ses cours. Les amphithéâtres étaient toujours pleins, et en deux heures les billets épuisés. Sa matière préférée restait l'histoire de la propagande et de la manipulation. Le domaine était si vaste, les sujets si intéressants et inattendus, la participation de la salle si intense qu'aucun cours ne ressemblait à un autre. Les étudiants savaient qu'il avait été le cerveau de la campagne du président Obama et qu'il était le précurseur de l'utilisation à grande échelle d'Internet et des réseaux sociaux dans une campagne électorale. Son objectif avait été non seulement de convaincre l'électorat de voter pour son candidat, mais aussi de pousser le plus grand nombre de personnes à s'inscrire pour voter.

Le mot « propagande » avait été inventé au XVIIe siècle par l'Église catholique en pleine contre-réforme, expliquait le professeur. Mais le phénomène que ce mot recouvrait existait depuis toujours. Le serpent convainc Ève de goûter au fruit défendu, et elle désobéit justement parce que c'est interdit. C'était un exemple de propagande inversée, ou, pour le dire autrement, de manipulation. Un autre exemple : Les Assyro-Babyloniens inscrivaient la liste de leurs victoires sur les pierres à l'intérieur des cités, pour montrer leur puissance et leur invincibilité : c'était de la com ! La ruse du cheval de Troie racontée par Homère rappelait la fourberie des Achéens. La grandeur d'Athènes ainsi décrite ne pouvait laisser insensible aucun auditeur.

Les études des meilleurs sociologues, expliquait Charles devant son auditoire, montraient qu'aucune décision d'achat de biens n'intervenait de manière rationnelle. Le grand défi du marketing (évolution marchande de la propagande) était de convaincre que le bénéfice rationnel des uns faisait le bienfait émotionnel des autres : les acheteurs.

L'argument rationnel succédait toujours, selon Charles, à l'achat. Pour ne pas être ridicule après une acquisition, on trouve toujours le moyen de se justifier. Sinon, expliquait le professeur, on se retrouve dans un atroce conflit intérieur, une situation nommée « dissonance cognitive ». Or, personne ne pouvait se trouver en permanente contradiction avec son moi. Il n'y avait que deux solutions : devenir fou et se suicider ou se convaincre d'avoir eu raison... Raison, mais à moitié, puisque tout le reste était émotion, la question ne se posant plus de vendre, mais de se centrer sur l'action d'achat. Dans sa démonstration, le professeur prenait l'exemple de dix voitures récentes, de marques différentes, au même prix, 10 000 dollars, par exemple. Quelle était la différence réelle entre ces voitures ? Aucune. Tout était dans la marque du fabricant et dans sa façon de provoquer l'acte d'achat.

Il citait souvent l'anthropologue Claude Lévi-Strauss, auteur d'une étude sur les membres d'une tribu australienne confrontés pour la première fois de leur vie à la diffusion d'un film. Interrogés sur ce qu'ils avaient vu, presque tous avaient répondu rien. Ils n'avaient aucune pratique de cette façon de refléter le monde. Ils ne comprenaient pas la convention, le langage. Un homme seulement avait répondu contre toute attente qu'il y avait vu une poule. Les anthropologues avaient été obligés de se repasser le film au ralenti pour observer finalement qu'il y avait une scène où une poule traversait bien le champ de la caméra. « Nous ne reconnaissons que ce que nous connaissons », déclarait Charles à ce stade de son cours. Après avoir habitué les indigènes aux films, les scientifiques leur avaient montré des productions plus modernes utilisant l'ellipse. Aucun de leurs spectateurs ne comprenait comment un homme pouvait entrer dans une maison et subitement apparaître au lit, à son réveil. Il leur manquait le déroulement naturel des actions dans le temps. Des choses qui nous paraissent naturelles sont en réalité le fruit de décennies d'entraînement du cerveau. Si un homme d'il y a quatre cents ans pouvait être parachuté dans notre présent, il ne serait pas capable de s'adapter à notre monde actuel. Il mourrait de peur à la vue de la première automobile, comme ces autruches dans une ferme en bord de route qui mouraient d'un arrêt cardiaque lorsqu'elles apercevaient un camion venir à toute vitesse dans leur direction.

Souvent, Charles demandait aux personnes dans le public comment elles choisissaient leur shampoing. « Vous avez deux heures pour faire les courses de la semaine pour votre famille. Combien de temps allouez-vous au choix du shampoing ? Deux minutes ? Cinq ? Combien de shampoings sont en rayon ? Quelques dizaines ? Des centaines, peut-être ? Comment avez-vous le temps de tout regarder en cinq minutes ? Vous ne voyez que ce que vous reconnaissez. Comme les autochtones australiens de Lévi-Strauss. »

Chapitre 50

Le Moyen Âge, la période préférée de Charles, surtout à partir du XIe siècle. Il s'était fixé comme moment de référence la dispute entre les nominalistes et les réalistes, plus connue sous le nom de « querelle des universaux ». C'était selon lui le moment le plus intéressant, celui où l'humanité s'était éveillée d'une nuit de presque mille ans. Dans l'histoire de la propagande et de la manipulation, sa préférence allait aux *Commentaires* du pape Pie II, de son vrai nom Enea Silvio de Piccolomini, et le contexte dans lequel ils avaient été écrits. C'était précisément ce dont il parlait avec Christa.

— S'installe alors au Vatican un des papes les plus intéressants de l'histoire, à mon goût. Un pape qui a vécu sa vie de la façon la plus tumultueuse. Des enfants illégitimes – mais la plupart en avaient, pour ne pas dire tous –, auteur de littérature profane, véritable humaniste – la Renaissance avant l'heure –, d'origine aristocratique. Un Toscan de Sienne. Il conduit en 1439 le concile de Florence qui aurait dû être une réconciliation et même une réunion des deux Églises chrétiennes après le grand schisme. L'union est décidée, mais le patriarche byzantin meurt sur le chemin du retour et son successeur ne veut plus entendre parler de rien. Si bien que le pape, un des rares dirigeants de l'époque qui prenait au sérieux le danger ottoman, veut organiser une nouvelle croisade. L'Europe ne pense plus aux Turcs. Elle a d'autres chats à fouetter. L'Angleterre est en pleine guerre des Deux-Roses. Les États germaniques sont dans le chaos. Le roi de France est trop faible, las, et trop préoccupé par son propre sadisme. À Naples, Ferrante est lui aussi concentré à repousser les Français. Les cités-États de Venise, Milan, Rimini, Gênes et Florence n'ont pas plus envie de s'en mêler. Les Polonais ont leurs combats contre les Teutons, et le grand-duc de Lituanie ne tient pas à y laisser sa peau, comme son prédécesseur dans la bataille de Varna. Étienne le Grand de Moldavie a lui-même une affaire à régler avec Matthias Corvin qui ne veut pas lui livrer l'assassin de son père et jure vassalité à la Pologne. Même Skanderbeg, vieil ennemi des Ottomans, est fatigué et désire la paix. Le pape envoie un messager du nom de Fra Ludovico au diable vauvert pour convaincre des dirigeants aux noms exotiques de participer à la croisade. Les seuls qui paraissent intéressés sont d'une part d'autres musulmans, le beau-frère du sultan qui règne sur l'Iran, et d'autre part le roi d'Arménie, les voïvodes de l'Iméréthie de la Mingrélie, aujourd'hui en Géorgie, de l'Abkhazie et l'empereur grec de Trébizonde.

— Plutôt colorée, cette armée. L'Asie Mineure était à l'époque morcelée, et tous ces seigneurs étaient en quelque sorte des chefs de tribu.

— Oui, mais ils avaient des armées et de l'or. Vlad Țepeș et Matthias Corvin décident donc de se joindre à la croisade. En 1460 au congrès de Mantoue le pape avait émis la bulle en faveur de la croisade, promettant à quiconque y participerait le pardon de ses péchés. En août 1462, quand les armées de Matthias doivent rejoindre les troupes de Vlad, Corvin arrête Țepeș. Personne ne s'attendait à cela.

— Pourquoi fait-il ça ?

— Matthias Corvin est le fils de Iancu de Hunedoara, bien qu'il ne lui ressemble pas vraiment. Il est plus intelligent que son père, mais il est plus intéressé par la politique que par les guerres. Et il ne voue pas la même haine aux Ottomans. Les raisons de l'arrestation de Vlad ne sont pas très claires. Matthias semble avoir saisi l'opportunité. Alors qu'il se trouvait à Brașov en compagnie de Vlad, il apprend que le psychopathe d'empereur Frédéric III, son principal rival pour le trône de Hongrie, est arrêté à Vienne par des citoyens qui se sont révoltés contre l'augmentation des taxes. Matthias comprend aussitôt la chance qui se présente, il subtilise l'argent du pape, mais comme il ne veut pas être pris et qu'il veut en finir avec la croisade pour se consacrer à sa lutte pour le trône, il trouve un bouc émissaire.

— En la personne de ce pauvre Dracula. Non, mais quel salaud !

Charles faillit s'étouffer de rire devant la réaction partisane de Christa. Elle lui faisait l'impression d'une spectatrice au cinéma, qui prendrait fait et cause pour les héros défaits par les méchants.

— Ils étaient tous pareils à l'époque, et ils le sont encore aujourd'hui. C'est ça, la politique. Il se trouve que Matthias Corvin a été un grand roi. Et même le premier grand souverain de la Renaissance en dehors de l'Italie. Il a modernisé la Hongrie et l'a transformée en grande puissance. Il a conquis Vienne avec son « armée noire », comme il l'appelait. Il a beaucoup construit. Et tout ce qu'il a érigé, le palais de Vişegrád où Ţepeş allait être un prisonnier de luxe par exemple, compte parmi ce qu'il y a de plus beau. Et nous allons passer à côté ! Il a fait appel à des architectes italiens, s'est entouré d'humanistes. Il a invité certains d'entre eux à venir à Buda et il leur a accordé mille privilèges pour les convaincre. Il parlait couramment italien et d'autres langues. L'un de ses biographes affirme qu'il maîtrisait toutes les langues d'Europe, à part le grec et le turc. Il s'est marié avec une Italienne, Béatrice de Naples. Il a eu comme mentor le philosophe Marsile Ficin. Il a fait travailler de grands artistes, parmi eux, Filippo Lippi et Andrea Mantegna. Il a encouragé les débats pétris d'idées platoniciennes. Et, chose la plus extraordinaire de mon point de vue, il a construit l'une des plus grandes et des plus riches bibliothèques d'Europe, à cette époque-là, la Bibliotheca Corviniana. Il lisait énormément. Parmi ses livres préférés se trouvait la biographie d'Alexandre le Grand, par Quinte-Curce.

Christa en était bouche bée. Charles avait les yeux qui brillaient quand il parlait des grands hommes. Elle n'avait plus aucun doute. Il devait être l'élu.

— Malheureusement, à peine plus de trente ans après sa mort, la Hongrie a été réduite en cendres par les Ottomans à Mohacs et transformée en pachalik.

— Et Ţepeş ? demanda Christa à mi-voix.

— Pour masquer ses véritables intentions et passer l'argent en pertes et profits, Matthias Corvin a monté de toutes pièces une trahison de Vlad. Les Saxons exécraient ce dernier, d'autant plus qu'il avait commis des atrocités contre les Germains et en particulier dans les églises et les monastères du sud de la Transylvanie. Ils ont donc produit trois lettres prétendument adressées par Țepeș au sultan, dans lesquelles il lui jurait éternelle soumission pourvu qu'il le sauve des chrétiens. Ces documents sont connus sous le nom de « lettres de Rothel », du nom de l'endroit où elles auraient été écrites. Inutile de dire que personne n'a jamais entendu parler de ce lieu. L'auteur des faux, plutôt bête et à court d'imagination, a légèrement modifié son nom et l'a transformé en nom de localité. Il s'appelait Johan Reudell. Il est très probable que la décision de Matthias Corvin ait été influencée par les destructions de Vlad et autres horreurs portées aux oreilles du roi.

— Bon, il l'a arrêté. Quel besoin avait-il d'en faire un monstre ?

— On y vient. Les grandes puissances et ceux qui avaient contribué aux croisades avaient confiance en Vlad et les explications ne les ont pas du tout convaincus. Vlad était considéré comme un héros dans le combat contre les Ottomans dans les Pays roumains et un précieux obstacle sur le chemin du conquérant de Constantinople. Le doge de Venise, Cristoforo Moro, n'a pas cru Matthias et a demandé à son ambassadeur Pietro Tommasi de découvrir ce qu'il s'était réellement passé. Résultat, ce dernier fut expulsé de Buda par Matthias comme *persona non grata*. Les Vénitiens soupçonnaient même Matthias Corvin d'avoir conclu un accord secret avec les Turcs. Les autres participants aux croisades ont eu des réactions similaires. Le pape lui-même a envoyé son légat, Niccolo de Modrussa, en espion à Buda. Il est parvenu à voir Ţepeş dans sa cellule. Matthias s'est alors retrouvé en bien mauvaise posture, ce qui a donné naissance à la plus vaste campagne de diffamation de toute l'histoire.

Le serveur finit par leur apporter à manger. Charles étudia d'un œil presque scientifique l'escalope panée ultrafine, mais d'une longueur exagérée qu'il avait dans l'assiette. Il tenta en vain de soulever la croûte pour voir s'il y avait réellement de la viande entre les deux couches de panure. Il rendit les armes. Il avait tellement faim qu'il avala le tout en quelques minutes. Christa fit de même. Puis Charles eut envie d'un *single malt*. Ils avaient du Lagavulin. Il commanda un double avec des glaçons et le serveur lui promit d'ouvrir une nouvelle bouteille parce que celle qui était entamée avait peut-être été un peu coupée.

Lorsqu'ils entrèrent en gare de Vişegrád, Charles voulut savoir si le wagon-restaurant restait ouvert. Techniquement, le bar fermait à 1 heure du matin, lui répondit le serveur, mais étant donné qu'il ne rentrerait chez lui que le lendemain et qu'il aurait le temps de dormir, il proposa de retarder la fermeture d'une heure ou deux.

— Tout a commencé par les histoires des Saxons, reprit Charles. Et avec un certain troubadour ou trouvère, ou encore minnesänger, de l'époque : Michael Beheim. Dès l'hiver 1463, il avait composé un poème intitulé « Les actes d'un dément nommé Dracula de Valachie » qui lui servait à distraire l'empereur

Frédéric III, un autre sadique d'ailleurs. Très vite, d'innombrables histoires allaient apparaître et se multiplier à l'infini. Certaines justement grâce à l'essor de l'imprimerie. Il existe même un recueil sur Țepeș, publié par Gutenberg lui-même, qui porte sur la couverture une lithographie représentant Țepeș déjeunant au milieu d'une forêt de pieux. Pourquoi a-t-il fait ça, si l'argent qu'il a eu pour démarrer lui venait justement de Țepeș ? Ici ça ne concorde pas. Enfin.

— Et que racontaient ces récits ?

— Qu'il était un criminel sadique. Un criminel de masse qui torturait et tuait sans distinction, hommes, femmes, enfants, vieillards. Il commençait par les empaler, ce supplice étant sa marque de fabrique, même s'il n'en est pas l'inventeur. Son cousin Étienne le Grand s'est aussi consacré à cette occupation, pendant un temps. Quant aux Saxons qui criaient au scandale, il semblerait qu'ils aient eux-mêmes inventé ce type d'exécution. C'était une mort atroce, parce qu'ils prenaient soin que les organes vitaux ne soient pas touchés et que les suppliciés meurent lentement, dans des souffrances abominables. Mais ce n'était que la partie émergée de l'iceberg, menée à une échelle industrielle. Les histoires d'horreur racontent que Țepeș écorchait les gens, qu'il les faisait bouillir – il a parfois été accusé de cannibalisme –, qu'il les décapitait, leur arrachait les yeux, les brûlait, les étranglait, leur coupait les oreilles, le nez, la langue, les organes génitaux. Le plus souvent pour des raisons obscures ou carrément inventées. Le portrait que dressent ces chroniques est celui d'un fou, violent, assoiffé de sang et très cruel. Circulent aussi les histoires d'ambassadeurs turcs qui, n'ayant pas voulu ôter leur turban devant lui, se les virent clouer sur la tête. Il aurait réuni dans un hangar les voleurs, les mendiants, les invalides sous le prétexte de les nourrir, et il y aurait mis le feu. Une sorte d'eugénisme hitlérien avant l'heure. Quatre cents ans plus tard, le plus grand poète roumain, Mihai Eminescu, écrit un poème admiratif à son sujet, proposant cette solution pour éradiquer la corruption du pays. On raconte encore que Țepeș écorchait les pieds des prisonniers, qu'il les frottait de sel et les faisait lécher par les animaux. Il a contraint Dan, l'assassin de son père, à creuser sa tombe et il l'y a enterré vivant. Puis il a changé d'avis, l'a déterré et lui a coupé la tête. Il coupait les seins des femmes et les donnait à manger aux enfants. Il avait un tel problème avec les femmes – pas la peine d'entrer dans les détails – qu'un psychanalyste en aurait conclu qu'il était impuissant et que c'était sa forme de satisfaction sexuelle. Le pal aurait été le pénis qui lui manquait. Bref, toutes les horreurs qu'on pouvait imaginer lui étaient attribuées.

— Tout ça était-il vrai ?

— On dirait que oui. Mais il faut considérer ça dans le contexte de l'époque. Tous les dirigeants étaient criminels et sadiques. Que faisait le pape Borgia à ses ennemis ? Que faisait l'Inquisition à des innocents ? Deux cents ans plus tard les protestants brûlaient à tour de bras des sorcières après les avoir torturées. Ludovico Sforza, Baglioni, Orsini, Colonna, Malatesta commettaient eux aussi des crimes abominables. Louis XI, le « roi araignée », pendait de très jeunes gens dans les arbres jusqu'à ce qu'ils se dessèchent ou il les enfermait dans des cages comme des rats. Et Ferrante, le grand

Ferdinand de Naples, le grand-père d'Alphonse, l'éphémère époux de Lucrèce Borgia, a traité ses opposants un peu comme Țepeș l'a fait avec ses boyards : il les a momifiés et s'en est fait un musée privé où il amenait tous ceux qui avaient la mauvaise idée de lui rendre visite. Le problème n'était pas seulement les horreurs en elles-mêmes, mais le fait que Țepeș les cumulait, et dans des proportions hallucinantes : 20 000 victimes ici, 40 000 là, 100 000 ailleurs. Ces atrocités sont probablement en partie réelles, mais leur nombre était impossible à atteindre. La Valachie ne comptait à l'époque pas plus de 500 000 habitants. Et, à un moment donné, la propagation de ces intox s'est arrêtée, mais les livres continuaient à paraître. Ils étaient devenus des best-sellers. Les gens attendaient avec impatience de lire le récit de toutes ces cruautés. Voilà comment est apparu l'ancêtre du genre horreur d'aujourd'hui et de la « littérature gore ». On doit tout ça aux imprimeurs allemands.

— Donc on ne sait pas où se termine la vérité et où commence la légende ? fit Christa d'un air déçu.

— Non. Ce que nous savons en revanche, c'est qu'a bel et bien existé un seigneur célèbre pour sa cruauté, qui était probablement réelle, mais très exagérée. Nous savons aussi qu'un incroyable outil de communication a été testé et a montré son efficacité et la rapidité avec laquelle un message pouvait être colporté. Plus le message est terrible, plus vite il se répand. C'est un des premiers phénomènes de viralité de l'histoire.

— Vous parlez de marketing viral ?

— Oui. Avant la lettre. Multiplication exponentielle par le bouche-à-oreille. Si l'on raisonne en termes de *real politik*, tout criminel qu'il fut, à l'échelle historique, ses actes ont plutôt été bénéfiques. La terreur qu'il a provoquée dans les rangs des catholiques a empêché la population orthodoxe de basculer en faveur du catholicisme. Il a donc préservé la religion locale. Les commerçants de Transylvanie n'ont pas pu dominer le marché, et les Roumains en ont tiré profit. Dans la Valachie, il a encouragé les artisans, avec lesquels il entretenait une relation privilégiée et qu'il défendait, y compris contre les boyards, à produire et à vendre. C'est pour cela qu'ils l'ont soutenu et suivi en tout, tandis que les boyards l'ont trahi. En plus, après que Matthias Corvin l'eut remis pour la troisième fois sur le trône, les Turcs ont eu la trouille et ont réfléchi à plusieurs fois avant d'attaquer, tant l'image de la forêt de pals était impressionnante.

— C'est pour ça qu'il a été transformé en vampire.

— Non. C'est un écrivain irlandais, qui n'avait jamais mis les pieds en Roumanie, mais aimait les histoires gothiques, qui s'est inspiré des quelques textes de l'époque. On ne sait pas, par exemple, si l'histoire du sang est véridique. Țepeș se serait livré à un rituel assez marginal : à la fin d'une grande bataille, le vainqueur buvait une coupe du sang de l'ennemi le plus gradé qu'il avait tué.

— Et l'histoire se termine comment ?

— Țepeș est réinstallé sur le trône pour une nouvelle offensive contre les Ottomans. Il est trahi par Laiotă Basarab et décapité, sa tête envoyée à Constantinople.

— Et si toute cette campagne de diffamation était liée, en fait, au grand secret que Vlad aurait caché dans les bibles ? Si le message dissimulé dans les bibles était si dangereux pour l'*establishment* que ses membres s'étaient alliés pour, disons-le comme ça, empêcher à tout prix la grande révélation ? Et si les historiens avaient découvert ce fil conducteur de la manipulation qui part du *Codex Gigas*, mais qu'ils étaient passés à côté de la véritable raison pour laquelle un tel mécanisme d'intox a été mis en place ? Alors nous serions dans la même situation. Nous savons quand, comment, mais pas pourquoi. À quel sujet devez-vous tenir votre langue ? On l'ignore. Pourquoi Țepeș devait-il être transformé en scélérat ? Le fait qu'il n'ait pas été éliminé suggère soit qu'on le garde pour qu'il s'exprime au sujet du message, niant ou confirmant l'avoir envoyé, soit que le message a totalement échappé à son contrôle. Et si le message refaisait surface et ne pouvait plus être intercepté ? Imaginons que ce n'est plus qu'une question de temps, que la révélation de ce message, quel qu'il soit, est imminente. Réduire à néant la notoriété de son auteur, sa crédibilité, le transformer en un fou échappé dans la nature, ne serait-ce pas la seule solution ? Vous dites que si on tue ce que vous êtes, on n'a même plus besoin de vous éliminer physiquement. Que vous seriez fini. Et si c'était ce modèle, qu'on reproduisait ?

— C'est possible, répondit Charles qui avait suivi le raisonnement de Christa avec beaucoup d'attention. Malheureusement, c'est peu probable.

— Peut-être pas. Vous voyez bien qu'il se passe des choses sérieuses autour de vous. Graves. Et si vous étiez tombé sur un gros truc ? Moi je pense qu'on devrait se concentrer sur ce que pourrait être ce message. Alors seulement nous pourrons savoir si cette théorie tient la route.

— C'est-à-dire qu'il faut trouver la Bible perdue. Si elle existe.

Chapitre 51

Il était déjà plus de 1 heure du matin, le train quittait Bratislava, la capitale slovaque, quand Bella sentit un énorme creux à l'estomac. Elle n'avait rien avalé depuis presque vingt-quatre heures, à part quelques biscuits salés et deux litres de Coca-Cola achetés à la gare. Elle avait alors envoyé Milton en éclaireur jusqu'au wagon-restaurant pour s'assurer que tout danger était écarté et qu'elle pourrait s'y rendre ou, mieux encore, qu'il pourrait rapporter de quoi grignoter. Quand elle entendit frapper à la porte, elle l'ouvrit donc en grand. Une seconde suffit pour qu'une main vienne l'égorger, d'un seul mouvement. Bella hocha un peu la tête, cligna des yeux puis tomba à la renverse. L'homme au blouson de motard l'observa quelques secondes puis, peut-être par pitié ou parce que le bruit le dérangeait, il se pencha, lui prit la tête entre les mains et la tourna violemment. Le râle cessa.

Milton se retrouva nez à nez avec Charles entre deux wagons. Il se réjouit que le duo ait quitté sa table, mais il vit par la porte vitrée du restaurant que les serveurs enlevaient les nappes et faisaient le ménage. Il entra et insista pour acheter quelque chose à manger. Après avoir essayé de lui faire comprendre que c'était fermé et que la cuisine l'était aussi, un serveur lui donna les deux portions qu'il avait mises de côté pour son collègue et lui. Avec ce qu'ils avaient gagné ce soir-là, ils pourraient bien s'offrir un petit déjeuner copieux dans le centre de Prague. Après quelques minutes d'attente, Milton rentrait donc victorieux. Il frappa à la porte de Bella, personne ne répondit ; il entra, mais le faible éclairage du couloir ne suffisait pas à y voir, et il chercha l'interrupteur à tâtons, tout en tenant les deux assiettes en équilibre. Au moment où il trouva l'interrupteur il sentit une cordelette d'acier lui serrer le cou. Il lâcha les assiettes, mais il était trop tard. Le filin lui avait sectionné la carotide. Dans un dernier sursaut il poussa sur ses pieds, mais le sang noyait déjà le col de sa chemise. L'assassin ne desserra son collet qu'à l'instant où Milton cessa de se débattre.

Le motard éclaira le compartiment, se fit de la place en poussant les cadavres avec le pied et entreprit de fouiller dans les affaires de Bella. Il ouvrit les deux ordinateurs et inséra dans l'un puis dans l'autre une clé USB démarrant un programme pour effacer toutes les données de leurs disques durs. Puis il les écrasa sous son talon avant de les balancer par la fenêtre. Il trouva le passeport de Charles et l'empocha. Puis il sortit sans bruit en prenant soin de bien refermer la porte. Il s'assura qu'il n'y avait personne dans le couloir et frappa à la porte voisine. Julius Henry était couché et n'avait aucune envie d'aller ouvrir. Alors il cria à celui qu'il croyait être Milton d'entrer. Mais on frappait encore à la porte, alors le géant se leva en râlant et actionna la poignée. Le couteau se planta directement dans son œil gauche et un violent coup de pied dans l'estomac le projeta contre la fenêtre. Le géant se précipita sur l'agresseur, mais celui-ci s'esquiva et Henri se retrouva propulsé contre la porte, le manche du couteau pénétrant encore plus profondément dans son crâne. Il hurla de douleur. Par-derrière, le filin inexorable se déploya et le fit s'écrouler. Alors que l'assassin fouillait le compartiment, son téléphone vibra et s'alluma. Sur l'écran apparut un chronomètre qui affichait un compte à rebours à soixante minutes. Aussitôt une carte signala Brno et un point rouge se mit à clignoter. Il s'assura que dans le sac rectangulaire utilisé par l'équipe de Bella à Sighişoara tout se trouvait en place et il y jeta le passeport de Charles, puis il s'assit sur la couchette en attendant d'arriver à Brno, la deuxième plus grande ville de République tchèque. Les pieds sur le dos du géant mort qui occupait toute la cabine, il sortit sa balle de tennis.

Une heure plus tard il descendit à Brno et suivit le signal du téléphone. Celui-ci le conduisit sur le parking de la gare et palpita de plus en plus rapidement jusqu'au moment où il se transforma en point vert. L'homme n'en revenait pas. Il avait sous les yeux la moto la plus rapide du monde. Une Asphaltfighters Stormbringer modifiée pour deux passagers. Une blonde fatale l'attendait, assise dessus. Beata Walewska était le plus talentueux agent secret que Werner ait connu. Une véritable machine à tuer qui avait, au fil du temps, assumé les missions les plus délicates. Chaque fois, elle s'en était acquittée sans commettre la moindre erreur. Beata était la seule personne au monde en laquelle Werner Fischer avait confiance. Elle était payée par l'Institut, mais travaillait pour Werner qui, chaque année et depuis cinq ans, versait pour elle deux millions de dollars sur un compte dans une banque suisse. Plus quelques bonus pour des missions spéciales.

Beata tendit un casque en Kevlar au motard sans dire un mot, releva sa chevelure et la dissimula sous son casque. Elle rabattit la visière et se plaça à l'avant. L'assassin aurait aimé essayer ce petit bijou dont il avait entendu parler. Mais le geste de la femme ne laissait place à aucune discussion. Alors il posa son sac entre son dos et le dossier grillagé, puis il enfourcha le monstre de 280 chevaux.

Chapitre 52

L'effroyable fracas des roues réveilla Christa. Le crissement du métal sur le métal. Par la fenêtre du wagon les étincelles jaillissaient comme dans une vieille aciérie. Puis un coup de frein fit tomber Charles à bas de sa couchette. Ahuri, il vit que Christa était debout.
— Quelqu'un a tiré le signal d'alarme !
Au retour du wagon-restaurant Charles avait insisté pour qu'ils se reposent un peu, étant donné qu'ils arriveraient au petit matin et qu'une longue journée les attendait ensuite. Ils avaient dormi un peu plus de trois heures.

Les chefs de bord parcoururent tous les wagons pour vérifier les poignées de signal d'alarme dans les couloirs et dans chaque compartiment. Les passagers sortaient peu à peu, une expression angoissée sur le visage, comme après un séisme. Ils parlaient entre eux dans des langues différentes pour tenter de comprendre ce qu'il s'était passé.

Le serveur venait de sortir de la cabine de toilette quand il avait aperçu quelque chose couler sous la porte d'un compartiment proche du sien. S'approchant, il avait vu le liquide rouge et visqueux lui lécher le bout des chaussons. Il avait voulu intervenir pour aider le passager à l'intérieur. Quelque chose empêchait d'ouvrir. Après quelques efforts contre la poignée, un géant couvert de sang avec un couteau planté dans l'œil s'était écroulé sur lui. Il s'était reculé et avait hurlé comme un dément.

À peine revenu à lui, il s'était pendu au signal d'alarme, tirant de toutes ses forces. Quand le train avait freiné, une balle de tennis avait jailli de la cabine et atterri pile entre ses yeux. Le serveur s'était évanoui. Et c'est dans cet état que les deux chefs de train l'avaient trouvé. Accroché à la poignée du signal d'alarme. Comme un martyr des guerres anti-ottomanes mort en embrassant son canon.

Christa regarda par la vitre et vit qu'ils se trouvaient en plein champ, mais au-delà d'un bouquet d'arbres il semblait y avoir un chemin de terre et un peu plus loin une lueur, sans doute des habitations. Elle ne savait que faire. Vingt minutes plus tard, une voiture de police arriva gyrophare allumé près du train, qui s'était arrêté à quelque quatre-vingt-cinq kilomètres de Brno et soixante-cinq kilomètres de Pardubice, la ville suivante. La voiture arrivait d'un village des environs et l'un des quatre fonctionnaires de police ne cessait de téléphoner au central. Sa direction redirigeait les appels à Brno puis à Pardubice et finalement à Prague.

Dans ce type de situation, le temps de réaction de la police tchèque était interminable. Chacun se renvoyait les responsabilités comme une patate chaude et ceux qui auraient dû prendre les décisions étaient aux abonnés absents ou ne savaient que faire. Finalement quelqu'un finit par réveiller le ministre de l'Intérieur. Le policier Miloš Bambenek suait à grosses gouttes et épongeait son front à l'aide d'un immense mouchoir tout en passant d'une oreille à l'autre son téléphone moite de transpiration. Toutes sortes de supérieurs régionaux ou nationaux hurlaient des ordres contradictoires.

Les passagers commençaient à devenir nerveux, inquiets de savoir ce qu'il était arrivé, et combien de retard ils auraient. Quelques-uns étaient descendus. Plus tard arriva une ambulance d'un village des environs. Le véhicule ne put aller plus loin que l'arrière du train, où l'étroite bande d'asphalte devenait impraticable. Deux brancardiers et un médecin contaminèrent la scène de crime. L'infirmier s'évanouit à la vue du cadavre avec le couteau dans l'œil. Entre-temps, deux autres véhicules de police des villages voisins firent leur apparition.

Soudain, un vacarme assourdissant se fit entendre et les voyageurs virent comme dans un film de Spielberg un hélicoptère projeter une lumière blanche sur son passage. Ceux qui se réjouissaient de l'arrivée de la police furent déçus. Il s'agissait d'une équipe de télévision qui entamait sa diffusion en direct.

Bambenek ordonna à l'un de ses trois subalternes de retourner au poste au cas où des ordres lui parviendraient sur la ligne fixe. La batterie de son portable commençait à donner des signes de faiblesse. Il envoya les deux autres patrouiller dans les ruelles du village. Le chef de train ouvrit tous les compartiments l'un après l'autre sur les ordres du policier et il eut un choc quand, dans la couchette voisine, ils trouvèrent Bella et Milton. Les voyageurs qui étaient descendus furent priés de remonter à bord. Tout le monde guettait la suite des événements, le visage collé aux vitres.

Les ordres contradictoires firent agir le policier en dépit du bon sens. Un supérieur, on ne savait qui, lui ordonna d'extraire les cadavres pour les transporter au centre de secours. Après avoir embarqué Bella et Milton, un chef de Prague le traita de fou. Pour qui se prenait-il pour prendre des initiatives ? Tout ce qu'on lui demandait était d'assurer la sécurité des passagers, de faire en sorte que personne ne quitte le train et de préserver les scènes de crime. Alors il fit rebrousser chemin aux brancardiers en leur demandant de replacer les corps comme ils les avaient trouvés. Si cela n'avait pas été tragique, on se serait cru dans un film tchèque d'humour noir. Le spectacle des brancardiers qui promenaient les cadavres d'un côté à l'autre était hilarant.

Quand ils passèrent devant leur wagon, la jambe d'un cadavre glissa d'un brancard. Charles, qui suivait très attentivement la scène, reconnut aussitôt l'un des mollets musclés de Bella. Il le signala à Christa.

— Nous sommes loin de toute ville dotée d'une police digne de ce nom, réfléchit-elle. Il faudra encore deux bonnes heures pour qu'un véritable responsable débarque ici. Ensuite il leur faudra établir un périmètre et vérifier l'identité de tous les voyageurs. En dehors du fait que j'estime à plusieurs heures le temps qu'on devra encore passer ici, s'ils vous trouvent sans papiers et qu'en plus nous sommes montés dans le train à la même gare que les victimes, on aura des problèmes. Le temps de clarifier qui on est, on va en baver. Nous devons sortir d'ici.

— Pour aller où ? fit Charles.

Après quelques minutes de discussion houleuse, Christa eut gain de cause. Ils rangèrent toutes leurs affaires dans le sac de Charles et descendirent de l'autre côté du train, où il n'y avait personne. Après le dernier wagon on ne voyait que les champs à perte de vue. Une lune rondelette améliorait la visibilité. Ils contournèrent le train et l'ambulance et prirent la direction du chemin derrière le bouquet d'arbres. En dépit de l'agitation, personne ne semblait les avoir remarqués. Ils dépassèrent les arbres, pliés en deux, et ils parvinrent à un chemin menant à un village. Christa tira son téléphone de sa poche et écuma de rage en constatant qu'elle n'avait pas de signal.

Chapitre 53

Beata conduisait la moto à 180 km/h. Elle ralentit aux abords d'une station-service à la sortie de Kolin. Il leur restait soixante kilomètres jusqu'à Prague. Après avoir fait le plein et payé, Beata demanda au motard quelle bécane il avait, puisque son blouson le désignait comme amateur de moto. Ils parlèrent encore un peu puis elle lui demanda s'il voulait essayer cette petite merveille. Il se montra enchanté. Beata s'installa à l'arrière, les bras autour de sa taille. Après une vingtaine de kilomètres, quand le motard s'arrêta à un passage à niveau au milieu de nulle part, la femme recula un peu et quelques secondes plus tard trois balles transperçaient le torse de l'homme. Elle le poussa à bas de la moto, le fit rouler dans le fossé et redémarra.

Dans sa chambre de la somptueuse villa praguoise, Werner regardait, consterné, les images en direct du train arrêté. Il ne comprenait pas ce que disait le reporter alors il se mit à zapper. Toutes les chaînes montraient la même chose. Il tomba finalement sur une chaîne en anglais. Il tenta d'appeler Beata, mais une voix tchèque lui signalait que le destinataire de l'appel se trouvait hors de portée du réseau.

Il comprit que le motard avait failli et que les cadavres avaient été découverts trop tôt. Il avait élaboré tout ce plan avec minutie, afin que Charles échappe à la poursuite de Bella, et il avait réussi à éliminer tout contrôle de Martin sur l'opération. À cet instant, il était le seul qui savait comment trouver Charles et il espérait bien mettre la main sur la bible. Ensuite, il déciderait comment procéder avec Martin. Il savait que Charles avait oublié son passeport dans son départ précipité de l'hôtel. Comme Bella ne lui avait pas dit qu'elle l'avait récupéré, il avait fait en sorte que personne ne le contrôle à la frontière avec la Hongrie, menaçant le chef de la police aux frontières, Fekete László. Il savait en revanche qu'à l'entrée en République tchèque, les deux pays faisant partie de l'espace Schengen, il n'y aurait pas de contrôle douanier.

Il sortit rapidement de la maison et monta dans la Mini Cooper rouge garée juste devant.

Chapitre 54

Il y avait maintenant des maisons de part et d'autre de la ruelle du village, plus éclairée par la lune que par les pauvres ampoules qui pendaient ici et là à un poteau électrique. Aucune lumière ne filtrait des fenêtres et, dans la rue, il n'y avait pas âme qui vive. Christa vérifia une fois de plus son téléphone, mais elle n'avait toujours pas de réseau. Des aboiements retentissaient dans chaque jardin qu'ils dépassaient. Ils se dirigèrent vers une lueur qui semblait provenir d'une habitation, mais quelques mètres plus loin ils constatèrent qu'il s'agissait d'un magasin rural dont l'éclairage était resté allumé. Ils ne savaient pas exactement où ils se trouvaient ni comment ils allaient sortir de cette ornière. Ils avançaient au milieu du chemin. Christa d'un pas léger, Charles en traînant sa valise derrière lui. Tout ce qu'ils voulaient était s'éloigner au plus vite de la voie ferrée.

Arrivés au niveau d'une rue latérale, ils aperçurent des lumières. Comme des phares qui s'approchaient. Christa tira Charles par le bras, mais trop tard. Le véhicule arrivait droit sur eux. C'était une voiture de police. Les deux passagers se raidirent en voyant Charles et Christa. Après quelques secondes de perplexité le policier côté passager descendit, arme au poing, et posa une question en tchèque. Christa répondit avec de grands gestes qu'ils ne parlaient pas la langue et elle renforça le tout d'un « *English please !* ». Le flic tremblant sur ses jambes ne savait pas quoi faire. Il n'avait encore jamais sorti son arme de son holster. C'était la seconde fois en quatre ans qu'il le décrochait du râtelier au poste, et c'était sur ordre de leur chef qui leur avait hurlé dans le talkie d'être sur leurs gardes. Ils avaient affaire à un criminel très dangereux. Le collègue au volant dit quelque chose via la radio au policier qui, depuis le commissariat, coordonnait les liaisons avec les chefs en ville. Ce dernier lui avait indiqué que le portable du chef était déchargé et que personne ne répondait sur la radio de sa voiture. Alors ils devaient se débrouiller seuls.

Le deuxième policier descendit à son tour et se mit à crier en allemand : « *Papiere ! Papiere !* » Au moment où Christa portait sa main à l'arrière pour brandir sa plaque d'Interpol, son pantalon se tendit sur sa cuisse et le policier vit se dessiner au-dessus du genou la forme d'une arme. Il cessa de gamberger et se jeta sur elle en réalisant un plaquage digne d'un match de foot américain. Il lui enserra les jambes pour la renverser à terre. Son collègue sortit de sa torpeur et s'approcha, son arme pointée sur la tête de Charles, l'obligeant à lever les bras et à se coucher sur le ventre. Christa n'opposa aucune résistance. Le policier lui menotta les mains dans le dos. Il la fouilla, lui prit son portefeuille et son arme. N'ayant qu'une paire de menottes, il rapporta, après avoir un peu fouillé dans le coffre de la voiture, du fil de fer qui servit à entraver les mains de Charles dans son dos. Pendant ce temps, son collègue ne cessait de se demander ce qu'il aurait fait s'il avait été contraint de tirer. À part les exercices sur le stand de tir une dizaine d'années plus tôt, jamais il n'avait utilisé d'arme. En fait, même s'il avait voulu tirer sur Charles, il n'aurait pas pu : le pistolet n'était pas armé et le cran de sécurité était mis.

En route vers le poste de police, Charles essaya de converser en allemand avec le policier qui leur avait réclamé leurs papiers, mais il comprit vite que les connaissances linguistiques du flic n'allaient pas plus loin.

Beata arriva à Prague et entra directement dans le garage souterrain de la villa. Elle appela Werner, le chercha dans la maison et, constatant qu'il ne répondait pas et que toutes les lumières étaient allumées, elle prit son téléphone mobile. Elle avait un appel en absence. Elle rappela, mais ce fut pour entendre sonner à l'étage. Elle monta à tâtons pour le surprendre, mais le téléphone sonnait sur la table de nuit et Werner ne semblait pas être dans les parages. Elle se dit que s'il avait laissé le mobile il ne devait pas être loin, alors elle sortit sur la terrasse pour admirer la vue sur la Vltava sur laquelle se reflétait la lune. Les mouvements de l'eau, provoqués sans doute par un poisson près de la surface, semblaient découper la lune en tranches, comme un gigantesque fruit destiné à être servi aux esprits des mondes aquatiques.

Chapitre 55

Le poste de police du village était une maison ordinaire, prolongée par une sorte de hangar aveugle. La lumière naturelle ne pénétrait que par les deux pièces où les policiers avaient leurs bureaux. La mieux éclairée était celle du chef, dans l'autre se trouvaient les postes de travail des trois autres. Il y avait un seul vieil ordinateur commun et une imprimante antédiluvienne. Dans le bureau du chef se trouvait aussi l'étagère en métal où étaient conservés les pistolets et une carabine que personne n'avait sortis de là depuis que les communistes avaient réquisitionné la maison pour la transformer en commissariat, plus d'un demi-siècle auparavant.

Dans sa grande mansuétude, le maire du village avait fait repeindre l'intérieur deux ans plus tôt. Il n'avait pas eu le budget pour l'extérieur, alors les deux drapeaux pendus sur la façade – celui de la République tchèque et celui de l'Union européenne, flambant neufs – juraient sur le crépi écaillé du bâtiment. Il n'y avait pas d'argent pour d'autres réparations, si bien que toutes sortes de bruits provenaient du dessous, comme si des populations entières de rats parcouraient en long et en large les canalisations qui vibraient et propulsaient de sinistres gargouillis. Les sols craquaient, rongés par les vers. Comme les portes des bureaux étaient fermées, pas un brin de clarté ne pénétrait dans le poste.

À l'entrée, la seule caméra de surveillance, cadeau d'un magnat du coin pour faire sortir de garde à vue son fils interpellé ivre au volant après avoir écrasé une poule, était orientée de la porte d'entrée vers l'intérieur, si bien qu'on pouvait voir la réception. L'accueil consistait en une étagère placée sur un reste d'échafaudage peint en blanc et fixé aux murs latéraux. Le charpentier du village leur avait fabriqué une sorte de comptoir rabattable que les policiers n'utilisaient plus depuis belle lurette, les charnières ayant cédé. Quelques sièges alignés le long du mur opposé complétaient cette salle d'attente. Près de la porte d'entrée, un couloir perpendiculaire desservait les deux bureaux et les toilettes. Au fond se trouvait une salle plus grande, l'ancien hangar où des grilles avaient été fixées sur toute la hauteur, la divisant en deux et la faisant ressembler à une cage à oiseaux. Une lourde porte à barreaux avec deux verrous permettait de garder au frais des détenus occasionnels, hébergés là pour vingt-quatre heures maximum. En général des ivrognes qui avaient besoin de dégriser ou des jeunes gens coupables de délits chez les villageois. Personne ne se souvenait si un criminel dangereux était jamais entré dans cette prison improvisée. La vie de policier dans ce petit village tchèque était une bénédiction.

Derrière les barreaux qui rappelaient ceux des cellules dans les westerns des années 1950, Christa et Charles étaient assis sur un lit en fer que le chef de la police,

Miloš Bambenek, avait rapporté de chez lui. Ils étaient là depuis une heure. Comme toute tentative pour parler avec les policiers avait échoué, ils attendaient de voir quel sort leur serait réservé. Dans peu de temps, l'aube pointerait.

Plus de onze voitures de police, camionnettes et ambulances étaient garées aux abords du champ où le train était arrêté. À l'intérieur et autour, ça grouillait d'uniformes. Après que les lieux eurent été sécurisés, photographiés, les empreintes relevées, les deux policiers qui semblaient les plus hauts gradés discutaient vivement du sort du train. L'un des passagers était responsable de ces crimes. Il fallait le trouver. Ils se demandaient comment ils pourraient retenir tout le monde pour les interrogatoires. Ne serait-ce que pour relever les empreintes. L'un d'entre eux soutenait que c'était l'endroit idéal parce que personne ne pouvait fuir. Tandis qu'en ville… Comme les caméras de télévision étaient pointées sur eux, ils attendaient la décision du ministre. Les voyageurs commençaient à vociférer avec plus de véhémence, ils avaient à faire, des vies à vivre, ils étaient retenus de manière abusive et en dehors de toutes règles de droit. Comme personne ne voulait assumer la moindre responsabilité, l'attente semblait devoir se prolonger indéfiniment. De plus, tout le trafic ferroviaire était sens dessus dessous, la ligne entre Brno et Prague étant la plus fréquentée du pays. Un cauchemar logistique.

Puis il passa par la tête de l'un des chefs de vérifier auprès de Bambenek s'il avait pensé à faire surveiller le village, au cas où le criminel aurait réussi à se glisser hors du train en profitant de la confusion. Ce dernier répondit fièrement que oui, ses gars patrouillaient, et qu'il pourrait leur demander des nouvelles si on lui prêtait un téléphone, le sien étant à plat. Il en obtint un et composa successivement les numéros de ses trois subalternes. Aucun ne répondit.

— Vous savez, le réseau tombe parfois en rade pendant des jours entiers, par ici, je vais appeler au poste, sur le fixe.

Au poste non plus, personne ne décrocha. Cela lui parut étrange alors il se rendit à sa voiture pour essayer avec la radio. Sans succès, une fois de plus. Depuis le portable, il appela chez lui. Après plusieurs tentatives, une voix énervée d'avoir été tirée du sommeil lui répondit. C'était son fils de dix-neuf ans qui se trouvait à la maison pendant ses vacances universitaires. Miloš eut toutes les difficultés du monde à le convaincre de se rendre d'urgence au poste de police pour voir ce qu'il se passait. Son fils en profita pour lui arracher la promesse de se voir attribuer plus d'argent de poche. Son père lui demanda d'être prudent et de ne pas s'approcher du bâtiment s'il voyait quoi que ce soit de suspect.

Chapitre 56

Les trois policiers discutaient de la façon d'informer leur chef au sujet des prisonniers. Ils décidèrent que l'un d'eux irait jusqu'au train pour le lui dire de vive voix. Au moment où celui qui avait été désigné sortit, un courant d'air glacé traversa le poste de police. Comme si une masse d'air polaire s'était abattue sur le village. Les policiers sentirent le froid jusque dans leurs os. Christa frissonna et Charles fut pris de tremblements. Le policier à l'accueil cria à celui qui venait de partir de fermer la porte derrière lui parce que le froid rentrait à l'intérieur. La lumière se mit à palpiter, d'abord légèrement puis davantage, et toutes les ampoules faiblirent. Les variations de tension n'étaient pas rares dans le coin. Le village se trouvait près d'une centrale électrique et, à chaque changement de générateur, il y avait des coupures de courant. Soudain, toutes les lumières s'éteignirent et le poste se retrouva dans le noir complet. Le policier contourna son comptoir pour aller fermer la porte d'entrée et prendre une torche électrique et une lampe à pétrole qu'il gardait sous la main pour ce genre de situation. On n'y voyait rien, ce qui signifiait que la porte d'entrée devait être fermée. Puis on entendit un gémissement, un grincement et un affaissement. Christa et Charles sursautèrent. Ils se rapprochèrent l'un de l'autre.

Le policier avait dû de se prendre les pieds dans quelque chose et tomber. Son collègue se mit à l'appeler, d'abord normalement puis d'un air paniqué. Sa peur était palpable dans l'obscurité. Christa et Charles se rapprochèrent encore. Ils ne savaient pas très bien qui protégeait qui. Le bruit d'un autre affaissement puis le sol grinça encore plus. Le grincement se rapprochait. Comme un bruit de pas. On aurait dit un flottement éthéré suivi d'un pied qui traîne. Une étrange claudication. Cela se dirigeait vers eux. Malgré le noir complet, Charles tenta de discerner quelque chose. Il lui sembla distinguer une silhouette, mais il n'en était pas sûr. Le bruit de pas cessa. Ils entendirent la grille bouger. La porte en fer grinça. Christa porta instinctivement sa main à la poche où elle conservait son arme, mais elle était vide. Le silence se fit et le grincement du parquet sembla s'éloigner. Puis les murs se mirent à trembler et un infernal bruit de canalisations rouillées transperça le silence. On entendit de l'eau couler dans une autre pièce. De nouveau le silence. Tous deux étaient pétrifiés, prêts à se défendre.

Au bout d'un moment la lumière palpita de nouveau. Et revint tout à fait. Le froid semblait avoir quitté la pièce avec l'obscurité. Christa et Charles se regardèrent et s'éloignèrent un peu l'un de l'autre. La porte de la cellule improvisée était ouverte et les clés se trouvaient sur la serrure, à l'extérieur. Un craquement s'éleva alors de la radio et une voix dit quelque chose en tchèque.

Christa sortit en premier. Le dos plaqué au mur, elle se déplaçait lentement, poing fermé sur la clé pour s'en servir d'arme. Arrivée dans le hall, elle vit les trois policiers à terre. Charles sortit à son tour et apparut derrière Christa. Elle était penchée sur les corps sans vie. L'un d'eux fut agité de mouvements spasmodiques puis plus rien. De leur cou, par deux trous rapprochés, du sang s'écoulait. Ils ne semblaient pas être blessés ailleurs. Christa se tourna vers Charles et fit un signe de tête signifiant « on ne peut plus rien pour eux ».

— Il faut partir, très vite ! lança-t-elle.

Charles n'était pas convaincu.

— Vous voulez expliquer ça à des flics enragés ? poursuivit Christa. Avec un peu de chance personne ne nous aura vus !

— Vous avez l'intention de partir à pied ? On a déjà eu cette idée et ça ne nous a pas réussi ! fit Charles, soucieux et terrifié par ce qu'il voyait.

Il semblait hypnotisé.

Christa récupéra son arme et son portefeuille, elle prit aussi la valise de Charles. Ils sortirent de là. Le véhicule de police était garé dehors, avec la clé sur le contact. Elle fit signe à Charles de monter. Il obéit.

La voiture avait quitté le village depuis un bon moment quand la nuit, oiseau de mauvais augure, de noirceur et de suie, commença à se dissiper.

Chapitre 57

Lorsqu'il se rendit compte que son fils ne donnait pas signe de vie, le chef de la police monta en voiture et en quelques minutes seulement il fut au poste. Les lieux semblaient déserts ; la main sur son arme, après avoir défait la pression de sécurité de l'étui à sa ceinture, il s'approcha prudemment de la porte d'entrée. Alors il entendit un bruit. Il tourna la tête et vit le buisson s'agiter.

Une demi-heure plus tard, l'un des médecins des services de secours se demandait encore ce qui avait pu plonger le jeune homme retrouvé derrière le buisson, à présent assis dans le fauteuil de son père et protégé par une couverture, dans cet état cataleptique. Il essayait de déclencher un réflexe oculaire, mais le regard restait incroyablement fixe. Son père aussi bien que sa mère qu'on était allé chercher avaient tenté de lui parler, de le prendre dans leurs bras, de le faire sortir de l'état de choc par tous les moyens. Ils lui avaient même jeté de l'eau fraîche sur le visage. Finalement le médecin lui injecta un décontractant musculaire. Le jeune homme se détendit et sembla s'endormir. Alors quelque chose lui échappa de la main et tomba avec fracas sur le sol. C'était le téléphone mobile qu'il avait tenu serré, comme quelque chose de très précieux.

Miloš Bambenek savait que son fils, comme tout jeune de son âge, était totalement obsédé par son Smartphone. Après avoir résisté pendant plusieurs mois, il avait fini par le lui acheter alors que cela coûtait une petite fortune. Depuis lors, le jeune homme ne se séparait plus de son appareil, qu'il soit à table, aux toilettes, ou devant la télévision, à tel point que Miloš commençait à se demander si son fils n'aurait pas besoin d'un petit passage chez le psy. Il avait abandonné l'idée quand il avait vu les enfants des voisins, un étudiant et une lycéenne, se comporter exactement de la même manière.

Le policier se demandait comment il était possible de se concentrer sur quoi que ce soit quand on était interrompu sans arrêt par ces satanés appareils. Son cadet aussi passait son temps à tirer sur tout ce qui bougeait sur sa PlayStation, qu'il lui avait offerte tant il était soulagé qu'il n'ait pas redoublé. Son salon était devenu le plus cruel champ de bataille qu'il ait jamais imaginé. Miloš résistait aux campagnes de Napoléon, aux guerres médiévales et même à la mitrailleuse qui fauchait tout ce qui débarquait à Omaha Beach, mais quand apparaissaient les robots protéiformes qui avaient des jambes à la place de la tête, il rendait les armes de la patience et il partait au poste.

Il savait aussi que son aîné photographiait et filmait absolument tout ce qu'il voyait pour le poster immédiatement sur les réseaux sociaux. Il songea que, peut-être, ne serait-ce qu'une fois, cette passion pourrait se révéler utile. Alors il s'assit sur une chaise et réveilla l'écran. Il avait eu raison. Il entra directement dans l'album photo. Il appuya sur le dernier cliché et l'agrandit. Il ne comprenait pas bien ce qu'il voyait alors il balaya l'écran en arrière. C'était la même chose, photographiée des dizaines de fois, en rafale. Alors que la réceptionniste qui travaillait à mi-temps passait devant lui, il lui demanda comment transférer la photo sur l'ordinateur. La jeune femme saisit l'appareil et envoya la photo par e-mail. Miloš se rendit dans le bureau voisin en se faufilant entre les morts allongés sous des draps et alluma l'ordinateur.

Chapitre 58

Charles n'avait pas prononcé un seul mot depuis qu'ils avaient quitté le poste de police. Il aurait voulu que rien de ce qui était arrivé ces derniers jours ne soit vrai. Et se réveiller de ce cauchemar au beau milieu de son salon, à Princeton.

Charles craignait peu de choses et il savait très bien maîtriser ses émotions. Il n'avait qu'une phobie, mais elle était si puissante, si irrationnelle qu'elle le paralysait. Pour tenter de se faire soigner, il s'était rendu à deux reprises chez un collègue de la faculté. Le spécialiste qu'il avait consulté considérait que sa peur des reptiles dépassait les limites du pathologique. Son herpétophobie se manifestait y compris à la vue d'un simple lézard en photo. Pas besoin qu'il soit grand ou dangereux. Sa peur était telle qu'il ne pouvait même pas regarder les chaînes de télévision animalières. S'il voyait un serpent, cela l'empêchait de dormir pendant des nuits entières. L'image le poursuivait des semaines, il ne pouvait pas se la sortir de la tête. Avant de regarder un film, il s'assurait auprès d'un ami que ces animaux n'apparaissaient pas, ne serait-ce que quelques secondes, à l'écran.

En revanche, les cadavres ne l'effrayaient pas. Ils le ramenaient seulement au caractère éphémère de notre existence. C'était une chose de les voir, mais c'en était une autre de vivre ce qu'il venait de se passer au poste de police. Le prix à payer pour éclaircir un mystère du Moyen Âge lui semblait soudain bien trop élevé. Il n'était pas martyr dans l'âme. Peut-être pourrait-il tout simplement se retirer de ce bourbier. Rentrer chez lui, tout raconter au procureur général qui était un de ses amis et transférer la responsabilité à quelqu'un d'autre. De cette manière, ce taré de tueur en série constaterait qu'on ne pouvait exercer aucune pression contre lui. Il tomberait peut-être un jour sur le sabre et sinon, tant pis, ce ne serait pas la première fois qu'il décevrait son grand-père. Il s'en ouvrit à Christa.

— Quoi qu'il en soit, ce truc vous a sorti de prison, souffla-t-elle.

Charles eut un regard perplexe. Il s'emporta.

— Vous suggérez que tout ça est de ma faute ? C'est scandaleux !

— Vous savez bien que non. Je veux dire que vous ne pouvez pas vous retirer maintenant, car ces crimes ne vont pas s'arrêter là. Vous êtes probablement très près du but. Et celui qui nous a libérés veut que vous trouviez ce que vous *devez* trouver.

— Mais il y a autre chose, ajouta Charles. Ce n'est pas un truc, un animal, ou un vampire. C'est une mise en scène théâtrale conçue pour faire effet sur moi. C'est un véritable malade qui est derrière tout ça. Les deux trous dans le cou, ce sont des morsures ?

Quelqu'un en a la preuve ? Un médecin légiste, une autorité ? Cela peut être une arme qui a laissé ces traces. La seule chose qui est sûre, c'est que le type a une particularité. Il traîne la patte. Il marche d'une certaine manière.

— Oui. On avait l'impression qu'il se soulevait avant de redescendre sur le sol.

— En tout cas il ne volait pas. C'est probablement une infirmité qui provoque cette démarche claudicante.

— Et ce froid terrifiant ?

— Des effets spéciaux. Ça existe partout, des machines à produire du froid instantanément. Et la lumière, ça s'éteint à l'interrupteur. Je vous en prie, ne me dites pas qu'ils ont réussi à vous faire marcher !

La voiture s'arrêta à un feu rouge. Un panneau indiquait plusieurs directions ; Charles aperçut le nom de Chrudim, village près duquel se trouvait le monastère de Podlazice où avaient été fabriqués, six cents ans plus tôt, le *Codex Gigas* et le diable qui les hantaient depuis quelques jours. Malheureusement il n'y avait plus rien à voir, car le monastère avait été détruit au début du xve siècle pendant les guerres hussites. Charles songea que l'accumulation des coïncidences défiait toute théorie des probabilités.

Christa n'avait rien ajouté. Elle se gara sur le parking d'un supermarché à l'approche d'une ville et descendit de la voiture. Elle inspecta les alentours. Personne. Elle chercha du regard les caméras de surveillance, mais garda la tête penchée pour que personne ne voie son visage. Si caméra il y avait, elle était loin. Elle choisit un vieux modèle de voiture. Elle tira une carte de crédit de son portefeuille et, sous le regard étonné de Charles, elle ouvrit la portière et s'installa au volant. Très rapidement on entendit le moteur ronfler. Elle retourna à la voiture de police.

— Alors maintenant on vole des voitures, fit Charles. Vous êtes sûre de ne pas être une délinquante ?

Il fit une pause. Une pensée déplaisante, mais qui semblait sensée venait de se nicher dans son esprit. Que savait-il d'elle ? Qu'elle lui plaisait ? Que son intuition ne le trompait jamais quand il était question de femmes ? Il y a une première fois à tout. En tant qu'homme de sciences il savait que rien n'est jamais acquis. Aucune loi qui n'ait d'exception. Et si l'heure était venue d'en croiser une ? Et si son arrogante assurance avait été cette fois-ci habilement dupée ? Et si la femme qui se tenait en face de lui, qui n'avait apporté aucune preuve de son identité, était, en réalité, autre chose que ce qu'elle assurait être ? Une carte d'identité était-elle suffisante ? Alors il se rendit compte qu'il n'avait même pas vu sa plaque. Et si Christa travaillait pour l'auteur de toute cette machination ? Et qu'elle n'était là que pour s'assurer qu'il ne leur échappait pas ? Comment se faisait-il qu'elle connaissait tant de choses sur lui ? Une agente se met-elle ainsi en danger ? Et, surtout, il était question d'Interpol, une institution qui comptait plus de fonctionnaires que d'hommes d'action. Il y avait anguille sous roche. Charles décida de se montrer plus prudent. Il savait que tenter de s'enfuir ne servirait à rien. Bientôt ils arriveraient à Prague et alors il aviserait.

Christa était si préoccupée par l'idée de quitter enfin ce parking qu'elle n'imaginait pas que Charles mette en doute ce qu'elle lui avait dit. Alors qu'elle tirait les bagages de la banquette arrière, elle lui enjoignit de garder la tête penchée au cas où, et de monter dans l'autre voiture.

Fin de la deuxième partie

Intermezzo

Le jeune inspecteur de la Section spéciale se tenait derrière l'imposante porte en bois, se demandant s'il était dans son intérêt d'interrompre le ronflement qui résonnait jusqu'à deux étages plus bas et qui faisait vibrer les vieux carreaux du bâtiment comme si quelqu'un travaillait au marteau-piqueur dans la rue. Le problème qui l'amenait était trop important, alors il prit son courage à deux mains et entra dans la pièce sans frapper. Dans l'immense bureau du chef de la Section spéciale, le commissaire Mikulás Ledvina dormait profondément. De temps en temps, ses lèvres bougeaient comme s'il était en train de mâcher, puis il repartait de plus belle.

Le jeune inspecteur, que tout le monde appelait Honza, était, depuis le déménagement du siège, l'adjoint du chef de cette division dont personne ne savait précisément de quoi elle s'occupait, pas même ceux du ministère de l'Intérieur dont elle dépendait. Tout le monde considérait le commissaire avec un mélange de sympathie, d'étonnement et de crainte. Tout au long de sa carrière, partout où il avait été nommé, il avait obtenu des résultats exceptionnels, et ce depuis l'époque du communisme. Mais ses méthodes n'étaient pas toujours du goût des autorités. Surtout depuis que le pays s'était démocratisé et que la presse fourrait son nez partout et posait des questions impertinentes. Ses supérieurs avaient même pensé à le mettre à la retraite, mais ils craignaient un scandale public, surtout depuis qu'il avait résolu quelques-uns des crimes les plus mystérieux de la République tchèque depuis la révolution de Velours ; si bien qu'ils l'avaient transféré au BIS, le Service de sécurité et de renseignement, où il était tenu de faire profil bas. Comme personne n'avait bien compris ce qu'il fichait là-bas, il fut réintégré l'année suivante à la police criminelle. Il sapait tellement l'autorité de ses supérieurs, ignorant leurs ordres, et haïssait si profondément le siège du BIS, à Stodulky, et celui de la criminelle de la rue Bartolomejska, le siège officiel du STB, qu'il avait déplacé son bureau dans le couloir.

Compte tenu de sa passion et de sa connaissance de la Prague occulte et ésotérique, mais aussi de sa supposée compétence médiumnique dont il se défendait, il avait finalement été muté hors de la capitale tchèque, dans l'ancien siège caché du STB, l'ex-service de renseignements tchécoslovaque, variante locale du KGB, qui se trouvait officieusement sous sa subordination. On avait inventé un nouveau département, on lui avait offert des hommes, des véhicules, des armes et un budget plutôt généreux, à la condition qu'il ne fasse pas de vagues ; on lui avait fait signer une clause de confidentialité très stricte. Très vite, Nicky, comme le prénommaient ses amis, avait résolu trois affaires qui avaient mis la police de la capitale sur les dents et dont personne n'était venu à bout. Grâce à la clause de confidentialité draconienne, ses supérieurs s'étaient attribué tous les mérites. Lui, il avait été décoré en secret et on lui avait fichu la paix, ce qui était son plus grand souhait. Tout le monde était content.

Il avait démasqué le tueur en série qui se faisait passer pour un fantôme et qui précipitait les vieilles dames riches du haut des escaliers, il avait trouvé le chien qui ressemblait à celui des Baskerville et qui terrorisait tout un quartier et faisait fuir les touristes, et, l'affaire la plus difficile, il avait démonté le projet d'un ex-général communiste voulant éliminer ses successeurs à l'aide de plantes carnivores génétiquement modifiées et qui portaient toutes de délicats noms féminins.

Comme le STB avait été dissous après le retour du pays à la démocratie, plusieurs sièges de l'institution étaient restés vacants. Ce bâtiment avait plus de deux cents ans, c'était une sorte de château désaffecté dans les caves duquel le STB enfermait les dissidents réels ou supposés. Les employés de la Section spéciale auraient juré que la nuit, quand ils restaient au-delà des heures de bureau, ils entendaient les gémissements de ceux que l'on avait suppliciés dans les cellules où l'on voyait encore des traces de sang et des instruments de torture.

Honza s'approcha de son chef en marchant sur des œufs et, tout préoccupé qu'il était de la meilleure manière de le réveiller, il se prit les pieds dans ce qui ressemblait au squelette d'un lézard à deux têtes et le fit tomber. Le squelette se démonta complètement. Il était impossible de ne pas s'accrocher à quelque chose dans ce bureau de presque trois cents mètres carrés que le chef avait transformé en un immense cabinet de curiosités. Il y avait là des planches anthropométriques de Lombroso et des statuettes de monstres, des livres de formules magiques pour éloigner les esprits, des installations astrales, un laboratoire d'alchimie en état de fonctionnement, des morceaux de météorite et des pierres dotées de pouvoirs magiques. Un entassement d'objets et de manuscrits tous plus bizarres les uns que les autres. L'immense bibliothèque lambrissée qui recouvrait les murs était remplie. Et seul Nicky Ledvina savait à quoi tout cela pouvait servir.

Ce cabinet de curiosités ressemblait beaucoup à celui que Rodolphe II de Habsbourg avait aménagé dans son château de Hradcany, aujourd'hui centre historique de Prague et plus grand château du monde. Le *Kunstkammer* était courant chez les puissants de l'époque, c'était en quelque sorte le précurseur des musées d'aujourd'hui. Une telle collection avait pour vocation de refléter l'univers entier, connu et imaginé par l'homme. Comme une grande scène du monde, un *theatrum mundi*, une sorte d'univers en miniature. Et qui d'autre qu'un roi ou un empereur pour le posséder ? Le cabinet de curiosités affichait le pouvoir et la connaissance de son propriétaire. S'il maîtrisait le microcosme, il maîtrisait aussi le macrocosme.

Rodolphe II avait rassemblé dans son cabinet des cassettes de toutes sortes et de toutes tailles, des vases peints d'Afrique et d'Extrême-Orient, des squelettes de toutes espèces d'animaux, des objets qui racontaient d'étranges histoires sur des monstres légendaires. L'or et le bronze, l'ivoire et le bois, tous les matériaux connus alors étaient présents. La collection était répartie dans trois pièces différentes. *Naturalia* rassemblait l'histoire, la zoologie, la minéralogie et la botanique. Rodolphe avait pour les fleurs un amour compulsif. Il renonçait à une guerre pour s'occuper de ses fleurs rapportées des quatre coins du monde. La deuxième pièce contenait une sorte de mélange de naturel et d'artificiel selon les canons de l'époque : la collection *Scientifica*, où s'entassaient une bonne soixantaine d'horloges, une dizaine d'instruments d'astronomie, des globes célestes et bien entendu le plus célèbre de tous, le globe mécanique créé par Georges Roll en 1584 à l'aide duquel il était possible de démontrer et de calculer les mouvements du Soleil, de la Lune et des étoiles. Enfin, *Artificialia* contenait des objets fabriqués par l'homme – des pièces de monnaie aux parchemins en passant par les livres et les tableaux, parmi lesquels des peintures du Titien, de Véronèse, de Pieter Bruegel l'Ancien et de Léonard de Vinci.

L'empereur collectionnait aussi les hommes. À son auguste et tolérante cour étaient reçus les hommes de science, les architectes, les artistes, les astronomes, les alchimistes, les philosophes. Parmi eux se trouvait Tycho Brahe, le célèbre astronome nommé mathématicien de l'Empire, et son assistant Johannes Kepler, l'homme qui a formulé et confirmé la loi du mouvement des planètes et a créé l'observatoire astronomique de Prague.

Rodolphe invita même à sa cour l'un des peintres les plus intéressants de la Renaissance. Aujourd'hui encore les critiques d'art n'ont pu trancher s'il avait des problèmes mentaux ou s'il était génial. Ce qui est certain, c'est que ses toiles peuvent être admirées au Louvre. Arcimboldo était le peintre favori de Rodolphe II.

Ses portraits composés de fleurs et de fruits, de racines, le fascinaient justement parce qu'ils réalisaient cette osmose entre le naturel et l'artificiel qui manquait aux trois pièces séparées de son cabinet. Un des plus célèbres portraits de l'artiste représente justement Rodolphe, sous les traits de Vertumne, le dieu romain des quatre saisons. Le nez est une poire, les sourcils sont des haricots verts, les lèvres deux cerises, les pommettes deux pommes, et ainsi de suite.

Mais les objets les plus captivants de la collection impériale étaient autres. Une corne dont Rodolphe croyait qu'elle était de licorne, une tasse indienne en argent qui contenait une demi-noix plus grande que le crâne d'un homme, une coupe d'agate dont Rodolphe était convaincu que c'était le Saint-Graal, le calice de Joseph d'Arimathie qui aurait contenu le sang du Christ. Bien souvent l'empereur prenait ce calice dans ses bras, s'asseyait sur le sol et traçait autour de lui un cercle avec un sabre espagnol pour se protéger des démons. Nombreux étaient ceux qui le croyaient possédé, en raison de son état de mélancolie permanente. Il détenait aussi des fossiles et une dent de baleine, quelques miettes de la glaise qui aurait servi à Dieu pour modeler Adam, deux clous de l'arche de Noé.

Plus intéressant encore, l'empereur avait acheté deux manuscrits contre une grosse somme d'argent. Le premier était un recueil de symboles indéchiffrables qu'on lui avait vendu comme ayant appartenu à Roger Bacon, le franciscain *doctor mirabilis*, un des plus importants philosophes du Moyen Âge. L'autre était la Bible du diable. Comme d'autres manuscrits et les toiles d'Arcimboldo, il fut subtilisé par la glorieuse armée suédoise de Gustave II Adolphe pendant la guerre de Trente Ans.

Voilà ce qui reliait les trois hommes – le professeur Charles Baker, le commissaire Nicky Ledvina et l'empereur Rodolphe II : une irrépressible passion pour les collections.

Le commissaire et l'empereur avaient encore une manie commune : les horoscopes. Là, Charles ne les suivait plus du tout. L'astrologie ne convenait pas à son profil de spécialiste en sciences positives.

Le policier tchèque nourrissait en revanche une véritable obsession pour les horoscopes. Comme Rodolphe, dont la passion était si dévorante qu'elle l'avait conduit à la mort. L'empereur avait reçu un lion en cadeau du sultan ottoman. Il s'y était tellement attaché qu'il allait le voir chaque jour dans sa cage après qu'il ne fut plus possible de le garder avec lui dans sa chambre. Tycho Brahe lui avait dit que son horoscope et son destin étaient calqués sur ceux du lion. Quand le lion mourut, l'empereur refusa d'avaler quoi que ce soit. Il mourut à son tour trois jours plus tard.

Finalement, Honza opta pour la méthode dure. Il se rua sur son chef et commença à le secouer. Ce dernier marmonna quelque chose et se retourna. Honza savait être persévérant quand la situation l'exigeait, aussi le bouscula-t-il carrément. Le commissaire ouvrit les yeux avec une expression de terreur et son premier réflexe fut de le frapper, mais il se rendit compte à temps que c'était Honza et retint son geste.

Il finit par s'extirper du canapé. Il s'était endormi habillé, sans même déboutonner sa chemise ni desserrer sa cravate. Le commissaire venait de divorcer. Sa femme l'avait quitté pour un policier plus jeune, et leurs deux enfants étaient déjà grands, mariés et indépendants. Si bien que cela ne lui disait pas grand-chose de rentrer seul dans une immense maison vide. Il préférait se noyer dans le travail. Le vieux canapé qu'ils avaient trouvé dans les locaux semblait inutilisé, alors il l'avait déplacé dans son bureau. Le problème était qu'il était un peu court, ses pieds dépassaient, quand ce n'était pas sa tête ou ses bras. Ledvina faisait plus de un mètre quatre-vingt-dix pour presque cent cinquante kilos. Mais rien ne laissait deviner son poids ; à plus de soixante ans, il avait encore un dos immense et musclé. Dans sa jeunesse le commissaire avait été le seul médaillé olympique de l'histoire de la République tchèque, ou plutôt de la Tchécoslovaquie, en natation ; jamais depuis, presque quarante ans plus tard, un autre sportif de ce pays n'avait égalé son record.

Il questionna son adjoint du regard tout en allant se débarbouiller dans la salle de bains adjacente. Il laissa la porte entrouverte pour entendre Honza. L'inspecteur raconta d'une traite tout ce qui était arrivé cette nuit-là dans le train et au poste de police. Quand le commissaire sortit, l'inspecteur lui tendit des photos tirées d'un dossier. Sur les deux premières on pouvait deviner la tête d'une femme dont on ne distinguait pas le visage parce qu'elle le dissimulait aux caméras de surveillance comme seuls les professionnels savent le faire ; mais on voyait parfaitement celui de l'homme. Le commissaire Ledvina, en lecteur passionné de livres sur Dracula et les vampires, reconnut immédiatement le professeur Charles S. Baker, de l'université de Princeton. Le policier lui tendit la photo qu'il avait gardée pour la fin, afin de ménager son effet. Projetée sur la façade du poste de police du village, on voyait l'ombre immense d'une créature bipède aux ongles longs, fins et aiguisés, dont la bouche dévoilait des dents pointues et métalliques.

TROISIÈME PARTIE

« Un jour il criait : "Hommes, approchez !" Et plusieurs étant venus, il les repoussa avec son bâton, en disant : "J'ai appelé des hommes, et non pas des excréments." »

Diogène Laërce.

« Mon fils, sois attentif à ton ouvrage, parce que ton travail est en fait le travail de Dieu : si tu oublies une seule lettre ou si tu en ajoutes une, tu détruiras le monde entier. »

Rabbi Meir Baal Hanes.

Chapitre 59

Le romancier à la recherche d'un décor citadin pour y situer l'action d'un thriller réaliste devrait choisir Prague, car peu de villes rivalisent avec cette capitale. Ses innombrables ruelles renferment tant d'histoires mystérieuses, tant de contes étranges et de faits inexpliqués, on y admire tant de bâtiments historiques chargés de récits tous plus sinistres et terrifiants les uns que les autres, que cette ville est l'endroit parfait pour développer l'imagination. Un auteur versé dans les énigmes aurait le choix entre les symboles maçonniques du pont Charles, les statues de rois et de saints, chacune avec ses secrets, les gisants de la cathédrale Saint-Guy, sans compter l'histoire des instruments de torture, de l'Église catholique, des guerres hussites ou de celle de Trente Ans. Il pourrait imaginer des messages codés cachés dans les étranges inscriptions du pont Charles ou dans ses tours. Ou construire une énigme policière sur l'horloge astronomique ou sur le zodiaque de Prague, dont les lignes tracent le plan de la vieille ville.

Notre romancier pourrait aussi élucider les mystères du plus spectaculaire cimetière du monde, le cimetière juif où est née la légende du Golem, monstre créé par le rabbin Loeb. S'il était à la recherche de quelque chose de moins banal, il chercherait à s'inspirer des légendes de la Colonne du diable, du Serviteur pétrifié, des squelettes errants et de la terrible histoire de maître Hanuš. Sans parler de la possibilité d'enquêter sur la multitude d'alchimistes et de sorciers dont le premier était Rodolphe II, le souverain qui aura passé sa vie à chercher la pierre philosophale et à essayer de changer la substance éthérique ou le mercure en or.

Et c'est dans cette ville, surnommée la Cité aux toits d'or, que le professeur Charles Baker, toujours accompagné de Christa Wolf, devait retrouver le sabre perdu de Dracula et la première bible imprimée par Gutenberg.

Il était presque 8 heures du matin quand la Skoda gris métallisé de Christa entra dans Prague. Ils avaient déjà traversé la zone industrielle et commerciale de la périphérie quand ils avaient repéré un bus quittant son arrêt. Ils l'avaient doublé et, quand le bus marqua un nouvel arrêt moins de un kilomètre plus loin, Christa s'arrêta juste devant. Ils abandonnèrent la voiture et s'engouffrèrent dans le bus. Quand ils eurent l'impression d'avoir dépassé les quartiers résidentiels d'immeubles hideux et de s'être rapprochés du centre, au premier croisement de plusieurs lignes de tram, ils montèrent dans l'un d'eux au hasard.

Ils n'achetèrent pas de billet, mais personne ne les contrôla. Quelques arrêts plus loin, quand Christa fut certaine qu'ils n'étaient pas suivis, ils descendirent. Cinq minutes plus tard ils se trouvaient dans un taxi qui les menait vers l'endroit connu sous le nom de Château de Prague.

Ils s'arrêtèrent place Hradčanské, près de la statue de Tomas Masaryk, et Charles, impatient, fonça. Christa dut se mettre à courir pour ne pas le perdre. Ils passèrent la première cour, la deuxième, et entrèrent sous l'arche du château, dans la troisième. Devant l'entrée sud de la cathédrale, la statue de saint Georges tuant le dragon – ou du moins une copie de l'original conservé au musée de la Galerie nationale – était transformée en une piètre fontaine artésienne. À peine trois gouttes d'eau jaillissaient de la gueule du dragon. Christa observa Charles puis elle ajusta avec tendresse le col de sa veste. Il n'était que 9 heures du matin, argumenta-t-elle, si leur interprétation du 10 sur le billet était correcte, ils avaient encore une heure devant eux. Elle lui suggéra d'entrer dans un des cafés. Charles regarda autour de lui. La cour commençait à se remplir. La cathédrale Saint-Guy ouvrait tout juste ses portes. Il ne remarqua rien d'intéressant ; il ne savait pas même ce qu'il devait chercher. Il hésita un peu et se laissa convaincre. Ils contournèrent la statue et la cathédrale par l'entrée ouest et prirent l'allée du Vicaire, une rue étroite séparant la cathédrale du *Vikárka*, où ils s'installèrent. Ils avalèrent leur café sans dire un mot. Charles perdait patience. Il agitait sa jambe dans un accès de nervosité. Christa se demanda si c'était bien le moment de lui faire part d'une révélation qu'elle venait d'avoir. Elle garda le silence.

Chapitre 60

Werner préparait le petit déjeuner pendant que Beata paressait encore au lit.

Il avait été réveillé par le coup de fil d'Eastwood lui annonçant une nouvelle qu'il ne savait comment interpréter. Il ne misait pas deux sous sur la subtilité de Martin, alors il choisit de la prendre au premier degré. Le grand chef lui avait officiellement annoncé qu'une place s'était libérée. Werner le savait déjà. Il avait suivi la réunion entière depuis le sous-sol de sa maison. Il était content que l'on propose son nom pour occuper le siège vacant. Cela se ferait, mais à une condition, avait précisé Eastwood : qu'il trouve et détruise la liste et tout ce qui s'y rapportait, y compris sa source principale. Werner attendait cette occasion depuis très longtemps. Combien de temps investi et combien de sacrifices pour en arriver là ! Le plus dur avait été d'identifier les membres du Conseil, et il n'y était parvenu que pour trois d'entre eux puis les avait éliminés un par un, dans l'espoir que Martin le recommanderait comme il le lui avait promis. Il sortit sur la terrasse en emportant le petit déjeuner. Puis il prit le temps d'admirer la vue à couper le souffle. Il songea que sous peu, il ferait partie de l'élite invisible qui dirige le monde. Il serait l'un des douze maîtres du destin de la planète. Il ferait partie du Conseil.

Il était tellement absorbé par ses pensées qu'il n'entendit pas Beata arriver. Elle se pendit à son cou, charmée par l'odeur des croissants frais et par le rouge éclatant d'énormes fraises dans une coupe de chantilly à la vanille.

Chapitre 61

Charles n'en pouvait plus d'attendre. Il tournait autour de la statue de saint Georges et guettait la personne qui s'approcherait de lui ou le tirerait par la manche. Il scrutait les flots de gens qui se déversaient en direction de la cathédrale, essayant de deviner qui il devait rencontrer. Il s'adossa à la rambarde qui encerclait la fontaine, le plus près possible de la statue afin qu'on n'ait aucune chance de le rater. Il alluma une cigarette, puis une autre, et reprit ses cercles concentriques entre la tour de l'Horloge, le monument et la statue au centre de la place. Il consultait sa montre toutes les deux ou trois minutes et se remettait à patrouiller et à dévisager les visiteurs du palais.

Un peu à l'écart, Christa était inquiète. Elle ne le quittait pas des yeux et semblait compatir à la déception qui se lisait sur son visage.

Il était plus de 11 heures quand Charles se décolla de la fontaine et s'éloigna à grandes enjambées vers l'entrée sud de la cathédrale. Il gravit les quelques marches et disparut à l'intérieur. Christa le suivit. Il faisait le tour de l'immense cathédrale et s'arrêtait devant chaque statue, dans chaque chapelle, comme pour essayer de trouver où il s'était trompé dans ses déductions, espérant sans doute qu'un détail le mettrait sur la bonne piste.

La cathédrale métropolitaine des saints Guy, Venceslas et Adalbert (Vito, Vaclav et Vojtech, en tchèque) est un chef-d'œuvre gothique, l'emblème de Prague, et a exercé au fil des siècles une influence majeure sur l'architecture religieuse de toute l'Europe. Pour que la vaste cathédrale ressemble à ce qu'elle est aujourd'hui, il fallut plus de mille ans, de la première pierre posée au Xe siècle par le prince Vaclav – connu sous le nom latin de Wenceslaus, plus tard élevé au rang de saint – à 1929. Elle n'était au départ qu'une modeste basilique qui connut de continuelles extensions, démolitions, rajouts et modifications. Aussi l'éclectisme de ses styles, surtout à l'intérieur, est-il dû à l'évolution du goût religieux et artistique au fil de son existence. C'est là que furent inhumés des rois de Bohême, les principaux saints de la région, mais aussi les artistes les plus importants qui contribuèrent à la réalisation de ce chef-d'œuvre.

Charles s'arrêtait devant chaque tombeau, examinait la moindre statue en essayant de trouver un lien, un détail, tout ce qui aurait pu lui permettre de soulever ne serait-ce qu'un coin du voile pesant sur le mystère. L'idée qu'il pouvait être victime d'un gigantesque canular lui traversa l'esprit, mais le quitta rapidement. Entretemps, Christa l'avait rattrapé et lui prit le bras. Il était mort de fatigue et, puisque personne n'était venu au rendez-vous, elle estimait qu'un bain chaud et un peu de repos l'aideraient sûrement à remettre de l'ordre dans ses idées. Charles acquiesça. Il jeta encore un regard au tombeau de Barbara de Cilli et sortit de la cathédrale.

À l'extérieur, alors qu'ils se dirigeaient vers la fontaine, il dit à Christa qu'il voulait aller à l'hôtel où il descendait chaque fois qu'il venait à Prague. Il y était connu et il n'aurait donc peut-être pas besoin de montrer ses papiers.

Charles regardait pensivement par la vitre du taxi qui roulait vers l'hôtel Boscolo à petite allure, à cause des embouteillages dans le centre. Il éprouvait d'ordinaire une sorte d'enchantement quand il se trouvait à Prague. Cette fois pourtant, la magie avait disparu. Il se tourna vers Christa.

— Tout ça se tient plus que je ne le pensais.

Christa l'interrogea du regard.

— Personne n'est venu au rendez-vous, poursuivit-il, peut-être parce que j'ai mal compris le message. Je vais me plonger dans un bain chaud et je n'en sortirai pas tant que je n'aurai pas mis de l'ordre dans toutes ces informations. J'ai dû me tromper et ce *10.00* ne devait pas indiquer l'heure. Certains éléments apparaissent à plusieurs reprises. *Testis unus, testis nullus* disaient les Latins. Ce qui signifie « témoin unique, témoin nul », parce que cela relève du hasard. À partir de deux, ce n'est plus une coïncidence. Pour qu'un phénomène devienne un commencement de règle, il faut qu'il se répète au moins trois fois. Mon grand-père apparaît deux fois. La première en rapport avec le sabre qui l'obsédait. La seconde dans la chambre où l'homme m'a dit ces choses qu'il ne pouvait connaître qu'en ayant vu notre cave, ou bien parce que quelqu'un lui en avait parlé. On n'est plus sur le terrain des coïncidences, parce que le texte arraché aux pages de la prétendue bible est aussi celui qui figure dans notre cave. Sur le billet, il y avait le dessin de la tour de l'Horloge comme indication du lieu où se trouvait le sabre de Ţepeş, et quelque chose comme deux épées dans le même fourreau, mais il y avait aussi un message caché au sujet de saint Georges. Non seulement saint Georges est le patron de l'ordre du Dragon, dont le père de Vlad et Vlad lui-même étaient membres, mais Ţepeş apparaît aussi dans cette histoire de bible de Gutenberg, ce qui fait trois fois. Ce n'est plus vraiment une coïncidence.

Le taxi s'arrêta, Charles sortit par réflexe sa carte de crédit et la tendit au chauffeur. Le portier de l'hôtel vint leur ouvrir et Charles continua à dérouler sa pensée tout en se dirigeant vers la réception :

— Vous savez à qui appartenait le tombeau devant lequel je me suis arrêté avant de quitter la cathédrale ?

C'était une question rhétorique. Baker n'attendit pas la réponse de Christa.

— Celui d'une dame surnommée la Messaline d'Allemagne, de son vrai nom Barbara de Cilli, seconde épouse du fondateur de l'ordre du Dragon, Sigismond de Luxembourg, qui lui a succédé sur le trône de Hongrie. Une grande manipulatrice, accusée d'hérésie, de sorcellerie, d'avoir pratiqué l'alchimie, et qui est morte de la peste. On se trouve devant une énigme circulaire. La solution est à portée de main, j'en suis sûr, mais je n'arrive pas à la trouver.

À la réception, le directeur de l'hôtel reconnut Charles et les accueillit avec un large sourire avant d'ordonner au réceptionniste de lui donner la clé de la suite que le professeur occupait à chacun de ses séjours. Charles était un très bon client, célèbre, et surtout généreux. À la réception, dans une vitrine, étaient exposés deux de ses livres, ouverts à la page de la dédicace. Christa sourit devant l'étonnement du directeur quand elle demanda une chambre séparée, comprenant que Baker n'était pas toujours descendu seul au Boscolo. Elle dut laisser son passeport. On ne demanda rien à Charles.

— Je vous attendais, lui dit le directeur.

Un pli avait été déposé à son intention, lui expliqua-t-il, et il lui tendit une enveloppe de format A4 fermée. Charles s'en saisit d'un air absent, il remercia et suivit le jeune homme qui avait pris son bagage. En allant vers l'ascenseur, il poursuivit :

— On a donc le sabre, Țepeș, l'ordre du Dragon et Prague. On a aussi le texte de Kafka qui se trouve d'une manière inexplicable sur la dernière page d'un livre imprimé quatre cent cinquante ans avant sa naissance. Mais ça aussi, ça nous ramène à Prague. Donc Prague, Prague. Il faut aussi déchiffrer le fameux poème avec le roi assassiné. Mais je sens bien que c'est aussi en lien avec Prague. Et même avec la cathédrale Saint-Guy. Plus exactement avec l'un des rois qui y est enterré. Reste à savoir lequel. Peut-être que cela nous conduira à plusieurs réponses.

Ils montèrent dans l'ascenseur. Alors il sembla sortir d'une transe. Il remarqua l'enveloppe qu'il tenait à la main et l'ouvrit. Quand il en sortit ce qu'elle contenait, Christa et lui restèrent bouche bée, les yeux écarquillés devant le passeport de Charles – le document resté à Sighişoara.

Chapitre 62

Charles plongea directement dans la baignoire et s'enfonça jusqu'au cou dans l'eau mousseuse. Il ferma les yeux et entreprit de se détendre. Il pensait dormir, mais les images des textes, des tombeaux de rois et des cadavres se succédaient derrière ses paupières, comme la bande-annonce d'un mauvais film. Il sortit de la baignoire, enfila le peignoir et s'installa au bureau au milieu de la pièce principale. Il lut et relut ce qui était écrit sur le petit billet, il feuilleta plusieurs fois les pages du dossier marron, mais rien ne lui venait à l'esprit. Alors il décida d'organiser sa réflexion et il commença par le texte d'Agrippa d'Aubigné. Il le relut :

Ci-gît un roi, par grand merveille,
qui mourut, comme Dieu
permet, d'un coup de serpe et d'une vieille,
comme il chiait dans une met.

Il était question du tombeau d'un roi tué avec une serpe. Il fallait donc passer en revue tous les rois enterrés à la cathédrale et voir où cela le mènerait. Il ouvrit son ordinateur et chercha la liste complète des tombes situées à l'intérieur de la cathédrale Saint-Guy. Au terme d'une lutte farouche avec Internet, il n'avait trouvé que des listes partielles. Comme le temps passait très vite et que Charles commençait à perdre patience, il se dit qu'un peu d'aide lui ferait du bien. Il téléphona à Christa, mais ça sonnait occupé. Il composa le numéro de la réception, demanda qu'on lui apporte un autre ordinateur et qu'on lui passe sa chambre. Elle finit par répondre. Charles songea qu'elle était peut-être en ligne avec sa famille ou qu'elle faisait son rapport à son chef de service, mais se dit que ce n'était pas ses affaires. Il la pria de bien vouloir l'aider.

Quelques minutes plus tard, en même temps que le nouvel ordinateur, arriva Christa. Il lui expliqua ce qu'il fallait chercher et ils se mirent au travail. Lui au bureau, elle sur le canapé.

Ils réussirent à établir une liste de vingt-sept personnes et à localiser sur un plan l'endroit où chacun était enterré. Charles découvrit Adalbert de Prague, Rodolphe II, Anne de Bavière, Otokar Ier et II, Matthias d'Arras, Barbara de Cilli, Charles IV, Élisabeth de Poméranie, Georges de Podebrady, Ladislas le Posthume, Spitihnev II, Frantisek Tomasek, Vratislav Von Pernstein et Judith de Habsbourg.

Sur le papier à lettres portant l'en-tête de l'hôtel, Christa lista les noms de saint Guy, Blanche de Valois, saint Jean Népomucène, Maximilien II, Élisabeth de Bohême, Ferdinand Ier, Peter Parler, Rodolphe Ier,

Friedrich Johannes Von Schwarzenberg, Anna Von Schweidnitz, saint Wenceslas et Wenceslas IV de Bohême.

Charles prit place à côté de Christa et, tout en grignotant les délicieux croissants et feuilletés italiens qu'il avait commandés, avec du champagne, via le room service, il suggéra d'éliminer les femmes, les saints, les représentants de l'Église et enfin les artistes, pour ne garder que les rois et les empereurs. Il rassembla les deux listes et classa les noms dans l'ordre alphabétique ; Charles IV (empereur), Ferdinand Ier (empereur), Georges de Podebrady (roi de Bohême), Ladislas le Posthume (roi de Hongrie et de Bohême), Maximilien II (empereur), les deux Otokar (rois de Bohême), les deux Rodolphe (empereurs), Spitihnev II (duc de Bohême, c'est-à-dire roi), et enfin Wenceslas IV. La liste était ainsi réduite à onze noms. Ils se concertèrent pour savoir quel autre critère ils pourraient introduire pour raccourcir la liste. D'après Charles, le fait d'être tué par une vieille femme avec une serpe était une mort plutôt ridicule. Absurde. Alors ils se répartirent de nouveau les noms et entreprirent de chercher comment chacune de ces personnalités était morte.

Charles IV était mort de la goutte, Ferdinand et Podebrady de leur belle mort, tout comme Maximilien, qui avait refusé la présence d'un prêtre sur son lit de mort. Ladislas était mort d'une crise cardiaque dans son jeune âge, tout comme Wenceslas IV. On ne savait rien de la mort d'Otokar Ier, rien non plus de Spitihnev. Otokar II était mort sur le champ de bataille. Rodolphe II, de maladie, le premier de dysenterie.

— Aucune mort intéressante, conclut Charles. Peut-être seulement la dysenterie de Rodolphe Ier pourrait-elle se rapprocher un peu de notre poésie, mais il n'a pas été tué.

Charles était déçu, mais il sentait qu'il était sur la bonne piste. Il reprit la liste et se rappela que parmi les premiers noms qu'il avait biffés se trouvait celui d'Adalbert, religieux qui avait été victime d'une sorte d'exécution par un groupe de lanciers, parce qu'il était entré sur le territoire d'autres prêtres. Il se leva, marchant de long en large dans la chambre. Christa prit le petit billet sur la table et relut le poème.

— Est-ce que vous connaissez le contexte dans lequel ces vers ont été écrits ? demanda-t-elle. Cela pourrait peut-être nous mener quelque part.

Charles la regarda avec un éclair de satisfaction dans les yeux comme s'il avait dit : bravo ! Il se versa une autre coupe de champagne après que Christa eut refusé et il reprit sa place à table.

— Agrippa d'Aubigné a longtemps été le confesseur et le conseiller d'Henri IV de Navarre, le premier roi de la dynastie des Bourbons de France, le père de Louis XIII et grand-père du Roi-Soleil, Louis XIV ; Henri IV a été tué, vous vous en souvenez peut-être pour avoir lu les romans de Dumas ou de Zévaco, par un individu nommé Ravaillac. Ce qui est intéressant, c'est que le prédécesseur d'Henri IV, celui dont la disparition clôt définitivement la dynastie des Valois, Henri III, a lui aussi été tué, par un prêtre dominicain du nom de Jacques Clément. Ce dernier, catholique fanatique, considérait que le roi avait beaucoup trop reculé devant les huguenots et, après l'assassinat du duc de Guise, chef de la ligue catholique, il s'était présenté au palais sous le prétexte de remettre des lettres en main propre au roi, et l'avait poignardé dans l'estomac.

— Avec une serpe ?

— Non, pas avec une serpe, répondit Charles en riant. Je crois, enfin *j'espère*, que le rapport n'est pas là. Non, il a utilisé un poignard. Mais il y a un lien étrange tout de même. Les mauvaises langues disent – même si l'historiographie l'ignore pour des raisons faciles à comprendre – que le dominicain avait surpris le roi au moment précis où il se tenait sur la chaise percée.

— Et le lien, ça serait ça ? Ou bien les Français ont vraiment des tendances scatophiles ?

— Au Moyen Âge on ne s'embarrassait pas pour ça. Les représentations dans les foires, les bouffonneries et les plaisanteries ordinaires avaient beaucoup à voir avec la partie inférieure, pour le dire poliment, du corps humain. On retrouve cette tradition chez les grands écrivains de l'époque – de Dante à Boccace et de Rabelais à Shakespeare. La puanteur, l'urine et la merde, de même que toute une palette de pets, sont parmi les thèmes les plus abordés dans les blagues et dans les farces à cette époque. Dante a trouvé une expression exceptionnelle : il écrivait au sujet d'un de ses personnages qu'il avait « trompété par le cul ».

Christa se retenait de rire avec peine. Charles reprit :

— Cette époque est compliquée, alors on ne va pas entrer dans les détails. Ce qui est certain, c'est qu'Henri, baptisé catholique, est élevé dans la religion huguenote, c'est-à-dire protestante. Agrippa est lui aussi huguenot et grand promoteur de la cause, il hait les catholiques de tout son cœur. Il n'a jamais pardonné le massacre de la Saint-Barthélemy. Quand Henri est repassé au catholicisme pour devenir roi, Agrippa s'est détourné de lui. Mais tous deux étaient de très bons amis. L'anecdote dans laquelle apparaissent ces deux vers raconte que, lors de leurs promenades à travers le pays, le roi de Navarre, visitant les gens d'un village, fut pris de courante. Il avait mal au ventre à cause de la mauvaise nourriture qu'on lui avait servi. Il n'avait pas le choix et il s'est soulagé là où il a pu, c'est-à-dire dans la maie que la langue française orthographiait autrefois sous la forme « met », de la fameuse vieille femme. Après cet exploit, tous deux s'enfuirent et Agrippa se moqua de lui, disant que, si la vieille femme l'avait surpris, elle l'aurait probablement expulsé de chez elle à coups de pied au cul et pire encore, elle l'aurait peut-être égorgé avec sa serpe. C'est ainsi que sont nés ces quelques vers. Je ne vois toujours pas…

Charles marqua une courte pause puis poursuivit :

— Attendez. Dans la même anecdote, il rapporte qu'avant d'avoir écrit ce bout rimé si plaisant, il aurait dit au roi que, s'il avait connu une fin aussi glorieuse, il lui aurait lui-même bâti un tombeau dans le style de celui de saint Innocent.

Il s'arrêta encore, comme pour mettre de l'ordre dans ses idées.

— On ne sait pas de quel Innocent il est question, mais il est clair que ce saint-là était un pape. Ils furent neuf à porter ce nom jusqu'en l'an 1600, il est donc difficile de savoir avec certitude auquel il se réfère. Mais en tenant compte de leur appartenance religieuse et des opinions politiques du poète, il pourrait s'agir d'Innocent IX, grand ennemi des huguenots. Il a été le dernier pape enterré dans l'ancienne basilique Saint-Pierre et je crois qu'il est sinon le seul, du moins l'un des rares, à avoir un tombeau presque anonyme. Donc même l'Église ne le portait pas vraiment dans son cœur.

Christa ne voyait pas où Charles voulait en venir.

— Ça va vous paraître tiré par les cheveux, dit-il, mais celui qui a imaginé cette énigme savait que j'allais la résoudre. Nous cherchons un saint. Et nous les avons justement mis de côté. Regardez, saint Guy a eu une mort étrange. Dans l'imagination d'Agrippa d'Aubigné, adversaire de l'Église et philosophe des Lumières avant l'heure, la perspective d'être tué par une vieille femme a pu paraître aussi sotte que se laisser noyer pour avoir refusé de révéler les infidélités de la reine apprises sous le sceau de la confession, ce qui est justement l'histoire de saint Guy.

Christa n'était pas convaincue et se demandait si Charles n'était pas trop fatigué et disposé à tirer n'importe quelle conclusion pour pouvoir considérer l'énigme comme résolue.

— Il parle ici d'un roi assassiné. Donc je crois qu'il faut quand même chercher le tombeau d'un roi. On devrait peut-être les repasser en revue.

Le visage de Charles s'éclaira soudain et il se mit à rire. Il s'approcha de Christa et plaqua un baiser bruyant sur son front.

— C'est saint Wenceslas ! fit-il.

Christa ne comprenait pas.

— Saint Wenceslas était à la fois roi et saint. Il est le seul à remplir les deux conditions. Et il est mort tué par son frère ou par l'un de ses hommes. Assassiné peut-être à l'aide d'un petit poignard. On retourne à la cathédrale.

Charles prit le téléphone et demanda à la réception à quelle heure fermait l'édifice. L'employé le rappela au bout de quelques minutes, pendant lesquelles Charles s'était habillé. Il lui répondit qu'elle fermait d'habitude à 17 heures, mais que ce soir-là se tenait un concert d'orgue pour lequel il venait de lui obtenir deux billets. La limousine de l'hôtel l'attendait devant. Le professeur était comblé, une fois de plus, par la promptitude avec laquelle l'équipe de l'hôtel répondait à tous ses désirs. Même ceux qu'il n'avait pas explicitement formulés.

Chapitre 63

La limousine venait de démarrer quand une blonde vêtue d'une jupe exagérément courte et juchée sur des talons hauts qui mettaient en évidence la ligne sculpturale de ses jambes entra dans l'hôtel et se dirigea comme une flèche vers la réception. Elle avait les cheveux serrés dans un chignon très soigné et portait sur le nez une paire de grandes lunettes de soleil à monture ronde. Les trois premiers boutons de son chemisier blanc étaient ouverts sur un décolleté plongeant, mis en valeur par son soutien-gorge à balconnet. Elle était très maquillée, mais avec goût.

Elle se planta devant l'employé de la réception qui priait en silence pour que la merveilleuse apparition irradiant de sex-appeal soit venue pour lui. Tous ses espoirs s'envolèrent quand, dans un battement de cils parfaitement étudié, elle demanda la chambre du professeur Baker. Ce genre d'apparition n'était pas étranger aux réceptionnistes de l'hôtel Boscolo, si bien que le billet de 100 dollars plié en quatre et glissé dans le creux de sa main ne fit que balayer le reste de scrupules qui auraient pu le faire hésiter. Alors il répondit dans un souffle à la requête et ajouta que le professeur venait de partir avec la femme qui l'accompagnait. La bombe sexuelle le remercia gaiement et repartit, laissant tout le personnel ébahi la suivre de regards humides et rêveurs bien après qu'elle eut disparu de leur champ de vision.

Beata monta dans l'ascenseur, adressant un sourire séducteur au petit vieux qui s'y trouvait. Son épouse s'aigrit sur-le-champ, forçant le vieil homme à ravaler son expression réjouie. Beata se dirigea vers la chambre indiquée et tira de sa pochette la boîte de Bella. Elle plaqua l'objet contre la porte et un clic se fit entendre.
Elle entra dans la chambre et chercha où déposer l'appareil de surveillance. Elle finit par le fixer sous le canapé, de façon à ce qu'il soit hors de vue. Avant de descendre, elle jeta encore un œil à la chambre.

Dans la villa de Werner défilaient sur l'écran des données analysées à grande vitesse. Il sélectionna celles qui l'intéressaient. Le rayon de détection couvrant des dizaines de mètres et une hauteur de cinq étages, Werner élimina tout signal de téléphone ou d'ordinateur inutile et limita le périmètre d'analyse à la suite de Charles.

Au siège de la Section spéciale, le bureau du commissaire était plein. Tout le personnel s'était rassemblé et le chef donnait ses dernières instructions. Le train avait fini par repartir et Ledvina communiquait à ses subalternes les conclusions du terrain. Pendant qu'il parlait, son adjoint projetait sur le mur les clichés récupérés auprès du photographe de la police pour illustrer les propos de son chef. Quand, enfin, chacun aurait pu donner son avis sur qui pouvait avoir commis les crimes et comment l'attraper, personne n'ouvrit la bouche.

Dans un geste théâtral, Ledvina adressa un signe à son assistant pour qu'il projette la dernière photo. Lorsqu'il se glissa entre l'appareil et le mur, on eût dit le Colosse de Rhodes.

— Nous avons affaire, c'est évident, à une espèce très particulière de vampire, conclut-il.

Le brouhaha qui s'éleva suggéra que ces paroles n'obtenaient pas l'effet escompté. Les policiers se montraient plus amusés qu'autre chose, croyant à l'une de ses plaisanteries. Il dut tonner pour faire comprendre qu'il ne rigolait pas et il se pressa de développer ses arguments.

Chapitre 64

Le concert d'orgue avait commencé, alors Charles fit signe à l'ouvreuse qui voulait les guider vers les places des premiers rangs qu'il ne souhaitait pas déranger et préférait rester debout. La musique s'élevant du vieil orgue était divinement belle, ce qui fit regretter à Charles de ne pas avoir l'oreille musicale. Dans son cas, il devait s'agir d'une limite physiologique, car son grand-père avait bien tenté de l'éduquer dans ce domaine aussi. Il lui avait fait prendre des cours de piano, comme il seyait à tout jeune homme d'ascendance européenne. Mais le professeur de piano avait abandonné, défait, quand, au terme de deux années, à raison de deux cours par semaine, l'élève n'était toujours pas parvenu à interpréter seul quelques notes de la *Lettre à Élise*.

Charles aimait la musique, particulièrement l'opéra, mais il n'avait jamais dépassé le stade du bel canto. Ses opéras préférés étaient les plus mélodieux jamais écrits, le *Rigoletto* de Verdi, *Le Barbier de Séville* de Rossini, et le *Don Giovanni* de Mozart. Wagner le faisait fuir et la musique dodécaphonique et sérielle était pour lui une atteinte à sa santé mentale.

Christa et Charles restèrent au niveau de la porte principale, près de la chapelle Saint-Wenceslas, où Charles supposait qu'était caché le message qui lui était adressé. Mais il ignorait où précisément, et sous quelle forme. Il espérait seulement que cela avait un rapport avec le sabre ou du moins la bible de Gutenberg.

Charles s'assura que le public était absorbé par le concert avant de s'éloigner, à petits pas, dos au mur, en direction du transept. Il se déplaçait lentement, les sens aux aguets. Il suivit la muraille jusqu'à la colonne qui marquait l'entrée de la chapelle où se trouvaient les reliques de saint Wenceslas. Christa essayait de synchroniser ses pas sur les siens. La porte de la chapelle était grande ouverte. Restait un obstacle à passer, le cordon de velours rouge, soutenu par trois potelets dorés, qui barrait l'entrée. Charles attendit le moment opportun et, prenant son courage à deux mains, enjamba le cordon. Christa se demanda s'il valait mieux entrer après lui ou assurer ses arrières. Elle choisit de rester à l'extérieur.

La chapelle est fermée au public qui ne peut l'admirer que depuis le seuil. Les autorités ont pris cette décision pour éviter la détérioration des objets précieux qui y sont exposés ou le vol des pierres précieuses et semi-précieuses qui en décorent les murs. D'une surface de cent mètres carrés, la chapelle est de forme parfaitement carrée. Les parois intérieures datent du XIVe siècle, et les murs sont ornés, jusqu'à une hauteur de 3,5 mètres, de plus de 1 400 plaques de pierre polies, du quartz à l'améthyste en passant par l'agate et le porphyre rouge ou vert incrusté de labradorite, extrait probablement des mines égyptiennes cinq siècles plus tôt. Aux murs figurent deux séries de fresques. Celles du bas retracent la Passion du Christ, celles du haut, des scènes de la vie de Wenceslas. Une statue du saint, également datée du XIVe siècle, domine le fond de la chapelle et sur sa droite se trouve son tombeau orné d'un plaquage de pierres colorées, surplombé par un reliquaire. Sur le tombeau se trouve une nappe ou une tapisserie en velours rouge sur laquelle reposent des vases remplis de fleurs et toutes sortes d'objets de culte. Charles, qui ne s'intéressait à la religion que d'un point de vue historique, n'aurait su dire à quoi ils servaient.

Vingt ans plus tôt, Charles avait bénéficié d'une dérogation pour visiter la chapelle, mais il n'avait pas réussi à monter dans la pièce secrète située à l'étage. Il passa en revue ce qu'il connaissait de la salle de la Couronne. On y conserve la couronne de Charles IV, le sceptre royal, les vêtements du couronnement et d'autres objets similaires. Après la première porte derrière celle de l'entrée de la chapelle, un escalier conduit à une autre porte. Là se trouve le détail le plus intéressant : la porte en fer est celle d'un immense coffre-fort. Elle est verrouillée par sept cadenas, comme dans les contes, sept serrures en réalité, pour lesquelles il faut sept clés, détenues par le président de la République, le Premier ministre, l'archevêque de Prague, et ainsi de suite jusqu'au maire de la capitale tchèque. Charles éprouvait la vague impression que tout cela avait un lien avec le récit de Kafka, celui traduit en latin dans les pages du dossier marron. Là aussi il était question de plusieurs portes, de plusieurs gardiens. Il se demanda si la résolution de la seconde partie du mystère n'était pas justement liée à cette salle. Mais impossible d'y entrer, les portes ne pouvant pas être forcées, et rassembler les sept clés relevait de la fantaisie pure. En l'espace de cent ans, la salle de la Couronne n'avait été ouverte qu'à neuf reprises. *Sept et neuf*, se dit Charles. *En voilà, des chiffres réellement magiques.* Mais il se souvint qu'il s'était promis de résoudre les énigmes une par une et il se concentra sur la recherche du sabre. Il tenta de faire le tour de la chapelle et d'inspecter chaque recoin, mais il devait rester à l'abri des regards des spectateurs, ce qui l'empêchait de s'approcher de la plaque funéraire et du reliquaire. La lumière faible ne l'empêchait pas de bien voir. Il examina les murs, les objets, et même le rembourrage des sièges. Il ne trouva rien. La musique s'interrompit. Profitant des applaudissements, Christa entra elle aussi, et se posta à côté de Charles, derrière la porte. Elle l'interrogea du regard, mais Charles fit non de la tête. Puis il lui expliqua qu'il n'avait pu aller jusqu'au tombeau et qu'il devait attendre le départ du public.

— On va se faire enfermer dans la cathédrale, fit Christa.

— Alors on y restera jusqu'au matin, répondit Charles d'un air décidé.

Ils attendirent en silence jusqu'à ce qu'il n'y ait plus aucun bruit. Puis ils perçurent des pas dont la cathédrale vide amplifiait l'écho. Le gardien faisait sa ronde. Charles espéra très fort qu'il n'entre pas vérifier dans la chapelle. Les pas s'approchaient. Puis s'arrêtèrent. Le gardien était en face de l'entrée. La lueur d'une lampe fouilla chaque coin visible de la salle. Tous deux retenaient leur souffle, cachés derrière la grande porte. Le gardien s'en alla. Ils calculèrent qu'il lui faudrait du temps pour repasser, alors ils entreprirent de fouiller les derniers recoins. À un moment donné le bruit de pas s'interrompit. Le gardien avait dû sortir.

Il leur fallut presque une heure pour mener à bien leurs recherches. Ils avaient posé les doigts sur chaque centimètre carré de la pièce, aussi haut que leur taille le leur permettait. Les murs, les fresques, le sol. Le tombeau. Charles fouilla même le reliquaire. Rien. La rage laissa place au découragement. Où avait-il pu se tromper ? Peut-être ne s'était-il pas trompé ? En réalité, que savait-il ? Une femme lui avait tendu une note. Un homme en train de mourir avait échoué dans sa chambre. Peut-être avait-il dit la vérité. Peut-être n'y avait-il aucun lien entre les deux. Peut-être avait-il mal interprété les différents éléments. Il s'emporta alors qu'il se tenait mains appuyées sur le bord du tombeau, et dans un grand geste presque hystérique il balaya tous les objets disposés sur la nappe. Il souffla encore nerveusement puis se raisonna et se pencha pour ramasser les objets tombés. Christa bondit pour l'aider et ils se baissèrent de chaque côté de la dalle. Ils s'arrêtèrent comme s'ils avaient répondu à un signal. Ils avaient observé quelque chose du coin de l'œil. Sous un certain angle, des tas de signes étaient visibles sur le morceau de tissu. Charles resta courbé dans cette position et commença à lire. C'était un message codé.

Trop concentré, il ne se rendit pas compte que Christa ne se trouvait plus à ses côtés. Quelques secondes plus tard il entendit quelqu'un crier et, quand il tourna la tête vers la porte, une lumière l'aveugla. Le gardien tenait dans les mains une lampe torche et un pistolet. Puis il aperçut Christa qui avait anticipé l'arrivée du gardien et s'était collée dos au mur. Le gardien ne la voyait pas. Charles fit un mouvement pour se rapprocher du gardien, mais Christa lui fit signe de reculer, au contraire. Il obéit. Le gardien savait qu'il était coincé, mais il voulait l'attraper, alors il poussa du pied le potelet, qui se renversa. Un bruit métallique résonna dans la cathédrale. Il s'approcha lentement de Charles. Au moment où il dépassait l'encadrement de la porte, Christa lui saisit les bras et les releva tout en lui envoyant un coup de genou dans le menton. Pris par surprise, le gardien s'effondra sur le dos en lâchant son arme et sa lampe. Christa se jeta sur lui et, le bras autour de son cou, commença à serrer. Charles voulait l'arrêter, mais le gardien avait déjà perdu connaissance.

— Il se réveillera dans quelques minutes. Nous devons partir tout de suite, fit Christa en lui prenant le bras.

— La nappe, dit Charles en reculant.

Il la plia et la glissa à l'intérieur de son veston. Ils tentèrent le portail sud. Il était fermé. Ils s'orientèrent vers le portail ouest. Juste avant qu'ils y parviennent, deux femmes portant des seaux et des balais entrèrent dans l'église. Ils se faufilèrent à côté d'elles en les laissant bouche bée...

Dans le taxi, Charles se dit que la chance ne l'avait pas encore abandonné, pas plus que ses capacités intellectuelles. Il était impatient de lire le message. Il espérait que la nappe de la chapelle fournirait un indice sérieux qui le mènerait au sabre. Son cerveau surexcité réalisait des millions de connexions. Il était certain qu'un seul café suffirait à faire exploser son cœur.

Chapitre 65

Christa remarqua les trois voitures noires identiques, avec permis spécial affiché sur le pare-brise, mal garées devant l'hôtel. Avant même qu'elle puisse le signaler au professeur, il était déjà descendu du taxi. Au moment où il pénétrait dans l'hôtel, il se trouva entouré de trois hommes qui lui barraient le passage.

Nicky Ledvina avait les mains enfoncées dans les poches de son pantalon. Sur son veston était piqué un insigne officiel que Charles ne reconnut pas.

— Bonjour, monsieur le professeur Baker, le salua calmement le commissaire.

Dans sa manière d'accentuer les mots, Charles reconnut l'accent slave. Il ne sut que répondre et le commissaire reprit :

— Mais quel manque de politesse, dit-il en lui tendant la main. Commissaire Ledvina.

Quand sa main se perdit dans l'énorme paluche du policier, Charles sentit une atroce douleur au creux de sa paume, puis quelque chose de dur qui semblait entouré de parties friables. Il grimaça et tenta de se défaire de l'emprise du commissaire, mais ce dernier accentua encore la pression en s'aidant de son autre main. La chose blessait sa peau. Charles se mit à hurler et essaya de dégager sa main. Christa intervint, collant sa carte d'Interpol sous le nez du commissaire. Nicky rigola sans se gêner et, tandis que Charles continuait de se tordre de douleur, il ajouta :

— Je sais bien qui vous êtes, Christa Wolf. Ou vous préférez Eugénie Pialat ? Ou Hélène de Vrij ? Ou peut-être voulez-vous que je vous appelle par votre vrai nom ? Je parie que cela fait bien longtemps qu'on ne vous a pas appelée Kate. Kate Schoemaker.

Les policiers faisaient cercle autour d'eux, car une foule curieuse commençait à s'approcher. Les gens dans le hall lançaient des regards interrogateurs dans leur direction et deux autres policiers tentaient de les éloigner. Le directeur de l'hôtel fit son apparition, téléphone à la main. Il se fraya un chemin et tendit l'appareil au commissaire en disant :

— Le ministre de l'Intérieur en ligne. Tout de suite.

Il avait le visage congestionné de stress et se demandait pourquoi le gardien de l'hôtel n'était pas intervenu. Jamais un client n'avait été agressé. Et encore moins par des représentants de l'ordre plus qu'étranges. Des imposteurs, peut-être. Il avait aussitôt appelé sur sa ligne privée le ministre de l'Intérieur qui disposait d'une suite réservée à l'année.

Le commissaire dévisagea le directeur qui s'agitait et il hésita. Il consulta sa montre sans lâcher la main de Charles, qu'il tordit davantage. Puis, il desserra son étreinte. De la main du professeur tombèrent des gousses d'ail. Avec dextérité, le commissaire rattrapa la main de Charles, la tourna paume vers le ciel, puis il tâta la peau qui avait rougi et où l'on voyait clairement les traces des parties pointues, et finalement, la relâcha pour de bon.

— Je vous prie de m'excuser, fit-il aussitôt. Je devais être sûr. (Puis il saisit le téléphone et hurla au ministre :) Je bosse !

Puis il raccrocha. Enfin, il le balança au directeur qui avait blêmi.

En d'autres circonstances, Charles ne se serait pas laissé faire ainsi. Mais il n'était pas certain d'avoir la moindre chance devant cet ogre et il ne savait pas quelles informations il détenait. Il avait tout de même enfreint la loi un sacré paquet de fois depuis quelques heures. Il saisit immédiatement ce que l'ogre avait voulu dire. À la surprise générale, et en particulier de Christa, il se mit à rire.

— Vous pensiez qu'il arriverait quoi, si vous ne vous étiez pas trompé ? demanda Charles.

Le commissaire bafouilla, tandis que Charles s'approchait de lui en le dévisageant. Nicky perdit sa contenance et s'embrouilla, disant que sa peau aurait dû brûler et fondre comme au contact de l'acide sulfurique.

— Alors je ne suis pas un vampire ? insista Charles. La question est close ? Ou bien vous allez en plus me transpercer le cœur avec un pieu pour vous en assurer ?

Le commissaire opina du chef puis fit signe que non, ne sachant pas à laquelle de ces deux questions répondre.

— Alors vous me permettrez de me retirer. J'ai eu une journée très fatigante.

Sans attendre la réponse, il tourna les talons et se dirigea vers l'ascenseur. Il glissa la main sous sa veste pour s'assurer que la nappe volée à la cathédrale était toujours là. Le directeur courut après lui en se confondant en excuses. Charles ne se souvenait pas avoir jamais entendu quelqu'un d'aussi inventif dans le domaine des excuses et des dédommagements. Il lui faisait pitié. Il prit le directeur par les épaules et lui garantit qu'il ne s'était rien passé. Il entra dans l'ascenseur et, à l'instant où les portes se refermaient, il vit le directeur planté au milieu du hall, consterné et contrarié par la réaction de son client, ne sachant s'il devait se réjouir ou s'inquiéter.

Christa était restée en bas et se disputait avec le commissaire. Elle avait déjà été témoin de ce genre de procédés, mais dans des dictatures, et tôt ou tard cela finissait mal. Elle lui conseilla de se tenir aussi éloigné que possible d'elle et du professeur, le temps de leur séjour à Prague, s'il voulait éviter un scandale au plus haut niveau et aux conséquences internationales. Ledvina, qui avait repris contenance, lui rétorqua :

— Aucune chance !

Et il lui tourna le dos. Sa clique le suivit jusqu'aux voitures. En ouvrant la portière, son adjudant lui dit :

— On a peut-être affaire à une espèce de vampire plus évoluée que les autres.

Le commissaire le regarda comme s'il était le dernier des crétins et répondit seulement :

— Abruti ! Allez, gyrophares. Pas le temps de rester au milieu de tous ces touristes !

Puis il monta en voiture.

Chapitre 66

À peine eut-il passé la porte de sa chambre, que Charles, à bout de patience, tourna en tous sens la nappe pour voir enfin le message qui y était inscrit. Cette technique était surtout utilisée pour les cartes postales où plusieurs clichés superposés donnaient l'impression, quand on changeait l'orientation, que le personnage bougeait.

La personne qui avait transmis le message avait probablement utilisé ce procédé, mais sans ajouter plusieurs vues superposées, et tenant à s'assurer que personne ne remarquerait dès l'entrée dans la chapelle que la nappe était très particulière.

Charles reconnut immédiatement les signes classés dans l'ordre. Il s'assit à sa table où se trouvaient encore les papiers avec ses listes de rois inhumés à Saint-Guy, et commença la transcription. Il venait de recopier intégralement la suite de signes quand il entendit frapper. Il se leva, ouvrit à Christa et retourna rapidement à sa table.

Christa tenait à commenter l'incident du hall, mais, voyant Charles si concentré, elle y renonça. Elle approcha une chaise de la table et regarda ses notes.

— C'est un code maçonnique ? demanda-t-elle.
— Oui. Le plus simple de tous, répondit Charles d'un air satisfait. Un jeu d'enfant. N'importe quel gamin connaissant l'alphabet et qui a déjà joué au morpion est en mesure de le résoudre.

Tout en parlant, il traça quatre grilles où il inscrivit les lettres de l'alphabet en ajoutant dans une sur deux, des points à côté des lettres. Il sentit le souffle de Christa sur sa nuque et il dut bien admettre que cela le troublait. Il finit de compléter les quatre grilles et se tourna vers elle.

A	B	C
D	E	F
G	H	I

J.	.K	.L
M·	N·	·O
P·	·Q	·R

```
    S
  \ / 
T  X  U
  / \ 
    V
```

```
    W
  \·/ 
X ·X· Y
  /·\ 
    Z
```

— Comme vous le voyez, chaque lettre entre dans une forme géométrique. Alors au lieu d'écrire la lettre, on va utiliser la forme qui l'encadre. Ce qui fait que ce « L » en miroir est en réalité un A, l'autre « L » en miroir, mais avec un point se traduit par J. Le circonflexe sur un point correspond à un Z et ainsi de suite, en suivant les quatre grilles. Très facile. Alors décryptons sans tarder ce message.

Charles entreprit de transcrire le résultat décodé. Les premières lettres, PCWIAMR, étaient décevantes. Il décida de ne pas y penser et de poursuivre. Le résultat n'était pas à la hauteur de ses espérances :

PCWIAMRKMRAUFDUAFURCDQFPLCVDAFHC
DUIAFREMIAFKVIAAMRKSDMRHIAAQIREIWCVDA

Ça n'avait aucun sens. Il imagina que cela pouvait être une anagramme. Mais jamais il n'avait vu d'anagramme dans un code maçonnique. Tout était possible cependant. Alors il ouvrit son ordinateur portable et le logiciel de décryptage dans lequel il saisit la suite de lettres. Des pages de variantes s'affichèrent à l'écran. Il les passa rapidement en revue. Rien n'avait le moindre sens.

Devant son écran dans la somptueuse villa de l'Institut, Werner voyait exactement la même chose. Il se mit à noter au crayon toutes sortes de signes. Il entendit Christa demander :

— C'est un nouveau code, n'est-ce pas ?

Charles acquiesça.

— Au moins, nous voilà moins bêtes, dit Christa en souriant.

Charles ne partageait pas son optimisme, il n'avait pas la moindre raison de sourire.

— Une idée de l'endroit où la clé pourrait se trouver ? reprit Christa.

— Aucune. Elle pourrait se trouver n'importe où.

— Le message vous est adressé. Il doit bien y avoir quelque chose pour vous mettre sur la piste. Une chose à laquelle vous pensez souvent. Ou qui fait partie de votre vie et que vous seul connaissez.

— C'est-à-dire un monde de possibilités, répondit Charles. Si le mot contient plusieurs lettres, mais qu'aucune ne se répète, il n'est pas très difficile de trouver la solution. Mais si la clé est plus compliquée, l'opération peut se révéler impossible.

Charles se leva. Il traversait la chambre en long et en large. Sa méthode favorite pour se concentrer. Il prit une cigarette et l'alluma. Comme il était interdit de fumer à l'intérieur il s'approcha de la fenêtre et se pencha à l'extérieur. Christa attendit patiemment en regardant le texte crypté posé sur la table. Sa cigarette terminée, Charles reprit sa déambulation à travers la pièce. Puis il se mit à parler, réfléchissant à haute voix :

— Il y a plusieurs manières de découvrir la clé. La plus directe : chercher les mots les plus simples formés de une, deux ou trois lettres. Mais comme il n'y a pas d'espace entre les lettres, le plus facile serait peut-être d'étudier la fréquence des unes et des autres, et de travailler sur la base de probabilités.

— Pourquoi vous ne commencez pas par quelques mots au moins ? Si ça se trouve, vous aurez de la chance.

— Peut-être. Mais je crains que cela ne nous mène dans une impasse. Passons directement à la méthode scientifique.

Il se pencha sur l'ordinateur et ouvrit un fichier présentant sur une colonne l'alphabet et sur l'autre un pourcentage.

— C'est quoi ?

— La fréquence moyenne d'utilisation de chaque lettre en anglais. Le plus simple est de passer d'abord les voyelles en revue. Et de croire en notre bonne étoile, en espérant que le texte soit dans la moyenne et pas une exception.

a	8.167%
b	1.492%
c	2.782%
d	4.253%
e	12.702%
f	2.228%
g	2.015%
h	6.094%
i	6.966%
j	0.153%
k	0.772%
l	4.025%
m	2.406%
n	6.749%
o	7.507%
p	1.929%
q	0.095%
r	5.987%
s	6.327%
t	9.056%
u	2.758%
v	0.978%
w	2.360%
x	0.150%
y	1.974%
z	0.074%

Un bip interrompit le fil des pensées de Charles. C'était le téléphone de Christa. Mais elle ne réagit pas.

— Vous ne regardez pas ? demanda Charles.
— Sans doute un message du boulot.

Charles l'observa comme pour connaître ses pensées. Ses soupçons remontaient à la surface. Pendant ce temps, Christa commençait les calculs.

— J'ai compté 71 caractères. Si les dieux de la probabilité sont avec nous, la lettre A devrait coïncider avec un symbole apparaissant dans 8,167 % du message, donc, multiplié par 71 et divisé par 100, 5,79 fois.

Charles suivit la manière dont Christa posait l'opération sur le papier sans se servir de la calculatrice de son téléphone. Cela renforça encore ses soupçons. Il était convaincu qu'elle ne voulait pas qu'il puisse lire le message. Il se souvint que l'homme dans sa chambre l'avait prévenu de ne faire confiance à personne. Il se demanda s'il n'avait pas eu raison. Il envisagea de dire à Christa qu'il était fatigué et souhaitait remettre tout ça au lendemain, mais elle n'y croirait pas une seconde. Et, si ses soupçons se révélaient infondés, elle serait vexée. Il décida de poursuivre, certain qu'il n'obtiendrait pas de grands résultats.

Werner posa son stylo quand Beata s'approcha de lui avec une assiette où trônait un énorme hamburger. Il avait déjà passé le texte à la moulinette qu'ils s'apprêtaient à utiliser. Il ne semblait pourtant pas très satisfait. Beata s'assit sur ses genoux et écouta la voix qui s'élevait des enceintes latérales de l'ordinateur.

— On arrondit 5,79 à 6, dit Charles. À première vue il y a d'autres lettres qui apparaissent presque aussi souvent. Si on prend maintenant la lettre T par exemple, on obtient 9,056...

Il s'assit devant l'écran et continua :

— Or 71 divisé par 100 égale 6,42, c'est-à-dire encore 6. Le texte n'est pas suffisamment long pour qu'on puisse relever des différences significatives.

Il compta les signes composant le code. Le caractère ressemblant à un C anguleux apparaissait 6 fois.

Il nota quelque chose et dit :

— Notre clé ressemble peut-être à ça :

?	?	?
?	?	A
?	?	?

Il poursuivit :

— Soit c'est un mot de cinq lettres qui ne contient pas la lettre A, soit c'en est un de six lettres qui se termine par A, soit c'est un mot plus long, avec sept lettres dont la sixième est le A. Vu que le mot est court, la probabilité d'avoir des doublons est limitée. Elle augmente avec la longueur du mot.

Il s'interrompit et considéra à regret les signes jetés dans un ordre que seul l'auteur du message connaissait. Il finit par consulter sa montre et ajouta :

— Je crois que j'ai intérêt à laisser refroidir mes neurones. En plus je meurs de faim. Ils cuisinent l'oie ici comme nulle part ailleurs. Des rillettes d'oie et un pot-au-feu d'oie. Ou, encore meilleur, du magret d'oie fourré aux marrons, accompagné de galettes de pommes de terre. Et en dessert, une sensationnelle crème glacée d'asperges.

— De la glace aux asperges ? grimaça Christa.

Sa réaction amusa Charles.

— Vous verrez. Retrouvons-nous en bas dans une demi-heure. Je dois absolument prendre une douche.

Christa quitta sa chambre et Charles, après s'être déshabillé, resta en caleçon à faire le tour de la table. Finalement il céda à la tentation et se remit à travailler sur le code. Il choisit un mot simple. Peut-être le diable sur sa prétendue carte de visite était-il un mot clé. Il essaya donc avec « diable », mais sans résultat. Il se dit alors qu'il était en hypoglycémie et qu'un délicieux repas lui redonnerait sa lucidité. Il commença par griller une cigarette. *J'espère que je ne vais pas me remettre à fumer pour de bon.* Il savait que si cette habitude était encore tolérée en Europe, où les interdictions devenaient pourtant de plus en plus strictes, aux États-Unis il finirait par être considéré comme un pestiféré. Il se consola en songeant que c'était le stress qui le faisait fumer et qu'une fois passé ce moment il reviendrait à ses fins cigares Cohiba, lesquels étaient plus à l'image d'une extravagance de millionnaire qu'assimilés à une activité répréhensible.

Il se pencha de nouveau par la fenêtre en regardant les lumières de Prague et les gens qui se promenaient. Son attention fut attirée par une de ces limousines extra-longues et se demanda comment on circulait avec un engin pareil dans les ruelles étroites aux virages serrés des villes européennes. Il n'enviait pas le sort du chauffeur. De la limousine sortit une jeune femme en robe de mariée avec un bouquet violet à la main. Suivirent d'autres véhicules dont descendaient les invités de la noce. Sortant de l'hôtel, une femme passa près du groupe qui grossissait à vue d'œil, longeant le bâtiment comme pour ne pas se faire voir. Seule la foule au niveau des portes automatiques de l'hôtel la fit s'écarter un peu du mur. Charles surprit ce moment. C'était Christa.

Chapitre 67

Il sortit de la salle de bains en peignoir. Il n'avait pas chanté sous la douche, ce qui dans son cas n'était jamais très bon signe.

Il s'inquiétait de tout ce qui était arrivé et enrageait de n'avoir pas encore réussi à déchiffrer le message. De plus, Christa semblait avoir un double agenda.

Tout en se frottant vigoureusement la tête avec une serviette de toilette, il traversa la chambre et s'arrêta devant le téléphone. L'écran indiquait trois appels en absence. Il jeta la serviette sur la chaise et vérifia qui avait appelé. Deux appels provenaient d'un numéro inconnu et le troisième de Ross. Il consulta la boîte vocale. Les deux premiers messages étaient semblables. On n'entendait pas grand-chose. Entre les bruits de fond, les craquements et les frottements, il crut discerner quelque chose qui ressemblait à un vent fort. Il finit par reconnaître la voix de son père, mais ne comprit pas ce qu'il disait. Les mots étaient hachés. Il écouta plusieurs fois les deux messages. Il lui sembla entendre un « ça marche » et un « après-demain » et c'était à peu près tout, alors que les deux duraient presque une minute chacun.

Il hésita à téléphoner à Ross. Il aurait eu besoin de son aide pour déchiffrer le message, mais n'était pas tout à fait certain de la confiance qu'il pouvait lui accorder, ne l'ayant pas vu depuis de si longues années. Il décida de s'abstenir tant qu'il ne saurait pas comment lui présenter les choses. Ross voudrait savoir, c'était certain, dans quoi il s'était fourré pour avoir eu besoin de son aide pour passer une frontière.

Il se planta devant sa valise et en sortit une chemise de chez Charvet, bleu clair, et un pantalon bleu foncé de chez Canali. C'était les meilleurs vêtements qu'il avait emportés avec lui et un dîner chez Boscolo méritait bien ça. Sa tenue lui semblant incomplète, il sortit de sa valise une boîte contenant sa pièce maîtresse, une écharpe, modèle Ascot, de sa marque préférée en matière d'accessoires, Tie me up. Il adorait cette petite marque confidentielle ; son gigantesque dressing renfermait presque toutes les pièces de ce fabricant.

L'écharpe choisie était bleu marine avec des motifs cachemire roses aux irisations mauves. Il la regarda amoureusement, la sortit délicatement de la boîte et la noua sous le col de sa chemise. Il s'admira dans la glace, parut satisfait et descendit dîner.

Chapitre 68

Comme Christa n'était pas encore arrivée, il s'assit dans l'un des confortables fauteuils du hall de l'hôtel et appela Ross. Ce dernier répondit presque instantanément.

— J'étais inquiet pour toi, dit Ross. Je voulais être sûr que tu t'étais débrouillé. J'ai surveillé les flux interagences et j'ai été soulagé de ne rien trouver à ton sujet.

— Un grand merci. Comment t'as réussi ça ? Ou bien ça relève des choses dont on ne peut pas parler ? En tout cas, je te dois une fière chandelle. Une fois de plus.

— Malheureusement, cette fois, je n'ai aucun mérite. Je voulais savoir comment tu avais fait pour passer.

Ainsi, Ross n'avait pas résolu le problème des contrôles de police aux frontières. Mais alors qui ? Probablement la personne qui avait apporté son passeport à l'hôtel. Mais comment savait-elle à quel hôtel il descendrait ? Charles soupira en pensant que le nombre des questions sans réponses augmentait à mesure que le temps passait.

— Allô ?... Allô ?... Tu es encore là ? interrogea Ross d'une voix enjouée.

— Oui, pardon. Je me demandais, puisque ce n'est pas toi, qui alors ? Peut-être Interpol.

— Interpol ? Ils ne sont pas même capables de faire passer leurs propres agents... Tu t'es maqué avec Interpol ? Tu es devenu une sorte de consultant pour eux ? le taquina Ross.

Charles voulut lui répondre, mais il aperçut Christa au milieu du hall. Il resta bouche bée devant cette apparition ; la beauté et l'élégance mêmes. Il se leva dans un mouvement presque automatique. La voix de Ross résonnait encore dans le téléphone, mais Charles n'écoutait plus. La classe de Christa le troublait tellement que lorsqu'il se rendit compte qu'il avait encore le portable à l'oreille, il formula à l'intention de Ross un très court « Je te rappelle ». Et il raccrocha.

Christa s'approcha de lui et lui adressa un compliment sur sa tenue. Charles voulait le lui retourner poliment, mais resta muet car au même moment elle se mit à arranger le nœud de son écharpe.

— On y va ? dit-il, posant son bras sur le sien.

Quelques minutes plus tard, ils commandaient au New York Café toutes les fantaisies culinaires qui passaient par la tête de Charles. Il voulait admirer Christa, et les notes du piano qui s'échappaient depuis le hall allaient très bien avec tout cela.

Après avoir pris la commande et apporté les boissons – Martini sec pour elle et un verre de Glenmorangie dix-huit ans d'âge « très rare » pour lui –, Charles décida de mettre fin une bonne fois pour toutes aux soupçons que le départ de Christa de l'hôtel avait réveillés en lui. Il espérait qu'elle lui fournirait une explication plausible et qu'ils pourraient poursuivre agréablement la soirée. La surprise était la meilleure méthode pour obtenir une réponse sincère ou pour déceler sur le visage de l'autre la moindre hésitation. Alors il lança :

— Je vous ai vue par la fenêtre quand vous êtes sortie de l'hôtel !

— Vous me suivez ? demanda Christa en souriant.

Puis, voyant qu'il attendait une réponse, elle poursuivit :

— Vous voulez savoir où je suis allée ?

Charles voulut rétorquer qu'il n'était pas dans ses intentions de la contrôler. Christa posa sa main sur la sienne.

— Je sais que vous n'avez confiance en personne. Et c'est compréhensible. Mais les seuls vêtements que j'avais étaient ceux que je portais.

Charles aurait voulu se flanquer deux claques.

— Vous allez faire des courses ?

— Vous croyez que l'hôtel peut prêter ce type de robes ? Et de souliers ?

Elle prononça ces mots en allongeant ses jambes sous la table, tout près du fauteuil de Charles. Il se sentit rougir, non seulement à l'idée qu'il avait été idiot de la soupçonner, mais aussi à la vue de ses superbes chevilles. Il se sortit d'affaire en lançant des bêtises.

— Savez-vous que jusqu'à récemment voir la cheville d'une femme était l'espoir suprême de tout homme ? Les robes étant longues jusqu'à terre, avoir le privilège d'apercevoir les chevilles d'une jeune fille pouvait entraîner un effet si dévastateur qu'il conduisait souvent directement à l'autel ?

— Maintenant que vous avez vu mes chevilles, j'espère que vous n'allez pas me demander en mariage ! répondit Christa en minaudant.

Charles se troubla de nouveau et ils éclatèrent de rire.

Chapitre 69

Il était 11 heures quand le petit cimetière privé sur les rives du lac Halbert, voisin de la ville de Corsicana, au Texas, commença à s'animer. Quelques heures plus tard allait se dérouler l'enterrement de Franklin Foster Hearst. Sur ses terres, situées à moins de deux kilomètres de là, on procédait aux derniers préparatifs. Dans la chapelle familiale, le cercueil spécial, plus cher et plus luxueux que tout ce qui avait jamais été fait en la matière, restait fermé.
Le milliardaire d'origine irlandaise, de son vrai nom Patrick Buckley, était convaincu qu'il vivrait bien au-delà de ses quatre-vingt-dix printemps. Au cas où, un jour où il était lassé de jouer avec ses six chiens préférés, il avait mis aux enchères la fabrication de son cercueil, qui devait être le plus imposant possible. Le concours avait duré trois ans, et les représentants en pompes funèbres qui avaient tenu jusqu'au bout s'étaient heurtés à de nombreux problèmes. Et il ne pouvait en être autrement puisque le vieillard trouvait dignes de mépris aussi bien le cercueil en or, d'une valeur de 40 000 dollars, de l'actrice Zsa Zsa Gabor,

que celui du centre funéraire Xiao En de Kuala Lumpur. Celui de Michael Jackson, à presque 37 000 dollars, ne lui semblait pas plus estimable.

Au bout du compte, une société qui avait récemment engagé un designer italien remporta le concours pour presque 400 000 dollars. Leur projet était un assemblage d'acier et des bois les plus rares. Celui qui servait de base, l'arbre royal des Zoulous appelé aussi Pink Ivory, provenait du Zimbabwe et du Mozambique. C'est un bois rouge, très dur et résistant. Les ornements latéraux étaient confectionnés dans de l'amarante, issue des forêts d'Amazonie, appelée aussi bois de violette pour sa couleur. Enfin, les ornements supplémentaires, en or et platine, étaient fixés sur des pièces en dalberge, bubinga et bocote, trois bois plus tendres, se prêtant à l'ébénisterie.

Le cercueil était presque prêt quand le milliardaire originaire de Tipperay, Irlande, fut retrouvé massacré de telle manière qu'il était devenu méconnaissable, dans son bureau d'une tour de seize étages de Dallas. On aurait cru qu'un train était passé dans tous les sens sur sa tête séparée de son corps.

Franklin Foster Hearst était né dans une famille très pauvre. Son grand-père, émigré d'Irlande, avait reçu un morceau de terre situé au bout du monde. C'est là qu'il avait construit, avec ses trois fils, la baraque où Franklin était né. Entre-temps, la famille avait acquis quelques têtes de bétail, ce qui était comme un signe du destin, puisque leur nom Buckley provenait du gallois « *O Buachalia* » qui signifiait ni plus ni moins que « troupeau de vaches ». Et puisque le destin œuvre toujours selon ce qui est écrit, il devait aussi sa fortune à une vache. Une vache morte plus exactement. F. F. – car tel était le surnom donné à cet homme par ses huit épouses successives – se promenait pieds nus et revêtu de la culotte courte héritée de ses trois grands frères quand son père, voulant enterrer la vache, planta sa bêche dans le sol et se retrouva éclaboussé des pieds à la tête par un jus noir et boueux qui jaillissait de la terre.

Le pétrole trouvé sur leurs terres changea leur vie. Son père se perdit dans l'alcool, sa mère mourut du typhus et ses frères aînés dilapidèrent l'héritage en femmes de petite vertu et en parties de cartes. Il avait appris que deux d'entre eux avaient été abattus dans une maison borgne. Quant au troisième, il n'eut plus aucune nouvelle de lui dès l'instant où il franchit le seuil de la maison familiale. Il dut se débrouiller seul dès l'âge de neuf ans. Il accumula de l'argent et du pouvoir. Il n'en avait jamais assez. L'exploitation du pétrole lui permit d'acheter des actions dans une mine de diamants, puis il ouvrit des fabriques de brodequins pour l'armée et enfin des usines d'armement. Il fit l'acquisition de chaînes de restaurants entre l'Amérique du Sud et l'Asie et lors du plan Marshall il investit dans des banques et des institutions financières. Il ouvrit des maisons de courtage à Wall Street, Londres et Tokyo, et ses sociétés remportèrent tous les contrats pour la reconstruction de l'Allemagne après la Seconde Guerre mondiale. Au cours des trente dernières années, il avait acheté des parts majoritaires dans les plus grands empires médiatiques du monde et il détenait une partie des géants de l'industrie pharmaceutique. Pourtant, son nom ne figurait dans aucun classement de milliardaires. Forbes n'en avait jamais parlé et, en dehors de quelques-uns, personne n'avait la moindre idée de son existence. Il était un fantôme. Il était dépourvu de toute ambition politique, voilà pourquoi. Il avait rapidement compris que le pouvoir réel n'est pas entre les mains de ceux qui sont sur le devant de la scène et que la célébrité mène à la perdition. Si bien qu'il n'avait jamais rien acheté en son nom propre. Au début il passait par toutes sortes d'intermédiaires, gratifiés de généreux chèques en échange de leur identité et de quelques signatures. D'ordinaire ces individus semblaient satisfaits et dans les rares cas où l'un ou l'autre se réveillait un matin avec l'envie de demander plus, toute trace d'argent disparaissait soudain de leurs comptes bancaires dans les institutions contrôlées par F. F. Ils ne pouvaient rien prouver, car Hearst ne laissait rien au hasard. Pas le moindre petit bout de papier. Du point de vue des autorités, il était toujours un éleveur qui avait moyennement réussi, à Corsicana, au Texas.

Puis il se mit à créer des sociétés fantômes, des fonds d'investissement avec des milliers d'actionnaires minoritaires, des organisations disséminées à travers le monde de sorte qu'aucune autorité, aucun individu ne puisse jamais remonter jusqu'à lui. Même lui ne pouvait plus mesurer son influence ni sa fortune.

Au début des années 1970, il reçut la visite d'un homme qui se proposait de lui offrir ce dont peu de mortels osaient même rêver, à condition que tous ses actifs fusionnent avec une organisation du même genre. Avec le talent qu'il avait pour flairer les belles opportunités, il accepta. Pendant dix années, il passa par une multitude de contrôles, de rituels que toute personne normale aurait trouvés suspects ou ridicules. Il devint chevalier de l'Ordre secret contrôlé par le Conseil des douze, puis un des trois électeurs et finalement, quand son prédécesseur mourut, il fut désigné pour représenter l'organisation dans le Conseil des douze.

Deux jours plus tôt, en découvrant son assistante et ses deux secrétaires baignant dans une mare de sang, il fit le rapprochement entre les décès de membres du Conseil au cours de l'année et il sut que sa fin était arrivée.

Il accueillit le tueur avec le sourire aux lèvres, comme il avait vécu toute sa vie, sans jamais éprouver une once de pitié ou de compassion pour quiconque, y compris pour lui-même. Il se contenta de lancer, avant que la machette ne lui coupe la tête :

— Ça ne résoudra rien !

Chapitre 70

Ils venaient de finir leur repas et Charles était très satisfait. Il ne voulait pas conclure la soirée sans le cigare qu'il aurait le privilège de fumer de nouveau après deux jours sans. L'hôtel était doté d'un bar à cigares absolument enchanteur, le célèbre Cigar Bar, lambrissé, avec des fauteuils et des canapés en cuir et une ambiance coloniale vintage. Il ne pouvait pas rater une occasion pareille, et, en demandant l'addition, il se frottait les mains d'avance. Lorsqu'il ouvrit son portefeuille, il en fit tomber le billet qu'il avait reçu à l'hôtel à Sighișoara. Il lâcha un profond soupir et renversa sa tête en arrière : c'était si évident. Il se leva aussitôt, dit à Christa de l'attendre au bar, partit en trombe et fut dans sa chambre avant qu'elle ait le temps de comprendre ce qu'il se passait. Il n'avait pas attendu l'ascenseur et avait gravi les marches trois par trois.

À peine entré dans sa chambre, il s'empara d'un stylo, du papier avec le message codé et il redescendit par l'escalier, cette fois lentement, en se concentrant sur l'énigme.

Christa était seule dans le bar et elle le dévisagea, curieuse.

— Vous avez trouvé la clé, n'est-ce pas ?

Charles acquiesça et posa le papier sur la table.

— C'était à portée de main. Vous voyez cette flèche ? Ce qui est noté à côté ?

— « Le glaive est ici », répondit Christa.

— Exactement. C'était évident. Nous cherchons un sabre, et le mot qui permet de résoudre l'énigme est, par voie de conséquence, « sabre ». Comme j'ai pu être stupide !

— Vous savez, ça m'arrive aussi de chercher partout ce que je tiens à la main...

Charles s'amusa de la chaleur avec laquelle Christa tentait de l'arrêter dans son processus d'autoflagellation. Il commanda un Cohiba et deux verres de Hardy Perfection – un cognac cent quarante ans d'âge. Une bouteille coûtait plus de 15 000 dollars. Christa, qui avait déjà consulté la carte, se sentit défaillir. Charles n'en manqua pas une miette et lui dit :

— Croyez-moi, ce cognac guérit tous les maux. Et on mérite bien de trinquer.

Il n'attendit pas sa réaction et se mit à tracer le nouveau code :

S	W	O		F.	G	.H
R	D	A		I·	J·	·K
B	C	E		L·	M	·N

```
    P              V
 Q ×  T        X · × · Y
    U              Z
```

— Comme vous le voyez, on place au début le mot anglais *sword*, pour « sabre », qui est à présent notre clé. Nous laissons derrière le reste de l'alphabet, en prenant soin de ne pas écrire une nouvelle fois les lettres comprises dans le mot-code. Notre chance est qu'aucune lettre ne se répète dans *sword*, ça devrait donc être simple. À présent, prenons les 71 signes et transcrivons le résultat lettre par lettre.

Sa main courait sur le papier à une vitesse étonnante, comme s'il avait fait ça toute sa vie. En quelques minutes, le résultat était là : LOVESINGINGSTARTSATNORMALHOURSACOURTESANDIESAGUESSINGPRINCESSMENDEVOURS

— À présent, séparons les mots.

Charles posa des barres obliques à la fin de chaque mot et coupa le message en deux. Il affichait à présent un sourire jusqu'aux oreilles. Il poussa le message vers Christa, qui lut à voix haute :

— LOVE/SINGING/STARTS/AT/NORMAL/HOURS/
A/COURTESAN/DIES/A/GUESSING/PRINCESS/MEN/DEVOURS

« L'amour est chanté à l'heure habituelle

La courtisane se meurt, la princesse qui devine se marie. »

Puis, ouvrant grands les yeux, elle regarda Charles, toujours de si bonne humeur. Elle songea que ce cognac rarissime et la chaleur lui étaient un peu montés à la tête.

— Une devinette en vers ? Vous êtes sérieux ?

Charles opina du chef, l'air très amusé.

— Et vous savez ce que ça signifie ?

— À moitié, dit Charles. De toute façon, je crois que nous sommes très proches du but.

— Vous aurez peut-être pitié de moi et vous m'expliquerez, fit Christa qui ne savait pas si elle devait davantage s'étonner de l'euphorie de Charles ou de l'étrangeté du message.

— Où chante-t-on l'amour ? demanda Baker.

Christa se concentra, mais ne sut pas quoi répondre.

— À l'opéra, se réjouit Charles. Nous avons donc deux opéras dont le thème est l'amour.

— Ce n'est pas le cas de tous ?

Charles éclata de rire.

— Presque tous. Du moins dans une certaine période. À présent, réfléchissons à l'opéra auquel le message se réfère. Parmi les plus célèbres, dans lesquels l'héroïne meurt après avoir enfin trouvé le véritable amour au terme d'une vie de débauche, il y a l'opéra de Verdi inspiré du roman d'Alexandre Dumas fils.

Il fit une pause, attendant que Christa trouve la suite. Sauf qu'elle ne semblait pas suivre. Cela n'entama pas sa bonne humeur.

Il reprit :

— *La Dame aux camélias*... Violetta...

Comme Christa restait muette, il leva son verre et se mit à fredonner :

— *Libiamo, libiamo ne'lieti calici*...

— J'ai compris. *La Traviata*. Et l'autre ?

— Dans l'autre il est question d'une princesse capricieuse qui traite ses courtisans avec cruauté et mépris.

— Mais elle finit par être touchée par la flèche de Cupidon. Joli, dit Christa. Bien imaginé.

— Tout à fait. La princesse qui avait dévoré les hommes tombe amoureuse elle aussi et finalement se marie.

— Et alors, c'est quel opéra ?

— Vous ne savez pas ?

— Non, mais je vous en prie, ne vous mettez pas à chanter. Ayez pitié de mes pauvres oreilles.

— Vous n'aimez vraiment pas l'opéra ?

— Ce que j'ai vu ne m'a pas déplu, mais je n'ai pas eu tant d'occasions d'en voir. Il y a des gens qui…

— Travaillent ? Allons, pas de fausses excuses entre nous.

— Non. Simplement certains ont été élevés dans un autre univers musical. Je vous garantis que vous préféreriez ne pas en savoir davantage. Vous pensez me dire lequel c'est, ou vous me laissez encore mijoter ?

— Bref. Il s'agit de *Turandot*, de Giacomo Puccini.

— Donc, celui qui vous adresse le message sait que vous aimez l'opéra. S'il me l'avait laissé à moi, il aurait pu attendre longtemps avant que je devine quoi que ce soit. Alors ?

— L'heure à laquelle commencent normalement les représentations, c'est 19 heures, ou 20 heures dans certains endroits.

— Ah. Alors on doit aller à l'opéra à 19 heures ou 20 heures. Et il va se passer quoi ?

— Je n'en ai aucune idée. Tout ce que je sais est qu'on doit aussi dormir, vu que nous avons du sommeil en retard. Je vais vérifier ce qui se joue ces jours-ci à l'opéra de Prague. On aura peut-être un coup de chance.

— Et si ce n'est pas le cas ?

— Il y aura bien quelque chose. Quelque chose en rapport avec *La Traviata* et *Turandot*. On aura le temps d'ici demain soir de deviner ce qu'on doit faire. Nous avons déjà beaucoup avancé en une heure. Ce qui, si vous me permettez de le formuler ainsi, est une bonne chose.

Charles savait que, lorsqu'il commençait à s'exprimer avec tant de préciosité, il était temps pour lui d'aller se coucher.

Chapitre 71

Appuyé contre la balustrade de la terrasse, Werner regardait Beata nager dans la piscine joliment éclairée. Aux États-Unis, c'était le début de l'après-midi et, tel qu'il connaissait Eastwood, il allait bientôt l'appeler pour s'informer du déroulement des événements. Il s'en voulait de n'avoir pas réussi à décoder le message et Charles avait quitté la chambre, laissant tout ça pour plus tard. Il se demanda s'il n'aurait pas mieux fait d'envoyer Beata les surveiller, mais il savait aussi que Baker avait dû aller dîner et qu'à table il ne faisait que badiner, séparant bien les affaires et les loisirs. Ensuite, il avait de nouveau entendu la porte, des pas, un bruit de papier et la porte s'était refermée. *Il a dû oublier ses cigares*, s'était-il dit. Et ses pensées l'emportèrent de nouveau. Il était si proche du but. Depuis plus de vingt ans, depuis qu'il avait appris l'existence du Conseil des douze, il n'avait plus eu d'autre objectif, d'autre obsession que d'en faire partie. Sans grande fortune et sans relations haut placées, ses seuls arguments étaient son esprit brillant et une ambition démesurée. L'identité des Douze était secrète. Eux-mêmes ne se connaissaient pas entre eux, alors la probabilité que Werner en identifie un était minime.

Des événements en lien avec sa famille et avec le groupe dont son père, le général Ernst Fischer, faisait partie, lui avaient permis d'apprendre l'existence de Martin Eastwood et quelle était sa responsabilité exécutive dans le Conseil. Avec intelligence et patience, il l'avait manipulé afin qu'il veuille à toute force l'engager. Un coup de maître. Il avait si bien inversé les rôles que Martin lui avait désespérément couru après.

Lors d'un des entretiens que Martin sollicitait de plus en plus souvent, il s'était arrangé pour laisser visible un quart de page d'une bible secrète de Gutenberg. Et cela n'avait pas échappé à Martin. Quand ce dernier lui avait demandé de quoi il s'agissait, Werner lui avait répondu qu'il avait entendu parler de légendes autour d'un groupe de personnes qui dirigeaient le monde et d'un exemplaire d'une bible perdue contenant des informations si explosives qu'elles mettraient en péril l'existence de ce groupe. Il avait ajouté qu'il devait s'agir d'une nouvelle fable comme les trésors enfouis, l'Atlantide, le Saint-Graal ou la Zone 51, mais qu'il détenait des indices permettant de retrouver la bible en question, si elle existait réellement.

Eastwood n'avait pas réagi immédiatement et Werner n'avait pas abordé le sujet pendant plus de deux ans. Il savait que son chef avait vérifié et revérifié son parcours et il avait même craint que Martin n'ait réussi à creuser très loin et à percer le secret le mieux gardé de son père. Il avait été soulagé quand Eastwood l'avait invité au ski dans l'immense chalet que l'Institut détenait à Aspen. Il félicita en pensée son père qui avait si bien réussi à dissimuler sa véritable identité comme ses véritables préoccupations et à lui apprendre à faire de même. Il n'avait pas skié et avait seulement accompagné Martin au pied des pistes où il avait passé le week-end à l'attendre au bar, le temps que son chef assouvisse sa passion pour le sport, passion qui n'avait jamais touché Werner.

Le dernier soir, Martin lui avait révélé que cela n'avait rien d'une fable, que le groupe, ou le Conseil des douze, existait, qu'il en faisait partie et que, si Werner acceptait de rentrer à l'Institut, de travailler pour lui, d'être son bras droit, et trouvait le livre, il ferait en sorte de lui obtenir une place à la table du pouvoir suprême. De nombreuses années s'étaient écoulées et depuis plus de dix ans Werner dirigeait l'Institut avec efficacité. Il avait encore enrichi les plus riches. Il avait créé de nouvelles méthodes de manipulation des masses et inventé des moyens pour décupler la dépendance des populations du monde entier. Il avait mis au point des stratégies financières et bancaires sophistiquées, élaboré des technologies de pointe, inventé des produits fantômes qui siphonnaient les richesses des pays en faveur de sphères privées de plus en plus concentrées. Il avait conçu la recette parfaite de mondialisation, nationalisant les dettes et privatisant les profits. Le Conseil était satisfait de ses services, mais l'invitation à les rejoindre tardait.

Et, ces derniers temps, il n'avait plus été question de la bible.

Il avait rassemblé les données, avec l'aide de tout ce qu'il avait appris dans le groupe secret dont son père avait fait partie. Les membres du groupe avaient initié Werner en tant que successeur de son père, et lui avaient confié la mission de surveiller Martin Eastwood et de collecter le maximum d'informations compromettantes à son sujet. Il était devenu une sorte d'agent double qui travaillait en plus pour son propre compte. Il avait alors appris que le nombre des membres du Conseil ne pouvait être modifié et qu'une place ne se libérait qu'au décès de l'un des douze ou bien s'il se retirait. Comme en dix ans aucune place ne s'était libérée, Werner avait perdu patience et commencé, petit à petit, à forcer le destin. Il avait réussi à en tuer un premier, puis un deuxième, et, deux jours plus tôt, un troisième, le milliardaire sénile Franklin Foster Hearst. Les deux premières places avaient déjà été pourvues. Et pas par lui. Le seul qu'il connaissait était Eastwood, il ne savait pas qui étaient les dix autres et, s'il ne réagissait pas au plus vite, la onzième place serait occupée. En dépit de toutes les ressources dont il disposait, cela avait été si compliqué d'identifier les trois premiers, qu'il se désespérait de penser qu'il faudrait tout recommencer depuis le début.

Les trois crimes avaient, cependant, produit l'effet escompté. Le Conseil paniquait et les onze membres – un peu avec son aide, un peu en y pensant d'eux-mêmes – en étaient arrivés à la conclusion que le message de la bible avait été partiellement ou entièrement dévoilé et qu'ils devaient réagir pour empêcher la catastrophe. C'est ainsi que Werner était devenu un personnage clé et, comme le lui avait dit Martin, le seul siège vacant lui était destiné, à condition qu'il trouve et détruise la bible.

Chapitre 72

Arrivé dans sa chambre, Charles ouvrit son ordinateur et entra le nom des trois grandes scènes de Prague : le Théâtre national, le Théâtre des États et l'Opéra d'État de Prague. Il s'était déjà rendu dans chacun et quelques souvenirs de spectacles exceptionnels lui revinrent en tête. Ces trois lieux étaient des chefs-d'œuvre d'architecture, chargés d'histoire. Au Théâtre des États, son préféré, avaient eu lieu deux premières de Mozart, dirigées par lui-même : *La Clemenza di Tito* et surtout, un des opéras favoris de Charles, surnommé « l'opéra des opéras », *Don Giovanni*. La célèbre scène avait accueilli des géants de la musique classique. Carl Maria Von Weber et Gustav Mahler y avaient dirigé des concerts et le plus grand violoniste de l'histoire, Niccolo Paganini, y avait donné une série de récitals. Charles feuilleta le programme de la semaine. *Jenůfa*, de Janáček, *Salomé*, de Strauss, et *Cosi fan tutte*, de Mozart, étaient les représentations des jours à venir. Ensuite, à la fin de la semaine, étaient programmés *La Bohème* et *Nabucco*, le ballet *Casse-Noisette* et *Rigoletto*. Pas trace de *La Traviata* ni de *Turandot*.

Il consulta sa montre et vit qu'il était déjà plus de 1 heure du matin. Il s'allongea sur le lit et recourut à une technique qu'il pratiquait assidûment depuis des années. Chaque fois qu'il avait des problèmes à résoudre, il les chassait de son esprit et s'efforçait de s'endormir en pensant à quelque chose de positif, à quelque chose qui évoquait pour lui le plaisir. De cette manière il s'endormait rapidement et se réveillait parfaitement reposé. Ce soir-là, c'était son opéra préféré. Il pensa à combien de représentations de *Rigoletto* il avait assisté. Peut-être une cinquantaine. Partout où il allait dans le monde, il renonçait à tout pour voir une nouvelle mise en scène de l'opéra de Verdi. De la Scala de Milan aux arènes de Vérone, de Covent Garden à l'opéra Garnier, et du Metropolitan à New York à l'opéra de Sidney, il n'en manquait pas une. Sa mise en scène préférée était celle de Jean-Pierre Ponnelle avec Luciano Pavarotti, Ingvar Wixell et Edita Gruberova. Il l'écoutait presque chaque matin, quand il se réveillait chez lui, dans sa maison de Princeton. La dernière chose à laquelle il pensa fut la réaction de Victor Hugo invité à la première de *Rigoletto* dont le livret signé Francesco Maria Piave était une adaptation d'une œuvre d'Hugo lui-même, *Le roi s'amuse*. On rapporte que la seule chose que dit l'auteur après cette première fut : « Comme ce serait bien si dans un roman tout le monde pouvait parler en même temps comme ici. » Il s'endormit en souriant.

Sur l'écran, Werner suivit les sites que Charles avait consultés et se demanda si le professeur ne débloquait pas complètement, à chercher en pleine nuit le programme de l'opéra. Contrairement à Charles, il se coucha très contrarié et ne parvint à s'endormir qu'au petit matin.

Chapitre 73

Le corbillard avançait lentement, suivi par une file de véhicules. Quand il s'arrêta devant le cimetière, la trentaine de personnes présentes se disposèrent autour du caveau préparé pour accueillir le cercueil. Il fut apporté par les quatre employés des pompes funèbres et déposé sur des barres métalliques placées en travers de la fosse. Quand le service religieux commença, Martin Eastwood mit fin à la conversation qu'il tenait dans sa limousine avec les trois électeurs de la confédération d'organisations que Hearst avait représentée au Conseil des douze. Eastwood leur demandait de patienter le temps qu'il choisisse la personne à désigner pour remplacer le défunt. Il proposerait peut-être un nom. Il savait que cela contrevenait à tous les usages depuis quelques centaines d'années, mais l'intérêt du Conseil imposerait probablement ce recours.

Martin Eastwood était le seul du Conseil à connaître l'identité de tous les membres. Il était responsable exécutif et administratif. Toute communication entre les Douze passait par Martin, sauf si l'un d'entre eux souhaitait révéler son identité et discuter en tête à tête.

Les Douze sont les hommes les plus puissants et les plus riches de la planète. Ils tiennent entre leurs mains et dans le plus total anonymat toute la fortune du monde. Ils sont les propriétaires réels des organismes financiers et des multinationales. Des banques aux exploitations pétrolières, des détergents aux médicaments, de l'alimentation au prêt-à-porter, les Douze contrôlent tout le domaine des affaires. Ils cachent leur identité derrière des holdings et des fonds d'investissement. Via leurs représentants, ils contrôlent la plupart des gouvernements et presque tous les organismes internationaux, de la Banque mondiale au FMI, de l'ONU à l'Organisation mondiale de la santé. Ils supervisent presque tous les services secrets ainsi que les organismes de réglementation des marchés financiers. Polymorphes et évanescents, ils n'interviennent personnellement qu'en cas d'absolue nécessité et par des canaux réservés. Leurs armes les plus puissantes sont la corruption au plus haut niveau et le cercle vicieux des pots-de-vin, de la manipulation, de la désinformation, du chantage et même du crime. La plupart de ceux qui les servent n'ont pas idée de leur existence et ne peuvent même pas entrevoir de quelle façon le monde tourne. Seuls les Douze ont une vue globale des phénomènes économiques et politiques et une vision stratégique de ce qui va suivre.

Le Conseil est passé, au cours des six cents ans de son existence, par plusieurs formes. En fonction du contexte, le Conseil a traversé des moments de recul et de rassemblement, de réorganisation totale et même de désespoir. La révolution bourgeoise en Angleterre et la Révolution française l'ont mené au bord du gouffre.

Tout comme l'Indépendance américaine et la guerre de Sécession ou l'abolition de l'esclavage. Sa capacité à s'adapter à tout, à la manière des caméléons, l'a sauvé et rendu plus fort encore. Il est comme un virus mortel dont on ne trouve pas l'antidote, qui s'adapte et qui évolue. La libre circulation de l'information, qui l'a d'abord terrifié, a tourné ensuite à son avantage, le transformant d'association régionale en organisation au pouvoir universel. Internet, qui représentait au départ un énorme danger, est devenu, comme les médias, son allié le plus précieux. Les Douze n'auraient pu imaginer que les gens, qui avaient entre les mains l'arme pour briser les barrières de la domination, ignoreraient sa puissance et l'utiliseraient comme instrument de leur propre assujettissement. L'intelligence diabolique de Werner et son génie créatif étaient à l'origine de tout cela.

À la fin des années 1980, avec la fin de la guerre froide et le développement des systèmes de reproduction libre de l'information, les Douze étaient si paniqués qu'ils en étaient au seuil de la dissolution. L'absence d'un ennemi clairement identifié vers lequel diriger la haine et la peur de l'opinion publique était devenue dangereuse pour le Conseil. Ils avaient réussi à combler cette lacune et préparaient aujourd'hui une nouvelle guerre froide, bien plus sinistre que celle qui suivit la Seconde Guerre mondiale.

Leur conspiration, puisqu'il est question de cela, a cependant un défaut capital. Alors qu'ils contrôlent les grands mouvements et tout ce qu'il se passe au niveau macroéconomique, macropolitique et macrofinancier, ils n'ont aucune prise sur les événements sociaux.

Car eux aussi ont peur. Une peur qui pourrait les paralyser. À plusieurs reprises dans l'histoire, ils ont triomphé, car toutes les révolutions positives – de celle de Luther qui s'est opposé à l'Église catholique à la Révolution française, en passant par les francs-maçons qui ont fait l'Amérique et par les révolutions de 1848 – se sont transformées en leur contraire. Ces meneurs qui parviennent au pouvoir avec les meilleures intentions finissent corrompus par le pouvoir lui-même, comme l'ont été leurs prédécesseurs.

Le Conseil a vu Luther signer avec la noblesse un pacte contre les paysans. Au cours de la révolte de 1525, 100 000 furent tués. De l'opposition à une élite anachronique, il était passé au soutien sans fard d'une autre élite détenant des privilèges. Il en était arrivé à dire que, même devant un pouvoir faible, aux actions injustes, personne n'a le droit ni la légitimité de s'élever. Convaincu au départ que le diable pouvait fuir devant « un bon pet luthérien », il préconisa ensuite le bûcher pour les femmes possédées et la noyade dans les eaux glacées des rivières pour les enfants dont le corps abritait le Malin.

Le Conseil a vu la Révolution française, dont la devise était « Liberté, égalité, fraternité », se transformer en l'un des plus sinistres massacres de civils de l'histoire. La Révolution dévorant ses enfants. La dictature jacobine de Danton contre l'Ancien Régime, puis Robespierre et Saint-Just envoyant Danton à la guillotine pour être à leur tour exécutés par les thermidoriens, le tout se terminant, après une longue période de convulsions, par l'arrivée au pouvoir d'un nouveau dictateur, Napoléon Bonaparte.

Et pourtant, la Révolution française a été le moment historique qui a donné le plus de frissons à l'organisation parce qu'elle a produit, de leur point de vue, le plus monstrueux document de l'histoire, la Déclaration des droits de l'homme et du citoyen.

Werner, arrivé justement dans l'Organisation pour tenter de développer un programme centré sur ces zones grises échappant au contrôle, savait très bien – comme son illustre prédécesseur en physique, dont il portait d'ailleurs le prénom, Werner Heisenberg, l'avait démontré – que toute amélioration de la mesure d'un système change la précision des positions de ce système, lequel devient autre chose ; et plus on précise l'exactitude d'un des facteurs, plus on s'écarte de la précision des autres. Il savait à quel défi il s'attelait. Quand il avait entrepris de les chasser et de les manipuler, ils s'étaient montrés particulièrement sans défense, en dépit du pouvoir qu'ils détenaient. Par ses trois exécutions, il avait réussi à rallumer la peur du message caché dans la bible de Gutenberg dont l'auteur était Vlad Ţepeş Dracula. Il avait semé la panique dans les rangs du Conseil et il devait maintenant l'utiliser intelligemment pour devenir l'un des douze membres.

Les ambitions de Werner ne s'arrêtaient pas là. Son projet était de s'approprier tous les secrets du Conseil et de le détruire, afin de rester seul maître à bord de cet empire planétaire.

Martin descendit de sa voiture, prit le sentier jusqu'au caveau, embrassa la veuve du milliardaire et resta à ses côtés tout le temps du service. En retrait, cinq limousines aux vitres fumées étaient garées. L'une d'elles était celle de Martin. Des autres, personne ne descendit. Les seuls membres du Conseil qui étaient venus à l'enterrement y assistaient de leur voiture et se demandaient lequel d'entre eux serait le suivant.

Chapitre 74

La sonnerie insistante du téléphone de la chambre réveilla Charles. Il ouvrit les yeux, mais la lumière vive les lui fit refermer. Il tâtonna sur la table de nuit jusqu'à trouver le récepteur.

— Je vous demande pardon, professeur. Un monsieur de la police vous attend depuis plus de deux heures. Je l'ai fait attendre, mais il perd patience, dit le réceptionniste, un peu gêné.

— Quelle heure est-il ? s'enquit Charles en essayant de comprendre ce que l'homme de la réception venait de lui dire.

— Presque 11 heures.

11 heures ? Il avait dormi dix heures d'une seule traite. Il sentit son estomac se révolter.

— Le petit déjeuner est passé ?

— Malheureusement oui, mais nous pouvons vous préparer quelque chose.

— Ma collègue a déjeuné ?

— Mme Wolf a pris son petit déjeuner et elle est sortie en ville. Elle vous a laissé un message. Je vous prie de m'excuser si j'insiste. Que dois-je dire à ce monsieur ?

Charles ouvrit les yeux pour de bon et s'assit au bord du lit.

— Dites-lui que je serai en bas dans vingt minutes, mais que s'il veut me parler il faudra m'accompagner à table. Et je vous prie de me préparer un petit déjeuner bien copieux. Je suis affamé.

— Avec plaisir, répondit le réceptionniste, heureux que Charles n'ait pas été dérangé par son appel. Vous avez des préférences ?

— Je vous fais confiance, répondit Charles, puis il raccrocha.

Après une toilette rapide, il consulta son téléphone. Il avait deux appels en absence. De Ross et de Christa. Il lut le message dans lequel Christa disait qu'elle se rendait à l'antenne praguoise d'Interpol pour des formalités. Elle l'appellerait quand elle aurait terminé.

Il s'habilla légèrement et descendit par l'ascenseur. À la réception, l'adjoint Honza se tenait debout comme un soldat, baïonnette au pied, et il attendait. Charles le reconnut tout de suite, puisqu'il était présent lors de l'étrange rencontre avec Ledvina, mais il fit comme s'il ne l'avait pas vu et s'approcha du bureau de la réception. L'employé le pria de le suivre et le conduisit à l'Inn Ox Lounge qui était encore fermé, mais où on lui avait préparé une table. Honza les suivit et se planta à l'entrée du restaurant, là où un panneau indiquait en grand « FERMÉ ». Charles le considéra avec curiosité tout en beurrant une tartine de pain grillé encore tiède. Honza se balançait d'un pied sur l'autre. Charles s'amusait intérieurement du respect que le policier montrait pour cette pancarte. Il le laissa encore mariner le temps d'ajouter de la confiture de cynorrhodon sur son toast, puis il lui fit signe d'entrer.

Honza obéit. Charles lui indiqua de la main tenant sa tartine la chaise vide en face de lui, mais l'adjoint du commissaire resta debout. Il s'adressa à lui dans un anglais approximatif :

— Mon chef s'excuse pour l'incident d'hier et il vous invite à lui faire une visite dans son cabinet.

Il fit une pause et regarda Charles. Comme Baker semblait attendre la suite, Honza tira de son arsenal secret l'argument qui fait mouche :

— Le chef est convaincu que la visite vous fera plaisir. Il a des choses là-bas...

Puis il fit un large mouvement circulaire de la main.

Charles songea que deux heures avec ce personnage original, cela pourrait être intéressant. Pile avant le retour de Christa. De plus, comme il avait remporté la première manche dans leur combat de coqs, il ne craignait aucunement le commissaire. Il but une nouvelle gorgée de café et se leva. Honza eut un regard triste pour toutes les bonnes choses restées sur la table et il ravala sa salive.

En se dirigeant vers la voiture, Charles faillit renverser des panneaux qu'il n'avait pas remarqués à l'aller. C'étaient des flèches avec des inscriptions, comme les panneaux indicateurs dans les rues. Il lut *Tosca* et *Aïda*. Il se souvint qu'il avait un jour donné une conférence dans la grande salle, mais elle s'appelait alors Carlo IV. Il se tourna vers le policier et lui dit :

— Attendez-moi quelques instants.

Puis il suivit les flèches. *S'il y a* Tosca *et* Aïda, *il doit bien y avoir aussi* Traviata *et* Turandot, pensa Charles. Juste après le coin apparut un panneau avec *Carmen*, et plus loin suivirent *Traviata* et *Turandot*. *Les salles de conférences, comment n'y ai-je pas pensé plus tôt ? Comment cela ne m'est-il pas passé par la tête ?* La première où il entra fut *Turandot*. Au centre de la plus petite des salles de l'hôtel se trouvait une table avec douze chaises. Charles regarda alentour. Il passa les sièges en revue et se pencha sous la table. Il n'y avait rien. Il sortit et se dirigea vers la *Traviata*. Il avait parié qu'elle contiendrait vingt-quatre places. Pari gagné. Il examina cette salle à son tour. Là non plus il ne trouva rien. Il sourit. Il avait trouvé ce qu'il cherchait. Ce soir-là, à 19 heures pile, il serait là. Il revint sur ses pas d'une façon si alerte, et si satisfait de sa découverte que cela sauta aux yeux de Honza. Il se demanda ce qui avait pu changer sa vision de la vie en un temps si court, mais il se dit aussi que tous ces intellos qui deviennent des vedettes avaient une case en moins, et que cela ne valait pas la peine de se tracasser pour ça.

— La voiture nous attend devant, monsieur le professeur ! dit Honza en lui indiquant le chemin.

Chapitre 75

Charles était de très bonne humeur, et il tenta d'engager la conversation avec l'inspecteur, alors que la voiture traversait le centre de Prague. Mais celui-ci, par timidité ou craignant de divulguer quoi que ce soit au professeur, répondait par monosyllabes et seulement après avoir longuement réfléchi. Il savait que ces gens dotés d'une intelligence supérieure, comme semblait l'être le passager assis à l'arrière, avaient une capacité diabolique à vous soutirer des informations sans même que vous vous en rendiez compte. Ce matin-là, il avait cherché sur Internet des informations au sujet de Charles, et en apprenant qu'il était rien de moins qu'un *spin doctor* d'envergure mondiale, il s'était promis d'être très prudent avec lui.

La circulation était fluide à cette heure-là dans la capitale tchèque, et ils arrivèrent rapidement à destination sans avoir à utiliser le gyrophare. En ouvrant la portière, Charles remarqua qu'un château abritait le siège de la Section spéciale et il ne put s'abstenir de partager son avis sur la sale manie qu'ont les Européens d'installer des institutions dans des palais historiques.

Mais l'inspecteur avait déjà foncé dans l'escalier et attendait le professeur en lui tenant la porte grande ouverte. Dans le hall, il fit signe au gardien qu'il n'était pas nécessaire de réclamer au visiteur ses papiers ni de lui faire signer le registre et il le conduisit au dernier étage. Il frappa à la porte et, sans attendre d'y être invité, il l'ouvrit. Il fit signe au professeur d'entrer. Au moment où l'inspecteur allait refermer la porte, il entendit un beuglement :

— Honza !

Alors il entra à contrecœur et le commissaire, qui s'était levé de derrière son bureau, la main tendue en direction de Charles, lui lança quelque chose en tchèque. Honza claqua les talons et sortit. Charles ne put retenir un sourire devant la réaction martiale de l'inspecteur qu'il comparait au brave soldat Svejk, ce personnage de roman qui était à son avis un des plus attachants de la littérature.

— Commissaire Nicky Ledvina, fit ce dernier en serrant fermement la main de son invité. Je voudrais vous prier de m'excuser pour l'incident d'hier et je vous ai invité ici pour que l'on reparte du bon pied.

Charles sourit et le commissaire lui fit signe de s'asseoir. Charles prit place dans un large fauteuil en face du bureau, en regardant autour de lui avec grand intérêt. Il n'avait jamais vu une si grande pièce pour un seul homme. Il pensa qu'il était devant une de ces salles adaptées à la mégalomanie des dictateurs des anciens pays communistes. Le commissaire avait de nouveau contourné l'immense table qui lui servait de bureau. Tout immense qu'elle était, elle disparaissait sous des monceaux de documents, de dossiers et d'objets entassés dans un désordre quasi apocalyptique.

Le commissaire s'était installé, mais il ne savait pas comment engager la conversation et par conséquent, Charles prit les devants. Il montra du doigt une statuette en terre, une sorte de singe aux traits humanoïdes, sur le front duquel on pouvait lire ces trois lettres : MET.

— Il est parfaitement praguois, votre bureau, si je me réfère à sa dimension historique. Et très contradictoire. C'est pour le moins étrange de trouver le Golem au cœur d'un cabinet de curiosités dans le style de Rodolphe II, sachant que le rabbin Loeb avait justement conçu cette créature pour s'opposer à l'empereur qui avait commencé à chasser les Juifs du ghetto.

Ledvina perçut l'ironie du professeur, et lui répondit sur le même ton :

— Mais ils se sont réconciliés, finalement. C'est toujours mieux quand de petits conflits se terminent par un mariage, n'est-ce pas ?

Charles était tout sourire. Ainsi le commissaire n'était pas dépourvu d'esprit ni de subtilité, et, de plus, il était cultivé.

— Dois-je comprendre que vous avez lu mes livres ? demanda Charles sur un ton plus amène.

Le commissaire avait explicitement fait référence au *Traité de narratologie* de Charles. C'était à cette passion-là qu'il devait son dernier doctorat en date. La narratologie, cette science qui étudie le récit, ses règles et ses lois selon lesquelles la morphologie et la syntaxe se combinent pour former une structure fonctionnelle et cohérente, était le péché mignon de Charles.

L'homme, selon lui, est presque entièrement défini par la narration, des contes de l'enfance à sa scolarité, des livres aux jeux de la prime jeunesse, en passant par les films et toutes les occasions où il raconte ou se fait raconter quelque chose. L'être humain traverse la vie accompagné de formes plus ou moins abouties de narrations. Les récits et la communication font de lui ce qu'il est, le posent comme individu, forment sa pensée logique, définissent sa personnalité, créent sa structure morale, esquissent ses objectifs et ses idéaux. Le « mariage » auquel Ledvina s'était référé était, selon V. I. Propp, le fondateur de la discipline, ce par quoi tous les contes doivent finir. Propp avait étudié le folklore russe qui, sur ce plan, équivaut au folklore universel, et il avait analysé dans son chef-d'œuvre *Morphologie du conte* une centaine de récits recueillis par Afanassiev, ouvrant ainsi la voie à une véritable science de la narration. En réalité, les règles découvertes par Propp, comme la théorie du conflit de Hegel et la *Poétique* d'Aristote, s'appliquaient aussi aux films à succès de Hollywood, alors même que leurs auteurs ou leurs producteurs n'en avaient pas la moindre idée. La théorie avait été simplifiée à leur intention par ce gourou du scénario qu'était Syd Field.

En parlant de « conflits », comme avait dit le commissaire, Charles était convaincu, suivant en cela Hegel, qu'il n'existait pas de narration sans provocation et que la provocation naissait toujours du conflit. C'est l'âme de toute histoire, et le déclencheur de l'action. Et, selon les termes de la philosophie antique, le premier élan. Ou le premier moteur. Pour avoir un conflit, il faut que le récit parte d'une offense qui modifie l'état initial du personnage principal, de telle sorte que ce dernier doit agir pour évoluer ou revenir à son état antérieur. L'intérêt de l'histoire est toujours provoqué par les alternatives terrifiantes, par le pas en avant qui précipite le héros vers la catastrophe finale. James Bond doit sauver le monde en danger. Comme Superman et comme tous les superhéros. C'est leur défi. Mais l'action est toujours déclenchée par un personnage maléfique qui veut tout détruire ou mettre la main sur ce qui ne lui appartient pas, avec des conséquences catastrophiques pour l'humanité.

— Non seulement j'ai lu vos ouvrages, mais j'ai observé de près la manière diabolique dont vous mettez vos thèses en application lors des campagnes électorales que vous avez conduites. J'ai suivi avec intérêt la campagne présidentielle d'Obama. Mais revenons à ce golem qui se trouve sur ma table. Il existe de très nombreuses variantes de cette légende. Laquelle connaissez-vous ? Ou laquelle serait votre préférée ?

— Exactement celle à laquelle votre statuette fait référence.

Ledvina ne paraissait pas satisfait de la réponse. Il attendait la suite, alors le professeur poursuivit :

— La variante selon laquelle, en 1570, le rabbin Yehouda Loeb ben Bezalel a modelé en terre une créature destinée à protéger les Juifs du ghetto, persécutés par l'empereur Rodolphe. Et à laquelle il a donné vie en écrivant sur son front le mot *emet*, c'est-à-dire « vérité ». Dans cette version on trouve une idée largement reprise, notamment dans les livres et les films scientifico-fantastiques, où la machine acquiert une âme et une conscience et n'obéit plus à son créateur. Enfin, c'est ce que certains pourraient dire de l'humanité tout entière, mais ce n'est pas le moment de développer sur ce thème. Ce qui est certain est que le golem débloque et veut lui aussi disposer de sa volonté propre, mais comme il n'a pas d'éducation et qu'il est dépourvu de discernement, il déraille dans les grandes largeurs, il casse tout sur son passage, sans blesser personne heureusement, car le rabbin efface du doigt la première lettre sur son front. Ainsi, le mot *emet* devient en effet *met*, c'est-à-dire « mort ». Et le Golem tombe en morceaux.

Ledvina avait écouté avec attention et répondit, enchanté :

— Vous savez que c'est la version la moins prisée par le public ? Elle est peut-être trop profonde. En effet, il y a là une intuition d'ordre kabbalistique, qui évoque la force de la parole et surtout le pouvoir que peut avoir une seule lettre. La morale est absolument superbe.

Il s'interrompit pour observer la réaction de Charles qui esquissa un geste pour montrer qu'il était curieux de savoir à quelle conclusion le commissaire était parvenu.

— La vérité est ce qui amène à la vie. Mais si elle est amputée ou déformée, elle tue. La distorsion de la vérité signifie la mort.

Les yeux de Ledvina étincelaient. Après une pause pour ménager le suspense, il poursuivit :

— C'est pourquoi j'apprécierais que, sachant tout cela, nous puissions aujourd'hui ne nous dire que la vérité.

— Je suppose qu'en utilisant la première personne du pluriel vous m'incluez. Pourquoi vous cacherais-je quelque chose ? Et puis il faudra être un peu plus concis.

Le commissaire se leva, ouvrit un dossier, en tira quelques photographies et contourna de nouveau la table immense. Il approcha un tabouret et s'assit près de Charles. Il lui tendit les clichés sur lesquels on le voyait avec Christa au poste de police.

— Commencez, alors, par m'expliquer ce que vous fichiez là.

Charles regarda les photos une par une. L'air sévère, Ledvina attendait la réaction du professeur. Il savait que la question posée brutalement, frontalement, était difficile à esquiver, mais il était convaincu que Baker essaierait.

— Et pendant que vous réfléchissez, j'aimerais ajouter que cette nuit-là, trois de mes collègues ont été tués de sang-froid. Et que sur les images des caméras de surveillance vous êtes, vous-même, penché sur l'un d'eux pendant que Mlle Schoemaker est penchée sur les autres.

— Ce n'est pas nous qui les avons tués.

— Vous croyez que si je vous avais soupçonnés nous serions en train de parler comme ça tranquillement ? La police tchèque est quand même plus courageuse et plus efficace que vous ne le pensez.

— D'ailleurs c'est vrai, pourquoi ne sommes-nous pas au siège de la police ? Je ne saisis toujours pas quel type d'autorité vous représentez.

— Même si à l'évidence vous tentez de gagner du temps, je vais vous répondre. L'institution que je dirige est la Section spéciale, elle s'occupe des affaires qui sortent du lot. Qui sont spéciales, si je puis dire. Qui ont des liens apparents avec le surnaturel ou avec des phénomènes inexplicables.

— Une sorte de X-Files ? Et vous, vous êtes l'agent Mulder ?

La blague tentée par Charles tomba à plat. Il reprit :

— Il n'existe rien d'inexplicable même si quelqu'un s'efforce de faire de ces crimes odieux un sujet paranormal.

Ledvina hocha la tête de mécontentement.

— Comment vous êtes-vous retrouvés dans cette prison improvisée, vous et la demoiselle ?

Charles réfléchit un peu. Puis il se leva.

— Vous avez gâché ma bonne humeur. Je croyais que nous aurions une conversation plus agréable. Surtout après le malheureux incident d'hier. Mais vous n'avez pas changé de comportement. Vous n'apprenez donc rien de vos expériences ? Nous devrions tirer des enseignements de toutes nos actions et agir en conséquence. Mais en prenant les mêmes chemins, on arrive au même endroit. Au revoir, ajouta Charles en se dirigeant vers la porte.

Ledvina s'énerva et hurla :

— Vous allez reprendre votre putain de place ou je vous fourre en cellule !

Charles se retourna vers le phénomène, qui était devenu tout rouge.

— Si vous aviez pu m'enfermer, vous l'auriez déjà fait. Je vous avertis que cela ne restera pas sans conséquences !

Pendant qu'il se dirigeait vers la porte, le commissaire lui dit d'une voix tout à coup particulièrement aimable :

— Soit. Je suis trop vieux pour que mes chefs puissent me faire quoi que ce soit. Si vous restez encore un peu, afin que nous puissions conclure cette conversation, je vous promets que personne n'apprendra rien de votre petite aventure dans la cathédrale Saint-Guy. Le gardien que vous avez envoyé à l'hosto croira qu'il a été attaqué par des profanateurs de tombes et il recevra une médaille ainsi qu'une augmentation de salaire pour avoir réussi à intervenir à temps.

Charles pesa le pour et le contre, puis il se rassit avec un large sourire et il se mit à raconter par le menu tout ce qu'il pensait que Ledvina avait pu apprendre par lui-même. Qu'ils arrivaient de Roumanie, que le train avait été arrêté à cause d'un incident et que désirant arriver rapidement à Prague ils étaient descendus du train. Que deux policiers vraiment trop apeurés les avaient menacés de leurs armes et les avaient emprisonnés sans avoir le droit de le faire. Que la lumière s'était éteinte et que, lorsqu'elle était revenue, les trois policiers étaient déjà morts et la porte de la cellule improvisée était ouverte.

Chapitre 76

Beata gara la moto à une distance prudente du bâtiment de la Section spéciale. Werner lui avait demandé de suivre Charles comme son ombre. Alors elle s'était armée de patience, ne sachant combien de temps elle devrait attendre que Charles quitte l'hôtel. Elle envoya un SMS à Werner pour qu'il vérifie de quel bâtiment il s'agissait. En moins de dix minutes il savait tout sur la Section spéciale. Beata, après s'être renseignée auprès de la réception, l'avait informé que Baker était accompagné d'une femme. Il entra dans le réseau de l'hôtel et chercha le nom de toutes les femmes seules qui y étaient enregistrées. Il n'y en avait que deux. Mais une seule était arrivée le même jour que Charles, une certaine Christa Wolf. Il reconnut ce nom. Donc, la femme qui l'avait aidé à fuir la Roumanie était toujours avec lui. Il fit une recherche sur son nom et la trouva dans la base de données d'Interpol. Il creusa encore un peu et apprit qu'elle était en charge de l'affaire des cadavres vidés de leur sang de Sighişoara, mais aussi de Marseille, Alma-Ata et Londres.

Cependant, il avait cru que la femme avait fini sa mission et qu'elle allait retourner à ses affaires. Prendre une chambre dans un hôtel aussi cher n'était pas à la portée d'une organisation qui manquait si cruellement de moyens. Il se dit qu'il n'avait probablement pas assez cherché, pas assez creusé. Alors il entra de nouveau dans le serveur d'Interpol et tomba sur une archive secrète. Cela ne lui prit pas plus de dix minutes pour hacker les fichiers. Et encore, parce qu'il avait eu besoin de télécharger un programme qui effacerait la moindre de ses traces numériques. Il finit par dénicher une information qui l'inquiéta. Le vrai nom de Christa était Kate Schoemaker. Il eut un sombre pressentiment et appela son autre agent sur place, l'équivalent de Beata, un ancien boxeur russe qu'il avait sorti d'une prison tchétchène. Il lui confia la mission de ne plus lâcher Christa d'une semelle, de lui rapporter tout ce qu'elle faisait, où elle allait, qui elle rencontrait, et il tonna qu'il n'avait pas intérêt à laisser échapper quoi que ce soit.

Après avoir raccroché, il se demanda pourquoi Martin ne l'avait pas encore appelé. Il activa le logiciel de surveillance. Le téléphone se trouvait au domicile d'Eastwood. Il était 3 heures du matin sur la côte Est, sans doute dormait-il. Il entra dans le dossier de surveillance de Martin et écouta l'enregistrement de ses conversations téléphoniques. Il ne releva rien d'intéressant. Puis il eut l'idée de regarder ce qu'il s'était passé dans la maison du milliardaire texan avant et après les obsèques. Il fit défiler les images des huit caméras installées sur la vaste propriété de Hearst.

Au début, beaucoup d'agitation et de monde. Eastwood accueillait les gens aux côtés de l'épouse du défunt et de ses enfants. Werner savait que le jour de l'enterrement, l'après-midi même, devait se tenir la rencontre des trois membres de l'organisation pour choisir le successeur dans le Conseil. Il savait aussi dans quelle salle cela devait avoir lieu. La caméra au plafond passa automatiquement à l'infrarouge. Pendant des heures qui défilèrent en accéléré, la salle était restée vide, plongée dans le noir. Puis la lumière se fit. Les trois électeurs prirent place autour de la table. Très vite, Eastwood fit son entrée. C'était une entorse flagrante au protocole. Aucun membre du Conseil n'avait le droit d'intervenir dans les décisions d'un autre groupe et d'autant moins lorsqu'il désignait son représentant. Werner coupa les autres caméras, zooma sur ce que filmait celle qui l'intéressait jusqu'à remplir tout l'écran et il monta le son. Martin leur dit de reporter la date à laquelle ils désigneraient leur représentant, comme cela était déjà arrivé à plusieurs reprises au cours de l'histoire, dans l'intérêt de l'organisation, et qu'il leur faudrait peut-être proposer et soutenir un nom provenant de l'extérieur. Eastwood ajouta que le seul inconvénient pour le nouveau venu serait qu'il ne pourrait pas conserver son anonymat puisque le Conseil tout entier devrait voter pour l'accepter dans leurs rangs. La procédure spéciale l'imposait. Werner éteignit l'ordinateur avec satisfaction. Ainsi, Martin ne lui avait pas menti. C'était une chose réglée. Il restait à lui livrer ce qu'il avait promis. Il était temps d'œuvrer pour accélérer le cours des événements.

Chapitre 77

— Et vous n'avez pas vu qui a commis tous ces crimes ? demanda Ledvina qui connaissait déjà la réponse.

Charles secoua la tête. Ledvina le regarda longuement puis saisit le dossier dont il avait extrait des clichés. Il prit la dernière photographie. Il hésita un peu, en se balançant d'une jambe sur l'autre.

— Et vous ne savez pas ce qui est arrivé dans le train ?

— J'ai vu des brancardiers qui trimbalaient des cadavres recouverts d'un drap. À part ça...

— Nous avons retrouvé le tueur, mort, dans un fossé. Abattu à bout portant. Sur ses vêtements, nous avons trouvé son sang et celui de l'une de ses victimes. Vous voulez voir les photos ? Vous allez peut-être les reconnaître.

— Non, merci, fit Charles en détachant les deux mots.

Il avait été sur le point d'ajouter qu'il avait, en quelques jours, vu assez de morts pour sa vie entière.

Le commissaire perçut l'hésitation de Baker. Il décida de ne pas trop le bousculer. Il ne croyait pas l'émérite professeur capable de tuer de cette manière. Il s'approcha et lui tendit la photo. Charles reconnut la maison abritant le poste de police d'où ils s'étaient évadés, ou plutôt d'où on les avait aidés à sortir, lui et Christa. Sur la façade s'étalait, fine et pointue, une ombre aux griffes gigantesques et dotée de ces dents métalliques qu'il était impossible de voir sur une ombre.

— C'est une photo retouchée, dit Charles. Aucune ombre véritable...

— ... ne ressemble à ça, compléta le commissaire en lui ôtant les mots de la bouche. Je sais. Le truc, c'est qu'elle n'est pas du tout retouchée. Elle provient telle quelle du téléphone du fils du chef de poste, qui se trouve encore à l'hôpital, en état de choc.

— Dans ce cas, quelqu'un a projeté ça. C'est une farce.

— Sur la photo on ne voit personne. Et vous remarquez ce qui est intéressant, non ?

Charles l'observa sans mot dire. Il savait ce qui allait suivre.

— Il manque ce qui provoque l'ombre. La source de lumière est de toute évidence cette ampoule, ici, précisa Ledvina tout en l'entourant d'un trait de marqueur. Quelqu'un ou quelque chose, un animal ou que sais-je encore, devrait se trouver entre la source de lumière et le mur.

— Et vous, vous croyez le plus sérieusement du monde que nous avons affaire à un vampire ? Plus précisément à l'ombre d'un vampire ? Car on ne voit aucun vampire. Et, autant que je sache, les vampires n'ont pas d'ombre.

— En effet, c'est ce qu'on croyait jusqu'à présent.

— Donc le monde tourne à l'envers. Après un vampire qui n'a pas d'ombre, chose logique puisqu'il n'est pas une personne, mais une sorte d'esprit, nous avons maintenant une ombre, mais pas de vampire ! Ça n'a pas de sens.

Ledvina resta songeur. Il ne savait ni quoi rétorquer ni s'il devait poursuivre. Il était convaincu que Baker en savait beaucoup plus, alors il choisit de l'inciter à parler, et, comme il savait combien les vedettes du genre du professeur sont orgueilleuses, il le provoqua sur son terrain.

— J'ai lu vos livres, vous savez. Il est évident que vous n'avez pas la moindre inclination pour le surnaturel. Vous êtes d'une froideur de reptile.

Charles apprécia très moyennement la comparaison. Il se recroquevilla comme sous l'effet d'un frisson. Ledvina n'en perdit pas une miette.

— Vous vous trompez.

— Pardon si cette comparaison est déplacée. J'entendais par là que vous avez beaucoup de détachement pour les phénomènes que vous étudiez.

— Un jugement critique nécessite de la distanciation. Je suis certain que vous le savez par expérience : vous attacher à quelqu'un dans une affaire, c'est affecter votre jugement.

— Vous avez raison. Mais je ne traite ni mes informateurs ni mes suspects avec le mépris souverain qui vous caractérise. Dans les deux livres comportant quelques chapitres dédiés au surnaturel, vous vous moquez carrément de ceux qui y croient. Vous parlez de superstitions. Dans le meilleur des cas de manipulation, de lavage de cerveau. Je ne comprends pas comment votre subjectivisme pourrait être qualifié de distanciation critique. Elle ne devrait pas être objective ? C'est à ça que je pensais quand j'ai dit que vous étiez froid.

— Nous sommes des sujets, donc subjectifs. Seuls les objets sont objectifs. Les êtres humains sont tributaires de leur éducation, de leur manière de penser et surtout de l'expérience acquise au fil du temps ou de la manière dont ils l'ont comprise. Cela ne rend en rien leur travail de recherche moins sérieux. Et en général je ne permets à personne de mettre en doute mon sérieux. Cela ne me pose aucun problème que l'on conteste mes conclusions, mais qu'on le fasse de manière courtoise et avec des arguments. Il existe des règles, dans la polémique, et vous, probablement, vous ne les connaissez pas ou bien vous ne les respectez pas. Ce que vous faites est de l'ordre du tabou absolu dans n'importe quelle conversation civilisée, même si elle est menée sur le mode de la contradiction. En communication, on appelle ça un argument *ad hominem*, c'est-à-dire une attaque à la personne. Et je vous demande le plus sérieusement du monde combien de temps je vais devoir supporter ça. Je vous l'avoue, ces démonstrations de force, celles d'hier, plus celles d'aujourd'hui, m'agacent au plus haut point. Vous avez un peu d'ascendant sur moi et vous en profitez pour me faire chanter, mais je vous préviens que je réagis rarement comme s'y attendent les maîtres chanteurs. Alors si vous voulez que l'on discute de choses concrètes, je vous prie de le faire de manière civilisée. Sinon je me lève et je pars. Et vous n'aurez qu'à m'arrêter, pour voir.

La température montait entre les deux hommes qui ressemblaient à deux coqs gonflant leurs plumes, prêts à se sauter à la gorge. Ledvina hésitait : fallait-il laisser Charles se calmer ou le garder dans cet état d'énervement. N'ayant pas de partenaire, il devait jouer les deux rôles, celui du bon flic et celui du méchant flic. D'ordinaire, il savait parfaitement doser ses interventions. Là, il n'en était plus si sûr. Charles était sans nul doute l'individu le plus imprévisible qu'il ait eu à interroger. Il s'approcha de lui avec son siège, si près que leurs genoux se touchaient presque.

— C'est dans mes attributions de résoudre ces crimes horribles. Et je vais le faire aussi rapidement que possible et dans la plus grande discrétion. Six cadavres en une seule nuit, notre petit pays n'a pas vu ça depuis l'invasion russe. De toute ma carrière il n'y a pas une affaire que je n'aie réussi à résoudre. Et j'en ai traité des centaines.

Il se leva, fit deux pas et se rassit. Il approcha son visage de celui de Charles, si près que ce dernier put sentir sa respiration. Puis il souffla entre ses dents :

— Et je résoudrai cette affaire aussi. À tout prix. Personne ne m'en empêchera.

Il se recula et poursuivit :

— On peut tourner tout ça dans tous les sens, ce qui est certain, c'est que vous êtes présent pour cinq des six crimes. Je ne pense pas que vous en êtes l'auteur, mais jusqu'à présent vous êtes le seul lien entre tous. Vous et Mme Interpol. Admettez que vous ne vous attendiez pas à ce qu'on vous laisse tranquille. Alors plus vite vous me raconterez ce que vous savez, plus vite chacun de nous pourra retourner à ses affaires.

Charles ne répondit rien. Il savait que Ledvina avait raison. Il n'appréciait pas sa façon de faire, mais il se dit qu'en se montrant ouvert à une collaboration il pourrait s'en débarrasser. Au bout du compte, il n'allait pas rester si longtemps dans ce pays.

— OK. Posez vos questions.

Charles fut interrompu par le téléphone qui sonnait, dans sa poche. C'était Ross. Le temps qu'il se décide à répondre, le gigantesque commissaire lui avait déjà fait signe qu'il pouvait décrocher, que de toute façon il devait aller aux toilettes. Charles fut de nouveau interloqué par cette sensibilité qu'il commençait à soupçonner chez le flic. Ses brusques changements d'humeur évoquaient un syndrome maniaco-dépressif. Il n'eut pas le temps de répondre que la sonnerie s'arrêta. Il eut d'abord l'intention de rappeler Ross, mais il se dit qu'il ferait mieux de profiter de la courte absence de Ledvina pour inspecter le cabinet de curiosités.

Chapitre 78

Une fois seul, Charles entreprit de faire le tour de la pièce. Il était devenu habituel que toute collection de plus de cinq objets ineptes reliés à un nom plus ou moins célèbre se transforme en musée, aussi se sentit-il presque coupable de ne pas déposer quelques pièces de monnaie en échange d'un billet d'entrée. Près de la porte, il faillit tomber sur ce qui ressemblait à un caïman à deux têtes dont le support, fait de deux bâtons croisés, semblait détruit. En face de l'armoire couvrant tout le côté est de la pièce, Charles observa avec attention un dispositif de transformation du mercure en or. Une multitude de bocaux remplis de liquides colorés donnait à la pièce l'apparence d'un labo de chimie comme ceux des universités. Au sol, une trace de liquide violet semblait encore fraîche. Baker se demanda si Ledvina n'avait pas essayé de fabriquer quelque substance interdite dans son petit laboratoire. Derrière, l'un à côté de l'autre, deux crânes. Devant le premier, une étiquette mentionnait « Crâne de saint Jean Népomucène à dix ans ». Devant le second, un peu plus volumineux, figurait « Crâne de saint Jean Népomucène à seize ans ». Devant un emplacement vide, Charles put lire l'étiquette suivante : « Crâne de saint Jean Népomucène à quarante-cinq ans. » Soit trois ans avant la disparition du vénérable saint. Malheureusement, ce crâne manquait. *Quelqu'un l'aura sans doute volé*, s'amusa Charles.

Au-dessus, les étagères de gauche et de droite étaient remplies de dizaines, peut-être de centaines d'objets rassemblés dans un ensemble éclectique. Il y avait là des horloges anciennes et des mécanismes étranges dont Charles ne pouvait dire avec certitude à quoi ils auraient pu servir, toutes sortes de cubes et de sphères du zodiaque, même deux boules de cristal, des dizaines de variantes de cartes de tarot et une pèlerine du cavalier Christian Rosenkreutz. Sous certains objets, des petits billets avaient été collés, si bien qu'ils étaient plus faciles à identifier. On trouvait donc là le sextant de Christophe Colomb, la couronne de Vercingétorix et les chaînes qui l'avaient entravé dans la cage qui avait servi aux Romains pour l'exhiber à Rome. Il vit, sans surprise, des clous de la Sainte Croix, un morceau du Mur de Berlin, le poignard qui aurait servi au sacrifice du premier cochon après la conquête de Jérusalem par Godefroi de Bouillon, le masque de fer et la clé de la cellule de Monte-Cristo au château d'If. Bien entendu, il y avait un bout de la lance ayant transpercé le Christ, un morceau de tissu identifié comme « du véritable Saint Suaire de Turin », pas du faux qui se trouvait justement à Turin, des cages avec des oiseaux empaillés, des animaux de toutes sortes, certains dans des bocaux de formol, et un godemiché, petit, en ivoire, qui aurait appartenu à Cléopâtre, reine d'Égypte. Il vit aussi une pierre issue du mur d'enceinte de Monségur et une pipe ayant appartenu à Franz Kafka alors qu'il n'était pas fumeur.

Charles retrouvait sa bonne humeur à mesure qu'il découvrait cet incroyable reliquaire qui dépassait tout ce qu'il avait jamais vu, d'autant que cela ressemblait à une collection, en continuelle expansion. Dans une caisse, se trouvaient certainement d'autres objets attendant d'être étiquetés, placés en vitrine, exposés. Il fouilla un peu dedans et trouva une boîte sur laquelle il était écrit qu'elle contenait ni plus ni moins que la balle qui avait tué l'archiduc François-Ferdinand à Sarajevo.

L'objet qui attira le plus son attention, bien que relégué au fond d'une étagère, fut une statuette du diable en culotte d'hermine figurant dans le *Codex Gigas*. Charles se demanda s'il y avait un lien entre tout ce qui était arrivé et Ledvina, mais il se dit qu'une telle statuette pouvait être achetée dans les magasins de souvenirs. Il lui sembla entendre la voix de Ledvina quelque part au fond du couloir, alors il laissa à regret le cabinet de curiosités et se tourna vers la bibliothèque.

Il voulait jeter en particulier un œil aux rayonnages les plus hauts. Alors il traversa la pièce jusque derrière le fauteuil où il s'était assis, tira l'échelle qui glissa facilement sur la barre en métal qui faisait le tour de la pièce, et il s'y jucha. Le premier livre sur lequel il tomba était un *Traité sur les apparitions des esprits et sur les vampires*, du bénédictin Dom Calment, publié en 1746. Il était donc en plein dans le sujet. Debout sur l'échelle, il découvrait les merveilles qui se trouvaient là, se promenait comme un enfant sur un manège dans un Luna Park. De temps à autre il s'arrêtait, lisait un titre, sortait un livre pour le feuilleter puis le reposait pour examiner le suivant. Il trouva *Humanité posthume*, du mathématicien Adolphe d'Assier, publié à Paris en 1883, qui traitait du corps astral des vampires puis, bien sûr, le livre de chevet de l'incontournable théosophe Helena Blavatski, *Isis dévoilée*, à la base de tous les délires occultes du XXe siècle, un tas de livres de et sur Aleister Crowley, le fondateur de la magie moderne, membre de l'Ordre hermétique de l'Aube dorée, encore aujourd'hui en activité, inventeur du vampirisme psychique et père spirituel des mouvements de sorcières connus sous le nom de Wicca. Il passa rapidement sur les occultistes et tomba à nouveau sur d'autres occultistes. Il trouva l'*Apologia compendiaria fraternitatis de Rosea Cruce*, publié en 1616, et le *Tractatus apologeticus integritatem societatis de Rosea Cruce defendens*, en 1617, tous deux de Robert Fludd, médecin ayant étudié à Oxford, mais grand alchimiste et kabbaliste, *Arcana arcanissima*, en 1616, de Michael Maier, originaire de Bohême et qui, dit-on, aurait apporté le rosicrucianisme en Angleterre.

Il descendit d'un échelon parce qu'il avait aperçu l'immense ouvrage en vingt volumes de l'italien Giovanni Battista Della Porta, *Magiae naturalis sive de miraculis rerum naturalium*, publié en 1589. L'auteur était un célèbre savant de l'époque, le fondateur de « l'Académie des secrets de Naples », grand sorcier, savant et alchimiste. Il trouva aussi le livre d'hermétisme de John Webster, publié en 1654, *Academiarum examen*, et le célèbre *Cheiragogia Heliana. A Manuduction to the Philosopher's Magical Gold : out of Which Profound, and Subtile Discourse ; Two of the Particular Tinctures, That of Saturn and Jupiter Conflate ; and of Jupiter*

Single, Are Recommended as Short and Profitable Works, by the Restorer of It to the Light. To Which is Added ; Antron Mitras ; Zoroaster's Cave : or, an Intellectual Echo, & c. Together With the Famous Catholic Epistle of John Pontanus Upon the Minerall Fire. Signé George Thor. Astromagus, Londres, et imprimé pour Humphrey Moseley au Prince's Armes dans la cathédrale Saint-Paul en 1659. Il y avait encore là des livres sur les vampires, probablement les plus célèbres dans le monde, signés Ivan Gaidar et Orhan Regep, publiés aux prestigieuses éditions berlinoises Mount Los Erdogan.

Charles en avait presque le vertige. Des livres anciens. Dans leur immense majorité, rares et de grande valeur. Il se demanda si Ledvina connaissait le latin et s'il avait lu quoi que ce soit de ce qui se trouvait là. Il hésitait à le lui demander, craignant de le mettre mal à l'aise. Il descendit de l'échelle et son regard fut attiré par une étagère sur le mur ouest de la pièce où, à la différence du reste de la bibliothèque, plusieurs livres étaient sortis et laissés en désordre. Ledvina avait dû les étudier récemment. Le premier était le plus célèbre manuel de l'Inquisition jamais publié, le *Malleus maleficarum*, rédigé par Heinrich Kramer, parfois attribué à Jacob Sprenger, en 1487. Un livre maléfique en soi. Après avoir, dans une première partie, édifié les lecteurs sur ce qu'était la sorcellerie et qui elle servait, il se transformait en un véritable manuel de chasse aux sorcières : comment les reconnaître, les capturer, puis, sur des dizaines de pages, de quelle manière les torturer pour qu'elles avouent et, enfin, comment il convenait de les exécuter. Ce livre rencontra un succès fou à l'époque, surtout grâce à l'apparition de l'imprimerie. Plus de quarante éditions sortirent des presses en moins d'un siècle, même si, il faut le préciser, l'Église l'avait condamné trois ans après sa publication. Le livre suivant était de Johannis Wieri, *De praestigiis daemonum, et incantationibus ac veneficiis libri sex, aucti et recogniti*, qui prend la défense des sorcières plutôt que des différents types de diables qui, selon l'auteur, constitueraient le véritable danger. Ensuite venait l'ouvrage du juge Martin Delrio, *Disquisitionum magicarum libri sex*, 1599, un des best-sellers toutes catégories de l'époque, devenu lui aussi un guide de condamnation des sorcières. Puis Charles écarta le monceau de livres sur la sorcellerie parce qu'il venait de voir du coin de l'œil, juste derrière, une autre pile de livres encore plus intéressants. Il en connaissait la plupart. Comment un pauvre flic proche de la retraite avait-il pu mettre la main sur des ouvrages rarissimes, tous dans des éditions originales et que n'importe quelle bibliothèque aurait voulu se procurer ? Charles ne trouva aucune réponse satisfaisante. Ce qui était certain, c'était qu'il avait devant lui le livre de François Richard, *Relation de ce qui s'est passé de plus remarquable à Sant-Erini, isle de l'Archipel, depuis l'établissement des Pères de la Compagnie de Iesus en icelle*, un des premiers ouvrages étudiant les « vroukolakes », ces ancêtres supposés des vampires, rencontrés en Grèce à partir de 1200. Puis il reconnut celui écrit par Leone Allacci, docteur et maître en philosophie et théologie, *De templis graecorum recentioribus, ad Joannem Morinum ; de narthece ecclesiae veteris, ad Gasparem de Simeonibus ; nec non de graecorum hodie quorundam opinationibus, ad Paullum Zacchiam*, publié vers 1650. Ce livre, sous la forme d'une lettre interminable adressée à un célèbre médecin légiste, Paolo Zacchia, traite largement des superstitions et des croyances populaires des Grecs au Moyen Âge, et représente une étude étendue des mêmes *vrykolaks*. Charles vit aussi le livre de Walter Map, *De nugis curialium*, de la fin du XIe siècle, un traité sur les origines des différents types de vampires. On y étudie largement les caractéristiques de ces « revenants », des morts qui sortent des tombeaux, et leurs aventures. Au moment où il se disait qu'il ne manquait plus que *Historia rerum anglicarum*, de William de Newburgh, de la même période, qui évoque aussi les croyances en ces « revenants » et décrit largement avec force détails comment ils s'échappent de leur tombe et y retournent, il l'aperçut à la base de la pile de livres.

Il eut encore le temps de jeter un œil à trois autres titres : *Henrici Cornelii Agrippae ab Nettesheym – de occulta philosophia libri tres*, de 1551 ; *Dissertations sur les apparitions des anges, des démons et des esprits, et sur les revenants et vampires de Hongrie, de Bohême, de Moravie et de Silésie*, d'Augustin Calmet, en 1746, et le célébrissime *Relation d'un voyage fait au Levant dans laquelle il est curieusement traité des Estats sujets au Grand Seigneur, des mœurs, religions, forces, gouvernemens, politiques, langues & coustumes des habitants de ce Grand Empire. Et des singularitez particulieres de l'Archipel, Constantinople, Terre-Sainte, Égypte, pyramides, mumies, déserts d'Arabie, la Meque : Et de plusieurs autres lieux de l'Asie et de l'Afrique, remarquees depuis peu & non encore décrits jusqu'à present. Outre les choses mémorables arrivees au dernier Siege de Bagder, les Ceremonies faites aux receptions des ambassadeurs du Mogol : Et l'entretien de l'Autheur avec celuy du Pretejan, où il est parlé des sources du Nil*, de Jean De Thevenot, 1664, quand il entendit la voix du commissaire. Il se pressa de retourner à sa place. Ledvina ouvrit la porte sur Charles qui sirotait son café et lui demandait du regard, cigare à la main, s'il pouvait fumer. Comme on pouvait s'y attendre, le commissaire n'eut rien contre.

Chapitre 79

— Avez-vous trouvé ma bibliothèque intéressante ? s'enquit Ledvina en souriant.

Charles songea qu'il y avait peut-être des caméras de surveillance cachées dans l'immense pièce et l'absence polie du commissaire avait peut-être été un prétexte pour que le policier tchèque puisse le surveiller à distance. Ce procédé ne cadrait pas avec le personnage, mais Charles n'avait aucun moyen d'en être sûr. Ledvina devina ce que le professeur avait dans la tête et il prit les devants.

— Impossible pour une personne comme vous de résister à la tentation de jeter ne serait-ce qu'un œil. Je sais que cette bibliothèque est très impressionnante. En plus, les livres sur les vampires que j'ai étudiés ce matin ont été déplacés. Ce qui ressemble à du désordre pour les autres est pour moi un système de classement et, croyez-moi ou pas, je sais exactement où se trouve chaque document. Et donc ?

Charles parut satisfait des explications du commissaire. Mais il avait oublié la question initiale. Il haussa les épaules, manière de dire « Et donc, quoi ? ».

— Je vous demandais si vous aimiez ma bibliothèque, ajouta Ledvina.

— Vous avez lu tous ces livres ? demanda Charles, contournant à nouveau la question.

— Non. Ma passion n'est pas du tout la lecture et, même si je vous parais maboul, je n'ai aucune inclination pour l'occultisme. Je suis un être positif et optimiste par excellence. Mais je suis flic, je crois, de naissance. C'est mon truc. C'est ce que je sais faire. Et je sais pertinemment que je suis un putain de bon flic, j'ai un don extraordinaire pour ce boulot et mère Nature m'a doté d'une intuition tellement hors du commun que certains disent que je suis une sorte de médium. Ce que ces crétins ne savent pas c'est que je prends mon travail très au sérieux. Et si je dois m'informer sur les vampires, je le fais, très sérieusement. Je crois qu'en cela nous nous ressemblons un peu.

Charles n'avait pas l'impression de ressembler en quoi que ce soit à cette brute semi-docte.

— J'ai l'intention de vous faire un compliment, reprit Ledvina, mais le début risque de passer pour une offense. Et comme on s'est un peu échauffés, tout à l'heure, je voudrais vous prier d'écouter jusqu'au bout ce que j'ai à vous dire, avant de vous énerver.

Charles tira sur son cigare et tenta un sourire aimable.

— Il y a de cela quelque temps, vous avez expliqué, lors d'un entretien pour la télévision tchèque, non sans éluder les questions crétines du genre « comment vous est venue cette idée ? » et « citez trois livres que vous emporteriez sur une île déserte », que vos deux personnalités préférées dans toute l'histoire du monde sont Diogène et Walt Disney. Beaucoup de gens ont été choqués. Vous avez expliqué que le cynique Diogène représentait l'esprit impertinent qui définit la liberté et que Disney, lui, avait redéfini l'univers enfantin.

— J'ai dit cela ? Moi ? demanda Charles. Bien. Cela signifie que je suis cohérent avec moi-même.

— Votre affirmation m'a contrarié. Je n'ai pas pu m'empêcher de creuser un peu l'histoire de ce personnage qu'un intellectuel de votre envergure considère comme l'homme le plus important qui ait jamais vécu sur terre. Ce Diogène qui a dit à Alexandre le Grand : « Ôte-toi de mon soleil », lequel Alexandre, roi de Macédoine, interrogé sur ce qu'il voudrait être s'il n'était lui-même, a répondu avec une superbe absolue : « Diogène. » Pour prendre à contre-pied les idées de Platon, qui soutenait que l'homme était un animal bipède sans plumes, Diogène a jeté à ses pieds un poulet déplumé en s'exclamant : « Voilà l'homme de Platon ! » Et vous avez encore ajouté, dans votre style inégalable pour allier bel esprit et profondeur d'analyse à l'ironie délicate, mais aussi à l'humour à deux balles, parfois à la limite des convenances, que Diogène était la seule personne que deux des prostituées les plus célèbres d'Athènes honoraient gratuitement.

Charles en resta bouche bée. Il ne s'attendait pas à ça. Comment une phrase si cohérente, courtoise et précise avait-elle pu sortir de la bouche de cet ours batailleur ? Ledvina était peut-être plus que ce qu'il paraissait à première vue. Et il semblait bien que Nicky tenait à le surprendre de nouveau.

On entendit frapper à la porte et une jeune secrétaire portant une jupe scandaleusement courte apporta sur un plateau deux petits verres, deux grands verres d'eau, une bouteille d'alcool blanc avec une étiquette écrite à la main « *Hruškovice 2010* », une bouteille d'eau gazeuse et deux petits cafés. Le commissaire se leva et lui fit signe de le poser sur la table basse devant Charles, puis il la renvoya d'un signe de la main. Tout en se rapprochant du professeur et en remplissant les verres minuscules, il dit :

— Je ne vous ai même pas demandé si je pouvais vous servir quelque chose. J'ai là une liqueur de poire du jardin de mon beau-frère, qu'il distille lui-même. C'est une des meilleures que j'aie jamais bues. Je vous en prie, ne refusez pas.

Charles se dit qu'une goutte d'alcool pourrait avoir l'avantage de le détendre, alors il prit le verre minuscule rempli à ras bord. Ledvina trinqua contre le verre de Charles et but cul sec en claquant la langue de satisfaction. Charles comprit qu'il ne pourrait pas savourer le premier verre alors il imita son hôte. Il lui sembla que ses yeux allaient exploser, mais il s'abstint de le montrer. Le commissaire, tout content, remplit de nouveau les verres et voulut trinquer, mais Charles retira vivement son verre, si bien que quelques gouttes atterrirent sur le sol.

— Allons-y lentement, dit Charles, je n'y suis pas très habitué.

Le commissaire le dévisagea en vidant son verre puis il se dirigea vers son bureau. Il s'étendit par-dessus le tas de dossiers et dans une pile – qui, de l'avis de Charles, n'avait rien de différent des autres, quelque part sur la troisième rangée, premier quart en partant du bas –, il attrapa sans rien déplacer un dossier qui ressemblait à tous les autres. Le policier n'avait pas exagéré en disant qu'il s'y retrouvait à merveille dans son désordre.

— Que savez-vous de Nosferatu ? demanda Ledvina, qui attendait, dossier en main, une réponse.

— C'est l'autre nom que Bram Stoker utilise pour désigner Dracula. Il semble qu'il l'ait piqué à Emily Gerard, qui l'utilise dans un article publié quelques années auparavant. Mais il est fort possible qu'il soit apparu pour la première fois plus tôt, vers 1860, dans un ouvrage de Heinrich Von Wlislocki, intitulé *Les Superstitions des Roumains*. Cela a-t-il de l'importance ?

Ledvina ne le quittait pas du regard, tenant toujours le dossier à la main. Il attendait la suite.

— L'étymologie est incertaine, reprit Charles. La théorie la plus récente dit que ce nom viendrait du latin *non spirare*, « ne respire pas », et qui définirait donc un mort. Je suis enclin à croire aux théories antérieures, qui se réfèrent à un mot roumain, *necuratu*, l'un des noms donnés au diable.

Charles comprit que Nicky avait quelque chose à lui montrer, qu'il considérait comme très important, et qu'il préparait son effet. Le policier tira une feuille d'une enveloppe et la tendit à Charles qui s'en empara.

— Je ne saisis pas, vous m'avez déjà montré ça.

— Oui. Et c'est quoi ?

Charles crut alors que le commissaire était fou. La conversation devenait de nouveau désagréable.

— Il s'agit d'une technique d'interrogatoire ? Elle se veut subtile ? Ça ne fonctionne pas vraiment, votre truc.

Il fit une pause. Et comme Ledvina ne disait rien, Baker ajouta :

— C'est la photo qui se trouvait dans le téléphone de je ne sais plus qui, celle de l'ombre portée sur le poste de police du village... D'ailleurs comment il s'appelait, ce bled ?

Ledvina ne répondit pas. Et en faisant toujours autant de mystère, il sortit un autre papier. Charles le prit, curieux de voir à quel petit jeu Ledvina se prêtait, et l'examina longuement.

— Ça ressemble à un dessin d'après la photo que vous venez de me montrer. La justice américaine a recours à cette pratique du dessin d'audience. On appelle ça du « *courtroom sketch* » et ça a débuté avec le procès des sorcières de Salem. Ça a un rapport avec les sorcières ? demanda Charles.

Ledvina fit non de la tête.

— Cette technique a été utilisée tant que les appareils photos n'existaient pas et encore aujourd'hui quand ils ne sont pas permis durant les procès. Elle tend à se transformer en pratique artistique, à mesure que le rôle documentaire décline.

— Rien ne vous paraît bizarre dans ce dessin ?

Charles regarda avec attention. C'était un dessin à la plume, à l'encre, réalisé par quelqu'un qui s'y connaissait vraiment.

— Même si ça a l'air d'une copie d'après les photos, ça semble quand même ancien ou fait pour paraître daté.

— La créature est la même, dit Ledvina, mais comme vous pouvez l'observer, la maison ne l'est pas. C'est donc une autre apparition du même phénomène.

Charles avait vu dans le train la photo faite par la serveuse à Londres, et il n'était donc pas surpris.

— Et elle n'est pas travaillée pour avoir l'air ancienne, elle l'est vraiment, ancienne, poursuivit Ledvina. Elle est en ma possession depuis plus de trente ans. Et celui qui me l'a vendue l'avait soustraite aux archives de Scotland Yard bien des années plus tôt.

— Je vous écoute, dit Charles qui voulait en finir avec ce suspense.

— C'est un dessin réalisé par le témoin d'un crime atroce qui a eu lieu dans la nuit du 30 au 31 août 1888. Le croquis représente une grange de Buck's Row, qui est aujourd'hui Durward Street, près de Whitechapel Road, à Londres. Ce dessin n'a jamais été rendu public. Je vous en garantis l'authenticité.

Charles avait la chair de poule. Sa première réaction, le temps que le scepticisme reprenne ses droits. Ledvina nota une fois de plus sa réaction.

— C'est au pied de cette grange que fut tuée Mary Ann Nichols.

— La première victime de Jack l'Éventreur ? demanda Charles.

Le commissaire acquiesça. Comme Charles s'apprêtait à prendre la parole, Ledvina intervint :

— Avant d'en revenir à votre verbiage sceptique, laissez-moi terminer.

Il tira un nouveau croquis de sa poche et il le lui tendit. On pouvait y voir le mur de ce qui ressemblait à une grange, quelque part en plein champ, et la même ombre.

— Un autre dessin, toujours issu des archives de la police anglaise, sauf qu'il date de 1827. Le bâtiment que vous voyez est connu sous le nom de la « Grange rouge ». Ici a été abattue Maria Marten, par son amant,

William Corder. La même ombre est dessinée également lors de l'exécution de ce dernier, un an plus tard. L'ombre, comme vous le voyez, apparaît sur la foule des badauds, dessinée d'en haut. La foule qui assistait à l'exécution ne pouvait la voir.

Charles en restait sans voix. Il n'avait pas du tout connaissance de ces apparitions historiques. Autant qu'il pouvait en juger, les dessins paraissaient authentiques.

— J'ai ici la lettre d'un témoin qui décrit la même ombre lors de l'attaque d'une voiture de poste reliant Paris à Lyon. Les messagers sont tués et l'argent destiné à la campagne d'Italie disparaît. Nous sommes en avril 1796. En octobre de la même année, la Grande Catherine meurt. En voici un dessin sur son lit de mort. À côté d'elle se trouve le prince Paul. Regardez ce qu'on aperçoit derrière, ajouta Ledvina en posant son doigt dessus. La même ombre.

Charles n'avait plus de mots.

— J'ai encore ici des témoignages et des dessins attestant de la même présence, en 1766, quand les loups attaquent les gens dans le Gévaudan, dans le centre et le sud de la France. Il n'est pas seulement question de la bête du Gévaudan qui a des crocs d'une taille inconcevable, mais d'une autre présence, relatée après coup par deux témoins qui ont échappé à l'attaque. Je crois que vous savez déjà de quoi je parle. Cette année-là, la même ombre, comme vous le voyez ici – le commissaire tendit un autre dessin –, se dessine lors de l'exécution de Jean-François de La Barre, qui fut torturé et décapité, avant que l'on cloue sur son torse un exemplaire du *Dictionnaire philosophique* de Voltaire et que l'on brûle son corps. Vous savez de quoi le noble français s'était rendu coupable ?

— On dit qu'il n'avait pas salué une procession catholique, mais ce ne fut qu'un prétexte. Dickens lui rend hommage dans *Un conte de deux villes*.

Ledvina jetait une page après l'autre sur la table, parlant maintenant à toute vitesse.

— Des descriptions et des dessins d'apparitions identiques en 1672 à la bataille de Solebay, et la même année, lors du passage du Rhin par l'armée française de Louis XIV, dans ce qui sera le siège d'Utrecht. En 1610, pas de dessin, mais quelques témoignages épars sur la même apparition, lors de l'assassinat d'Henri IV par Ravaillac. Ici, l'apparition est signalée rue de la Ferronnerie. Et, cette année-là encore, lors de l'enterrement du célèbre peintre Michelangelo Merisi.

— Le Caravage ? demanda Charles, de plus en plus étonné et contrarié. Quel rapport avec tout cela ?

Ledvina continuait de présenter des documents et de les faire voler tout en parlant. On l'aurait dit en transe.

— En 1548, à l'assassinat de Lorenzino de Médicis. En 1517, pendant le cinquième concile du Latran. Et enfin, la même année, sur le mur de l'église du château de Wittemberg au moment précis où Martin Luther affichait ses 95 thèses. Quatre témoins décrivent la même bête.

— Là, on pourrait avancer qu'il s'agit de l'imagination des catholiques terrifiés par le nouvel antéchrist attaquant sans vergogne l'Église officielle, répliqua Charles.

Ledvina était imperturbable.

— En 1485, lors de la bataille de Bosworth, deux témoins rapportent séparément qu'ils ont vu l'ombre au moment précis où Richard III d'Angleterre fut tué.

Charles se réveilla pour de bon. Il passa le bras par-dessus la table pour prendre la lettre et l'observa attentivement.

— Richard III ? J'ai passé des années à étudier la guerre des Deux-Roses et à tenter de résoudre un mystère…

— … que vous avez baptisé « de la bosse perdue ». Je sais. Enfin, continua Ledvina, voici une photocopie de la page de garde d'un des exemplaires du manuel *Malleus maleficarum*, 1487.

Charles examina une gravure de l'ombre qu'il connaissait déjà par cœur, dans tous ses détails, et qui trônait sous le titre.

— Et l'original, il est où ? J'ai vu que vous avez un exemplaire, vous aussi. C'est celui-là ?

Ledvina haussa les épaules.

— Pensez-vous que vous pourriez me prêter une partie de tout ça ? Pour que j'essaie de trouver la solution ?

— Peut-être. On verra.

Le commissaire se versa un autre petit verre de poire et l'avala aussitôt. Charles ne toucha pas au sien. Ledvina contourna de nouveau la table et se rassit dans le fauteuil antédiluvien au cuir craquelé. Comme si de rien n'était, il lança :

— Vous êtes de quelle année ?

— De 1979, répondit Baker.

— Vous avez conservé des photos et des films de votre enfance ? Et du lycée ?

Charles comprit où Ledvina voulait en venir et se mit à rire.

— Oui. Un tas. Je ne suis pas immortel. Ni le comte de Saint-Germain, et l'ombre, ce n'est pas moi non plus.

Le commissaire marmonna quelque chose d'inintelligible. Il reprit son discours :

— J'ai fait un calcul en rapport avec ces apparitions. Les apparitions suivent la chronologie suivante : 1485, 1517, 1548, 1610, 1672, 1766, 1796, 1828, 1888 et, après une longue pause, 2014. Leur fréquence d'apparition...

— ... est de 30, 31 ou 32 ans, à part les périodes sans, plus longues, mais qui sont elles aussi des multiples de 30, 31 ou 32.

— Oui. J'ai cru qu'il était possible que ça se soit arrêté en 1888. Mais avec ce que je vois aujourd'hui... Il me manque trois occurrences entre 1888 et aujourd'hui, et cinq autres, plus tôt.

— La première apparition date de quand ?

— 1485.

— Au total, vous dites qu'il y en a eu 10, dont on connaît les dates, plus 8. C'est-à-dire 18 ?

Ledvina acquiesça.

— Pourtant, par rapport aux victimes actuelles, aucune ne présente des traces de morsures dans le cou, n'est-ce pas ?

— Non, mais vous avez connaissance d'au moins un autre cas de ce genre, cette année.

Charles lui jeta un regard étonné. Il savait qu'il venait ainsi de se trahir.

— Donc, jusqu'à présent, cette chose, allez savoir ce que c'est, n'aurait été que témoin et, soudain, elle se serait décidée à agir personnellement ? Voyons, monsieur le commissaire, on est tous devenus fous. Et quel serait le lien entre toutes ces affaires ?

— Si j'étais bête, je dirais vous.

Le téléphone de Charles sonna de nouveau. Cette fois c'était Christa. Ledvina voulut se lever, mais Charles leva la main pour lui signifier que ce n'était pas la peine de sortir.

Christa lui dit qu'elle avait terminé ce qu'elle avait à faire et lui demanda comment ça allait.

— Je suis chez le commissaire Ledvina. Non. Non, il ne m'a rien fait de mal.

Il rit et dit en le regardant :

— Ah non, pas même un pieu dans le cœur, et il n'a pas non plus tiré sur moi avec une balle en argent... D'accord. Je vous rejoindrai à l'hôtel.

Chapitre 80

Christa était rentrée à l'hôtel vers midi et avait appris que Charles était sorti, accompagné d'un policier. Elle avait hésité à lui téléphoner, craignant de paraître de nouveau trop curieuse ou trop protectrice et de le faire fuir. Alors elle questionna le réceptionniste pour savoir s'il avait eu l'air contraint de partir. Apprenant qu'au contraire il paraissait de très bonne humeur, Christa fut rassurée. Le matin, elle s'était rendue au siège d'Interpol de Prague où elle avait discuté avec un collègue, envoyé deux e-mails depuis le poste de travail de ce dernier et posté une lettre. Puis elle avait rendu deux visites privées dans un quartier de vieilles maisons, où elle était restée un certain temps. Sortie de là, voyant que Charles ne donnait pas de nouvelles, elle était entrée dans un magasin où elle avait fourré dans un panier tous les vêtements qui lui tombaient sous la main.

Depuis sa sortie de l'hôtel elle avait en permanence l'impression étrange qu'on la suivait. Ayant noté que le magasin de vêtements avait deux sorties, elle prit celle de derrière, contourna le bâtiment et se retrouva nez à nez avec l'individu à la trogne de boxeur qui se tenait caché derrière un arbre. À quelques centimètres de lui, elle resta ainsi à le dévisager puis tourna les talons. Ne sachant que faire, le boxeur téléphona à Werner qui, après lui avoir ordonné de rentrer à la villa, balança le téléphone contre le mur où il se brisa en mille morceaux.

De retour à l'hôtel, Christa s'installa dans un canapé du hall et composa le numéro de Charles. Il était au commissariat.

Honza attendait devant le siège de la Section spéciale parce qu'il n'avait aucune envie de monter au bureau. Soudain il vit, sur le trottoir d'en face, trois punks à la crête violette, verte et jaune, piercing dans le nez, en cuir noir de haut en bas et Dr. Martens aux pieds, s'approcher d'une blonde qui savourait une crème glacée, appuyée à une énorme moto. Les trois types sortaient d'un bar et se mirent à tourner autour de la blonde en parlant fort, resserrant le cercle, en faisant des gestes obscènes et en caressant la grosse cylindrée. Les mains devenaient baladeuses, ça tournait à l'agression. L'un des trois s'amusa à lui piquer son casque et à le balancer à son voisin qui le lança au troisième.

L'inspecteur posa la main sur l'arme qu'il gardait sous sa veste. Il n'eut pas le temps de traverser qu'il vit, bouche bée, l'un des trois agresseurs reculer, chanceler quelques secondes puis s'écrouler sur l'asphalte. La blonde pivota sur elle-même et envoya le second valser jusqu'au milieu de la rue d'un coup de pied dans le torse. Dans un crissement de pneus, une voiture freina brusquement, mais ne parvint pas à l'éviter, et il s'écrasa sur le pare-brise. Le troisième sortit un cran d'arrêt et s'apprêtait à la frapper quand Beata, en l'évitant, lui attrapa le bras et le tordit dans son dos. De l'autre main elle lui arracha le piercing qu'il avait à la lèvre. Le type hurla de douleur. La femme ramassa son casque et frappa l'agresseur en pleine tête. Il s'écroula lui aussi. Honza pressa le pas, mais, alors qu'il arrivait sur les lieux du carnage, la moto disparaissait déjà dans un nuage de poussière. Honza resta comme abasourdi, flingue à la main. Le gardien et le portier de la Section spéciale arrivèrent en courant et, lorsque l'un des trois punks se releva en crachant du sang, hurlant comme un forcené et menaçant Honza dont il s'approchait, l'inspecteur lui assena un coup de crosse définitif.

Beata s'arrêta trois rues plus loin et téléphona à Werner. Elle lui raconta ce qu'il s'était passé et lui demanda s'il avait réussi à savoir ce qu'il se tramait dans ce bâtiment où Charles se trouvait depuis des heures. Beata savait qu'il ne l'avait pas quitté puisque le signal émis par le portable du professeur clignotait sur la carte comme à son arrivée.

Werner avait appris qu'il s'agissait d'une division spéciale de la police qui se chargeait des incidents les plus délicats, ceux qui devaient trouver une issue rapide et discrète, loin de la presse, quitte à utiliser des méthodes pas très orthodoxes. Des employés de l'Institut infiltrés au ministère de l'Intérieur lui avaient rapporté que la Section spéciale était chargée de l'affaire du train, de celle du poste de police et du cadavre du motard retrouvé dans un fossé. Et que personne n'avait la moindre autorité sur son chef, un certain commissaire Ledvina, sorte de vache sacrée des services secrets tchèques. Werner se demanda ce qu'il pouvait bien rester aux autres si la Section spéciale traitait toutes les affaires criminelles importantes depuis quelques jours dans ce petit État européen. *À la circulation*, pensa-t-il. C'était peut-être pourquoi Prague était engorgée tout au long de la journée.

Il mourait d'envie de savoir de quoi le policier pouvait discuter si longuement avec Charles et il s'en voulut de n'avoir pas prévu ça. Il tenta de pénétrer dans l'un des appareils électroniques de la Section spéciale, mais découvrit avec stupeur que Nick Ledvina n'avait ni portable ni ordinateur. Comme il manquait d'agents sur lesquels il pouvait réellement compter, il décida que dès le lendemain Beata surveillerait le commissaire. Il s'occuperait lui-même de Charles.

Chapitre 81

— Il serait quand même temps que je parte. J'ai un rendez-vous important à 19 heures et je dois me préparer.
— Vous avez le temps, dit Ledvina.
— Un peu. Mais avec cette circulation. Et surtout à cette heure.
— Peu importe. On vous emmènera. On mettra le gyrophare.

Ledvina avait accompagné ces derniers mots d'une rotation de la main au-dessus de sa tête, en y ajoutant un clignement des yeux et la bouche en cul-de-poule, pour imiter la sirène de la police. Charles céda une fois de plus. La discussion devenait très intéressante. Sa vue d'ensemble sur le phénomène commençait à changer. Si les témoignages et les dessins étaient réels, alors c'était aussi le cas des photos qu'il avait vues récemment. Celle de Londres et celle du village sans nom.

Le silence était retombé dans le bureau du commissaire. C'était si calme qu'il pouvait presque entendre ses pensées. Charles finit par boire son verre de poire, mais en y allant doucement, par petites gorgées. Il alluma aussi le dernier cigare qu'il avait sur lui. Sans un mot, le commissaire ouvrit une fenêtre et releva un peu les stores. On était à peine à la mi-juin et le temps n'était pas encore caniculaire. Au contraire, un souffle printanier, légèrement rafraîchissant, pénétra dans la pièce.

— Et cette ombre, que pensez-vous que ce soit ? demanda Charles. Un vampire ?

Ledvina ne semblait pas très sûr de sa réponse.

— L'ombre apparaît toutes les trente et quelques années. D'un point de vue statistique, cela correspond à une génération. Pourquoi revient-elle à chaque génération depuis 1485 ? On dirait l'annonce récurrente du mal, qui non seulement ne disparaît pas, mais reste constant, voire gagne en monstruosité. Et qui marque l'aube de chaque nouvelle génération. Partout où elle est signalée, la mort est là. Et souvent violente.

— Vous avez peut-être une réponse plus concrète ?

— Vous et votre concret ! L'ombre ressemble parfaitement à celle d'un vampire.

— Mais je croyais que le vampire n'avait pas d'ombre.

— On a peut-être affaire à une espèce à part de vampire. La coïncidence avec les descriptions populaires est trop grande, et en l'absence d'une autre explication... Je crois que si j'arrivais à comprendre de quoi il retourne avec ces cycles d'années, cette fréquence des témoignages, je serais bien plus près de résoudre l'énigme. Vous ne pouvez rien me dire d'autre ? Vous n'avez vraiment rien vu cette nuit-là ?

— Je vous ai dit tout ce que je savais.

— Je suis sûr que non. Tout comme je suis certain que vous avez déjà vu cette créature, au moins une fois encore. Je ne sais pas où, quand, ni comment, mais j'ai cette intuition. Tout comme je pense que cette ombre est en quelque sorte attachée à vous. Si ce que vous m'avez dit est vrai, elle vous a libéré de prison.

— D'une cellule où nous étions retenus de manière injustifiée, précisa le professeur qui ajouta pour changer de sujet : Vous savez, votre remarque est erronée. Au sujet des descriptions populaires. Notre représentation du vampire a très peu de choses en commun avec les témoignages historiques. C'est une représentation entièrement créée par la littérature. Et le cinéma.

— Comment ça ?

— Si vous permettez.

Ledvina acquiesça d'un signe de tête.

— Le vampire tel que nous le connaissons est un homme de taille moyenne, voire plutôt grand, entre trente et cinquante-cinq ans, svelte, très fin, d'origine aristocratique, aux ongles longs et pointus et aux canines également pointues, parfois même ses oreilles sont pointues – il rend justice aux figures animales dont il est inspiré. Il a des lèvres fines, très rouges, alors que son visage est pâle, parce que c'est un mort-vivant. Ses yeux brillants aux paupières poudrées contrastent. Il ressemble de fait à un comédien des XVIIIe et XIXe siècles. Les comédiens se maquillaient exactement comme ça, avec beaucoup de poudre et des lèvres très marquées. Parfois il porte une pèlerine dont la forme renvoie aux ailes de la chauve-souris. Il dort dans un cercueil ou dans un caveau. La nuit est le moment où il sort, parce que la lumière du jour lui fait du mal. Parfois le soleil peut le tuer.

— Depuis Stoker, on sait que la lumière du jour ne lui est pas fatale. Cela ne fait que l'affaiblir. Il ne peut réellement être vampire que la nuit.

— Exactement. Il se nourrit de sang, parfois exclusivement, et quelquefois seulement comme complément nutritif. Il apprécie les fruits frais, mais a horreur de la viande parce qu'elle provient de chairs mortes. C'est comme s'il se nourrissait de sa propre chair. Parfois il porte les cheveux longs, parfois courts et grisonnants. Il déteste la solitude, à part celle de son cercueil. C'est pour cela qu'il recherche la compagnie d'autres vampires. Surtout des femmes. Étant donné qu'elles n'existent jamais au début de toutes ces histoires, ce qui est stupide puisqu'on peut supposer qu'avant il avait aussi besoin de compagnie, il doit, on va dire, se les confectionner. Alors il mord le cou de celle qu'il choisit pour l'accompagner ou plutôt pour le servir, car c'est un dictateur, il est le maître absolu. Il laisse dans le cou des victimes deux traces petites, mais profondes, et suce leur sang, mais pas tout, pour qu'elles-mêmes, au bout d'un moment et après beaucoup de souffrances, se transforment à leur tour en vampires. Son obsession est de peupler la terre entière de créatures qui lui ressemblent et dont il serait le maître, lui étant le prince de l'ombre, c'est-à-dire le diable en personne. Voilà où je voulais en venir. J'ajoute en passant que je me suis bien amusé en démontrant par les mathématiques que l'existence des vampires est impossible.

— Par les maths ? Comment ça ?

— Eh bien j'ai créé une équation simple. Je suis parti du fait que le vampire a besoin de se nourrir. Tous les jours, je suppose. Mais pour ne pas exagérer, j'ai compté qu'il ne se nourrit que tous les trois jours. Et donc qu'il fait une victime dans cet intervalle. Nous savons aussi qu'un homme mordu se transforme lui en vampire. Ce qui nous amène à la conclusion qu'au bout des trois premiers jours on a un vampire de plus. Cela fait alors deux bouches à nourrir, et, de cette manière, au bout de six jours, nous avons déjà quatre vampires qui deviennent vite 16, puis 32 et ainsi de suite. Si cela nous intéresse de savoir combien de jours seront nécessaires pour que toute l'humanité de cette planète soit constituée de vampires, on peut s'amuser à faire le simple calcul suivant : 2 puissance x, où x est le nombre d'étapes où les vampires se nourrissent. 2 puissance x donne le nombre de vampires existant à l'étape de vampirisation x... On voit rapidement qu'il suffit de 33 étapes de vampirisation pour atteindre les huit milliards et demi d'êtres humains de la planète... En seulement 99 jours, plus de 8,5 milliards d'êtres humains deviendraient des vampires ! Supposons maintenant qu'il se nourrit bien plus rarement, disons seulement une fois tous les deux mois. Cela veut dire que si un vampire transforme un homme en vampire tous les 60 jours, x sera un multiple de 60 et, en 120 jours, admettons, nous aurons 2 puissance 2 vampires. En 1 200 jours, nous aurons 2 puissance 10 vampires (c'est-à-dire 1 024) et ainsi de suite. Peu importe par quel bout on prend les choses, toute la population du globe serait formée exclusivement de vampires.

— Mais si tous les gens mordus ne se transforment pas en vampires ? Seulement quelques-uns, des élus ?

— Le vampire aurait juste besoin de sa petite bande à lui, une poignée de serviteurs ? Soit. Supposons qu'il en soit ainsi. Ils doivent tout de même se nourrir. Disons qu'ils tuent une personne tous les trois jours sans en faire des vampires. Vous avez déjà entendu parler de morts suspectes qui peuvent monter à – admettons, s'il n'a que neuf compagnons – 25 par semaine en moyenne, c'est-à-dire 100 par mois, 1 200 par an ? Année après année ?

Ledvina soupira. Il ne s'était jamais posé le problème de cette manière.

— Je crois que la raison n'a pas sa place dans l'espace de...

— ... la fiction ? le coupa Charles. Je continue ?

Ledvina acquiesça. Il voulait en entendre plus.

— Or il se trouve que le vampire des traditions populaires ne ressemble pas à ça. Sa première caractéristique est qu'il est gros. Le terme utilisé pour lui, à part *vrykolak* en grec, est *timpanaios*, qui veut dire littéralement « au ventre comme un tambour ». Il est précédé d'histoires de « revenants ». En gros, il est question de cadavres en parfait état, encore non affectés par la décomposition, qui reviennent dans leurs villages pour terroriser les vivants. Souvent sans la moindre intention criminelle. De très nombreux récits racontent que ces « revenants » viennent tenir compagnie aux femmes ou les aider dans leurs travaux domestiques, surtout la nuit, et le matin rejoignent leurs tombes. Jusque-là, aucune intention maléfique. Nombre de ces histoires médiévales sont des histoires d'amour. Au-delà de la mort. Il existe de nombreux récits de ce genre et tous parlent du mari ou de la femme décédée prématurément et qui revient auprès de son amoureux. Au début ils ont l'air normal. Les gens enterrés depuis quelques jours qui reviennent pâles se déplacent très rapidement, le regard perdu, comme s'ils marchaient contre leur volonté, comme disait le jésuite Robert Sauger.

La porte s'ouvrit et Honza entra. Il avait quelque chose à communiquer au commissaire. Ce dernier l'interrogea du regard. L'inspecteur hocha la tête, l'air déçu, et Ledvina l'expédia d'un geste nerveux. Charles, spectateur de cet échange dont il n'avait rien saisi, songea qu'il valait mieux de ne pas se tracasser et poursuivit :

— La vérité est que le vampire a des problèmes d'identité. Avant la littérature gothique, nulle légende avec un vampire qui mord pour transformer la personne n'existe. Jusque-là, cette façon de transmettre une infection est inconnue. C'est un mort-vivant, en quelque sorte, qui se promène comme un fantôme, qui suce le sang comme une sorcière et qui au départ porte le nom de *vârcolac*, avant d'être qualifié d'hérétique. Car *upir*, c'est exactement ce que cela signifiait dans les cercles ecclésiastiques. L'identité du vampire est donc totalement absente. C'est la littérature qui lui apportera la gloire.

Ledvina écarquillait les yeux en écoutant Charles. Il s'en retrouvait déstabilisé.

— Enfin, parce qu'il est un monstre, il doit être tué selon des règles précises qui nous sont parvenues. Comme le vampire s'adapte à la lumière du soleil, que reste-t-il ? Car il faut bien qu'il existe des moyens de s'en débarrasser. Ici, la source d'inspiration est de nouveau le diable, plus précisément les rituels d'exorcisme. Car le mal auquel on ne peut échapper et sur lequel le bien n'a aucune chance de triompher est un non-sens du point de vue eschatologique, éthique et en particulier narratif. Alors on cherche un *happy end*.

— Quand a-t-on inventé le *happy end* ? demanda le commissaire avec une naïveté d'élève sage comme une image, une réaction qui fit croire à Charles qu'il avait dompté son interlocuteur – il constaterait plus tard qu'il s'était trompé.

— Il a toujours existé, depuis que l'on raconte des histoires. Le petit enfant comme l'adulte ont besoin de l'espoir qui, vous le savez, meurt en dernier. Le désir que toute histoire se termine bien est consubstantiel à l'homme normal, car il entre en empathie avec le personnage, il se met dans sa peau. Ce désir s'est manifesté pour la première fois, et de manière très brutale, dans la Grèce antique, durant une représentation théâtrale. Dans l'amphithéâtre où l'on venait de représenter une tragédie, l'auteur a été purement et simplement lapidé : dans sa pièce, les tueurs de sang-froid n'avaient pas été punis à la fin. Les spectateurs étaient furieux. Ils avaient besoin d'espoir. C'est à ce moment qu'est apparu le phénomène connu en narratologie sous le nom de *deus ex machina*, le « dieu sorti de la machine ».

— La machine était une métaphore ?

— Pas du tout. C'était une machinerie, disons. Comme les auteurs ne voulaient ni gâcher leurs pièces – qui étaient très sanglantes – ni finir comme leur prédécesseur lapidé, ils ont inventé une sorte de treuil, une machine, donc, qui à la fin du spectacle faisait descendre sur scène un acteur, lequel expliquait comment les dieux avaient finalement puni les criminels. La conscience hypocrite du spectateur grec était apaisée et l'auteur s'en tirait sain et sauf. Depuis, chaque fois qu'un personnage est sauvé par une intervention non naturelle, que ce soit dans une narration littéraire ou cinématographique, on dit que le procédé du *deus ex machina* a été utilisé, c'est-à-dire une intervention extérieure qui ne procède pas harmonieusement du déroulement de l'histoire. Tchekhov pousse cette théorie plus loin et soutient que, si nous voulons éviter cette impression, il faut que le fusil qui tirera au dernier acte, comme il dit, soit accroché au mur dès le premier acte. Ou par conséquent, si un fusil est présent au premier acte, il doit obligatoirement tirer au dernier acte.

Ledvina était fasciné par Charles et il ne se souvenait pas depuis quand quelqu'un l'avait tant intéressé. Le professeur ne lui en parut que plus suspect.

— Un vampire peut donc être tenu à distance par un crucifix, un miroir, de l'eau bénite, une gousse d'ail ou, carrément, une tresse de cette plante. Il ne peut pas entrer dans une maison où il n'aurait pas été invité au moins une fois. Il ne peut sortir de sa tombe si une rose a été placée sur son cercueil. Nous retrouvons là encore les symboles chrétiens qui renvoient au diable. Qui a peur de Dieu ? Son ennemi le plus terrible. Comme je l'ai dit, il n'a pas d'ombre, mais il ne se reflète pas non plus dans les miroirs, parce qu'il est mort. Le vampire peut se transformer en loup, en chauve-souris, parfois en grenouille. L'histoire du loup renvoie à la lycanthropie, ce que les Américains appellent *wearwoolf* et les Italiens, avec une expression infiniment plus belle, *luppo mannaro*, et donc au loup-garou. Parfois, le vampire est assimilé au loup-garou, d'autres fois il y a un combat entre les deux. Et, enfin, le vampire peut être tué par une balle en argent. Tout cela vous a inspiré, je suppose, quand vous avez voulu voir si je fondais au contact de la gousse d'ail lors de notre poignée de main. Ensuite, il faut que sa tête soit enterrée dans de la terre bénite. Si on en a, sinon le mieux est encore de planter un pieu dans le cœur du vampire ou de le lui arracher et de le brûler. J'ai oublié quelque chose ?

Ledvina, gêné par le rappel de l'incident de la veille, répondit d'une voix rendue presque inaudible par le nœud qui lui serrait la gorge :

— Je ne crois pas. Non.

— Ah oui, fit Charles en riant, et il y a un truc sensationnel, quand on parle des vampires. C'est en fait ce que je préfère dans leurs histoires.

Ledvina était tellement captivé qu'il ne se rendit pas compte que Charles le menait en bateau.

— On dit aussi des vampires qu'ils ont ce type de comportement maniaque et obsessionnel des personnes autistes. Vous voyez, par exemple, les gens qui doivent toucher tous les poteaux sur leur chemin ou qui ne peuvent marcher qu'à l'intérieur des carrés sur le sol ?

— Oui.

— Eh bien, la technique la plus fascinante pour tenir les vampires éloignés est de placer devant les fenêtres une poignée de graines. Le vampire se sentira obligé de les compter. Le secret consiste à glisser un clou parmi les graines, pour que le vampire se pique, qu'il fasse tout tomber et recommence depuis le début. Il y a une variante. Il faut placer sur son chemin un filet de pêche. Le vampire voudra défaire absolument tous les nœuds. Si vous savez faire des nœuds compliqués, qu'ils soient de pêcheurs ou gordiens, vous êtes sauvé parce qu'il n'aura jamais fini de les défaire avant le petit matin.

Ledvina le regarda d'un air bizarre.

— Vous, vous ne croyez vraiment pas aux vampires, non ?

Charles s'interrogea, le policier avait-il réellement écouté un seul mot de ce qu'il avait dit jusque-là ? Comme tout ce qui l'intéressait était de conclure cet entretien au plus vite, il se pressa de finir.

— Toutes ces caractéristiques sont littéraires. Elles apparaissent bien avec Bram Stoker. En 1748, Heinrich August Ossenfelder écrivit un poème justement intitulé « Le vampire ». Après lui, on assiste à la prolifération d'œuvres sur ce thème. Ce n'est pas la peine de les passer toutes en revue, il y en a des milliers rien qu'aux XVIIIe et XIXe siècles. *Le Vampire*, de Polidori, *Carmilla*, de Joseph Sheridan Le Fanu, publié en 1872, sont les plus célèbres. Comme on le voit, rien de nouveau sous le soleil. Bram Stoker n'a rien inventé. On a d'ailleurs un peu de mal à comprendre pourquoi *Dracula* est celui qui a connu le succès fulgurant que l'on sait. Toutes sortes d'explications ont été avancées. Que c'était l'époque victorienne de la pudibonderie absolue, que les gens étaient effrayés par les nombreux cas de syphilis et de tuberculose. Que le titre a été très bien choisi.

— Et vous, vous en pensez quoi ?

— Je suis un homme de science et sans une étude sociologique sur laquelle me baser il m'est très difficile de m'exprimer. Je suppose que c'est un peu le mélange de tout ça. Ou qu'il s'agit d'un de ces très rares cas dans l'histoire où une idée, un livre, sort exactement quand le public est le plus réceptif. Allez savoir...

— Vous êtes spécialiste en communication. Est-ce que vous savez que l'effort de promotion du livre a été immense et surtout qu'il a été financé par l'organisation dont Stoker faisait partie ?

— Non. Quelle organisation ? Stoker était protestant, libéral et pensait que l'Irlande n'avait pas besoin de quitter l'Empire britannique.

Le commissaire était aux anges d'avoir réussi à surprendre Charles.

— Une de mes connaissances détient la preuve que Bram Stoker était membre du l'Ordre hermétique de l'Aube dorée. Vous savez ce que c'est ?

— Oui. Une crétinerie monumentale. Aleister Crowley.

— Ma foi. Crowley s'en est éloigné pour tomber dans les délires occultes et la pratique du sexe en groupe.

— Oui. On raconte que tous les participants à ces orgies étaient hideux et qu'il ne choisissait que les femmes les plus laides. C'était une sorte d'ordre, avec des loges comme dans la franc-maçonnerie. Certains étaient même francs-maçons, ou rosicruciens. À propos, j'ai vu que vous détenez tous les textes importants de la confrérie de la Rose-Croix.

— Ben, c'est logique.

— Logique par rapport à Crowley ?

— Non, aux vampires.

— Mais quels liens ont-ils avec ? Je ne comprends pas.

— Ce qui les relie, c'est Stoker. L'ami dont je vous ai parlé possède des lettres qui prouvent que le texte, mais aussi la campagne gigantesque qui a accompagné la publication du roman *Dracula*, ont été financés par une société secrète, occulte, qui n'était pas l'Ordre hermétique de l'Aube dorée, un simple paravent, et que le véritable but, bien dissimulé, était de jeter le discrédit sur un personnage réel de l'époque.

Ledvina s'arrêta. Il ne savait pas s'il fallait poursuivre.

— Mais qui peut-on discréditer avec un roman de ce genre ? Vous vous payez ma tête ?

— Pas du tout. Il fallait répandre une vraie terreur des vampires, opération partiellement réussie. Stoker a travaillé très sérieusement, mais les lettres démontrent la nervosité du commanditaire : l'auteur irlandais a beaucoup tardé à rendre le manuscrit. Il a même été menacé de terribles représailles.

— Mais qui ?

— Malheureusement on l'ignore. Ce que l'on sait, en revanche, c'est que cette personne est liée à l'ordre du Dragon.

— L'ordre du Dragon ? La société dont faisait partie le père de Vlad Țepeș, que Stoker dénonce comme vampire ? Et qui a disparu depuis plus de cinq cents ans ? Vous êtes sérieux ?

Charles ne savait pas comment interpréter ce que disait le commissaire. Mais la coïncidence avec ce qui lui arrivait depuis plusieurs jours était trop grande pour qu'il n'y ait aucun lien. D'une manière ou d'une autre, Ledvina devait être ce lien. Il se demanda si ce dernier tentait de lui transmettre un message dont il aurait dû saisir le sens ou si ce n'était que la suite du jeu de piste très sophistiqué dans lequel il était empêtré. Et puis de nouveau revenait cette théorie de campagne de dénigrement. Exactement comme dans l'histoire de la Bible du diable.

Chapitre 82

Sur la banquette arrière de la Skoda Superb qui le conduisait à vive allure vers l'hôtel Boscolo et pour laquelle plus aucun feu rouge n'existait, pas plus que les sens interdits, Charles essayait de renouer le fil de ses pensées à la suite de la très étrange rencontre avec le commissaire Ledvina. Il avait finalement réussi à le convaincre qu'il devait partir, et le commissaire avait tenu parole en mettant à sa disposition son meilleur chauffeur.

Il avait appris beaucoup de choses qu'il ne s'attendait pas à découvrir. Ainsi de l'ombre, qui non seulement n'était pas une plaisanterie, mais était mentionnée par une longue liste de témoins et dessinée à plusieurs reprises à travers l'histoire. La première que Ledvina avait évoquée remontait à 1485, soit plus de cinq cent vingt-neuf ans plus tôt. Étant donné que l'apparition se manifestait tous les trente ans, à un an ou deux près, il pouvait faire remonter la première apparition à cinq cent vingt-huit ans en arrière, afin d'obtenir un nombre divisible par trois. Dix-huit cycles s'étaient écoulés depuis, et le commissaire avait trouvé dix preuves de la présence de l'ombre. Pour certaines preuves, il n'avait trouvé que parce qu'il savait quoi chercher. Cela prouvait donc que son calcul était juste. Ledvina avait aussi affirmé que cet intervalle de trois décennies pouvait représenter, par convention, une génération. Charles était de plus en plus convaincu, en dépit de son scepticisme, que Ledvina tenait quelque chose. Mais il ne savait pas quoi. Cette pensée le perturbait. Tout autant que cette histoire au sujet de la promotion du roman de Bram Stoker, *Dracula*. S'il était vrai que tout cela n'avait eu pour but que de discréditer une personnalité de l'époque et que cela avait un lien avec l'ordre du Dragon, alors l'affaire ressemblait diablement à la campagne de discrédit lancée contre Vlad Țepeș lui-même ainsi qu'aux menaces qu'on lui avait personnellement adressées.

Les choses étaient liées, mais Baker ne comprenait pas qui ou quoi se trouvait derrière. Il était cependant convaincu qu'il y avait une explication logique. Il espérait y voir plus clair d'ici quelques minutes.

Il était sept heures moins dix. La voiture arriva à l'hôtel. Charles en descendit aussitôt, entra dans l'établissement et courut vers les salles de conférences. Il y avait beaucoup de monde dans le hall. Probablement en raison d'un événement sur le point de commencer. Il dut slalomer entre les invités sur leur trente et un et de très belle humeur. Dès qu'il tourna le coin vers les salles les plus petites, la foule s'évanouit comme par miracle. Il n'y avait personne dans le couloir. Il entra dans la salle avec vingt-quatre sièges, la *Traviata*. Les lumières étaient éteintes. Il chercha un interrupteur et les alluma. Tout semblait inchangé depuis midi. Il fouilla de nouveau partout. Il regarda même sous la table. Rien. Il sortit en laissant allumé et fit la même chose dans l'autre salle, celle de douze places. Quelqu'un aurait dû venir. Il consulta sa montre. Plus qu'une minute avant 19 heures. Depuis le couloir, il voyait les deux salles. L'heure passa, et vingt minutes s'écoulèrent. Rien. Le découragement l'envahit. Où s'était-il trompé ? Il reprit tout son raisonnement. Cela ne pouvait pas être une simple coïncidence. « *Love singing starts at normal hours.* » L'heure habituelle pour le début des spectacles d'opéra était 19 heures ou 20 heures. Il se dit alors que cela devait être 20 heures. Et que c'était absurde d'attendre là. Un verre de *single malt* semblait une bonne idée. Il se dirigea vers le Cigar Bar.

Le bar de l'hôtel se composait de deux parties. La première était un élégant salon, avec des fauteuils et des canapés en cuir. À l'arrière, on avait aménagé une extension qui ressemblait à une salle des coffres dans une banque, une sorte de salon privé. Il n'appréciait pas tellement l'endroit parce que c'était étroit. Le lieu de toutes les conspirations. Mais là, il pourrait échapper à la foule de gens qui peuplait l'hôtel à cette heure. Heureusement, le salon était libre. Alors il commanda un verre de whisky et quelques-uns de ses cigares favoris.

Tant d'idées se faisaient concurrence dans sa tête qu'il décida de ne plus penser à rien et de patienter une demi-heure. Par conséquent, il sortit son téléphone. Il s'apprêtait à appeler Christa quand il vit l'appel en absence de Ross. Il composa son numéro.

De nouveau, Ross répondit très rapidement. Comme s'il l'attendait, le téléphone à la main.

— Ça va ? Tu t'es greffé le téléphone à l'oreille ?
— Pourquoi ? fit Ross en riant.
— Eh bien, tu réponds plus vite que ton ombre.
— Ah, ça, c'est difficile, répliqua Ross en continuant de rire. Alors, qu'est-ce que tu as fait ?
— Dans quel sens tu poses la question ?
— Dans quel pétrin tu as réussi à te fourrer, cette fois ? À peine sors-tu de sous mon aile que tu te retrouves dans la mouise. Je t'ai déjà dit de ne pas quitter ton petit nid universitaire. Laisse les aventures à d'autres. Parce que, quoi qu'il arrive, tu as finalement besoin de moi.
— Et dans quel pétrin me suis-je mis ?
— Je ne sais pas. C'est à toi de me le dire. Quel homme normal a besoin qu'on intervienne pour lui faire passer la douane sans passeport ? Et surtout, qui a besoin de son ami de toujours, même s'il ne l'a pas vu depuis des lustres, pour le sauver des méchants qui veulent l'enfermer et jeter la clé ?
— M'enfermer ? Mais qu'est-ce que tu me racontes là ?
— La vérité. Il y a un mandat d'arrêt à ton nom. Heureusement pour toi, tu es citoyen américain et les autorités des pays européens y vont avec des pincettes dans ce cas-là, surtout quand il s'agit d'une personnalité ayant des relations haut placées. Ils ont besoin de l'aval du ministre de l'Intérieur. Le problème est que les demandes se multiplient. Quelqu'un a peur de te louper. Quatre requêtes en douze heures.
— Des requêtes ? De quoi tu parles ? Qui fait ces requêtes ?
— Un certain M. Lerina.

— Ledvina ?

— Oui. Probablement. Le nom est écrit à la main.

— Ledvina veut m'arrêter ? Mais je viens de passer plus de cinq heures à discuter avec lui !

— Tu es allé à la police ? Ils t'ont interrogé ?

— Pas vraiment. J'ai été invité dans son bureau. Une bizarrerie que tu aurais dû voir. Même si le type est un peu brutal par moments, il ne m'a pas agressé. Il m'a appelé pour une discussion amicale.

— Avec ces communistes, le pire qui puisse t'arriver est d'avoir avec eux une « conversation amicale ».

— Il m'a même servi à boire.

— Tu as avalé quelque chose là-bas ? Tu te sens comment ? Il n'a pas mis quelque chose dans ton verre ?

Charles marqua un silence, se demandant si cela aurait été possible. Puis il entendit Ross rigoler.

— J'ai fait ce que j'ai pu pour bloquer les requêtes en question, mais je n'y suis pas arrivé. Le programme est mal foutu. Alors du coup j'ai dû tout bloquer. Il va leur falloir un certain temps pour s'en rendre compte. Le type a l'air maniaque, quand il verra qu'on ne lui répond pas, il donnera un coup de fil, il s'agitera en tous sens, il se déplacera en personne.

— Et il est possible qu'il obtienne l'approbation ?

— Ce sera difficile. Il faut discuter avec notre ambassade. Et puis il a besoin de preuves. Cela dit, on ne sait jamais. Il pourrait t'embêter. Mais rappelle-toi, sans mandat, il ne peut rien faire. Pas même t'obliger à lui parler. Et, grâce à moi, tu as une petite longueur d'avance.

— Combien de temps ?

— Je ne sais pas exactement. Le plus sûr serait que tu partes d'ici en moins de quarante-huit heures. Jusque-là, je pense que tu es encore en sécurité. Ils ne travaillent pas le week-end.

— Tu as dit « d'ici ». Tu es à Prague ?

Ross rigola de nouveau, mais ne répondit pas.

— Tu es descendu où ? Toujours au Boscolo ? Je dois raccrocher. On se rappelle.

Il raccrocha.

Chapitre 83

Le commissaire Ledvina faisait nerveusement les cent pas dans son bureau. On était vendredi soir et personne ne répondait, au ministère. Il tenta de joindre ses chefs, y compris ceux des services secrets. Personne ne le rappela. Tous craignaient sa grande gueule et ses méthodes peu orthodoxes. Ils lui étaient reconnaissants d'avoir élucidé les affaires criminelles à leur place, eux qui s'en étaient attribué tous les mérites y compris les médailles et la reconnaissance publique, mais personne ne le supportait et personne ne voulait avoir affaire à lui. Pour les contacter, il devait le faire par voie officielle et jamais en dehors des heures de travail.

Ledvina avait menti en disant à Charles que les enquêtes sur les crimes du train et du poste de police incombaient à la Section spéciale. La vérité était que le chaos était tel que personne ne savait qui devait réellement s'en occuper ni de quelle juridiction cela dépendait. La police régionale s'était impliquée, mais la police centrale et les services secrets avaient repris le dossier. Ils avaient interrogé les passagers, mené les constatations légales. Il était question qu'une équipe interministérielle prenne les commandes. Mais à partir de lundi matin. Le ministère était occupé à préparer les déclarations pour calmer la population et à gérer les relations avec la presse. La nouvelle des crimes du train avait fuité, mais ceux du village, les plus graves en ce qu'ils pouvaient réveiller des superstitions depuis longtemps oubliées, avaient pu être gardés sous silence.

En réalité, la Section spéciale n'était jamais officiellement en charge de missions. Parfois un chef de police ou un officiel faisait appel à Ledvina, mais seulement après avoir épuisé tous les autres recours. Aussi Ledvina devait-il rester en alerte et choisir les dossiers intéressants dans lesquels il voulait s'impliquer.

Celui-ci le concernait de près.

Ledvina n'avait pas dévoilé à Charles l'entière vérité. Il avait affirmé ne pas avoir la moindre information au sujet des apparitions de l'ombre entre 1888 et 2014. Ce n'était pas vrai. Trente ans plus tôt, Ledvina avait vu en personne cette ombre sur le lieu de l'assassinat de son père. Tout indiquait que c'était l'œuvre du STB, les services secrets communistes de Tchécoslovaquie. Son père, autrefois emprisonné dans le goulag de Želiv avec le cardinal Frantisek Tomasek, ex-archevêque de Prague, avait été l'un des artisans de l'ombre du Printemps de Prague et il était devenu la main droite du cardinal. Ce qui était certain, c'est qu'il avait tiré les ficelles, à l'initiative du cardinal, pour qu'ait lieu une visite du pape Jean-Paul II à Prague, à l'occasion des mille cent ans de la mort de saint Méthode dans la capitale. Les autorités communistes avaient tout fait pour bloquer ce qui serait devenu un extraordinaire événement, et elles y étaient arrivées. Son père et deux de ses amis avaient été tués de manière rituelle à l'endroit où aurait été enterré saint Méthode à Velehrad, ancienne capitale de Moravie au xe siècle.

Son père et les deux hommes avaient été retrouvés exsangues et disposés en croix. Ils portaient au cou des empreintes de dents. En tant que responsable de la police du district d'Uherské Hradiště, Ledvina était arrivé le premier sur les lieux du crime. À l'instant où il était entré dans la cathédrale, il avait aperçu l'ombre hideuse qui glissait sur l'un des murs. Il ne l'avait dit à personne, car il savait qu'on ne le croirait pas et qu'il aurait été considéré comme fou à lier. Depuis, son obsession était de comprendre de quoi il s'agissait. Il avait commencé par chercher des témoignages, d'abord en Tchécoslovaquie puis dans toute l'Europe, autant que c'était possible à l'époque du Rideau de Fer. Il avait surtout manœuvré pour rester en fonction, dans le seul but d'utiliser les moyens logistiques de l'institution. Pour résoudre le mystère, il fallait qu'il jouisse d'une relative liberté de déplacement. Au lendemain de la révolution de velours, un ancien participant au Printemps de Prague élu dans le premier Parlement libre reconnut Ledvina et répondit de sa personne. Alors il fut promu.

Lors de son premier voyage en Occident, l'attrait de l'eau de vie avait délié la langue d'un vieux renard de Scotland Yard qu'on présentait comme la mémoire vivante de l'institution. Pour le premier Occidental auquel il avait parlé de l'ombre, Ledvina avait tiré le gros lot : l'agent britannique lui avait confié qu'il pourrait bien l'identifier… en échange d'une importante réserve de cette liqueur bénie… Quelques jours plus tard, une livraison de quarante caisses de bouteilles d'alcool de prune, de poire et d'abricot était arrivée au domicile londonien de l'agent. En échange, Ledvina reçut un dessin que la police britannique n'avait jamais rendu public, soit parce qu'elle était convaincue que c'était le fruit d'un esprit malade, soit parce qu'elle craignait la réaction de la population. Il avait été classé dans les archives de « Jack l'Éventreur ». Au fil du temps, de nombreux écrivains et chercheurs avaient étudié chaque petit bout de papier en lien avec l'affaire du siècle, mais sans jamais tomber sur le dessin qui en avait rapidement été soustrait par le père de l'agent britannique, lord Appelby, lequel avait lui-même tenté d'écrire un livre où il aurait présenté le document inédit. Il l'aurait fait s'il n'avait été touché par une maladie dégénérative lui faisant perdre toute mémoire des événements postérieurs à l'âge de douze ans.

Son fils s'était promis de poursuivre les recherches paternelles, après la disparition de ce dernier. Mais il trouvait toujours quelque chose de mieux à faire. Dorénavant trop âgé, il préférait profiter des joies de la vie. Enchanté de rencontrer quelqu'un d'aussi déterminé que son lord de père à percer le mystère de ce dessin, il avait été heureux de le lui offrir. Et il lui avait raconté tout ce qu'il savait des recherches dans cette affaire qui avait secoué le monde entier. Il le lui aurait donné de toute façon, mais la quantité énorme d'alcool qui le transformait en une sorte de girafe enflammée chaque fois qu'il en prenait une gorgée accrut sa conviction qu'il avait fait ce qu'il fallait. Il mourut peu de temps après, rond comme une barrique, noyé dans son propre vomi.

Depuis, Ledvina n'avait plus connu le repos. Il avait exploré toutes les pistes. Il avait appris le latin et le grec, l'allemand et le français, et il avait parcouru toutes les archives disponibles. Il avait fondé une association mondiale des archives de police dont il était le président. Un quart de siècle de recherches l'avait conduit aux informations qu'il avait toutes présentées à Charles, à l'exception de la mort de son père. Il n'avait pas perdu tout espoir, mais son ambition s'était érodée et le poids des ans commençait à peser sur sa quête. La photographie que lui avait montrée Honza avait rallumé sa volonté de percer le mystère de cette ombre.

Charles n'avait donc aucune chance. Ledvina n'aurait pas hésité à le torturer, pourvu que Baker dise même ce qu'il ne savait pas, s'il n'avait craint que la disparition d'une personne de son envergure ne provoque une inquiétude qui conduirait facilement jusqu'à lui, réduisant à néant toute possibilité de découvrir la vérité. Il devait avancer sur des œufs sans rien renier de ses objectifs. Il avait donc entrepris de bombarder ses supérieurs et jusqu'au Premier ministre et au président de la République de demandes d'arrestation du professeur américain, ne serait-ce que pour quelques jours. C'est pour cette raison qu'il avait tenu la jambe au professeur dans son bureau, feignant d'être captivé par ses théories sur les vampires et lui disant tout ce qui pouvait l'intéresser, pourvu qu'il puisse le garder sous la main le temps d'obtenir l'autorisation de le retenir. Il était sur les nerfs et sa plus grande crainte était que Charles quitte le pays. Si cela devait arriver, il était décidé à le suivre partout où il irait. Ses collègues de l'Organisation des archives unies se réjouiraient de pouvoir l'aider.

Chapitre 84

Charles mesurait combien sa vie s'était compliquée en quelques jours seulement. Et tout cela à cause d'un satané sabre sur lequel son grand-père avait fait une inexplicable fixation. Il commençait à s'inquiéter et songeait sérieusement à contacter le département d'État pour demander à son amie – secrétaire d'État aux Affaires étrangères et sénatrice qu'il avait aidée à conquérir l'électorat au cours de trois campagnes sénatoriales – de lui obtenir d'urgence un statut diplomatique provisoire et de lui faire quitter l'Europe au plus vite.

Il vida son verre, éteignit le cigare entamé et se dirigea vers les deux salles. La foule était encore plus compacte et traverser le hall se révéla difficile. Alors qu'il entrait dans le couloir, un type avec une capuche passa en courant et le bouscula. Le temps que Charles tourne la tête vers lui, il avait déjà disparu. La porte de la plus petite des salles, portant le nom de l'opéra de Puccini, *Turandot*, était entrouverte. Charles pressa le pas. Sur la table se trouvait un paquet en forme de polochon, comme la couverture des cow-boys, roulée et attachée sur la selle de leur cheval avec une corde à chaque extrémité, qui servait, dans les westerns, à ranger un fusil.

Il posa la main sur le paquet avec un frisson d'excitation. Il le palpa et sentit à l'intérieur un objet dur et courbé d'un côté. De l'autre, il devenait plus épais. Il avait tenu en main de si nombreux sabres, de tous types, qu'il n'avait aucun doute : c'en était bien un. Il brûlait d'impatience d'ouvrir le paquet, mais n'importe qui pouvait entrer alors il l'emporta, direction l'ascenseur. Haletant d'émotion, il ne se mêla pas au groupe compact qui patientait devant, et prit l'escalier. La chambre de Christa était un étage en dessous du sien, la première au début du couloir, alors il décida de lui faire la surprise et d'ouvrir le paquet avec elle. Il frappa. Quelques secondes plus tard il entendit un « j'arrive ». Puis Christa ouvrit, en peignoir, les cheveux mouillés et le porte-monnaie à la main. Elle le fit entrer.

— Vous attendiez quelqu'un ?

— Oui. Le sèche-cheveux a un problème, alors j'en ai réclamé un à la réception. Je m'apprêtais à laisser un pourboire au groom.

Elle remarqua que Baker était en nage. Elle allait demander pourquoi quand elle vit le paquet.

— Ne me dites pas que...

Charles acquiesça d'un signe de tête. Ses yeux brillaient. Il posa le paquet sur le lit et tira sur les ficelles. Tendu comme il était, il ne parvenait à rien, aussi Christa posa une main légère sur son épaule pour qu'il la laisse faire. Alors qu'elle dénouait les liens, son peignoir entrebâillé découvrait le haut de ses cuisses. Christa écarta la couverture et un splendide sabre dans une protection en velours rouge apparut. Charles, émerveillé, le saisit et en caressa le fourreau. Sa main remonta lentement vers la poignée et atteignit le médaillon aux arabesques d'or serti de turquoises, d'émeraudes et de rubis. Il reconnut le sabre des photos vues à Princeton, exactement tel que son grand-père le lui avait si souvent décrit. Il tira lentement le sabre de son fourreau et effleura l'acier froid et couvert de rayures. Il identifia immédiatement le modèle connu sous le nom de cimeterre (*shamsher*) en Perse, *kilij* en Turquie, *talwar* dans l'Empire mongol. C'était le sabre courbé utilisé dans l'Empire ottoman et au Proche-Orient. Pour Charles, l'acier spécial de Damas était immédiatement reconnaissable en raison des motifs imprimés par le forgeage et le polissage. Ce maillage métallique unique de microparticules et d'impuretés donnait un acier tellement solide que ce type de sabre était presque indestructible. Pas étonnant que l'arme ait résisté depuis des centaines d'années.

— Alors, c'est le sabre de Vlad Țepeș ? demanda Christa en admirant la poignée aux décorations luxuriantes.

— Je le crois. Celui que le sultan lui a offert quand il l'a pour la première fois placé sur le trône de Valachie.

Charles sortit totalement le sabre de son fourreau et se plaça en position de combat. Quelque chose d'étrange à la pointe attira son regard et il colla son nez dessus. Juste avant la courbure du sabre, on avait encastré dans le métal un mécanisme circulaire composé de trois anneaux concentriques. Chacun portait trois saillies dentées différemment et trois creux. Charles appuya sur l'une des saillies et elle se rétracta. Il appuya sur les autres, mais rien ne se produisit. Charles se dit que soit c'était prévu ainsi, soit elles étaient bloquées par le temps, même si on ne distinguait aucune trace de rouille et qu'il était impossible que le métal se soit détérioré.

— Ce bouton, cette rosace de trois cercles est faite dans un autre matériau, c'est clair. Cela a dû être ajouté par la suite. C'est étrange, mais je reconnais ce modèle de sabre.

— Bien sûr, puisque votre grand-père vous en a tout dit.

— Je ne pensais pas à ça. Il ressemble à un sabre de la collection que Gustav Adolf a reçue en cadeau vers 1620, donc deux cents ans après Țepeș, d'un prince de Transylvanie et roi de Hongrie, qui se nommait Gábor Bethlen. Il y avait dans cet ensemble un sabre, une masse d'armes, et une dague. Mais le sabre ne peut être celui de la collection, car celui de Gustav Adolf est recouvert d'or sur la partie non tranchante, sur presque toute la longueur.

— Et ces crans, ils servaient à quoi ?

Charles, préoccupé par la rosette, n'avait pas remarqué que la pointe de la lame avait été limée en forme de quatre dents, comme ces vieilles clés destinées à ouvrir des portes monumentales. Pendant que le professeur s'interrogeait à ce sujet – jamais dans sa longue expérience de collectionneur il n'avait rencontré une chose pareille –, Christa entreprit de lire à haute voix l'inscription figurant sur le fourreau de velours rouge :

— « IO SOI CALIBURN FUE FECHA EN EL ERA DE MIL E QUATTROCENTO ».

Comme si on l'avait pincé, Charles tourna vivement la tête vers elle, semblant reconnaître quelque chose. Puis il sortit son portefeuille de la poche arrière de son pantalon. Il chercha le billet reçu de la femme à Sighișoara, au petit déjeuner le deuxième jour, et il lut : « ... rn. Seuls ces deux sabres peuvent entrer dans le même fourreau. »

— Caliburn.

Christa ne comprenait pas.

— Les lettres « rn » du début du message. Un des sabres est Caliburn. Donc, la partie brûlée du message contenait le nom des deux sabres. Le texte complet devait être : « X et Caliburn. Seuls ces deux sabres peuvent entrer dans le même fourreau. »

— Et le texte sur le fourreau dit : « Je suis Caliburn, forgé en l'an 1400 », précisa Christa.

— En espagnol ? Excalibur, un nom de sabre des légendes britanniques, et une inscription en espagnol sur un sabre ottoman ? Quel micmac ! fit Charles.

— Excalibur ? La légendaire épée d'Arthur ? fit Christa.

— Oui. Elle est connue sous plusieurs noms, en fonction des sources et de leur origine. En gallois, elle est Caledfwlch, en breton Kaledvoulch, et en latin Caliburnus. Chrétien de Troyes l'appelle Escalibor dans *Perceval*. Quelques dizaines d'autres variantes circulent. Le sultan aurait-il pu la nommer d'après une légende ? Le cycle du roi Arthur et des chevaliers de la Table ronde circulait déjà à l'époque. Les troubadours colportaient l'histoire à travers toute l'Europe. Il n'est pas exclu qu'elle soit arrivée jusqu'à Istanbul. Admettons que Mourad ait baptisé son sabre d'après un célèbre modèle de l'histoire chevaleresque. Mais pourquoi l'aurait-il fait écrire en espagnol ?

Il examina le fourreau. À l'opposé de l'inscription se trouvaient six blasons l'un au-dessus de l'autre. Charles les identifia sans difficulté. Son esprit tentait d'ordonner l'avalanche d'informations. Il se sentit pris de vertige et dut s'asseoir sur le lit. Christa lui demanda s'il allait bien. Il hocha la tête dans un mouvement mécanique. Puis elle lui proposa un verre d'eau. Il refusa de la même manière. Il restait mutique, le regard perdu dans le vide.

— Vous êtes sûr que ça va ?

— Oui, marmonna Charles. J'essaie d'établir un lien. De comprendre ce que signifient ces blasons et l'histoire du sabre.

Chapitre 85

Beata avait suivi à moto la voiture de la Section spéciale. Elle aussi passa au rouge. Elle aussi emprunta les lignes du tram, mais elle ne prit pas le sens interdit, de crainte que Baker ne remarque sa filature. D'après la direction que prenait le véhicule de police, le professeur était sans doute raccompagné à l'hôtel, alors elle s'y rendit par un autre chemin. Elle arriva au moment où Charles sortait de la voiture. Elle se félicita de son intuition et transmit sa position à Werner.

Ce dernier, devant son écran, démarra l'installation de surveillance. Le signal lumineux du GPS décrivait le trajet de Charles sur le plan de l'hôtel, dans le hall, puis dans le bar pour quelques dizaines de minutes. À un moment donné, le téléphone de Werner retentit. Il parla un temps. Il vit Charles se déplacer et stationner de nouveau dans le secteur des salles de conférences. Werner pensa que Baker était aux toilettes qui se trouvaient à côté. Puis il vit son déplacement dans l'escalier. Il activa le son dans la chambre du professeur, mais Baker s'arrêta un étage plus bas, dans une autre chambre. Celle de Christa. Werner s'en voulut terriblement de n'avoir pas placé de micro dans sa chambre. Mais les pare-feu d'Interpol auraient rendu l'opération très compliquée.

Un signal sonore très aigu, semblable à celui d'une sirène, retentit, et sur l'écran se mit à évoluer le fameux diable en culotte dans une danse démente de fin du monde. Werner oublia Charles sur-le-champ et appuya sur « *enter* ». La caméra placée sur l'une des tours de la ville italienne s'alluma et afficha un palazzo médiéval. Werner coupa l'alarme et s'intéressa à la vidéo. À la fenêtre de l'unique balcon de la bâtisse que personne ne se souvenait avoir jamais vue ouverte apparurent deux individus qui fixèrent quelque chose à la balustrade. Une fois l'opération réalisée, on vit se dérouler une grande pièce d'étoffe. Une tapisserie bleue se balançait à présent dans la brise. Elle était ornée d'un écu à trois tiares papales composées chacune de trois couronnes posées l'une sur l'autre. Des rais de lumière jaillissaient de la base de chacune des trois tiares. Beaucoup de rouge et de jaune sur fond bleu.

Werner se figea. Il vivait un moment historique. Pour la première fois en plus de cinq cents ans, le blason était exposé. La rencontre allait se produire. Cela ne pouvait signifier qu'une chose : Charles était entré en possession de la célèbre bible de Gutenberg ou il allait très vite la trouver. Il était temps pour Werner d'entrer en scène. Il alla ouvrir une bouteille de champagne Krug Clos d'Ambonnay, le seul blanc de noirs du top 10 mondial, et manger le hamburger qu'il s'était préparé un peu plus tôt.

Chapitre 86

Christa venait d'entrer dans la salle de bains et elle avait laissé la porte entrouverte, un peu inquiète de l'état dans lequel se trouvait Charles. On entendit frapper. Elle passa la tête par l'embrasure de la porte et demanda à Charles d'ouvrir. C'était le garçon d'étage qui apportait le sèche-cheveux. Le jeune homme restait là, attendant son pourboire. Charles fouilla dans son portefeuille qui ne contenait que des gros billets. Il s'approcha de la porte de la salle de bains pour demander à Christa si elle avait de la monnaie. Il glissa un regard à l'intérieur et aperçut dans le miroir le dos de Christa griffé de cicatrices, de la base du cou au milieu du torse. Des dizaines, les unes profondes, les autres superficielles. Elle avait dû être atrocement torturée. Quand elle tourna la tête, Charles lui dit qu'il n'avait pas de monnaie.

— Mon portefeuille est sur la table de nuit !

En le prenant, ses yeux tombèrent sur la carte Interpol de Christa. Ce sigle bien connu. Un globe terrestre ceint de rameaux d'olivier. Dans le globe, un sabre planté, et, dessous, une balance. C'était la première fois qu'il voyait cet emblème sur un badge, mais il lui sembla qu'il le connaissait par cœur, comme s'il l'avait vu chaque jour de son enfance. Alors cela lui revint. Ce dessin figurait sur le mur nord de la cave à vins de son grand-père, avec l'inscription « PANIS VITA EST », « Le pain est la vie », et cette fameuse moitié de texte probablement codé. Celle dont il avait besoin pour compléter l'autre moitié qui se trouvait sur les photocopies du dossier marron, lesquelles faisaient partie de la bible perdue de Gutenberg.

Après le départ du garçon, Charles resta debout à étudier le fourreau. Quand Christa revint, il se préparait à dire quelque chose, mais elle le devança :

— Je n'ai rien mangé de la journée et je suppose que vous non plus.

— Je n'ai pas faim.

— Je crois que vous êtes à deux doigts de l'hypoglycémie, à en juger par le malaise de tout à l'heure.

— Je n'ai pas eu de malaise.

— Mais si. Vous subissez une énorme pression. Tout vous tombe dessus. Je suppose que l'entretien avec le policier n'a pas été une promenade de santé.

— Délicieux entretien, fit Charles en s'efforçant de plaisanter : sans thé, en effet.

— Vous devez absolument manger.

— Et on fait quoi du sabre ?

Christa prit son téléphone et photographia sous tous les angles le fourreau et le sabre.

— Nous devons l'envelopper. Et le placer dans le coffre de l'hôtel. Vous ne pouvez ni l'emporter avec vous ni le surveiller non-stop. Et tôt ou tard vous devrez bien sortir.

— Oui, je sortirai pour aller à l'aéroport. Dès que possible.

— Et comment vous passerez le sabre aux contrôles ? Vous n'avez aucun document et c'est un objet du patrimoine. Vous aurez le même problème avec la douane américaine.

Charles n'y avait pas pensé. Christa avait raison, d'autant que Ledvina était sur son dos. Tenter de sortir un tel objet de valeur du pays pourrait lui fournir l'occasion rêvée pour l'arrêter. Charles devait trouver une solution. Vite. Il devait aussi comprendre ce que représentaient ces étranges mécanismes sur la lame. Et le texte en espagnol. Et les blasons. Trop de choses. Il avait besoin d'une pause. Il sentit son estomac se serrer. Christa avait raison. Ils descendirent dîner.

Beata, qui avait pour mission de s'assurer que ni l'un ni l'autre ne quittait l'hôtel, s'était installée au bar Inn Ox et suivait sur l'écran de son téléphone chaque déplacement de Charles. Elle avait tenté de rester dans le hall, mais avait renoncé devant la foule qui occupait les lieux dans l'attente d'un défilé de mode. Dès qu'elle vit Charles se déplacer, elle se dirigea vers la réception et appela Werner. Elle lui expliqua que Baker venait de laisser à la réception une sorte de couverture roulée que le réceptionniste était parti poser à l'arrière. Werner demanda une description précise du paquet et il comprit que cela ne pouvait pas être la bible. Le professeur avait trouvé l'un des deux sabres. Mais lequel ? Et comment ? Il s'énerva de nouveau, s'en voulant de ne pas réussir à le suivre pas à pas. Il demanda à Beata s'il avait le paquet en arrivant à l'hôtel. Comme elle lui répondit par la négative, il en conclut qu'on le lui avait apporté.

Werner comprit que le signal pour la rencontre avait été lancé justement parce que Charles avait récupéré le premier objet nécessaire pour récupérer la bible. Voyant Charles entrer au Fine Dining Restaurant, il en déduit que Baker allait y rester une éternité. Il s'infiltra dans le serveur contenant les enregistrements des caméras de surveillance de l'hôtel et entreprit de les visionner afin de découvrir qui lui avait apporté le paquet.

Chapitre 87

La caméra de surveillance montée sur une des deux tours de la Piazza di Porta Ravegnana était orientée vers le Palazzo degli Strazzaroli, surtout connu comme Palazzo dei Drappieri ou, selon son nom complet, Palazzo di Corporazione dei Drappieri, c'est-à-dire « Palais de la corporation des drapiers ». La caméra avait été placée là où, une semaine plus tard, devait être déployé le blason brodé de la corporation. Les trois couronnes papales répétées trois fois pour la symétrie et pour respecter le chiffre magique 9 ne correspondaient à aucun des blasons originaux des corporations italiennes, mais à celui de leur homologue londonienne. C'était pour l'instant tout ce qui intéressait Werner.

S'il avait été moins obnubilé par la recherche de la bible, Werner se serait peut-être intéressé aux quelques promeneurs sur la place qui, sous prétexte d'activités touristiques diverses, surveillaient si le signal de la rencontre serait donné. Deux d'entre eux avaient passé presque toute la journée à feuilleter des livres dans la librairie Feltrinelli, au rez-de-chaussée du palais. Quatre autres passaient par là toutes les heures, regardaient le balcon et, puisqu'il n'y avait rien de nouveau, repartaient avant de revenir. L'un d'eux était venu avec sa famille et jouait avec ses deux enfants sur la piazzeta, deux autres avaient visité les deux tours, Asinelli et Garisenda, et se photographiaient devant la statue de saint Pétrone. Un autre se tenait à une distance considérable du palais et gardait à la main une longue-vue militaire qu'il portait à son œil quand il ne parlait pas au téléphone en ingurgitant des quantités phénoménales de crème glacée. Aucune de ces dix personnes ne connaissait les autres et, même si elles se doutaient qu'elles étaient plusieurs, chacune savait très bien qu'il n'était pas permis d'identifier les autres ni d'entrer en contact. Chacun savait aussi que c'était le premier jour de la semaine et que, pendant sept jours, ils reviendraient dans l'attente du signal. Ils savaient aussi que, s'il n'était pas donné, l'occasion se représenterait trente et un ans plus tard. Enfin, chacun conservait à portée de main une pastille de cyanure et n'hésiterait pas à l'utiliser.

Le onzième arriva sur la place tard le soir, quand la toile avait déjà été déroulée au balcon. Il sourit et, tout pénétré de la solennité du moment, il retourna vers l'aéroport. Le douzième n'était pas encore apparu.

Chapitre 88

Charles mangeait machinalement, sans un mot, et Christa n'osait pas interrompre le fil de ses pensées. À un moment, il s'excusa et se leva de table. Il traversa le rez-de-chaussée de l'hôtel et quand il se retrouva dehors il inspira une grande bouffée d'air. Il consulta sa montre. À Washington, il devait être l'heure du déjeuner. Il sortit son téléphone et composa un numéro.

Le téléphone personnel de la secrétaire d'État aux Affaires étrangères vibra sur son bureau. Étant donné que seules des personnes très proches connaissaient ce numéro, la dame de fer de la politique étrangère regarda l'écran et répondit :

— Quelle surprise ! Charlie, cela fait des années !

— Hé, pas tout à fait. Plutôt quelques mois, dit Charles en prenant le ton le plus chaleureux possible, comme il convient lorsqu'il s'agit de demander un service important à une personne haut placée. Comment vas-tu ?

— Je suppose que tu sais mieux que moi comment je vais. Je voulais t'appeler ces jours-ci, mais j'ai été prise par des tas de choses. Je sais que tu ne t'occupes plus de ça, mais j'ai un très bon ami qui aurait besoin, pour une période très courte, de tes services. Crois-tu qu'on pourrait se voir ?

— Avec grand plaisir. Pour toi je reviens sur toutes mes décisions définitives. Je l'ai déjà fait, et à deux reprises.

La discussion était sur de bons rails. Charles savait que la trouver de bonne humeur jouait en sa faveur. Il se sentit revivre. D'autant qu'elle l'avait appelé Charlie, ce qui représentait le maximum de familiarité auquel on pouvait s'attendre de sa part.

— Je suppose que tu ne m'as pas appelée seulement pour prendre de mes nouvelles. Ces jours-là sont révolus. Alors s'il te plaît dis-moi vite ce que je peux faire pour toi.

— Hum !

Charles marqua intentionnellement un long silence.

— Allez, vas-y. Ça ne peut pas être si grave que ça.

— J'ai un problème, s'avança Charles. Je suis à Prague et je dois rapporter un objet que j'ai récupéré au prix de grandes difficultés et après de longues années dans ce qu'il reste de la famille de mon arrière-grand-père de Roumanie.

— Ta famille est de Roumanie ? Tu ne m'en avais jamais parlé.

— Tu ne me l'as pas demandé.

La femme éclata de rire. C'était de bon augure.

— Il s'agit de quelque chose qui pourrait entrer dans tes collections ?

— Tu as toujours un point d'avance. Comment fais-tu ?

La dame ignora cette flatterie un peu évidente, même si la remarque lui fit plaisir.

— C'est quoi ? Un pistolet ? Un sabre ?

— Comme je disais, un point d'avance. Un sabre, en effet. Et j'aurais besoin d'éviter les formalités habituelles. Parce que je dois rentrer très très vite.

— Mais tu ne l'as pas acheté aux enchères ? Tu n'as pas les documents ? Tu es en République tchèque, c'est ça ?

— Oui. C'est une longue histoire. Je suis simplement allé dans le village de mon aïeul où une proche parente presque aveugle détenait une sorte de testament de son père selon lequel l'objet devait revenir à mon grand-père. Le sabre était dans une grange avec tout un tas d'objets du précambrien.

— J'espère que tu ne me demandes pas de commettre une quelconque infraction ? demanda la femme qui ne plaisantait qu'à moitié.

— Tu me connais et tu sais bien que je ne ferais jamais ça. C'est un bout de ferraille qui me parle de ma famille. Mais tu sais comment sont ces gens de l'Est. Avec leur bureaucratie et leur corruption.

— Et comment tu es arrivé à Prague avec le sabre ?

— C'est une histoire compliquée. L'avion ne me permettait pas de m'arrêter dans tous les monastères que je voulais visiter en chemin… Et puis, comme tu sais, dans l'Union européenne on circule librement.

Charles n'était pas habitué à mentir. Il fut surpris du naturel avec lequel il débitait toutes ces fadaises.

— Il n'y a qu'une seule solution. Que tu le transportes par la valise diplomatique. Mais tu ne veux pas la placer dans un colis, n'est-ce pas ?

— Pas trop.

— OK. Laisse-moi quelques minutes. Je te rappelle.

Charles n'eut pas le temps d'ajouter un mot. La secrétaire d'État avait raccroché. Il était habitué. Elle était charmante au téléphone, mais quand elle avait fini elle saluait de manière expéditive et raccrochait.

Puisqu'il était dehors, il en profita pour rallumer sa moitié de cigare et pour appeler son père. À sa grande surprise, une voix féminine répondit. Charles voulut raccrocher, croyant s'être trompé de numéro, mais la femme le devança :

— Vous êtes monsieur Baker fils ?

— Oui, répondit Charles. Il est arrivé quelque chose à mon père ?

— Tout d'abord je ne voudrais pas vous alarmer.

Charles eut le souffle coupé. Mais la voix poursuivit rapidement, semblant deviner par quelles émotions il passait :

— Votre père est hors de danger.

— Hors de danger ? Qu'est-ce que vous dites ?

— Je suis son assistante.

Son assistante ? Quel genre d'assistante ? Son père n'avait jamais eu d'assistant, même quand à Princeton on avait insisté pour qu'il engage quelqu'un. De nouveau la femme sembla lire dans ses pensées.

— Votre père a subi une intervention cardiaque. On lui a posé un stent. C'est une opération très peu invasive. À présent il est chez lui, hors de danger. Le professeur qui s'est occupé de lui, j'ai oublié son nom, mais j'ai compris que vous êtes de vieux amis, a considéré qu'il valait mieux le garder sous surveillance pendant quelques jours.

— Mon père a eu une opération du cœur ? J'arrive.
— À présent il ne peut pas parler. Il se repose. Voulez-vous que je le réveille ?
— Non. Pas la peine. Je prends le premier avion.
— Il savait que vous diriez ça. Il m'a demandé, si vous appeliez, de vous dire qu'il va bien et que vous n'exagériez pas comme vous le faites d'habitude.

Les propos de l'assistante lui étaient familiers, c'était bien le style de son père, de ne rien prendre au sérieux, de ne pas s'inquiéter, ou de ne pas laisser les autres s'inquiéter. C'était exactement la raison pour laquelle le père de Charles n'avait jamais pris au sérieux l'histoire du sabre, comme toutes les autres obsessions que le grand-père avait transmises, en revanche, à son petit-fils.

— Quand puis-je rappeler ?
— Quand vous voulez, dans quelques heures. Le médecin lui a donné un somnifère. Ce serait peut-être mieux qu'il vous rappelle, lui. Il a essayé de vous joindre hier. Et il m'a dit que si vous rappeliez, je devais me charger de vous transmettre la ou les photos que vous lui avez demandées.

Charles ne savait pas quoi répondre. Son père devait avoir raison. Si cela avait été grave, on ne l'aurait pas laissé à domicile. Le vieux Baker était ami avec toutes les sommités dans le domaine médical aux États-Unis. Avec certains médecins, depuis presque un demi-siècle. Il savait qu'en cas de maladie les membres de sa famille seraient entre les meilleures mains.

— Allô ! Vous êtes encore là ?
— Oui. Bien. De toute façon je rentre dans deux ou trois jours. J'insiste pour qu'il me rappelle.

— Bien sûr. Quelles photographies dois-je vous envoyer ?

Charles expliqua brièvement où se trouvait la cave au nord du petit château. Elle devait sortir par la terrasse à l'arrière de la bibliothèque et descendre dans un tunnel. Il lui fallait des photos de toute la cave, sous tous les angles, en particulier des ornements aux murs. Il ne voulait pas trop entrer dans les détails. La femme demanda si des photos prises avec le téléphone pourraient convenir et Charles répondit que ce serait très bien. Elle promit d'envoyer les photos immédiatement.

En plus de tout le reste, il y avait à présent l'histoire de son père. Avant de jeter son cigare, Charles nota que les ennuis s'accumulaient. Il décida de stopper cet effet boule de neige le plus rapidement possible.

À l'instant où il rentrait dans l'hôtel, son téléphone sonna. C'était la secrétaire d'État.

— La seule solution est de t'employer provisoirement à un poste diplomatique mineur qui te permettra d'obtenir un passeport diplomatique autorisant les bagages sous scellés. Tu es dès lors attaché aux problèmes de sécurité auprès de notre ambassade à Londres.

— À Londres ?

— Malheureusement c'est l'endroit le plus proche que j'ai pu trouver.

— Et comment le sabre arrivera jusqu'à Londres ?

— Je suis efficace, comme tu le sais.

Charles savait. Quand la dame de fer se mettait en tête de résoudre un problème, rien ne l'arrêtait.

— Il faudra que tu te rendes avec ton paquet à notre ambassade à Prague. Le consul, Patrick Johnson, t'attend demain matin. Ils vont sceller le colis et tu le récupéreras à l'ambassade à Londres. Tous les papiers seront prêts en moins de quarante-huit heures. C'est tout ce que j'ai pu faire. J'espère que c'est bon pour toi. Maintenant excuse-moi, j'ai un rendez-vous.

Et elle raccrocha de nouveau.

Chapitre 89

Werner s'assurait d'avoir toujours un plan B. Il se réjouit en écoutant le récit complet de la prétendue assistante du vieux professeur Baker. L'histoire de l'infarctus avait bien fonctionné. Werner la félicita d'avoir dissuadé Charles de prendre l'avion pour rentrer. Puis il voulut savoir pourquoi Charles avait besoin de ces photos. La femme n'avait rien appris de concret. Il lui demanda de lui faire parvenir un film avec tous les détails de la cave. Il précisa qu'il ne fallait pas toucher à un cheveu du vieil homme. Quelques minutes après avoir raccroché, une alerte apparut sur l'écran de son ordinateur. Werner cliqua et la page des avis de décès du *New York Times* s'ouvrit. Eastwood n'avait pas traîné ! Un message codé dans cette rubrique était le moyen utilisé pour convoquer une réunion urgente du Conseil.

Le texte devait contenir trois éléments identifiables : le chiffre 12 au début de l'avis de décès, juste après le nom du faux défunt. La signature, avec le nom de code du membre du Conseil convoquant la réunion, dans la mention du lieu de l'enterrement supposé. Et l'un des vingt-quatre mots sacrés de l'organisation. L'annonce disait ceci : « Naisbith, Franklin, quatre-vingt-trois ans. Que douze anges accompagnent son passage vers l'éternité. Époux aimant d'Isabelle, père de quatre enfants. Ancien ouvrier du textile et fermier. Sa fille préférée, Ozora, annonce que l'inhumation aura lieu demain, 17 juin, au cimetière de Woods, East Side. Attendons tous ceux qui l'ont aimé et respecté. » Tous les éléments étaient là : les douze anges, le nom Ozora, emprunté à Pipo de Ozora, le personnage historique qui avait lutté comme personne pour la création de l'ordre, et l'arrogance de Martin – Werner ne put s'abstenir d'y penser – qui n'avait pas besoin de pseudo et avait signé de son propre nom, « Woods, East Side ».

Au moment où Werner avait vu la tapisserie déroulée au balcon du Palazzo dei Drappieri, il avait appelé Eastwood pour l'avertir que, dans une semaine, il serait en possession de la bible perdue de Gutenberg. Ce dernier voulait s'en assurer et Werner avait juré sur tout ce qu'il avait de plus cher qu'il tiendrait sa promesse et il avait recommandé à Martin de faire de même. Il ne s'était pourtant pas attendu à ce qu'il convoque la réunion aussi rapidement, dès le lendemain soir. Werner avait hâte d'écouter tout ce qui se dirait, de jubiler lorsque Martin imposerait son favori et quand les onze salopards pour lesquels il avait trimé pendant si longtemps voteraient leur propre fin, à savoir qu'il devienne membre à part entière du Conseil. Si la réunion devait se tenir le lendemain à l'heure habituelle, 21 heures, heure du Pacifique, il serait 6 heures du matin à Prague. Il avait un jour et demi à attendre.

Chapitre 90

Quand Charles revint à table, Christa remarqua qu'il était de meilleure humeur. Il était clair qu'il avait appris quelque chose ou éclairci le message inscrit sur le fourreau. D'ailleurs, les premiers mots qu'il prononça étaient directement en rapport avec le sabre.

— Vous avez les photos prises dans la chambre ?

Christa lui tendit le téléphone. Charles relut le texte et dit :

— Ce texte en espagnol n'a pas de rapport avec ce sabre. En fait, je crois que c'est un indice pour trouver l'autre.

Christa ne saisissait pas, elle attendait impatiemment la suite.

— Si je me souviens bien, ce texte figure sur un autre sabre que j'ai vu au musée de Burgos. En plein sur la lame, il est écrit « IO SOI TISONA FUE FECHA EN LA ERA DE MIL E QUARENTA ».

C'est-à-dire « Je suis Tizona, forgé en l'an 1040 ». Comme je ne pense pas que le sabre ait disparu du musée de Burgos, cela signifie que le nôtre en est une variante. Aucun historien sérieux n'a jamais affirmé avec certitude qu'il s'agit du véritable sabre du Cid.

— Le Cid ?

— Oui. Don Rodrigo Diaz de Bivar, célèbre figure de la Reconquista espagnole, c'est-à-dire de la lutte des chrétiens pour reprendre la péninsule Ibérique aux mains des Maures. Les provinces de Navarre, de Castille et de León, le Portugal et l'Asturie ont été le terrain d'une lutte de plus de sept cents ans, menée par l'Église pour bouter les Arabes hors d'Europe. Le Cid est un héros national que les Espagnols ont transformé en légende, et qu'ils ont été sur le point de sanctifier. D'autant qu'à son ouverture sa tombe a exhalé un parfum floral incomparable. Philippe II a demandé au pape son approbation pour une sanctification.

Il avait repris ses digressions habituelles. Christa eut un soupir de soulagement. Elle n'aimait pas le Charles maussade et pensif, à la limite de l'évanouissement.

— Et il est devenu saint ?

— Non, mais je ne sais plus pourquoi. De toute façon cela aurait été une grave erreur. Parce que le Cid, dont le surnom provient de l'arabe *sayyd*, qui veut dire « maître » ou « seigneur », a tué autant de chrétiens que de musulmans. C'était en réalité un mercenaire qui passait du côté qui payait le mieux. Parfois les uns, parfois les autres. Et son orgueil était démesuré. Juste avant de mourir, il avait conquis Valence rien que pour lui.

— Ce n'est pas celui du film avec Charlton Heston, attaché sur son cheval alors qu'il est mort, et tous les Arabes s'enfuient en le voyant arriver, croyant qu'il est vivant ?

— Si si, répondit Charles en riant. C'est lui. Et le cheval s'appelait Babieca, c'est-à-dire « Nigaud ». Le Cid avait deux épées : Tisona, ou Tizona, et La Colada.

— Une épée de Tolède ?

— C'est ce qu'on raconte. Mais l'épée exposée au musée de Burgos était en acier de Damas, comme le sabre de Țepeș, et on a supposé qu'elle avait été forgée par les Arabes de Cordoue.

— Donc vous avez trouvé les deux sabres ?

— Non. Vous en avez vu un deuxième ? On en a un. Le texte semble indiquer l'existence d'un deuxième.

— Qui entrerait dans le même fourreau ? Vous n'avez pas dit que Țepeș a reçu lui deux sabres ? Celui des Turcs et celui de Tolède, héritage de son père ?

— Oui, mais celui-là ne peut pas être Tizona, comme celui-là n'est pas non plus Excalibur. Pourtant, ceux qui les ont baptisés ainsi veulent me faire comprendre quelque chose. Il n'y a plus aucun doute que ces messages me sont adressés. Qui pense que je suis joueur, je l'ignore. Et je ne sais pas non plus pourquoi je suis entré dans ce jeu stupide.

— On ne sait pas qui, mais cette personne connaissait votre goût pour les énigmes historiques et savait que vous alliez entrer dans la danse. Ou du moins elle le soupçonnait.

— Et c'est une raison pour tuer des gens comme ça, sans pitié ? Et ces mises en scène, pourquoi ?

— Et s'il s'agissait de personnes différentes ? Si on était tombés entre deux bandes rivales qui s'affrontent ? Je vous l'ai dit, dans le train. C'était ma première intuition. Elle a été en quelque sorte confirmée. Sinon, pourquoi se massacreraient-ils entre eux ?

— Et ces signes héraldiques ?

C'est à ce moment seulement que les six blasons lui revinrent en tête. Il passa en revue les photos du téléphone et s'arrêta sur eux.

— Ce sont les blasons des confréries médiévales les plus célèbres. Le premier est celui des Forgerons. Le deuxième celui des Charpentiers, le suivant celui des Bouchers, puis les Poissonniers, les Doreurs et les Tanneurs.

— Pourquoi seulement six ? C'étaient les métiers les plus importants ?

— Pas vraiment. Il y en avait une multitude. Dans chaque ville médiévale. Paris en comptait plus d'une centaine, à un moment. Rome aussi. Il y en avait beaucoup dans d'autres villes d'Italie, en particulier à Bologne et à Padoue. Dans les villes allemandes également. En Angleterre, à Londres, on trouvait certaines des corporations les mieux organisées. Mais la championne en la matière était Florence. Il y avait là-bas une hiérarchie des corporations très précise.

Il s'interrompit, comme s'il venait d'avoir une révélation. Christa crut deviner de quoi il s'agissait :

— Vous n'avez pas raconté que Vlad Țepeș était soutenu par les corporations et que, en route pour retrouver Gutenberg, il s'était arrêté à Florence ?

— C'est ce que m'a rapporté l'homme au dossier marron. Je suppose qu'il savait ce qu'il disait.

— C'est à ça que vous pensez ?

— Non, mais c'est bien d'avoir ça aussi à l'esprit. Chez mon grand-père, où vit maintenant mon père, il existe une pièce contiguë à la cave à vins, qu'il avait surnommée « salle d'armes ». Encastrée dans le mur de séparation, il y avait, et il s'y trouve encore je crois, une sorte de pierre polie qui ressemble à une pierre de meule. Je ne crois pas que quiconque soit entré dans cette salle depuis une vingtaine d'années. Aussi j'en ai retiré toutes les armes pour les rapporter chez moi.

— Dans votre collection ?

— Oui. Mon père descend encore dans la cave à vins, mais il ne met plus les pieds dans la salle d'armes parce que ça le rend fou. Mon grand-père a tout fait pour le former au duel, mais il n'y avait pas moyen. Mon père se roulait par terre et hurlait. Pas l'étoffe d'un combattant. Grand-père lui répétait sans cesse qu'il n'était pas un homme. Enfin, j'ai voulu emporter aussi cette fameuse pierre qui était utilisée comme support. Je dois dire que c'était très beau, toutes les épées et les sabres plantés dedans, en demi-cercle. Le seul truc étrange est qu'il n'y avait aucune épée plantée au centre. Un jour j'ai demandé pourquoi, mais je ne crois pas avoir reçu de réponse. En tout cas je ne me souviens pas. Je sais juste que j'ai essayé de desceller la pierre et que je n'y suis pas arrivé. J'ai même eu peur que toute la voûte ne s'écroule.

Charles marqua un silence puis il dit, comme pour lui-même :

— J'aurais dû lui demander d'en faire aussi une photo.

— À qui ?

— Pardon ? demanda Charles qui n'avait pas réalisé avoir parlé tout haut. Ah non, rien.

Le serveur apporta l'addition et Charles fit signe à Christa qui avait déjà ouvert son portefeuille. Il aperçut de nouveau son badge Interpol, il paya et dit :

— Je pense que mon esprit est plus vif, le soir.

— Et vous voulez aller au bar pour fumer un cigare.

— Tout à fait, confirma Charles en se levant.

Le défilé de mode était fini et l'hôtel était de nouveau plein. Dans le bar, il n'y avait plus de places assises, mais une foule de fumeurs s'entassaient. Les accros au tabac se marchaient dessus.

Charles prit Christa par le bras et l'entraîna à travers la foule jusqu'à la réception. Charles demanda si tout était en ordre au sujet de son paquet. Ayant reçu une réponse rassurante, il dit à Christa :

— Je crois qu'une promenade nous ferait du bien. Fumer en plein air a quelque chose d'incomparable.

Il faisait très doux à l'extérieur et le centre de Prague était animé. Les promeneurs, bien habillés, cherchaient une place dans la multitude de cafés et de restaurants, tous archipleins à cette heure de la soirée. Ils descendirent le boulevard. Charles reprit la discussion du restaurant.

— C'est sur cette pierre dans la cave que j'ai vu les blasons des corporations pour la première fois. Pas en couleur, bien entendu, mais gravés. Ils étaient douze, placés comme sur le cadran d'une horloge. Au centre, il y a trois autres blasons. Celui qui est exactement au centre, je ne l'ai pas oublié, est celui des Boulangers. Parce que notre nom est Baker, c'est-à-dire « boulanger ». Je ne me souviens pas si tous y étaient, mais cette disposition géométrique étrange m'a souvent fait penser à ce que cela représentait. Je l'ai appris plus tard, en rédigeant une étude sur ce thème.

Christa s'arrêta soudain et tourna la tête. Elle avait de nouveau la même sensation que le matin. Celle d'être suivie. Elle regarda en arrière, laissant passer quelques groupes qui marchaient derrière eux. Mais elle ne vit personne de louche. Charles, se rendant compte qu'elle avait aperçu ou entendu quelque chose, regardait lui aussi aux alentours.

— Ce n'est rien, dit Christa. Continuez, je vous en prie.

Ils reprirent leur promenade et Charles poursuivit :

— Nous devons donc trouver le second sabre. Et on manque d'indices.

Il s'arrêta et sortit le petit billet de sa poche. Il avait résolu l'énigme d'Agrippa d'Aubigné, celle de la tour à l'Horloge et il avait trouvé le sabre. Il avait refait la phrase avec les deux sabres dans le même fourreau. Il avait reconstitué la partie brûlée. Les seules choses qui restaient obscures étaient *Agios Georgios* et le dessin d'oiseau. Et bien entendu ce *10.00* dont Charles continuait de penser qu'il représentait l'heure du rendez-vous.

— Si nous découvrons ce que signifient saint Georges et cet oiseau, peut-être que nous trouverons le second sabre. Et que nous comprendrons ce que représente ce fameux fourreau.

— Je crois qu'il faudrait regarder dans le dossier marron. Quelque chose nous a sans doute échappé.

— Oui. Et j'attends aussi de recevoir l'autre partie du texte.

Charles sortit son téléphone pour vérifier si le message n'était pas arrivé. Rien. Il se demanda si l'assistante de son père était réelle ou si cette inconnue ne s'était pas moquée de lui. C'était peu probable. Trop de choses concordaient. Il décida de patienter un peu avant de rappeler.

— Et puis Kafka, reprit-il. Je dois comprendre de quoi il s'agit dans ce texte. Je crois que nous irons demain matin dans la ruelle d'Or.

— Là où a vécu Kafka ?

— Oui. Même s'il n'y a plus rien là-bas. La rue a été raccourcie et les maisonnettes qui semblent faites pour des nains ne sont plus que des boutiques de souvenirs. Vous y êtes déjà allée ?

Christa hocha la tête.

— Vous savez, vous avez dit que votre nom provient d'un nom de métier. Moi je croyais que c'était de Sherlock Holmes.

— De Baker Street ?

Charles avait demandé sérieusement, mais elle se mit à rire.

— Vous plaisantez, c'est ça ?

— Un peu, répondit Christa qui se mit à courir.

Elle traversa la rue et s'engagea sous un porche dans une rue latérale. Charles la suivit. On aurait dit deux amoureux qui flirtaient. À peine entra-t-il sous le porche qu'elle le prit par l'épaule et l'attira à elle en posant le doigt sur sa bouche pour qu'il se taise. Ils attendirent en silence, le temps d'entendre des pas. Quelqu'un arrivait. Quand l'ombre passa le porche, Christa se jeta sur elle et la plaqua au sol. Un mendiant dans un vieux manteau se mit à bégayer et à rouler de grands yeux ronds.

C'était un SDF, probablement sourd-muet et malade mental. Il se cacha les yeux et se mit à pousser des cris. Christa recula, terrifiée. Charles, inquiet, aida le vagabond à se relever et lui tendit de l'argent en s'excusant.

— Je crois que vous êtes un peu tendue. On devrait aller se coucher.

Beata s'arrêta à l'entrée du square, cachée derrière un mur, attendant de les voir s'avancer sous le porche et s'engager sur le sentier. Quand soudain, marmonnant et dodelinant de la tête, un mendiant passa près d'elle.

Chapitre 91

Gian Maria Legnaiolo, très conscient de l'importance de sa mission, monta à bord de l'avion qui le ramènerait à la résidence de son chef à Olbia, en Sardaigne. Il n'était toujours pas revenu de l'émotion qui l'avait étreint quelques heures plus tôt quand il avait vu le signal déployé au minuscule balcon du Palazzo dei Drappieri. Depuis sa naissance, il se préparait pour ce moment. Les diplômes obtenus, toute son éducation, les endroits où il était allé et même ses jeux d'enfant avaient eu un lien avec cette mission à venir. Quand il avait atteint l'âge de seize ans, il avait appris de son père que leur famille avait eu l'honneur, à une époque qui se perdait dans les profondeurs de l'histoire, d'être chargée de mener la mission à son terme.

L'arbre généalogique qu'ils avaient pu reconstituer jusqu'à 1580 menait, de fils aîné en fils aîné, jusqu'à lui – un prospère homme d'affaires et espion. La grande chance de la famille Legnaiolo, un nom qu'ils avaient choisi lors du tout premier recensement pour entrer dans les registres de l'époque, fut de compter à chaque génération au moins un fils et qu'il survive, en bonne santé, robuste, intelligent et parfaitement dédié à la cause. Les pères avaient tous réussi à transmettre à leur fils l'importance cruciale de leur mission, mais aussi de leur insuffler l'ambition et l'esprit nécessaires pour la mener à bien. Les aînés des Legnaiolo, et parfois leurs frères et sœurs, étaient devenus des fondamentalistes de cette cause, prêts à donner leur vie pour elle à tout moment.

Ils tenaient leur nom de la corporation des charpentiers, dont ils avaient fait partie, mais qui fut dissoute peu de temps après sous l'impitoyable pression de l'histoire.

Gian Maria, Gianni comme tout le monde l'appelait, avait été envoyé faire ses études en Grande-Bretagne, à la London School of Economics, dont il était sorti major de sa promotion. Ensuite, selon un plan échafaudé pendant quatre années avec son père et ses deux frères, il était entré au service de sa cible, le grand magnat des finances Galeazzo Visconti.

Ce dernier était apparu sans crier gare, au milieu des années 1960, près de Milan, vêtu d'un costume noir chiffonné, d'une chemise blanche et de chaussettes de la même couleur. À vingt-cinq ans, il avait pour seul bagage une énorme valise remplie d'argent. Il l'avait rapidement investi, en particulier dans des terrains placés en des lieux stratégiques, proches de futurs immeubles de bureaux, de nouveaux quartiers et de routes importantes. Ces informations provenaient du cœur même du gouvernement italien après avoir transité par des amis siciliens. Il se disait d'ailleurs que le jeune homme, de son vrai nom Rocco Antunuzzu Ciuppia, n'était autre que la face publique d'une des plus puissantes familles de Cosa Nostra.

Le pas suivant pour le jeune investisseur fut de financer la construction de quelques quartiers à la périphérie de la capitale lombarde. Et parce que son nom pouvait susciter la défiance, il dépensa une partie de l'argent dans l'achat de documents falsifiés, dont certains historiques. Il graissa la patte de fonctionnaires de l'état civil pour se créer une nouvelle identité. Il se choisit une ascendance nobiliaire et déclarait être issu d'une liaison secrète entre les vieilles familles Visconti et Sforza. Étant donné qu'il existait plusieurs Galeazzo dans les deux familles, il avait choisi ce prénom.

Puis ç'avait été l'époque des investissements dans les médias italiens et français. Au moment où des journalistes – finalement réduits au silence parce qu'on les avait achetés, menacés ou même assassinés – avaient commencé à remettre en question l'identité du jeune milliardaire, il avait transféré toutes ses actions italiennes à un parent. L'origine de l'argent avait été si bien dissimulée derrière des holdings, dont l'unique but était de détenir les actions d'autres compagnies, que personne n'était parvenu à la retrouver. Mais selon la rumeur de l'époque, personne n'avait particulièrement tenu à fouiller son passé.

Libre de toute attache, il s'était installé à New York, avait pris un luxueux appartement dans l'Upper East Side et avait commencé à investir en Bourse. Au moment où il fut élu dans le Conseil des douze, Visconti détenait le plus grand fonds d'investissement de la planète. Il contrôlait les plus grandes sociétés de capital-risque, les fonds communs de placement et de capitaux privés du monde. Il était un exceptionnel joueur d'échecs et un visionnaire sans pareil. Son dada était la statistique.

Il savait tirer les enseignements d'interminables pages de chiffres et saisissait au vol les moindres tendances. Il s'était spécialisé en avantage positionnel et en rendement surdimensionné.

Ses employés fourmillaient dans toutes les grandes places financières du monde, la plupart d'entre eux à Wall Street ou à la City. Il avait dans le monde entier des armées d'informateurs, d'analystes, de collecteurs de données. Du Cap à Tokyo, de Berlin à Punta Arenas. Les premiers hommes politiques à avoir bénéficié de son soutien et de ses pots-de-vin furent les dictateurs déments des pays africains. Sa créativité sans limites mena à la conception des produits financiers les plus sophistiqués et les plus complexes de l'histoire. Il avait inventé tellement de types de dérivées de risques que même un groupe formé des esprits les plus éclairés du monde n'aurait pas pu les comprendre, sans parler de saisir leur enjeu à long terme ni leur finalité. Rien ou presque de la gigantesque bulle spéculative à l'origine de la crise de 2008 n'était étranger aux manœuvres de Galeazzo.

Mais les grands changements à l'origine de sa colossale fortune – toujours aussi bien dissimulée qu'en Italie dans sa jeunesse, mais infiniment plus sophistiquée – furent la globalisation et la grande révolution technologique d'une part et la chute du communisme d'autre part. En particulier la privatisation agressive dans l'ex-Union soviétique, où les ressources nationales avaient été bradées pour trois fois rien, le capitalisme de l'entre-soi, la suppression des barrières commerciales et l'absence ou le manque de synchronisation des réglementations des marchés internationaux, le soutien massif accordé aux nouveaux capitalistes des marchés émergents devenus par la suite des oligarques – tout cela ne représentait qu'une infime partie du cocktail létal qu'il avait réussi à la perfection.

L'étape suivante, naturelle et logique, avait été de contrôler les États. Et d'exercer un lobbying envahissant, de corrompre des hauts fonctionnaires partout dans le monde, des membres des gouvernements, des parlementaires qui proposaient partout des lois sur mesure pour les produits dans lesquels Visconti avait des intérêts commerciaux. Tout cela se mêlait élégamment au travail d'influence des pouvoirs judiciaires, à la pression continuelle exercée sur les organismes de réglementation des marchés – y compris sur les gouvernements pour sauver, après la crise de 2008, les banques responsables de la crise –, aux énormes pots-de-vin passant les frontières des entreprises multinationales pour arroser les gouvernements des jeunes démocraties, investir dans leurs campagnes électorales, tuer la concurrence par des pratiques déloyales et occuper les marchés.

Le journaliste américain Matt Taibbi avait même trouvé une comparaison éloquente pour décrire ce phénomène. Il l'avait nommé « Vampire Squid », le Vampire des Abysses qui se serait posé sur la face de l'humanité pour en sucer le sang. Le journaliste de *Rolling Stone* parlait ainsi de Goldman Sachs, mais le surnom pouvait s'appliquer sans difficulté à l'ensemble du phénomène. C'était du moins ce que croyait Galeazzo Visconti dont le cynisme sans bornes le faisait apprécier cette expression. Il démarrait parfois sa journée en demandant à son assistant, gendre et bras droit

Gian Maria Legnaiolo, le sang de qui il allait sucer ce jour-là.

Dans l'avion qui l'emmenait vers un des lieux de villégiature de son beau-père, Gianni passait mentalement en revue tout ce qu'il devrait faire jusqu'au moment tant attendu. Il conservait sur un disque dur externe tous les documents compromettants qu'il avait pu trouver sur Visconti. Il savait que, s'il savait comment s'y prendre, celui qui mettrait la main sur ces informations changerait la face du monde. Le visage hideux de la ploutocratie mondiale apparaîtrait au grand jour.

Pendant plus de dix ans, Gianni avait rassemblé toutes les données possibles sur les opérations illégales et amorales entreprises par son beau-père. Il y avait tout, des documents originaux aux enregistrements audio et vidéo de discussions avec les grands de ce monde, des relevés bancaires aux schémas du maillage complexe de compagnies offshore où était caché l'argent ainsi que les mécanismes pour son blanchiment, mais aussi les preuves des pressions exercées sur les gouvernements et les organismes internationaux, les listes interminables des personnes redevables à Visconti, quand et comment ils avaient été rétribués, les écoutes téléphoniques, le pillage sur des générations d'êtres humains à travers le monde et ainsi de suite. Une liste presque interminable. Si tout cela était rendu public, en même temps que les révélations des onze autres, qui, comme lui, collectaient des preuves depuis des années, le séisme ébranlerait le monde entier. Bien malin celui qui pourrait dire ce qu'il en resterait.

Il lui avait fallu quelques années pour atteindre Galeazzo Visconti et gagner sa confiance. Il avait fini par trouver son talon d'Achille. C'était l'amour presque pathologique que le multimilliardaire éprouvait pour les chiens. Visconti finançait toute une chaîne d'ONG via lesquelles, aimait-il faire remarquer, il rendait à la société un peu de ce qu'il avait reçu d'elle. Il se passionnait pour la sauvegarde des animaux et était apprécié pour cela. Il se targuait notamment d'avoir pu sortir de la tête des oligarques des ex-pays communistes leur obsession féodale pour le carnage des animaux sauvages.

Il avait même réussi à faire adopter par plusieurs Parlements des lois antichasse. Les tueries pour le plaisir de bêtes innocentes lui semblaient la chose la plus abjecte chez ces nouveaux parvenus d'après la chute du Mur de Berlin. C'était la survivance d'un réflexe de caste du parti communiste, le signe de leur impuissance. Il avait toujours considéré que l'homme s'abaissant à être violent avec les femmes, avec les animaux, avec ses subalternes et avec toute personne sans défense est en réalité un criminel en puissance, un maniaque et un lâche. Ce type d'homme utilise cet ersatz pour assouvir ses désirs, sa soif de sang et son plaisir à provoquer la souffrance de l'autre. Il avait pas mal manœuvré avec ces gens de l'Est. Cela avait été un peu plus dur avec les hommes d'affaires de l'Ouest qui jubilaient et salivaient à l'idée de participer à des massacres où ils étaient encore permis. La Transylvanie était un de ces endroits. Ainsi un ancien tennisman, profitant de la dérive postcommuniste, était devenu milliardaire en invitant ses associés de toute l'Europe à tuer des sangliers à la chaîne.

L'occasion idéale pour impressionner Visconti avait été prévue dans les moindres détails.

C'était un soir, alors qu'à la sortie de l'opéra il échangeait quelques mots avec un ami, sous le parapluie tendu par le chauffeur, juste avant de monter dans sa limousine. Alors qu'il pleuvait des cordes, un jeune homme en chemise, couvert de sang, heurta le véhicule. Il portait dans ses bras un chien blessé. Le jeune Gianni était ce jeune homme. Il avait failli tomber, mais n'avait pas lâché l'animal. Galeazzo l'avait remarqué. Lorsqu'il apprit que l'animal avait été renversé par une voiture et que Gianni courait vers le cabinet vétérinaire le plus proche, le milliardaire lui proposa de le conduire dans sa propre clinique vétérinaire. Gianni se montrait très préoccupé et veilla l'animal toute la nuit, dans l'attente de savoir qu'il était sorti d'affaire. Le chien n'avait qu'une blessure superficielle, ce que le jeune homme savait parfaitement puisqu'il la lui avait lui-même infligée.

Cette nuit-là, il passa du temps à discuter avec Visconti, tout aussi soucieux du sort de l'animal, et le milliardaire fut impressionné par l'empathie du jeune homme autant que par sa capacité à parler de sujets économiques pointus. Il l'invita à déjeuner le lendemain. Il avait toujours voulu un fils et ce jeune homme ressemblait beaucoup à celui dont il avait rêvé. Il le soumit à toutes sortes de tests, persuadé que Gianni ne s'en rendait pas compte et peu à peu il lui confia des tâches, d'abord simples puis, à mesure que le temps passait et qu'il s'en acquittait avec brio, de plus en plus difficiles. Sa fille courtaude et très myope avait abdiqué devant sa beauté. Deux ans plus tard, Gianni était devenu son bras droit et son gendre. Le beau-père partageait avec lui presque tous ses secrets, mais ne lui avait encore rien dit du Conseil ni de l'ordre dont il faisait partie. Il aimait l'idée que Gianni pourrait lui succéder. Mais il était convaincu que ce moment était encore loin.

L'avion atterrit sur l'aéroport d'Olbia, et Visconti monta dans sa Ferrari, qu'il avait laissée là. Il devait se rendre aux États-Unis pour la réunion extraordinaire du Conseil, mais il voulait auparavant passer la soirée en compagnie de sa femme, de sa fille, de son gendre et de leurs jumeaux.

Chapitre 92

Charles songea qu'il vaudrait mieux s'asseoir pour laisser à Christa le temps de reprendre ses esprits. Il aurait voulu l'interroger sur les cicatrices qu'elle avait dans le dos, mais il savait qu'il n'obtiendrait rien. Un vendeur de marrons passait devant eux. Charles lui demanda d'où provenaient les marrons en plein mois de juin, mais celui-ci sourit et désigna le prix. Charles prit un grand cornet, une bouteille d'eau pour lui et un Coca pour Christa. Il savourait la vue de la foule bigarrée et des lumières de Prague à cette heure.

— S'il y a six blasons sur un sabre, on peut supposer qu'il y en a six sur l'autre, dit-il. Donc douze au total. Dans la salle où j'ai trouvé le sabre, il y avait douze sièges.

Soudain, il se leva comme si on l'avait piqué.

— Ce que je peux être stupide ! Je dois retourner à l'hôtel !

Christa ne comprenait pas.

— Pourquoi le billet renvoie aux deux salles, une de douze places et l'autre de vingt-quatre ? J'étais tellement content de trouver quelque chose dans la première que je n'ai pas vérifié la seconde !

La plus vive inquiétude se lisait sur son visage.

— Même si on court, on ne mettra pas moins de vingt minutes. Ne vaudrait-il pas mieux téléphoner à la réception pour qu'ils vérifient ? suggéra Christa.

— Et je leur raconte quoi ? Tiens, je suis entré dans une salle où je n'avais rien à faire et j'y ai laissé un étrange objet... Allez, on y va !

Il partit au pas de course. Christa était restée en arrière et héla un taxi. Le taxi fit demi-tour et Christa monta. Elle l'arrêta au niveau de Charles et ouvrit la portière.

— Montez. Ça ira plus vite.

En voiture, Charles se mordait les lèvres et marmonnait. Il pestait contre lui-même. Ses réactions, ces derniers temps, lui déplaisaient. Il y avait des moments où il ne se reconnaissait pas.

— Si vous êtes mon ange gardien, promettez-moi de ne pas me laisser faire de bêtises.

— Soyez tranquille. Ça ne sera pas le cas. Vous êtes plus maître de la situation que vous ne le croyez. Suivez votre idée avec les chiffres.

Charles reconnut que, tant qu'il parlait, au moins il ne pensait plus à sa propre bêtise.

— Oui. Douze chaises dans la salle où j'ai trouvé le sabre. Douze blasons probablement sur les deux fourreaux. Autant de blasons sur le support des sabres chez mon grand-père. Celui qui forme un cercle, car au centre il y en a trois de plus. Il n'y a peut-être aucun rapport, il faudrait que je les voie pour comparer. Et je me suis souvenu de quelque chose d'intéressant. Vous savez, le fameux texte – en face de la loi ? Je viens de piger. Quelque chose me semblait étrange dès le départ. On y parle des onze portes plus celle devant laquelle se tient le gardien qui parle au visiteur.

Le taxi était coincé dans un grand embouteillage à une intersection. Les Klaxons retentissaient de tous côtés. Charles s'agitait sur la banquette arrière en regardant sa montre. Il pensa d'abord qu'il ferait mieux d'y aller à pied. Puis qu'il devait se calmer. Il fit un effort pour respirer normalement.

— Vous pourriez chercher le texte sur Google ?

Christa trouva très rapidement et lui tendit le téléphone.

— C'est ce que je disais. Il me semble que le texte entier est identique, à part les chiffres. Regardez.

Christa lut à son tour. Pas trace de 11 dans le texte original de Kafka.

— Et c'est quoi, ce 12 qui revient sans cesse ? demanda Christa.

— Je ne sais pas.

— C'est un nombre magique ?

— Un nombre, pour sûr, ésotérique. Pensez au nombre de fois où on le croise au fil du temps. Il peut vouloir dire beaucoup de choses. Comme les douze heures du cadran.

— Donc un cercle.

— Quoi, un cercle ? Un cercle peut être divisé en 360 unités égales ou en 180, ou en 90, et ainsi de suite. Sans parler des sous-unités qui augmentent le nombre. Et puis les douze signes du zodiaque, les douze travaux d'Hercule, les douze salles à colonnes du Labyrinthe, construit par douze princes. Douze est rond, c'est deux fois six, le chiffre du diable. Multiplié par deux, il est peut-être le nombre de la sainteté. Il a une étrange symétrie. Le chiffre 10 était problématique dans l'Antiquité parce que le zéro n'avait pas encore été découvert. Cela peut être aussi le simple voisinage des deux premiers chiffres, 1 et 2.

— Les douze apôtres, fit Christa pour entrer dans le jeu. Les douze mois de l'année.

— Romulus a eu douze fils et, puisqu'on parle de lui, il a fait venir à Rome les douze prêtres de Pan. Les douze tribus d'Israël. La bible est pleine de douze et je n'ai aucune explication. Il faudrait appeler un kabbaliste pour qu'il nous parle des douze sephiroth de l'Arbre de vie. Mais non. Il n'y en a que dix. On avait inventé le zéro entre-temps. La numérologie étant une fumisterie je ne m'y suis jamais intéressé. J'ai essayé de comprendre le phénomène culturel, mais vous pouvez la prendre comme vous voulez, vous tombez toujours dans une impasse. Ou au contraire vous expliquez tout et n'importe quoi. Sans compter que le pied a douze pouces, qu'il y a douze jurés dans notre système judiciaire...

— Les douze chevaliers de la Table ronde ? Vu que vous avez mis la main sur Excalibur, c'est ça ? Et il y avait douze chaises. Elles étaient autour de la table ?

— Oui. Mais la table n'est pas ronde. Et, dans la légende d'Arthur, le nombre des chevaliers varie. Ils sont douze quand ils représentent le cercle du zodiaque. Je crois que je pourrais encore trouver des centaines d'exemples. Et tourner en rond. Et sachez que même si je n'ai pas relevé tout de suite, j'ai bien saisi que vous faisiez votre moqueuse, avec votre « Excalibur ».

Dès que la voiture s'arrêta devant l'hôtel, Charles en bondit et laissa Christa payer. Il traversa le hall en courant. Il s'était vidé et deux ou trois hommes de l'équipe de nettoyage le regardèrent bizarrement. Peu lui importait. Il glissa en tournant vers les salles et se rattrapa de l'épaule contre le mur. Il entra dans la salle *Traviata*. Il alluma et la fouilla. Rien. Il entra dans l'autre. Idem. Un terrible découragement le saisit. Il s'assit à la table de douze places. À ce moment il entendit les notifications de son téléphone. Il recevait les photos prises par l'assistante de son père. Alors Christa entra et posa la main sur son épaule. Il hocha la tête d'un air déçu pour signaler qu'il n'avait rien trouvé. En revanche il lui montra le téléphone sur lequel les messages continuaient d'arriver.

Chapitre 93

Une fois de plus, Werner s'en voulut de n'avoir pas réussi à intercepter la conversation de Charles avec la secrétaire d'État. Les systèmes de protection sophistiqués de la Maison-Blanche étaient difficiles à contourner. Il était loin de chez lui et de tous les appareils capables de faire ça. Il avait donc manqué la conversation dans la chambre de Christa et celle du professeur à Washington. Charles avait dû demander de l'aide, mais il ne comprenait pas pourquoi il ne s'était pas adressé à lui. Il appela Beata pour savoir où elle se trouvait. Elle lui apprit qu'elle avait failli être repérée par Christa, qui représentait un réel danger. Elle lui demanda l'autorisation de l'éliminer. Après quelques instants de réflexion Werner refusa. Pour l'instant Beata devait se contenter de la filature. Et sans se faire repérer surtout.

Il venait de raccrocher quand il reçut un mail de la fausse assistante avec en pièce jointe une vidéo de tous les recoins de la cave du professeur Baker. Werner la visionna attentivement. Rien d'intéressant à part la fin. La caméra s'arrêtait sur le mur nord. Il y vit le symbole d'Interpol et se demanda ce que ça pouvait bien fiche là, au mur. Il sourit en lisant la devise de la corporation des boulangers : *Panis vita est*, « le pain est la vie ». Puis son regard s'arrêta sur un texte, dans le coin en haut à gauche, qui avait une forme étrange, et qui était écrit dans le style des caractères de la bible de Gutenberg.

Il zooma. Puis transcrivit :

A COMMAND : HO ARE THE FOLLOW
FOLLOWER : STS IN THIS GRAVE BU
THIS STONE.
COMMAND : CONQUEST THIS HOUSE
RISE AGAIN HERE.
HIS WILL : EAD THE COLONY AND WAIT
EXIST FROM CERTAIN NUMBER
A HIM : WI L IS OF : IS THAT THE THERE TO

« UN COMMAND : UI SONT LES FIDÈLES
SUIVANT : G T DANS CE TOMBEAU ING
CETTE PIERRE
COMMAND : RECONQUÉRIR CETTE MAISON
ÉRIGÉE DE NOUVEAU ICI
SA VOLONTÉ : ENERA LA COLONIE ET ATTENDEZ
ASSURE D'UN CERTAIN NOMBRE
UN LE : V L T DE : ERIR LÀ UN APRÈS »

Il était clair que toute la partie droite du texte manquait. Mais même en tenant compte de cela, ça ne collait pas. Le mur était couvert de crasse, et taché d'humidité qui avait effacé certaines lettres. La nuit allait être longue !

Les quatre hommes restés au siège de la Section spéciale mangeaient à la cantine quand ils entendirent des bruits qui ressemblaient à des coups de feu. Ils déboulèrent dans le couloir en essayant de déterminer leur provenance. Le silence retomba comme lorsqu'il faut recharger l'arme. Puis les détonations reprirent. L'écho dans la cage de l'escalier les gênait pour trouver l'origine des détonations. Honza en revanche avait attrapé deux assiettes et était parti en courant vers le bureau du commissaire. Il grimpa les marches quatre à quatre et, une fois arrivé devant le bureau, colla l'oreille contre la porte. Les bruits provenaient de l'intérieur. Probablement Ledvina était-il ivre, ou alors il redécorait son bureau. Honza était déjà passé par là et il savait comment réagir. Il ouvrit la porte et lança une des assiettes vers le centre de la pièce. L'arme retentit une fois de plus et l'assiette éclata en vol. Honza lança la deuxième assiette qui se brisa en tombant et cria :

— Ne tirez plus ! C'est moi, Honza !

Il entra en longeant le mur. Au milieu de la pièce, le commissaire, le regard trouble, tanguait légèrement tout en rechargeant son revolver de collection, un colt Python 357, avec des balles en argent. Le mur du cabinet de curiosités était abîmé et le crâne de saint Jean Népomucène à seize ans s'était retrouvé d'autorité, en vertu de son âge, sur celui de dix ans.

Faisant preuve d'un courage auquel on ne se serait pas attendu chez un homme de sa taille, l'inspecteur se précipita sur l'armoire à glace et le jeta à terre. Le commissaire s'écroula comme un sac de pommes de terre et s'endormit aussitôt. Honza essaya de le relever, mais en vain, alors il plaça un coussin sous sa tête et le recouvrit d'une couverture. Il confisqua l'arme à feu et se dit qu'il allait devoir passer la nuit là pour veiller sur son chef. Il vit qu'il restait quelque chose dans la bouteille d'alcool de poire. Alors il but le reste au goulot.

Après le départ de Charles, Ledvina avait cherché à savoir où en était sa demande, mais il n'avait obtenu aucune réponse. Énervé, il avait pris la voiture et s'était rendu chez le directeur de la police, chez le ministre de l'Intérieur et chez le chef du STB. Le premier ne lui avait pas ouvert. Chez le deuxième, sa femme avait répondu tandis que le ministre se planquait pour ne pas être vu de l'extérieur. Quant au chef du STB, un type qui ressemblait beaucoup à Ledvina, il lui avait hurlé dessus pendant dix minutes en le menaçant. Déçu, le commissaire était revenu au siège, avait consulté Honza, formulé d'autres demandes, réclamé une audience au Premier ministre. On lui avait répondu que ça pouvait attendre mardi. Alors il avait mis la main sur une des bouteilles d'eau-de-vie de son beau-frère qui avait un alambic dans le fond de son jardin et il l'avait presque entièrement vidée. Comme il commençait à voir des vampires partout, il avait sorti son pistolet à balles en argent, celui dont il ne se séparait jamais la nuit, et avait commencé à pourchasser les créatures imaginaires.

Avant de leur tirer dans le crâne il hurlait :

— À présent montre ton vrai visage, Yorick !

La preuve qu'une vaste pagaille culturelle lui occupait la cervelle.

Et il avait tiré !

Chapitre 94

Déçu d'avoir trouvé la salle de conférences vide, Charles songea qu'un whisky dix-huit ans d'âge était indispensable pour conclure cette journée, l'une des plus étranges de sa vie. Si bien qu'il fit un tour dans l'hôtel pour voir ce qui était encore ouvert à cette heure. Les restaurants et les bars étaient tous fermés. À l'exception du bar à cigares où trois individus faisaient tourner en bourrique le barman, pressé de rentrer chez lui parce qu'il faisait des heures supplémentaires. La politique de l'hôtel était de ne jamais renvoyer un client et souvent le bar ne fermait qu'après le départ du dernier couche-tard. Malheureusement pour lui, les clients attablés à l'entrée ne montraient aucune intention de partir. Le serveur avait fait appel à tous les trucs classiques : il avait mis la musique à fond, ensuite il avait renversé les chaises sur les tables. Il avait fait des allers et retours en bâillant à s'en décrocher la mâchoire sous le nez des clients. Cela n'avait servi à rien. Alors, résigné, il était retourné derrière le bar et il avait posé la tête entre ses bras. Quand il entendit des pas, il releva la tête et vit Christa et Charles cherchant du regard un endroit où s'asseoir.

C'était le pompon. Mais, quand Charles sortit de son portefeuille un billet de sa couleur préférée, il se dit que, puisqu'il était bloqué là, autant se lever et leur préparer une table.

Les boissons étaient déjà servies quand Charles finit de regarder les photos envoyées par l'assistante. Après avoir effacé celles qui ne l'intéressaient pas, il s'arrêta sur celles qu'il attendait impatiemment, les photographies du mur portant les inscriptions.

```
A COMMAND: HO ARE THE FOLLOW
FOLLOWER: STS IN THIS GRAVE BU
            THIS STONE
COMMAND: CONQUEST THIS HOUSE
           RISE AGAIN HERE
HIS WILL: EAD THE COLONY AND WAIT
           EXIST FROM CERTAIN NUMBER
A HIM: WI L IS OF: IS THAT THE THERE TO
```

Il s'apprêtait à demander du papier et de quoi écrire, mais Christa avait déjà posé le nécessaire sur la table. Il avait été si concentré qu'il n'avait rien remarqué, même pas qu'elle s'était éclipsée pour aller chercher le dossier marron dans sa chambre. Surtout, il n'avait rien saisi des regards qu'elle avait échangés avec le groupe de la table voisine, deux hommes et une femme.

Charles la remercia et commença à transcrire le texte. Quand il eut terminé, il l'examina longuement puis le poussa vers elle. Elle l'observa à son tour.

A COMMAND : HO ARE THE FOLLOW
FOLLOWER : STS IN THIS GRAVE BU
THIS STONE.
COMMAND : CONQUEST THIS HOUSE
RISE AGAIN HERE.
HIS WILL : EAD THE COLONY AND WAIT
EXIST FROM CERTAIN NUMBER
A HIM : WI L IS OF : IS THAT THE THERE TO

Le professeur allait dire qu'il fallait monter dans la chambre récupérer l'autre partie du texte quand Christa lui tendit le dossier marron.

— Ne vous fâchez pas. Je vous ai demandé, mais vous ne m'avez pas entendue. Alors je suis allée à la réception en disant que vous aviez égaré votre clé et je suis montée prendre le dossier. Je n'ai touché à rien d'autre.

Charles la regarda comme s'il sortait d'un rêve. Son regard tomba sur son portefeuille qui se trouvait sur la table.

— Je n'ai pas touché au portefeuille, le devança Christa. J'ai obtenu une autre clé à la réception.

Charles était très étonné que le réceptionniste ait confié une clé de sa chambre à une inconnue. Il réalisa qu'elle devait être très convaincante. Mais pour l'instant cela importait peu, il ouvrit le dossier marron. Christa avait pensé que Charles apprécierait qu'elle lui fasse gagner du temps et n'interrompe pas le flot de ses réflexions. Elle s'était trompée.

Il trouva la page du dossier contenant l'autre partie du texte et il le copia en face de celui qui figurait sur le mur de la cave :

A COMMAND : HO ARE THE FOLLOWERS PERMITTED TO HAVE A NAME ?
FOLLOWER : STS IN THIS GRAVE BURIED AND A OLD PROPHECY ERECTED
THIS STONE.
COMMAND : CONQUEST THIS HOUSE NOW AND HAVE FAITH, STEEL
RISE AGAIN HERE.
HIS WILL : EAD THE COLONY AND WAIT HIS KEY, NOT THE DOOR, THE STONE
EXIST FROM CERTAIN NUMBER OF YEARS
A HIM : WI L IS OF : IS THAT THE THERE TO A AFTER ?

« UN COMMANDE : UI SONT LES FIDÈLES AUXQUELS EST PERMIS D'AVOIR UN NOM ?
FIDÈLE : G T DANS LA TOMBE ENTERRÉ ET UNE VIEILLE PROPHÉTIE ÉRIGE
CETTE PIERRE
COMMANDE : RECONQUIERT CETTE MAISON MAINTENANT ET CROYEZ, ACIER
TERA ET
SA VOLONTÉ : ENERA LA COLONIE ET ATTENDEZ
ASSURE D'UN CERTAIN NOMBRE D'ANNÉES
UN LE : V L T DE : ERIR LÀ UN APRÈS ? »

— Il manque des lettres, dit Charles en replongeant dans la photo.

Il l'agrandit et regarda plus attentivement.

— Je crois que le temps a laissé sa marque sur ce mur.

— Vous n'avez pas trouvé de quand date le texte ? demanda Christa.

— Non. Pas encore. Mais cela n'a pas d'importance, je ne crois pas qu'il s'agisse d'un code. Ce sont seulement des mots permutés. Même pas une anagramme.

— On dirait un extrait de pièce de théâtre.

— Oui. Avec les personnages : « Un commande », « Les fidèles », « Sa volonté » et « Un le ». Tout ça est assez mal écrit. C'est peut-être intentionnel, ou alors celui qui a rédigé le texte ne savait pas très bien écrire. Il est cependant peu probable qu'une personne capable de transcrire un texte *textualis,* c'est-à-dire médiéval, soit si mauvaise en orthographe. Il y a autre chose.

— Ou alors c'est un étranger. Éduqué, mais qui ne maîtrise pas la langue de ce texte, avança Christa.

Charles se dit que c'était possible. Si son arrière-grand-père, émigré en Amérique vers 1890, avait écrit ce texte, il se pouvait, en effet, que ses connaissances en anglais n'aient pas été parfaites.

— Vous voulez qu'on cherche dans Google ?

— J'ai essayé avec le premier texte. Vous n'allez rien trouver d'intéressant. Reprenons plutôt les choses depuis le début. « Un commande », ça ne colle pas. Ça doit plutôt être « Un commandant – *a commander* ». Là où le texte est effacé, on dirait qu'il manque un *w* devant. C'est donc plutôt un « *who* » qu'on a là, donc un « qui » au lieu de ce « ui » qui ne veut rien dire. « W, I, L », ces trois lettres, si on les rapproche et les complète, donnent plutôt un « *will* », pour volonté, désir, ou plus probablement « volontés » au sens de « dernières volontés », étant donné que ça ressemble à un texte testamentaire. Et si c'est bien un testament, on a quelqu'un dans la tombe, donc « ests » est plutôt « *rests* ». Logique. « Gît » dans la tombe. Il y a quelque chose encore devant le « *Conquest* ». Qu'est-ce que ça peut bien être ?

— Dans *conquest* ? « Conquérir » ? Combien de lettres manque-t-il ?

— Deux.

— *Reconquest*. « Reconquérir ».

Charles compléta l'ensemble et lut le texte.

A COMMANDANT : WHO ARE THE FOLLOWERS PERMITTED TO HAVE A NAME ?

FOLLOWERS : RESTS IN THIS GRAVE BURIED AND A OLD PROPHECY ERECTED

THIS STONE.

COMMANDANT : RECONQUEST THIS HOUSE NOW AND HAVE FAITH, STEEL

RISE AGAIN HERE.

HIS WILL : LEAD THE COLONY AND WAIT HIS KEY, NOT THE DOOR, THE STONE

EXIST FROM CERTAIN NUMBER OF YEARS

A HIM : WILL IS OF : IS THAT THE THERE TO A AFTER ?

Les clients de la table voisine se levèrent. Christa les regarda. L'homme le plus grand fit un signe de tête, comme pour dire « tout va bien, pas de soucis ». Si Charles y avait prêté attention, il aurait reconnu l'homme à capuche qu'il avait heurté dans le couloir avant d'entrer dans la salle de conférences où il avait récupéré « Excalibur ».

Les trois individus montèrent en voiture. Dans le coffre gisait, égorgé, le cadavre d'un ancien boxeur russe, l'un des meilleurs agents secrets de l'Institut en Europe centrale et de l'Est.

Chapitre 95

Charles éclata de rire. Christa le regarda, étonnée. Il pouvait vraiment tout décrypter.

— Mal écrit, intentionnellement ou pas, toujours est-il que nous sommes de nouveau devant un texte célèbre. Voyons si vous devinez qui en est l'auteur.

— Heu… Je donne ma langue au chat.

Charles la regardait avec insistance, comme pour dire que c'était à la portée du premier venu. Christa fit un effort et tenta, sans y croire :

— Kafka.

— Encore Kafka, acquiesça-t-il, et il replaça les mots dans le bon ordre. Ça y est. Je vous le lis : *HERE RESTS THE OLD COMMANDANT. HIS FOLLOWERS, WHO ARE NOW NOT PERMITTED TO HAVE A NAME, BURIED HIM IN THIS GRAVE AND ERECTED THIS STONE. THERE EXISTS A PROPHECY THAT THE COMMANDANT WILL RISE AGAIN AFTER A CERTAIN NUMBER OF YEARS AND FROM THIS HOUSE WILL LEAD HIS FOLLOWERS TO A RECONQUEST OF THE COLONY. HAVE FAITH AND WAIT !*

» "Ici repose le vieux commandant. Ses fidèles, qui n'ont plus le droit de porter un nom, lui ont creusé cette tombe et érigé cette pierre. Une prophétie nous assure qu'au bout d'un certain nombre d'années le commandant ressuscitera et, partant de cette maison, emmènera tous ses fidèles reconquérir la colonie. Croyez et attendez."

— Ce n'est pas cette histoire sinistre avec un condamné à mort ?

— Mais si. *La Colonie pénitentiaire.*

— Et pourquoi il est relié à tout ?

Charles se gratta la tête. Il adorait ce jeu. Concentré sur l'énigme à résoudre, il ne pensait plus à tous ces crimes. Ni au danger qu'il courait. Le puzzle commençait à prendre forme.

— Il reste quelques termes qui n'ont pas trouvé leur place là-dedans. La pierre, l'acier, la porte, et quelques mots de liaison. Ici, l'anagramme est simple. Ou bien *The key is the stone. The steel is the door*, « La clé est la pierre, l'acier est la porte ». Ou alors « La porte est la clé ». Et donc « La pierre est l'acier ».

— Ça ne veut pas dire grand-chose, constata Christa.

— C'est vrai. Ça pourrait être aussi : Quelque chose est la porte et quelque chose est la clé. Ou bien l'acier est la porte et la pierre, la clé. Mais le plus logique serait que la pierre soit la porte et l'acier, la clé. Car la porte pourrait être en pierre et la clé, en acier, ce qui devrait être l'équivalent du fer.

» Ainsi, voici le texte tel qu'il faut le comprendre : *HERE RESTS THE OLD COMMANDANT. HIS FOLLOWERS, WHO ARE NOW NOT PERMITTED TO HAVE A NAME, BURIED HIM IN THIS GRAVE AND ERECTED THIS STONE. THERE EXISTS À PROPHECY THAT THE COMMANDANT WILL RISE AGAIN AFTER À CERTAIN NUMBER OF YEARS AND FROM THIS HOUSE WILL LEAD HIS*

FOLLOWERS TO A RECONQUEST OF THE COLONY. HAVE FAITH AND WAIT ! STEEL IS THE KEY, STONE IS THE DOOR.

» "Ici repose le vieux commandant. Ses fidèles, qui n'ont plus le droit de porter un nom, lui ont creusé cette tombe et érigé cette pierre. Une prophétie nous assure qu'au bout d'un certain nombre d'années le commandant ressuscitera et, partant de cette maison, emmènera tous ses fidèles reconquérir la colonie. Croyez et attendez ! L'acier est la clé, la pierre est la porte !"

» CQFD ! conclut Charles, satisfait.

— OK, fit Christa qui avait les pieds sur terre. On a un texte. Et il nous sert à quoi ?

— Bonne question, répondit Charles. Si nous avons appris quelque chose dans toute notre aventure, c'est bien que l'énigme s'éclaircira au fil du temps, et seulement par étapes. La bonne nouvelle, c'est que nous avons maintenant quelques pièces du puzzle.

L'optimisme de Charles était sincère et Christa était très heureuse de le voir complètement remis. Elle savait que bien d'autres péripéties les attendaient encore et qu'une bonne dose de pensée positive serait nécessaire. Mais, dans la tête de Charles, ça continuait à tourner à plein régime, alors il poursuivit :

— Le premier texte de Kafka. Celui tiré du *Procès*.

Tout en parlant, il ouvrit le dossier et en sortit le texte.

— C'est exactement ce que je pensais, à part la phrase évoquant les fameuses onze portes, il est identique. Regardez, dans le dossier on a : « Une sentinelle se tient postée devant la Loi ; un homme vient un jour la trouver et lui demande la permission de pénétrer. Mais la sentinelle lui dit qu'elle ne peut pas le laisser entrer en ce moment. L'homme réfléchit et demande alors s'il pourra entrer plus tard. "C'est possible, dit la sentinelle, mais pas maintenant." La sentinelle s'efface devant la porte, ouverte comme toujours, et l'homme se penche pour regarder à l'intérieur. La sentinelle, le voyant faire, rit et dit : "Si tu en as tant envie essaie donc d'entrer malgré ma défense. Mais dis-toi bien que je suis puissant. Et je ne suis que la dernière des sentinelles. Il y a derrière moi onze portes. Tu trouveras à l'entrée de chaque salle des sentinelles, de plus en plus puissantes ; dès la troisième, même moi, je ne peux plus supporter leur vue." » Que dit l'original ?

Christa prit son téléphone. La page Internet était en mémoire. Elle lut le texte à Charles :

— « Une sentinelle se tient postée devant la Loi ; un homme vient un jour la trouver et lui demande la permission de pénétrer. Mais la sentinelle lui dit qu'elle ne peut pas le laisser entrer en ce moment. L'homme réfléchit et demande alors s'il pourra entrer plus tard. "C'est possible, dit la sentinelle, mais pas maintenant." La sentinelle s'efface devant la porte, ouverte comme toujours, et l'homme se penche pour regarder à l'intérieur. La sentinelle, le voyant faire, rit et dit : "Si tu en as tant envie essaie donc d'entrer malgré ma défense. Mais dis-toi bien que je suis puissant. Et je ne suis que la dernière des sentinelles. Tu trouveras à l'entrée de chaque salle des sentinelles, de plus en plus puissantes ; dès la troisième, même moi, je ne peux plus supporter leur vue[1]." »

---

1. Traduction d'Alexandre Vialatte, Gallimard, 1933.

— Donc tout est pareil, à part que, dans l'un des deux, on a ajouté « Il y a derrière moi onze portes ».
— Et plus bas ?
— Non. C'est tout. Et dans le paragraphe tiré de *La Colonie pénitentiaire*, le texte n'est pas modifié du tout, j'en suis certain. Il y a seulement l'ajout à la fin.
— Et donc ?
— Et donc quoi ? À quoi nous servent ces textes ? Je n'en sais rien. Mais nous devons sortir de la logique naturelle et penser comme l'auteur de tout ça. Jusqu'à présent cela nous a plutôt réussi. Nous sommes sur le bon chemin. S'il est question de douze portes, on revient à ce qu'on disait en route. Le nombre 12. *La Colonie pénitentiaire*, c'est l'histoire d'une machine qui inscrit la sentence sur le corps du condamné, à vif, via un mécanisme sophistiqué terminé par une grappe d'aiguilles. Le condamné en meurt sans connaître les termes de la sentence, tout comme K dans *Le Procès* ne sait pas de quoi il est coupable.
— C'est une parabole ?
— Je ne crois pas que Franz Kafka aurait perdu son temps à écrire des paraboles. Ses métaphores font presque toujours l'objet d'interprétations excessives. Malheureusement toutes sortes de critiques aveuglés par leurs idées fixes ont abusé de ses textes. Des minables qui ont transféré leurs propres obsessions, leur intellectualisme débordant, surinterprétant tout ce qu'a écrit l'auteur tchèque. Cette grande trahison, qui est loin d'être isolée, commence même par son meilleur ami, Max Brod, qui a publié son œuvre posthume. C'est peut-être pour cela que Kafka est au centre de notre énigme. Tout le monde le statufie. Quand on n'analyse

pas carrément son œuvre du point de vue le plus stupide qui soit, celui de la psychanalyse.

— Vous ne croyez pas à la psychanalyse ?

Charles s'esclaffa.

— Mais si. Je crois exactement ce qu'en a dit Karl Kraus, que c'est « la maladie dont elle prétend être le remède ». Mais ne nous égarons pas. Kafka avait de l'humour et, très souvent, ses interprètes n'ont pas la capacité de comprendre son humour. La plus terrible est l'interprétation politique d'Orson Welles, qui a certes été un grand réalisateur, mais pas du tout un intellectuel. Il croyait, le pauvre, que *Le Procès* représentait une sorte de *1984* d'Orwell. Rien de plus faux. Vous savez qu'on parle toujours de l'univers kafkaïen pour définir l'absurdité de la bureaucratie ? Eh bien je crois que cela n'a rien à voir avec Kafka.

Il ne pouvait pas s'en empêcher. *Quand une idée qui lui paraît intéressante lui passe par la tête, il brode comme c'est pas possible*, se dit Christa.

— OK. Le truc est que cette machine qui écrit sur le corps du condamné le fait dans une langue que personne ne peut déchiffrer. C'est un code. Le texte sur le mur peut être utilisé dans ce sens. Il indique qu'il est lui-même un code. Et peut-être qu'il nous dit que cette partie de l'autre texte est un code aussi.

— Ce n'est pas trop recherché ? D'après vous, combien de personnes au monde pourraient comprendre toutes ces choses ? Comment on appelle ça ? Le métatexte ?

— Métatexte et autoréférentialité. Mais ce n'est pas le lieu de développer. Toujours est-il que je suis celui capable de comprendre. Je me rends compte maintenant que ce texte sur le mur m'était adressé, en réalité. Et que mon grand-père m'y a préparé, mais sans me prévenir, soit parce qu'il ne savait pas que le temps était venu, soit parce qu'il fallait que je m'en rende compte par moi-même. Si je n'avais aucun doute au sujet de tous ces crimes, je serais presque convaincu que ce voyage, ces devinettes et ces pièges ont été inventés de toutes pièces par mon grand-père qui a voulu me laisser une dernière énigme à résoudre. Le sabre est son obsession et c'est justement cette idée fixe qui m'a amené en Transylvanie, le lieu où l'on m'a confié cette mission. Le billet avec les indices, à double détente, ressemble beaucoup à ce qu'il ferait, ou aurait fait. Et puis il y a ce parent éloigné qui m'a apporté le dossier. Le truc est qu'il y a quelque chose de bien plus sérieux au milieu de tout ça. Et grand-père ne pouvait pas avoir le moindre rapport avec le crime. Peut-être que les deux se sont combinés de manière inattendue. Je suis de plus en plus convaincu que l'homme au dossier n'a pas menti. Du moins pas intentionnellement. Il croyait peut-être à cette histoire absurde.

Charles digressait de nouveau. Christa voulut intervenir, mais il ne lui en laissa pas le temps.

— Donc, un message écrit sur le corps du condamné à l'aide d'une diabolique machine à torturer. La sentence est codée. Donc sans le code, personne, y compris le condamné, ne peut la déchiffrer. Le seul qui pourrait le faire est l'ancien commandant de la colonie qui a inventé la machine et qui a été enterré sur l'île. Le texte est précisément ce qui figure sur sa pierre tombale.

— Comment ça ? Il va se relever d'entre les morts ? Se transformer en vampire ?

— Ses partisans l'ont caché et enterré en attendant des temps meilleurs. Quand le monde sera assez mûr pour comprendre sa grandeur, disons, alors il sera ramené à la vie. On a donc un message enterré. Il pourrait s'agir de la bible de Gutenberg, puisque tout est parti de là.

Charles eut une révélation qui le fit frissonner. Christa se rendit compte qu'il venait de saisir quelque chose d'important. Elle tenta sur le ton de la plaisanterie :

— Vous n'allez pas vous arrêter là.

Charles ne répondit pas. Il continuait à ruminer la pensée qui se répandait à une vitesse époustouflante dans son esprit, comme un lichen sur la pierre, stimulé par une catastrophe nucléaire.

— C'est l'espoir que toutes les religions modernes ont en commun. La Révélation et le Jugement dernier. Le secret sera, finalement, révélé. Quand les temps seront échus. L'homme au dossier m'a dit que l'heure était proche. La bible sponsorisée par Dracula contient un terrible secret qui va changer le monde. Les bons l'ont gardé pour un moment favorable. On est devant une prophétie. Comme dans le texte au mur. Les méchants ont toujours voulu détruire le message ou empêcher qu'il soit dévoilé. Cela paraît puéril, mais c'est le cœur de tous les récits. Un combat entre le bien et le mal. Les détails, tout ce qui est brodé autour, ne sont qu'exercices d'imagination.

— C'est ce que vous venez de comprendre ?

— Oui. Et autre chose. Nous sommes donc face à l'éternel combat entre le bien et le mal. L'axe qui soutient toute l'histoire du monde. Mais, plus important encore, de l'imaginaire de la quasi-totalité de l'humanité.

Du moins depuis le vi^e siècle avant J.-C. Quand Zoroastre, ou Zarathoustra, invente la première religion dualiste. Depuis, le grand récit dans lequel nous vivons n'est que ça : Ahura-Mazdâ ou Ahriman ? Le diable ou le bon Dieu ? La vie ou la mort ? Le paradis ou l'enfer ? Le bien ou le mal ? Un jour, j'ai parlé de vision monétariste du monde. Pile ou face.

— Et l'autre ?

Charles avait tellement développé son argumentation qu'il ne comprit pas immédiatement la question. Christa insista :

— L'autre chose dont vous vous êtes rendu compte.

— Ah, oui ! Je crois que la bible de Gutenberg est enterrée dans la cave chez mon grand-père. Derrière le fameux mur. On doit comprendre un truc au sujet de la pierre, qui représente la porte. Et l'acier qui serait la clé. Et une pensée m'envahit comme le lierre que j'ai planté à Princeton quand j'étais jeune et qui a recouvert tout une partie de la maison.

Christa retenait son souffle. Charles sourit.

— Je me demande finalement si toute cette aventure n'a pas été préparée par mon grand-père. Mais peut-être que je m'égare.

Chapitre 96

De toute la soirée, Werner n'avait pas réussi à contacter son deuxième agent. Beata était rentrée et s'était endormie aussitôt. Elle avait vu Charles et Christa monter dans les chambres. Elle avait vu les lumières s'allumer. Puis s'éteindre. Elle avait encore attendu un quart d'heure pour être certaine que Charles n'avait pas l'intention de ressortir, et elle était retournée à la villa.

Werner avait pigé en dix minutes qu'il était question du texte de Kafka, en dépit de la partie manquante. Lui aussi avait compris que le message se référait à la bible de Gutenberg. Et, un peu avant Charles, un soupçon avait germé dans son esprit, tel un parasite planté dans sa cervelle. La bible devait être cachée dans la cave à vins du grand-père de Charles. Peut-être juste derrière le fameux mur. En revanche, il ne voyait pas de quelle pierre il s'agissait. La clé et la porte, comme l'acier, ne figuraient pas sur la moitié de message qu'il avait en sa possession, alors il ne pouvait deviner leur existence. Il pensa qu'il pourrait demander à la fausse assistante d'explorer le mur, mais se ravisa, craignant que la femme ne découvre la bible et aille trouver Martin ou fasse une autre bêtise. Elle était une bonne exécutante, cruelle, sans un brin de compassion, et elle obéissait à tous ses ordres. Mais quand il s'agissait de prendre une initiative, elle se plantait. Il ne voulait pas prendre un tel risque.

Il vit Beata enfouie dans une multitude d'oreillers et noyée sous les édredons dont la couleur évoquait le mascarpone et il eut sommeil. Dans un peu plus de vingt-quatre heures il serait le témoin d'un événement auquel il s'était préparé durant sa vie entière. Mais avant, il allait avoir une dure journée.

Chapitre 97

En montant se coucher, Charles récupéra à la réception l'objet déposé dans le coffre-fort. Il prit le paquet sans l'ouvrir puis élabora le planning de la journée du lendemain. Il devait d'abord se rendre à l'ambassade pour résoudre le problème du sabre. Il n'en dirait rien à Christa. Elle lui plaisait, mais quelque chose l'empêchait d'avoir totalement confiance en cette femme. La façon dont elle était entrée dans sa vie, puis ses disparitions mystérieuses... De plus, il ne comprenait pas ce que faisait le symbole d'Interpol sur le mystérieux mur dans la cave de son grand-père. Quand le problème du sabre serait réglé, il réserverait deux billets sur le premier vol pour Londres. Pour lui et pour Christa, mais il ne la préviendrait de leur départ que quelques minutes avant de quitter l'hôtel. Il devait encore passer voir la maison où Kafka aurait vécu. Il irait certainement pour rien, mais il voulait avoir l'esprit tranquille.

Il s'endormit avec le sabre entre les bras, en pensant, comme il le faisait d'ordinaire, à quelque chose d'agréable pour trouver le sommeil sereinement.

En pensée, il passa en revue toute sa collection d'armes blanches de Princeton. Son arrière-grand-père avait dû commencer la collection au hasard des objets qu'il trouvait, sans aucun critère ni intention. Il avait ensuite pris le temps de classer et de cataloguer toute sa collection selon un ordre chronologique, mais aussi selon les typologies, ce qui avait donné du fil à retordre à Charles. Les historiens contemporains des sabres débattaient des critères plus ou moins importants. La longueur de l'arme, la forme de la poignée – en trois parties : le pommeau, la prise, la garde –, la longueur et la forme de la lame, sa fonction de taille ou d'estoc, son poids, son origine. C'était tellement confus que le critère le plus sûr restait encore le classement par époques.

Le grand-père avait renoncé à collectionner les sabres de l'âge de bronze, des anciens Égyptiens et de la période grecque classique, mais il détenait tout de même l'épée d'un hoplite, la plus ancienne arme blanche de sa collection. Ce xiphos avait sans aucun doute inspiré le glaive des Romains, en forme de hampe florale. Un exemplaire, très rouillé, se trouvait aussi dans la collection dont Charles avait hérité. Rien de la période celtique, ni saxonne ou viking, hormis une pièce de combat de ces derniers, une hache à très long manche, elle aussi rongée par le temps.

La collection devenait sérieuse avec ce que l'on connaît surtout sous le nom de grande épée, l'épée classique médiévale qui fut utilisée à partir de 1300 et qui continua à l'être jusqu'au milieu de la Renaissance. Cette longue épée avait une poignée qui permettait de la prendre à deux mains. Et la garde était des plus simples, perpendiculaire au corps de l'épée, lui donnant une forme de croix. Comme, à l'exception d'une masse d'armes qui aurait appartenu au premier unificateur des principautés roumaines historiques, Michel le Brave, et de poignards du XVIIe siècle, la collection du grand-père était exclusivement composée d'épées, Charles avait senti le besoin de l'élargir à d'autres armes médiévales.

La seconde partie de sa collection était composée de la grande famille des « armes d'hast », un vaste ensemble de lances et de hallebardes de toutes sortes, parmi lesquelles la « bardiche » d'Europe de l'Est, une sorte de hache allongée en forme de croissant ; la hache d'armes avec dague fine et bec de faucon qui entre facilement sous l'armure et peut, si elle est utilisée avec assez de force, l'arracher entièrement ; le glaive et ses variations, le japonais *naginata*, le chinois *guandao* ou les russes *palma* et *sovnya* ; la classique hallebarde, mélange de hache et de lance, construite avec un côté pour parer les attaques des hommes à cheval et un autre pour transpercer l'attaquant ; la lance classique nommée « pique », la plus répandue des armes d'infanterie du Moyen Âge, et jusqu'à la plus élégante de toutes, appelée « pertuisane » et qui, avec ses incrustations en or et sa lame ondulée des deux côtés, flamberge, avec les deux crocs symétriques à sa base, ressemblait plus à une œuvre d'art qu'à un outil de combat, raison pour laquelle elle est rapidement devenue une arme de cérémonie.

Mais ses pièces préférées étaient les épées, les vraies. Un très long estoc polonais à la pointe aussi fine qu'une aiguille pour transpercer l'armure et le cœur de l'adversaire, quelques exemplaires de *cinquedea*, l'arme de la Renaissance italienne qui permettait, puisqu'elle était large, d'être richement décorée sur toute sa surface, des épées à prendre à deux mains, lame plus étroite et arrêt supplémentaire à l'avant de la garde classique, perpendiculaire au corps de l'épée, et à la fusée un peu plus longue pour offrir une bonne prise en main et contrebalancer le poids de la lame. Parmi elles, la préférence de Charles allait aux rapières, ces *espada ropera* utilisées pour les duels civils, contrairement à celles dont se servaient les soldats sur les champs de bataille. Ancêtre du fleuret, cette arme d'une grande finesse est plus légère que l'épée ordinaire et pourtant plus longue. Fabriquées à partir du XVe siècle à Tolède, les rapières se portaient à la ceinture, avec une variété spectaculaire de poignées et de gardes. De la fameuse *basket hilt*, en forme de panier, à celle en forme de coupe, souvent avec une bande supplémentaire courbe pour une meilleure prise et une répartition équilibrée du poids de la poignée, un pommeau plus gros et une prise plus fine pour l'équilibre, Charles les avait toutes essayées. C'étaient là les épées avec lesquelles il avait maîtrisé l'art de l'escrime aux côtés de son grand-père, en utilisant, souvent, des épées à tranchant réel. Il s'était si souvent et si bien entraîné que, la première fois qu'il se rendit dans une salle d'escrime pour tester son niveau, il avait ridiculisé l'entraîneur, à trois reprises en trois minutes. Ce dernier l'avait directement envoyé s'entraîner dans l'équipe nationale.

Il y avait encore dans la collection des sabres écossais gigantesques, avec des ornements en forme de trèfle sur la garde, des tas de *broadswords*, larges épées dont la poignée est recouverte de cuir, d'or et de diamants, des épées plus tardives appartenant aux diverses infanteries, napoléonienne et allemande, des épées des généraux de hussards, des épées larges, fines, des fauchons, des *pipebacks*, avec le bout en forme de marteau, à utiliser d'une seule main, d'une main et demie ou des deux mains ; des épées aux lames larges ou fines, droites ou courbes, à simple ou double tranchant, à bout pointu ou rond, de longs sabres tibétains *ke tri*, des épées anglaises Littlecote, flamandes Pappenheimer – variation à poignée en forme de coupe des célèbres « épées wallonnes » –, de superbes sabres « mortuaires » ainsi nommés parce que était gravé sur leur lame le portrait de Charles Ier, exécuté pendant la Révolution anglaise ; des épées Dusage ou Sinclair, Schiavona, dont le nom venait des esclaves dalmates du grand doge de Venise dont il avait fait sa garde personnelle ; des épées dont la garde était en forme de coquille ou de pinces de crabe, des épées décorées comme celles des dragons français ou celles à lame bleue des officiers d'infanterie, français également, des épées *katzbalger*, Curtane et Sabine. Et puis la série des sabres orientaux – les japonais *nakamaki* et *katana*, *wakizashi* et *shingunto*, *tachi* et *tanto*. L'épée chinoise la plus respectée, la *jian*, la *fang* avec son coin supplémentaire, les épées « papillon », chinoises elles aussi, et leurs sœurs indiennes *khanda* et *kastane*, *patha* et *talwar*, mais également les très courbés sabres de Moghol, le *shamsher* ou cimeterre.

La partie occulte de la collection, comme disait Charles, était constituée d'épées dont la provenance et l'authenticité étaient sujettes à caution. Toutes ces pièces étaient dues à son grand-père et à sa naïveté, qui avait souvent fait rigoler Charles. Cette série prétendait rassembler des épées célèbres dont on ne savait même pas si elles appartenaient à la mythologie ou à l'histoire. Et, si tel était le cas, rien ne prouvait que l'exemplaire détenu soit l'original. Il y avait là une des épées du Cid, la Colada ; il y avait la Lobera, l'épée du roi Ferdinand III de Castille et de León ; l'épée d'Osman Ier, le fondateur de l'Empire ottoman ; celle d'Attila dont tout le monde pensait qu'elle avait disparu ; la Legbiter, épée Gaddhjalt du roi Viking Magnus aux pieds nus et, enfin, Joyeuse, la fameuse épée de Charlemagne, roi des Francs et fondateur de l'Empire carolingien, mais aussi Hrunting, l'épée de Beowulf, la Durendal de Roland, le célèbre héros de *La Chanson de Roland* que Charles appelait, quand il voulait se moquer de son grand-père, « Chanson de Roland-Garros », et puis la Précieuse du roi Baligant des Sarrazins, émir de Babylone et ennemi juré de Charlemagne.

Charles s'endormit en pensant à tout cela. Il avait d'abord considéré la collection de son grand-père comme le délire innocent d'un homme possédant tout ce qu'il voulait. Il ne jouait pas au golf, les îles exotiques ne l'intéressaient pas et il n'était pas coureur de jupons. Il s'était donc trouvé une passion qui donnait un sens et un objectif à sa vie, pensait Charles. Celui de reconstituer le versant certes sanglant, mais aussi chevaleresque de l'histoire. Ce virus avait contaminé Charles. Mais il commençait à se dire que cette passion d'apparence innocente cachait quelque chose de bien plus sérieux. Que dissimulait encore l'histoire de son grand-père ? Bientôt il serait de retour chez lui et, cette fois-ci, il tirerait de son père tout ce qu'il savait. Même s'il avait décidé de ne plus s'en mêler, il était impossible qu'il ignore tant de choses au sujet de son propre père.

Chapitre 98

Il se réveilla brutalement, couvert de sueur. Le drap était trempé, tout comme son oreiller. Le sabre était à sa place, enveloppé dans sa couverture. Il porta la main à ses gencives et courut se regarder dans la glace. Entre le lit et la salle de bains, il sentit quelque chose lui couler de la bouche. Il vit un liquide visqueux, argenté, tomber en grosses gouttes sur l'épaisse moquette et la trouer, comme le ferait un acide, en émettant un peu de fumée. Arrivé au miroir, il vit que ses gencives étaient percées d'une sorte de lames en métal, pointues. Il porta de nouveau la main à sa bouche et ses dents apparurent entre ses doigts. Comme sur une toile cubiste, les parties de son visage n'étaient plus disposées normalement. Des ongles poussaient à la place de ses dents, et sa main était couverte de canines métalliques.

Il se réveilla en nage et aussitôt palpa son corps, de la bouche aux mains. Il avait rêvé qu'il se réveillait après avoir rêvé. Il se précipita à la salle de bains en crachant sur la moquette. Il ne faisait que saliver. Dans le miroir il se vit tel qu'il se connaissait. Pas la moindre modification. Il ouvrit les robinets de la douche et resta sous l'eau brûlante pendant presque une demi-heure. Quand il en sortit, le jour pointait à peine. L'horloge au mur indiquait 6 heures. Il s'affala de nouveau sur le lit, mais fut incapable de se rendormir, alors il se leva et s'habilla. Il attrapa le sabre et son passeport et s'en alla prendre son petit déjeuner.

Le restaurant ouvrait à peine. Il était pour l'instant le seul client. Il mangea, but un café, puis il se rendit à la réception et demanda si la limousine de l'hôtel pouvait le conduire à l'Ambassade américaine où il faudrait l'attendre un peu. Le véhicule était d'ordinaire utilisé pour la navette de l'aéroport, mais Charles était un client spécial. De surcroît, le directeur de l'hôtel tenait à se faire pardonner pour l'incident avec Ledvina et il était prêt à répondre aux désirs les plus extravagants de son invité. Il avait décidé d'annoncer à Charles, lors de son départ, que le séjour lui était offert par la maison.

Devant l'hôtel, Charles s'apprêtait à monter dans la limousine quand il sentit quelque chose contre sa jambe. Il s'immobilisa et regarda ses pieds. Cela miaulait langoureusement. Il prit dans ses bras l'énorme chat qui le fixait de ses grands yeux verts. L'animal se lécha les moustaches et émit un nouveau miaulement. Charles le reposa et retourna en courant dans la salle du petit déjeuner. Il saisit au passage un ramequin, et revint. Le chat attendait. Charles posa le récipient, sous le regard aimable du portier auquel il tendit un billet de vingt euros. Le temps qu'il échange quelques mots avec le portier, le chat roux et rayé avait englouti tout le poisson. Satisfait, Charles monta en voiture et, au moment de fermer la portière, le chat bondit comme un tigre sur ses genoux et vint s'installer à côté de lui.

Charles adorait les chats et celui qu'il aimait le plus était chez lui, à Princeton. Il l'avait reçu en cadeau, pour son anniversaire quinze ans plus tôt. Dès qu'il était rentré chez lui avec le chat, il avait remarqué que l'animal était couvert de puces qui lui sautaient dessus au moindre contact. Horrifié, il l'avait rapporté chez la collègue qui le lui avait offert, mais, la nuit suivante, il n'avait pas pu fermer l'œil. Il en était littéralement tombé amoureux. Le lendemain matin, il était allé le récupérer. Le chat birman gris, baptisé Zorro en raison de la tache noire qui lui dessinait un masque autour des yeux, était depuis devenu son meilleur compagnon. Lorsqu'il partait, son employée de maison jouait le rôle de la baby-sitter pour chat. Quand il s'absentait plus d'un mois, il appelait son père pour qu'il vienne le chercher. Un jour, ils s'étaient disputés parce qu'il ne voulait plus rendre le chat, alors Charles lui avait acheté un Main Coon et un Bleu Russe. Pendant cette longue tournée de Charles, Zorro se trouvait en vacances auprès de ses nouveaux copains et il passait son temps allongé sur le manteau d'une cheminée dans le petit château de la famille Baker.

Charles dit au chauffeur d'attendre, il saisit le chat et tenta de le faire sortir, mais l'animal fit un tel tapage qu'il demanda si cela ne le dérangeait pas qu'il l'accompagne. Bien entendu, le chauffeur n'eut rien contre. Charles s'adressa au chat :

— Cette fois-ci tu viens avec moi, mais en guise de punition je t'appellerai Béhémoth. J'espère seulement que tu ne boiras pas toute la vodka avant que je revienne.

Il y avait un minibar à l'arrière de la limousine. Une bouteille d'Absolut était fixée sur un support apparent.

Béhémoth était le chat diabolique d'un célèbre roman de Boulgakov, un des personnages littéraires que Charles aimait par-dessus tout. Dans *Le Maître et Marguerite*, le chat était en réalité une incarnation du diable, mais de ce genre de diable intelligent et protéiforme, tel qu'on le connaît depuis Faust.

Ce chat de roman parlait, jouait aux échecs, buvait volontiers et servait des répliques d'une intelligence diabolique – c'était le cas de le dire. À la différence du chat dans la limousine, il était noir. Dans la bible, ce nom est mentionné en compagnie de Léviathan, qui serait un rhinocéros, un crocodile, un hippopotame ou un auroch. Thomas Hobbes a écrit un livre portant ce nom dans lequel, selon le philosophe anglais, il était la métaphore du Long Parlement.

La limousine laissa Charles à proximité du superbe palais Schönborn, au 15 de la rue Trziste, à Mala Strana. Ce petit château médiéval – que l'ambassadeur Richard Crane, un ancien plombier devenu millionnaire, avait acheté au nom de son pays après la Première Guerre mondiale – ajouta une coïncidence à celles des derniers jours. Franz Kafka avait vécu là, pendant une courte période, en 1917.

Charles donna son nom à l'entrée et l'on vint immédiatement à sa rencontre pour l'accompagner dans un somptueux bureau donnant sur l'arrière du bâtiment. L'homme se présenta puis demanda au professeur si ce qu'il tenait à la main était le paquet en question. Charles répondit oui et voulut s'assurer que le paquet arriverait bien à l'ambassade américaine à Londres. L'homme lui confirma qu'il serait soigneusement empaqueté, scellé et qu'il aurait le statut de valise diplomatique. Il serait à Londres le lendemain matin. Charles s'enquit du nom de la personne qu'il devrait contacter sur place, s'assura une fois de plus que l'employé de l'ambassade avait bien conscience de l'importance du colis, puis s'en alla.

En voiture il appela Christa, qui répondit d'une voix endormie, pour lui proposer une promenade dans la ruelle d'Or. Elle répondit qu'elle serait prête dans une demi-heure. Béhémoth ronronnait et étirait ses pattes contre les cuisses de Charles, jusqu'au bout des coussinets, lentement, totalement détendu. Sur le chemin, Charles aperçut une agence British Airways et demanda au chauffeur de s'arrêter. En attendant l'ouverture de l'agence dix minutes plus tard, il alluma un de ses Cohiba et regarda les rares passants dans cette rue excentrée. Une dame aux cheveux d'une couleur incertaine ouvrit l'agence en bâillant. Il entra. Le seul vol du lendemain partait à 13 heures. Il acheta deux allers simples.

Chapitre 99

Werner fut réveillé par un bip continu provenant de l'ordinateur. Tandis que Beata dormait à poings fermés, il se leva et vit le traceur du téléphone de Charles s'éloigner à toute vitesse de l'hôtel et s'arrêter près de l'ambassade des États-Unis. Il devina que c'était lié à la conversation interceptée la veille au soir, mais que les brouilleurs l'avaient empêché de comprendre. Il craignait que Baker, se sachant à deux doigts d'être arrêté, n'y cherche refuge pour être exfiltré d'urgence par les autorités américaines. Il se demanda si les problèmes de santé de son père n'avaient pas accéléré sa décision de quitter le pays. Lorsqu'il vit le signal se rapprocher de nouveau de l'hôtel, il sourit, admiratif, en comprenant que Charles s'était débrouillé pour que le sabre voyage dans la valise diplomatique.

Il descendit à la cuisine, mais une autre alerte le fit en revenir très vite. En l'espace de seulement quatre minutes, plus de vingt demandes d'autorisation d'arrestation du professeur avaient été envoyées, y compris sur la boîte e-mail personnelle des personnes détenant un pouvoir de décision dans la police et au gouvernement.

C'était un dimanche et la plupart de ces messages ne seraient lus que le lendemain matin. Pour être sûr, il attacha un virus à tous les messages et détruisit les requêtes. Il n'était pas certain de les avoir toutes interceptées.

Comme il ne parvenait pas à mettre la main sur son autre agent, il décida qu'il enverrait Beata installer un micro dans le bureau de Ledvina. En attendant, il devait déjà la réveiller, alors il mit tout son talent culinaire pour lui préparer un fabuleux petit déjeuner.

Ayant totalement perdu patience, Ledvina qui ne connaissait pas la gueule de bois tournait en rond dans son bureau. Il se rendait compte que rien ne bougerait jusqu'au lendemain matin. Il avait fait remarquer à Honza que, si un terroriste voulait attaquer Prague, il valait mieux pour le bien des Tchèques qu'il ne le fasse pas le week-end. Puis il l'avait renvoyé chez lui, car Honza n'avait pas dormi de la nuit et somnolait sur sa chaise. Ensuite il s'était changé, il était monté en voiture et avait démarré en direction de l'hôtel Boscolo.

Il aurait voulu faire irruption dans la chambre de Charles, mais il craignait de trop tirer sur la corde et de perdre l'infime chance qu'il avait encore de lui mettre la main dessus. Il devait attendre un mandat qui viendrait d'en haut et le forcer à commettre une erreur. Alors il s'arma de patience et resta sagement dans sa voiture, à une distance considérable de l'hôtel, mais avec vue sur l'entrée. Malheureusement pour lui, Charles avait déjà retrouvé Christa, et ils étaient repartis en direction du château.

Chapitre 100

L'hôtel Boscolo est situé au numéro 13 de la rue Senovážne Náměsti dans le premier arrondissement de Prague. Le quartier Hradcany se trouve assez loin, sur l'autre rive de la Vltava, de l'autre côté du célèbre pont Charles. Le professeur Baker avait de nombreuses fois parcouru ce trajet à pied, mais, malgré cette belle journée de début d'été, il n'avait pas envie de se promener. Il brûlait d'impatience de retourner dans la célèbre ruelle d'Or, la *Zlata Ulicka*, l'un des lieux les plus touristiques de Prague, même s'il n'appréciait pas l'endroit. La première fois où il y était allé, il avait été écœuré par la manière dont cette ruelle pittoresque avait été transformée en un maussade alignement de boutiques de souvenirs, de livres et d'objets en cristal de Bohême.

Les maisons bordant la ruelle avaient été construites sur l'ordre du fameux Rodolphe III – encore lui –, jusqu'au niveau des arcades de la muraille d'enceinte du château, à la fin du XVIe siècle, pour héberger les soldats. Plus tard, après la guerre de Trente Ans, des petits métiers s'y étaient installés et en particulier des artisans doreurs. Elle en avait tiré son nom actuel, et pas des alchimistes comme la plupart des gens le croyaient. Ces derniers étaient établis quelques rues plus bas. Franz Kafka avait vécu là moins de deux années, avec sa sœur. Ce serait au numéro 22 qu'il aurait eu l'idée du *Château*, l'un de ses trois romans, malheureusement inachevé. Au début du siècle passé, la rue était devenue un cloaque abritant le lumpenprolétariat et la fange de la société, toutes les personnes qui ne pouvaient prétendre qu'à des logements minuscules et insalubres. Dans les années 1960, l'État communiste avait évacué les habitants, déplacés dans les immeubles à la périphérie, et reconstruit. De nos jours, la ruelle, bijou serti de maisons aux couleurs vives, semble sortie tout droit d'un conte pour enfants.

Charles aurait été bien en peine de dire ce qu'il venait chercher là, mais son instinct lui soufflait que quelque chose allait s'y passer, justement dans la maisonnette bleue où aurait vécu le grand écrivain.

Ils descendirent du taxi, firent le tour par la zone piétonne, prirent un billet d'entrée – on n'a accès à la ruelle qu'après s'en être acquitté – et Charles pressa le pas en direction de la maison bleue. Arrivé devant, il observa alentour comme s'il attendait quelqu'un.

— Vous cherchez quoi ? interrogea Christa.

— C'est en le voyant que je le saurai, répondit Charles de façon mystérieuse.

— Vous savez que des dizaines de lieux à Prague ont prétendument hébergé Kafka ?

— Oui, mais c'est ici que je dois être. Ne me demandez pas pourquoi.

Il remonta la rue, la descendit. Christa entra dans un magasin de souvenirs, puis dans un autre. Au bout d'une demi-heure de promenade, Charles se dit qu'il allait laisser tomber. Il était évident qu'il ne trouverait rien à cet endroit. Juste devant la maison de Kafka se tenait un vieil homme aveugle, chevelure et barbe longues et blanches comme un Père Noël. Il était assis sur un petit tabouret et portait de temps en temps un harmonica à ses lèvres. Charles ne l'avait pas remarqué en entrant dans la ruelle et songea qu'il avait dû arriver entre-temps. Le vieil homme était habillé normalement et il semblait bien nourri. Charles ne comprenait pas bien s'il était là pour mendier ou tout simplement pour prendre l'air. À ses pieds se tenait un gros chien qui ne ressemblait pas au chien d'un mendiant. Intrigué, Charles s'approcha. La canne blanche de l'aveugle était posée contre le bâtiment et un chapeau contenait quelques billets et des pièces de monnaie. Ainsi, il mendiait.

Charles avait entendu des tas d'histoires sur l'Europe de l'Est et sur les mendiants qui gagnaient plus en une journée qu'un ouvrier en une semaine. Surtout en Roumanie. Souvent les habitants de ce pays suscitaient injustement l'antipathie dans les grandes capitales européennes, à cause de l'exode massif des bas-fonds roumains, inondant les lieux touristiques de Paris, Rome et Madrid et se montrant très agressifs. Ils mendiaient et escroquaient tout ce qui passait.

Pourtant, le vieil homme ne correspondait pas au portrait-robot que le professeur avait en tête. Il s'approcha de Christa. Il chercha une pièce de monnaie dans son portefeuille, mais n'en trouva pas et fit signe à la jeune femme qu'il voulait s'en aller.

— On est venus pour rien. On dirait que même mes intuitions ne sont plus ce qu'elles étaient.

Il n'avait pas tourné le dos que le vieux se mit à jouer de l'harmonica. Charles fut pris d'un frisson et s'arrêta net. La musique lui fit l'effet de la madeleine de Proust, la sensation était si forte qu'il en était bouleversé. Il sentait de nouveau le parfum du pain que son grand-père cuisait chaque dimanche dans le four à bois installé par son père près de la maison. L'odeur du bon pain et des fleurs du jardin lui emplit les narines, le clapotis du ruisseau qui passait dans la cour résonnait encore à ses oreilles. Il sentit sur le bout de sa langue un goût de mie fraîche comme il n'en avait plus apprécié depuis son adolescence, et les larmes lui montèrent aux yeux.

Il se tourna vers le vieil aveugle qui, avant qu'il ait le temps de dire quoi que ce soit, s'adressa à lui en anglais.

— La légende raconte que cette rue est célèbre parce que c'était le meilleur endroit pour faire de l'or. Un vieillard mystérieux qui me ressemblait beaucoup vint un jour s'y installer, il y a très longtemps. Il demanda la maison la plus petite. Il n'avait aucun bagage à part une valise remplie de bocaux vides, alors les gens ont supposé qu'il était pauvre et ils se sont montrés gentils avec lui. Ils lui ont demandé un loyer peu élevé et ils l'invitaient souvent à leur table. Puis il ne sortit plus que rarement de chez lui ; le soir on voyait des ombres suspectes et des fumées de différentes couleurs sortaient de la cheminée, bleues, rouges et argentées, alors les rumeurs ont commencé à courir. Les gens se sont constitués en comité et ils se sont rendus chez lui pour demander des explications. Ils craignaient qu'il ne soit possédé et que le diable ne se soit installé dans leur rue. Comme personne ne répondait alors qu'ils frappaient à la porte et aux carreaux, ils voulurent entrer. La porte n'était pas fermée. À l'intérieur, ils trouvèrent le vieil homme au sol, mort. L'air était irrespirable, et la petite pièce abritait tout un appareillage de tubes et de bocaux remplis de toutes sortes de liquides colorés. Le vieil homme tenait encore à la main un caillou jaune. Plus tard, la police découvrirait que la pierre était en réalité de l'or. C'est alors qu'arrivèrent un homme et une femme entre deux âges. Ils étaient les enfants du vieux qui avait été un homme fortuné, avec une immense maison, des terres et beaucoup d'outils pour la travailler, quelque part dans le Sud. Ses enfants le recherchaient depuis sa disparition, plus de six mois auparavant. Le moment où il s'était installé dans cette rue.

Charles écouta attentivement et se demanda pourquoi le vieillard lui racontait cela. Le silence retomba. Il sortit de nouveau son portefeuille et déposa dans le chapeau du vieux le premier billet qui lui tomba sous la main. L'homme lui fit signe de s'approcher, tendant la main vers lui comme pour le toucher, et lui dit :

— Je voudrais vous voir, ne m'en veuillez pas.

Charles comprit que l'aveugle voulait voir du bout des doigts, alors il se plaça à sa hauteur. Le vieux promena une main sur son visage, puis la deuxième. Il l'observa de cette manière particulière pendant quelques instants puis ses mains retombèrent.

— Nous nous sommes déjà rencontrés, il y a longtemps de cela. Vous n'étiez pas vous, mais quelqu'un à qui vous ressemblez beaucoup. C'était il y a une éternité.

Puis le vieux se tut. Charles tenta de lui demander quelque chose, mais le vieillard écarta la question d'un geste catégorique. Il reprit son harmonica pour jouer un autre morceau. Une mélodie tchèque. Cela n'avait aucun lien avec lui, Charles comprit alors que l'entretien était clos. Alors qu'il s'apprêtait à tourner les talons, le vieux écarta l'harmonica de ses lèvres et ajouta :

— Celui-là... Celui-là, qu'est-ce que je l'ai aimé !

Charles pensa que le vieux était probablement sénile et que, ayant entendu Charles parler anglais avec Christa, il lui avait débité l'histoire qu'il débitait d'habitude. Mais ensuite il se rendit compte que la mélodie et la ressemblance que le vieux avait évoquée étaient trop précises pour être des coïncidences. Le vieux dit encore :

— Parfois, il faut renoncer au monde et à tout ce que l'on possède, d'autant plus quand on est le seul à connaître le secret, et que nos mains sont les seules capables de tout transformer en or. On fait cela pour ceux que l'on aime. Et on en paie le prix, quel qu'il soit !

Charles, qui commençait à s'éloigner, s'immobilisa puis se retourna. Le vieux avait disparu. Avec son chapeau, sa canne et son chien. Comme s'il n'avait jamais été là. Christa aussi avait disparu. Il regardait autour de lui les passants qui se demandaient ce qui lui arrivait. Quelqu'un le saisit par le bras. C'était Christa.

— Ou étiez-vous passée ? lui demanda-t-il.

Au risque de paraître fou, il voulait savoir si elle avait vu et entendu le vieil homme.

— Vous aviez l'air d'avoir des choses importantes à vous dire.

Charles la dévisagea d'un air surpris. Elle tenait à la main un de ces gobelets souvenir horribles. Petit, en verre, avec un autocollant coloré dessus, et l'inscription « *I love Prague* ».

Au moins, il n'avait pas rêvé.

Chapitre 101

Il leur avait fallu deux heures pour retourner à l'hôtel, car le professeur avait besoin de réfléchir. Ils étaient rentrés à pied et Charles n'avait pas décroché un mot. Christa n'avait pas insisté. À l'entrée de l'hôtel il aperçut le chat roux.

À une certaine distance, dans une Skoda Superb, le commissaire Ledvina les vit entrer dans l'hôtel et il pesa dans sa tête les différentes options qui s'offraient à lui. Il avait laissé échapper Charles, mais il avait résisté à la tentation d'aller secouer le réceptionniste pour lui demander si Baker était sorti ou pas et quand il reviendrait. C'était presque la mi-journée alors il s'était dit que Charles n'allait pas rester toute la journée dans sa chambre d'hôtel. Sauf s'il avait des ambitions érotiques auprès de la femme que Ledvina considérait comme une sorte de Mata Hari et par conséquent capable de tout, y compris de séduire le professeur américain, si ce n'était pas déjà fait. Sans quitter l'hôtel des yeux, il était allé s'acheter deux sandwiches et une bouteille de Coca-Cola à un kiosque et il était retourné à sa place dans la voiture.

Charles passait devant la réception quand le directeur lui dit qu'un monsieur l'attendait depuis plus d'une heure. Le directeur ne sut pas lui dire de qui il s'agissait. Il lui assura seulement que ce ne serait pas un nouveau cas Ledvina. La personne se trouvait dans le hall et il proposa au professeur d'aller lui annoncer son arrivée.

— Ce ne sera pas nécessaire, dit Charles en se dirigeant avec curiosité vers la salle voisine, et se demandant quel vieillard aveugle allait encore croiser sa route.

Derrière l'énorme dossier d'un des fauteuils tapissés en soie de couleur vive, il aperçut la chevelure rouge feu de l'individu qui l'occupait. *Non, ce n'est pas possible*, pensa-t-il tout en pressant le pas. Il se planta devant l'homme qui lisait la rubrique nécrologique du *New York Times*. Ce dernier baissa son journal, se recula contre le dossier avec un large sourire, avant de bondir sur ses pieds et de le serrer très fort et longuement dans ses bras.

— Seigneur ! s'exclama Charles. Cela fait quinze ans que je ne t'ai pas vu.

Il s'écarta légèrement pour mieux le voir.

— Tu ne vieillis pas, toi ! Tu n'as pas changé. On pourrait se croire encore à l'aéroport après le congrès de Rio !

Il se souvint de Christa qui l'avait suivi pour s'assurer qu'il ne se retrouverait pas devant un nouveau Ledvina. Quand elle vit Charles serrer l'étranger dans ses bras, elle s'arrêta. Il lui fit signe d'approcher.

— Je vous ai tellement parlé de lui, et voilà, il est là. En chair et en os. Christa, voici mon meilleur ami, Ross.

— On dirait que nous sommes tous les deux très populaires, sourit Ross en tendant la main à Christa.

Il les invita à s'asseoir.

— Tu as mangé ? demanda Charles, moi je suis affamé.

— Tu veux manger à l'hôtel ? demanda Ross.

— Ils cuisinent bien, ici. Et je suis certain qu'on trouvera aussi de la *junk food* rien que pour toi. Mais bien disposée dans l'assiette et réalisée avec les meilleurs produits.

— Des portions minuscules dans d'immenses assiettes ? OK.

— J'ai toujours eu ce problème avec Ross, expliqua Charles à Christa. Je ne compte plus les fois où il est arrivé au restaurant avec son repas acheté au fast-food.

— Charles était un fils de riche, compléta Ross. Moi, je vivais de ma bourse misérable. Je ne voulais pas le mettre sur la paille, c'était pour ça que j'apportais de quoi grignoter… Le fait est que c'était toujours lui qui payait. Y compris mes Whoppers.

— Ta bourse n'était pas du tout misérable. Je crois qu'elle dépassait même le meilleur salaire auquel pouvait prétendre un avocat débutant dans une grande société new-yorkaise, rectifia Charles en plaisantant. Mais je n'oublierai jamais le jour où dans un des restaurants les plus chics du monde le maître d'hôtel a failli tourner de l'œil quand, après avoir apporté le homard, les langoustines et la salade de crabe, il vit Ross sortir un sac en papier du fast-food et demander du ketchup.

— Une belle partie de rigolade, fit Ross avec un sourire jusqu'aux oreilles.

— Je me demande encore si tu ne faisais pas exprès de provoquer ces snobs ou si tout simplement tu t'en fichais.

— Chacun ses secrets. Mais ne me laisse pas debout comme ça. Soit on s'assied, soit on y va.

Christa ne se sentait pas à l'aise en présence de Ross. De surcroît elle se doutait bien que Charles avait l'intention de parler de tout un tas de souvenirs avec son ami.

— Je vous prie de m'excuser, je suis un peu fatiguée. Et j'ai des choses à faire dans Prague. Enchantée de vous avoir rencontré, Ross. Je vous appelle dès que j'ai réglé mes affaires, ajouta-t-elle à l'intention de Charles.

Ross marmonna un convenu « Tout le plaisir était pour moi ».

Christa partie, les deux hommes prirent le chemin du restaurant en parlant et en riant bruyamment.

Charles choisit le New York Café, où ils trouveraient sans doute des plats américains. Ils s'installèrent à une table entourée de larges fauteuils.

— Regarde-moi ça. Tout ce beige ! J'espère qu'on n'aura pas droit à un pianiste !

— Seulement s'il ne connaît pas *Sweet Child in Time,* répondit Charles en riant. Rassure-toi, c'est seulement le soir. Et la musique est bonne, de café-concert. Ça te plairait.

— S'il n'y a pas de grosse caisse, ça ne me va pas.

Quand le serveur arriva, Charles voulut savoir s'il avait des plats américains.

— Oui. Le plateau « New Orleans » avec des gambas et des oignons frits ou, si vous préférez, nous pouvons vous proposer le meilleur cheeseburger de toute l'Europe de l'Est. Avec du bœuf de Kobé, ajouta l'homme avec fierté.

Charles leva les mains l'air de dire « Que demander de plus ? ».

Ils en commandèrent un pour chacun.

Ross se releva légèrement et ébouriffa les cheveux du professeur. C'était une marque d'affection de deux amis qui se revoient après une longue séparation. Il lui demanda dans quoi il s'était fourré et pourquoi on le poursuivait, et Charles se mit à tout lui raconter dans le détail, à commencer par son arrivée en Transylvanie. Il expliqua sa décision de venir en Roumanie pour récupérer le sabre, obsession de son grand-père dont Ross se souvenait bien. Il parla du supposé parent éloigné blessé par balles qui lui avait sorti une histoire à dormir debout. Il parla de la bible de Gutenberg, comment il avait trouvé le sabre et l'avait déposé à l'ambassade. Il évoqua aussi la fameuse ombre et les liens étranges qu'un flic un peu bizarre avait découverts au fil du temps entre certains crimes et l'apparition de l'ombre tous les trente ans. Il ne savait pas pourquoi – ou peut-être seulement parce qu'il venait de se souvenir que l'homme au dossier marron lui avait dit de ne faire confiance à personne –, mais il ne dit rien des inscriptions sur le mur de la cave, ni de la pierre et de la clé. Il passa aussi sur les blasons des corporations figurant sur le fourreau du sabre. À part ça, il lui révéla tout.

Il venait de finir quand on leur apporta les plats. Ross tailla dans le hamburger et enfourna la première bouchée. Une expression de satisfaction se lut sur son visage.

— Le meilleur cheeseburger d'Europe de l'Est. Je suis d'accord.

Ils mangèrent en échangeant des plaisanteries et des souvenirs d'étudiants. Puis Ross repartit sur le sujet précédent.

— Et tu crois quelque chose de toute cette histoire ou pas ?

— Je ne sais pas quoi dire. Je suis déjà passé par au moins deux histoires impossibles, et qui semblaient, au départ, tout droit sorties d'un esprit malade. Et je ne les aurais pas résolues sans ta participation, qui s'est révélée décisive.

— Décisive, tu parles ! Je n'ai fait qu'accélérer un peu les choses. Tu y serais arrivé sans moi. Tu disais que tu avais encore quelque chose à déchiffrer, sur le billet ?

Charles prit une dernière bouchée, but une gorgée de vin chilien, un tara-pakay rouge, sortit son portefeuille, chercha la note manuscrite et la tendit à Ross. Celui-ci la retourna dans tous les sens en l'examinant avec attention.

— Tu vois ce *Agios Georgios* écrit en grec ? Il correspond à quoi, le 10 ? demanda Charles.

— C'est une heure, je suppose. Si on suit la logique de ce que tu m'as raconté, tu as un rendez-vous devant le saint Georges, à 10 heures.

— Oui, mais la date n'est pas précisée. Ni s'il s'agit de 10 heures du matin ou du soir. Je suis allé à la statue de saint Georges, à la cathédrale, mais personne n'est venu. Et puis il y a cet oiseau. Je ne saisis pas du tout ce qu'il fait là.

— Pour l'heure, si c'était le soir, il serait peut-être écrit « 22 » ou « PM ». Et tu ne sais donc pas du tout quel est le lieu du rendez-vous ?

— Mais non !

Charles voulut poursuivre, mais le sourire de Ross lui commanda d'arrêter.

— Ne me dis pas que tu as déjà trouvé.

— C'est simple, reprit Ross. Tu as bien deviné qu'il est question de saint Georges terrassant le dragon, mais ce n'est pas cette statue verdie qui, de plus, est un *fake*.

— Alors quoi ?

— Tu ne vois vraiment pas de quel artiste il s'agit ? Non, c'est trop facile... Un indice. San Romano.

Charles se serait donné des claques.

— *La Bataille de San Romano !* Mais bien sûr, que je suis bête ! J'étais bloqué sur Prague et je n'ai pas pensé à traduire le mot « oiseau » dans toutes les langues. *Uccello !*

Paolo Uccello, de son vrai nom Paolo di Dono, est un des peintres toscans les plus importants de la Renaissance. Né près d'Arezzo, à Pratovecchio, il a passé presque toute sa vie à Florence. Il a marqué la peinture, car, durant toute sa vie d'artiste, il a développé la perspective. Il s'intéressait à la représentation du mouvement et à la recherche du point qui donnerait à son tableau la profondeur parfaite. Élève de Lorenzo Ghiberti, auteur du célèbre portail du baptistère de Florence, le bâtiment octogonal qui se trouve en face de Santa Maria del Fiore, du dôme de Florence et du campanile de Giotto, il fut aussi l'ami d'un autre très grand artiste de l'époque, Donato di Betto Bardi, dit Donatello. On le surnomma

Uccello en raison de sa passion pour les oiseaux qui figurent d'ailleurs en grand nombre dans son œuvre. *La Bataille de San Romano* est un triptyque racontant le combat que se livrèrent les cités de Sienne et de Florence à partir de 1432. Les trois panneaux en bois sont aujourd'hui séparés : l'un se trouve à Florence, dans la galerie des Offices, le deuxième au Louvre, à Paris, et le troisième à la National Gallery de Londres.

— Son *saint Georges* se trouve à la National Gallery, non ?

— Oui. À Londres. Tout comme *La Bataille de San Romano*. Ma foi, un des trois panneaux en tout cas. Si je ne me trompe pas, les Uccello sont dans l'aile Sainsbury.

— Tu vois bien, dit Charles. À peine apparu, tu résous mes problèmes. Des siècles ont passé et rien n'a changé. Tu es toujours plus malin que moi.

— Plus rapide, mais pas plus intelligent. N'oublie pas que le rapide Achille a toujours une longueur de retard sur la tortue.

— Oui, et la flèche n'atteint jamais la cible. Les paradoxes de Zénon d'Élée. Quel dommage que les écrits de Zénon ne soient pas du tout des paradoxes.

— Eh bien, comme il le disait, la distance est parcourue dans un certain laps de temps. Si tu divises ce temps une multitude de fois, tu parviendras à des distances infinitésimales durant lesquelles la flèche n'est pas en mouvement. Si tu additionnes un grand nombre de moments durant lesquels elle reste sur place, il en résulte qu'elle ne se déplace pas du tout.

— Si ton pauvre Zénon avait su ce qu'est un système de référence, on ne serait pas là à discuter de ces sottises.

— Écoute, ce n'est pas un problème. De toute façon tu devais aller à Londres récupérer ton sabre, ça tombe bien.

— Oui. Dans ces histoires incroyables, les coïncidences s'enchaînent. L'univers entier semble conspirer en ma faveur.

— Regarde-nous : on croirait deux vieilles qui, après avoir passé cinquante ans dans la même cellule, trouvent encore des choses à se dire sur le pas de la porte le jour de leur libération, et qui restent des heures à papoter.

— Oui, fit Charles, mais nous, nous avons un sérieux retard à rattraper. Tu veux un dessert ?

— Non, merci, j'ai arrêté le sucre.

— Depuis quand ?

— Ça fait longtemps.

— Pas mal. Tu avales de la *junk food,* mais tu refuses les desserts. À propos de « ça fait longtemps »... Tu lis à livre ouvert dans ma vie, mais depuis que tu as disparu il y a quinze ans, je ne sais toujours pas dans quoi tu travailles. Et ne me balade pas en me répondant que si je l'apprends tu devras me tuer.

— Je fais des trucs ennuyeux pour des systèmes de sécurité complexes. Presque de la science-fiction. Je prépare le monde du prochain siècle. L'autre pan de mon activité est un réseau de données et de contrats de confidentialité. Je ne tue personne, je n'escalade pas de gratte-ciel et malheureusement je n'ai pas de maîtresse dans chaque port.

— Et en ce moment tu vis en Europe ?

— En Europe, en Asie. J'ai passé un certain temps en Inde. J'y ai fait une conquête, une sorte de vedette de Bollywood, pour laquelle j'ai installé un système de sécurité, et qui a développé une véritable passion pour moi. Au fait, j'ai cru comprendre que tu étais devenu *persona non grata* dans notre Hollywood à nous.

— C'est bien ce que je disais. Rien ne t'échappe.

— Tu sais que j'adore quand tu débloques. Surtout que c'est rare. Et spectaculaire. Tu leur as fait quoi ?

— Je te raconte à condition que tu m'accompagnes, je vais fumer.

— Donc tu n'as vraiment pas changé. Tu fumes toujours ces Cohiba qui ont une drôle de forme ? Un par jour, après le dîner ?

— Je crains d'avoir un peu exagéré ces derniers temps.

Charles insista pour payer, en dépit des protestations de Ross.

— Ce n'est pas maintenant qu'on va bousculer les traditions.

— Toute tradition est bonne, admit Ross. À condition qu'elle soit ancienne.

La réplique amusa Charles. Il se rendit compte combien ses remarques, spirituelles et qui disaient toujours bien plus que ce qu'il semblait, lui avaient manqué.

— Et tu veux qu'on se déplace où ?

— Il y a un bar à cigares.

— Hors de question ! Si tu tiens à creuser ta tombe, ne m'oblige pas à m'enfermer dans un cloaque où d'autres désespérés de ton genre vont m'empoisonner.

— Alors on n'a qu'à sortir. Il y a des bancs, dehors. Et la vue est superbe. À moins que tu n'aies une autre idée ?

— Je vais devoir y aller bientôt. Ça me va, dehors.

Chapitre 102

— Alors ? fit Ross avec curiosité pendant que Charles passait la flamme de l'allumette sur le pourtour de son Cohiba. J'ai appris que tu ne pouvais plus t'approcher à moins de quatre cent cinquante kilomètres de Los Angeles. Qu'as-tu donc fait pour qu'ils se fâchent à ce point ?

— Ils sont trop susceptibles. Ils insistaient pour faire un film d'après *Le Secret de Lincoln*. J'ai donné mon accord à contrecœur. Alors ils ont commencé le travail sur un scénario. Le malheur, c'est que... Je ne sais pas, tu as lu le livre ?

— À ton avis ? fit Ross.

— OK. Alors tu sais que ce n'est pas un roman, ni un livre de fiction, il obéit aux règles strictes de la recherche et s'appuie sur une documentation minutieuse. Comme on pouvait s'y attendre, ils ont laissé les détails de côté, et ils ont inventé une action sans aucun rapport avec le sujet, des personnages crétins, des conflits et des sous-conflits dignes de dessins animés. Bref, quand ils m'ont envoyé le scénario, je me suis arraché les cheveux. Qu'ils dramatisent à l'excès, passons, c'est leur rôle. Ils devaient en faire un film prenant et qui se vende. Mais ils ont perdu de vue tout ce qui était important et, j'ose le dire, intéressant. Leur torchon, ayant la prétention de s'appeler un scénario, n'avait plus rien à voir avec moi. Alors j'ai gueulé.

— Ils ne t'avaient pas versé des droits d'auteur ?

— Une partie de l'avance, oui. Par chance, j'avais eu la bonne idée de faire figurer au contrat que je devais valider le scénario.

— Et c'est pour ça que tu ne peux plus t'approcher de Los Angeles ?

— Ça ? C'est juste le début. Un grand chef, j'ai même oublié son nom, quelque chose comme Johnny Schatz, un producteur célèbre, m'a fait venir, m'a promené dans sa limousine, m'a logé dans une maison gigantesque avec une piscine comme un terrain de foot et un jardin rempli de pyramides égyptiennes, de statues et de stèles – c'est de sa part un geste poli : notre homme apprécie l'histoire ancienne, on va lui en donner, de l'histoire ancienne ! Je n'étais pas là-bas pour juger de leurs goûts. Mais je me suis retrouvé dans cette démesure à me poser des questions sur le gaspillage entraîné par ce kitsch monumental. Enfin. Ils m'ont laissé entre les mains d'une équipe de professionnels du scénario avec quelques succès à leur actif. Avec à leur tête le fils du fameux chef.

— Le producteur ?

— Oui. Et ils ont commencé la première réunion en traçant une ligne sur un tableau, qu'ils ont coupée en trois. Puis ils ont fait un rond sur le premier segment et un autre sur le deuxième. J'ai commencé à avoir le vertige. Ces gens ne pouvaient pas s'extraire de ce modèle qui est plus une simplification pour attardés qu'autre chose. C'est ce qu'on leur apprend à l'école : utiliser l'exemple que tout le monde comprend. Peu importe que tu sois crétin, que tu aies un peu de talent ou une idée. Comme dit Syd Field, qui cite une maxime qu'on pourrait trouver au mur des toilettes chez McDo : « Seul compte de le vouloir et de le vouloir beaucoup. »

— Tu leur as sorti le proverbe latin « Persévérer est diabolique lorsqu'on est dans l'erreur » ?

— Je ne suis pas allé aussi loin. Les producteurs et ceux qui décident où investir l'argent, ils ont ces modèles en tête, ces schémas simplificateurs proposés par des gourous du genre Syd Field, Wells Root et consorts. Je l'ai lu, ce fameux Field. Il ne me fait pas du tout l'effet d'être un idiot, mais il doit vendre, alors il donne aux imbéciles exactement ce qu'ils veulent. « Tu es con, pas grave, continue. La transpiration vaut plus que l'inspiration. Et respecte mes règles. Tu produiras ainsi quelque chose de cohérent. » Ses livres sont une trentaine de pages de cette prétendue théorie ultrasimplifiée, et trois cents pages d'exemples.

— Kiss ?

— Comment ça, un baiser ?

— Non, *keep it simple, stupid, K. I. S. S.* ! Mets-toi au niveau des pâquerettes : c'est la première règle en publicité.

— Oui. Bon. Eux, ils avaient la théorie du saucissonnage. Le film a un début, un milieu et une fin. Trois parties. La saucisse a deux extrémités et un milieu. Les ronds dont j'ai parlé sont leurs *plot points*, c'est là qu'il faut absolument que l'action prenne un tournant inattendu. C'est l'élément surprise. Syd Field en propose plus que ça, dans son livre, mais ces types, ils n'en avaient retenu que ce schéma encore plus réducteur. On a donc une sorte de lit de Procuste. Ceux qui ne rentrent pas dans le moule, soit on les écrase, soit on les rallonge. C'est pour ça que tous les films se ressemblent. Il y a des tas de types intelligents dans ces milieux. Mais si tu n'es pas dans le cadre, adieu.

— Après tout, c'est leur argent.

— Je ne dis pas le contraire. Alors ils ont commencé à expliquer au crétin qui sommeille en moi comment ça fonctionne. Les trois morceaux de la saucisse, ce sont les actes. Acte I – le début, qu'ils appellent de manière parlante « l'installation » ; le milieu, c'est « la confrontation », et le final, « la résolution ». Comme ils n'étaient pas tout à fait certains que j'aie pigé, ils ont commencé à me sortir les métaphores de niveau maternelle qu'ils ont ingurgitées dans leurs cours payés à prix d'or. À l'acte I, disait l'un d'eux, « le personnage monte dans l'arbre », son voisin complétait par « tu le fais tomber dans un torrent de montagne, du haut d'un rocher » ; « et tant qu'il est dans l'arbre, jette-lui des cailloux », ajoutait le premier, et le deuxième, « le torrent fait un coude plein de galets et on aperçoit une cascade au bout ». C'était l'acte II, et enfin, pour l'acte III, ils dirent presque à l'unisson « sors-le de l'eau, jette-lui une corde pour qu'il s'y accroche », et ça s'appelle, il paraît, « la ligne de vie » ; et l'autre de conclure : « Fais-le descendre de l'arbre. »

Ross commençait à bien s'amuser de la manière dont son ami mêlait innocence et indignation face aux absurdités du monde. Quand Charles s'interrompit pour reprendre son souffle, Ross riait aux éclats.

— Je suis donc si risible ?

— Non, répondit Ross en se massant les zygomatiques. J'avais presque oublié combien tu peux être drôle quand tu mets de la passion dans quelque chose.

— Et je t'épargne le fait qu'ils ont divisé chaque bout de saucisse en trois autres saucisses. Chaque morceau avait donc son début, son milieu et sa fin.

Ross avait posé sa main sur l'épaule de Charles, secoué par un fou rire. Charles attendit qu'il se calme.

— Mais toi, tu as voulu faire un peu le prof avec eux, non ? Allez, reconnais-le !

— En tant que spécialiste en narratologie, je leur ai dit que, s'ils voulaient simplifier la structure du manuscrit à ce point, ils pouvaient au moins recourir à une théorie structurelle plus évoluée et plus fine.

— Ça existe, ça ?

— Oui. Il y en a une qui est exceptionnelle. Malheureusement elle a été développée par un professeur de Roumanie. Ce n'est pas un pays qui produit énormément de films. Jusqu'à la chute du communisme, à de rares exceptions près, ils étaient minés par l'idéologie dominante. Et après, ça a été pire. Ce professeur, Dumitru Carabăţ, partage le film en cinq parties qu'il intitule *ritmemes*, c'est-à-dire « éléments de rythme ». J'ai essayé de leur expliquer que chacune de ces parties a une idée centrale, une sorte d'action principale. Je leur ai donné des exemples célèbres de romans et de films, y compris du film que tout le monde à Hollywood considère comme le meilleur film de tous les temps, une véritable icône du cinéma américain, je veux parler de

Citizen Kane. J'ai utilisé les exemples du professeur roumain. Première partie – Kane veut jouer parce qu'il a été privé, dans son enfance, de jeu. Partie II – Kane hérite d'une immense fortune et veut continuer son jeu, mais il en est empêché. Partie III – libéré des pressions, il se met à jouer à l'échelle mondiale. Partie IV – le jeu est interrompu par une série de déceptions dans sa vie. Et enfin partie V – Kane meurt en prononçant un mot qui renferme en réalité tout le mystère autour duquel se déroule le film : « Rosebud. » On apprend que c'est le nom d'une luge qu'il avait quand il était enfant, métaphore du jeu dont il a été frustré dans sa tendre enfance.

Ross ne riait plus. Il écoutait Charles attentivement.

— Oui. J'ai tenté de leur expliquer que les parties I, III et V sont placées sous le même signe et montrent une continuité. Il joue, il joue gravement, il joue, au final, et dans les parties II et IV il est empêché de jouer, son jeu déçoit. On voit dans ce simple schéma qu'il existe une continuité entre les parties ou *ritmemes*, comme l'auteur les appelle, mais, en même temps, une opposition entre les parties qui se suivent. La partie II s'oppose à I, qui est similaire à la IV, qui s'oppose à la III et ainsi de suite. Je leur ai seulement expliqué que cette complexe relation d'opposition et de similitudes produit exactement ce qu'ils recherchent pour qu'un film soit un succès, qu'il te tienne en haleine, qu'il ait, autrement dit, du rythme.

— Et ils t'ont écouté ?

— Oui. Ils ont aussi eu l'air de comprendre. Tiens, je pense à l'instant combien est crucial – ou *était* crucial – notre lieu de naissance. Si ce professeur avait vécu dans un pays normal, de l'autre côté du Rideau de Fer, il serait aujourd'hui sans doute plus riche et plus célèbre que Syd Field.

— Alors, à quel moment ça n'a plus marché ?

— Ben, ça n'a plus marché…

— Tu n'as pas pu en rester là, c'est ça ?

— C'est un peu ça. Je leur ai expliqué qu'à l'intérieur de chaque *ritmeme* les relations entre les actions devaient suivre le même schéma rythmique. Jusque-là, ils m'ont suivi. J'ai commencé à les énerver quand je leur ai expliqué que dans la partie IV, conformément à la théorie d'un autre grand homme de lettres – bulgare, cette fois-ci –, et je parle bien sûr de Tzvetan Todorov, il doit se passer quelque chose de spécial, ce que Todorov appelle « l'infraction à la loi », autrement dit quelque chose qui va à l'encontre des règles du caractère, de la logique naturelle, où le personnage fait n'importe quoi, y compris des choses totalement contraires à ses intérêts, et c'est ce qui arrive dans *Citizen Kane*. Des moments où ses gestes l'éloignent de son objectif final, à savoir la résolution du conflit. C'est là qu'ils ont explosé en vol. Il y en a un qui m'a demandé si la Roumanie et la Bulgarie existaient vraiment ou si je me moquais d'eux. Quand je leur ai lâché le mot Transylvanie ils ont un peu repris pied. Dracula était le seul truc qui leur était familier.

— Et à partir de là tout a dégénéré.

— Tu n'imagines pas. C'est à coups de pied au derrière qu'ils m'ont jeté du tombeau mégalomane où ils m'avaient enterré vivant. Tu es satisfait ?

Ross confirma d'un hochement de tête.

— À part ça, pour que tu saisisses que mon haut niveau d'attention est en même temps distributif et que je ne me suis pas bloqué sur ce seul sujet, sache qu'il y a là-bas une vraie bombe, sexy de chez sexy, qui nous observe depuis dix bonnes minutes.

Ross tourna la tête. Il se leva et, tout en faisant signe à la femme de s'approcher, il dit à Charles :

— C'est mon amie, ou comment dire, ma petite amie, Beata Walewska. Je lui avais dit de me retrouver ici quand elle aurait fini ce qu'elle avait à faire.

Chapitre 103

Beata venait de rentrer du domicile du commissaire Ledvina. Werner l'y avait envoyée pour y placer un dispositif d'écoute moins sophistiqué que la boîte qui se trouvait dans la chambre de Charles, mais parfaitement fonctionnel. Comme le commissaire n'avait ni portable ni ordinateur, Werner devait se contenter d'une surveillance sonore et d'un micro placé derrière la galène du téléphone fixe.

Elle avait sauté par-dessus la clôture dans le petit jardin couvert de vigne et était entrée par une fenêtre entrouverte. Elle avait fait le tour de la maison de cinq pièces sur un seul niveau et avait aussitôt identifié les quatre endroits adaptés à l'installation du réseau de minuscules micros presque indétectables à l'œil nu. Le dispositif d'écoute était relié à l'ordinateur de Werner et l'enregistrement démarrait lorsque le système détectait une voix ou tout autre bruit durant plus de trois secondes.

Elle venait d'installer le dernier micro quand elle avait entendu la clé dans la serrure de la porte d'entrée. Elle avait attendu que la porte s'ouvre, avait encore jeté un œil alentour puis elle était sortie par la même fenêtre. Le portail donnant sur la rue avait été laissé ouvert, si bien qu'elle n'eut pas à sauter de nouveau par-dessus la clôture. Elle enfourcha sa moto garée quelques maisons plus bas. Beata avait encore des micros à installer dans le bureau de Ledvina au siège de la Section spéciale. Elle passa par là-bas, mais des hommes se trouvaient devant le bâtiment. Elle se dit que ce serait plus sûr le soir, d'autant qu'on était dimanche et que, puisque Ledvina venait de rentrer chez lui, il était peu probable que quelqu'un reste sur place, en dehors du gardien et éventuellement d'un surveillant. Elle ne trouverait pas de meilleur moment.

Puis elle avait lu le message de Werner, était passée par la villa pour prendre sur la table l'enveloppe qu'il avait laissée pour elle et avait pris le chemin de l'hôtel de Charles.

Ledvina cependant n'avait pas bougé de sa planque en face de l'hôtel Boscolo. L'homme que Beata avait entendu entrer chez lui était le frère de son ex-femme, avec lequel il avait gardé de bonnes relations. Il lui apportait continuellement à manger et à boire et, en général, il venait aussi regarder les matchs de foot, car Ledvina avait une parabole sur laquelle il avait monté un décodeur universel, dotation du service d'espionnage, grâce auquel il captait presque toutes les chaînes de télévision européennes, y compris les payantes. La contribution de l'ex-beau-frère avait été un immense téléviseur de soixante-quatre pouces. C'est ainsi qu'ils suivaient ensemble tous les championnats des pays européens. Et, quand Ledvina restait au bureau, son beau-frère s'installait seul devant les chaînes porno – et il y en avait en pagaille.

Chapitre 104

Après que Charles se fut présenté en serrant la main de Beata, cette dernière s'approcha de Ross et lui chuchota quelque chose à l'oreille. Elle lui tendit l'enveloppe et s'éloigna.

— Elle est un peu timide, dit Ross pour justifier son passage en coup de vent. Et elle ne parle pas anglais.

— Tu as appris le polonais ? demanda Charles. D'après son nom, elle vient de Pologne.

— Bien obligé. C'est une de mes collègues du bureau de Varsovie. Avant de partir, je veux te faire un cadeau. Mais cette fois-ci, pas très agréable.

Charles ne fit aucun commentaire. Il était curieux de voir ce qu'avait encore découvert Ross.

— Tout d'abord, sache que tu dois vraiment quitter ce pays demain, à la première heure, si possible.

— Oui, j'ai déjà pris les billets.

— Les billets ? Au pluriel ?

Charles ne voyait pas où il venait en venir ni quel était le problème.

— C'est bien ce que je craignais, dit Ross. Malheureusement, cette femme à laquelle tu sembles t'être attaché n'est pas du tout celle que tu crois. J'ai consulté toutes les bases de données d'Interpol. Elle n'existe pas. C'est un fantôme.

— Tu as pensé qu'elle apparaît peut-être sous un autre nom ? Les agents comme elle changent d'identité comme de chemise. Et puis j'ai vu sa carte.

Ross fit une pause. Charles ne perdit pas une miette de ce qui ressemblait à un moment d'hésitation chez Ross. C'était exactement ce que ce dernier souhaitait : que Charles n'ait pas le sentiment qu'il tenait à tout prix à écarter Christa.

— Tu suivais une règle très saine, dans le passé. Tu ne mélangeais pas les choses. Tu savais faire la différence. Ne me dis pas que tu vieillis. Une carte d'Interpol, n'importe quel gamin est capable d'en reproduire une. Tu as toujours eu confiance en moi. Tu sais bien que je ne raconte rien sans être absolument sûr de moi. Mais c'est à toi de décider.

Il lui tendit l'enveloppe. Beata, non loin, faisait tourner le moteur.

— Tu verras sur ces photos : pendant que tu éclaircissais les mystères, ton amie avait toutes sortes de rendez-vous secrets. Surtout la nuit. Bon, je dois vraiment retourner au boulot.

Il prit Charles dans ses bras.

— On arrivera peut-être à se voir plus souvent, suggéra le professeur.

Tout en s'éloignant, Ross répondit que c'était fort probable. Il monta derrière Beata et fit un signe de la main alors que la moto démarrait lentement.

Charles le suivit des yeux le temps que la moto disparaisse dans le flot des voitures. Il ouvrit l'enveloppe et vit Christa en différents endroits, parlant avec différentes personnes. Presque toutes les photos étaient prises dans des cours intérieures. Rien de suspect. Cette fois-ci, Ross avait sans doute exagéré. Même Ledvina savait que cette femme était d'Interpol et qu'elle disposait de plusieurs identités, songeait-il quand il tomba sur les deux dernières photos. Sur l'une d'elles, Christa était avec deux individus que sa formidable mémoire des visages lui permit d'identifier immédiatement. C'étaient les deux hommes qu'il avait remarqués la veille au soir, dans le bar. Mais le dernier cliché le troubla davantage encore. Christa parlait avec une femme. Et cela ne faisait aucun doute : la femme était celle qui lui avait remis le billet, le matin du premier jour, au petit déjeuner de l'hôtel Central Park de Sighişoara.

Il monta dans sa chambre, s'assit sur le canapé et reprit les documents. Si cette femme était bien celle qui lui avait remis le billet, à quel jeu jouait-elle avec Christa ? Peut-être qu'elles se connaissaient. Il essaya de lui trouver une excuse, un alibi. La femme avait peut-être seulement vu Christa pour tenter de l'approcher, lui, plus facilement. Rien ne prouvait d'ailleurs que la photo avait été prise à Prague. Christa ne lui avait jamais caché non plus qu'elle avait des gens à voir. La seule photo qui l'inquiétait était celle des deux hommes qui se trouvaient, il en était certain, au bar en même temps que lui. Est-ce qu'ils surveillaient Christa ? Il essaya de se concentrer, il repassa le film de tous les événements de ces derniers jours, mais tout devenait tellement confus. Il pensa qu'il ferait bien de déconnecter un peu, et se proposa un petit lavage de cerveau. Il alluma le téléviseur, prit dans le bar deux mignonnettes de whisky, s'installa dans le canapé, et allongea ses jambes sur un des deux fauteuils. Concernant Christa, il aborderait le problème de manière frontale en lui mettant les photos sous le nez. Alors que les émissions défilaient devant ses yeux dans une langue qu'il ne comprenait pas, il s'endormit.

Chapitre 105

La moto s'arrêta au feu rouge. Beata tourna la tête en direction de Werner.

— Ce professeur sait qui tu es ?

— En quelque sorte. Il croit que je suis son copain de fac. À l'époque on m'appelait Ross. Pendant des années nous avons été inséparables ou presque, même si nous étions dans des universités et des villes différentes. On passait tout notre temps libre ensemble. On révisait côte à côte. Nous étions collés l'un à l'autre pendant toutes les vacances.

Il montra le feu du doigt.

— C'est vert.

Beata se retourna vers la route et la moto repartit en direction de l'Institut. Elle avait compris que pour Werner le sujet était clos et qu'il ne fallait pas insister. Elle n'était pas de nature indiscrète et le métier qu'elle exerçait lui avait enseigné de ne jamais poser la question de trop. Jamais. De toute façon elle était certaine que Werner s'était confié à elle bien plus qu'à personne d'autre. Elle s'était jetée tête baissée dans cette relation sans penser aux éventuelles conséquences. C'était la première fois qu'elle éprouvait quelque chose pour quelqu'un. Toutes ses relations précédentes étaient intéressées, parfois même des missions. Tous ceux qui l'avaient connue avaient fini par être horripilés d'avoir affaire à un sinistre bloc de glace. Rien n'émouvait jamais cette femme au cynisme terrifiant et à la cruauté inhumaine. Werner, sans même le vouloir, avait été le seul à atteindre chez elle une corde sensible.

En arrivant à la villa, Beata lui raconta ce qu'elle avait fait chez le commissaire et qu'elle avait décidé d'aller à son bureau un peu plus tard, quand ce serait plus calme.

Tandis que Beata prenait une douche, Werner alluma l'ordinateur, consulta ses e-mails et la messagerie de son téléphone. Il vérifia le traceur de Charles et vit qu'il était rentré à l'hôtel. Il démarra l'écoute *live* de la caméra et entendit le téléviseur. Il vérifia l'enregistrement des heures précédentes au domicile du commissaire. Là-bas aussi, rien d'autre que le téléviseur. Werner sourit en pensant aux gens qui passent ainsi leur temps libre. Même les plus intelligents d'entre eux. Si dans la chambre de Charles résonnait une chaîne d'infos tchèque, chez Ledvina, l'ordinateur avait enregistré des gémissements, des halètements et des cris mimant maladroitement l'orgasme.

Il était tout de même inquiet de constater que Charles ne semblait pas prendre très au sérieux la menace que Christa représentait. Cette fille pouvait interférer dans ses plans, si le professeur entrait en possession du message. Il fallait qu'il s'en débarrasse, mais il n'avait pas pu insister plus lourdement au risque d'éveiller les soupçons de Charles. Il avait déjà eu l'air d'arriver avec ses gros sabots. Pour la première fois de sa vie il regrettait de ne pas avoir vu Baker plus régulièrement. Il l'avait toujours sincèrement apprécié, même si Werner avait toujours gardé à l'esprit qu'il devait utiliser Charles pour atteindre son but. C'était peut-être la raison pour laquelle il avait arrêté de le contacter. Il se sentait coupable, en quelque sorte. Il devait donc trouver une autre solution pour anéantir Christa. Peut-être envoyer Beata. Il allait devoir décider.

Pas un signe d'Eastwood. Il restait douze heures avant le rendez-vous décisif du Conseil. Il ne pouvait pas rater cette réunion qui serait sa grande victoire. S'il mettait la main sur la Bible perdue, avec l'aide de Charles, cela serait un coup de maître. Son père aurait été tellement fier de lui. Cela faisait presque cinq cents ans que les membres de la corporation des pêcheurs jouaient triple jeu dans ce conflit opposant les deux camps. Menant leur mission avec sérieux et détermination, ils obtenaient toutes les informations nécessaires au sujet du membre du Conseil dont ils avaient la charge tout en se rendant toujours indispensables aux autres. Jusqu'ici cela leur avait merveilleusement réussi. Personne n'avait jamais rien soupçonné. Un travail parfait.

Le seul objectif qu'il leur restait à atteindre était de trouver la Bible perdue et de détruire les deux camps. Tout le pouvoir dans les mains d'un seul homme. Et lui, Werner Fischer, descendant du pêcheur qui avait sorti la tête de Vlad Țepeș du lac de Snagov où elle avait été jetée, mettrait un terme définitif à cette longue histoire compliquée. Cet ancêtre de Werner, aidé de quelques membres de sa famille et de quelques frères pêcheurs, avait déterré ensuite le corps de Vlad, enterré sans cérémonie sur ordre de Basarab Laiotă au monastère de Snagov. Dans le plus grand secret, ils ont réinhumé le corps et la tête – dont la légende affirmait qu'elle avait été transportée à Constantinople où le sultan l'aurait exposée sur une pique – au monastère de Comana, fondé par Vlad Țepeș lui-même. Deux versions d'une autre légende ont circulé. La première disait que Dracula se serait relevé d'entre les morts et serait devenu vampire, et la seconde affirmait qu'un esprit maléfique aurait quitté sa dépouille, trois jours après que le cadavre eut retrouvé sa tête.

Chapitre 106

Il se réveilla pris d'effroyables fourmillements dans la jambe droite. Il s'était assoupi dans une mauvaise position et ne sentait presque plus rien de ce côté de son corps. Il se leva lourdement, mais ne parvint pas à poser le pied, alors il retomba sur le canapé. Il s'allongea sur le dos en essayant de bouger la jambe. La douleur commençait à s'atténuer, mais l'engourdissement était presque insupportable.

Un soleil orange s'était posé sur le bord de la fenêtre et inondait la chambre d'une lumière très forte. Dès qu'il fut soulagé des sensations désagréables dans sa jambe, il se leva pour aller à la salle de bains. Il réfléchit à ce qu'il avait encore à faire ce soir-là. Il décida que ce n'était pas un moment pire qu'un autre pour confronter Christa aux photos. Il l'appela. Une voix molle lui répondit avec difficulté.

— Comment ça va ? demanda Charles.

— Je me suis sentie mal et je me suis couchée. Et vous ? Votre rendez-vous est fini ?

— Oui. Vous êtes malade ? Vous avez besoin d'un médecin ?

— Non. Je crois que c'est la fatigue. Cela vous ennuie si on ne se revoit pas aujourd'hui ?

Christa semblait avoir l'intuition de la conversation désagréable à venir. Mais comme elle ne pouvait pas savoir ce que Charles avait l'intention de lui demander, elle était sans doute indisposée, en effet.

— Vous descendez dîner ?

— Pardon ? fit Charles, interrompu dans le fil de ses pensées. Non. Je n'ai fait que manger toute la journée. Je vais me coucher moi aussi, la nuit dernière je n'ai dormi que trois heures.

Il lui souhaita une bonne nuit, mais oublia de lui dire qu'il avait des billets d'avion pour le lendemain à midi. Il pensa prendre une douche et se glisser au lit. Mais il savait qu'il ne parviendrait pas à se rendormir. Durant ses études, Charles avait appris comment se reposer, ne serait-ce que cinq minutes. Entre les cours, les révisions et les loisirs, cela faisait bien longtemps qu'il n'avait pu s'accorder plus de cinq heures de sommeil par nuit. Alors il saisissait la moindre occasion de faire une courte sieste et, s'il réussissait à s'endormir, même peu de temps, il se réveillait complètement reposé. Il pouvait dormir dans les lieux les plus étranges et dans des positions impossibles. Debout dans le bus si nécessaire. Cette habitude lui était utile, maintenant, pour les longs déplacements quand il courait d'une conférence à l'autre, de dîner en dîner, d'une interview à un avion et ainsi de suite. Une chose était certaine. S'il dormait un peu, comme cela avait été le cas cet après-midi-là, il lui était ensuite très difficile de retrouver le sommeil.

Il se pencha à la fenêtre pour regarder les passants comme il aimait le faire pour se détendre. Juste à l'entrée de l'hôtel, sur le capot de la limousine qui attendait sans doute un client, le gros chat orange se prélassait en se pourléchant. Il décida de lui offrir un dernier dîner d'exception pour fêter leur rencontre.

Moins de dix minutes plus tard, il était en bas avec un filet de saumon cru dans un bol. La voiture avait disparu, et Béhémoth avec. Il l'appela en faisant « miaou miaou ». Le portier lui fit signe de regarder derrière lui. À environ vingt mètres, le chat l'observait. Il s'approcha de lui. Quand il le rejoignit, l'animal miaula brièvement puis se coucha sur le côté. Charles resta avec le récipient à la main et attendit. Le chat se releva, miaula de nouveau, puis retomba sur l'autre côté. Le spectacle méritait une récompense, songea-t-il, alors il posa le bol et s'accroupit. Le chat dévora le poisson tandis que Charles lui caressait la tête. Des gens s'arrêtèrent pour caresser à leur tour le chat gourmand. Ils demandèrent quelque chose à Charles, mais, comme ce dernier répondait en anglais, les gens caressaient encore un peu l'animal et s'en allaient.

Après que le chat eut dévoré en un temps record la copieuse portion de saumon, Charles le prit dans les bras et entreprit de chercher un banc pour fumer un cigare. Il retournait en direction de l'hôtel quand il vit Christa en sortir. Il fit d'instinct un pas de côté, reposa le chat au sol et le laissa partir. Ainsi, elle lui avait menti. Et d'après sa manière énergique de se déplacer, elle n'avait pas l'air malade. Il la suivit.

Ledvina, qui s'ennuyait à mourir dans sa voiture, maudissait l'entêtement qui lui avait fait refuser tout progrès technique et il pensa que la première chose qu'il ferait le lendemain serait de s'acheter un téléphone portable et une tablette. Si le premier imbécile était capable de se débrouiller avec, il n'y avait pas de raison qu'il n'y parvienne pas. Il avait observé la petite excursion de Werner. Il l'avait photographié à l'aide de l'appareil numérique qui remplaçait depuis quelques années son antiquité de Praktiker, qu'il avait fièrement utilisé pendant plus de quarante ans et auquel il n'aurait jamais renoncé, si les laboratoires n'avaient pas disparu l'un après l'autre et si les pellicules n'étaient pas devenues introuvables. Il avait ensuite vu Werner et Beata et il avait noté qu'elle lui avait transmis une grande enveloppe pour qu'il la passe à Charles. Il devait y avoir une raison hiérarchique ; le professeur était sans doute leur chef. Il ferait suivre ces clichés à Honza pour qu'il tente de les identifier. Ledvina n'avait rien manqué non plus de la petite aventure de Charles et du chat, puis il avait vu Christa sortir de l'hôtel et Charles se mettre à la suivre.

Il chaussa ses lunettes noires et vissa sur sa tête un béret, un de ceux que portent les ouvriers dans les films italiens des années 1960, et démarra.

Chapitre 107

Le jour tombait très vite, alors Charles pressa le pas, car, après avoir marché pendant cinq cents mètres en ligne droite, Christa avait tourné dans une ruelle. Il avait retenu la leçon de la veille : Christa, très vigilante, semblait avoir des yeux derrière la tête. Il longeait alors les bâtiments et savait que, si la femme se retournait subitement, il devrait réagir très vite. Au coin de la rue il fit donc très attention pour ne pas subir le sort du SDF de la veille. Il soupira de soulagement. Christa était déjà loin. Mais les rues devenaient plus courtes et plus étroites. Il marchait derrière elle depuis presque une heure et avait l'impression d'avoir traversé la moitié de la ville en direction de la périphérie. Elle connaissait vraiment bien la ville, pour se repérer dans toutes ces petites rues. Comme ils s'éloignaient du centre-ville, l'éclairage diminuait, ainsi que la foule, aussi leurs pas résonnaient-ils de plus en plus fort dans le silence de la nuit. Charles dut accroître la distance entre eux.

Quand Christa commença à s'enfoncer dans les petites rues, cela devint problématique pour Ledvina. S'il empruntait les mêmes rues, il risquait de se faire remarquer autant par elle que par Charles, alors il fut obligé de suivre les rues parallèles. Il paniqua à une ou deux reprises en croyant l'avoir perdue, mais son flair de vieux flic ne le laissa pas tomber, une fois de plus.

Suivait un parc presque entièrement plongé dans la pénombre. Christa le traversa par l'allée centrale. Charles se réjouit de pouvoir l'observer de loin. Le commissaire, arrivé dans une rue à sens unique, dut prendre une décision. Il savait que de l'autre côté se trouvaient des rues avec des usines, un cimetière, et non loin de là une placette cernée de maisons anciennes. Il était possible, mais peu probable, que la femme aille retrouver quelqu'un dans le parc ou dans la zone industrielle. Il fit le pari qu'elle se rendait dans l'une des maisons sur la petite place. Il contourna le parc et arriva le premier. Il trouva une place stratégique sur un parking, éteignit les phares, mais laissa le moteur allumé et attendit.

Au bout d'un moment Christa apparut du côté où Ledvina l'attendait. Les maisons qui formaient un quadrilatère étaient anciennes, hautes de deux ou trois étages. Leur portail donnait sur la place et ouvrait sur des cours intérieures. Charles avait perdu Christa quelque part dans les petites rues industrielles et, comme il n'avait aucune idée de l'endroit où il se trouvait, il décida de continuer tout droit. Il vit au loin un feu rouge et se demanda ce qu'il devrait faire quand il arriverait à ce niveau. Une lune grasse, idéale pour l'apparition de revenants, compensait l'absence presque totale d'éclairage. Une ampoule solitaire au milieu d'une cour déserte et l'aboiement d'un chien perdu donnaient au paysage un air de fin du monde. Charles pressa le pas.

Christa traversa la place par son centre, où se trouvaient une statue, des bancs et un espace de jeux pour enfants, avec quelques balançoires et un toboggan. Autour de la place, plusieurs lampadaires dispensaient une lumière jaune. Arrivée au niveau de la statue, elle entendit des pas dans son dos comme ceux d'un boiteux. Soudain il fit très froid. Les lampadaires se mirent à palpiter et deux s'éteignirent. Les autres répandaient une lueur de plus en plus diffuse. La lune prolongeait la silhouette de Christa d'une ombre allongée.

Ledvina, qui regardait la scène, sentit lui aussi le froid et entendit les pas. Ses cheveux se dressèrent sur sa tête quand il vit croître par-dessus l'ombre de Christa une autre ombre qui semblait l'avaler complètement. Une ampoule, tout près de lui, explosa bruyamment, il en entendit une autre se briser de la même manière, plus loin. Paradoxalement, la lumière du côté opposé de la place s'intensifia, comme si elle avait reçu un surplus d'énergie. La deuxième ombre se projeta sur le mur. C'était celle d'un corps humain très maigre, légèrement voûté. Un long nez plongeait par-dessus des dents, tels des crocs métalliques, dans la bouche qui produisait des fils de salive. Une ombre rendue presque irréelle par la netteté des détails. Les coudes étaient le long du corps et les mains levées et tendues vers l'avant comme celles d'un animal attaquant sa proie. Les doigts étaient des lames aiguisées et leur texture semblait elle aussi métallique. Le commissaire n'eut pas de difficultés à identifier la seule source de lumière artificielle qui provoquait cette ombre. Il sortit de la voiture avec son pistolet armé de balles en argent. Convaincu qu'il n'y avait rien entre l'ampoule et l'ombre, comme sur les photos qu'il avait vues, il prépara son arme pour tirer dans le vide, dans cette direction. À ce moment précis quelque chose s'interposa entre la lumière qui devenait aveuglante et le point qu'il fixait. Un individu, un homme peut-être, se dirigea vers Christa qui se mit à courir, terrifiée. Les deux silhouettes s'agitaient sur le mur comme dans un théâtre d'ombres.

Étonné que l'ombre produise quelque chose de visible, Ledvina tira une première fois. Puis une seconde. La « bête », comme il l'avait baptisée, était trop loin et la lumière l'éblouissait, il ne put donc discerner autre chose qu'une silhouette. Celle-ci s'immobilisa au premier coup de feu. Puis elle se remit en marche, mais le deuxième coup de feu l'arrêta de nouveau. La balle était allée se planter dans l'arbre juste à côté. La créature sembla examiner la balle puis, brusquement, tourna les talons et disparut derrière un lampadaire. Un nouveau claquement résonna.

Christa, comprenant que quelqu'un la couvrait, s'enfuit en direction des coups de feu.

Ledvina aperçut alors Charles de l'autre côté de la place, exactement dans la zone où la bête avait disparu. Les deux silhouettes se croisèrent l'espace d'une seconde jusqu'au moment où la créature parut se recroqueviller et disparaître totalement, comme si la terre l'avait avalée.

Charles avait débouché sur la place en entendant les coups de feu. Il avait eu le temps d'apercevoir quelqu'un du coin de l'œil, près de lui, qui s'était accroupi avant de se jeter par une fenêtre cassée au sous-sol d'une des maisons donnant sur la place.

Christa arriva près de la voiture du commissaire tandis qu'il tirait dans le vide en jurant. Des fenêtres s'éclairaient à toutes les façades et des gens s'y montraient. Quelques-uns se mirent à crier, et Ledvina entendit sur le récepteur de sa voiture qu'on cherchait une équipe de police pour se rendre sur les lieux. Il n'avait aucune envie de se retrouver avec les autorités sur le dos et de devoir leur fournir des explications, perdant du même coup toutes les pistes qu'il avait. S'il était à l'origine d'un tel scandale, cela compromettrait également la demande d'arrestation de Charles qui, de toute évidence, n'était pas l'ombre, mais qui, de façon tout aussi évidente, avait clairement un lien avec elle. Enfin, Ledvina en tenait la preuve. Christa s'était arrêtée, penchée en avant, les mains sur les genoux, et elle tentait de reprendre son souffle à quelque vingt mètres de la voiture. Le froid n'était plus aussi intense, l'éclairage était redevenu à peu près normal. Ledvina savait que l'ombre s'était estompée pour de bon et il décida de s'éloigner de là aussi vite que possible. Il monta en voiture et démarra en trombe. Christa ne savait pas quoi faire. La femme qui se trouvait dans le bar la veille s'approcha d'elle, posa une veste sur ses épaules et la conduisit vers l'une des maisons. Charles, qui avait fait un pas en arrière pour se cacher quand Ledvina avait tiré, réapparut sur la place et eut le temps de la voir entrer.

En quelques minutes, deux véhicules de police arrivèrent et des curieux commencèrent à se rassembler. Ne comprenant rien à ce qui s'était passé, Charles se demanda dans quoi s'était fourrée Christa. Comme des gens sortaient des maisons en grand nombre, il pensa qu'un nouveau problème était exactement ce qui pouvait l'empêcher de quitter la ville. Il était déçu que Christa lui ait menti tout ce temps. Il avait décidé d'écarter ses soupçons, et ne comprenait pas comment son instinct et son intuition avaient pu lui faire défaut à ce point. Manifestement, la femme s'était rendue à un rendez-vous, après lui avoir menti. De plus elle avait provoqué allez savoir quels autres ennuis.

Ce n'était pas le moment de se faire prendre, alors il partit par un autre chemin que celui emprunté à l'aller. Il eut la chance de trouver en deux minutes un taxi qui venait de finir une course. Le chauffeur lui demanda où il allait, puis, se rendant compte qu'il était étranger, exigea cinquante euros pour le conduire à son hôtel. Charles acquiesça. À cet instant, l'argent était le dernier de ses problèmes.

Chapitre 108

Werner entendit au casque Charles entrer dans sa chambre d'hôtel et se rendre directement à la salle de bains. Au domicile du commissaire, c'étaient toujours les gémissements et les cris. Un silence de caveau dans la chambre de Christa. Il restait un peu plus de six heures jusqu'au grand rendez-vous. En l'absence de Werner, Beata avait préparé le repas. Elle avait fait du faisan au four avec une sauce aux griottes. Werner dévora une portion avec appétit, puis il dit à Beata qu'il était temps de se rendre au bureau de Ledvina.

Ledvina était retourné directement au siège. En râlant, il grimpa nerveusement jusqu'à son bureau et claqua la porte. En chemin il avait essayé de comprendre ce qui avait bien pu se passer ce soir-là. Il réprima difficilement son envie de réveiller tout le monde, du ministre de l'Intérieur jusqu'au président de la République tchèque. Il savait que cela ne ferait que les conforter dans l'idée qu'il était fou à lier. Il rechargea son pistolet, le glissa sous son oreiller et se jeta au lit tout habillé. Il ne parvint pas à s'endormir. Il se tournait sans cesse dans un sens et dans l'autre en essayant de se calmer et de se concentrer. Plus que jamais, il devait rester lucide. Après tout ce temps, il venait de revoir l'ombre qui avait tué son père. Il ne comprenait pas pourquoi il avait réussi à distinguer la créature à l'origine de cette ombre sinistre. Elle n'apparaissait pas sur les photos. L'appareil photo n'enregistrait probablement pas tous les détails que l'œil humain pouvait percevoir, tout comme le miroir ne reflétait jamais le vampire. Comme elle était faite d'obscurité, cette créature était immatérielle, et son corps ne reflétait pas la lumière, la laissant passer comme s'il n'existait pas. Mais pourquoi la créature réelle, la bête, n'apparaissait-elle pas non plus dans les dessins représentant l'ombre ? À cette question le commissaire ne trouvait pas de réponse satisfaisante.

Il était tout près, il le sentait, et il avait la conviction que Baker était la clé qui permettrait de résoudre une fois pour toutes ce grand mystère. Il décida de faire une dernière tentative dans la matinée, et s'il n'obtenait pas la moindre autorisation avant midi, il prendrait de toute façon le risque de convoquer Charles.

En chemin, Charles se dit que Ross avait eu raison une fois de plus. Il s'en voulait de la manière dont il avait été mené par le bout du nez. Il ne comprenait pas quel était le projet de Christa et il ne saisissait pas grand-chose non plus de tous ces événements. Les informations et les pensées qui partaient dans tous les sens augmentaient encore son trouble. La seule chose qui comptait maintenant était d'arriver à Londres, de récupérer le passeport diplomatique, le sabre qui avait obsédé son grand-père et auquel il devait au moins ça, de rentrer chez lui et de clore le sujet une fois pour toutes. Il n'avait aucune envie d'attendre midi. Il s'arrêta à la réception, demanda une réservation sur le premier vol pour Londres puis monta dans sa chambre.

Le réceptionniste avait reçu pour consigne du directeur de l'appeler à toute heure si le professeur américain avait le moindre problème. Il lui avait même précisé de lui téléphoner si Baker semblait exprimer le moindre désir.

Le téléphone sonna dans la chambre de Charles. C'était le directeur de l'hôtel qui s'excusait mille fois de le déranger, mais, apprenant que Charles devait partir, il souhaitait savoir s'il était contrarié, si quelque chose était arrivé et s'il pouvait l'aider d'une quelconque manière. Charles remercia poliment et répondit qu'un problème urgent l'appelait à Londres et qu'il devait partir au plus vite.

— Dans ce cas vous serez heureux d'apprendre que le prochain avion décolle à 5 heures et que nous vous avons réservé une place. C'est une compagnie aérienne turque. Un vol qui fait escale à Prague. Malheureusement et, même si j'ai réveillé tout le monde, je n'ai réussi à trouver un billet qu'en classe économique et pour une seule personne. Le vol suivant est à 10 heures du matin. Veuillez excuser mon indiscrétion, la demoiselle ne part pas avec vous ? Ou voulez-vous que nous lui réservions un siège sur un autre vol ?

— C'est parfait. Je dois partir tout de suite. La demoiselle reste encore. Je vous prie de lui laisser sa chambre, vous m'enverrez la note. Je vous remercie pour tout.

Il consulta sa montre et commença à faire sa valise. Il était 1 heure du matin. Une heure plus tard il se trouvait dans la limousine qui le conduisait à l'aéroport.

Chapitre 109

Beata laissa la moto au bout de la rue où se trouvait le siège de la Section spéciale. Puis elle avança à pas de loup et passa devant l'entrée. La porte était fermée, mais la vitre laissait voir une pâle lumière. Derrière son guichet, le portier était assis avec les pieds sur la table. Sur son visage et sur les murs passaient des ombres, des lumières et des couleurs, reflets du téléviseur devant lequel l'homme somnolait. Beata fit le tour du bâtiment dans l'espoir de trouver une fenêtre ouverte. Elle n'en trouva aucune, elle devrait en forcer ou en casser une pour entrer. Elle grimpa sur le rebord d'une fenêtre à l'entresol. Elle braqua sa lampe torche vers l'intérieur. C'était un débarras où s'entassaient de vieux fauteuils, des bureaux, et d'autres meubles. Parfait. Elle tira de sa poche un rouleau de bande adhésive. Elle en colla un morceau sur le carreau au niveau de la poignée et donna un coup sec avec la lampe torche. Elle ne parvint pas à le briser du premier coup, mais la vitre, aussi ancienne que le bâtiment, finit par céder. Elle enleva le verre cassé collé à l'adhésif et tendit la main par le trou pour ouvrir la fenêtre. Elle entra et prit soin de refermer derrière elle.

En sortant du débarras, elle suivit un couloir et se dirigea vers l'entrée. Quelques marches à l'arrière du grand escalier menaient au guichet du portier toujours affalé sur son fauteuil inconfortable, les pieds sur la table où reposait le téléviseur. Beata entendit son ronflement régulier. Elle passa discrètement devant le kiosque et monta l'escalier sans un bruit. En un rien de temps elle se trouva devant le bureau de Ledvina. Elle s'assura qu'il n'y avait personne alentour. Le bâtiment semblait désert. Elle posa son oreille contre la porte. Rien. Elle appuya légèrement sur la poignée et poussa la porte. Le vantail grinça atrocement. Le peu de lumière du couloir pénétra dans la pièce et forma une fente oblique sur le sol. Elle dirigea la lampe torche vers la gauche, vit une bibliothèque criblée d'impacts de balles et se demanda si elle ne s'était pas trompée d'endroit. C'était immense. Elle entendit un bruit sur la droite et posa instinctivement la main sur son arme. Elle n'eut pas le temps de la sortir. Une balle tirée en plein front la fit reculer de deux mètres.

Ledvina se leva et alluma la lumière. Il observa la fille blonde écroulée sur le sol et reconnut immédiatement la femme ravissante qui avait rencontré Charles et l'autre individu un peu plus tôt dans la journée. Le commissaire avait entendu la porte grincer dans son demi-sommeil. Il avait lentement sorti son pistolet de sous son oreiller et quand il avait vu que la silhouette se tournait vers lui en portant la main à la ceinture, il n'avait pas attendu d'y être invité et avait tiré. Il regrettait de l'avoir tuée. Il avait espéré une autre visite et s'était préparé, convaincu que tôt ou tard l'ombre viendrait le retrouver.

La balle en argent avait traversé la tête de la fille et s'était plantée dans le mur du fond.

Le portier, réveillé par le coup de feu, courut comme un fou, l'arme à la main, jusqu'au bureau du commissaire. Il fut rassuré de le voir debout au-dessus du cadavre. Honza arriva à son tour, fouilla Beata et trouva sur elle les micros. L'adjudant reconnut la fille qui avait mis K-O les trois délinquants, un jour plus tôt. Il savait que la moto devait se trouver dans les parages. Mais il pensa que s'il apprenait au commissaire qu'il avait surveillé cette femme, alors qu'elle traînait devant le bâtiment, et qu'il s'était porté à son secours pour la sauver de cette bande de demeurés, vu l'état d'esprit de Ledvina, il risquait de prendre cher. Il irait chercher la moto plus tard.

Ledvina comprit que la femme n'avait pas l'intention de le tuer, mais de poser des micros. *Elle n'avait pas à venir armée*, se dit le commissaire pour lui-même.

Ils ne trouvèrent sur elle aucune pièce d'identité. Honza préleva ses empreintes et prit des photos de la femme. Une demi-heure plus tard, déçu, il revint informer le commissaire qu'il n'avait rien trouvé et qu'ils avaient besoin de l'appui d'Interpol. Ledvina songea à appeler Christa, qui lui était redevable à mort. Il était convaincu de lui avoir sauvé la vie. En tournant en rond dans son bureau, il ruminait toutes sortes de pensées et il arriva à la conclusion inébranlable que Beata avait été envoyée par Charles pour en savoir plus. Il demanda à l'adjudant qu'on lui apporte immédiatement un téléphone mobile. Honza disparut l'espace d'une minute et revint avec un appareil tout neuf.

— On le gardait pour vous depuis quelques mois, dit Honza.

Ledvina le pria de lui en montrer brièvement le fonctionnement. Il tourna encore un peu dans la pièce et consulta sa montre. Il était plus de 4 heures du matin. Il descendit l'escalier d'un air très décidé. Honza qui flairait quelque chose le suivit et alors que le commissaire allait monter en voiture, il s'interposa et dit avec véhémence :

— Vous allez le regretter, si vous faites ça !

Ledvina lui fit signe de s'écarter, mais Honza s'accrocha à la portière. Ledvina se mit à rire.

— Et si vous veniez avec moi ?

Honza acquiesça d'un signe de tête. Il aurait peut-être besoin d'être tempéré. Le commissaire lui fit signe de monter.

Quelques minutes plus tard ils étaient à l'hôtel et le commissaire demandait le numéro de chambre de Charles au réceptionniste.

— Il est parti, répondit le garçon, apeuré.
— Où ça ?
— À l'aéroport.

Non seulement Ledvina ne le lâcha pas mais il le souleva par le col à un demi-mètre au-dessus du sol et le regarda droit dans les yeux.

— Il va où ? Et quand ?
— À Londres, à 5 heures.

Il leur fallut plus de trente minutes pour arriver à l'aéroport, même sans s'arrêter à un seul panneau de circulation, avec le gyrophare et toutes sirènes hurlantes. Le commissaire se précipita à l'embarquement des vols internationaux et montra sa plaque. Il eut beau faire un scandale, hurler sur les employés et les cinq policiers venus à la rescousse et qui peinaient à le maîtriser en attendant leur chef, l'avion pour Londres décolla sans problème. Ledvina fut arrêté et enfermé dans un bureau pour interrogatoire.

Deux heures plus tard, ils le laissèrent partir sur intervention du ministre qui lui ordonna de se présenter d'urgence à son cabinet.

La sonnerie réveilla Werner à 5 heures. Il tendit le bras du côté gauche du lit et ne trouva pas Beata. Il la chercha dans toute la maison. Il l'appela sur son portable. Son téléphone était éteint. Il ignorait ce qui avait pu lui arriver, mais il n'était pas très inquiet. Il savait que Beata était capable de se débrouiller en toutes circonstances. Et si jamais elle était derrière les barreaux, il s'en occuperait plus tard. Pas un moment il n'imagina que la femme gisait, abattue, sur le sol du bureau de Ledvina. Il alluma l'ordinateur et vit le traceur du téléphone de Charles à l'aéroport. Il ouvrit le fichier où se trouvaient stockées toutes les conversations téléphoniques de ce dernier et il entendit la discussion que Charles avait eue avec le directeur de l'hôtel. Il était donc parti. Au moins, il n'avait pas emmené Christa avec lui.

Il s'occuperait d'elle plus tard. Pour l'instant, seule comptait la réunion au temple de l'Institut. Il se prépara un café fort, sortit du réfrigérateur un sandwich tout prêt et, après quelques opérations compliquées, apparut sur l'écran la console centrale. Dans six cadres de

chaque côté se trouvaient les vues frontales de chacune des douze loges. La dernière chose qu'il fit avant de couper son téléphone fut d'appeler le représentant de l'Institut à Prague pour qu'il prépare l'avion. Quand l'homme lui demanda à quelle heure il devait être prêt, Werner hurla :
— À toute heure !

Fin de la troisième partie

Intermezzo

La réunion spéciale du Conseil allait commencer. Les membres arrivaient peu à peu, mais Martin Eastwood n'était pas encore descendu. Après s'être préparé pour cette soirée, très rare dans les six cents ans d'histoire de l'ordre, il répéta devant le miroir une partie des arguments en faveur de cette exception dans la nomination d'un membre, ce qui n'avait eu lieu que deux fois durant tout ce temps.

Martin avait tout intérêt à faire entrer au Conseil des douze un homme qu'il avait la conviction de contrôler. Il s'assurait ainsi d'avoir toujours deux voix au lieu d'une, ce qui pouvait peser lourd. D'une part. D'autre part, en dépit de sa froideur et de sa cruauté, qualités que le directeur de l'Institut considérait comme obligatoires chez un manager de son envergure, Eastwood s'était attaché à Werner. Tout en hiérarchisant mentalement les arguments pour soutenir sa candidature, il se remémora les bons moments qu'ils avaient vécus ensemble et l'importance que Werner avait acquise au fil du temps et qu'il avait utilisée pour consolider le pouvoir de l'ordre.

Jusqu'à l'arrivée de Werner, l'Institut avait presque exclusivement effectué des expériences psychologiques sur le contrôle direct des individus. Plusieurs sortes de tortures, en particulier psychiques, étaient testées dans les sous-sols de l'époque de l'Institut. De la privation de sommeil à la perte d'orientation en passant par toutes les conséquences que la consommation de substances hallucinogènes pouvait avoir sur le comportement des sujets. Même si de nombreuses institutions utilisaient des détenus à grande échelle, Martin avait toujours pensé que ces méthodes ne pouvaient être appliquées qu'à quelques individus ou à des groupes restreints. Leur impact sur les masses était quasi nul. Son intuition lui soufflait que des procédés plus sophistiqués lui garantiraient le contrôle de grands groupes de populations que le Conseil pourrait manipuler à sa guise, notamment dans les situations de crise. L'apparition d'Internet et la liberté de communication qu'il offrait avaient effrayé le Conseil. Martin avait eu alors l'impression que c'était pour eux le début de la fin.

Lorsque, dès son premier jour à l'Institut, Werner avait présenté ses projets, Martin avait été heureux comme jamais et avait débloqué des sommes faramineuses pour les développer. En quelques minutes seulement, Werner avait balayé toute sa perception des problèmes du monde moderne et réglé celui du contrôle des petits contingents. Ces deux projets étaient baptisés la « grande soupe sociale » – référence limpide à la « soupe primordiale » qui serait à la base de la formation de l'univers, selon la théorie du biologiste J.B.S. Haldane énoncée en 1929 – et « *the daily fix* », « la dose quotidienne », sans oublier la « Théorie de l'enfance perpétuelle » faisant des adultes de perpétuels enfants, manipulables à volonté.

Au sujet du premier projet, Werner avait envisagé de contrôler de très vastes groupes d'individus rien qu'en les encourageant à communiquer entre eux et influer ainsi discrètement sur leur emploi du temps. Le paradoxe, affirmait le jeune scientifique, résidait dans le fait qu'être en permanence en compagnie de quelqu'un d'autre isole plus que jamais. Au début, Martin n'avait pas saisi où Werner voulait en venir. Ce dernier avait eu la patience de lui expliquer. Empêcher l'individu d'être seul, et donc de se retrouver avec ses pensées, représentait le premier pas vers le contrôle total du sujet. L'absence de solitude est *le pire ennemi de la liberté de pensée, de l'indépendance*, avait dit Werner. *Jamais rien de sérieux n'a été élaboré en dehors de ces heures que l'homme passe face à lui-même. Suspendre la réflexion équivaut à annihiler la personnalité individuelle, à fondre des individus différents, capables de penser et d'agir seul, dans une sorte de soupe primordiale.*

Comme Martin ne se souvenait plus exactement de tout ce qu'avait dit Werner, il envisagea de réécouter leurs discussions. Il lui restait une demi-heure. Alors il ouvrit l'énorme coffre-fort où étaient rangés des casiers contenant toutes sortes de données classées par ordre chronologique. Il appuya sur celui portant le nom de « Fischer » et en sortit le CD de leur première conversation. Il le plaça dans l'appareil de sonorisation futuriste dessiné par Bang & Olufsen exprès pour lui.

« Le monde d'aujourd'hui – et c'était la voix de Werner qui s'élevait – vit dans un tel vide de l'être qu'il n'a pas le courage de la solitude. Que faire de ses propres pensées ? La plupart des gens en ont peur sans savoir pourquoi. Parfois ils ont peur de découvrir qu'ils n'ont rien à penser, mais la majorité des gens ne s'en rendent même pas compte. Être en permanence dans une relation à l'autre, éventuellement aux autres, en groupe plus vaste, où règne un bavardage fait de banalités et de pensées préfabriquées supprime toute possibilité de réfléchir, tout accès aux profondeurs de la pensée. Les sigles et les codes n'aident pas non plus. Au contraire, cela accentue le recours à la pensée automatique, c'est-à-dire l'absence de la pensée, et conduit à des comportements grégaires. Les plus faciles à manipuler sont les personnes exposées à l'influence d'un groupe dont elles doivent faire partie. Groupe éventuellement mené par un leader charismatique qui pense pour eux et parle de manière à s'en faire comprendre, quelqu'un qui tient les manettes de leur pensée et en connaît les réflexes. »

Martin souriait pour lui-même. Ce bavardage s'appelait à présent Twitter.

« Le paradoxe, c'est que cette présence permanente avec les autres te rend plus seul que jamais. Plus le nombre de ceux avec lesquels tu es en lien permanent est grand, pire c'est. Car le nombre de relations est inversement proportionnel à leurs dénominateurs communs. Et tout le tissu relationnel se noue autour de ce dénominateur commun extrêmement rudimentaire. Aucune relation sérieuse n'est plus possible, il n'y a plus d'échange d'idées, ni plus aucun attachement en dehors de la dépendance créée par le besoin d'être toujours auprès de quelqu'un, c'est-à-dire d'être connecté. On trimbale un nombre déterminé d'idées et d'expressions rudimentaires. Les relations se réduisent à ce qu'il y a de plus superficiel, de plus épidermique. Plates, dépourvues de profondeur. En ce sens, on n'arrive plus à connaître personne vraiment bien. On connaît peut-être leur nom – quand il ne s'agit pas de simples surnoms –, on ne voit de ces personnes que ce qu'elles choisissent de montrer et on ne sait d'elles que ce qu'elles veulent bien dire. En général, des banalités. La famille, la fête, les loisirs, les excursions, comme chez les touristes japonais qui vont comme d'infinis troupeaux de moutons sur les mêmes sentiers, par la même file, au même pas, dans les mêmes vêtements. Jusqu'à l'angle de prise de vue qui est identique. Les mêmes visites, la même façon de se distraire, les mêmes choses à communiquer. Plus il est facile de communiquer, plus c'est superficiel. La pensée dans la plénitude de son absence. Tout est préfabriqué. Une solitude très bruyante, assourdissante. »

Martin mit en pause pour savourer les paroles de Werner, toutes ces années après. Quel grand visionnaire c'était. Il l'avait presque oublié. Ce génie qui lui appartenait, parlait des réseaux sociaux bien avant qu'ils n'existent. Werner avait depuis développé cette idée. Les réseaux sociaux étaient devenus des outils très économiques pour contrôler les foules, mais en plus tout apprendre à leur sujet. Werner avait inventé et vendu aux sociétés de transfert de données et de télécommunications un moyen de localiser chaque individu par des applications sur lesquelles il devait sans cesse s'identifier. Le comble était que les gens les installaient eux-mêmes, et joyeusement ! Sa dernière trouvaille était une invention diabolique : le relevé d'empreintes volontaire. On vendait aux gens l'idée qu'un gadget, un Smartphone par exemple, pouvait reconnaître son unique propriétaire *via* son empreinte digitale. De cette manière les gens pensaient augmenter leur sécurité et protéger leurs biens du vol ou éviter la violation de leurs données, mais ils s'inscrivaient en réalité bénévolement dans la gigantesque base de données créée par l'esprit démoniaque de Werner.

Les romans scientifico-fantastiques décrivaient un futur pas si éloigné où on implanterait de force des puces de localisation aux gens. Nul besoin de violence, de persuasion, pas même du moindre effort. Les puces existaient déjà. Elles n'étaient pas glissées sous la peau, mais portées volontairement par des milliards d'individus dans le monde entier.

Martin fit redémarrer l'enregistrement et l'avance rapide. Il se souvenait parfaitement de ce qu'il avait dit de la première théorie. Il voulait entendre ce que Werner avait dit de la deuxième. Sa voix s'éleva de nouveau dans le bureau.

« Le marketing contemporain a découvert que tous les adultes sont des enfants. Pour les empêcher de penser ou – grands dieux – d'agir et éventuellement de s'allier pour une cause qui ébranlerait le s*tatu quo*, il faut les occuper. Des jouets. Le goût du jeu est caractéristique de toute créature vivante sur terre. Les animaux jouent, les enfants, en jouant, apprennent à devenir des adultes. À développer leur intelligence, à étendre leurs connaissances, à réagir dans les situations qui se présenteront à eux dans l'avenir. Une perverse inversion des choses peut transformer un adulte en enfant. Cela annihile en lui toute capacité à survivre, cela crée une dépendance au jeu, plus forte que l'héroïne. Si tout est jeu, rien n'est sérieux. Ça tue tout sens des responsabilités et diminue fortement la capacité d'adaptation. Une panne de courant d'une semaine dans le monde ultratechnologique d'une grande ville par exemple ferait aujourd'hui plus de victimes qu'un séisme de magnitude 8 sur l'échelle de Richter. Les audiences gigantesques des matchs de foot, les records de ventes, qui dépassent l'imagination, de jeux sur écran de plus en plus violents, la banalisation du mal et du crime, la transformation de l'inacceptable en simple fait divers, les décapitations à la chaîne, les accidents diffusés en boucle et en détail par les chaînes de télévision, les *happy ends* de tous les films, créent une image distordue de la réalité. »

Werner s'interrompait ; on l'entendait boire une gorgée. Probablement du café. Puis il reprenait :

« Un jour, les spectateurs testant un célèbre film hollywoodien furent sur le point de lyncher ses producteurs et son réalisateur parce que le personnage principal mourait à la fin après avoir lutté avec héroïsme contre, tout de même, cinq mille soldats. La maladie, la souffrance, la mort sont boutées hors de la cité. Elles sont ravalées au rang de simples concepts par les adultes, exactement comme ce serait le cas chez des enfants en bas âge. C'est ainsi que l'on vend très cher des rêves qui ne se réaliseront jamais et des vies vécues par d'autres que nous, par procuration. L'empathie est éradiquée. »

Il se faisait tard, mais Martin se souvenait que la fin de la conversation lui avait prouvé qu'il se trouvait devant un génie absolu, un visionnaire de l'envergure de Vinci. Ou de Nostradamus. Il voulait entendre ça de nouveau. Il fit avance rapide et appuya de nouveau sur « *play* ».

« Vous n'êtes plus en état de penser parce que vous ne comprenez plus rien. Vous vous retirez comme au Moyen Âge dans l'astrologie, vous allez voir des voyantes, vous croyez aux vampires et aux loups-garous, à la Zone 51 et à toutes sortes de prophéties mensongères. Vous utilisez les technologies de dernière génération pour lire votre horoscope et vous croyez aux médiums et à l'hypnose, aux superstitions et aux elfes. Les histoires ont été inventées pour la catharsis, comme disait Aristote. Pour que, en l'espace de deux heures, le temps d'un récit ou d'un film avec des cochons qui parlent, on oublie qu'on est mortel et qu'on a des responsabilités sérieuses à assumer face aux autres qui dépendent de soi. Pour faire une pause. Ou prendre une revanche imaginaire. Aujourd'hui, la vie réelle devient une pause dans le jeu et dans le récit. De plus en plus de gens confondent la réalité et les innombrables stupidités, les énormes incohérences qui leur sont mises dans la tête. C'est une méthode de contrôle. L'homme devient la proie facile du spectacle de l'information. En plein *infotainment*, tout ce que vous voulez, c'est continuer à jouer, à taper non-stop sur des boutons comme un singe sur un smartphone, à passer sans cesse d'une chose à l'autre sans pouvoir vous concentrer sur rien. À partir de là, quand vous êtes réduit à des besoins édulcorés destinés à vous tenir sans cesse occupé, vous déléguez toute responsabilité. D'autres pensent et agissent pour vous. L'effet le plus important de ces deux théories est la dépendance meurtrière que leur combinaison peut induire. Vous ne pouvez plus vous concentrer sur rien de sérieux, ni élaborer la moindre pensée cohérente. Vous devez nourrir le diablotin qui est en vous. Et, lui, il se tient tranquille tant qu'il reçoit sa dose quotidienne – *the daily fix*. »

La conversation se poursuivait, mais Martin devait se rendre à la réunion, alors il arrêta l'enregistrement à regret.

Il se souvint encore que Werner était arrivé le lendemain avec un logo pour ses projets, un logo qui avait fini par se confondre avec sa signature et avec lui. C'était le diable en culotte d'hermine du *Codex Gigas*.

QUATRIÈME PARTIE

« Caedite eos. Novit enim Dominus qui sunt eius ! » « Tuez-les tous ! Dieu reconnaîtra les siens ! »

Arnaud Amaury, 1209, avant le sac de Béziers qui se solda par le massacre de 20 000 cathares.

« Quand j'entrai chez les prélats je trouvai les caissiers et les prêtres occupés à compter l'argent qui s'entassait devant eux. »

Alvarus Pelagius, vers 1320.

Chapitre 110

Seuls deux passagers montèrent à Prague dans l'avion des lignes aériennes turques. Les autres avaient embarqué à Istanbul. L'hôtesse de l'air conduisit Charles à sa place, au cœur de l'avion, rangée centrale, siège du milieu. Il s'excusa auprès de l'homme barbu au regard sévère qui replia à contrecœur ses jambes sous son siège. Comme cela ne suffisait pas, il finit par se lever en marmonnant quelque chose dans une langue que le professeur reconnut comme du turc.

Il remarqua pour lui-même que les gens de ce pays étaient d'ordinaire moins hostiles. Durant les quelques visites qu'il avait faites à Izmir ou à Istanbul ou même dans la capitale, il avait toujours été impressionné par la bonne humeur de la population locale, et par son amabilité joviale et chaleureuse. Dans ce pays vivaient les gens les plus communicatifs qu'il ait connus. Quand il avait l'occasion de discuter avec quelqu'un plus d'un quart d'heure, il avait invariablement la sensation de s'entretenir avec l'ami de toute une vie. Les gens qu'il avait rencontrés appréciaient la discussion, surtout la controverse. Il se souvenait avec plaisir des cafés qu'il fréquentait et dont les habitués se vexaient s'il ne faisait pas une partie de nain jaune avec eux, mais aussi des magasins dont les patrons refusaient de lui vendre quoi que ce soit s'il ne marchandait pas. Même si la finalité était d'encaisser de l'argent, tout le charme résidait dans la rencontre entre le client et le vendeur, et la manière de négocier. De marchander. Cette façon de socialiser, en buvant invariablement un thé, et dont les discussions allaient de la marchandise à toutes sortes de sujets, de la politique à la culture, du sport à la religion, était aux yeux de Charles absolument charmante. C'est là-bas qu'il avait pris l'habitude de donner de gros pourboires. Et là-bas aussi qu'il avait appris l'un des quelques mots de turc qu'il connaissait. Et ce mot était « bakchich ».

Une fois installé, il tourna la tête vers la droite et comprit pourquoi son voisin était si nerveux. Une femme d'une trentaine d'années, absolument ravissante, était assise à côté de lui. Son visage oriental aux grands yeux en amande, aux pommettes hautes, et la peau fine que l'on apercevait dans son décolleté profond, avait probablement été un spectacle de choix pour le Turc durant le voyage jusqu'à Prague. Mais ce paysage s'était éloigné comme une fata morgana dans le désert. Charles se tourna vers le Turc qui le fusillait du regard et cela lui donna envie de rire.

L'avion décolla brutalement et ses oreilles se bouchèrent. Charles ouvrit la bouche pour équilibrer la pression. Puis, heureux que ce voyage étrange se termine bientôt, et qu'il ne lui reste qu'une étape avant son retour, il essaya de se remémorer tout ce qu'il s'était passé depuis son arrivée en Transylvanie. Il lui fallait discerner ce qui était important dans cet enchevêtrement d'événements.

Il avait organisé un symposium d'histoire dans la ville natale de Dracula, sous prétexte de récupérer un sabre qui avait durant sa vie entière obsédé son grand-père qui avait chargé Charles de le retrouver, en se confiant à lui le jour de sa disparition. Là-bas, il avait rencontré un type bizarre, blessé par balles, par on ne sait qui, et qui s'était présenté comme un parent éloigné ayant bien connu son grand-père et qui était même venu, des années auparavant, lui rendre visite en Virginie. L'homme était arrivé en sang dans sa chambre d'hôtel, avec un dossier marron et une histoire incroyable. Il lui avait raconté que Vlad Țepeș avait caché un message dans un livre, à savoir dans le premier exemplaire de la bible de Gutenberg, dont il avait sponsorisé l'impression avec de l'argent obtenu auprès du héros national de l'Albanie, Skanderbeg. Il ne savait pas de quel message il pouvait être question, mais il était suffisamment important pour qu'un groupe non identifié passe cinq cents ans à tenter de le récupérer. Pour cela, ces individus étaient capables de tout, y compris des crimes les plus odieux. Charles avait reçu un billet des mains d'une femme, et ce billet l'envoyait à Prague, à la cathédrale Saint-Guy ou, après avoir réussi à décrypter le message caché dans la poésie d'Agrippa d'Aubigné figurant sur le bout de papier en question, il avait volé une nappe dans une des chapelles. Cette étoffe portait un message codé selon la méthode des francs-maçons. À l'aide de ce message, il avait récupéré le sabre qui semblait avoir été donné par le sultan Mourad II à Vlad Țepeș le jour où il l'avait envoyé, à seulement dix-sept ans, conquérir le trône de Valachie. Charles avait appris à sa grande stupeur que l'épée de Tolède, dont la légende racontait que c'était un cadeau du père de Vlad Țepeș à son fils, existait bel et bien, tout comme le collier officiel de l'ordre du Dragon, apporté à Istanbul par son homme de confiance, un certain Cazan. Charles était très troublé, comme chaque fois, de découvrir que cette histoire apocryphe était réelle.

Le deuxième sabre, baptisé Tizona, comme l'épée du Cid, devait se trouver en Angleterre et l'indice pour le trouver était saint Georges, un dessin d'oiseau, et un *10.00* griffonnés sur le même billet. Il en était arrivé à la conclusion que l'oiseau représentait Uccello, et que saint Georges se référait à un tableau, *Saint Georges terrassant le dragon*, qui se trouvait à la National Gallery à Londres. Et probablement devrait-il s'y présenter un jour à 10 heures. Il ne connaissait pas la date. Durant tout ce voyage, il avait été accompagné par une femme qui lui plaisait beaucoup. Elle s'était présentée comme étant d'Interpol, elle connaissait énormément de choses à son sujet, mais elle avait probablement dissimulé ses véritables intentions. Une chose était sûre, elle en savait beaucoup plus que ce qu'elle disait. Charles n'avait pas compris à quel petit jeu elle jouait et il avait préféré l'abandonner. Il pensait à elle et se demandait s'il n'avait pas fait une erreur en réagissant de manière si impulsive et en quittant Prague comme il l'avait fait.

Dans le dossier qui contenait des pages prétendument extraites de la fameuse Bible perdue, il avait trouvé, traduit en latin, le texte de Kafka *En face de la loi*, repris ensuite dans son roman *Le Procès*. Ce texte incluait une petite modification au sujet des portes et des douze gardiens. Les chiffres 12 et 24 se répétaient de manière obsessionnelle dans les pages de ce qui était présenté comme une bible, ce 12 qui représentait certainement le nombre des armoiries figurant sur le fourreau des deux sabres. Les sabres, selon un autre indice du même morceau de papier, devaient entrer dans un seul fourreau. Pour l'instant, il n'avait vu que six blasons. Dans ces mêmes documents se trouvait aussi une moitié de texte qu'il avait reconnu comme étant le complément d'un autre paragraphe devant lequel il était passé d'innombrables fois durant son enfance, puisqu'il était peint sur le mur de la cave dans la maison de son grand-père où vivait à présent son père. Son père qui, malheureusement, avait dû subir une intervention cardiaque, mais qui se trouvait à présent hors de danger. À l'aide des deux moitiés, il avait reconstitué le texte et obtenu, étrange coïncidence, un autre extrait de Kafka, tiré cette fois-ci de *La Colonie pénitentiaire*. Il y avait de nouveau dans le texte original un minuscule ajout. Quelque chose au sujet d'une clé en acier et d'une porte en pierre. Il s'était souvenu que le support dans la salle de duel de la maison familiale était une sorte de rocher rond portant justement les blasons qu'il avait vus sur le sabre et disposés comme les heures sur le cadran d'une horloge. Encore 12. À la différence près que cette pierre était gravée de trois autres blasons en son centre. Il ne se souvenait pas exactement lesquels. Une autre coïncidence était aussi que le symbole sur la carte d'Interpol de Christa se trouvait sur le même mur. Le dernier élément spectaculaire du dossier marron était cette sorte de photographie ou de dessin qui semblait représenter une New York très ancienne. Il ne trouvait pas à quoi rattacher cette photographie et cela l'intriguait.

Jusque-là, tout semblait bien sympathique et il se serait presque cru dans un roman de Jules Verne s'il n'avait pas trouvé des cadavres à chaque coin de rue. Tous semblaient suggérer qu'un vampire allait dans le monde, n'en faisant qu'à sa tête, le menaçant de l'impliquer directement dans ces crimes s'il ne tenait pas sa langue. Le problème était qu'il ne savait toujours pas ce qu'il devait taire. Il avait appris par Christa, et d'une certaine manière se l'était vu confirmer par l'étrange commissaire Ledvina – lequel s'était révélé être un crétin se prenant pour un chasseur de vampires –, que ces crimes odieux de Sighişoara reprenaient un modèle répété en divers lieux que Charles avait récemment fréquentés. Le prétendu vampire lui avait même fait l'honneur de le libérer de cette prison improvisée où il avait échoué après avoir quitté le train dans lequel ses propres poursuivants avaient été massacrés. Christa et lui s'étaient retrouvés libres, mais au prix d'autres cadavres. Il avait ensuite vu les photos avec l'ombre surgissant au moment de ces crimes. Le commissaire Ledvina avait développé une théorie intéressante et produit quelques preuves dont Charles ne pouvait vérifier l'authenticité, qui signalaient la présence de l'ombre au moins dix fois dans l'histoire et, d'après les calculs du Praguois, à une fréquence de trente ou trente-deux ans en divers endroits du monde, et toujours lors d'événements sinistres. Une sorte de signature du mal.

Il tenta de relier toutes ces pistes, mais il ne parvenait à rien. Il ignorait s'il avait échappé ou pas à la menace de l'ombre. Tout ce qu'il savait, c'était qu'il avait évité de justesse de se faire arrêter par le commissaire tchèque et qu'il s'était soustrait à la surveillance de Christa.

Tout en pensant à cela, il s'endormit.

Chapitre 111

Un signal d'alerte apparut sur l'écran de Werner, juste au moment où le compte à rebours de la console du Temple indiquait moins de deux minutes avant le début de la réunion. Il cliqua sur l'icône rouge. Le programme de récupération et d'interprétation des données qu'il avait lui-même conçu venait de repérer une demande d'identification d'empreintes et de photos, stockées dans la gigantesque base de l'Institut et classées ultrasecret. Les empreintes étaient celles de Beata Walewska. Ainsi, ils l'avaient arrêtée. À l'instant même où il décidait qu'il s'occuperait de cela après la réunion, trois photographies s'affichèrent sur l'écran : Beata étendue sur le sol dans une mare de sang. Il resta pétrifié devant ce joli visage qu'il avait embrassé quelques heures plus tôt. C'était comme un coup à l'estomac. Il était presque plié en deux. La guerre était totale et il le savait mieux que quiconque. Mais il ne s'était pas attendu à ce que les choses prennent une tournure aussi dramatique pour lui. Il ressentit une curieuse pression dans la tête et dans la poitrine. Presque une crise d'angoisse. Cela ne lui était jamais arrivé. D'ordinaire il calmait ses nerfs en jetant ou en cassant quelque chose. Beata. Il devait donc supposer que le boxeur avait subi le même sort. C'était l'élément surprise, l'élément totalement imprévu. Un policier obsédé et dément. La haine déforma son visage, lui donnant une expression de bête traquée, et il se jura de tuer Ledvina de ses propres mains.

On entendait dans les haut-parleurs les mots de Martin Eastwood commençant la réunion. Il ouvrit les images du Temple, mais ne parvenait pas à se concentrer sur ce qu'il se passait là-bas. Les photos du cadavre de Beata étaient imprimées sur sa rétine. Il se leva et tenta de respirer profondément. Il but un verre d'eau à petites gorgées. Quand il eut enfin retrouvé son calme, il assista à une véritable controverse entre les membres du Conseil.

Eastwood leur avait expliqué les raisons de leur convocation et il leur demanda de reconnaître que la situation était exceptionnelle et nécessitait le recours à un point du règlement stipulant que l'élection d'un nouveau membre était possible, en cas d'urgence et sous certaines conditions. Il rappela les circonstances des deux célèbres précédents. Les autres membres n'étaient pas du tout convaincus que les conditions soient remplies, ni que Werner ait l'envergure pour devenir membre du Conseil. Eastwood tenta de les convaincre en énumérant quels services extraordinaires le directeur général de l'Institut avait rendus à l'organisation, et en insistant sur la loyauté dont il faisait preuve depuis quinze ans.

La lumière s'alluma devant la loge numéro 2 et la vitre perdit une partie de son opacité, laissant entrevoir la silhouette de celui qui parlait. C'était un individu portant des lunettes.

— Je ne comprends pas pourquoi vous avez convoqué cette réunion, puisque nous ne sommes pas encore en possession du document.

— C'est exact. Comment peut-on être certain que nous l'obtiendrons ? Et s'il nous mène par le bout du nez ? intervint la loge numéro 6.

— Après, on ne pourra plus le révoquer.

— Un membre ne peut pas être révoqué, dit quelqu'un d'autre.

Tout le monde commençait à parler en même temps. Eastwood intervint à plusieurs reprises et frappa de son marteau le support rond qui se trouvait devant lui.

— Messieurs ! Messieurs !

Les esprits finirent par se calmer.

De la loge numéro 5, restée dans le noir complet, s'éleva une voix de fausset :

— Les bénéfices que votre homme nous apporte sont grands, d'accord. Mais il reste des actions à exécuter, si je puis dire.

Intervint une voix gutturale à l'accent japonais :

— D'où ce Werner connaît notre existence n'est pas très clair. Il est plutôt inhabituel qu'une personne s'invite elle-même au Conseil.

— Oui, c'est sans précédent, intervint la loge numéro 11.

L'atmosphère s'échauffait de nouveau, alors Martin Eastwood tonna avec autorité :

— Onze avions privés qui atterrissent à la même heure et leurs passagers transportés dans le temple dans le plus grand secret : Werner est malin, il ne pouvait pas ignorer notre existence. Ce qui est certain, c'est qu'il ne connaît pas notre identité. Vous-mêmes ne vous connaissez pas entre vous. Et il est impossible qu'il sache de quoi nous parlons ici. La sécurité autour de cette rencontre est au-dessus de tout soupçon.

— La sécurité, la sécurité, s'entendit-il singé par la seule voix qui n'avait rien dit jusqu'à présent, celle de la loge 10. Il faudrait savoir qui a tué les trois membres du Conseil, et lequel d'entre nous est le prochain sur la liste.

C'était de nouveau le cirque et Martin frappa si fort qu'il brisa le marteau dont la tête alla valser contre la vitre de la loge.

— Les exceptions historiques se sont révélées efficaces et inspirées. Elles ont même ouvert la voie pour deux personnalités exceptionnelles qui ont sauvé l'ordre. Parfois, un peu de sang neuf fait du bien à l'ordre.

— On parle de situations de crise, alors que l'ordre était à deux doigts de la dissolution. Il ne faut pas brûler les étapes. Les choses sont bien plus compliquées.

On entendit les réactions d'approbation de la majorité des loges. Martin riposta :

— Il n'existe pas de plus grand danger que le mécanisme qui s'est mis en mouvement. Je sais de source sûre que, pour la première fois en cinq cent cinquante ans, la rencontre va avoir lieu. Jusqu'à présent, tous nos efforts pour découvrir la bible ont été vains. Werner est le seul capable de la trouver. J'ai l'impression que vous ne saisissez pas la gravité de la situation.

La voix de fausset s'éleva de nouveau.

— On peut voter, pour mettre un terme à cette mascarade. Avant, nous devons savoir si vous avez promis une place au Conseil, et sous quelles conditions.

— Oui. Je lui ai promis, dit Martin. S'il apporte la bible.

— Moi, je ne vois pas bien ce que contient cette bible. Des formules magiques ? Ce n'est pas possible, un truc pareil.

— Personne ne sait exactement, dit Eastwood. Mais il est certain que quelqu'un nous poursuit depuis la création de l'ordre et que cette personne a le pouvoir de le détruire.

Loge 2, une voix avec un fort accent russe intervint à son tour :

— On n'a pas arrêté de nous répéter que nous pourrions être exposés. Je ne comprends pas comment un document vieux de plusieurs siècles pourrait mentionner quelque chose à notre sujet. Il s'agit de notre histoire ? Rendons-la publique ! Vu le nombre de théories du complot qui circulent, une de plus ou de moins, personne ne la remarquera.

— Je ne suis pas d'accord. Il se passe quelque chose ici, affirma la loge 8. Trois d'entre nous ont été tués en peu de temps. Si le livre contient ne serait-ce que la méthode pour nous identifier et ainsi nous transformer en cibles faciles, alors il faut mettre la main dessus. J'ai déjà renforcé ma sécurité à quatre reprises et pourtant je surveille mes arrières au moindre bruit suspect.

— C'est vrai, insista quelqu'un d'autre. Il faut faire cesser cette terreur. Qu'il apporte la bible.

Le Japonais proposa une solution que tous semblèrent approuver :

— Alors dites-lui qu'on a voté pour son entrée dès lors que nous aurons la bible et que nous saurons tout danger écarté.

— Oui, approuva la loge 10. Et après, on s'en débarrasse. Votons !

Werner était abasourdi par la tournure que prenait la discussion. Il ne s'était pas attendu à ça et se demandait ce qui lui arrivait. Plus il contrôlait les événements, plus ils semblaient lui échapper. Voulaient-ils vraiment l'éliminer ? Ils n'avaient qu'à essayer. De toute façon, il se fichait d'eux. Son père avait eu raison. Il était impossible de faire confiance à un membre du Conseil quel qu'il soit. Le pouvoir les avait rendus fous. De toute façon, tout ce qui l'intéressait, c'était la bible. Quand il aurait mis la main dessus, cela ne compterait plus vraiment, qu'il soit membre ou non. Cela aurait flatté son orgueil démesuré, et lui aurait rendu les choses plus simples. Mais la bible était tout ce qui comptait.

Il se leva et appela l'administrateur pour lui demander de venir le chercher. En attendant la voiture, il s'habilla et, sans regarder l'écran, il continuait de suivre la conversation du temple. Ils avaient voté son élimination. Mais seulement après s'être assurés que la liste serait entre leurs mains. Il n'avait pas imaginé que les choses prendraient cette tournure. Mais comme il était un excellent stratège, il avait toujours un plan B.

Il sortit son téléphone mobile et lança une application. Un diable en culotte apparut, qui lui demanda : « ACTIVATION DU PROTOCOLE ARMAGEDDON ? » Il confirma. Suivi une autre question : « VOUS ÊTES SÛR ? » Diablement ! Et dire que c'était lui qui avait conçu cet enchaînement de questions. Il s'était peut-être imaginé ordonner la destruction du temple sur un coup de tête et regretter ? Il ne s'en souvenait plus. Il appuya sur l'option « *yes* ». « CONFIRMER LA DATE ET L'HEURE ? » De nouveau « *yes* ». « ATTENTION » s'afficha à l'écran. « LA COMMANDE EST MAINTENANT IRRÉVERSIBLE. ENTREZ LE CODE DE CONFIRMATION ». Tout en sortant de la villa et en inspirant l'air parfumé que les fleurs dégageaient dans l'allée, il saisit un code de douze caractères et appuya sur « *enter* ». Avant de s'éteindre, le téléphone afficha un dernier message : « PROTOCOLE FINAL ACTIVÉ ».

Au moment même où la voiture entrait sur la piste, il appela Eastwood.

— Félicitations, lui dit ce dernier. Dès qu'on aura la bible, tu seras membre de plein droit du Conseil.

Les remerciements de Werner parurent à Eastwood empreints d'une profonde émotion.

Chapitre 112

La lumière s'éteignit dans l'avion qui tremblait violemment. Le capitaine de bord annonça une zone de turbulences sévères et demanda à chacun de garder son calme. Charles regarda le Turc à sa gauche, tout raide sur son siège et qui se cramponnait à ses accoudoirs de toutes ses forces. Quelque chose attira son attention, sur ses mains justement. Des ongles métalliques poussaient à toute vitesse au bout de ses doigts. Pris de panique, il sentit que quelqu'un le chevauchait, le prenait par les épaules et le secouait. Il tourna la tête dans cette direction. C'était la femme, qui avait maintenant un visage de mort-vivant. On ne voyait plus que le blanc de ses yeux et des gouttes de salive acide tombaient de sa bouche.

Il entendit un « Monsieur, ça va ? » et sentit un choc quand il ouvrit les yeux. Terrifié, il regarda l'hôtesse de l'air qui lui demanda si quelque chose lui était arrivé. Sa voisine de droite s'était levée et avait l'air parfaitement normale. Avant de répondre il tourna la tête vers le passager de gauche. Il regarda ses mains. La lumière était revenue dans l'avion et ses doigts paraissaient normaux.

— Que s'est-il passé ? demanda Charles.

— Vous avez dû rêver. Vous allez mieux ? demanda l'hôtesse en lui tendant un verre d'eau.

— Oui. Je crois que ça va. Merci.

L'hôtesse s'assura que tout était en ordre, reprit le verre et s'éloigna. Sa voisine se rassit. Charles prit son courage à deux mains et lui demanda :

— J'ai dit quelque chose dans mon sommeil ?

La femme le regarda avec sympathie et lui répondit :

— Pire. Vous avez hurlé. Ce qui était plus inquiétant, c'était l'expression de votre visage. Vous avez fait un cauchemar.

Il ne saisissait pas si c'était une question ou une affirmation.

— Je suis psychothérapeute. Je pense que cela ne vous ferait pas de mal de me rendre une petite visite dans les jours qui viennent, ajouta-t-elle en lui tendant sa carte de visite.

Charles s'en saisit et l'observa longuement.

— Je fais peut-être des cauchemars. Je n'ai pas beaucoup dormi ces derniers jours. Mais un psychothérapeute...

— ... n'a rien à apprendre à un homme intelligent qui a déjà tout dit depuis longtemps. Je le sais.

Charles était stupéfait. C'était exactement ce qu'il avait pensé. C'était peut-être un lieu commun.

— Malgré tout, si vous changez d'avis, je suis à votre disposition.

Chapitre 113

À la suite de l'incident avec Beata et après avoir manqué Charles à l'aéroport, Ledvina savait qu'il venait de perdre le professeur pour de bon, et que, en ayant fait preuve de son incapacité à l'arrêter à Prague, il avait perdu toute chance d'obtenir un mandat d'arrêt international. Il était convaincu que la femme qu'il avait abattue avait été envoyée par Charles pour installer des micros dans son bureau. Les hommes qu'il avait envoyés chez lui avaient trouvé son logement truffé de micros – et en faisant irruption, masqués et armes au poing, ils avaient infligé une peur bleue à son beau-frère endormi devant la télé. Le commissaire était dans une impasse et Christa semblait la seule à pouvoir encore l'aider à faire la lumière sur certaines choses, mais elle était d'Interpol, ce qui restreignait ses marges de manœuvre. Il décida malgré tout de lui parler.

Honza, qui l'avait conduit de l'aéroport à l'hôtel Boscolo, s'était efforcé de le calmer et le pria de rester dans la voiture. Il revint presque aussitôt pour dire au commissaire que Christa n'était pas dans sa chambre et qu'elle n'était pas rentrée de la nuit. Le commissaire demanda à son adjudant de lui apporter un café fort sans sucre pour remédier à son mal de crâne. À peine ce dernier était-il entré dans l'hôtel que le commissaire prenait le volant et filait.

Il se souvenait où il avait vu Christa la nuit précédente, et il espérait qu'elle s'y trouvait encore. Il accéléra. Il s'arrêtait sur la place quand son nouveau téléphone mobile sonna dans sa poche. Sur l'écran s'affichait le nom de l'adjudant, le seul numéro que ce dernier avait eu le temps d'enregistrer. Ledvina répondit, mais ne laissa pas le temps à Honza de prononcer un mot.

— Je suis parti où je crois que madame doit se trouver. Reste où tu es et ne bouge pas de là. Appelle-moi si par hasard elle arrive à l'hôtel entre-temps.

Honza poussa un long soupir, s'assit sur le bord du trottoir et but une gorgée du café acheté pour le commissaire.

Ce dernier n'attendit pas bien longtemps avant de voir Christa sortir, comme il l'avait prévu, d'une des maisons. Il démarra, et, quand il arriva à son niveau, il ouvrit la portière et l'invita à monter. Elle hésita une seconde, mais finalement s'installa à côté de lui.

Chapitre 114

Charles faisait la queue pour un café dans le terminal où il venait d'atterrir, à l'aéroport de Heathrow. Il était 8 h 30 à sa montre. Il la recula d'une heure tout en attendant son tour et, réalisant qu'il était trop tôt pour aller à la National Gallery, il décida de se présenter d'abord à l'ambassade américaine.

Il y était déjà allé plusieurs fois en tant qu'invité de marque. Quelques dîners y avaient même été donnés en son honneur. Même s'il s'y sentait bien, il n'avait jamais pu réprimer la sensation d'entrer dans le bâtiment le plus laid qu'il ait jamais vu. Selon Charles, ce bâtiment pensé par Ero Saariner, un Finlandais formé en Amérique, n'aurait pas détonné dans une ville nord-coréenne. Les statues de Reagan et Eisenhower évoquaient elles aussi l'esthétique soviétique. C'était peut-être justement la raison pour laquelle les fonctionnaires de l'ambassade, réalisant enfin où ils vivaient, avaient décidé de déménager dans un autre bâtiment dont la construction avait commencé en 2013. De l'avis de Charles qui en avait vu la maquette, ce dernier était encore plus laid. Il ne parvenait pas à comprendre pourquoi ses compatriotes tenaient à tout prix à enlaidir le charmant visage de Londres qu'il aimait tant. Il avait même autrefois entamé des discussions avec un agent immobilier pour acheter une maison à Belgravia, où il aurait été voisin de Hugh Grant.

Il termina son café et prit un taxi pour Grosvenor Square, à Mayfair. S'il ne traînait pas à l'ambassade, il pourrait aller à pied jusqu'à Trafalgar Square où se trouvait la National Gallery. L'ouest de Londres était un des lieux préférés de Charles qui n'appréciait ni les endroits exotiques ni les quartiers isolés. Pour lui, les vacances parfaites n'étaient pas sur des skis à la montagne dans une station pour millionnaires, ni sur une île aux plages désertes et aux eaux cristallines, mais dans le centre d'une grande ville très peuplée. À Londres, dès qu'il parvenait à finir tout ce qu'il avait à faire, il allait au théâtre – parfois même deux fois par jour. La scène londonienne avec ses vieux théâtres aux intérieurs usés, presque en ruine, nombre d'entre eux n'ayant jamais été rénovés depuis des siècles, l'enchantait littéralement. Bien sûr ce n'était pas Broadway, à aucun point de vue, mais Londres respirait le théâtre.

Tout comme il avait ses opéras favoris, il avait aussi ses pièces de théâtre qu'il ne se lassait pas de voir et revoir. Il ne se souvenait pas avoir manqué le moindre *Hamlet*, le moindre *Richard III*, et encore moins la pièce qu'il préférait à toutes les autres : *En attendant Godot* de Beckett. La dernière représentation de cette pièce, il l'avait vue ici même, au Royal Haymarket, avec Patrick Stewart et Ian McKellen dans les rôles principaux. Il avait assisté au spectacle quatre jours de suite. Quant aux deux pièces de Shakespeare, il n'avait pas six ans que son grand-père lui faisait voir les films réalisés par Laurence Olivier.

Le taxi le laissa à proximité de l'ambassade, au niveau des barrières de sécurité. Il présenta ses papiers d'identité, le soldat l'identifia sur une liste ne portant que son nom et il fut conduit directement auprès de l'attaché de sécurité intérieure, une vieille connaissance de Charles. Ils échangèrent quelques mots puis le fonctionnaire lui présenta son passeport diplomatique. Il félicita Charles et lui dit que l'ambassadeur aurait vraiment aimé le faire lui-même dans un cadre plus festif, mais qu'il ne rentrerait de Glasgow que le lendemain matin. Le paquet arriverait quelques heures plus tard. L'attaché lui demanda s'il désirait dormir sur place et Charles lui répondit que rien ni personne ne pourrait le convaincre de passer une nuit dans cette horreur. Son interlocuteur n'avait pas trop le sens de l'humour, ni de l'esthétique, aussi Baker précisa-t-il qu'il souhaitait partir aussi tôt que possible, le soir même, ou sinon, qu'il prendrait une chambre dans son hôtel préféré.

Charles avait fréquenté plusieurs hôtels à Londres, mais un jour il séjourna au One Aldrich, « *where the strand meets the city* », comme disait la réclame. Même si l'hôtel lui avait paru plutôt petit et mal fichu, comme l'immense majorité des hôtels dans la capitale anglaise, il y avait mangé les meilleurs œufs Bénédicte et à la florentine de sa vie, et il n'aurait manqué ce petit déjeuner pour rien au monde. Ce qui l'énervait le plus dans les hôtels londoniens, y compris au The One, c'étaient qu'on ne pouvait pas ouvrir les fenêtres. À peine pouvait-on les entrebâiller, dans le meilleur des cas. La meilleure explication qu'il avait réussi à obtenir était que de paisibles citoyens venaient en trop grand nombre se suicider dans ces hôtels, et que leur manière préférée d'en finir était de se jeter dans le vide. Après quoi, les hôtels étaient traînés en justice par les familles des suicidés ou, dans le meilleur des cas, attiraient l'attention pour des raisons fort déplaisantes.

Il finit le cidre à la fraise que lui avait servi l'attaché et il partit vers Trafalgar Square. Il marcha sur Grosvenor jusqu'à Regent Street et continua ainsi jusqu'à Piccadilly. Il coupa en direction de Pall Mall et arriva sur la place. Il lui restait un peu de temps avant l'ouverture du musée, alors il s'installa à une terrasse et alluma un cigare. Il avait éteint son téléphone en montant dans l'avion et avait oublié de le rallumer ou n'en avait pas eu envie, et il n'avait donc pas vu le message alarmant de Christa qui lui écrivait : « Ross n'est pas celui que vous croyez ! »

Chapitre 115

Il resta en terrasse à regarder les passants tout en buvant son café. Des flots de touristes commençaient à se déverser au pied du monument. L'amiral Nelson dominait, comme du haut d'un mât, la marée humaine s'écoulant des grands boulevards tout comme il domina, d'une autre manière, la flotte de Napoléon à Trafalgar, quand il offrit à l'Angleterre la plus phénoménale victoire navale de toute son histoire. Malheureusement, il y laissa la vie.

À moins cinq, Charles se présenta à l'entrée du musée. Il évita l'accès principal, nommé « *portico entrance* », tourna à gauche et entra dans l'aile Sainsbury. Il monta en courant le vaste escalier jusqu'au deuxième étage. Il passa par la salle 52, devant les peintres italiens mineurs du XIVe siècle dont les œuvres évoquaient le hiératisme byzantin, comme Barnaba da Modena ou Giusto de Menabuoi, puis par la 53, la salle dédiée à la peinture toscane de la première moitié du XVe siècle, avec Masaccio et Gentile da Fabriano et quelques toiles attribuées à Fra Angelico, puis il déboula dans la salle 54 dédiée aux peintres de l'Italie centrale entre

1430 et 1450. Il scruta les peintures de Filippo Lippi, celles de Sassetta et de Giovanni di Paolo et arriva enfin à Uccello. Il y avait deux tableaux. Le célèbre pan du triptyque *La Bataille de San Romano* et enfin *Saint Georges terrassant le dragon*. Il consulta sa montre. 10 heures étaient passées de deux minutes. Il regarda autour de lui. Il n'y avait encore personne à cet étage. Les gens commencent leur visite par le bas. Malheureusement, comme dans nombre de musées du monde, les tableaux sont placés par ordre chronologique, et les œuvres importantes se trouvent souvent dans leur deuxième moitié, où on arrive en tirant la langue, quand l'œil n'est plus capable de percevoir les choses et quand l'esprit ne saisit plus rien dans un tel afflux d'informations. La méthode de Charles dans les musées était simple : ne voir que trois tableaux par visite et s'en aller.

Il s'assit sur un banc et tenta de se déconnecter en regardant le tableau de « l'oiseau » italien. Bientôt, il entendit des pas qui s'approchaient et s'arrêtèrent derrière lui.

— C'est étrange comme ce dragon ressemble à celui du collier de l'ordre du même nom, vous ne trouvez pas ?

Charles fut si étonné par la question qu'il mit quelques instants à saisir et surtout à en comprendre le sens caché.

Entre-temps, l'homme avait contourné le banc et prononça un « Vous permettez ? » tout en s'asseyant sans attendre la réponse. Charles se recula pour mieux voir son interlocuteur. Il bondit comme si on l'avait piqué, et, tout en fixant du regard l'adversaire qui se tenait, décontracté, en appui sur un bras, il demanda :

— Sir Winston Draper ?

Ce dernier sourit et se leva à son tour. Il tendit la main au professeur.

— Je suis heureux de vous rencontrer enfin, Charles.

Charles n'en croyait pas ses yeux. Cet individu d'un mètre quatre-vingt-dix, d'une maigreur de lévrier et portant une veste de tweed bleu était son idole absolue en matière d'histoire. Sir Winston Draper était le meilleur spécialiste au monde en histoire médiévale. Il avait, en vain, tenté de le rencontrer durant les huit mois qu'il avait passés en Angleterre pour ses recherches sur Richard III. Il lui avait écrit, avait tenté de le contacter par téléphone et il avait même assisté à quelques-unes de ses conférences, mais jamais le vieux professeur n'avait daigné parler ne serait-ce que dix secondes avec lui. Il semblait même l'éviter sciemment. Un jour qu'il avait convaincu une collègue du Royal College de le lui présenter lors d'une réception, l'homme avait ostensiblement tourné les talons alors qu'ils s'approchaient. Il était clair que sir Winston ne voulait absolument pas le rencontrer.

Il s'était demandé s'il n'était pas ici question de la célèbre vanité des vieux Anglais qui méprisent les historiens américains fourrant leur nez dans leurs petites affaires nationales. Ou bien, pire, s'il ne s'agissait pas de mépris pour qui se prétend historien sans en avoir la formation universitaire.

— J'ai bien cru que vous n'aviez aucune considération pour moi. Où que vous ne saviez pas qui j'étais. J'ai si souvent voulu m'entretenir avec vous.

Le gigantesque noble anglais afficha un sourire jusqu'aux oreilles, dévoilant une dentition parfaite. Charles se dit qu'il voudrait bien ressembler à ça, à quatre-vingt-dix ans, puisque c'était l'âge du professeur depuis le printemps.

— Il est fort difficile de ne pas savoir qui vous êtes. Surtout après cet énorme scandale autour de la bosse perdue.

Il avait prononcé ces derniers mots en mimant la sévérité.

— Je crois que le moment est arrivé pour vous livrer quelques explications. Elles sont nombreuses, je le crains, ajouta sir Winston, en prenant le bras de Charles pour le conduire vers l'ascenseur.

— Où allons-nous ? demanda Charles dans la cabine.

— On va directement chez moi. Si vous n'avez rien contre et si vous ne vous sentez pas dans la peau d'une fiancée demandée en mariage par un grossier personnage brûlant toutes les étapes...

— Comme, par exemple ?

— La cour, mon cher. La cour, toujours.

Ils quittèrent le musée. Juste devant, sur Pall Mall, une limousine noire les attendait. Le chauffeur leur ouvrit la portière.

— Vous êtes toujours au *single malt* ? demanda l'hôte en tendant la main vers le minibar.

— Surtout quand il s'agit d'un Highland Park de cinquante ans d'âge.

Charles avait immédiatement reconnu la bouteille à nulle autre pareille. Elle était habillée d'argent travaillé à la main, représentant une sorte de végétation luxuriante qui l'envahissait presque totalement.

— C'est juste pour commencer. Les gentils garçons qui savent être sages finissent toujours par être récompensés. Ils doivent d'abord passer ce test. Voyons de quoi ils sont capables.

Charles apprécia ce *goodlads,* « gentils garçons », prononcé comme seul un homme de la haute société anglaise pouvait le faire.

Sir Winston remplit les deux verres d'une main assurée – et Charles l'admira, lui qui n'était pas certain d'avoir le geste aussi sûr.

— Puis-je vous poser une question ?

— Tout ce que vous voulez. Nous sommes là pour ça. Nous avons un tas de choses à clarifier. Je suis persuadé que vous ne savez pas par quelle question commencer.

Charles tenta de pénétrer la réponse du maître. Il ne comprit pas tout de suite à quoi ce dernier faisait référence. Puis une vague idée germa dans son esprit. Il changea de question :

— Avez-vous un lien quelconque avec tout ce qui m'arrive depuis quelques jours ?

Sir Winston le regarda l'air de dire « Mais vous croyez quoi ? », puis il lui répondit :

— Moi, non. Mais votre grand-père, oui.

— Mon grand-père ?

De nouveau son grand-père ? Il était sur le point de répliquer qu'il en avait assez que tout se rapporte à lui.

— Vous avez connu mon grand-père ? se risqua à demander Baker.

— Si je l'ai connu ? C'était mon meilleur ami.

Charles en resta bouche bée, le verre à la main. Le vieil homme lui fit signe de goûter cette eau-de-vie et Charles obéit. Il fit entendre sa satisfaction, plus pour faire plaisir à son interlocuteur que parce que le whisky lui plaisait. À cet instant, il n'aurait pas distingué une bouteille d'alcool et une fiole d'arsenic.

— Il était plus âgé que moi, c'est vrai, mais pas tant que ça. Il se sentait vraiment chez lui, ici. Il a…

Il s'interrompit. Charles essaya de deviner ce que le vieil homme avait voulu dire, mais ce dernier reprit :

— Savez-vous d'où viennent les noms que nous portons ?

— Les noms ?

— Oui. Les noms de famille. Quelle est leur origine ?

— Oui. Je suppose. À l'époque des premiers recensements, quand les gens s'appelaient tous pareil, il a bien fallu les différencier, et les familles avaient besoin de quelque chose qui les fédère autour d'un sujet, si je puis dire, économique.

Le vieil homme ne semblait pas satisfait de la réponse. Alors Charles reprit :

— On a d'abord les noms de famille qui dépendent du lieu de naissance, du village et de la région d'origine. Ubertin de Casale venait de Casale, par exemple.

— Oui…

— Puisque nous sommes allés au musée, on a vu que Uccello est issu d'un sobriquet. Même si l'exemple n'est pas bon puisque c'était vraiment son surnom. Mais Leboiteux, Lemuet, Granville, Barba, tous ces noms sont des sobriquets. Quand il a été question de présenter au seigneur de cette époque féodale un nom à inscrire dans les registres, car il fallait savoir à qui faire payer l'impôt, en dernier recours les gens ont été nommés d'après une particularité physique. Vous étiez gros ? OK, on vous appelle Legros. Vous étiez bossu ? Lebossu devenait votre nom.

Sir Winston ne semblait toujours pas satisfait. Charles descendit son verre et dit :

— Il y a aussi les patronymes. Les Suédois en sont des champions. On dirait qu'ils sont tous les descendants d'Erik le Rouge puisqu'ils s'appellent tous Erikson, c'est-à-dire « fils d'Eric ». Chez les Islandais, les filles sont toutes Untel-dottir. Plus exactement la « fille d'Untel ».

— Et alors ? s'exclama le vieil homme, exaspéré par le raisonnement que Charles déroulait sans se presser.

— Il y a aussi les noms donnés d'après le métier pratiqué. Il est probable, si on s'appelle John Smith, que l'on soit fils de forgeron.

— Comme Baker ou Draper.

Charles comprit enfin où le vieil homme voulait en venir, mais il ignorait pourquoi.

— OK. Nous avons tous les deux un nom qui provient probablement du métier exercé par nos ancêtres il y a des centaines d'années. Et alors ?

La voiture entrait dans l'allée gazonnée d'un manoir, copie conforme de celui où Charles avait grandi. On aurait dit des maisons jumelles, alors qu'un océan les séparait. Ils descendirent de voiture, et le professeur américain en resta stupéfait. Il comprit que tout cet entretien allait se dérouler ainsi. En lui assenant une surprise après l'autre.

Chapitre 116

Alors qu'il était conduit par son hôte devant le manoir, Charles se demanda comment la maison de son grand-père pouvait être identique à ce petit château. Qui avait copié sur qui ? Il fut encore plus étonné quand il vit que la porte d'entrée était similaire. Tout comme la grande salle, à l'arrière, sous l'escalier, dont tous les murs étaient couverts d'une bibliothèque immense. Mais la ressemblance s'arrêtait là. On le pria de s'asseoir au centre, sur un des fauteuils courbes qui ressemblaient à ce que dessinait Le Corbusier. Devant la cheminée qui n'avait plus qu'un rôle décoratif depuis plus de trente ans, trônait un immense bar. À en juger par la collection de bouteilles, la plupart plus vides que pleines, sir Winston devait avoir un certain penchant pour la boisson.

— Et à présent, voici une récompense pour de grands garçons qui ont su être sages, fit sir Winston.

Charles fut ému en apercevant un Macallan de soixante-quatre ans d'âge dans sa carafe à décanter Lalique. Il l'avait déjà vue en photo, il en connaissait l'existence, mais n'en avait jamais bu. Il savait qu'une telle bouteille pesait son demi-million de dollars. À sa grande surprise, elle n'était pas entamée. Il tenta de refuser.

— Cette bouteille, expliqua le vieil homme, je la gardais spécialement pour cet événement.

Leur rencontre était donc un événement ? Il affirmait cela alors que quelques années plus tôt il n'avait pas voulu entendre parler de lui et même l'avait évité comme s'il avait eu la peste ? Les choses prenaient un tour intéressant.

Il se leva en signe de respect pour la boisson ambrée, mais son hôte lui fit signe de se rasseoir. Il ouvrit la bouteille et servit. Il tendit un verre à Charles.

— En mémoire de votre grand-père ! dit-il en trinquant.

Cette fois-ci, Charles sentit jusque dans les profondeurs de son cerveau l'arôme d'une des boissons les plus convoitées sur terre. Il était ravi.

— C'est bon, n'est-ce pas ?

Si c'était bon ? C'était quoi, cette question ?

— Plus que tout ce que l'on peut espérer, répondit Charles. Je parierais que derrière ces étagères de la bibliothèque est dissimulé un passage secret donnant sur un labyrinthe où sont conservés les livres de grande valeur.

Sir Winston sourit.

— Votre arrière-grand-père était tombé sous le charme de notre modeste demeure, et mon père eut l'amabilité de lui en donner les plans.

— Mon arrière-grand-père est venu ici ?

— Mon père a eu l'honneur de l'héberger pendant quelques mois, à l'époque où sa vie était menacée.

— Et cela se passait quand ?

— Entre le 30 septembre 1888 et le début du mois d'avril 1889. Il avait dû attendre la fin de l'hiver pour pouvoir s'embarquer vers l'Amérique.

— Vous venez de dire que sa vie était menacée. Comment ça ?

— Votre arrière-grand-père était un chirurgien célèbre, qui avait étudié à Vienne. Arrivé à Londres courant 1885, il a vite gagné la confiance de tous, y compris de la famille royale. Il travaillait au London Hospital et il vivait, comme la plupart des immigrés de l'Est, à Eastend. Au début de l'année 1888, il ouvrit son cabinet où il traitait gratuitement les malades les plus pauvres. Le 31 août, à Whitechapel, une femme du nom de Mary Ann Nichols fut massacrée à peine quelques minutes après le passage de votre arrière-grand-père qui rentrait chez lui, tout près de là.

En entendant le nom de cette femme, Charles se crispa. C'était le crime dont avait parlé Ledvina lorsqu'il lui avait révélé être en possession d'un dessin secret soustrait aux archives de Scotland Yard et où figurait la fameuse ombre. Il lui avait même montré le document.

— J'ai déjà entendu cette histoire, racontée par un policier, à Prague.

— Ah, vous avez donc rencontré ce bon commissaire Ledvina ?

« Ce bon commissaire » ? Charles en avait plein les bottes. Il fit cul sec et voulut être resservi.

— Ce genre de boisson des plus rares se déguste avec parcimonie. Ce n'est pas de l'avarice, c'est pour préserver l'émotion qui l'accompagne. Un seul verre avant de passer à table.

Charles se montra intrigué.

— Oui, ma gouvernante est en train de préparer le déjeuner. Nous aurons des perdreaux farcis au foie gras. Le plat préféré de votre grand-père.

Son grand-père mangeait des perdreaux farcis ? Avec du foie de canard gavé ? Ça, c'était un scoop. Mais mieux valait ne plus se montrer surpris de rien. Et prendre les choses comme elles se présentaient.

— Je suppose que ce flic rusé ne vous a rien dit, au sujet de votre arrière-grand-père.

— Non, rien du tout.

— C'est mieux comme ça. Parce qu'il ne connaît rien à son existence. En tout cas, quelques jours plus tard, le 8 septembre, une autre femme allait être tuée de la même manière. Elle s'appelait...

— Annie Chapman, répondit Charles. Vous n'allez pas suggérer que mon arrière-grand-père était Jack l'Éventreur ?

— Non, pas du tout, je ne suggère rien. Je dis seulement que quelqu'un a monté une cabale contre lui.

— Une cabale ? Pourquoi ?

— Un peu de patience, jeune homme. Le sang bouillonnant des Baker parle pour vous. Tout comme votre âge tendre.

« Tendre » ? C'était un charmant compliment. Dire d'un homme de quarante-cinq ans qu'il était dans l'âge tendre ne pouvait être que l'apanage de ceux qui avaient dépassé les quatre-vingt-dix.

— Deux autres femmes ont subi le même sort, comme vous le savez. Les deux le même jour. Le 30 septembre. Elizabeth Stride et Catherine Eddowes.

— Et puis la plus célèbre d'entre toutes, Mary Kelly.

Sir Winston sourit d'un air supérieur.

— Mary Jane Kelly a été tuée le 9 novembre. Votre arrière-grand-père était ce jour-là notre invité. Il n'a pas quitté la maison, ne serait-ce que pour se promener dans le jardin.

— Si vous faites cette précision cela veut dire que vous pensez qu'il était bien Jack l'Éventreur puisque les crimes de rue se sont arrêtés à partir du moment où il n'est plus passé dans la rue.

— Pas du tout, mon cher. Je dis que l'auteur de cette machination était au courant de son absence, et comme l'auteur des précédents crimes ne tuait pas forcément par plaisir, le tueur de Mary Jane, victime du plus atroce des crimes, n'était pas lui, et c'est plus probablement l'œuvre d'un dément, probablement un imitateur.

— Et qui avait intérêt à monter cette cabale contre mon arrière-grand-père ?

— Vous vous posez enfin la bonne question. Vous savez mieux que moi que la science commence par une bonne question. Connaissez-vous l'histoire du voyageur dans la galaxie ?

— *Le Guide du voyageur galactique* ? Oui. Vous avez beau faire tous les efforts du monde, si vous ne posez pas la bonne question, vous n'obtiendrez que des réponses idiotes. Auxquelles vous êtes bien obligé de trouver un sens.

— Quelqu'un qui avait intérêt à le compromettre, à éveiller les soupçons à son sujet et à mettre sa vie en danger, pour qu'il se trouve au pied du mur et puisse ainsi être surveillé et contraint à agir.

— Agir pour faire quoi ?

— Faire remonter à la surface un livre.

— Un livre ? Maintenant vous allez me dire qu'il s'agit de la bible de Gutenberg, non ?

— Oui. On dirait que votre grand-père a eu raison. Et Mlle Schoemaker a bien fait son travail. Elle vous a guidé dans l'obscurité. À propos, je croyais que vous alliez venir ensemble. Que lui est-il arrivé ? Cela fait bien trente ans que je ne l'ai pas vue. Elle était une mignonne petite fille avec des couettes, à l'époque. Et les genoux en permanence égratignés.

Mon Dieu ! songea Charles. Même Christa est de son côté ? Et Ledvina aussi ?

— Vous voulez dire que ce crétin de flic, le commissaire, était de mon côté ?

— Je ne crois pas. Il cherchait autre chose.

— L'ombre ?

Sir Winston sourit sans répondre.

— Et Christa ?

— Elle, oui. Votre grand-père a tracé pour vous un labyrinthe parsemé de pièges et de devinettes que vous deviez résoudre. Pour prouver que vous êtes ambitieux, intelligent et déterminé à accomplir votre destin. Christa a été votre garde du corps. Votre ange gardien. Sachez qu'elle aurait donné sa vie pour vous, et sans hésiter.

Charles ne savait plus quoi penser. Ainsi Christa était de son côté. Elle l'avait protégé durant tout ce temps. Elle l'avait guidé. Et toutes ces charades constituaient une sorte de parcours initiatique. Son grand-père était-il donc retombé en enfance ? Quelque chose clochait.

— De quelle initiation parlez-vous ? Un jeu pour boy-scout ? Mon grand-père était obsédé par un sabre dont il m'a farci la tête toute sa vie durant. Avant de disparaître, c'est la seule chose dont il a parlé. Et vous pensez qu'à ce moment tragique il l'aurait fait seulement pour s'amuser ? Ça ne semble pas très sérieux, vous ne croyez pas ?

— Je le reconnais, cela semble puéril, mais c'est le cas de tous les rituels d'initiation dans les sociétés secrètes. Ils ont quelque chose de ridicule. Des adultes qui font joujou. Un franc-maçon au pantalon retroussé qui boit du café amer n'est pas moins stupide. Ce sont des gestes chargés de symboles.

Charles avait besoin d'un peu de temps pour digérer tout ce qu'il venait d'entendre. Sir Winston n'eut pas besoin qu'on lui explique. Alors il s'excusa, il devait s'absenter un instant.

Charles alla directement à la bouteille se resservir un whisky. Cette boisson était incroyable.

Ainsi l'ombre avait tenté de décrédibiliser son arrière-grand-père en commettant des crimes en son nom ou en l'y associant. C'était exactement ce qu'il lui arrivait à présent. Mais cette ombre ne pouvait pas avoir plus de cent vingt-cinq ans. Était-il question d'une autre société secrète ? Un conflit ? Le message lui intimant de tenir sa langue lui était-il réellement adressé ? Il ne comprenait toujours pas à quel sujet il devait se taire. Au sujet de la bible de Gutenberg ? Et son grand-père avait créé pour lui un parcours initiatique, parsemé d'énigmes et de petits jeux avec des messages cachés et des codes francs-maçons ? Il fallait qu'il en sache plus, mais le vieil homme semblait continuer à bien s'amuser. Il ne lui délivrait les informations qu'au compte-gouttes. Peut-être craignait-il qu'il ne parvienne pas à les digérer s'il les lui livrait d'un seul coup. Ce qui était certain, c'est qu'il avait hâte de rentrer. Il se rassit sur le canapé.

— Il ne fallait pas vous rasseoir. Je voudrais vous demander de m'accompagner un peu, dit sir Winston par la porte entrebâillée.

Charles jeta un œil autour de lui.

— Non, vous n'êtes pas filmé, s'amusa son hôte. Votre grand-père se serait resservi de ce whisky. Je suppose que vous n'êtes pas son petit-fils pour rien.

Charles suivit le vieil homme dans une première pièce qui menait à une deuxième puis à une troisième et à une autre encore. Ils montèrent l'escalier, passèrent deux nouvelles portes et descendirent à l'arrière de la maison, dans le jardin. La maison de West Virginia n'était pas organisée de la même manière, son aïeul n'avait de toute évidence pas complètement respecté les plans de l'architecte. Le jardin était immense. Un sentier à travers le gazon parfait menait à un parc aux arbres énormes, centenaires. Là-bas, à l'ombre, étaient disposés des tables et des fauteuils confortables couverts de housses en Nylon – à cette période il pleuvait quotidiennement à Londres. On voyait au loin un saule pleureur et une végétation luxuriante. Là se profilait l'entrée d'une sorte de temple. On aurait dit une vision tout droit sortie d'un roman gothique, et on se serait attendu à ce que ce soit le domaine des elfes. Ils marchaient dans cette direction quand sir Winston reprit la conversation :

— C'est votre grand-père qui a imaginé ce parcours initiatique. Il a laissé des indications pour chaque étape. D'autres se sont occupés du reste.

— Des crimes aussi ?

— Non ! Votre grand-père n'a jamais tué personne. On parlera des crimes un peu plus tard.

— Et le sabre ? Il l'a cherché pendant plus de cinquante ans. Il partait alors pendant des mois. Mon père et moi nous sommes convaincus qu'il a disparu en tentant de le trouver.

Sir Winston lui adressa un regard plein de compassion.

— Il a toujours eu le sabre. Plus précisément *les* sabres.

— Je ne comprends pas.

— Il les avait, mais pas en sa possession. Après la mort de votre aïeul, il a décidé qu'il ne fallait pas conserver la clé tout près de la serrure. On ne colle jamais son code sur sa carte de crédit. Le moment du rendez-vous approchait et le risque d'être découvert était devenu trop grand.

— Quel rendez-vous ? C'est difficile pour moi de comprendre si vous me servez tout au compte-gouttes. Est-ce que j'ai réussi, ou pas du tout, ces fameux tests ?

Sir Winston eut un sourire sibyllin. Ils étaient arrivés à la construction en pierre. C'était un caveau. Le caveau de la famille Draper.

Les yeux bleus et limpides du vieil homme se mirent à briller.

— Votre grand-père a quitté la maison parce qu'il était sur le point de mourir. Il avait un cancer. Et il ne voulait pas que vous passiez, ni vous ni votre père, par ce qu'il avait lui-même vécu. Il est mort ici dans mes bras. Il n'a pas voulu que nous le conduisions à l'hôpital. Nous avons alors amené l'hôpital à lui, avec tout l'équipement nécessaire. Dans l'une des chambres du haut. Durant les quelques mois où il est resté alité, il n'a fait que parler de vous.

Il passa devant Charles et descendit quelques marches. De part et d'autre se trouvaient des tombes sculptées dans une pierre blanche aux irisations métalliques. Au bout de la rangée sur la gauche se trouvait une tombe portant le nom d'Edward Baker. Dessous, sculptée dans le marbre, une médaille en forme de cercle, dans laquelle deux loups debout tenaient entre leurs pattes avant une couronne. Sous la couronne, juste au centre de l'effigie dorée trônait un bretzel en forme de 8. Le blason de la corporation des boulangers. Au-dessus, entre le blason et le nom, on pouvait lire « PANIS VITA EST ». Et rien d'autre.

Chapitre 117

Dans l'avion qui le menait à Londres, Werner s'énerva contre Charles qui n'avait pas rallumé son téléphone mobile et dont il ne pouvait pas suivre les déplacements. Il devinait qui il allait rencontrer, aussi avait-il besoin de mettre au point un plan bien pensé. La probabilité que la bible se trouve à Londres, en la possession de sir Winston, était presque nulle. Le plus plausible était qu'elle soit cachée quelque part chez le grand-père de Charles aux États-Unis, très probablement juste derrière le mur couvert d'inscriptions. Werner savait aussi que toute tentative d'entrer en force dans la pièce secrète risquait de détruire le précieux document.

Il savait aussi que son protecteur, le chirurgien Baker, Jack Baker – que son aïeul n'avait pas réussi à coincer même en montant contre lui cette cabale avec Jack l'Éventreur, qui l'avait mené à deux doigts de réaliser le rêve de la famille Fischer – avait pris toutes les mesures de précaution. Dans son fanatisme, il s'était assuré que la bible serait détruite plutôt que de tomber entre les mains de quelqu'un d'autre. Et c'était un risque qu'il ne pouvait pas assumer, lui.

Charles allait probablement récupérer le deuxième sabre et rentrer chez lui.

La mort de ces deux agents, et en particulier de Beata – la seule personne à laquelle il s'était finalement un tant soit peu attaché, après la fin de sa relation de jeunesse avec Charles –, la trahison d'Eastwood et de tout le Conseil, tout cela l'avait mis de mauvaise humeur. Il décida de laisser de côté ces idées noires et de se concentrer sur l'objectif final. Il en était plus près que personne ne l'avait jamais été dans sa famille au cours des cinq cents dernières années. Il n'avait pas droit à l'échec.

Dans son bureau du siège de la Section spéciale, Ledvina menait une vive discussion avec Christa.

Chapitre 118

Charles, plongé dans ses pensées, attendait que sir Winston le rejoigne à table. La vérité sur son grand-père l'avait ému plus qu'il ne l'aurait cru. Mais du moins savait-il désormais ce qui lui était arrivé. Il pouvait balayer l'inquiétude qui jusqu'alors l'accablait dès qu'il pensait à lui, pour ne garder que l'amour.

Sir Winston entra et lui donna une tape amicale sur l'épaule avant de prendre place à table. Charles voulut dire quelque chose, mais le vieil homme le devança :

— Le meilleur livre que vous avez écrit jusqu'à présent est cette superbe étude sur les corporations européennes au Moyen Âge.

Charles ne s'attendait pas du tout à ce que son hôte aborde ce sujet. Sir Winston avait l'air de lire dans ses pensées, puisqu'il ajouta :

— Nous manquons de temps. Si vous voulez accomplir votre destin, vous devez rentrer chez vous aussi tôt que possible.

Mille questions se bousculaient dans l'esprit de Charles qui ne savait pas par où commencer. De nouveau le vieil homme le sentit.

— Soyez un peu patient. Je vais tout vous raconter, mais vous devez bien comprendre le contexte.

Charles avait l'impression de s'entendre parler. Était-ce un trait commun à tous les passionnés d'histoire, de contextualiser et d'exiger de leur interlocuteur la patience de tout écouter, afin de saisir vraiment ce qu'il lui était raconté ?

— Vous n'avez fait qu'une seule erreur. Vous affirmez dans ce livre que les corporations représentaient un phénomène local circonscrit aux cités et aux villes en cours de formation, et qu'elles n'ont jamais eu d'envergure internationale.

— Pas en tant que corporation, répondit Charles, mais bien plus tard. Les liens entre les corporations de producteurs étaient le fait des commerçants. Eux aussi étaient organisés.

— Nous parlons des corporations de *producteurs*, fit le vieil homme en insistant sur le dernier mot. Il existe néanmoins une exception, que vous n'avez aucun moyen de connaître. C'est ce qui se trouve au cœur de notre histoire.

— Il s'agit de la société secrète dont vous me parlez ? Une société secrète des artisans ? Aujourd'hui ? Quel sens cela aurait-il ? C'est anachronique depuis plus de quatre cents ans en Europe de l'Ouest, et à l'Est elles ont totalement disparu à la fin du XVIIe siècle.

— Un peu de patience, dit le vieil homme en hochant la tête. Cette précipitation de la jeunesse m'exaspère. Mais, étant donné que j'étais pareil à votre âge, je la comprends.

Charles s'avoua vaincu et se prépara à l'écouter. Entre-temps un jeune employé de maison avait apporté les entrées. Sir Winston fit signe à Charles de se servir. Il n'avait pas faim du tout, mais par politesse il piocha dans chaque plateau. Ensuite, il goûta. Tout était délicieux. Sans s'en rendre compte, en écoutant le vieil homme parler, il vida son assiette.

— Alors disons-le comme ça : avec la chute de l'Empire romain et même un peu plus tôt, dès que l'autorité impériale a commencé à décliner, toute autre autorité de la même échelle a disparu du monde civilisé – je me réfère à l'espace européen. Il n'y a plus de maître du monde. Pour être plus précis, comme vous le savez, l'Europe plonge dans un incroyable chaos. Une Babylone de nouveaux peuples apparaît aux quatre coins du monde. Les Ostrogoths et les Wisigoths, qui conquièrent les péninsules Ibérique et italienne, sont suivis par des vagues de dizaines d'autres : les Huns et les Suèves, les Burgondes et les Vandales, les Hérules et les Gépides, les Francs.

— Les Avares et les Lombards, les Thuringes et les Alamans, les Bavarois, les Sorabes, les Obodrites et les Wendes.

— Ces derniers sont des Slaves. Bravo. Vous en connaissez d'autres ?

— Les Prusses, les Prutènes, les Coures, les Lettons, les Sémigaliens, les Lituaniens.

— Les Ukrainiens, les Biélorusses et les Grands-Russes, les Tchèques et les Slovaques, les Poméranais, les Polonais et les Obodrites et parmi les Slaves slovènes, les Serbes, les Croates et les Bulgares.

— Sans oublier les plus étranges d'entre eux, les Ingévons, les Istévons, les Hermions, les Ubis et les

Chérusques, les Bataves et les Chattes, les Chauques et les Frisons, les Saxons et les Semnons.

— Les Hermondures, les Marcomans et les Quazes. Les Quazars, les Petchenègues, les Coumans, les Magyars.

— Sans parler des Varègues, la branche viking qui vient fonder Novgorod, au tout premier début de la Russie. Ni des Normands.

Soudain ils se mirent à rire ensemble.

— J'espère que vous ne m'avez pas fait venir jusqu'ici pour jouer à « Questions pour un champion » ?

— Non. Je m'amusais. Je me moque de moi-même, parce que vous savez à peu près tout. Jusqu'au moment où vous ne savez plus. C'est donc pourquoi, pour que vous puissiez comprendre que certaines choses vous échappent, nous devons passer en revue ce que vous connaissez. C'est tout.

Charles s'était remis de l'émotion liée à son grand-père, et, peut-être grâce au whisky et aux plats, il s'était à la fois détendu et un peu échauffé.

— OK, dit-il. Je rends les armes.

— Et donc, on pouvait s'attendre à ce que quelqu'un ou quelque chose vienne combler ce vide.

— Et, puisque les royaumes sont encore trop petits, trop morcelés et trop divers, le seul organisme qui réussit à s'organiser…

— … c'est l'Église, en effet. Et maintenant, écoutez attentivement. L'an 751 est d'une importance capitale. Si l'on part du principe, comme il est convenu de le faire, que le Moyen Âge commence avec l'apparition de l'islam, alors le premier geste du Moyen Âge est celui-là. Les rois mérovingiens, descendants de Clovis, premier roi des Francs, sont presque finis. Ils perdent le pouvoir au profit des lieutenants. Charles Martel est l'un d'entre eux. Il vainc les Arabes à Poitiers en 732. Et son fils...

— Pépin le Bref.

— Pépin III ou le Bref, devenu seul maître du royaume, a de plus grandes ambitions. Nous sommes en 747.

— Il n'est pas encore très sûr de lui et il sait qu'il souffre d'un manque de légitimité.

— Et ?

— Et il va la chercher auprès du pape.

— Il veut être reconnu roi de tous les Francs par le pape Zacharie. Il envoie deux curés ambassadeurs à Rome.

— Des curés plutôt haut placés.

— Oui. L'évêque de Würzburg et l'archiprêtre et abbé de Saint-Denis.

— Fulrard et Burchard.

— C'est le contraire.

— Pardon ? Ah oui. C'est l'inverse. Burchard est l'évêque.

— En 751, saint Boniface le couronne.

— Et le dernier roi mérovingien est envoyé au monastère comme Ophélia par Hamlet.

— Oui, mais chez Shakespeare, *nunnery* veut aussi dire « bordel ».

— Si l'on en croit Boccace ou Chaucer, je ne sais pas trop quoi dire. Il se pourrait que des choses intéressantes soient arrivées à ce pauvre Childéric III.

— Si quelqu'un nous entendait, il penserait que nous avons perdu la tête, plaisanta sir Winston. Une conversation avec vous n'a décidément rien à envier à celles que j'entretenais avec votre grand-père et que l'on pouvait poursuivre à l'infini. Mais revenons à notre sujet.

— Quel est vraiment notre sujet ?

— Le pape est pour la première fois le garant de la légitimité d'un roi. Et ce dernier reconnaît la suprématie spirituelle du pape.

— Et il y a contrepartie.

— Oui, Pépin fait la conquête de Ravenne où régnait le Lombard Aistolf et en fait cadeau au pape. En bonus, il y ajoute une grande partie de l'Ombrie. Cette donation, comme on l'appelle, est considérée par tous les historiens…

— Du moins par ceux qui comptent… rigola Charles.

— Et par les autres aussi. Elle est donc considérée comme l'origine des États pontificaux. À partir de ce moment-là, la dignité royale ou plus tard impériale est accordée par l'Église, puisque le fils de Pépin, Charles le Grand, dit Charlemagne, est lui aussi couronné par le pape. Et qui ne recevait pas l'onction du pape ne pouvait être ni roi ni empereur. Comme vous le savez, cette donation porte aussi le nom de « *patrimonium petri* ».

— C'est-à-dire un prolongement du territoire donné à l'Église romaine du vivant de saint Pierre.

— Cette relation va marquer si profondément l'histoire de l'Europe que l'union des deux pouvoirs jette les bases de la domination du monde.

— Oui. Les bases. Les papes ont besoin des souverains pour les relations de vassalité qu'ils instaurent à l'aube du féodalisme, pour leurs armées qui soumettent leurs vassaux, pour les chevaliers qui protègent les évêchés, les églises et les prélats, en général, mais aussi pour leurs dons, sous forme d'argent et de terres. Les souverains ont, eux, besoin des papes pour l'image. L'épée subjugue la volonté, mais Dieu subjugue les esprits.

— Tout à fait. Cette alliance est un cocktail létal. Et personne ne peut y échapper. Le pape est l'autorité suprême en ce monde. Autorité qu'il transfère au roi. Au prince, comme a dit Machiavel. Nous avons ici, souvenez-vous bien de ça, l'image des deux glaives. Le spirituel qui appartient à l'Église et le temporel qui est celui du prince.

— J'avais oublié ça. J'aurais dû y penser. Il s'agit donc là des « deux sabres dans le même fourreau » ?

— Oui. Et Vlad Țepeș, qui avait reçu un sabre des mains du sultan et une épée de son père, ne se sépare jamais ni de l'un ni de l'autre. Il connaît l'histoire des glaives. Son sabre chrétien, hérité de son père, il le considère comme spirituel et l'autre est en quelque sorte temporel. En fait, Dracula a une interprétation assez originale. Comme le christianisme et l'islam étaient les deux religions impliquées à l'époque, les deux sabres représentent pour lui l'essence du pouvoir à cette période.

— De plus en plus intéressant. Vlad possédait ce genre de conscience symbolique ?

— Oui, et très développée.

— Et grand-père, pourquoi voulait-il les deux, lui aussi ?

— On y arrive. Juste un peu de patience. Comme vous le savez, la réalité ne cadre pas toujours avec ce que l'on avait prévu. Les évêchés fondés sur tout le territoire européen sont en fait la propriété privée des princes et des seigneurs de chaque lieu. Nous sommes en plein féodalisme, et un immense péril s'abat sur les abbayes et les paroisses qui se trouvent soumises aux seigneurs. L'autorité du pape est presque inexistante. Et ça, ça fait mal au porte-monnaie. Les dissensions entre les princes, les rois, les empereurs et la papauté sont interminables. Surtout à Rome où les grandes familles aristocratiques se disputent le trône de saint Pierre. C'est une guerre totale et complexe. Les problèmes surgissent de toutes parts. En 867, Photius refuse la juridiction papale sur l'Église orientale.

— En 1053, le patriarche de Constantinople, Michel Cérulaire, ferme toutes les églises latines. En réponse, le pape Léon IX fait déposer à Sainte-Sophie une bulle d'excommunication.

— C'est le Grand Schisme. Oui. Mais avant d'en arriver là, on passe par les IXe et Xe siècles qui sont une catastrophe pour l'Église. Autour de l'an 900 un conflit permanent divise à Rome les partisans du pape Formose et ses opposants. Cela entraîne une folle succession de papes dont certains n'occupent le trône que quelques semaines voire quelques jours. La sauvagerie et la cruauté sont sans limites. Pour ne parler que de Formose, le pape Étienne VII demande l'exhumation de son cadavre afin de le juger et d'en jeter les morceaux dans le Tibre. Mais la roue tourne et Étienne VII meurt peu de temps après, étranglé, en prison.

Charles s'amusait comme un petit fou. Il avait lu tout ce qu'avait écrit sir Winston, il connaissait son cynisme, mais l'humour qu'il mettait dans tout ce récit historique était inédit pour lui.

— On veut des princes au-dessus des papes, mais les papes veulent des princes à contrôler. L'empereur Henri II du Saint Empire impose Benoît VIII aux Romains. Ce dernier était issu d'une de ces familles papales, celle des comtes de Tusculum, comme le seront les Colonna, les Orsini ou les Borgia. Pour le malheur des autres, ce pape-là est honnête, et, en 1020, il émet des décrets contre la simonie, c'est-à-dire la corruption. Mais là il faut lire entre les lignes. Ces abus se passent dans des églises sous juridiction féodale. Cela mènera directement à la célèbre querelle des Investitures entre la papauté et le Saint Empire romain germanique. C'est le fameux épisode de Canossa dans lequel Grégoire VII humilie Henri IV qui va renverser le pape et nommer finalement un antipape. Après cela, l'empereur part conquérir Rome, mais il sera mis en déroute par les Normands. Ces derniers se comportent mal avec le peuple. Ils sont chassés par les habitants de moins en moins nombreux de Rome. De toute façon, il ne reste rien à piller. La catastrophe est telle que, après la mort de Grégoire VII, personne ne veut plus devenir pape.

— Et la crise se solde par le concordat de Worms.

— Exact. En 1122 cesse la lutte pour l'investiture. Entre-temps, il s'est passé quelque chose sans qu'on le remarque et qui pourtant renversera l'équilibre des forces. Vous savez de quoi il s'agit ?

— Peut-être, répondit Charles. Mais je ne vois pas exactement ce que vous voulez dire.

— En 910 est fondée l'abbaye de Cluny. C'est important parce qu'elle n'est plus la propriété du prince, mais celle des États pontificaux. Peu à peu, l'Église consolide ainsi son pouvoir. Elle revient en force, plus sûre d'elle que jamais. Et, parce qu'elle a tiré les leçons de son expérience, elle finit par voir le diable, si je puis dire, partout. Comme ce personnage de Dostoïevski qui claquait les portes pour lui coincer la queue.

— Le père Ferapont.

— C'est bien de lui qu'il s'agit. On voit donc des ennemis partout qui sont exterminés sans pitié. Les ennemis les plus grands sont les sectes. D'abord les bogomiles. Mais c'est plutôt à l'Église d'Orient de s'en occuper. Il semble qu'ils ont inspiré les albigeois ou les cathares qui pensent que le monde est dualiste – divisé entre le bien et le mal et gouverné par ces deux principes.

— C'est d'inspiration zoroastre. Cela vient du conflit entre le bien et le mal. Ahura-Mazdâ et Ahriman.

— Oui, ce qui est ici hypocrite est que l'Église elle-même est issue de cette religion, comme vous le savez. Les Iraniens ont inventé la première religion dualiste vers l'an 600 avant Jésus-Christ, et pour des raisons pratiques. Savez-vous d'où vient le mot « religion » ?

— Du latin *ligare*. « Relier. »

— Et ça relie quoi ?

— Ce n'est pas si simple, répondit Charles. En Iran, il y a eu à cette époque-là un déferlement de populations comme il y en aura plus tard en Europe, dans la période dont on parlait. Elles sont toutes d'origine indo-aryenne. Mais là-dessus sont arrivés les Perses, les Mèdes et les autres. Les croyances, les superstitions, les langues, les divinités étaient pour ainsi dire sans nombre. L'empire qui était né avait besoin de rassembler toutes ces populations. Comme il était exclu de les forcer à apprendre la même langue, ils simplifièrent la religion et la rendirent universelle, compréhensible par tous. L'autorité de l'État sur ses sujets s'est imposée *via* la religion.

— Exactement comme cela se passera en Europe mille cinq cents ans plus tard. Quelles autres similitudes y a-t-il encore ?

— Beaucoup, beaucoup de choses sont vraiment très semblables.

— Alors laissez-moi mettre l'accent sur ce qui compte dans notre discussion. Pour se différencier des autres, ils trouvent quelque chose qui les unit. Le premier monothéisme de l'histoire. C'est l'apparition de Mithra, le prédécesseur, pour ainsi dire le modèle, de Jésus. Il naît dans une grotte, il bénéficie d'une annonciation et des mages sont présents à sa naissance. La ressemblance est un peu trop grande pour que ce soit seulement une coïncidence. Et c'est là que tout commence. L'institution de l'Église, avec son monothéisme et la promesse eschatologique de la rédemption, mais aussi les hérésies dualistes. Ces dernières deviennent le pire ennemi de l'Église. Les albigeois sont massacrés en 1209. À Béziers. En 1244 tombe la dernière forteresse cathare, le château de Montségur. En 1215, le quatrième concile du Latran émet un décret contre les juifs, les orthodoxes et tous les hérétiques. On décrète l'Inquisition épiscopale, et en 1231 Grégoire IX crée l'Inquisition papale. On légifère sur la peine de mort. En 1252, la bulle *Ad Extirpendum* légalise la torture, même si elle était utilisée, mais de manière non officielle. L'Inquisition a le droit de soutirer des aveux selon ses propres méthodes, pourvu qu'elles les obtiennent. On croisait des hérétiques à tous les coins de rue. Ça grouillait de prédicateurs de toutes sortes, aux théories plus fumeuses les unes que les autres. Tous sont pourchassés et brûlés sur le bûcher.

— Il faut dire que l'hérésie est généralisée. En plus des cathares, on poursuit toutes sortes de pauvres gens. Leurs frères en spiritualité, les vaudois, les partisans de Fra Dolcino, les patarins, les arnaldistes, les guillelmites, les pinzocheres… La liste est interminable. Délire et massacres sont partout. Et c'est avant la grande chasse aux sorcières. Je crois que l'invention du diable tient un rôle essentiel dans cette histoire et aide à justifier les crimes. Par exemple, le premier grand prédicateur sur le thème de Satan, celui qui terrifiait le public en parlant du pouvoir du diable, était un certain d'Ávila. L'Église a été tellement terrifiée par ce qu'il racontait qu'elle l'a condamné à mort, tout comme sa fiancée et quelques-uns de ses disciples. Ils sont brûlés sur le bûcher. L'Église leur a rapidement inventé une hérésie sur mesure. On l'appelle l'encratisme. Peu importe que le nom de cette hérésie soit utilisé pour d'autres impies. Des maladies différentes, mais le diagnostic est le même et, bien entendu, le traitement aussi. Ça, c'était au IVe siècle. C'est donc une histoire bien plus ancienne.

— Oui, mais pour être tout à fait honnête, le pape de l'époque avait protesté contre ces exécutions. En 1200, non seulement il ne proteste plus, mais il les encourage. Les seigneurs sont enchantés. Il y a complicité avec l'Église. Car au-delà de la peur existent d'énormes intérêts matériels. Et l'argent est l'œuvre du diable. Vous éliminez tous ceux qui sont gênants et vous leur confisquez leurs propriétés. C'est donner libre cours à la sauvagerie. L'Église n'arrive plus à se refréner.

Elle veut toujours plus d'argent, toujours plus de pouvoir. Ajoutons encore qu'en 1216 Innocent III se considère non seulement comme le descendant de saint Pierre, mais carrément le remplaçant de Jésus sur terre. Quand on se proclame main de Dieu, tout est permis.

— C'est le début des croisades.

— Oui. Ce que les gens ne comprennent pas ou font semblant de ne pas comprendre, c'est que la croisade est, au-delà de sa signification symbolique de la reconquête de Jérusalem, une répétition générale en vue d'obtenir le pouvoir total. Comme l'Église n'est pas très satisfaite des réactions des princes – en particulier parce que leurs intérêts ne coïncident pas avec ceux de l'Église, ce qui va finalement conduire à l'échec des croisades –, les papes se dotent de leur propre armée. C'est alors que sont créés l'ordre des Templiers, l'ordre des Hospitaliers et l'ordre Teutonique. Tout cela à peu près à la même période. Vous les connaissez. Inutile d'insister. C'est une répétition pour quelque chose de beaucoup plus important.

— Je croyais qu'ils avaient été créés pour défendre les pèlerins sur le chemin de la Terre sainte.

— Oui, ça commence comme ça. Mais les croisades auront une fin. Peu importe comment elles vont se terminer. Et alors que deviendront-ils ? L'Église est capable de faire de l'argent avec rien. Il y a d'abord la *spolia*, qui vise les domaines du clergé, et puis ce sont les « annales », les taxes pour les fonctions. Et attention, ce sont des impôts annuels ! Il y a aussi les taxes pour la confirmation en fonction, et puis les *palium*, c'est-à-dire les taxes demandées aux archevêques. Le plus fort, ce sont les *futures*, des taxes qui servent à réserver des fonctions futures.

— Vous êtes sérieux ? demanda Charles. Ça, je l'ignorais.

— Oui. Et on ne parle même pas encore des indulgences, des taxes pour toutes sortes de faveurs, de postes. L'autre danger, ce sont les moines qui prêchent la pauvreté du Christ. Ils sont plus dangereux encore que tous les autres hérétiques, car il n'y a qu'un pas entre dire que Jésus-Christ a été pauvre et en déduire que son Église doit l'être aussi. Un tout petit pas. Et on laisserait des hérétiques ou des moines prêchant le dénuement gâcher toute cette abondance ? Impossible. Alors on crée deux ordres mendiants, les franciscains et les dominicains. Si cela doit exister, autant que ce soit avec notre accord, se dit l'Église, et, à Latran en 1215, elle émet une loi selon laquelle on ne peut plus créer de nouveaux ordres religieux. Les dominicains sont hypermodestes. Les autres sont plus avides. Très bien préparés sur le plan théologique. Ils sont envoyés pour enseigner à l'université de Paris. C'est dans leurs rangs que sont sélectionnés les plus sinistres inquisiteurs.

— Oui, mais à une époque où tout intérêt pour la culture avait disparu parce que plus personne ne lisait ni n'écrivait plus rien, tout simplement, ils deviennent les copistes des manuscrits et les conservateurs de tous les livres existants. Ils ont littéralement conservé toute la culture de l'humanité. Et sans ça, désolé de le dire, mais même nous deux, nous serions en train d'aboyer au lieu de discuter.

— C'est bien de nuancer les choses, et la remarque est juste. Mais on s'éloigne du sujet.

— Justement. Quel est le sujet ? demanda Charles au moment où les deux domestiques posaient sur la table le clou du déjeuner, le perdreau farci au foie gras.

Chapitre 119

— J'y viens, dit le vieil homme en se servant un morceau de viande et quelques légumes qu'il recouvrit de sauce rouge. L'Église est de plus en plus gourmande et fonde ses ordres de prêtres combattants parce qu'elle veut sa propre armée. Elle ne fait pas confiance aux princes. On est à la veille d'un coup de maître.

— Vous parlez des trois grands ordres ?

— Pas seulement. Il y a donc les Templiers, les Hospitaliers et l'ordre Teutonique. Les Templiers sont l'invention d'un cistercien, saint Bernard. Un petit malin. Tout un tas d'ordres moins importants complètent le tableau. On assiste à une fièvre créatrice de moines guerriers au service des intérêts de l'Église. L'ordre des Chevaliers lépreux, autrement dit de Saint-Lazare, l'ordre de Saint-Thomas d'Acre, les ordres espagnols des chevaliers de Saint-Jacques-de-l'Épée et Montoya. L'ordre Calatrava, créé par Raymond Serra, cistercien lui aussi. C'est la version ibérique des Templiers qui s'occupe de la Reconquista ou plutôt de sa finalisation. Et puis il y a Alcantara, toujours en Espagne, et Aviz, au Portugal. Les chevaliers Porte-Glaive de Livonie et l'ordre de Dobrzyn. L'ordre de Saint-Georges d'Alfama, l'ordre toscan de Saint-Étienne et la congrégation de la Passion de Jésus-Christ. La plupart sont absorbés par les Templiers et les Teutoniques, mais pas tous. On connaît surtout l'ordre des Templiers parce que les conspirationnistes ont inventé des histoires de Saint-Graal et des complots imaginaires qui mènent aux Rose-Croix et finalement aux francs-maçons.

— J'ai cru que j'allais de nouveau m'entendre dérouler le fil de cette conspiration, ce qui commence à me lasser.

— Bien sûr, comment une cabale peut-elle être secrète si tout le monde la connaît ? Les véritables complots sont ceux dont personne ne sait rien.

— Ça existe, une chose pareille ? demanda Charles tout en se laissant prendre aux charmes de la table.

— Je parle sérieusement. Les gens sont fous de prétendues conspirations. Mais elles n'ont plus rien d'occulte ni de caché, et ne sont plus des conspirations. Ça ressemble plus à des plébiscites.

— La véritable, la réelle, elle existe ?

— Je vous ai perdu, je le crains, dit sir Winston. Mais je vais vous retrouver immédiatement. L'Église prépare toutes ces armées pour obtenir le pouvoir absolu. Les ordres sont très riches. Ils ont des terres, de l'argent, ils fonctionnent comme des banques, et deviennent de véritables organisations multinationales. Exonérées d'impôts. Et ils ne rendent de comptes à personne. À part au pape, bien entendu. Cela fait des jaloux. Le quartier général des Templiers à Paris, immense, a la dimension du Louvre. Rempli d'or. Les chevaliers Teutoniques obtiennent un État à eux. Un État théocratique. Et maintenant, attention ! C'est LE COUP DE MAÎTRE !

Ces derniers mots avaient tonné. Charles en lâcha presque sa fourchette.

— Le 18 novembre 1302, le pape Boniface VIII émet la bulle *Unam Sanctam*, l'acte le plus fort de toute l'histoire de l'Église. D'une part, parce qu'il annonce clairement la couleur et, d'autre part, parce qu'il marque le début de sa fin, même s'il faudra encore quelques centaines d'années pour que cesse la domination de l'Église. Ce qui est certain, c'est que son pouvoir ne sera plus jamais aussi grand. Le premier coup viendra de Luther, en 1517. Néanmoins, cette bulle de Boniface VIII proclame l'union des deux glaives.

— Dans un même fourreau...

— Si vous voulez, s'amusa sir Winston. La phrase essentielle est celle-ci. Je cite de mémoire : « Pour obtenir la rédemption, il faut être sujet du pontife romain. » Cela signifie que le pape est le commandant suprême, le Führer. Tout le monde incline la tête. Y compris les princes. Tout ce qui bouge sur terre, dans les airs et les océans.

— Oui. Et les princes n'apprécient pas forcément.

— Pas du tout, même. Philippe le Bel considère ce décret comme un crime de lèse-majesté. Un coup d'État. Il accuse le pape lui-même d'hérésie. Il le qualifie de simoniaque. Et d'avoir affirmé qu'il aurait préféré naître chien plutôt que français. Il aurait aussi dit que les Français n'avaient pas l'âme immortelle. Et qu'il avait pour domestique un diable. Un diablotin personnel lui servant à terroriser les gens, un diablotin qui jouait des tours et jetait des sorts. C'était le début de la campagne d'intoxication, avec cabales et diffamation à l'appui. Le Bel nomme un antipape. Il fait même plus…

— Il envoie son chancelier Guillaume de Nogaret à Anagni. Ce dernier, appuyé par Sciarra Colonna, capture le pape. Puis il le relâche, mais le pape meurt peu de temps après, ayant perdu la raison après cette épreuve.

— Exact. Ensuite il force Clément VI à élire domicile à Avignon et à abroger la bulle en question. Avant ça, Philippe le Bel, qui est sacrément intelligent, fait voler en éclats la structure de l'armée du Christ, l'armée de l'Église. Mais pas avant d'avoir donné à Clément sa dose de peur, mais aussi sa dose d'argent. Les frères des ordres mendiants surnomment le pape « la putain d'Avignon » pour dire à quel point il était devenu la marionnette du souverain. Les mêmes accusations, celles qui ont été jetées à la face du pape, fonctionnent aussi pour le procès inique intenté aux Templiers.

— Les mêmes, plus le baiser sur le cul, l'idolâtrie de Baphomet, le diablotin avec une barbe et des cornes de bouc, la croix sur laquelle on crache, l'homosexualité. Sans dire qu'en plus ils vénéraient le diable qui leur était apparu sous la forme d'un chat. Celle-là, c'est ma préférée, car moi aussi je vénère les chats.

Sir Winston n'eut pas le temps de goûter la plaisanterie de Charles. Il était trop préoccupé à ne pas perdre le fil de son récit.

— De sorte que le roi de France dissout l'ordre, leur confisque tous leurs biens, fait monter une bonne partie de ses membres sur le bûcher, à commencer par Jacques de Molay, leur grand-maître. Le pape est contraint de transférer leurs richesses aux Hospitaliers – et il le fait par la bulle *Ad Providam*, en 1312 –, lesquels sont enchantés de la bonne fortune qui s'abat sur eux sans qu'ils n'aient rien demandé.

— Mais c'est plus facile à dire qu'à faire. Car, même s'ils sont théoriquement les bénéficiaires des biens des Templiers, c'est souvent compliqué, voire carrément impossible, d'entrer en leur possession.

— Commence la grande crise. Toutes sortes de princes s'en mêlent. Nous avons des papes et des antipapes. Vous connaissez la suite. Mais à présent, attention ! Nous sommes en 1409 et, maintenant que nous connaissons le contexte, nous pouvons passer à ce qui nous intéresse réellement. Je propose que nous nous retirions dans la bibliothèque. Je suis convaincu que la liqueur des dieux aura maintenant un tout autre goût.

Sir Winston passa devant, en tant qu'hôte, et les deux hommes s'assirent confortablement dans les fauteuils courbes.

— Nous avons un pape et un antipape. En 1409 se tient le synode de Pise qui déclare les deux papes hérétiques et en nomme un troisième. C'est d'ailleurs le seul moment où nous avons trois papes en parallèle. Qui est alors appelé à la rescousse pour résoudre ce problème ?

— Mais je ne pense pas qu'il soit appelé. Je crois qu'il s'invite de lui-même, puisqu'il soutient l'antipape. Sigismond de Luxembourg.

— Et qui est-il ?

— J'espère que vous ne tenez pas maintenant à ce que…

— Non, laissez ça. Il est le patron du père de Dracula, Vlad III, et le créateur de l'organisation de domination la plus importante et la plus durable du monde.
— L'ordre du Dragon ?
— Exactement.

Sir Winston avait donc perdu la tête. Charles se dit qu'il avait écouté pour rien tout ce monologue aux bases et au raisonnement corrects, mais aux conclusions absolument erronées. Il avait déjà croisé ce genre de fous qui semblent parfaitement maîtriser leur sujet jusqu'à un certain point, à partir duquel ils débloquent et tirent les conclusions les plus absurdes tout en se prenant totalement au sérieux. Il songea que c'était le moment de partir. Il commença à s'agiter et cherchait comment trouver une excuse pour prier le vieux parano de lui donner le sabre, s'il l'avait, et d'aller enfin retrouver son père malade.

— Je sais, vous avez l'impression que je suis devenu fou, mais je vous assure que tout ce que je vous raconte est la réalité. J'ai des documents et des preuves accablantes.

Des preuves ? Charles tendit l'oreille. Il savait que le sérieux de l'historien qui se trouvait en face de lui ne pouvait, tout de même, pas être remis en question. Oubliant toute notion d'élégance, il fit cul sec, comme si son verre contenait une boisson des plus ordinaires.

— La première leçon que l'on peut tirer de la réorganisation de l'Europe est la destruction de l'ordre des Templiers, qui se traduit symboliquement par la mise en échec de l'Église par le pouvoir séculier. L'Église est de nouveau domptée. L'autorité est au roi. C'est un principe qui se généralise. Quelques hommes sages comprennent que l'Église, même si elle continue à jouer un rôle immense, n'est plus l'autorité suprême. Celle des princes s'effrite, comme celle des autres formations préétatiques. Il faut une nouvelle fusion entre les deux pouvoirs, mais pas sur les mêmes bases, car cela mènerait au même type de résultat.

— Chat échaudé craint l'eau froide ? s'amusa Charles.

— On a compris la leçon. On sent la nécessité d'une association, d'une sorte de gouvernement, disons supraétatique, une sorte d'ONU, mais doté d'un pouvoir réel, comme en rêvait Woodrow Wilson, contrairement à l'organisme que l'on connaît aujourd'hui. En fait, ce qui voit le jour ressemble plus à une sorte de « coupole » de la mafia avant la lettre. Toutes sortes d'ordres secrets transnationaux sont fondés. Pour contrôler le monde, il faut une société secrète, dissimulée aux yeux du commun et accessible seulement aux initiés. Il y en a des tas, des ordres secrets. Y accéder est possible sur invitation et selon des règles très strictes. Souvent il faut des années pour y entrer ou bien, une fois entré, on en gravit les échelons un par un.

— C'est, finalement, le modèle des corporations, avec apprenti, compagnon et ainsi de suite.

— Et dont le rituel des francs-maçons va s'inspirer.

— Lesquels forment une simple corporation, au départ.

— Tout à fait. Un célèbre exemple de l'époque montre aux dirigeants de ces organisations secrètes qu'une société, même secrète, même destinée à dominer, risque de s'ankyloser et que ses membres doivent faire preuve d'ouverture. C'est ce qui arrive aux familles royales qui ne se marient qu'entre elles. Leurs descendants finissent par être des dégénérés. Bon, maintenant, soyez très attentif, on arrive au cœur du problème. Je reviendrai à l'exemple, qui est celui de Venise.

— Je puis être prêt, osa Charles en indiquant son verre vide, à condition que l'on vienne mettre de l'huile dans les rouages de ce moteur qui menace de se gripper, comme les sociétés dont vous parlez…

Sir Winston voulut se lever, mais Charles le prit de vitesse et saisit la bouteille. Il fit le geste de remplir le verre de son hôte, mais Winston refusa d'un hochement de tête.

— Un personnage central fait son apparition. L'histoire ne lui réserve pourtant qu'un rôle marginal, à peine une note de bas de page. Cet individu est pourtant la clé de toute l'affaire. Et la façon dont notre monde est aujourd'hui conduit – et sachez que je pèse mes mots –, nous la lui devons en grande partie. Il s'agit d'un *condottiere* italien, de son nom complet Filippo Buondelmonti degli Scolari, né près de Florence, à Tizzano. On l'appelle Pipo de Ozora. Il entre au service de Sigismond de Luxembourg vers 1382. Il devient général des armées, administrateur des mines d'or et plus tard de toute la fortune de l'empereur. Il déjoue même un complot de la noblesse, et parvient à s'évader tandis que Sigismond est fait prisonnier à Vişegrád – tiens tiens ! –, puis la révolte est noyée dans le sang. Il participe à la croisade anti-ottomane et il est l'un des rares survivants de la bataille de Nicopolis contre les Turcs. Pipo devient l'ami, le confident et le plus proche conseiller de Sigismond. Il le persuade de croire que tôt ou tard une élite contrôlera le monde entier, et que ce serait une bonne chose qu'elle soit conduite par le futur empereur.

Charles appréciait ce récit. Chez lui aussi, une conspiration bien tournée faisait son petit effet.

Il venait également de se repasser en esprit toute l'histoire du monde.

— Avant de se faire l'artisan de la création de l'ordre du Dragon, Pipo de Ozora attire l'attention du roi sur une chose : l'organisation sur le point d'être créée devra perdurer jusqu'au moment exact de la fin du monde. Pas une seconde de moins. Au départ, Sigismond le prend un peu pour un fou, mais à force de le côtoyer, il finit par entendre ses arguments. C'est l'effet du supplice de la goutte d'eau, mais le charme du *condottiere* y fait aussi, et surtout le contenu de son discours. Le roi finit par y succomber. Pipo, qui est un visionnaire et un homme d'action, avertit son ami que richesse et pouvoir entraînent chez celui qui met la main dessus un réflexe de monopole, qui représente un danger mortel. Car le monde est en mouvement. Pipo introduit dans cette organisation les concepts de flexibilité et d'adaptation. Tout ce qui devient puissant sera attiré à elle, et en aucun cas affronté. Pipo l'Italien aime beaucoup une histoire vraie qu'il va raconter à Sigismond.

— Des rudiments de management très modernes pour l'époque. Vous êtes certain que ça n'a pas été plaqué là-dessus *a posteriori* ?

Sir Winston se leva avec peine de son fauteuil à la forme étrange et demanda à Charles de le suivre. Il actionna un bouton placé sous une étagère et la bibliothèque tourna sur son axe. Le passage révéla une bibliothèque labyrinthique semblable à celle qui se trouvait dans la maison de son grand-père. Charles y suivit le vieil Anglais, mais, alors qu'il se penchait sur les livres avec curiosité, le vieil homme se retourna et le reprit d'un bref « Une autre fois ».

Chapitre 120

Arrivé à Londres, Werner consulta sa montre. Il était plus de midi. Il vérifia si Charles avait rallumé son téléphone. Le point vert qui signalait la position du professeur n'avait pas encore réapparu. En revanche son attention fut attirée par une alerte signalant l'apparition du nom de Charles Baker sur le Net. Il ouvrit le lien et vit qu'un billet d'avion pour Washington DC avait été réservé à son nom pour le lendemain matin. Satisfait, il se mit en route pour Throgmorton Street, dans le quartier de la City, et s'installa dans un café avec vue sur la rue où se trouvait autrefois le siège de la Bourse de Londres. De là, il pouvait surveiller l'entrée dans la petite ruelle privée qui relie Throgmorton Street au Mur de Londres. Il vérifia quelle heure il était sur la côte Ouest des États-Unis. Il se dit qu'il pouvait réveiller Martin à 5 heures du matin et composa le numéro. À l'autre bout du fil, la voix endormie d'Eastwood répondit au bout d'un long moment.

— J'espère que tu as une bonne raison pour me réveiller à une heure pareille, maugréa le président de l'Institut.

— La meilleure de toutes, dit Werner, sûr de lui.
— Attends une seconde.

Martin se leva. Son épouse marmonna quelque chose, mais il la rassura d'un geste affectueux et sortit de la chambre. Il s'assit sur le canapé du salon.

— Je t'écoute.
— La bible sera très bientôt en ma possession.
— Tu en es certain ? demanda Martin avec la même sévérité.
— Plus sûr que jamais. Et à présent j'espère que tu ne vas pas t'énerver. La seule manière dont j'envisage de vous donner le livre, c'est au cours d'une réunion spéciale du Conseil. Le rendez-vous doit avoir lieu très précisément le 21 juin à 11 heures du matin.
— C'est pour le moins inhabituel.
— Je sais, fit Werner sèchement. Tu as plus de trois jours pour t'organiser. Convoque d'urgence le Conseil, ajouta-t-il encore avant de raccrocher.

Martin en resta bouche bée. Ainsi, Werner disposait d'un réel ascendant sur lui. Il se demanda comment procéder. Il était évident que Werner voulait faire une entrée triomphale dans le Conseil et impressionner ses membres. De toute façon, il viendrait ce jour-là avec la bible. C'était une bonne chose. Martin sortit dans l'immense jardin aménagé en terrasses, aussi vaste qu'une moitié de terrain de football, et il admira avec enchantement le ruisseau qui coulait au milieu des orangers, son obsession depuis l'enfance. Il n'avait pas été aussi heureux depuis très longtemps.

Chapitre 121

Assis à côté de Charles dans le petit bureau situé au cœur de la bibliothèque secrète, sir Winston tenait à la main un manuscrit relié en cuir. Il l'avait laissé à Charles juste le temps de le feuilleter rapidement. L'ouvrage contenait plusieurs fascicules d'époques distinctes et dans des matières différentes. Le premier était intégralement manuscrit sur vélin, comme plusieurs de ceux qui suivaient. Après les parties sur vélin, venaient celles sur papier, également rédigées à la main. À la fin seulement se trouvaient celles rédigées à la machine à écrire et une seule, la dernière, était sortie sur imprimante.

— Voilà toute l'histoire de ma famille liée à la corporation des drapiers, précisa le professeur. Pour l'instant, vous en avez assez vu. Je vous en offrirai de nouveau l'occasion. Mais il est important que vous m'écoutiez attentivement, maintenant.

Il observait Charles qui était contrarié. Le vieil homme lui avait mis un manuscrit sous le nez pour le lui retirer aussitôt. Cela lui semblait suspect. Il s'y trouvait peut-être quelque chose qu'il n'avait pas le droit de voir.

— Vous dites que tout est authentique ici. Admettons que ça le soit. Mais ce sont les notes de personnes qui auraient été témoins d'événements, si je comprends bien. Quelle garantie avons-nous que ce que ces gens racontent est vrai ?

— Ne foncez pas tête baissée, jeune homme ! La mission de l'historien est toujours de vérifier l'authenticité des sources et l'exactitude des récits, mais voyons ce que rapportent les sources. Ce premier fascicule est, comme on dirait aujourd'hui, le procès-verbal du premier entretien entre Vlad Ţepeş et soixante et un représentants des corporations de toute l'Europe en janvier 1455. Ţepeş raconte ici qu'il est en route pour Mayence afin d'y rencontrer Gutenberg. Il y va avec de l'argent, qu'il s'est procuré auprès du souverain d'Albanie, le célèbre Skanderbeg.

— Si ce que vous affirmez est vrai, intervint Charles, nous sommes devant un document inédit, d'une valeur inestimable. Ce serait le premier témoignage connu sur Dracula, et de première main, émanant d'une personne qui s'est personnellement entretenue avec lui.

Charles avait le tournis à la seule pensée que le vieil homme pouvait posséder un tel document.

— Eh bien, ce que je vous raconte figure là-dedans, mais nous devons revenir à notre histoire. Où en étais-je ?

— À Pipo de Ozora.

— Exactement. Je parlais du récit qu'il rapporte à Sigismond. Il raconte une histoire vraie, un exemple célèbre, dont l'action se passe dans la Venise du début du XIIIe siècle. Quelques dizaines d'années avant sa naissance. La Sérénissime avait atteint une prospérité sans précédent pour un État après la chute de Rome. Elle était devenue la plus grande ville d'Europe. Paris ou Londres ne sont rien à côté d'elle, à l'époque. Elle contrôle les échanges commerciaux, y compris avec l'Orient. Elle maîtrise le commerce de la soie, des épices, mais surtout celui du sel, qui est l'équivalent de notre pétrole aujourd'hui. La noblesse vénitienne est de loin la plus riche du monde. Si le classement des plus grandes fortunes avait existé, les Vénitiens auraient occupé les 98 premières places de ce top 100. Une ville si active et si riche ouvre alors, comme aujourd'hui, la porte aux immigrés. Elle a besoin de leurs initiatives et de leur vitalité. Pour ceux qui la servent correctement, il y a des opportunités, ils deviennent citoyens de plein droit et peuvent, s'ils savent s'y prendre, s'enrichir eux aussi. Puis, quelque chose se casse. Comme dans nombre d'États prospères à l'heure actuelle. Comme fait cette Suisse qui m'écœure : après avoir utilisé les immigrés et s'être couverte de ridicule en menant une politique d'immunité à l'égard des crapules – c'est le pays le plus indécent, je trouve –, elle leur claque la porte au nez, car elle ne veut plus partager sa richesse. L'oligarchie fait comme d'habitude, elle détruit précisément ce qui lui a permis d'en arriver là. Elle pense pouvoir tout maîtriser, devient excessivement avide et ne veut plus rien partager avec personne. Alors elle se referme. En 1315, la ville de Venise publie une sorte de recensement de la classe nobiliaire qui se nomme *Le Livre d'or*. Seuls ceux qui y figurent ont encore le droit de prendre part aux décisions politiques et de contrôler les affaires. Ce repli sur soi, le premier de cette sorte dans l'histoire, est connu sous le nom de la *Serrata*.

C'était une histoire que Charles ne connaissait pas. Il écouta donc attentivement la suite.

— Le *condottiere* italien est cultivé, et il donne au futur empereur une bonne leçon d'histoire. L'élite sur le point de se former doit réunir à la fois le pouvoir spirituel et le pouvoir temporel. L'Église, la royauté et la noblesse. Il voit dans l'histoire récente de la *Serrata* vénitienne que le repli est la pire des choses. C'est ainsi qu'est créé l'ordre du Dragon. À partir de l'ambition et de l'intelligence d'un seul homme, sur la base de son génie visionnaire. Pipo observe le monde qui l'entoure. Il voit que se forment toutes sortes d'ordres chevaleresques exclusifs, et centrés sur des ambitions mineures. Il sait ce qui est arrivé aux ordres de chevaliers au service de l'Église, et il sait aussi que les princes sont totalement dépourvus de vision, prêts à piller et à spolier. Ils sont incapables de porter un projet ensemble, même les orgueils sont surdimensionnés au Moyen Âge. Alors, Pipo, qui a pour objectif de voir enfin Sigismond empereur du Saint Empire, crée cette organisation. Il la nomme ordre du Dragon. Son nom allemand est...

— *Drachenordens*, je sais. Et en latin, *Societas draconistarum*.

— Oui. Le rêve de Sigismond est de fonder un grand royaume slave de la dynastie de Luxembourg. Avec sa femme, Barbara de Cilli – dont, je suppose, vous connaissez le sort après la mort de l'empereur, mais ce n'est pas ce qui nous occupe à présent –, il jette les bases de cet ordre. Son but initial est d'assurer le pouvoir à Sigismond et de le protéger par un système d'alliances au niveau européen, afin de lui ouvrir un boulevard pour l'accession à la couronne impériale. N'oublions pas qui est Sigismond. Roi de Hongrie et de Croatie depuis 1387, d'Allemagne depuis 1410, de Bohême depuis 1419.

— Et empereur à partir de 1433.

— Oui. Eh bien, Pipo de Ozora le convainc que pour atteindre son rêve il doit stopper net la crise sapant l'Église de Rome. Sigismond, toujours à l'initiative du conseiller italien, convoque donc le concile de Constance, en 1414. Celui-ci durera jusqu'en 1418 et il mettra un terme définitif au schisme. Jean XXIII est conduit à Constance et destitué – ou déposé, comme on dit. Le roi lui-même va voir Benoît XIII et essaie de le persuader d'abdiquer, mais en vain. Il est déposé lui aussi. Sous la pression de Sigismond, les cardinaux élisent Otto Colonna comme souverain pontife et il prendra le nom de Martin V.

— OK. Et c'est la fin du schisme. Bravo à lui. Sauf que Sigismond avait quelque chose d'autre à gagner dans ce concile.

— Vous vous référez à la condamnation à mort de Jan Hus sur le bûcher ?

— Oui.

— Vous pensez que je trace un portrait de l'empereur trop empreint de sainteté ? Non seulement il n'est pas saint, mais c'est un vrai cochon. Un cochon très intelligent, cependant, et cultivé. Il est polyglotte. Il parle français, tchèque, latin, polonais et italien, hongrois et, bien évidemment, allemand. Ce n'est pas rien. Il est le fils de l'empereur Charles IV.

— Vous êtes au courant qu'il a lâchement abandonné le champ de bataille de Nicopolis ?

— Oui. Filer lui rend service. À trois autres reprises il a sauvé sa peau en fuyant, suite à des tentatives d'assassinat et à des coups d'État. Il a échappé aussi à une tentative d'empoisonnement. Finalement, il obtient la très convoitée couronne d'empereur en 1433...

— Mais il meurt peu après.

— Quatre ans plus tard. Ce qui compte, c'est que, avant Constance, Pipo de Ozora court infatigablement toute l'Europe pour dresser la liste de ceux qu'il considère comme les grands de ce monde. Pour les convaincre d'adhérer à l'ordre. Un système d'alliances encore tout à fait inédit. Jusqu'alors, l'ordre était formé de membres de la noblesse magyare et régionale. La version officielle est que l'ordre protégera l'Église et l'Europe des Turcs. Le but réel, je vous l'ai déjà dit. Il aura tout le soutien du pape dont il a favorisé l'accession au trône de Saint-Pierre.

» Et l'ordre s'établit. Sur son médaillon, un dragon à la queue enroulée autour de son propre cou, ce qui symbolise sûrement que l'ordre a le pouvoir de sacrifier un membre qui n'est pas prêt à donner sa vie pour la cause. Au deuxième plan, une goutte de sang qui se transforme en croix.

— L'association est bancale. Saint Georges a tué le dragon et l'ordre est représenté par un dragon ? Et son patron est son propre saint qui le tue ? Un peu schizo, vous ne croyez pas ?

— C'est vrai. C'est ce que je pensais aussi. Parce que nous avons du mal à saisir le sens de l'époque. Le dragon qui s'étrangle avec sa queue a été interprété aussi comme une victoire sur le diable, sur le mal. Plus précisément, le diable est vaincu, mais pas tué, il est domestiqué.

— Et transformé en animal de compagnie. En toutou.

— Quelque chose dans le genre. Dompté et transformé en allié. L'organisation est faite de cercles concentriques. Le cercle principal est formé initialement de vingt-quatre personnes, toutes des nobles régionaux. Le Luxembourg est *maestru magnificus*.

— D'où cette folie des titres, puisque Constance tient à être mentionnée comme *spiritus rector*.

Sir Winston sourit, mais continua :

— Le deuxième cercle est formé des écuyers. Leur nombre n'est pas fixe. Ces cercles concentriques sont une sorte de représentation de la terre qu'ils ont à défendre. Il y a le cercle le plus éloigné, plus difficile à protéger, et de proche en proche, on arrive au plus surveillé, le cercle qui entoure l'empereur. Ses membres sont donc, au début, les nobles régionaux. Ştefan Lazarevici, despote de Serbie (fils et héritier du Cneaz Lazăr – mort dans la bataille de Kosovo Polje en 1389 contre les Ottomans – et de la princesse Milica), le baron Mihail Garai, Pipo de Ozora lui-même, l'évêque de Zagreb, Eberhard de Lorraine notamment. On voit bien, comme dans la version que vous connaissez, que l'on parle d'un ordre limité à l'Europe centrale et légèrement étendu à l'est, puisque le père de Vlad Ţepeş est lui aussi coopté.

— Et, attendez que je devine, ici intervient l'Italien.

— Je sais que vous voulez me coincer, mais oui. Grâce à ses efforts, l'ordre s'étend énormément.

— Oui, mais ceux qui arrivent ne sont pas membres de plein droit, seulement une sorte de membres d'honneur.

— Rien de plus faux. C'est ce qu'ils ont laissé croire. Car si les vingt-quatre avaient su la vérité, ils se seraient révoltés. Alors est créé un super cercle, formé cette fois de douze personnes. Tel est l'ordre, le vrai, qui va survivre. Ici, grâce à l'Italien, l'atmosphère se fait plus raffinée. Nous sommes dans les hautes sphères de la société. Henri V d'Angleterre, Vladislav Jagellon, Alphonse d'Aragon et de Naples, Christophe III du Danemark. Les leaders des grandes villes italiennes – Venise, Padoue, Vérone – et les rois allemands, des nobles français, le grand-duc de Lituanie.

— Là, je ne vous suis plus, dit Charles.

— Parce que, jusqu'à présent, vous saviez. Jusqu'à la mort de Sigismond, cet ordre reste secret et se restreint à douze membres du Conseil comme il s'appellera ensuite, à partir de 1435, juste après le décès du premier magister. Les autres restent dans l'ordre, mais ne vont plus compter. Les douze rédigent même une nouvelle charte de l'ordre, décidant que feront partie du Conseil les hommes les plus puissants et les plus influents du monde au fil du temps. C'est ainsi que vous allez trouver parmi eux les plus grands noms de chaque période de l'histoire. Au début, des rois, des barons, des princes. Quelques prélats pour l'équilibre. Mais ces derniers perdent rapidement de leur importance. De la première vague font partie, par exemple, Henri VII d'Angleterre, Louis XIV, et ainsi de suite.

— Là, c'est n'importe quoi, éclata Charles. Il n'existe aucune preuve de tout ce que vous avancez.

— Elles existent, sauf qu'elles ne sont pas publiques. De toute façon, si au XVᵉ siècle la quasi-totalité des membres sont des rois et des princes, à partir du XVIᵉ siècle d'autres personnalités se font une place parmi eux. Les premiers banquiers florentins entrent dans l'ordre. Assez timidement, les rois et les princes cèdent la place à des gens qui ont de grands pouvoirs de décision et d'influence à la cour de ces derniers, sous leur nez. Au XVIIᵉ siècle y entrent des manufacturiers qui commencent à s'enrichir, en plus de Richelieu et Mazarin, de Wallenstein et de Cromwell. Gustave Adolphe aussi.

— J'espère que vous n'imaginez pas que je vais croire des choses pareilles !

Sir Winston continua comme s'il n'avait pas entendu.

— Souvent, ils œuvraient en coulisse contre ce qu'ils étaient officiellement chargés de faire. Même s'ils s'affrontaient, au niveau du pays, disons, l'envergure de leurs intérêts économiques a commencé à dépasser celle des États. Et même s'ils ne réussissent pas à créer une véritable internationale de la domination, ils conservent, en quelque sorte, les choses sur le feu. À partir du XVIIIᵉ siècle, les souverains disparaissent. La personnalité la plus importante est Pierre le Grand de Russie, mais sinon le Conseil est déjà composé d'industriels, d'armateurs, des premiers grands propriétaires, mais aussi de gens d'armes, de généraux et de ministres. Tout cela n'a pas grande importance. Ce que vous devez retenir est qu'il existe une société secrète issue d'une organisation historique dont les membres dominent le monde. Au fil du temps, leur groupe a connu des périodes d'expansion et de régression. Il a failli disparaître plusieurs fois.

Mais ensuite ils revenaient plus forts, plus influents, plus sûrs d'eux. La Révolution française leur a porté un sérieux coup, en raison de leur structure nobiliaire et des membres qui dépendaient de l'Ancien Régime. Finalement, l'extinction des monarchies et la vitesse avec laquelle l'Amérique grandissait ont été leur salut. Aujourd'hui, les douze sont pour la plupart de grands banquiers et des spéculateurs dans la haute finance. Ils possèdent et coordonnent presque tout ce qui bouge dans le monde des affaires. Ils ne connaissent aucune frontière. Ils détiennent ou tiennent en otage des pays entiers et des gouvernements, ils font la politique, qu'elle soit mondiale ou régionale. Ils décident quel pays ira à la faillite, comment et quand. Ils supervisent tous les marchés et en sont arrivés à contrôler même les pensées des foules. Aujourd'hui ils sont plus dangereux que jamais. Et c'est la raison pour laquelle il faut les arrêter !

Le regard sceptique, mais aussi légèrement déçu de Charles ne le découragea pas. Tout en se levant et en conduisant Charles hors de la bibliothèque, il dit encore :

— Je sais que cela fait beaucoup de choses à emmagasiner et à comprendre. Surtout quand vous pensez savoir, au moins dans les grandes lignes, comment fonctionne le monde. Le livre que vous avez vu contient les informations exactes et les preuves de chaque chose que je vous ai dite. Un jour il sera à vous. Mais j'ai à présent une mission à mener à son terme.

— Une mission ? Quelle mission ?

— Je vous expliquerai en route, conclut le vieil homme tout en priant le chauffeur de préparer la voiture.

Dans la limousine, Charles affichait une moue déçue. Tous ces mystères qui s'étaient annoncés extraordinaires accouchaient finalement d'une souris. Sir Winston posa une main amicale sur son bras.

— Je m'attendais à quelque chose de plus original, avoua Charles, pas à des complots de juifs et de francs-maçons. Le gouvernement de l'ombre qui dirige le monde. Le complot des riches qui ont gardé au fil du temps un noyau de sages aux intentions maléfiques et qui détiennent une connaissance cachée, des conspirations du mal, des monstres modernes. Il n'y a pas de structures d'une telle envergure. Ça n'est tout simplement pas possible. Il existe, comme cela a toujours été le cas, des complots de toutes sortes, des petits et des grands. J'en ai même dévoilé certains. Mais quelque chose qui lierait tous les problèmes non élucidés, ça dépasse les limites de l'absurde. Jusqu'à présent on a eu droit aux Illuminati et aux francs-maçons, au Christ qui aurait eu un enfant que l'Église a caché. L'Église a peut-être ses torts, mais c'est pure fiction. Les Rose-Croix, les Templiers, le Saint-Graal, c'est-à-dire le saint rien du tout. Le complot de l'assassinat de Kennedy, la falsification de l'alunissage, les pyramides de dollars, les extraterrestres qui auraient tracé des lignes à Nazca. Les Martinistes et Skull and Bones, la Zone 51 et l'assassinat de la princesse Diana. Le groupe Bilderberg. Vous affirmiez tout à l'heure qu'une conspiration connue de tous n'est plus une conspiration. Le secret de Polichinelle n'est plus un secret depuis belle lurette. De la bouffe pour les imbéciles et les crédules, pour les naïfs et les crétins. Et, afin de ne pas parler de toutes celles-là, vous en avez inventé une toute neuve. D'après ce que je vois, vous ne l'avez pas inventée juste pour moi. Apparemment vous êtes toute une bande à jouer à ce petit jeu. Je regrette juste pour mon grand-père. Je l'ai toujours pris pour un homme normal. Un peu exalté, mais normal. Et maintenant, ça. Je me sens floué, dit Charles en se rencognant dans son siège.

Sir Winston lui jeta un regard curieux. Il sourit avec douceur et prononça ces simples mots :

— La fièvre est le premier signe montrant que l'organisme combat la grippe.

Chapitre 122

Werner en aurait sauté de joie, que la limousine noire de sir Winston Draper s'arrête devant l'entrée de Throgmorton Street. Il attendait depuis un bout de temps à cette terrasse et après avoir mangé la plus infâme tourte irlandaise industrielle et bu une bière noire qui n'était pas bien passée, son dos commençait à lui faire mal. Il resterait encore un peu, puis il irait carrément chez le vieux, s'il n'apparaissait pas dans les plus courts délais. Son souhait fut exaucé.

Les deux hommes descendirent juste en face de la barrière en métal et entrèrent dans une cour près d'une fontaine.

— Je ne suis jamais venu ici, dit Charles.

La porte du petit châtelet s'ouvrit et un homme souriant les accueillit :

— Bienvenue à Draper's Hall, messieurs les professeurs !

Charles connaissait la bâtisse d'après des photos. C'était le siège de la fondation The Drapers Company, une association de bienfaisance à but non lucratif. Le bâtiment avait appartenu à la corporation des drapiers dès 1543, sous le règne d'Henri VIII, à l'époque de Thomas Cromwell, comte d'Essex et chancelier du roi, exécuté sur ordre de son souverain dans une sombre affaire de rumeurs sur l'impuissance du roi et sur son laideron de femme, Anne de Clèves, que le chancelier lui-même lui avait présentée. La résidence avait été rénovée à plusieurs reprises et la moitié à peine avait échappé aux bombardements de la Seconde Guerre mondiale.

— Notre corporation existe depuis 1180, expliqua sir Winston avec fierté. Même si l'année officielle de sa fondation est 1361. En 1438, ce fut la première corporation anglaise à obtenir son propre blason.

Il prononça ces mots tête haute et le torse bombé. Puis il s'approcha de Charles et lui chuchota à l'oreille :

— Ce qui ne nous a pas empêchés de faire ce que nous avons fait.

Il conduisit Charles à l'étage et lui fit faire le tour des pièces. La plus belle et la plus célèbre de toutes, « The Livery Hall » – une salle connue dans tout Londres pour les bals exceptionnels qu'elle avait abrités et pour les murs décorés d'une multitude de portraits royaux accrochés entre des colonnes dorées –, faisait la fierté de l'ordre. Ils montèrent au balcon. Le jeune homme qui les conduisait les laissa seuls. Un mur dissimulait une porte qui s'ouvrit sous une pression de l'index. Charles vit l'entrée d'un bureau.

— Nom d'un chien ! s'exclama Charles. On va de passage secret en passage secret.

Sir Winston entra le premier et lui fit signe de le suivre. La pièce, plutôt petite, était meublée sommairement : un bureau en ébène, deux chaises, un téléviseur encastré dans un mur et une petite bibliothèque contenant quelques livres.

— Je reviens immédiatement, dit le vieil homme en refermant la porte derrière lui.

Quelques instants plus tard la lumière s'éteignit et le téléviseur s'alluma. Charles en resta bouche bée et sa gorge se serra.

« Mon cher Charles, Charlie, mon petit ! (La voix retentissait dans les haut-parleurs fixés de part et d'autre de l'écran.) Si tu es en train de regarder cet enregistrement, cela veut dire que le temps est venu, que tu as déjoué les pièges que je t'ai tendus dans un jeu qui convient plus aux enfants. Je t'ai aimé plus que quiconque en ce monde et j'ai été très fier de voir l'homme que tu es devenu. Par ailleurs, si tu visionnes cette bande, cela signifie que mon bon ami Draper a dû te farcir la tête de conspirations incroyables, lesquelles, comme je te connais, ont eu le don de t'énerver et t'ont même fait douter de moi. Je suis content que les premières choses sérieuses que je t'ai dites résonnent en toi par la célèbre maxime de Descartes : "Je doute, donc je suis." Content aussi que les doutes fertiles que j'ai semés en toi, avec l'aide de ton père, lorsque tu étais enfant, t'aient transformé en un intellectuel pur jus. Tout comme je t'ai conseillé à l'époque de passer la moindre information par le filtre de ta conscience, je te prie à présent de laisser de côté cet art du doute et d'obéir à mon ami de toujours. Je te demande d'avoir un peu de foi. Je te laisse, mon cher petit. Et n'oublie pas : "Le pain est la vie." »

L'enregistrement s'interrompit et la lumière se ralluma. Charles n'eut pas le temps de méditer sur ce qu'il avait vu que le vieil homme rentrait dans la pièce. Sir Winston tenait en main un sabre dans un fourreau noir très élégant.

— Tizona ? demanda Charles.

Le vieil Anglais acquiesça d'un hochement de tête.

— C'est vraiment le sabre du Cid ? demanda encore Baker.

— Qui sait ? répondit mystérieusement Winston, laissant planer le doute.

Charles posa la main sur le sabre et l'observa avant de le tirer de son fourreau. Sur les côtés figuraient six blasons des corporations des potiers, des serruriers, des barbiers, des teinturiers, des fourreurs et des vignerons. Exactement comme il s'y attendait.

Sir Winston tira deux bouteilles d'eau d'un mini-réfrigérateur encastré dans le mobilier, posa délicatement la main sur le sabre et le prit pour le poser sur la table.

— Vous aurez le temps de l'étudier autant que vous voudrez.

— OK, fit Charles. Étant donné que grand-père vous a recommandé, j'ai l'intention de vous écouter jusqu'au bout. Mais essayez d'être concis, parce que mon chez-moi commence à me manquer. En plus, mon père est malade.

— Non ? Qu'est-ce qu'il a ? Je lui ai parlé il y a quelques jours et il semblait aller parfaitement bien.

— Vous lui avez parlé ?

— Oui.

— Étrange. Il paraît qu'il a eu besoin d'une intervention cardiaque. Une urgence. Mais je n'ai pas parlé avec lui, seulement avec une assistante.

Il fit mine de se lever.

À ce moment-là, sir Winston sortit de la poche intérieure de son blazer un billet d'avion qu'il lui tendit.

— Je vous ai déjà réservé une place sur le premier vol pour Washington. Demain matin à 6 heures.

Charles chercha son téléphone dans sa poche. Introuvable. Il se souvint qu'il l'avait éteint en embarquant et qu'il l'avait laissé dans le bagage qu'il avait déposé à l'ambassade.

— J'ai laissé mon téléphone à l'ambassade. Il faudrait que je l'appelle.

Sir Winston ne saisissait pas vraiment ce qu'il se passait. Charles finit par songer qu'il était tout à fait possible que sir Winston ait parlé avec son père avant qu'il ne lui arrive quoi que ce soit. Au fond, il l'avait appelé lui aussi quelques jours plus tôt, avant l'opération, et il semblait aller bien. Il observa que l'apparition de son grand-père accentuait sa fibre familiale et son inquiétude, qui à ce moment-là, n'était sans doute pas justifiée, puisque la femme qui le soignait avait bien dit qu'il se trouvait hors de danger. Il était malgré tout étrange que son père ne l'ait pas rappelé. En revanche l'assistante lui avait envoyé comme promis les photos du mur de la cave à vins. Il décida d'écarter toute idée noire. Sir Winston s'était remis à parler, il se concentra sur ce qu'il disait.

— Comme vous le savez, Vlad Ţepeş est envoyé occuper le trône de Valachie en 1448.

— Oui. Par Mourad II.

— Effectivement. Plus ou moins. Mourad II s'est surtout porté garant pour lui et il l'a recommandé au pacha Mustafa Hassan, lequel lui a apporté l'appui de ses troupes pour conquérir le trône. Vous savez que ce premier règne a été de très courte durée.

— Deux mois environ.

— Oui. Les Turcs n'étaient pas fous de lui et le fait qu'il ait été si vite vaincu par Vladislav II, qui avait déjà tué son père, signifiait pour eux qu'il n'était peut-être pas dans la volonté d'Allah de le laisser régner. Ce qui est important, c'est ce que Vlad apprend durant cette période. D'abord qu'il ne peut pas compter sur les boyards. Ils ont trahi son père et l'ont trahi lui aussi. Ou du moins ils n'ont pas aidé, ce qui revient au même. Aussi neutres que la Suisse.

— C'est la seconde fois que je vous entends dénigrer ce pays, qu'est-ce que vous avez contre lui ?

— Je hais ce pays ! siffla le vieil homme.

— Vous le haïssez ? Mais comment pouvez-vous haïr un pays ? C'est un concept plutôt abstrait.

— Je vous assure que les Suisses sont ce qui ressemble le plus à une foule de bourgeois égoïstes. Pas la bourgeoisie active, moteur de l'industrialisation et du capitalisme moderne, mais celle qui spécule, qui n'est jamais qu'un autre visage de la noblesse. Des gens avides et parvenus, lâches et profiteurs. Qu'est-ce qu'elle a donné au monde, la Suisse ? Des banques et des horloges. Nulle part ailleurs l'ombre funeste de Luther n'est plus prégnante. Pas le Luther qui a élevé les critères d'éducation, obligeant le monde à apprendre à lire et à promouvoir, en un certain sens, la raison, mais celui qui a dit que ce qui compte, ce n'est pas ce que vous faites, mais ce en quoi vous croyez. Un pays totalement dépourvu de moralité et du sens de la justice. Où ne compte que l'estomac. Le reste du monde peut bien crever ! On peut y voir quelque chose de l'ordre du « Aime et fais ce que tu veux » de saint Augustin, sachant que le fait d'aimer ne permet pas de faire n'importe quoi, ce que les gens ont compris de Luther, c'est que le spirituel est le spirituel. La vie est autre chose. La miséricorde de l'Église catholique, avec tous ses défauts, est remplacée par un égoïsme qui confine au pathologique. La morale disparaît totalement du discours religieux. En Suisse, on sent cette chose.

— Ce n'est pas tout à fait cela.
— Ce n'est pas comme ça ?
— Ni même au sujet de Luther. Mais, surtout, j'ai horreur de ces jugements à l'emporte-pièce. Tous les Ostrogoths sont méchants.

Sir Winston avait énormément rougi. Il bouillonnait.

— Je ne fais pas de généralisation, je parle d'une forme de culture qui est devenue politique d'État. Je demandais ce que la Suisse avait apporté au monde à part les banques et les horloges. Quel grand artiste, quel grand homme de science ? Quel grand homme politique ? Quel grand penseur ? Rien. De l'ennui médiocre, sans valeur. De la pelouse tondue au millimètre et des villages où l'on rend le montant des taxes aux habitants parce qu'il n'y a plus rien à faire avec. Je vous dis quel est le trait de caractère le plus précieux de la Suisse. C'est la neutralité à son propre avantage. Partout dans le monde, cacher l'argent d'un voleur ou d'un évadé fiscal s'appelle de la complicité. En Suisse, ça porte le nom de « secret bancaire ». Mais bien sûr contre un bon pourcentage. Sur de l'argent volé. Ça ne fait pas de vous un voleur ?

Charles était terrifié par ce qu'il avait déclenché. Et c'était un spectacle, de voir ce vieil historien tomber sur son adversaire.

— Cette implication, cette responsabilité limitée, cette absence de moralité ont conduit à la célèbre neutralité de la Suisse. Dante envoyait les neutres dans les gouffres les plus sinistres de l'enfer, plus bas que les criminels. Vous savez pourquoi ? Les nazis ont été un accident de l'histoire. Des criminels qui ont commis les plus abominables crimes. Ils ont créé une industrie de la mort. Leur chef était un fou arrivé au pouvoir, dans une conjoncture historique étrange. Le mal, ici, a été facile à identifier et ensuite à éradiquer. Mais il a été question de maladie mentale, de sauvagerie, pas de haine.

— Non, mais, sir Winston, vous n'allez pas comparer les Suisses aux nazis ! Il y a des limites !

— Les Suisses sont restés insensibles devant ces souffrances. Les Juifs tués n'étaient-ils pas leurs semblables ? N'appartenaient-ils pas à la race humaine ? Ils étaient étrangers, alors qu'ils aillent au diable, non ? Pendant qu'ils campaient sur leur neutralité, des millions d'enfants étaient envoyés à la mort. Si un passant s'attaque à une femme, il est de mon devoir d'intervenir. Je peux ne pas le faire parce que j'ai peur d'être frappé à mon tour. Ça, ça peut être compris. C'est humain. Mais si je n'interviens pas par calcul, si j'attends que la femme soit à terre et abandonnée dans la rue par son agresseur qui s'en va, et que je me rue sur son corps inerte pour lui voler son porte-monnaie, qu'est-ce que je deviens ? Je vous le dis, cela ne me fait pas suisse, mais ça me rend comme la Suisse. Pour que vous ne disiez pas que je généralise des cas particuliers. Nous sommes neutres quand des millions d'êtres humains sont exterminés et que nous ne voyons rien de mal à conserver dans nos coffres les biens qui leur sont confisqués et à fondre leurs dents en or pour en faire des lingots. C'est ça, la Suisse.

Charles n'aimait aucune généralisation ni les jugements expéditifs, mais il savait que jusqu'à un certain point sir Winston avait raison. Mais seulement jusqu'à un certain point.

— Aujourd'hui ils ne cessent de faire des référendums pour stopper l'immigration. Les immigrés étaient bien bons quand ils bâtissaient leur pays, quand ils s'attelaient aux emplois non qualifiés qu'eux dédaignaient. Un journal brésilien s'est moqué d'eux en montrant que, s'ils avaient éliminé tous les étrangers de leur équipe nationale de football au Mondial, il leur serait resté tout au plus deux joueurs, sans entraîneur ni masseur ou médecin. Chaque fois que je pense à ce pays, me vient en tête un célèbre tableau : *American Gothic*, de Grant Wood. À un moment, une certaine Amérique ressemblait à cette Suisse-là, à la différence que cette Amérique-là était plutôt pauvre. Et neutre et indifférente aux souffrances des autres, elle ne l'a jamais été.

— Je suis heureux que vous ayez conclu de cette manière optimiste. Ne serait-il pas mieux de revenir à notre sujet ?

Sir Winston parut sortir de sa transe. Il redevint brusquement l'homme aimable auquel Charles s'était habitué ce jour-là.

Chapitre 123

— Je me suis emporté. Pardonnez-moi. Où en étais-je ? Ah, oui. Țepeș a été échaudé. Il ne pouvait pas accorder sa confiance aux boyards. S'il voulait revenir sur le trône, et il le voulait, parce qu'il était habité par une ambition démesurée, il devait chercher d'autres alliés. Il avait besoin de quelqu'un sur qui s'appuyer. De savoir qu'il pouvait remettre sa vie entre les mains de quelqu'un. Il lui fallait aussi de l'argent pour rassembler des armées. Les Turcs étaient loin et on a vu combien leur soutien comptait. Il a essayé auprès de la branche moldave de sa famille, mais ils étaient trop occupés à s'entre-tuer et à gérer leurs propres trahisons. Il a encore essayé un temps à l'ouest, mais là-bas aussi il fallait jurer d'éternelles vassalités, s'abaisser et placer son avenir en gage. Il savait que le souverain d'un petit pays devait mener une politique intelligente pour se maintenir sur le trône, s'allier avec qui y avait un intérêt, quand intérêt il y avait. Et il savait le faire. Mais il devait, d'abord, monter sur ce trône. Par conséquent, il a passé son interrègne à voyager et à solliciter du soutien et de l'argent auprès de différentes cours royales.

» Un jour il a été hébergé, durant sa quête, chez un boulanger qui, on ignore pourquoi, a développé une passion pour lui, devinant chez ce seigneur quelque chose de très fort. Vous n'êtes pas sans savoir, je crois, que Vlad avait un incroyable charisme. Selon certains témoignages, lorsqu'il entrait quelque part, l'assistance en avait la chair de poule. Il y avait une force dans son regard, dans ces yeux noirs et perçants, presque hypnotiques. Eh bien, le boulanger et sa famille ont été marqués par cette rencontre. Dans la Valachie de l'époque, les corporations étaient peu développées. En tout état de cause, elles avaient au moins cent cinquante ans de retard sur celles des pays de l'Occident. Elles étaient horriblement mal traitées par les boyards et les seigneurs, qui exigeaient des taxes colossales, et elles étaient constamment harcelées. Alors elles se sont organisées en interne, elles ont mis au point un programme d'alliances. Mais il est de nouveau question de trahison.

— Et Țepeș a été soutenu par les métiers ?

— Patience. Le boulanger deviendra son bras droit et son garde du corps. Car c'était un ancien militaire qui en avait assez de ne pas savoir pour quel camp se battre ni quand. Il avait l'envergure d'un organisateur. Il réussit alors à réunir tous les représentants des métiers des cités alentour. Ils se décident à soutenir Vlad pour qu'il récupère le trône et qu'il se venge des boyards qui ont tué son père et son frère. La célèbre histoire qu'on raconte, celle qui dit qu'il a rassemblé tous les brigands, les mendiants et les vagabonds pour mettre le feu, était en fait un signe de bonne volonté pour s'attirer les grâces des associations d'artisans qui rencontraient de graves problèmes avec les parasites et les voleurs mettant leurs vies et celles de leurs familles en danger.

— Peut-être, mais cela ne pouvait pas justifier ces exécutions de masse.

— Vous tombez dans le travers de la pensée *post-factum*. C'est ce que vous dites, aujourd'hui. Si vous aviez vécu au Moyen Âge, vous auriez dit autre chose. Il ne s'agissait pas de massacres ordonnés par une idéologie. Seulement, la coupe était pleine. Et personne n'affirme non plus que Țepeș était un ange. Il était comme tous les autres. Enfin, à propos du problème dans votre livre sur l'internationalisation des corporations : les gens circulaient, vous savez, dans l'Europe de l'époque. Il ne faut pas croire que les gens ne voyaient rien au-delà des limites de leur village ou de leur château.

— Il en existe encore, des gens comme ça, y compris certains qui pensent que la terre est plate.

— Oui, bien sûr, mais ce n'était pas le cas de tous. Les compagnons bougeaient, nouaient des relations, se rendaient à des foires, commerçaient, recherchaient de nouveaux matériaux, des méthodes inédites, des sources d'inspiration. Certains migraient, à la recherche, aussi, d'emplois. Moins qu'aujourd'hui, c'est vrai, mais cela arrivait. Particulièrement au sein de la corporation des constructeurs, ou chez les artisans, dont les secrets de fabrication sont précieux et ne se transmettent qu'au sein de groupes restreints et fermés. Il fallait apprendre comment fondre une cloche ou un canon. Ça n'existait pas, *La Cloche pour les nuls*. Ils étaient alors organisés en sociétés secrètes. Avec des signes de reconnaissance, des mots de passe, des blasons et des insignes.

— C'est surtout valable chez les maçons. Ou chez leurs prédécesseurs.

— Oui, mais pas seulement. En tout cas, la nouvelle circule qu'il existe un seigneur qui, s'il arrivait au pouvoir, soutiendrait la production locale et le commerce. Țepeș lui-même se met à parcourir l'Europe. Accompagné du fameux boulanger. Dans certains endroits, il est bien reçu. Dans d'autres, on lui ferme la porte au nez. On le jette dehors à coups de pied dans le derrière et il n'est pas rare qu'il soit humilié. Les gens sont curieux de savoir ce qu'ils gagneraient à lui fournir de l'argent, des armes et leur savoir-faire.

— Ils avaient raison ! Le monde a peut-être changé, mais pas l'expression « Et ça me rapporte quoi ? ». Que Vlad leur propose-t-il en échange ?

— Eh bien, voilà ce qui compte. Au cours de ses pérégrinations à la cour des uns et des autres, et auprès des relations héritées de son père, il apprend l'existence de l'ordre du Dragon. Dans une lettre que portait un messager tué par les loups et qui tombe entre ses mains, il prend même connaissance des statuts de l'ordre et d'un grand programme établi sur plusieurs siècles, doublé d'un plus restreint, sur quelques années.

— Non, mais sérieusement ! bondit Charles. Un programme ? Quelqu'un l'a vu ?

— Si vous avez la patience de lire ce recueil de documents que je vous ai montré, vous le verrez. Mais, en attendant, il faut me croire sur parole. Vous avez vraiment l'impression que nous sommes tous fous ? Et votre grand-père aussi ? Et votre père ? Et tant de gens au fil de tant d'années avant nous ?

— Papa aussi trempe là-dedans ?

— Ma foi, là, c'est plus compliqué. Il faudra que vous en parliez avec lui. Țepeș apprend donc que le programme prévoit le renforcement de l'ordre en Europe et la création d'entités supra-étatiques. Bien sûr, l'État, à l'époque, est faible. C'est justement pour cette raison que ce qui est préconisé est le renforcement de l'État. Sur le dos de qui, tout ça ?

— Je ne sais pas.

— Sur le dos de ceux qui apportaient de la plus-value. Le programme renforçait le pouvoir des autorités sur ceux qui produisaient. Pour briser le monopole des corporations locales. Et il prévoyait que des gens ou des entreprises deviendraient régionaux et mondiaux.

— Vous êtes sérieux ? En 1450 ? Vous vous rendez compte que, si vous pouvez le démontrer, vous êtes bon pour le prix Nobel ?

— Les grands *signorii*, comme à Florence, expérimentaient déjà quelque chose dans ce goût-là. Les grandes corporations avaient mis la main sur la ville et traitaient les plus petites avec mépris. Et non seulement ça, mais ils exploitaient sans pitié ceux qui autrefois étaient leurs égaux. Les « arts majeurs », comme on dit, avaient commencé à s'éloigner des arts mineurs. Déjà se détachait ce qui allait former la future grande bourgeoisie, et qui n'était encore qu'en formation. Ces derniers ont commencé à faire main basse sur les conseils municipaux. Ils n'avaient pas encore conscience d'être bourgeois et pensaient qu'ils seraient une autre sorte de nobles. Ils allaient remplacer les parasites. Les gens de métier, organisés ainsi, deviennent une force. Quelques-unes de leurs corporations, plutôt. Et elles se transforment rapidement en une oligarchie, puis en une ploutocratie. Au XIIIe siècle, la population de l'Europe a déjà dépassé les trente millions d'habitants. Le féodalisme a commencé à décliner. Rappelez-vous qu'en 1280 les producteurs de laine dans les villes flamandes se révoltent contre cette tentative de mainmise de l'État. En 1279, la crise des banquiers siennois déclenche un krach financier généralisé. On a même des corporations qui s'allient en 1302 pour vaincre une armée régulière formée de chevaliers du royaume de France.

— La bataille des Éperons d'or.

— Exactement. Vous voyez que vous savez. Le tout est de ne pas utiliser le prêt-à-penser et de rester ouvert d'esprit.

— Ouvert d'accord, mais pas sans preuves. Sinon toute explication, si fantaisiste soit elle, devient possible. Or, faire des spéculations scientifiques fantastiques au sujet du passé, c'est une contradiction dans les termes.

— En 1418 a donc lieu une révolte des artisans de Paris pour les mêmes motifs. Et vous dites qu'ils ne s'allient pas ? Qu'ils ne se coalisent pas ? Faux. Pas comme on le conçoit de nos jours, soit. En Angleterre et en France, les métiers sont contrôlés de très près. C'est pourquoi leurs corporations ne sont plus développées. Les corporations prospèrent mieux dans les villes, et surtout les plus grandes. Il est important de retenir que les gens communiquent et apprennent ce qu'il se passe ailleurs. Je ne sais pas pourquoi tout le monde croit que les gens au Moyen Âge étaient des idiots. C'est une erreur.

— Les gens étaient les mêmes qu'aujourd'hui. Sauf qu'il leur manquait l'information.

— Non, c'est la technologie qui leur faisait défaut. Mais cela allait se développer. Et c'est peut-être justement son absence qui leur permettait de penser davantage. Il est important de retenir qu'il y avait des signes partout. Ils flottaient dans l'atmosphère. Même si Vlad a inventé l'histoire du messager et de son message, l'ensemble fait irruption dans un univers dont l'horizon d'attente est celui-ci, et c'est donc crédible.

Charles était captivé par le discours du vieil homme et il se surprit à lui appliquer la phrase de Hamlet : « Quoique ce soit de la folie, il y a pourtant là de la logique ! »

— C'est ainsi que, durant sa tournée de collecte de fonds, comme on le dirait aujourd'hui, il s'entretient principalement avec les représentants des guildes et autres associations de gens de métiers. Il va ainsi de ville en ville, armé de recommandations pour sa prochaine étape, et ainsi de suite.

— Je n'ai toujours pas bien saisi : en quoi aider un prince à monter sur le trône d'un pays dont la grande majorité d'entre eux ignore l'existence leur serait utile ? Et qui se trouve aux confins du monde civilisé.

— Soyez patient, dit sévèrement sir Winston. À force de circuler de ville en ville, il entend parler d'un forgeron sur le point de finaliser son invention, un moyen encore inédit de dupliquer tout message écrit. À l'époque, vous le savez, les livres étaient copiés à la main.

— Il entend parler de Gutenberg ?

— Oui. Il le rencontre. Et, parce que c'est un véritable visionnaire, il pense que cette invention lui sera utile.

— Pour transmettre le message sur l'existence du Conseil.

— Tout à fait.

— OK. Admettons qu'il comprend dès cette époque le rôle de la communication. Et qu'il pense qu'en imprimant le message en de très nombreux exemplaires, il parviendra à le partager avec un grand nombre de personnes. Et il compte sur la force du message pour qu'il se propage de lui-même. Selon la terminologie actuelle, il espère qu'il deviendra viral. Il compte sur le bouche-à-oreille. Supposons que j'accepte ça. Il reste encore des zones d'ombre. Un : très peu de gens savent lire, à l'époque. Deux : s'il sait lire, il est certain qu'un artisan comme ceux qu'il rencontre parle la langue vernaculaire et ne connaît pas le latin. Et, enfin, pourquoi cache-t-il le message dans une bible dont la production est longue, coûteuse, et qui est difficile à cacher et à transporter, au lieu de tirer quelques milliers de feuilles imprimées en gros caractères ?

— Vous avez beau les exprimer à votre manière, vos questions sont pertinentes. Gutenberg a besoin d'argent. De beaucoup d'argent. Țepeș tarde parce qu'il ne perçoit qu'une partie de l'argent de Skanderbeg d'Albanie et, de plus, tardivement. Gutenberg ne peut plus attendre, il emprunte de l'argent à un certain Fust, dont on sait qu'il est un agent.

— Tiens, j'ai déjà entendu ça. Agent de qui ?

— Du Conseil, évidemment.

— Bien entendu.

— Et Fust va s'emparer de la presse et superviser tout ce qui en sortira. Parce qu'il y a des fuites, et le Conseil prend connaissance des intentions du prince roumain. Maintenant, je vais répondre à vos questions. Il est suffisant qu'un seul sache lire, dans un groupe, pour que le message devienne universel. Il est rédigé en latin, parce que c'est la langue officielle, et que Țepeș a besoin que le message se répande partout.

— Oui. Il ne pouvait pas écrire sur les paquets de lessive dans toutes les langues de la terre. Les bibles n'y auraient pas suffi. Surtout à cette époque, quand on parlait différemment à chaque coin de rue. C'est juste.

— En ce qui concerne la dimension du support, il a deux possibilités. Soit il choisissait dès le départ de multiplier le message dans le format dont vous parliez, soit il croit que la bible est le livre des livres et qu'il est essentiel que le message soit transmis par son intermédiaire. Il y a peut-être là quelque chose de mystique.

— Et quel est le message ?

— Patience. J'aurais peut-être dû vous laisser lire seul le grand livre de notre corporation, celui que je vous ai montré. Mais le temps presse et déchiffrer tout ce qu'ils ont écrit dans leur mélange de langues vous aurait pris une éternité. Je vous assure que vous entrerez bientôt en sa possession. Après l'Albanie, Țepeș arrive à Florence où il a convoqué une rencontre des métiers. Florence est la ville la plus représentative en Europe pour les métiers. Le problème est que les arts majeurs ne veulent pas entendre parler d'une telle réunion. Peut-être parce qu'ils sont influencés par le Conseil. Mais les juges et les notaires, les banquiers et les chirurgiens, les commerçants et drapiers de Calimala en particulier – puisque cette corporation puissante a tiré son nom de ce quartier mal famé de Florence où se trouvait son siège et où travaillaient les négociants et les importateurs de textiles – sont vent debout. Les transformations à venir les rendront plus puissants et plus riches et ils le savent, ils le sentent. Leur mépris à l'égard des petits producteurs, qui va se répercuter dans la manière dont ils les traitent, à savoir comme des esclaves, est de notoriété publique. Il me semble d'ailleurs que vous avez vous aussi écrit sur ce sujet.

— En effet, confirma Charles.

— Eh bien, ils ridiculisent Vlad. Finalement la rencontre a lieu, avec des corporations plus petites. Dans les documents qui figurent dans le livre – ou disons dans le recueil que vous avez vu, pour utiliser les bons termes – se trouve le compte rendu de cette rencontre. Je sais que vous voulez le voir et je vous l'ai promis. Il est important à présent que vous me fassiez confiance et que vous m'écoutiez.

Le conseil de son grand-père lui revint à l'esprit. Et, de toute façon, l'histoire lui semblait captivante. Il voulait l'entendre jusqu'au bout.

— Soixante et un représentants des corporations de toute l'Europe sont présents. La rencontre eut lieu dans un dépôt italien des drapiers, le siège de l'ordre, dans lequel vous vous trouvez en ce moment même.

— Les drapiers étaient importants à l'époque, si je me souviens bien.

— En effet. Nous sommes la seule corporation réellement puissante à avoir été représentée lors de cette réunion. C'est ce qu'a décidé ce prédécesseur dont il me plaît de croire qu'il était un de mes lointains ancêtres. Il fait le récit de toute la rencontre avec un luxe de détails.

Chapitre 124

Werner regarda sa montre et entra pour la quatrième fois sur le site du *New York Times* pour consulter les avis de décès. Rien. Il vérifia de nouveau l'heure. Presque six heures depuis sa dernière conversation avec Eastwood. Soit il n'avait pas encore envoyé le message, soit il n'avait pas du tout l'intention de le faire. Il était presque 11 heures à Los Angeles. Il prit son téléphone et appela son chef. À peine Martin eut-il décroché qu'il commença :

— Vous avez convoqué la réunion ?

— Nos discussions ressembleront donc toujours à ça, dorénavant ?

Martin réalisa tout de même que, s'il éveillait le moindre soupçon chez Werner, il risquait de perdre le livre. Et ce serait une catastrophe. Si bien qu'il mit de l'eau dans son vin.

— Mon cher, à présent vous êtes membre de plein droit de la plus puissante organisation jamais inventée par l'homme. Nous n'avons pas pour habitude de nous mentir. Bien entendu que j'ai lancé l'invitation.

Quelques minutes après votre appel. Ce sera le 21 au matin.

— À 11 heures.

— Oui, tout à fait. Nous vous attendrons avec plaisir. Nos amis sont tous impatients de vous connaître personnellement. J'espère que vous serez des nôtres.

— Bien entendu.

Martin venait de lui mentir, une fois de plus. Il avait laissé entendre que les membres du Conseil se connaissaient entre eux. Werner savait qu'il n'existait que deux méthodes pour convoquer le Conseil : l'annonce dans le journal, ou, en cas d'extrême urgence, le coup de fil. Eastwood était le seul à les connaître tous et il pouvait les convoquer directement. Werner entra dans l'historique des conversations de son chef. Ce dernier n'avait reçu qu'un appel et il n'en avait pas passé un seul, ce jour-là. Il entra dans la même application qu'il avait ouverte en quittant Prague. L'écran affichait un compte à rebours. Il cliqua sur le bouton rouge « Protocole 2 ». Ce dernier s'activa.

Chapitre 125

— Ils étaient tous rassemblés. La porte s'ouvrit et une froideur terrifiante s'engouffra dans la pièce. Țepeș traînait la patte. C'était de notoriété publique. Il avait été blessé au combat. Et parfois, pas tout le temps, il boitait d'une manière étrange. Comme s'il s'était élevé au-dessus du sol.

Charles en eut la chair de poule. Un frisson le parcourut, mais sir Winston était trop préoccupé pour l'observer. Il poursuivait :

— Pour être honnête, quelque chose clochait, chez ce garçon.

— Quel garçon ?

— Vlad Țepeș. Tous les témoignages que j'ai réussi à rassembler rapportent qu'il était, comment dire ? Bipolaire. Il changeait brusquement de comportement. Il pouvait se montrer d'une bonté angélique et totalement serein, amical et aimable, et, l'instant d'après, se transformer en une insupportable bête sauvage. On raconte qu'il commettait tous ses crimes odieux dans ces moments de noirceur. Il existe aussi deux témoignages selon lesquels, parfois, il éprouvait des remords.

— Țepeș était schizophrène ? Maniaco-dépressif ?

— Je ne pense pas que l'on puisse être aussi catégorique. Nous sommes plutôt devant une sorte de dédoublement. Un genre de Dr Jekyll et Mr Hyde.

— Intéressant. Je n'avais jamais vu les choses sous cet angle. Cela expliquerait beaucoup de choses.

— Mais revenons à notre sujet. Après avoir fait taire toute l'assemblée, il est passé regarder chacun dans les yeux. J'espère que vous n'allez pas me demander, dans votre style, si je pense qu'il les a hypnotisés. Ce qui est avéré, et vous l'avez écrit quelque part, c'est qu'il faisait un certain effet sur ses interlocuteurs. Bon, eh bien, il leur parle de l'existence de l'ordre et annonce qu'il a besoin que le plus de gens possible en aient connaissance.

— À quoi cela leur servait de savoir ? Faire tomber les masques n'avait pas la même valeur qu'aujourd'hui. Et lui, à quoi cela lui aurait servi ?

— J'ai l'impression qu'il voulait exercer un chantage sur les membres du Conseil pour qu'ils lui cèdent le trône et qu'ensuite ils le laissent en paix. Son explication, telle qu'elle est consignée, était que les métiers devaient s'organiser en douze groupes et que chaque groupe devait se rapprocher d'un membre du Conseil pour le tuer. Et ces actions devaient se dérouler à peu près simultanément. De cette manière, les douze têtes du dragon seraient coupées. On sait que, dans le Conseil, les places ne se libéraient qu'à la mort d'un des membres. Lequel désignait son successeur de son vivant. Ou bien il était élu parmi une liste restreinte de noms, établie d'avance, après sa mort. Aujourd'hui, cela se passe autrement. De nos jours, des groupes orientent celui qu'ils choisissent vers le Conseil, après une période d'apprentissage dans un directoire de trois personnes.

— Ce que je ne comprends pas, c'est pourquoi ceux du Conseil ne l'ont pas exécuté ?

— C'est une bonne question. Il semble qu'à ce moment-là ils ne savaient rien de précis et que, lorsqu'ils se sont décidés, le message était déjà bien en vue. Ils craignaient que Ţepeş n'ait laissé la consigne que, s'il était tué, le message soit rendu public. Ils pensaient probablement qu'après sa mort s'activeraient des commandos de la mort. Alors, ils ont préféré la calomnie en propageant à son sujet des légendes toutes plus sinistres les unes que les autres.

— Pour saper sa crédibilité. De cette manière son message serait passé pour celui d'un dément.

— Oui. Nous ne pouvons de toute façon pas affirmer avec certitude ce qui s'est réellement passé dans leur tête. La rencontre se termine et Ţepeş se rend à Mayence. Gutenberg est poursuivi par Fust. Aucune chance de ce côté pour diffuser le message. Par conséquent, Ţepeş change son fusil d'épaule. Il organisera douze pelotons répartis en autant de corporations différentes. Chaque corporation aura en charge un membre du Conseil. Les métiers se rencontreront à un moment et à une fréquence qui seront établis plus tard.

— Et le message se trouve dans la bible ?

— Non. Le message leur est déjà parvenu. Il y est question de la destruction du Conseil. Mais seulement au moment qui conviendra. Ţepeş ne donne pas le feu vert pour l'élimination des douze. Ce qui me fait croire que la version du chantage pourrait être la bonne.

Il leur demande simplement de surveiller les membres du Conseil. Jusqu'à nouvel ordre.

— Et dans la bible, il y a quoi ?

— Țepeș, comme tout maître d'une société secrète, ordonne que chacune des douze corporations soit chargée d'un seul membre du Conseil, de sorte qu'aucun métier ne connaît qu'un seul nom. C'est tout. Plus le mot de passe pour entrer et un autre pour sortir. Un seul homme, choisi parmi les boulangers, pourra trouver la bible et sera responsable de l'ordre strict dans lequel il devra aborder les corporations.

— Parce que son garde du corps, son homme de confiance est boulanger ?

— Peut-être. L'explication de votre grand-père était que cette corporation était la plus importante de toutes. Car, avant de s'habiller et de monter à cheval, il faut bien manger.

— C'est ce que signifie « Le pain est la vie » ?

— Oui.

— Et quel est cet « ordre strict » dont vous parlez ?

— Comme je le disais, chaque corporation ne connaît qu'un membre du Conseil. Et sait où il se trouve et ce qu'il fait à chaque instant. Les corporations n'ont pas le droit de communiquer entre elles. Il y a une deuxième réunion. Cette fois à Bologne. Mais Țepeș ne vient pas. Il envoie le boulanger. La rencontre a lieu en 1476 dans le palais de notre corporation, ce qui nous remplit de fierté. Țepeș est déjà sur le trône.

— Et les mots de passe ?

— Simple. Dans la bible figure le premier mot de passe et l'ordre qu'il doit suivre pour rencontrer les corporations. Il fait un signe avec deux doigts en serrant la main du représentant de la corporation respective et prononce le mot de passe.

Le vieil Anglais montra le signe en question. Il lui prit le majeur entre son majeur et son index.

— Il lui dit tout ce qu'il doit savoir sur le membre qu'il suit et le cas échéant lui donne l'ordre de le tuer ainsi que la date à laquelle cela doit se faire. À la fin il transmet un autre mot de passe qui fonctionnera pour le suivant.

— De cette manière personne ne sait tout.

— Et dans la bible ne figure que le premier code et l'ordre dans lequel il faut rencontrer les métiers.

— Et que se passe-t-il si quelqu'un connaît le premier mot de passe, mais pas l'ordre ? Il a au maximum douze possibilités puis onze et il peut apprendre tout et transmettre n'importe quel ordre ?

— Ils ont pensé à ça aussi. Quiconque s'approche d'un membre de la corporation avec le mauvais mot de passe sera tué sur-le-champ par ce dernier. Le problème est que Țepeș arrive sur le trône et tarde à utiliser ce mécanisme. Le Conseil l'a accepté alors il a acquis une certaine assurance. Mais Matthias Corvin n'est pas dans le Conseil et il l'arrête. Les membres du Conseil, eux, enragent. Ils tentent de convaincre Matthias de le libérer. C'est là qu'on a toutes les protestations des principales forces de l'époque, si vous vous souvenez.

— Bien sûr. Du doge de Venise au pape.

— Exactement. Niccolo de Modrussa rend visite à Țepeș dans sa prison de Vișegrád pour le prier de s'abstenir de toute action et lui promettre qu'il va le tirer de là.

— Au bout de douze ans ? Mais quel pouvoir médiocre a ce Conseil !

— Non. Cette prétendue période de détention est une sottise. Il n'a pas passé plus de deux ans à Vişegrád. Et ce n'était pas à proprement parler une geôle. Après cela, il est transféré à Buda. Il accompagne souvent Matthias Corvin dans ses entretiens, il passe beaucoup de temps à ses côtés. Il est même libre de partir. Mais il attend sagement le moment de remonter sur le trône. Ce que lui a promis cet ambassadeur du pape. Sous les pressions du Conseil, il est libéré de prison et remonte sur le trône. Même si quatorze années ont passé. C'est un bon exemple pour comprendre la manière de penser des douze. Le temps historique est long. Ils vivent à cette échelle-là. C'est leur unité de mesure.

— Et pourtant, ils continuent de répandre leurs fausses informations autour des faits de cruauté. Pourquoi ?

— Aucun homme qui réfléchit ne met tous ses œufs dans le même panier. Il faut toujours un plan de repli, par mesure de sécurité. D'une part. D'autre part, peut-être voulaient-ils lui créer une légende à même de terroriser les Turcs, quand il remonterait sur le trône. Et ça, ça a fonctionné. Ce sont les boyards qui le tueront.

— Et après ça ?

— Oui. C'est ici que les choses intéressantes commencent. Le boulanger enterre le corps à Snagov. La tête est introuvable. Elle aurait été emmenée à Istanbul. Encore un mensonge. Des pêcheurs la découvrent trois jours plus tard dans la vase, près de la rive, prise dans des racines. Ils la récupèrent et, avec les boulangers, ils déplacent le corps et la tête à Comana, dans le monastère de Vlad, où ils les enterrent. Après quoi le boulanger prend les deux sabres – un se trouve devant vous, l'autre est à l'ambassade – et la bible, et convoque une nouvelle réunion. Il y a treize corporations – douze plus le boulanger –, et deux autres qui ont absolument tenu à participer au projet. Il est décidé que chaque métier va continuer à surveiller le membre du Conseil qui lui est affecté. Si l'un d'eux meurt, ils surveilleront celui qui le remplace. Et ils décrètent qu'il n'est pas encore temps d'attaquer.

» Le boulanger et, à travers lui, sa famille et sa corporation restent en possession de la bible. À nous, les drapiers, revient la décision de demander la convocation du Conseil en affichant, à la fenêtre de notre palais à Bologne, une tapisserie représentant notre blason. Depuis, nous avons construit un balcon. Et à la quinzième corporation il revient de protéger le porteur du livre.

— S'agit-il du métier des cordonniers ?

— Oui. Ils ont de bonnes semelles, ils peuvent donc se déplacer longtemps, dit sir Winston en souriant.

— Et les autres ?

— Il n'est pas nécessaire de les citer toutes, je suis vieux et ma mémoire m'abandonne. Elles figurent sur les deux sabres.

— À combien de reprises leur réunion a-t-elle été convoquée ? Comment cela fonctionne-t-il ?

— C'est encore à cette époque qu'il a été décidé d'en convoquer une par génération. Ils ont calculé qu'une génération représentait environ trente-trois ans. Alors ils ont établi un rythme de trente et un ans.

— Pourquoi si rarement ?

— Je ne sais pas exactement. Ils ont dû trouver qu'il n'y avait pas d'urgence. Et que, dans le cas où le monde serait sérieusement mis en danger, il reviendrait à celui qui est le plus au courant, le plus proche du pouvoir, le plus éduqué d'entre eux de décider.

— Le drapier.

— Oui. Pour vous servir, sir Winston Draper.

Le commissaire Ledvina lui avait décrit dix des dix-huit apparitions de l'ombre. Elles se répétaient à environ trente ans d'intervalle et les années semblaient correspondre à celles où devaient être convoqués les représentants des douze corporations. Tout cela lui revenait en mémoire.

— Et à combien de reprises les membres ont-ils été convoqués jusqu'à présent ? Ils fonctionnent comment ?

— Jamais. Jusqu'à avant-hier.

— Avant-hier. Pour la première fois en cinq cents ans ?

— Cinq cent cinquante-huit, plus exactement.

Charles se tut un instant.

— Il y a une erreur de calcul. Si Țepeș est mort en 1476, la prochaine réunion devrait avoir lieu en 2034.

— Ça aurait dû. Mais lors de la réunion après la mort de Țepeș tous les membres présents en 1457 étaient encore actifs. Alors ils ont décidé que la date de leur réunion serait le point de départ. Et la façon de se rencontrer est très simple. Chaque représentant de corporation se tient à un même endroit durant toute la journée. Le boulanger doit les aborder chacun leur tour, dans l'ordre précisé dans la bible de Gutenberg. Il donne le premier mot de passe, reçoit les révélations sur le premier membre du Conseil ainsi qu'un second mot de passe. Il passe au suivant de la liste. Il donne le second mot de passe, reçoit l'information sur le deuxième membre et reçoit un nouveau mot de passe. Et ainsi de suite. Jusqu'au dernier.

— Et eux, ils sont placés en rang ?

— Non. Mais ils portent sur le torse le blason de leur corporation. Si vous voyez celui qui suit dans l'ordre, vous allez le voir, mais si vous en voyez un ou plusieurs autres, il faudra d'abord chercher celui qui vient dans l'ordre, conformément à la liste. Et ainsi de suite.

— Est-ce que vous parlez de moi ?

— Oui. Car vous êtes celui qui va s'en charger. Vous êtes le gardien du secret.

— En aucun cas. Aller donner l'ordre que douze personnes soient exécutées ? Je ne suis pas encore devenu fou.

— Le monde a changé. Nous n'exécutons plus personne. Nous n'avons d'ailleurs jamais fait une chose pareille. À présent il est seulement question d'informations compromettantes concernant les hommes les plus puissants au monde, leur manière d'obtenir le pouvoir et de le garder. De contrôler notre vie jusque dans ses plus petits détails. Des documents qui, s'ils sont rendus publics, pulvériseraient tout ce que nous savons sur la corruption du monde dans lequel nous vivons. Ce sont des documents qui pourraient les envoyer derrière les barreaux pour quelques milliers d'années, selon le système judiciaire américain. Eux et tout un tas de complices. Je vous préviens, la moitié des milliardaires et des hommes puissants de la planète figurent dans ces documents, preuves irréfutables à l'appui. Vous allez tenir entre les mains une véritable bombe atomique, de quelques milliards de mégatonnes.

— C'est à moi de les rendre publics ? J'espère que vous plaisantez.

— À présent vous savez de quoi il s'agit. Votre grand-père vous a élevé et préparé durant toute votre vie pour ça. Dix-huit générations de Baker ont sacrifié leur vie et leurs familles pour que cet héritage phénoménal ne se perde pas. Dix-huit générations de quatorze autres corporations. Des vies dédiées à ce rêve. Bien après que les corporations et leur système ont totalement disparu. Ils ont produit des efforts surhumains. Pour rééquilibrer le monde. Pour déraciner le mal. Pour que la corruption disparaisse. Ne serait-ce que pour respecter leur sacrifice, ils doivent être honorés ! Personne ne peut vous obliger à faire quoi que ce soit. Je crois et j'espère que vous irez recueillir les informations. Quand vous les aurez trouvées, la décision vous appartiendra. Si vous décidez qu'il n'est pas question de les publier, soit, personne ne pourra vous forcer à le faire. Si vous décidez de les rendre publiques une par une ou de les détruire, encore une fois, la décision vous appartient. Mais il se trouve que vous êtes, et maintenant vous le savez, l'ange gardien de ce monde.

Chapitre 126

Charles en avait perdu la voix. Il ne savait quel crédit accorder à ce que venait de dire le vieil Anglais. Mais quelque chose se passait. Toute sa vie semblait prendre sens, tout semblait lié. Il ne dit rien, mais il se sentait un peu effrayé et il éprouvait en même temps de la fierté pour sa famille. De nouveau, il se trouvait au cœur d'une histoire absurde, mais sublime. Finalement il se décida à dire quelque chose, mais sir Winston l'arrêta :

— Vous avez une multitude de questions à poser, mais nous n'avons plus le temps. Je dois m'en aller. Et vous, vous devez aller à l'ambassade. Vous avez beaucoup de choses à digérer. Et il faudra que vous soyez à 4 heures du matin à l'aéroport. Allons.

Il le prit par le coude et l'aida à se lever.

— Je répondrai aux questions tout en vous raccompagnant.

Charles se leva et le suivit. Il posa la première question :

— Pourquoi maintenant ?

— Hum ! Bonne question. Pourquoi pas durant la Seconde Guerre mondiale ? Ou pendant d'autres atrocités ? La vérité est qu'il y a eu des accidents de parcours. Une corporation qui disparaît. Une communication qui échoue. Un danger réel auquel ils s'exposaient. Le drapier dont j'ai pris la suite il y a plus de soixante ans était en lien étroit avec toutes les corporations. Il a toujours été le seul à savoir qui étaient tous les autres. Mais moi, je ne sais pas tout. En revanche je peux vous assurer que tous ces hommes remarquables, avec leurs familles, ont réussi non seulement à conserver un secret durant plus d'un demi-millénaire, mais aussi à mener leur mission à bien. Si vous décidez de rendre les informations publiques, ils deviendront les véritables héros, ceux que le monde ne connaîtra jamais. Et vous. Et votre famille. Tous seront à la réunion. Je vous l'assure. Pourquoi maintenant ? Parce que j'ai la conviction que nous avons atteint la limite du tolérable. Mes prédécesseurs, tout en voyant le mal partout, ont pris grand soin de ne pas se précipiter. Ils ont considéré que le monde était en équilibre, bien que précaire. Je crains seulement que, au rythme où vont les choses dorénavant, dans trente et un ans, il ne soit trop tard.

Charles comprit que le vieil homme ne lui avait pas tout révélé. Ce dernier fit un signe pour lui intimer de patienter encore.

— Quelqu'un tue au hasard des membres des corporations, des gens qui ont des liens avec eux, ou des personnes qui exercent des professions semblables aux Métiers. Et cette personne le fait d'une manière qui semble vouloir transmettre un message : que l'on sorte le livre. Leur patience est à bout. Et j'ai peur qu'à ce rythme il ne nous décime et en arrive, inévitablement, à ceux qui comptent.

— Ces crimes se sont-ils passés à Sighişoara ?

Le vieil homme confirma d'un signe de tête.

— Et à Marseille ? À Alma-Ata ?

De nouveau sir Winston confirma.

— Et chacun de ces morts faisait partie d'une corporation ?

— Ou bien avait un rapport avec le métier respectif. Oui. Le message est clair. Douze morts de douze corporations différentes. Probablement qu'allait suivre une fournée de trois. Pour faire quinze. Et puis il aurait recommencé depuis le début. Comme je l'ai dit, il semble que le Conseil a perdu patience.

Charles marchait lentement et ne cessait de s'arrêter. Ils étaient encore à l'étage. Il lança un nouveau lot de questions :

— Où est la bible ? Et où se tiendra la réunion ? Et quand ?

— Je crains de ne pas avoir les réponses à ces questions. Je suis certain que vous les découvrirez par vous-même. C'est ce que votre grand-père a voulu. Et c'est dans l'ordre des choses.

Ayant dit cela, il tira Charles par le bras pour descendre. Ce dernier le suivit, mais s'arrêta de nouveau au milieu de l'escalier.

— Et quel est le rôle de Kafka dans tout cela ?

— Le père de Kafka a fait partie de la corporation des charcutiers. Même s'il était juif et qu'il préparait de la charcuterie casher. Il a transmis le message comme il savait le faire.

— Donc il n'a rien copié dans la bible de Gutenberg ?

Sir Winston éclata de rire et sortit. Il s'avança vers la voiture, Charles le suivit. Le vieil homme lui fit l'accolade.

— La voiture va vous conduire à l'ambassade. Je ne crois pas que vous ayez envie de vous promener en ville avec ce sabre.

— Une ultime question. Deux. Courtes.

Le vieil homme haussa les épaules comme pour montrer qu'il cédait.

— Bien. Mais rapidement.

— Le Conseil. Eux, ils ne savent rien ?

— Quelques petites choses. Mais pas tout. Ils savent que quelque chose, dans cette bible, peut les détruire. Mais ils n'ont pas idée de ce que c'est exactement. Ils veulent à tout prix mettre la main dessus. C'est pour cela qu'ils ont inventé cette histoire autour de votre aïeul et de Jack l'Éventreur.

— OK. Et, enfin, quelle est cette ombre qui apparaît une fois tous les trente et un ans, à peu de chose près ? Et toujours autour d'un crime ou d'une mort ?

— C'est en fait la même question. Les morts sont soit les gardiens de la bible soit des machinations pour faire resurgir le Livre. Jusqu'à présent, cela ne leur a servi à rien. Bonne route ! lui souhaita le vieil homme qui tourna les talons et rentra dans la cour.

Charles formulait des questions en rafale. Pourquoi ne lui avait-il rien dit d'explicite au sujet de l'ombre ? L'entretien était clos, même s'il était désormais évident que le vieux Winston en savait bien plus que ce qu'il en avait dit. Charles monta en voiture.

Chapitre 127

Le véhicule s'arrêta juste devant la barrière de sécurité de l'ambassade. Charles remercia le chauffeur, saisit le sabre et, en grimpant les marches trois par trois, il entra dans le bâtiment. Dans la chambre qui avait été préparée pour lui, en tant qu'employé temporaire de l'ambassade, il trouva son sac de voyage. Il en sortit son téléphone portable et l'alluma. Il avait un message de Christa :

« Ross n'est pas celui que vous croyez ! »

Il resta longuement pensif. Il tirerait ça au clair. Mais à cet instant précis il voulait tenter quelque chose. Le paquet de Prague l'attendait, bien ficelé sur la table. Il l'ouvrit.

Il avait eu le temps, sur le trajet, d'étudier le second sabre. Il ne ressemblait pas du tout à celui qu'il avait vu sous ce même nom au musée de Burgos. Celui-ci avait un manche et une garde bien trop travaillés pour sa prétendue année de fabrication. Charles savait que ce modèle de sabre n'était pas fabriqué avant 1040. Si bien qu'il avait toujours été convaincu qu'il n'avait pas appartenu à Don Rodrigo de Bivar. Celui qu'il tenait à la main ressemblait bien à une épée du début du XIe siècle. Longue d'un mètre environ, munie d'une garde simple, en forme de croix, avec quelques ornements. Sur la longueur de sa lame, figurait le texte gravé qu'il avait déjà vu : « IO SOI TISONA FUE FECHA EN LA ERA DE MIL E QUARENTA », et sur l'autre, « AVE MARIA ~ GRATIA PLENA ~ DOMINUS TECUM », l'extrait de l'Évangile de Luc, bien connu des catholiques. Ces deux inscriptions étaient identiques à celles de l'épée de Burgos. Comme l'autre épée, celle-ci portait aussi sur le fil de la lame le même mécanisme circulaire, sauf que les lamelles et les dents étaient orientées un peu différemment et les creux un peu décalés, s'il se souvenait bien.

Cela mit en branle les rouages du cerveau du professeur. C'était justement pour cela qu'il était tellement pressé de monter dans sa chambre.

Il sortit le sabre courbe de son paquet. Il le tira de son fourreau. Il croisa les deux épées en choisissant les deux anneaux comme point de contact. Il exerça un léger mouvement de cisaille pour que les lamelles entrent chacune dans le dispositif de l'autre. Un clic se fit entendre. Les épées étaient parfaitement soudées l'une à l'autre. Leurs pointes formaient une sorte de V retourné, sauf que, l'une des branches étant celle de Caliburn, elle était courbe. Les dents métalliques étaient face à face. Sur l'épée de Tolède il n'y en avait que deux, sur l'autre, quatre.

Charles sourit. « La clé. L'acier est la clé. La pierre est la porte. » Il eut une révélation. Comment n'y avait-il pas pensé avant ?

Caliburn. C'est-à-dire Excalibur. L'épée de la pierre.

À cet instant il fut convaincu que la pierre était celle, circulaire, de la salle d'entraînement de sa maison en Virginie. Et il obtenait ainsi la réponse à une question qu'il se posait depuis l'enfance. En dépit du fait que, sur les côtés, des épées avaient été plantées comme dans un présentoir, jamais aucune n'avait été posée perpendiculairement, alors que, il s'en souvenait bien, s'y trouvait là une encoche faite exprès. Il devait planter le sabre à cet endroit. C'était probablement ce que suggérait le dessin du globe terrestre traversé d'une épée, sur le mur, et qui était le symbole d'Interpol. L'illustration dans la cave était une sorte de carte, des instructions. Cela pouvait-il être aussi simple que cela ?

Au moment où les sabres s'étaient enclenchés en cliquetant, un bruit léger avait retenti près de la base de Tizona. Charles, trop préoccupé par l'imbrication parfaite des deux lames, n'avait pas remarqué ce bruit. Mais quand il les sépara pour les remettre dans leurs fourreaux chacun portant six blasons, il fut sur le point de lâcher la poignée de l'épée de Tolède. Il aperçut dans le manche une ouverture où se trouvait un morceau de papier jauni par les ans. Il le déplia avec impatience. Pas de langue étrangère, cette fois-ci. Pas de code non plus. Le texte était rédigé dans un anglais limpide, en caractères ordinaires. Il lut :

Vous passerez la porte sous le frontispice
Vous, demain, au lever du soleil.
Patientez jusqu'à l'heure de l'aube,
Car tout autre heure est funeste.

*En ce jour de l'année plus long que tout autre
Quand 12 métiers se tiennent sous 12 portes,
Sous le zodiaque vous direz le mot juste,
180 tours, autrefois grandes, vous attendent.*

Chapitre 128

— Vous avez bien envoyé le paquet ? demanda sir Winston.
— Oui, répondit le majordome. Vous faudra-t-il autre chose ?
— Non, merci. Vous pouvez y aller.
Il entra. Quelques minutes plus tard, on entendit une voiture démarrer et des phares éclairer la pelouse pendant quelques secondes. Sir Winston prit un livre dans la bibliothèque et s'allongea confortablement sur son canapé.
Il s'était assoupi le livre à la main quand il sentit qu'il faisait froid. Il tendit la main vers la couverture qu'il avait repoussée à ses pieds.
Le froid devint cinglant, puis les ampoules palpitèrent et s'éteignirent. Sir Winston éclata alors de rire tandis que toute la maison se retrouvait noyée dans l'obscurité la plus totale. Il entendit des pas. Une claudication hésitante. Les pas s'arrêtèrent. Il savait qu'il n'était pas seul.
— Tu es arrivé trop tard, dit le vieil homme. Cette fois-ci tu es bien foutu. *Addio sogni di gloria !* Tu resteras ce que tu es pour l'éternité. Une pauvre ombre

errante ! Tu erreras pour toujours dans les limbes. Et tu ne trouveras ni le pouvoir suprême ni la sérénité. Je meurs en paix !

Il n'eut pas la possibilité d'en dire davantage. Le sang bouillonnait déjà à ses lèvres. Quand la lumière revint dans la demeure, sir Winston Draper fixait le plafond de ses yeux grands ouverts. Le sourire d'un homme accompli illuminait son visage. Sous lui, une mare de sang s'étendait à chaque seconde qui passait.

Fin de la quatrième partie

Intermezzo

Charles était très reconnaissant à sir Winston de lui avoir fourni un billet en première classe. Il pouvait allonger ses jambes et, comme il en avait l'habitude, il décida de laisser la journée précédente derrière lui et de penser à quelque chose de beau avant de s'endormir. Il apprécia le verre de whisky qu'on lui servit. Ce n'était pas franchement ce qu'il avait bu la veille, mais c'était bon. Dans la moyenne des alcools ordinaires. Il mit en œuvre toutes les techniques qu'il avait déjà expérimentées, mais ne parvint pas à s'endormir. Il se tourna dans tous les sens pendant une bonne heure puis se résolut à regarder le film diffusé à bord. Des personnages qui bondissaient d'un hélicoptère à l'autre, des monstres qui se battaient, tout en changeant de forme, donc rien qui ne l'intéressait. Il finit par céder. Il reprit le dossier marron et déplia le billet découvert la veille au soir. Ce poème lui disait quelque chose. Il chercherait sur Google. Il feuilleta encore le dossier et observa de nouveau les nombres qui revenaient constamment : 12, 24 et 180.

Puis il sortit la feuille avec la ville futuriste, hérissée de tours. Il relut le poème et alors il se souvint.

La Gerusalemme liberata (Jérusalem délivrée). Chef-d'œuvre du Tasse. Un monument de la Renaissance. La première strophe seulement. La seconde avait probablement été ajoutée ultérieurement ou était, dans le meilleur des cas, apocryphe. Il se souvint d'un cours qu'il avait tenu à l'université de Bologne. Le Tasse, qui avait étudié là-bas, faisait la fierté des Bolognais. Cet extrait du poème épique parlait d'une initiation.

Quel idiot je fais, se dit-il. *Bologne, la ville des 180 tours.*

Ce n'était pas du tout une ville du futur. Au contraire. Au Moyen Âge la cité avait été une sorte de merveille du monde, une des plus grandes fantaisies de l'histoire de l'architecture. On disait qu'entre les XIe et XIIe siècles, la ville comptait pas moins de 180 tours. Aucun historien n'a été capable de déterminer pourquoi les nobles et les riches de Bologne leur vouaient une telle obsession. Certains ont supposé qu'elles étaient construites pour des raisons stratégiques et défensives, d'autres qu'elles constituaient un symbole de pouvoir. Un psychanalyste avait même estimé qu'elles exprimaient une frustration. Ceux qui les avaient érigées étaient tout simplement impuissants. Aujourd'hui, 24 d'entre elles sont encore debout, dont les plus grandes, Asinelli et Garisenda, sont devenues les emblèmes de la ville.

En ce jour de l'année plus long que tout autre
Quand 12 métiers se tiennent sous 12 portes,
Sous le zodiaque vous direz le mot juste,
180 tours, autrefois grandes, vous attendent.

C'était clair. La rencontre aurait lieu à Bologne. Le jour plus long que tout autre était le solstice d'été, le 21 juin.

Dans deux jours, réalisa Charles.

Et, bien entendu, il se souvint que la cité médiévale avait été construite comme ville forte, avec 12 portes. Du centre partaient 12 rayons menant à ces 12 portes. À chaque porte correspondait un signe du zodiaque. L'empreinte au sol de Bologne était une carte du zodiaque.

Cela signifie que chaque membre d'une corporation se trouvera à l'une des portes. Comme il n'en restait que dix debout, il fallait situer avec exactitude l'emplacement des deux autres. Il s'endormit satisfait.

CINQUIÈME PARTIE

> « ... *Et tu me verras à Philippes.*
> *Eh bien ! je t'y verrai*[1]. »

---

1. Le fantôme dit à Brutus « ... je suis ton mauvais génie et tu me verras à Philippes. — Eh bien, reprit Brutus d'un ton assuré, je t'y verrai. » Extrait de Plutarque, *Les Vies des hommes illustres*, trad. D. Ricard, Paris, Emler, 1829.

Chapitre 129

Quatre grappins se crochetèrent simultanément au rebord de la terrasse. Comme des félins, quatre individus masqués vêtus de combinaisons noires se hissèrent aux cordes et bondirent aisément sur la terrasse. Sous le clair de lune et dans le décor de l'orangeraie, les quatre hommes ressemblaient aux danseurs d'un sombre ballet de l'Italie du Sud au Moyen Âge.

Ils pénétrèrent dans la maison par la porte-fenêtre et se séparèrent en deux groupes. Des hurlements s'élevèrent tandis que la lumière s'allumait.

Le premier d'entre eux attrapa la femme de Martin par les cheveux et la tira hors de son lit. Le deuxième frappa Eastwood d'un coup de crosse à la tempe alors que ce dernier tentait de comprendre ce qui lui arrivait. Ils furent traînés dans le séjour où les deux autres hommes avaient amené leurs fils de six et huit ans, bâillonnés et ligotés sur des chaises. Les parents furent immobilisés à leur tour. L'un des agresseurs posa une tablette sur un meuble de manière à ce que tous les quatre soient dans le cadre et puissent être filmés. Il composa un numéro et mit sur haut-parleur. Il sembla à Martin que les quelques sonneries duraient une éternité. Finalement, le visage souriant de Werner apparut à l'écran. Il était dans l'avion.

— T'étais vraiment obligé de me raconter des salades ? Pourquoi tu n'as pas convoqué la réunion ?

Martin essaya de dire quelque chose, mais ne pouvait pas. Un des quatre lui ôta le bâillon. Il ne parvint qu'à articuler un marmonnement confus. Presque inaudible.

— Je ne t'entends pas, fit Werner. Qu'as-tu fait de ton courage ? Pourquoi tu ne les as pas convoqués ?

— Je les ai convoqués, gémit Martin.

— Je te préviens que je ne plaisante pas. J'ai supporté tes mensonges pendant quinze ans. Tu ne tiens pas à me faire sortir de mes gonds, je suppose. Appelle-les, tous les onze, devant moi, et convoque-les. Fais bien attention à ce que tu dis.

Celui qui lui avait ôté le bâillon tendit à Eastwood son téléphone. Il dut lui libérer une main. Eastwood refusa de coopérer. Werner fit un signe de tête. L'individu qui se trouvait de l'autre côté du groupe s'approcha de l'épouse de Martin et lui tira une balle dans le genou. Tout le monde s'agita. Les enfants se débattaient, mais ils se calmèrent quand les hommes brandirent leurs armes vers eux. La femme avait perdu connaissance.

— La prochaine, ce sera dans la tête, menaça Werner. Et ce sera ensuite le tour des enfants. L'un après l'autre. Mais pour eux, on utilisera le couteau.

Martin, sous le choc, respirait avec peine.

— Calme-toi donc, espèce de chialeuse que tu es ! ajouta Werner avec un nouveau signe de tête à ses hommes.

L'un des individus dégaina un poignard, s'approcha de la femme blessée et le posa sur sa gorge.

— Je ne le répéterai pas.

— OK, OK, arrête, s'il te plaît, implora Eastwood.

Il prit le téléphone et composa le premier numéro. Werner écouta attentivement la conversation. Quand Martin eut fini, il s'exclama :

— T'as vu, ce n'était pas si difficile ! Continue !

Chapitre 130

Entre l'aéroport Dulles de Washington et la maison où avait grandi Charles, il y avait environ cent cinquante kilomètres de route. Son aïeul, qui l'avait construite en 1890, avait choisi de s'installer dans le comté de Hardy, à l'ouest de la capitale. Charles n'avait jamais su si l'homme, obnubilé par son nom, l'avait fait exprès, toujours est-il que la localité la plus proche s'appelait justement Baker. C'était une région superbe, cernée de forêts, de collines et de petites montagnes, de parcs naturels et de torrents. Pour Charles, cela avait été le paradis sur terre.

Il loua une voiture et, une heure plus tard, il se garait devant la maison. Un regard aux alentours. Rien ne paraissait avoir changé. Il s'apprêtait à sonner quand il vit la porte entrouverte. Il pensa que son père était sorti dans le jardin ou que l'assistante avait mal fermé avant de partir en ville. La voiture de son père était garée devant. Il entra dans le petit hall et entendit de la musique dans la bibliothèque. Là aussi la porte était entrouverte. Il allait poser la main sur la poignée quand il s'écroula, assommé.

En revenant à lui, la première chose qu'il vit fut son père, ligoté sur une chaise. Il se rendit compte qu'il se trouvait dans la même situation. Il avait mal au crâne et ressentait une brûlure à l'arrière de l'oreille, dans le cou. Devant lui se trouvait, tout sourire, Ross, c'est-à-dire Werner.

— J'espère que je n'ai pas frappé trop fort, mais ton vieux ici présent n'a pas été très coopératif. D'après ce que tu racontais, je m'attendais à ce qu'il soit plus ramolli.

Son père leva les yeux au ciel et voulut parler.

— Pardon, fit Ross en se moquant de lui. Si vous promettez de ne pas crier ni mordre, je vous ôte le bâillon.

Son père fit oui de la tête. Werner s'exécuta. Mais quelle ne fut pas sa surprise quand le vieux Baker, avant même de lui adresser un regard, lança à son fils :

— Tu n'as quand même pas dit que je sucrais les fraises ?

Ross n'en revenait pas.

— Je ne me souviens pas avoir dit ça, répondit Charles. Ça va ? Tu n'as pas eu d'infarctus ?

— Un infarctus ? C'est ce que t'a raconté ce salaud qui m'a séquestré ici ?

— Pardonnez-moi d'interrompre la petite réunion de famille. Vous feriez bien de m'écouter. Sinon je tape de nouveau, fit-il en les menaçant de son bâton recouvert de cuir.

— Ça signifie quoi, tout ça ? demanda Charles, visiblement désorienté.

Il avait lu le message de Christa, mais l'avait pris pour une nouvelle manifestation de sa paranoïa.

— Cela signifie que vous détenez un objet qui m'appartient et qui m'a été volé il y a fort longtemps. Je veux le récupérer. Après ça, je me casse et vous n'entendrez plus jamais parler de moi.

— Je t'ai volé quelque chose ? Qu'est-ce que ça veut dire ?

— Cela veut dire que ton aïeul a apporté et caché ici, dans la maison, il y a très longtemps, quelque chose qui appartient de droit à ma famille. Ne fais pas semblant de ne pas savoir ! Je sais que le vieux crétin que tu viens de quitter t'a tout raconté.

Ross, alias Werner, sortit alors de la pièce et revint avec le paquet portant les scellés de la valise diplomatique de Charles. Pendant qu'il l'ouvrait, il continuait :

— Ingénieuse manière de les faire entrer sur le territoire. C'est pour ça que je t'ai toujours bien apprécié, tu es très inventif. Tu trouves des solutions là où la majorité des gens ne voient que des impasses. OK, fit-il après avoir sorti les deux sabres et les avoir imbriqués jusqu'à entendre le clic. Alors ça, c'est la clé, disons. Où est la bible ?

— Je ne saisis rien de... fit Charles en tentant de se défausser.

— Le vieux Winston t'a farci la tête de toutes ses bêtises ? Il t'a raconté l'histoire de Dracula qui a inventé une conspiration destinée à détruire une conspiration encore plus vaste ? La conspiration par excellence ? Avec les méchants qui dominent le monde et vous, des générations d'imbéciles qui vous sacrifiez depuis des centaines d'années pour le défendre ?

Charles ne répondit rien.

— Continue à me regarder comme ça, je crois que je vais fondre. Il n'y a aucune conspiration.

— Alors pourquoi tu veux le livre ? demanda le vieux.

— Tiens donc, il a retrouvé sa voix. Il paraît que tu n'as pas ouvert la bouche pendant quatre jours et maintenant tu t'en prends à un pauvre visiteur. Ce n'est pas très joli ! Ce livre, au cas où vous ne le sauriez pas, est le premier ouvrage jamais imprimé au monde. Il vaut quelques millions de dollars.

— Tu veux le vendre ? questionna Charles.

— Bien sûr que oui, répondit Ross. J'en ai assez de trimer pour des imbéciles. Je le recherche depuis toujours. Mon père aussi le cherchait, et mon grand-père et tous mes ancêtres depuis que Baker, Jack le découpeur de prostituées, nous l'a volé. Vous vous rendez compte depuis combien de temps je me prépare pour ce moment ? Tu réalises combien j'ai patienté, combien j'ai dû faire semblant ? Et même être l'ami d'un type comme toi, un prétentieux né avec une cuiller en argent dans la bouche ! Si j'ai disparu, c'était parce que j'en avais assez de jouer la comédie.

— C'est tout ? Une question d'argent ? demanda Charles qui ne savait plus ce qu'il fallait croire et qui regardait son père comme s'il espérait une réponse.

— Ça ne sert à rien de chercher du côté du vieux, de toute façon il vit dans un autre monde. Tu sais ce qu'il faisait, quand je lui ai rendu visite la première fois ? Des équations. Il calculait la quadrature du cercle. Alors c'est dans notre intérêt à tous d'en finir au plus vite. Toi, tu pourras retourner à tes livres stupides, le petit vieux à ses calculs, et moi je quitterai votre vie.

Aucune réponse.

— Sachez qu'on a tout le temps. C'est l'avantage d'avoir une maison isolée. Personne ne viendra d'ici un bout de temps. Alors on a le temps, l'ambition et les moyens. Vous feriez mieux de me la donner de vous-mêmes, pour m'éviter de mettre sens dessus dessous chaque centimètre carré de la maison.

— Ne lui dis rien, fit le vieux.

Ross bondit sur lui et le frappa d'un coup de bâton au visage. Charles s'agita sur sa chaise.

— Hé, hé ! monsieur le héros ! s'exclama Ross. On ne parvient pas à défendre son papa, dans les circonstances actuelles, mais on peut le regarder se transformer en une masse de chair informe.

Charles n'en revenait pas. Il espérait encore que c'était une plaisanterie. Un cauchemar comme ceux qui hantaient ses nuits, de plus en plus souvent.

— Rien ? Bien. On peut commencer, alors.

Ross se tourna vers une trousse de chirurgien, de celles qu'on utilisait à la fin du XIXe siècle. Puis il y eut un coup de feu et les deux captifs en eurent les oreilles qui sifflaient. Puis encore un. Ross s'écroula sur le sol. Le claquement des détonations avait été amplifié par l'écho particulier de la pièce. Ils tournèrent les yeux vers les tirs. C'était Christa, qui se précipita sur Ross. Il avait deux trous ensanglantés au niveau du torse. Elle le traîna par les pieds sur un côté de la pièce. Puis elle détacha les deux hommes.

Charles prit son père dans ses bras. Ce dernier, à part la lèvre fendue, semblait sain et sauf.

— Vous êtes de la famille des bottiers, n'est-ce pas ?

Christa confirma d'un signe de tête et Charles en resta bouche bée. Il interrogea son père :

— Tu étais au courant de toute cette histoire ? Je ne comprends pas.

Christa se rendit compte qu'ils avaient beaucoup de choses à se dire.

— Je vous laisse. Je suppose que vous ne tenez pas à appeler la police, alors je m'en vais l'enterrer quelque part.

— Passez par ici, fit le vieux en lui montrant une autre porte. Il y a une cabane à outils. Vous y trouverez une bêche.

Christa sortit.

— Oui, j'étais au courant de tout ça, répondit le vieil homme. C'est pour cette raison que je me suis si violemment disputé avec ton grand-père. Il était obsédé par cette bible, par notre mission de sauver le monde tant que c'était encore possible.

— Et tu ne crois pas à cette histoire ?

— Cela ne compte pas, ce que je crois. L'important est que tu as été contaminé. Comme je ne réagissais pas à tout ça, c'est toi qu'il a commencé à éduquer, « à te préparer », comme il disait. On a alors conclu un accord. Ta mère venait de mourir et j'étais au trente-sixième dessous. J'en ai conclu que ma présence auprès de toi ne te faisait pas de bien. Par conséquent, je t'ai confié à lui. Je ne sais pas si j'ai vraiment bien fait.

On entendit un bruit métallique. Tout à coup quelqu'un entra et se jeta sur Charles. Celui-ci se pencha, et l'agresseur trébucha. Avec élégance, Charles tendit la jambe pour précipiter sa chute. Il vit une femme blonde assez corpulente s'écrouler dans un hurlement de porc qu'on égorge.

L'assistante avait entendu les coups de feu et elle était remontée du sous-sol où Ross l'avait envoyée chercher le moyen d'accéder au mur. La femme s'était munie d'une des épées exposées dans le hall et s'était jetée sur lui. En tombant, elle venait de s'embrocher sur son épée. Charles se pencha sur elle.

— Cela ne sert à rien. Elle est morte, lui dit son père.
— Il y en a d'autres ?
— J'espère que non. De toute façon cette grosse vache a eu ce qu'elle méritait.
— C'est la femme avec laquelle j'ai parlé au téléphone ?
— Oui. Elle m'a gardé attaché pendant quatre jours.
— Pourtant elle m'a envoyé les photos.
— Ben oui, c'était dans leur intérêt d'apprendre où se trouve la bible. Heureusement que tu ne te souvenais plus de la salle d'escrime.
— Si, bien entendu. Mais j'ai trouvé tout ça louche, et j'ai voulu me ménager un plan B.
— Bravo. Tu es bien le fils de ton père, fit ce dernier en lui tapotant affectueusement la joue. Pour que je termine : ton grand-père a toujours eu la certitude que c'était toi, l'élu.
— Et toi ?
— Quand je me suis réveillé, il était trop tard. Tu ne me reconnaissais presque plus. Ton grand-père disait que tu étais la personne la plus intelligente qu'il ait connue. Et la meilleure. Mais tu avais des difficultés à te consacrer pleinement à une cause. Il se plaignait de ton indécision. Du fait que tu ne voulais assumer

aucune responsabilité. Et que tu devrais prouver que tu étais à la hauteur de cette mission. Il avait minutieusement préparé une sorte de parcours initiatique. Pour moi, d'abord, mais je l'avais envoyé promener. Je n'étais pas l'élu.

— Tu savais qu'il était mort d'un cancer ? À Londres ?

— Je l'ai appris plus de dix ans après, de la bouche de l'Anglais qui a été tué cette nuit. Je suis même allé sur sa tombe.

— Sir Winston a été tué cette nuit ?

— Oui. Cette chienne avait un journal où c'était annoncé, quelque part par ici.

Il sortit de la pièce et revint avec le quotidien. Le *Washington Post* titrait en grosses lettres rouges : « Le plus grand historien de notre époque massacré chez lui ». Il lut l'article en diagonale. Il n'en revenait pas.

— Tu crois que Ross...

Le vieil homme haussa les épaules.

— Ainsi, toute cette histoire est vraie ?

— Je n'en sais rien. J'ai toujours considéré ça comme un jeu pour les gamins. Même s'il semble que ce n'est vraiment pas le cas. Regarde, trois cadavres rien que ce matin.

Christa, qui avait entendu du bruit, arriva soudain, pistolet à la main. Elle découvrit, étalée sur le tapis, l'assistante transpercée par une épée.

— Merveilleux, fit-elle. Je vois qu'on augmente mon quota de travail à la bêche.

— Venez d'abord avec nous, dit Charles.

Il passa par l'arrière de la maison, pour aller à la salle d'escrime. Christa et son père le suivirent. Ils allumèrent : la pièce, plus longue que large, était dépourvue de fenêtres. Il était clair que personne n'y était entré depuis que Charles en avait retiré les dernières épées pour les ajouter à sa collection. Il scruta la pierre parfaitement circulaire, semblable à une énorme meule de fromage, encastrée dans le mur. Tout autour figuraient les blasons des douze corporations, exactement comme sur les fourreaux des sabres de Ţepeș : les emblèmes des bouchers, des forgerons, des poissonniers, des charpentiers, des tanneurs, des potiers, des doreurs, des fourreurs, des serruriers, des barbiers, des vignerons et des teinturiers, disposés comme les heures sur un cadran. Au centre, en bonne place, étaient gravés ceux des drapiers, des boulangers et des bottiers. Charles posa la main dans le trou du haut, le plus large. Il souleva les deux épées réunies et les y inséra. Il ne se passa rien.

— Tu parles d'une Excalibur, fit-il.

Son père sourit, posa les mains sur les deux épées et, en forçant, il les fit pivoter. De l'autre côté du mur, ils entendirent un bruit, comme une paroi qui se déplaçait. Ils contournèrent la maison pour rejoindre la cave à vins. Le mur sur lequel se trouvaient le globe terrestre traversé d'une épée et la moitié du texte de Kafka avait bougé. C'était un passage secret. Son père lui fit signe d'entrer. La pièce était étroite et vide. Le vieux Baker apporta des bougies qu'il alluma et planta dans des bougeoirs fixés aux murs. Au milieu de la pièce, sur un piédestal, se trouvait un coffret en bois. Charles souleva le couvercle. À l'intérieur se trouvait une boîte métallique. Il l'en tira avec soin et sortit de la pièce.

Il la posa sur la table des dégustations et chercha le mécanisme d'ouverture.

Il y avait trois trous. Il y introduisit trois doigts et le mécanisme repoussa le couvercle. Dans toute sa splendeur apparut une bible de Gutenberg.

Un silence ému se fit. Charles voulut aussitôt l'ouvrir.

— Non. S'il s'agit de respecter la volonté de ton grand-père, et puisque nous en sommes arrivés à cette étape, tu dois faire ça seul, dit son père.

Il prit Christa par le bras et ils sortirent.

Chapitre 131

Le vieil homme et Christa étaient en grande conversation quand Charles arriva avec la bible à la main.

— Au moins, Kafka n'a pas copié le texte dans ce livre. Je suis soulagé. Je vais devoir partir à Bologne. Où se trouve le livre qui contient les cartes médiévales d'Italie ?

— Je suppose que c'est cela que tu cherches, dit son père en lui tendant une carte de Bologne indiquant un cercle zodiacal et le nom des portes correspondantes.

— Un avion m'attend pour me ramener à Lyon, à Interpol. Ici prend fin mon aventure, dit Christa.

— Vous ne venez pas avec moi ? Pour me protéger ? sourit Charles.

— Mon rôle est terminé, répondit-elle. Mais je vous emmène. Et on devrait se dépêcher. C'est plus sûr qu'un avion de ligne et, de là-bas, vous ne serez plus très loin de Bologne.

— Et je vais arriver avec un jour d'avance !

— Quelques heures plus tôt. De toute façon, vous n'auriez pas de vol direct depuis ici. Bon, je vais finir ce que j'ai commencé.

Christa se leva, mais le vieil homme la prit par le bras.

— Vous restez avec nous. Je m'occuperai de ça après votre départ.

S'adressant à Charles :

— Tu as tout ce qu'il te faut, dans le livre ?

— Tu veux voir ?

— Pas maintenant. Tu me montreras à ton retour.

— OK. Si tu savais tout ce qu'il se passait, peut-être pourrais-tu m'éclairer un peu. Il y a des trous dans mon puzzle.

— Si je le peux, bien sûr.

— Ainsi, il existe un groupe qui domine le monde depuis l'époque de Vlad Țepeș, intervint Charles.

— L'ordre du Dragon.

— Mais je croyais qu'il avait disparu.

— On dirait que non.

— Et ils sont si dangereux que ça ?

— Ton grand-père en était convaincu. Et il semble que Christa aussi, comme son père. Et c'est ce que croyait ton ami qui se trouve maintenant dans la cour six pieds sous terre. Quant à cette femme, la fausse assistante, je ne crois pas qu'elle ait eu un avis sur quoi que ce soit.

— À propos, Ross, il s'est passé quoi, avec lui ?

— Il s'appelle Werner Fischer, répondit Christa, et pas Ross je ne sais pas comment, comme vous le pensiez.

— Fetuna.

— Ma foi. Il appartenait lui aussi à une corporation et avait un membre du Conseil à surveiller. D'après sir Winston, il faisait très bien son travail. Mais, comme on le voit, il est passé du côté obscur. Allez savoir, il leur aura sans doute promis la bible contre de l'argent. Du pouvoir. Peut-être même une place à la table des ultra-riches.

— Il est donc possible que je ne parvienne pas à refermer le cercle et que je n'obtienne que des informations partielles, puisqu'il manque l'un des membres.

— Oui. Cela dépend de son rang dans le cercle.

Charles ouvrit la bible et il lut avec attention :

— Il était le dernier.

— Il vous manquera donc celui qu'il était chargé de surveiller. C'est tout. Espérons que les informations sur les autres permettront de déclencher une telle tornade qu'elle l'engloutira lui aussi.

— Comment avez-vous deviné, pour m'envoyer ce message au sujet de Ross ?

— C'est le commissaire qui me l'a dit. Il a fait des photographies. Je les ai envoyées à sir Winston, qui l'a tout de suite reconnu.

— Et comment savoir s'il n'y a pas d'autres traîtres ?

— On l'ignore, mais c'est tout de même peu probable.

— OK. Reprenons. C'est Dracula qui a établi une liste des hommes de l'ordre et qui l'a transmise aux douze corporations.

— Quinze, précisa son père. Trois spéciales. Mais son messager, le boulanger, notre ancêtre, les a rencontrés tour à tour, et chaque corporation n'a reçu que l'information dont elle avait besoin.

— Après quoi la décision a été prise de fixer des rencontres à intervalles fixes de trente et un ans.

— Oui. L'espace d'une génération. Ils ont considéré qu'il ne devrait pas intervenir d'urgence exigeant de se voir plus souvent, et que si c'était le cas ils auraient le temps d'agir.

— Mais cela avait-il une quelconque importance de rendre cela public, à l'époque ?

— À l'époque, il était question d'exécuter ceux de l'ordre, pas de les démasquer. Mais le monde a changé, et notre organisation s'est adaptée.

— Tu as dit « notre », releva Charles.

— Probablement. J'ai entendu tout cela si souvent que j'ai fini par l'intégrer.

— Et pourquoi tu n'as pas suivi ?

— Parce que je n'étais pas convaincu de la véracité de la chose et que je ne croyais pas être celui qui sauverait le monde.

— Et moi je le suis ?

— Ton grand-père le croyait. Et je commence à penser qu'il ne s'était pas trompé.

— Mais ces gens, comment ont-ils pu rester dans la même organisation secrète toutes ces années ? Ceux de l'ordre, je les comprends. Ils ont un but très clair. Le pouvoir. Qui est, comme l'a confié Mourad II à Țepeș, le don le plus précieux qu'Allah ait donné aux hommes. Mais les autres ?

— Je ne sais pas. Une cause à laquelle croire. Ils ont élevé leurs enfants dans cette optique. Génération après génération. Ils détenaient un secret que personne ne soupçonnait et cela les rendait spéciaux. Ou, tout simplement, ils ont cru que tel était leur devoir, de conserver l'équilibre de ce monde et de le rendre meilleur. Les corporations ont disparu, assez rapidement, après

Țepeș. Les plus grandes ont persécuté les petites en premier. Puis elles ont été détruites par la Renaissance, qui était encore plus élitiste. Et, en Allemagne, elles ont été balayées par la Réforme. Après quoi, elles sont devenues anachroniques et rétrogrades. Elles étaient un véritable frein au capitalisme qui montait en force.

— Et pourquoi prenaient-ils tous ces noms explicites ? Regarde, nous trois. Et Werner ? Et sir Winston, paix à son âme !

— Pas forcément. Autant que je sache, seulement la moitié a pris ce genre de noms. Par fierté peut-être. Les autres portent des patronymes neutres.

— Et les textes de Kafka ?

— Franz Kafka a voulu écrire une chronique des événements réservée aux initiés. Plusieurs autres textes y font référence. Tout comme Mozart a inséré des rituels francs-maçons dans *La Flûte enchantée*. Le père de Kafka…

— Je sais. Il était boucher.

— Il faut y aller, souffla Christa, comme pour ne pas les déranger.

Les deux hommes se levèrent. Charles reprit son bagage et son père lui confia un emballage spécial qui protégeait la bible en donnant l'impression qu'il s'agissait d'un livre neuf.

— Il vaut mieux qu'on ne voie pas de quoi il s'agit.

— J'ai un passeport diplomatique, dit Charles, et des étiquettes. Je les colle dessus et personne ne me demandera rien.

Dehors, son père les étreignit encore une fois.

— Ah, j'allais oublier. Le blason d'Interpol ? demanda Charles.

— Ton aïeul a renoncé au métier de chirurgien en arrivant ici. Il est devenu policier et n'a poursuivi qu'un seul rêve. Fonder un organisme international en mesure de lutter contre l'ordre. Quelque chose d'officiel. Il a fini par inventer et imposer Interpol. Le logo, c'est ton grand-père qui l'a peint, et il a été adopté en 1950.

— Et une dernière question à laquelle personne ne semble vouloir répondre : c'est quoi, cette ombre ?

Son père s'esclaffa.

— Encore une légende.

— Mais elle est réelle. J'ai vu les photos. Christa les a même sur son téléphone.

Christa approuva.

— Une légende dit que Dracula a été ce qu'on appelle un Tout dans une théorie des forces énergétiques. Une bille complexe, si je puis dire. Un nœud universel. Cette théorie ressemble à celle du yin et du yang. Le bien et le mal sont les faces d'une même pièce. Ils ne peuvent exister l'un sans l'autre. Dans le yin et le yang, il n'existe même pas de séparation totale. Il y a toujours un peu de blanc dans le noir et un peu de noir dans chaque blanc. Il n'y a pas de vie sans mort et nous commençons à mourir au moment où nous naissons. Il n'y a pas de jour sans nuit. Ni de santé sans maladie, ou de joie sans tristesse. Nous reconnaissons les bonnes choses dans le monde et dans la vie seulement parce que nous avons le mal auquel les comparer. C'est la continuelle opposition des contraires, mais aussi leur unité.

Charles voulut dire quelque chose, mais son père prit les devants :

— Ne recommence pas avec la gnose dualiste et Zoroastre, je t'en prie ! C'est justement cette opposition qui laisse place à une infinité de gris, qui rend le monde si merveilleux. L'opposition entre le bien et le mal est permanente. Une organisation a décidé de représenter le mal, une autre a décidé de représenter le bien. Tant que les choses sont équilibrées, comme sur le symbole d'Interpol, le monde ira de l'avant. Malheureusement, il semble que la balance soit en déséquilibre à présent, et la mission de la ramener à l'équilibre te revient.

— Et la légende ?

— La légende dit que Țepeș était à la fois yin et yang. Un homme étonnant d'intelligence et de modernité, mais un monstre aussi singulier par sa cruauté et son incapacité à éprouver la moindre empathie, un sadique. À sa mort, les boulangers ont enterré son corps et les pêcheurs ont trouvé sa tête. Ensemble, ils l'ont déplacé et enterré au monastère de Comana. La légende dit encore que, trois jours après, l'esprit maléfique recomposé grâce à la présence de la tête auparavant séparée est sorti du tombeau sous la forme d'une ombre, et qu'elle a erré longtemps dans le monde, jusqu'à trouver un corps à posséder. La légende raconte aussi que Țepeș a caché un autre message. En fait, son côté positif l'a dissimulé à son côté maléfique. Un message que seul celui qui est temporairement habité par l'ombre peut déchiffrer. Mais, si la personne hantée par l'ombre lit ce texte, elle renforce encore les pouvoirs de l'ombre.

— Qui sont ?

— Je ne sais pas. Une version dit qu'elle peut transformer les autres en vampires. Ou bien trouver enfin la paix sans avoir à errer de corps en corps.

— Il conférerait l'immortalité au corps qu'il habite ?

— C'est à peu près ça. Ou il pourrait se manifester le jour aussi bien que la nuit. Mais ce sont des histoires à dormir debout. Vas-y, maintenant !

— J'y vais. Quelqu'un m'a dit que Bram Stoker a fait partie d'un ordre, l'Ordre hermétique de l'Aube dorée, et qu'il a été payé pour inventer cette histoire de vampire et déclencher la panique.

— Qui pourra jamais savoir ? Il était peut-être hanté lui-même par l'ombre. Allez, vas-y maintenant !

Charles monta en voiture avec Christa et démarra vers l'aéroport. Son père resta longtemps à le regarder, même après que le véhicule eut disparu à l'horizon. Finalement, il rentra dans la maison. Il traîna le cadavre de l'assistante dans le jardin.

Chapitre 132

Bulagna, selon le dialecte local, était l'un des lieux que le professeur Charles Baker connaissait le mieux. Il avait de nombreuses fois été invité à donner des cours à l'université, considérée comme la première du monde – si l'on ne tenait pas compte de la faculté du Maroc al-Karaouine, qui était plus une madrasa, une école islamique, qu'une université de style européen. Charles aimait se rendre dans ce temple de l'éducation fondé en 1088, sur les pas de Dante ou de Copernic, d'Érasme ou de Pétrarque.

Pour la première fois, il ne se trouvait pas dans la ville italienne pour les raisons habituelles. Il avait voyagé plus de douze heures en avion jusqu'à Lyon et dormi presque tout le temps. Après quoi, il avait pris un vol Alitalia jusqu'à l'aéroport Marconi de Bologne. Il avait dit au revoir à Christa avec beaucoup d'affection, en ne cessant de lui demander pardon pour les soupçons qu'il avait eus à son égard.

Pour la première fois de sa vie également, Charles sentait une énorme responsabilité peser sur ses épaules. Son grand-père avait eu raison. Durant toute son existence, il avait pris les choses avec une grande légèreté. Mais à présent son cynisme s'était envolé ainsi que cette tendance qu'ont les esprits éclairés de tout considérer avec ironie et distance.

En sortant de l'aéroport il prit un taxi et demanda à faire le tour des dix vieilles portes de la ville. Deux étaient depuis longtemps détruites, la Porta Sant'Isaia et la Porta San Mamolo, mais Charles insista pour voir leur emplacement afin de repérer l'endroit où allaient se dérouler les rencontres. Puis il se dit qu'il devait manger et se loger dans un endroit stratégique. Il ne savait pas dans quel ordre visiter les portes, tout comme il ignorait par où commencer.

Il décida que l'une des portes disparues ferait un bon point de départ, puisque ce serait sans doute difficile d'identifier la personne qu'il aurait à rencontrer. À la place de la Porta San Mamolo, nommée également D'Azeglio, s'élevait un petit trois étoiles, nommé, bien entendu, « Hotel Porta San Mamolo ». Il y établit son quartier général. Ce jour-là, peu lui importait de loger dans l'hôtel le plus laid qu'il ait jamais vu. La porte en question avait été construite au XIVe siècle et démolie en 1903. La Porta Sant'Isaia, ou Porta Pia, avait été élevée un peu plus tard. Il se dit qu'à l'époque de Țepeș cette porte n'existait pas encore et que, probablement, les lieux de rencontre avaient un jour été changés, et que cela avait été prévu. C'était pour cette raison que ces portes n'étaient pas évoquées dans la bible de Gutenberg.

Il s'assit à la petite table dans sa chambre et ouvrit pour la première fois la carte zodiacale que lui avait donnée son père.

La ville médiévale avait été construite sur trois cercles concentriques, dont le plus large était celui du zodiaque. Au milieu se trouvait la Piazza Maggiore, la place centrale de la ville, dans le premier cercle, nommé « la Cerchia di Selenite », d'après le nom de la pierre ayant servi à ériger la vieille enceinte. Personne ne savait précisément quand cette partie avait été construite. Théodoric au Ve siècle, les Byzantins au VIe ou les Lombards au VIIe : les historiens ne parvenaient pas à s'accorder sur le nom de son bâtisseur. Seule chose certaine, les Byzantins ont divisé la vieille ville, ce premier cercle, en douze secteurs qu'ils ont nommés *horae*, c'est-à-dire « heures », pour des raisons pratiques. Une fois toutes les douze heures, les habitants de chaque quartier montaient la garde à tour de rôle sur les murs d'enceinte. Les premières portes de la ville, à ne pas confondre avec les douze du troisième cercle, y furent érigées. La Piazza di Porta Ravegnana, où se trouve aujourd'hui le Palazzo dei Drappieri, est l'emplacement d'une des sept vieilles portes aujourd'hui disparues.

Une deuxième muraille, nommée « la Cerchia del Mille », qui était longue de 3,5 kilomètres, a été construite vers le XIe siècle. Ce mur comportait dix-huit autres portes, disparues elles aussi, hormis quatre d'entre elles qui furent intégrées à des bâtiments.

Enfin le troisième cercle, celui qui reliait les portes que Charles cherchait et qui figuraient sur la carte qu'il avait sous les yeux, nommé « la Circla », était construit selon les plans du cercle du zodiaque, même si la ville se rapprochait plus du polygone que du cercle.

Dans la bible, les portes n'étaient pas nommées, ni les signes du zodiaque. Figuraient seulement, dans l'ordre, les corporations dont Charles devait rencontrer les représentants.

> *Bouchers*
> *Forgerons*
> *Charpentiers*
> *Tanneurs*
> *Potiers*
> *Doreurs*
> *Fourreurs*
> *Serruriers*
> *Vignerons*
> *Barbiers*
> *Teinturiers*
> *Poissonniers*

En face de chaque métier figurait son blason.

Ensuite apparaissait le premier terme qui devait fonctionner comme mot de passe : « Cancer ». Charles vérifia quelle porte correspondait sur la carte du zodiaque au signe du Cancer et il découvrit avec joie que c'était justement la Porta San Mamolo, où il avait pris une chambre. *Quelle coïncidence,* se dit-il. *Je me suis installé exactement là où je dois commencer !* Il était convaincu que le code qu'il recevrait du premier homme serait un autre signe du zodiaque et ainsi de suite. Il espérait qu'ils seraient dans l'ordre. Si tout se déroulait ainsi, quiconque aurait le premier mot pourrait déchiffrer l'ensemble. Il étudia attentivement la carte et le cercle superposés et il décida de sortir un peu plus tôt le lendemain matin, étant donné que le poème, du moins la partie dont il était certain qu'elle était du Tasse, évoquait le lever du soleil « car toute autre heure est funeste ». Comme il était à peine 16 heures et qu'il n'avait pas l'intention de rester enfermé dans cette chambre d'hôtel qui ressemblait à une cellule de prison, il décida d'aller voir le Palazzo dei Drappieri.

Le centre de Bologne est petit, et la promenade en direction de la Piazza di Porta Ravegnana ne lui prit qu'une vingtaine de minutes. Au balcon du palais, il vit flotter la tapisserie portant le blason des drapiers. Un de ses ancêtres avait dû se trouver à l'intérieur de ce palais, pour assister à la rencontre qui avait mis en branle tout le complot ou, plutôt, l'anti-complot, songea Charles. Il entra dans la librairie qui se trouvait au rez-de-chaussée. Il dégusta ensuite six boules de la meilleure glace du monde, la glace artisanale italienne, et, arrivé devant une boutique de maroquinerie, il se rendit compte que, s'il devait récupérer des tas de documents, il n'avait rien pour les transporter. Aussi acheta-t-il un sac à dos de taille moyenne. Un trop grand sac aurait attiré l'attention. Et il se dit qu'il serait plus facile de marcher avec un sac sur le dos. Puis il rentra directement à son hôtel et se jeta sur le lit. Mais pas avant de vérifier l'heure du lever du soleil en Italie, en ce jour le plus long de l'année. Il ne trouva que la ville de Rome sur Internet. Le soleil s'y lèverait à 5 h 31, et se coucherait à 21 h 01. *Quelle journée, plus de quinze heures ! Le jour le plus long !*

Chapitre 133

Il sortit du lit à 3 heures. Il avait réussi à s'assoupir à plusieurs reprises. À sa grande surprise, il n'avait fait aucun rêve. Il se rasa, mais en tournant la tête il observa dans le miroir quelque chose de coloré à l'arrière de son oreille, un tatouage représentant le diable du *Codex Gigas* qui lui rappela la brûlure ressentie quand Ross l'avait frappé sur le crâne. Il était identique à celui des victimes à Sighişoara. Ross avait donc tué tous ces gens ? Il chassa cette pensée. Il avait quelque chose de bien plus important à faire et Ross, tué par Christa, était hors d'état de nuire. Il porta la main à son cou et se mit à frotter. Le tatouage s'effaçait. Difficilement, mais il partait. Il passa à la salle de bains et eut droit à une série de douches écossaises parce que l'eau, dans cet hôtel, passait d'un extrême à l'autre, comme si un enfant s'amusait avec les robinets.

À 4 h 20 il attendait devant l'hôtel que quelqu'un se présente. Un individu en costume noir apparut en bas de la rue. Il s'arrêta un peu sur la droite, en face du portail en fer forgé de l'hôtel. Il avait sur le torse un large blason blanc. À la main gauche il tenait un paquet noir. L'homme s'adossa au mur en s'appuyant sur un pied et, quand il vit Charles s'approcher, il porta la main droite à sa poche où se trouvait un revolver. Il tira sur le cran et l'arma. Charles s'arrêta en face de lui, non sans observer la forme d'un canon à travers le tissu de la veste de l'homme. Il étudia attentivement le blason représentant un couteau et une hachette croisés. C'était une des variantes du symbole de la corporation des bouchers. Il chuchota « Cancer ». L'individu lui tendit le paquet et dit, suffisamment fort pour que Baker comprenne, « *Consolatio* » avant de disparaître comme il était venu. Charles resta un instant décontenancé, car il s'attendait à ce que le code soit « Lion », puisque à sa gauche, en se tenant dos à l'hôtel, se trouvait la porte correspondant au signe du Lion ou des Gémeaux, puisque à droite suivait le secteur dédié à ce signe du zodiaque.

Ce n'est donc pas aussi simple que ça, pensa Charles qui avança, par précaution, en remontant la rue, et, quand il fut assuré qu'elle était déserte et que personne ne le suivait, il ouvrit la pochette reçue des mains de l'homme. À l'intérieur se trouvait une boîte de la dimension d'un disque dur externe. L'information était donc stockée sur un support électronique. La capacité de stockage d'un CD ou d'une clé USB n'étaient probablement pas suffisante. Il se demanda quelle était celle du disque, mais ne trouva pas d'indication dessus. Il le rangea dans son sac à dos où la bible de Gutenberg pesait déjà un bon poids. Il n'avait pas osé la laisser à l'hôtel, alors il n'avait trouvé d'autre solution que de la prendre avec lui. Il consulta la liste dans sa poche et démarra le GPS de son téléphone. Il le régla sur

« piéton » pour voir les trajets proposés en direction des deux portes. La prochaine corporation était forgerons. Mais il n'était écrit nulle part quelle était la porte où il devait les trouver. Il décida de partir vers la droite, en direction de la Porta Saragozza. Le chemin le plus court empruntait des rues tortueuses et certaines se finissaient en impasse ou étaient bloquées de manière inattendue. Il était désagréable de courir avec le téléphone sous les yeux, alors il préféra prendre le boulevard qui faisait le tour complet de la vieille ville. Il avança sur la rue Vicolo del Falcone, tourna à gauche sur la Via Paglietta et déboucha sur une petite place. À gauche et à droite s'étirait le boulevard. Il prit à droite sur la Viale Antonio Aldini et se mit à courir. Le trottoir étant très étroit, il descendit sur la chaussée où il fut sur le point de se faire renverser par une voiture. Le chauffeur klaxonna et lui hurla un « *Vafancullo, stronzo !* », alors il traversa pour emprunter le square qui séparait les deux sens de circulation. Il accéléra, convaincu qu'il fallait arriver au plus vite. Il ignorait si la phrase « est funeste toute autre heure » s'appliquait seulement au premier point de rendez-vous ou à toutes les autres portes.

Il continua à courir sur un kilomètre et aperçut une des portes. Il reprit son souffle et, à l'endroit même où le boulevard tournait sur la droite, il traversa. Une femme entre deux âges, assise sur des marches devant l'enceinte en briques rouges, feuilletait un magazine. Charles reconnut l'insigne qu'elle portait sur la poitrine. Il s'approcha rapidement et s'arrêta juste en face d'elle, essoufflé, penché, les mains sur les genoux. Le blason était celui de la corporation des potiers. Leurs regards se croisèrent, mais Charles n'attendit pas la réaction de la femme et se remit à courir. La porte qui suivait était l'une des deux qui n'existaient plus, à savoir la Porta Sant'Isaia. Il vit sur le téléphone qu'il devait aller tout droit sur plus de cinq cents mètres. À partir de ce point, le boulevard se nommait Carlo Pepoli.

Quand il arriva finalement à l'intersection de l'ancienne porte, il scruta les alentours. Le jour était à présent bien levé, mais il y avait encore peu de circulation. Il tenta d'identifier quelqu'un qui correspondrait d'une façon ou d'une autre à l'image qu'il se faisait de l'homme recherché. Il finit par remarquer un homme sur un trottoir qui séparait la Via Sant'Isaia en deux. Il bricolait la chaîne d'un vélo. *Il est trop tôt pour une chose pareille*, se dit Charles, et il se dirigea vers lui. En chemin, il vit, de loin, l'insigne briller. Il s'approcha. L'homme portait sur le torse celui des teinturiers.

Déçu, Charles se remit en route. À six cents mètres de là, il trouva la porte San Felice et le représentant des vignerons. Six cents mètres après, il trouva la Porta delle Lame, où il réussit à identifier le représentant des tanneurs, et un kilomètre plus loin, la Porta Galliera. Il s'arrêta, car il ne vit personne. C'était la porte la mieux conservée de toutes, et ce n'était d'ailleurs pas la porte originale, puisqu'elle avait été reconstruite et qu'on y avait adjoint, à un moment donné, un château. Du château qui semblait parachuté sur la Piazza 20 Settembre ne subsistait plus qu'une aile, dans laquelle on entrait par la porte qui en était devenue le porche. Il observa autour de lui, contourna la porte, partit et revint sur la place. Personne. Alors il pensa qu'il se trouvait à la porte du représentant des poissonniers. Et s'il s'agissait de Ross, alias Werner, il y avait une raison à cette absence. N'était-il pas trop tard ? Il jura entre ses dents contre celui qui avait imaginé le trajet, s'amusant à battre les portes comme un jeu de cartes. Puis il comprit qu'à l'époque, ces distances devaient être parcourues à cheval, et ne pas sembler si importantes. Charles calcula de tête combien de fois il devrait faire le tour et il se rendit compte qu'il aurait dû noter quelle corporation se trouvait à quelle porte. Il fit un effort pour se remémorer celles qu'il avait déjà vues et nota le tout dans son carnet.

Comme il avait déjà couru quatre kilomètres et que sa condition physique n'était plus celle d'autrefois, il réalisa que ces gens n'avaient pas autre chose à faire que de l'attendre, alors il entra dans un café qui venait d'ouvrir, but une bouteille d'eau sans reprendre son souffle et en commanda deux autres qu'il rangea dans son sac.

Il avait déjà parcouru quelque sept cents mètres jusqu'à la Porta Mascarella, où il trouva les fourreurs, et six cents mètres de plus jusqu'à la Porta San Donato, quand, enfin, il identifia l'insigne des forgerons, la deuxième corporation de sa liste. Il annonça le mot « *Consolatio* » à la fille en minijupe qui dégustait une sucette et qui ne paraissait pas avoir plus de seize ans. Il reçut un nouveau disque dur et un nouveau mot de passe : « *Peccatorum.* » *Consolatio Peccatorum*, se dit Charles. « Consolation des pécheurs. » Ce Țepeș avait de l'humour. Il consulta ses notes. Il n'avait pas encore croisé le représentant des charpentiers, la troisième corporation sur sa liste. Tout revigoré d'avoir obtenu le deuxième paquet, il se dirigea vers la Porta San Vitale, où il trouva les doreurs. Il parcourut en courant la Viale

Gianbattista Ercolani, mais pas avant de s'arrêter dans une station-service, où il dut payer pour utiliser des toilettes d'une saleté repoussante.

Sous l'immense voûte en ogive de Gian Maria Legnaiolo, Porta Maggiore, il reconnut le représentant des charpentiers, qui n'était autre que le gendre de Visconti. L'homme lui remit des secrets dont Charles savait qu'ils allaient détruire son beau-père et toutes les affaires de sa famille adoptive. Le mot de passe était cette fois-ci « *Processus* ». *Ah, je parie que le prochain mot de passe sera « Luciferi »,* s'amusa Charles. L'idée lui passa par la tête d'aller à la prochaine porte et de donner le mot qu'il était certain d'avoir deviné, de prendre le disque dur et de retourner au représentant précédent. Mais il s'était déjà fourvoyé le matin, pensant que le mot de passe qui suivait « Cancer » le mènerait dans une zone du zodiaque contiguë. Et la possibilité de se retrouver tué d'une balle dans le crâne ou de poursuivre, troué comme une passoire, son périple dans Bologne, ne l'enchantait pas particulièrement.

Alors il se mit en route pour la porte San Stefano. Encore sept cents mètres. Il avait bien deviné le mot de passe. L'ensemble composait le titre d'un ouvrage célèbre du XIVe siècle, intitulé *Consolatio peccatorum, seu Processus Luciferi contra Jesum Christum*, de Jacobus Palladinus de Teramo, alors évêque de Florence. Ce livre étrange mettait en scène un procès où le diable accusait Jésus d'être passé, sur son chemin pour le paradis, par l'enfer où, semblait-il, il était interdit de séjour. Le roi Salomon était le juge, Moïse l'avocat de Jésus. Bien entendu, Lucifer perdait le procès, mais en appel il gagnait le droit d'entrer en possession des corps comme des âmes des damnés.

Suivaient les tanneurs, quatrièmes sur la liste. Il consulta son carnet. Il avait vu leur représentant à la Porta delle Lame. Il pouvait couper par le centre pour rejoindre la porte, mais il avait décidé de procéder avec méthode. Il restait encore deux portes pour refermer le cercle. Il saurait alors comment se repérer pour aller rencontrer chaque représentant dans l'ordre de sa liste. Il n'avait plus qu'un kilomètre et demi à parcourir. Il trouva le représentant des serruriers à la Porta San Stefano et reconnut l'insigne des barbiers, qui étaient à l'époque également chirurgiens, à la Porta Castiglione.

Il avait fait le tour de toutes les portes et n'était en possession que de trois disques. La Porta delle Lame où il devait se rendre pour récupérer le quatrième disque se trouvait à l'exact opposé de la ville. Il devait traverser tout le centre. Il estima avoir 2,5 à 3 kilomètres pour s'y rendre, mais il cessa de courir. C'était le tout premier jour de l'été, le soleil brûlait déjà comme aux jours les plus chauds de l'année. La chemise de Charles était trempée. À mi-chemin il trouva un café Internet et se dit que le monde n'allait pas s'écrouler s'il prenait une demi-heure. Il était très curieux de voir ce que contenaient ces disques. Il en brancha un sur un ordinateur et aussitôt une multitude de fichiers envahirent l'écran. Il cliqua sur le dossier « vidéo ». Les documents étaient rangés dans l'ordre chronologique et lorsque la souris s'arrêtait dessus, une fenêtre contenant des détails s'ouvrait. Il en ouvrit une au hasard et assista à l'exécution d'un leader africain qui s'était opposé à céder les droits d'exploitation de nouveaux filons de diamants découverts dans son pays. Il referma très vite le fichier, craignant que quelqu'un ne voie ce que son écran affichait. Il parcourut encore quelques fichiers puis remit le disque dur dans le sac.

Il était donc réellement en possession d'une bombe, énorme, comme l'avait prédit sir Winston. Il ne se souvenait plus à combien de mégatonnes il avait estimé sa puissance, mais il avait le sentiment que le vieil homme ne s'était pas du tout trompé. Il repartit à pied, parcourant la ville en tous sens, utilisant tous les raccourcis. Il se retrouva encore coincé çà et là dans une rue bloquée par des travaux ou dans une impasse. Pour la première fois, la ville médiévale de Bologne lui sembla repoussante. En particulier parce que la chaleur ranimait l'odeur d'urine imprégnant les vieux murs.

Il récupéra le disque dur des tanneurs à la Porta delle Lame, celui des potiers à Saragozza. Et des doreurs à celle de San Vitale. Il était midi passé quand il se retrouva en possession de six disques sur les douze – mais peut-être n'y en avait-il que onze au total. Le sac ne faisait que s'alourdir, le soleil lui liquéfiait tout simplement le cerveau, et il avait tellement faim que la tête lui tournait. Il s'arrêta pour déjeuner. D'autant qu'il avait l'impression d'être suivi. Il choisit donc un endroit qui lui offrait la vue la plus large possible de la place. Quelques minutes après s'être installé, il se leva brusquement, marcha une trentaine de mètres et se retourna. Personne. Cela devait être le stress, alors il se rassit et passa commande.

Après le repas il alluma un cigare, puis reprit son circuit. Fourreurs, serruriers, vignerons, barbiers et teinturiers, tous étaient venus à la rencontre. Il soupira de soulagement quand enfin il eut terminé. Il s'arrêta à une terrasse pour se rafraîchir. Il était fatigué, mais, à mesure que tout le récit se réalisait et qu'il accumulait les paquets, grandissait en lui la conscience de l'importance de la mission qui lui était confiée. Il s'acheta un billet d'avion pour rentrer, via Paris, puis se rendit à l'hôtel et déposa le tout dans son grand sac. Il allait apposer l'autocollant de valise diplomatique quand il pensa que la journée n'était pas finie et qu'il devait quand même essayer de se rendre à la Porta Galliera. Peut-être quelqu'un était-il arrivé entre-temps ? Peut-être que Ross n'était pas le représentant des poissonniers ? Au cas où il ne trouverait personne, il pourrait entrer, place du 20-Septembre, dans un restaurant qui avait attiré son attention. Il demanda qu'on lui appelle un taxi. Et, bien entendu, il emporta son sac à dos, lourd comme du plomb.

Chapitre 134

Même le soleil rougit d'émotion quand Charles crut voir depuis le taxi une silhouette noire à capuche qui attendait sous la porte Galliera. Un insigne semblait briller sur son torse. Le soir tombait au terme du jour le plus long de l'année et, peut-être, de toute la vie de Charles. Lui serait-il possible de refermer le cercle ? De trouver le douzième disque ? Il paya la course et descendit de voiture.

Il s'approcha de la porte. En le voyant, l'homme à capuche recula. Charles le suivit dans l'ombre. Il ne pouvait pas distinguer son visage, mais il discernait le blason avec les deux sirènes soutenant un bouclier où reposaient deux rangées de poissons en forme de X. Il prononça le mot de passe. À cet instant, l'homme se rua vers lui pour le saisir à la gorge. Charles se débattit et recula. Le visage de l'homme apparut à la lumière. C'était Ross. Comment pouvait-il être vivant ? Il l'avait vu de ses propres yeux se faire abattre d'une balle en pleine poitrine. Portait-il un gilet pare-balles ? Mais Christa était une professionnelle, elle avait vérifié. Et pas mal de sang s'était écoulé sur le sol. Il fit volte-face avec la main de Ross sur son cou et parvint à se libérer de son étreinte. Il savait que Ross n'avait jamais pratiqué aucun sport. Il le repoussa et, quand il revint de nouveau vers lui, il lui appliqua la combinaison de quatre coups, héritée de son grand-père : le crochet du gauche repoussa la tête de Ross dans un sens, celui du droit décoché aussitôt après l'étourdit. L'uppercut du gauche cogna son menton en le soulevant presque de terre. Le direct de la droite envoya Ross au sol. Le tout se passa en un instant, mais des gens sur la place furent témoins de la scène et se mirent à crier en s'approchant. Il se dit que c'était une chance que les Italiens soient plutôt peureux. Ross s'écroula comme un sac de pommes de terre, mais un bruit métallique se fit entendre lorsqu'il toucha le sol et quelque chose renvoya un éclat de la faible lumière qui pénétrait encore sous le porche. Cela devait être une arme. Ross revenait à lui en gémissant et il se mit à bouger. Charles n'attendit pas qu'il se relève et puisse mettre la main sur l'arme. Il partit en courant.

Il courut pendant plusieurs bonnes minutes. En passant la porte, il avait pris à gauche vers la Via Matteotti, passé un pont, puis, sautant par-dessus une clôture, il s'était retrouvé sur une voie ferrée. Il gardait constamment un œil sur ses arrières et, alors qu'il espérait en avoir réchappé, il aperçut Ross qui courait derrière lui. Ross passa lui aussi la clôture, mais il semblait blessé à la jambe. Charles continua à courir. Il arriva dans une ruelle où, en passant le coin, il heurta de plein fouet une femme qui venait en sens inverse. Il s'arrêta pour tenter de la relever, mais elle hurlait et se lamentait. Il s'assura qu'elle n'avait rien de grave. Ross apparut, pistolet à la main, ce qui força Charles à détaler en abandonnant la femme. Il passa une haie d'arbustes, grimpa l'escalier d'un bâtiment de deux étages et arriva sur un toit. Il vit que l'immeuble était formé de plusieurs terrasses en escalier. Considérant que la distance était raisonnable, il bondit sur la première, puis passa à la seconde. Arrivé en bas, il vit Ross sauter lui aussi, puis tomber et rouler sur la première terrasse. Le propriétaire était sorti, mais, en voyant un homme couvert de sang et l'arme à la main, il recula bien vite dans la pièce. Charles n'attendit pas que Ross saute sur la terrasse suivante et se remit à courir. Il commençait à avoir mal aux jambes. Il avait passé la journée à cavaler. Et la sensation d'avoir participé à un marathon. Il commençait à avoir des crampes. Du coin de l'œil, il lui sembla, l'espace d'une fraction de seconde, qu'une autre personne avait bondi du toit sur la première terrasse.

Plus loin, il arriva dans un endroit qui ressemblait à une usine désaffectée. On aurait dit les hangars d'une vieille fabrique à l'abandon. Et un chantier avec des grues immobiles. Une ampoule solitaire, allumée depuis Dieu sait quand, était son point de mire. Il longea un dépôt en briques. En face, la guérite du gardien. Un projecteur y était fixé et éclairait la base du mur de briques. Il sentit alors une insupportable douleur dans le pied. Il ne pouvait plus le bouger. Il se jeta à terre et tira aussi fort que possible sur la plante de son pied. Au bout d'un moment la douleur de la crampe céda. Il se leva, mais il entendit alors un frémissement dans l'herbe. Il vit là un lézard qui lui parut gigantesque. La peur le pétrifia.

Chapitre 135

À 10 h 45, les dix membres du Conseil convoqués par Martin s'installèrent dans leurs loges. Nombre d'entre eux étaient très énervés d'avoir été convoqués de nouveau. Une troisième fois en si peu de temps, c'était le signe que quelque chose ne tournait pas rond. Les plus calmes nourrissaient l'espoir que Martin avait mis la main sur la bible et mis Werner hors d'état de nuire. Maintenant, il voulait sans doute leur annoncer la nouvelle avec son habituelle théâtralité. Quand l'horloge sur la console centrale afficha 11 heures, une voix retentit dans les haut-parleurs :

— Aujourd'hui est une journée spéciale. Une des fêtes les plus attendues depuis la création de notre organisation. Pour qu'elle soit conforme au programme du jour, vous devez absolument occuper, sans exception, les confortables fauteuils qui se trouvent dans vos loges. Je vous prie donc de rejoindre vos places.

L'entrain dans la voix du présentateur et l'effet de cirque à deux sous que cela produisait ne correspondait pas vraiment au profil des dix membres du Conseil, mais ils étaient curieux de voir ce qui allait se passer.

Huit d'entre eux s'assirent dans leurs fauteuils respectifs. Le neuvième ne se soumettait jamais, par principe, à aucun ordre ni même à aucune suggestion de quiconque, et le dernier était trop occupé à ingurgiter la salade de homard qui se trouvait dans son assiette.

À l'instant où ils s'assirent, un mécanisme se déclencha sous la pression de leur corps et leurs fauteuils s'animèrent. Leurs jambes et leurs avant-bras furent immobilisés par des anneaux d'acier. Un autre passa autour de leur cou, les empêchant de bouger. Ils tentèrent de se débattre, mais les bracelets, telles des menottes, se resserraient dès que la personne bougeait et meurtrissaient la chair. La panique les saisit. Comme les loges restaient dans l'ombre, personne ne pouvait voir ce qu'il se passait ailleurs. Les seuls à ne pas comprendre que quelque chose de grave se passait étaient ceux qui avaient refusé de s'asseoir.

La lumière s'alluma dans la loge d'Eastwood. Les membres furent confrontés à une vision d'une extrême violence. Au centre de la loge se trouvait la tête de Martin plantée sur une pique. La panique se généralisa. Celui qui mangeait s'étouffa avec un morceau de homard, toussa et recracha, y compris par le nez. La lumière s'alluma dans sa loge. Du plafond s'écoula un liquide qui lui rongea la peau. Il se mit à hurler et à se rouler par terre alors que sa chair fondait sur ses os. Celui qui ne s'était pas assis par principe se dirigea vers la porte et frappa à toute force, essayant de sortir. La lumière s'alluma dans sa loge et tous les hommes assis assistèrent horrifiés à la chute d'une herse dont les longues pointes transpercèrent son corps de haut en bas.

Les haut-parleurs craquèrent un peu et la voix se fit de nouveau entendre :

— Ça, c'était mon bonus pour ceux qui ont obtempéré et se sont assis : une minute pour imaginer leur propre fin. C'est le cadeau signé Werner Fischer !

Chacun des huit membres put voir ce qui arrivait aux autres. Des pals d'environ dix centimètres de diamètre sortirent l'un après l'autre du plancher de chaque loge et s'élevèrent en direction des fauteuils. Ils en traversèrent l'assise et, chacun leur tour, le corps des huit.

— Je vous ai concocté mon exécution favorite, ironisa Werner. L'empalement.

Les pals s'élevaient lentement à travers le corps des membres du Conseil pour qu'ils sentent la pénétration à travers leurs entrailles. La plupart avaient perdu connaissance. Finalement, les pals ressortirent par leur gorge, leur visage ou par l'avant, entre le cou et les épaules.

L'alarme d'évacuation s'était déclenchée dans tout l'Institut. Les employés, qui n'avaient aucune idée du massacre en cours dans la zone interdite, se pressaient de respecter strictement le protocole. En quelques minutes il ne resta plus personne dans tout le bâtiment. Ils s'éloignèrent dans les autocars spécialement affrétés pour l'évacuation, et, alors qu'ils arrivaient dans la zone de sécurité, ils entendirent une énorme explosion et virent le ciel s'éclairer à l'horizon. Les véhicules s'arrêtèrent et les employés en descendirent pour observer le ballet des langues de feu qui embrasaient tout le site.

Chapitre 136

— Toujours peur des reptiles ? (C'était la voix de Ross, dans son dos.) Ton talon d'Achille. Ça vient de te jouer un drôle de tour. Je t'avais dit de régler ça.

Charles tourna la tête. Un mouvement dans l'herbe, et le lézard disparut comme il était venu.

— Je veux seulement la bible. C'est tout. Les informations que tu as récupérées, tu peux les garder. Si tu veux, je te donne les miennes en échange, fit Ross en sortant un disque dur de sa poche. Avec tout ça, tu as largement rempli ta mission. Tu vas changer le monde. Et tu deviens le chevalier blanc qui sauve les cons. Peu importe que, à peine mis à l'abri, hors de contrôle, ils commenceront à se bouffer entre eux. Il ne restera rien de rien. Mais c'est ton combat. Donne-moi la bible.

Il lança le disque dur à Charles qui l'attrapa au vol. La nuit était totalement tombée et la seule lumière alentour était la fameuse ampoule. La scène ressemblait à celle d'un théâtre, avec les projecteurs braqués sur l'action et la salle plongée dans le noir.

— Je ne comprends pas, dit Charles. Tu veux peut-être vraiment ce livre. Mais je ne saisis pas ce que tu peux bien vouloir faire avec. Et pourquoi commettre tous ces crimes ? Tant de morts ? Et cette signature avec le diable en culotte ? Tu es un criminel ridicule. Ta place est à l'asile.

— Les morts ? Des gens sans aucune importance. Le moyen d'atteindre un but. Il fallait que quelqu'un force les corporations à donner enfin le signal du rendez-vous. Autrement je risquais d'attendre quelques centaines d'années. On dirait que ça a fonctionné, non ? C'est tout. Mais maintenant c'est terminé.

— À quoi te sert la bible si tout est fini ?

— Il la lui faut, fit une voix derrière eux. Il la lui faut parce qu'il y a dedans quelque chose rien que pour lui, quelque chose que lui seul peut lire. Nous ne pourrions même pas reconnaître le texte. Mais, s'il le lisait, plus personne ne pourrait jamais rien contre lui. Car Dracula s'est assuré que soit insérée une page bien plus vieille contenant le grand secret. Le comble est qu'il l'a donnée à Gutenberg pour qu'il l'insère sans même lire le texte. Il contient un rituel écrit par un moine de mon pays deux cents ans auparavant. Frère Herman. Dracula souffrait d'un dédoublement de la personnalité. Son bon côté a toujours combattu sa face sombre. L'esprit maléfique de Țepeș existait bien avant lui. Et il est capable de quitter le corps mortel de son hôte pour un autre. Mais ce corps doit lui correspondre d'une certaine manière, et on ne connaît pas les détails. Bien qu'il soit passé de corps en corps dans sa généalogie, Vlad Țepeș lui a opposé une certaine résistance, en raison de sa dualité. Après la mort de l'Empaleur, l'esprit maléfique a dû attendre quelqu'un comme Dracula pour accomplir son œuvre. Un individu gélatineux comme une méduse. L'hôte parfait. Pas vrai ? demanda-t-il à Ross.

Charles reconnut la voix de Ledvina qui, probablement par précaution, était resté en arrière, hors du halo de lumière. Ross sourit.

— C'est pour ça qu'il ne se montre pas dans toute sa splendeur. Parce qu'il ne peut pas. Plus précisément, il ne peut pas encore. C'est pour cela qu'il n'est qu'une ombre.

Charles voulut intervenir, mais il se tut parce qu'il sentait quelque chose grandir à sa droite, sur le mur de l'usine abandonnée. C'était plus hideux qu'on ne pourrait le décrire. Plus que tout ce qu'il avait jamais vu. C'était l'ombre des photos de Christa, mais, en réalité, elle était différente. Une laideur telle qu'il était impossible d'en définir l'étendue. Il avait souvent ressenti la peur, mais la sensation qu'il éprouvait alors était tout à fait inédite. L'ombre était gigantesque, elle s'élargissait sur le mur et bougeait. Ses ongles, sous cet angle, ressemblaient à des pointes en acier. La créature était voûtée et difforme. Sa tête était allongée, terrifiante, et, quand elle bougeait, deux dents qui semblaient elles aussi gigantesques apparaissaient. Comme de deux stalactites, un liquide s'en écoulait. On aurait dit un animal qui salivait devant sa proie, la représentation même, et la plus horrible, du diable. Il chercha Ross du regard pour lui demander si lui aussi voyait l'ombre. Ross leva le bras. L'ombre leva le bras également. Puis il tourna la tête et elle fit de même. Il se pencha un peu, et l'ombre suivit parfaitement ses mouvements. Charles fit un tour d'horizon. Il n'y avait personne d'autre. Ledvina était trop loin. Loin de la lumière. Ils n'étaient que deux entre la lumière et le mur.

Alors il comprit. Ross Fetuna. Il se souvint avoir vu son passeport quand ils étaient partis ensemble avec une bourse d'études. C'était Ros avec un seul *s*. ROSFETUNA.

Une simple anagramme. Comment avait-il pu passer à côté ? NOSFERATU.

Deux coups de feu retentirent. Ros s'écroula. Ledvina entra dans la lumière et s'accroupit. Il plaça le pistolet chargé de balles en argent sur le cœur de Ros. Et il tira de nouveau. L'ombre resta sur le mur tandis que Ros s'était écroulé. Puis, brusquement, elle s'enfuit le long du mur de la fabrique. Jusqu'à disparaître au coin.

Épilogue

— Où dois-je poser ce paquet ? demanda l'étudiant qui était allé ouvrir quand on avait sonné chez le professeur Charles Baker, à Princeton.
— Quel paquet ? demanda Charles.
— Un DHL qui est arrivé pour vous.
— Laissez-le dans le hall.
Pendant plus d'une semaine, la vaste demeure de Charles était devenue une sorte de quartier général pour situation d'urgence. Le professeur avait rassemblé ses meilleurs étudiants qui eux-mêmes étaient venus avec des collègues très calés en informatique. Ces journées avaient été un réel défi pour tout le monde. La maison était méconnaissable, on s'y agitait en tous sens, une vraie fourmilière. Ils dormaient où ils pouvaient, par quart, et se faisaient livrer leurs repas. La cuisine était encombrée de boîtes de pizza, le réfrigérateur était presque inaccessible. Personne ne se préoccupait de ranger la cuisine ni ailleurs, parce qu'ils avaient tous des préoccupations bien plus sérieuses.

De retour de son voyage à Bologne, Charles avait commencé à consulter les documents des douze disques durs. Il s'était rapidement rendu compte qu'il ne pourrait pas s'en sortir seul et il avait entrepris d'appeler ses étudiants : voulaient-ils participer à un événement historique, mais sans jamais prétendre s'arroger le moindre mérite ? À l'exception d'un seul qui se trouvait à l'étranger, personne n'avait refusé. Chacun était venu avec son matériel et les spécialistes en informatique avaient créé un site nommé The Opened World.

Les documents choisis sous la direction de Charles furent classés par types de fichiers, par pays et par événements, quand cela était possible. Un filtre classait tous les documents par ordre chronologique, d'après leur signature électronique. En moins de cinq jours le site était opérationnel et des liens avaient été envoyés à toutes les publications importantes et à toutes les grandes rédactions de radio et de télévision à travers le monde.

Dans les jours qui suivirent, ils copièrent toute la matière non triée ni éditée sur cinquante-six disques durs externes, chacun d'une capacité de 20 To. Ils les envoyèrent aux plus importantes chaînes de télévision et journaux du monde. De la BBC à la Fox, de CNN à TF1, de la Rai à la ZDF, du *New York Times* au *Washington Post*, en passant par la *Frankfurter Allgemeine Zeitung* et la *Süddeutsche Zeitung*, *Le Monde* et *Le Figaro*, le *Corriere della Sera*, *El Mundo* et *El País*, chaque rédaction reçut les données complètes.

Des journées incroyables agitèrent ensuite ces rédactions. Tout le monde ne parlait que de ça. La planète entière était entrée en ébullition. Les douze chefs de la conspiration n'avaient jamais été retrouvés, mais à présent les arrestations pleuvaient, des gouvernements étaient tombés partout, le monde commençait sa purge. La catastrophe donna lieu à des milliers de tables rondes, des centaines de milliers d'heures d'enquêtes, de manifestations dans les rues, elle provoqua la faillite de plusieurs banques énormes et des krachs boursiers. On estimait que toutes les dix minutes dans le monde une personne était arrêtée et que, toutes les treize minutes, quelqu'un mettait fin à ses jours.

Quand ce colossal travail fut terminé, vaincu par la fatigue, Charles s'endormit sur un canapé à l'étage avec un pilon de poulet dans la bouche. Il se réveilla après quarante heures de sommeil. Lorsqu'il descendit dans le salon, il trouva la maison impeccable, comme si rien ne s'était passé, et des petits mots sur le frigo de la part des étudiants qui le remerciaient de les avoir fait participer à cet événement historique.

Après avoir préparé son petit déjeuner avec les restes trouvés dans le réfrigérateur, il se fit un gigantesque café. Dans l'entrée, il aperçut une enveloppe jaune assez volumineuse, fermée. Il la prit et s'installa devant la télévision. D'interminables débats sur toutes les chaînes. Les jours précédents, les analystes avaient exprimé leur inquiétude devant ce qui s'annonçait comme une révolution dure et sanglante. Ils s'étaient tous trompés. À travers le monde, des centaines de millions de personnes étaient descendues dans la rue et l'atmosphère était détendue, festive. Plus de 85 % des personnes interrogées en Amérique considéraient l'avenir avec espoir et estimaient que ce qui était arrivé était une bonne chose. Les vidéos lancées sur le Net avaient dépassé le milliard de vues. De nombreux sites avaient été bloqués par l'afflux de connexions et à chaque seconde de nouveaux sites et d'autres encore repostaient les documents rendus publics par Charles.

Zorro, le chat qui s'était frotté aux jambes de tous et qui avait adoré l'émulation des derniers jours, miaula deux fois et quitta ses bras. Il l'avait appelé ainsi en hommage au film qui avait illuminé son enfance, dans sa version franco-italienne, avec Alain Delon et Stanley Baker – l'homonymie avec l'acteur britannique étant une pure coïncidence. L'Anglais jouait le méchant. Il avait vu le film plus d'une centaine de fois et s'était rêvé en justicier masqué à cheval. Quiconque lui posait la question classique des adultes dépourvus d'imagination, à savoir « Que veux-tu faire plus tard ? », il répondait invariablement « Zorro ». Il ne savait plus si c'était grâce à son grand-père, à son obsession pour les épées et la justice, qu'il avait apprécié ce film ou si cela n'avait pas de rapport.

Quoi qu'il en soit, il était satisfait et baissa le son en se demandant si les jeunes avaient réussi à masquer suffisamment bien la source des révélations et dans combien de temps les services secrets viendraient lui demander des comptes.

Il ouvrit le colis et demeura bouche bée en y trouvant le paquet de documents vu chez sir Winston. Ce dernier avait promis qu'il pourrait les consulter et voilà qu'il les avait entre les mains. Il les feuilleta, pour les passer en revue. Dévoré par la curiosité, il aurait voulu pouvoir les lire tous en même temps.

Son regard fut accroché par un document en particulier, une lettre manuscrite sur un parchemin, qui rappelait les pages du *Codex Gigas*, la Bible du diable. Le texte était en latin et Charles traduisait à mesure qu'il déchiffrait :

> *Votre Sainteté et mes bien chers frères. Mes péchés, que je confesse et qui ne m'honorent pas, me conduisent à me repentir et à quitter ce monastère pour errer par le monde, comme celui qui a été condamné pour son manque de foi. La foi ne m'a jamais fait défaut et vous savez, puisque vous m'avez connu, que j'ai toujours été un frère pieux et bon. Mais puisque je suis homme et que je ne peux être étranger aux passions humaines, j'ai fauté. Je comprends maintenant la raison pour laquelle j'ai été condamné à l'enfermement. Vous n'avez pas pris cette décision pour me punir, mais pour montrer à ceux qui malheureusement pourraient chuter eux aussi dans cet horrible péché des plaisirs de la chair, ce qui leur arrivera. S'ils agissent comme moi, ils subiront comme moi. Ma chair est faible et ma volonté n'a pas suffi à me protéger des tentations du diable.*

Charles comprit qu'il se trouvait devant une lettre du moine bénédictin de Podlazice, celui auquel est attribuée la Bible du diable.

> *Mort de peur – puisque, bien que certain d'être élu parmi les bons lors du Jugement Dernier j'aime aujourd'hui cette vie terrestre –, j'ai fait*

une promesse irréfléchie. Je vous ai juré, ce soir-là, que si vous me laissiez la vie, je rédigerais en une seule nuit un livre comme il n'y en a jamais eu, dans lequel j'inclurais toute la sagesse du monde, telle qu'elle a été inspirée par Dieu Notre-Seigneur, Son Fils, éternelle soit Sa gloire, et l'Esprit-Saint. Resté seul dans ma cellule, j'ai longtemps prié le Seigneur, la Mère de Dieu et tous les anges de m'aider. J'ai jeûné et je me suis tenu à genoux en signe de pénitence. J'en avais les genoux endoloris et la bouche asséchée par tant de salive perdue en prière. Mais les heures passaient en vain et rien n'arrivait. Quand il m'est apparu clairement que je n'étais pas digne de Son amour et de Sa lumière, j'ai de nouveau cédé. Je me suis levé, je me suis dévêtu et j'ai fait des choses dont j'ai honte, et c'est pourquoi je pars, que personne ne me voie plus, ne me reconnaisse plus, surtout pas mes frères dont j'ai trompé, une deuxième fois, la confiance. J'ai craché sur la Sainte Croix et j'ai uriné dans la cellule, j'ai touché son indignité jusqu'à ressentir le frisson diabolique du plaisir et j'aurais fait n'importe quoi à cet instant-là. J'ai cherché en vain un chat noir auquel appliquer le baiser in posteriori parte spine dorsi, *mais en vain. Durant cette nuit exécrable, même les chats qui d'ordinaire venaient jusqu'à la fenêtre de ma cellule m'ont abandonné.*

Charles trouva le texte absolument génial. Il décida que cette découverte méritait un traitement particulier, surtout que depuis son retour il n'avait pas touché un seul cigare. Il sortit du tiroir de son bureau un des Cohiba qu'il appréciait tellement et se rassit sur le canapé.

> *Si bien que, cédant une fois de plus au péché, saisi par le désespoir sans bornes que seule la mort immédiate peut vous faire éprouver, j'ai imploré le diable de venir à mon secours. J'ai fait ces prières en jurant de lui donner tout ce qu'il pourrait vouloir de moi, mais qu'ai-je, à part mon âme pécheresse ? Pourvu seulement qu'il me sauve la vie. Je n'ai pas eu besoin de l'invoquer une deuxième fois, car une froideur d'hiver est entrée dans ma cellule, alors que nous étions en plein été, et j'ai entendu quelqu'un boiter. Quand j'ai relevé les yeux, Lucifer sous la forme d'une ombre s'est montré à moi, sur le mur, et m'a dit d'écrire ce qu'il me dicterait. Mais même après l'avoir écrit sous sa dictée je n'aurais pu respecter la promesse que j'avais faite. Il m'a dit que je ne devais pas m'inquiéter de tout cela. Et que je devais tenir compte de deux choses seulement. Faire un dessin de son fils en habit de prince, mais avec le manteau et le sceptre des rois, et des langes comme ceux des nouveau-nés pour ne pas tout souiller,* naturalia non sunt turpia. *Je devais aussi rédiger une page entière recto verso avec ce qu'il m'enseignerait d'écrire et que je devais laisser ma main courir, car il en prendrait le contrôle, car je suis trop bête non seulement pour écrire de moi-même, mais aussi pour comprendre ce que j'écris. Je lui ai demandé comment je devais commencer et il*

m'a répondu que je devais seulement accepter de me laisser embrasser dans le cou. J'ai dit oui. À partir de ce moment je ne me souviens plus de rien. Je sais seulement qu'au matin, à mon réveil, le livre promis se trouvait là. J'ai honte maintenant et je regrette, et je sais que j'ai sans doute perdu l'amour de Notre-Seigneur et que j'ai suscité Sa colère, mais je regrette de la manière la plus amère possible chez un pauvre mortel.
C'est pourquoi je pars porter la parole de Dieu dans le monde, vivre de la charité de ceux qui voudront m'écouter, et me séparer de Satan et de l'Antéchrist. Amen.

Votre frère en Christ, Herman.

Charles n'en revenait pas. Il en avait le tournis. Il comprit que les deux pages dont parlait le moine étaient celles qui manquaient au *Codex Gigas* et dont avait parlé Christa. Il se souvint que Ledvina avait raconté quelque chose au sujet de Dracula ordonnant à Gutenberg de les ajouter à la bible qu'il avait commandée. Il se leva et se rendit avec empressement à la bible qu'il avait gardée. Il feuilleta quelques pages et tomba sur une page entièrement vide, pliée et repliée plusieurs fois. Elle était plus longue et plus large que les autres et rédigée sur une autre sorte de parchemin. On aurait dit du cuir d'âne. Il la déplia et la mesura. Elle avait exactement la même taille que celles du *Codex Gigas*. Il fit courir ses doigts sur la page à la recherche d'un signe, si infime soit-il. Rien.

Quelques minutes plus tard, Charles ouvrit son ordinateur portable et une page vierge de son futur livre. Il n'en avait que le titre : *Une histoire du bien et du mal au fil des siècles.*

Christa était la dernière dans l'immense pièce du siège d'Interpol à Lyon. Il s'y trouvait plus de quarante bureaux. Elle aussi étudiait les documents et, sur la suggestion de son supérieur, qui était aussi son père, elle préparait les nouvelles missions qui se dessinaient à la suite des interminables révélations que l'on devait, en partie, à leur famille – à tout leur arbre généalogique sur plus de cinq cents ans. Elle repensa à ce qu'elle avait dû dire à Ledvina ce matin-là pour le convaincre et comment elle avait été obligée de lui expliquer presque tout ce qu'elle savait pour qu'il la croie. Et puis elle songea, aussi, à la façon dont elle l'avait aidé à se rendre à Bologne avec cet immense pistolet chargé de balles en argent.

Sur l'écran de Christa étaient ouverts tout un tas de fichiers. Elle alla se chercher un thé et à son retour, elle vit de loin quelque chose qui lui parut étrange. Parmi les documents apparaissaient les photos de Charles et de Werner. Chacun était partiellement caché par d'autres documents, si bien qu'on ne voyait qu'une partie de leurs visages. De Werner elle voyait le côté droit, et de Charles, le côté gauche du visage.

Elle se précipita sur l'ordinateur. Elle ouvrit Photoshop. Elle y importa la photo de Werner, fit de même avec celle de Charles. Elle coupa la moitié de chacune et les positionna côte à côte. Le côté gauche de Werner et le droit de Charles. Elle sélectionna la couleur de cheveux de Charles et l'appliqua à la chevelure de Werner. Elle repoussa la ligne d'implantation des cheveux du premier, afin qu'elle rejoigne l'autre. Puis elle dégonfla un peu la joue dodue de Werner. Elle n'en crut pas ses yeux. Les deux parties de visage correspondaient parfaitement : le nez, les sourcils, la forme du crâne. Quiconque aurait vu cette photo aurait été incapable de deviner qu'elle était composée de deux individus. Christa se trouvait devant le portrait d'un seul homme. Elle voulut dire quelque chose. Mais de sa bouche aucun son ne s'éleva.

Aucun.

FIN

Composition et mise en pages
Nord Compo à Villeneuve-d'Ascq

Imprimé en Espagne par
Liberdúplex
à Sant Llorenç d'Hortons (Barcelone)
en mars 2022

POCKET - 92 Avenue de France - 75013 Paris

S32476/01